曹禺剧作演出研究资料

刘继林 刘娟 编

曹禺研究资料长编

长江出版社
CHANGJIANG PRESS
上海科学技术文献出版社
Shanghai Scientific and Technological Literature Press

图书在版编目(CIP)数据

曹禺剧作演出研究资料 / 刘继林，刘娟编.
—武汉 : 长江出版社，2021.3
(曹禺研究资料长编)
ISBN 978-7-5492-7571-7

Ⅰ.①曹… Ⅱ.①刘… ②刘… Ⅲ.①曹禺(1910-1996)－戏剧研究 Ⅳ.①I207.34

中国版本图书馆 CIP 数据核字(2021)第 036888 号

项目统筹：张 树
责任编辑：朱 舒
封面设计：汪 雪 彭 微

曹禺剧作演出研究资料
刘继林 刘娟 编
出版发行：上海科学技术文献出版社
地 址：上海市长乐路 746 号 200040
出版发行：长江出版社
地 址：武汉市解放大道 1863 号 430010
经 销：各地新华书店
印 刷：武汉市金港彩印有限公司
规 格：787mm× 1092mm 1/16
印 张：36.75
字 数：820 千字
版 次：2021 年 3 月第 1 版 2021 年 3 月第 1 次印刷
书 号：ISBN 978-7-5492-7571-7
定 价：220.00 元

编委会

丛书总序

史料与现实的关系

以刘川鄂为带头人的湖北大学中国现当代文学学科不仅注重作家作品、文学社团、文学现象和文学思潮的研究，同时也把大量的精力投入到中国现当代文学历史资料的发掘和整理中，从对湖北作家的相关史料发掘整理和研究出发，逐渐拓展到对文学史上重要作家作品的史料整理和研究。显然，这样的学科发展战略目标，是循序渐进、良性循环的学术策略。正是在这样的学术背景下，由刘川鄂、刘继林两位教授担任主编，湖北大学中国现当代文学学科团队精心编选的《曹禺研究资料长编》（共十一卷），旨在将业已僵化的著名大作家研究导向一种新的研究范式之中，让围绕曹禺的学术研究重新焕发出活气来。

一切学术研究的基础首先就是史料的梳理，离开了史料的依托，研究就如悬在空中的楼阁，看许多现实问题也就囿于平面化。正如编选者在其中的《曹禺综合研究资料》卷“导言”所言：“研究文学史上名有定论的作家本来就有一定难度，加上随着时间的推移，史料和研究视角越来越难发掘，未来的曹禺研究工作会越来越难超出前人的成果，越来越难找出有新意有理据的命题。”显而易见，史料的重新发掘和编选，直指的是学术研究的拓展。编选者在研究资料的选取上，充分注意到一些重要的历史节点。比如将 1949 年作为研究资料编选的历史切分点，并不完全是由于学科的界限，我以为更是一种对学术态度的历史检验，其中的奥妙就在于作为当时的剧评家和研究者采取的是什么样的学术价值观——是凭着自己的学术良知和艺术审美对作家作品进行判断，还是跟着时代的潮流风向标走，这才是艺术评论生与死的考验。

曹禺是中国现当代文学史上的一个具有特别意义的作家，属于那种“井喷”以后就戛然而止的剧作家。“曹禺现象”恰恰是中国现当代作家在文学史变迁中最具代表性的范例，他才是与我们文学思潮史上最贴切，也是最契合文学史解剖的研究对象。如果我们意识不到这样一个“曹禺现象”在文学史上的独特意义，即便是再多的文学史资料的呈现，在许多研究者的视野中，恐怕也是一个盲点。所以，我们只有重新解读曹禺作品，重新梳理各个不同时代的曹禺研究资料，或许才能真正获取解剖“曹禺现象”的密码。只有回到历史的原点和原典之中，站在一个新的历史制高点上，我们才能看清曹禺作品的思想内容和艺术内涵，才能廓清许许多多迷失在历史河流中的“飞鱼”和“蜉蝣”行状。

毋庸置疑，自《雷雨》开始的曹禺戏剧创作，是中国戏剧史上历经八十七年的奇迹，也是中国现当代文学史上“最雷雨”的戏剧发生的时段，它见证的是中国文学在启蒙主义进入一个复杂的现代语境窗口时的深刻内涵，同时也是中国戏剧文学在艺术方法和艺术技巧上借鉴西方戏剧第一次“吃螃蟹”的历程。如何看待这一现象，应该是值得研究者注意的问题。

之所以说《雷雨》在启蒙主义的窗口上，强化了对封建的专制主义的批判，用“最雷雨”的批判现实主义方法抨击了家长制戕害人性的本质，是因为尽管窗外雷电交加，但是，那个“铁屋子”里仍然在演绎着一幕幕人间的悲剧，也只有悲剧才最能引起人们心灵的震撼。从某种意义上来说，它引起的不仅仅是亚里士多德古典悲剧的“同情和怜悯”，从悲剧的本质意义上来说，“最雷雨的”《雷雨》才是见证历史的活剧。这样一出活剧贯穿于中国文学的过去、现在和未来，这才是《雷雨》的意义所在。因此，也只有翻开这八十七年对《雷雨》以及曹禺几个代表作的批评研究、传播接受的历史，我们方才可以看出这套丛书的重大意义所在。

之所以说《雷雨》是中国戏剧汲取西方戏剧艺术方法与技巧精华的真正开端，为中国戏剧走向现代奠定了坚实的基础，并在一定程度上影响了整个文学领域对外开放的格局，让人们知晓中国文学正因为有了世界文学艺术方法和技巧的参照，才成为独特的艺术，只有“拿来”，方才可以攻玉，才能走向新生；亦只有熟悉了自《雷雨》开始的两种艺术观的争论，在史料的长廊中寻觅到艺术的真谛，我们的文学艺术才能得到长足的发展。

我充分理解湖北大学文学院编辑这套研究资料的良苦用心，囿于曹禺研究的停滞不前、文学史研究的基本定型，没有史料的重现，就不足以唤醒人们的价值理念，就不能触发研究者的研究冲动，也就不能让这个领域的研究走向深入。编选者认为四十余年来“海内外、多视角全面推进”的曹禺研究格局成就很大，似乎过于乐观了一点。尽管涌现出的著述颇丰，但多为重复叠加的著述，难免捉襟见肘，鲜有能够警醒世人、真正拓展研究深度和广度的扛鼎之作。而这套即将面世的丛书，将极大催生新见解、新角度的曹禺研究著述的问世。在某种程度上，它应该是曹禺研究的“助产士”。

道路是曲折的，也是十分艰难的，今后也许会更加艰难，但是我们仍然要前行，谁让你是一个只能尊重历史的研究者呢？！

中国现代文学研究会会长
南京大学文学院教授　丁帆

2020年10月1日草于南大和园

目录

二、全民族抗战爆发至新中国成立(1937—1949年)

三、新中国成立至今(1949 年至今)

导言：光芒在这里再一次绽放

——曹禺剧作演出概述

刘继林

戏剧作为一种综合的舞台艺术，有诸多不同于诗歌、小说、散文的地方。从传播接受层面讲，戏剧除了传统意义的纸媒传播和读者批评外，还有另一种更重要的传播途径，那就是舞台演出和观众批评。曹禺是著名的现代戏剧作家，他创作的《雷雨》《日出》《原野》《北京人》等作品之所以能产生巨大影响而成为现代戏剧史上的经典，究其原因，除了作品本身具有极高的思想价值和艺术价值外，在很大程度上，还跟它们经过改编而被成功搬上戏剧舞台有密切关系。在这里，曹禺的剧作通过导演创造性的改编、演员个性化的表演、剧场特殊氛围的营造等，而与更广大意义上的观众，有了一次又一次近距离的亲密接触。曹禺剧作独特的思想魅力和灿烂的艺术光芒，在舞台上再一次绽放，而且屡演不衰、常演常新。

1933年曹禺完成了他的剧本处女作《雷雨》的创作，经作家巴金推荐发表在1934年第1卷第3期的《文学季刊》上。但《雷雨》的发表并没有引起多少关注，在沉寂了一年多之后，被日本东京的一群中国留学生搬上舞台，才开始引起文坛的注意。接着，天津的孤松剧团、上海复旦剧社等学生剧团，中国最有影响的职业剧团——中国旅行剧社[①]等，在国内先后多次成功上演《雷雨》，引起巨大轰动。秋田雨雀、武田泰淳、竹内好等日本学者极力推崇，郭沫若、巴金、刘西谓、赵景深等著名作家、学者纷纷撰文评介，社会文化界争议不断，呈现出“当年海上惊《雷雨》”（茅盾语）的盛况。由此，《雷雨》在中国现代戏剧史上的经典地位得以确立。除《雷雨》之外，曹禺新中国成立前的《日出》《原野》《全民总动员》[②]《蜕变》《北京人》《家》，新中国成立后的《明朗的天》《胆剑篇》《王昭君》，也在不同时期成功上演，均产生过较大的影响。

八十多年来，关于曹禺剧作的思想主题、人物塑造、美学风格、比较分析、艺术成就等方面的研究著述，可谓汗牛充栋，已达到相当的高度，也挖掘到相当的深度。相对而言，学界对曹禺戏剧的舞台演出资料的搜集整理、分析研究则明显不足。通过对1935年《雷雨》

① 1933年11月在上海成立，简称“中旅”，是中国现代话剧史上的第一个职业话剧团，也是中国历时最长的职业话剧团，同时又是演出剧目和场次最多的话剧团。在唐槐秋的带领下，中旅培养了一大批优秀的话剧演员，如唐若青、戴涯、曹藻、舒绣文、陶金、章曼苹、白杨、蓝马、石挥等。

② 后改名《黑字二十八》，与宋之的合作。

上演以来曹禺戏剧舞台演出资料的整理爬梳，我们发现：

（1）曹禺的每一部戏基本上一公演，都能引起媒体、观众及专业评论家的极大关注，各类报刊媒体都会在显著位置刊登相关资讯、报道、观后感或专业剧评等。

（2）优秀剧团（包括学生剧团、职业剧团、其他改编剧种的专业剧团）的演出，在曹禺话剧的传播接受、经典演绎、创新发展中发挥了极为重要的作用。

（3）不管在什么时代，曹禺的《雷雨》《日出》《原野》《北京人》《家》等经典的舞台演出，从未间断，而且常演常新，是中国现代戏剧史上演出最多、评价最高、最受欢迎的剧目。

本卷《曹禺剧作演出研究资料》的编选，大致以《雷雨》《日出》《原野》《北京人》《家》等剧目为对象，结合这些剧目的首演、优秀专业戏剧演出团体的演出，按照曹禺剧作演出的历史顺序，有选择地录入部分知名导演、著名演员的现身说法，有甄别地从各类报刊、书籍中选取部分观众的观后感言、文艺批评家的剧评文字，以及专业性的学术论文、著作的摘录片段等。这里需要说明的是，曹禺剧作舞台演出的原始资料芜杂繁多，时间长，跨度大，还涉及不同剧种领域，按照《曹禺研究资料长编》丛书的统一安排，本卷只收录曹禺本人创作话剧的舞台演出，其他改编剧种舞台演出的相关资料放入《曹禺剧作改编研究资料》一卷中。

下面主要结合本卷收录的文献资料，按照一定的逻辑对曹禺戏剧的舞台演出及其研究做一个大致的梳理。

一、全民族抗战爆发前（1935—1937 年）："生命三部曲"的成功上演与曹禺剧作经典性地位的确定

1935 年 4 月 27—29 日，《雷雨》在东京商科大学礼堂一桥讲堂首演，导演是吴天、杜宣和刘汝醴，演出由留日学生戏剧团体——中华话剧同好会负责。演职人员都非常刻苦，潜心研究，演出取得较大的成功。《雷雨》最早的日文译者影山三郎、著名学者秋田雨雀认为，这次《雷雨》演出将中国的社会现实（"和我们共呼吸的近代的苦恼生活，当今社会的良心所必须共同负担的东西"）展现给日本话剧界，改变了日本学界对中国戏剧的既成观念，并将其视为中国戏剧已跨越梅兰芳阶段而进入新时期的标志。[①] 演出期间，当时在日本的郭沫若和巴金也前往观看演出，郭沫若对《雷雨》的主题大加赞赏，巴金则并不愉快。整个观剧过程充满了吵闹、叫喊、嬉笑，演出最终在观众的哄笑声中结束。那晚观众们麻木戏谑的景象，着实让喜欢《雷雨》的巴金心中充满了孤寂和苦痛。[②] 另外，导演吴天、杜宣等为"左联"东京支部的成员，受左翼文艺思潮的影响，更多地将《雷雨》视作"社会问题剧"来编

① 综合参考曹树钧：《走向世界的曹禺》，天地出版社 1995 年版，第 134—136 页；秋田雨雀：《雷雨·序》（崔任夫译），见《日本学者中国文学研究译丛》（第 2 辑），吉林教育出版社 1987 年版，第 224 页。

② 余一（巴金）：《雷雨在东京》，《漫画生活》，1935 年第 9 期。

导，并根据演出的需要，删去了序幕和尾声，加重了工人鲁大海的戏份等。① 曹禺说自己“写的是一首诗”，而“决非一个社会问题剧”，并对日本的首演表达了自己的痛心和不满。②

1935 年 8 月 17 日，天津的孤松剧团公演《雷雨》，这是《雷雨》在国内较正式的首演③。导演吕仰平，化妆苏吉亨，演员有陶一（饰周朴园）、严如（饰蘩漪）、栏天（饰周萍）、李琳（饰鲁侍萍）、陈迹（饰鲁贵）等，演出地点在市立师范礼堂。记者冯俶看了预演后，认为“各位演员努力的精神，导演者灵活的手腕，和将这剧本内在的意义表现到如此完美的地步，它好像有一种排山倒海的伟大的力，同时还若有一缕流泉微细的力”，给他留下了深刻的印象。④ 演出时，演员的表演、舞台的布景、灯光的处理、音响效果的呈现等，都取得了较大的成功，受到观众的赞誉。孤松剧团《雷雨》的公演一时成为天津戏剧界热议的焦点，《大公报》《益世报》《庸报》等大报都开辟专栏、专号对此次演出进行跟踪报道、专业评价，并配有导演的话、演出剧照、《雷雨》本事、演职员表等。在《雷雨》的演出中，陈迹、李琳、严如、栏天等演员的表演得到观众和专业人士的广泛认可。对周朴园的扮演者陶一没能钻进人物的内心深处；高朋饰演的周冲天真过了头，成了傻子气；何之饰演的鲁大海，“表情太过火，正是‘过犹不及’”等的点评⑤，也都比较到位。

《雷雨》的成功上演，不仅在天津掀起现代戏剧演出的热潮，还引发了上海戏剧人的极大兴趣。1935 年秋，上海复旦剧社举行第 19 次公演，在戏剧家洪深的建议下，决定由原定的《大雷雨》改为曹禺的《雷雨》，并邀请欧阳予倩担任导演。12 月 13—15 日，复旦剧社版《雷雨》在上海宁波同乡会正式公演。这是《雷雨》在上海的首演。导演欧阳予倩在排演时也删去了原剧的序幕和尾声，增添了鲁大海走向光明的部分，还强化了舞台布景和出演形式的象征色彩。演出时，整部戏的悲剧氛围渲染得极其浓厚，“布景、灯光，以及音响效果都很好，前两者很能显出一间阴沉沉的难得见阳光的大屋子，后者在第三、四幕里的打雷、闪电，以及胡琴声，都处理得很好”。⑥ 戏剧家洪深看完戏后，对二少爷（苏明饰演）“炉火纯青”的演技很是好评；复旦大学教授赵景深称赞凤子（四凤的扮演者）上场对话时的台步和位置更换得很好，表情到位，特别是“跪着发誓的悲哀，我好像真的看见你心内的痛苦——不，你的面容的惨淡表示得真够到家的”。⑦ 饰演鲁贵的余一萍，更是凭借其精湛高超的演

① 吴天：《〈雷雨〉的演出》，《杂文》，1935 年第 2 号。

② 曹禺：《雷雨的写作》，《杂文》1935 年第 2 号。

③ 《雷雨》在国内的首演有多个说法，有称在 1934 年 12 月浙江上虞春晖中学（刘克蔚、刘家思、曹树钧等），或在 1934 年 8 月山东济南女子师范学校的“六一剧社”（崔国良、任丁安等），但较为正式和专业的首演应该是孤松剧团。

④ 冯俶：《〈雷雨〉的预演》，原载《大公报·本市附刊》，1935 年 8 月 13—17 日。

⑤ 参见伯克：《〈雷雨〉（孤松演出批评）》，《益世报》1935 年 8 月 19 日；白梅：《〈雷雨〉批判》，《大公报》1935 年 8 月 20—23 日。

⑥ 李一：《〈雷雨〉——复旦剧社第十九次公演》，《申报》，1935 年 12 月 17 日。

⑦ 赵景深、凤子：《〈雷雨〉的尾声》，《复旦大学校刊》，1935 年 12 月 25 日第 223 期。

技，将鲁贵“贪婪的表情，媚上的工夫，和在拖油瓶的手枪面前的一副窘相”，完完全全展示出来[1]。此外，胡会忠的周朴园、程传洁的鲁侍萍、顾得刚的周萍、张庆弟的鲁大海，也都有各自的特色。复旦剧社版《雷雨》在上海的公演，赢得了市场和观众的认可。1936 年 1 月 10—12 日，复旦剧社在新光大戏院再次上演《雷雨》，《申报》连日刊登大幅海报宣传，称“《雷雨》树立话剧在中国的地位！《雷雨》争取话剧在艺坛的价值！这是文坛罕有的杰构，不是浅薄的呼喊，这是舞台空前的收获，不是无聊的低趣。《雷雨》剧本是曾获得一九三五年至高的评价，导演是中国舞台技巧最精细的专家，演员是久经锻炼的学校剧人，集成功的著作，成功的导演，成功的演员，完成这一时无两的演出”。[2] 复旦剧社版《雷雨》的演出，对《雷雨》在广大民众间的传播接受，对《雷雨》经典地位的确立，无疑具有重要的意义。

孤松剧团、复旦剧社在天津、上海成功上演《雷雨》，掀起各地剧团公演《雷雨》的热潮。活跃在 20 世纪 30 年代的其他大大小小剧团，如中国旅行剧社、天津鹦鹉剧团、天津电报局同人话剧研究社、汉口明星影戏院等，都曾多次公演《雷雨》。截至 1936 年底，《雷雨》在全国已上演五六百场，将中国普通观众的视线从传统的京剧、昆曲、地方戏引向更具现代意义的话剧。从此，中国现代戏剧进一步深入人心，并在曹禺的影响下逐步走向成熟。在众多的《雷雨》演出中，这里有必要重点介绍一下当时中国最有影响的职业戏剧演出团体——中国旅行剧社的演出。

《雷雨》在日本上演后不久，中国旅行剧社就准备在国内排演《雷雨》，但当局以“乱伦”“妨碍风化”为由，禁止该剧团演出《雷雨》。几个月之后，唐槐秋得知孤松剧团的《雷雨》已经在天津上演，决定再次排演《雷雨》。1935 年 10 月 13 日，中旅在天津新新影戏院公演《雷雨》，为职业剧团首演。演出中，戴涯饰演的周朴园，沉稳自如，刻画出一家之主的专横强制；二十出头的唐若青扮演的饱经风霜的老妈子鲁侍萍，是被千万种错综复杂的感情撕扯着的人物，她拿捏得很到位；赵慧深的蘩漪、陶金的周萍、章曼苹的四凤、姜明的鲁贵等，均演绎得十分精彩，获得观众的称赞和追捧。[3] 中旅在天津演出《雷雨》期间，报刊大力推介，观众热情支持，演出场场爆满。1936 年 4 月，中旅携《雷雨》南下上海，在著名的卡尔登大戏院连演三个月，掀起了上海话剧界继复旦剧社公演后又一波“《雷雨》热”。中旅的《雷雨》给上海观众留下了极好的印象，“《雷雨》是演得好极了！它是在一九三六年的剧坛上扔了一颗炸弹！”[4]观众中不仅有看过十次以上者，还有很多未看过的观众听闻风声，专程从苏杭等地赶去上海看中旅的《雷雨》演出，连夜排队购票的观众不计其数，打破了话剧在上海的演出纪录。上海公演结束后，中旅又先后赴汉口、长沙、无锡、苏州等地公演，将《雷雨》推向长江流域，《雷雨》火遍全国。唐槐秋后来回忆说，“《雷雨》反复公演约七八次，始

---

① 张严：《观〈雷雨〉后》，《复旦大学校刊》第 222 期，1935 年 12 月 16 日。
② 参见 1936 年 1 月 10 日至 12 日《申报》第 14 版。
③ 参见世芬：《雷雨略评——对每个演员的观察》，《大公报》(天津)，1935 年 10 月 20 日。
④ 林蜚：《中国旅行剧团：〈雷雨〉的演出》，《影舞新闻》，1936 年第 2 卷第 16 期。

终满座，其每一次演出之日期，最多者达三星期，在当时实为破纪录之成绩！”[①]1936 年，因此被称为“《雷雨》年”。

但这些演出大多删去了序幕和尾声，对剧中人物（尤其是周朴园）的处理，曹禺本人并不都是特别满意。1937 年初，刚成立不久的中国戏剧学会决定在南京的世界大戏院公演《雷雨》，导演马彦祥。此时曹禺正在南京国立戏剧学校任教，他亲自指导并在剧中扮演了周朴园一角。中国戏剧学会版《雷雨》的处理，在结构上，保留了序幕和尾声，成为六幕；在人物上，改变此前演出中周朴园形象固化的一面，更多地展示出这一人物性格的多面性和人情味。尤为称道的是曹禺本人的表演，他将周朴园的心理变化融在眼神、手势、语调里，达到了形神俱似的效果。曹禺本人的表演和台词，此后成为戏剧专业学生最好的教材，在观众心目中也成了回味无穷的佳话；在舞台设计上，他着意强化舞台氛围，将表现自然现象的风雨雷电做得逼真准确，更好地烘托出剧情和人物，给观众的心灵以强烈的震撼；对于服装的设计，曹禺也提供了自己的意见，他认为蘩漪“一团火”一样的性格，穿上杏黄色的旗袍，在灯光的照耀下，更能够衬托出她的性格。此次颇具特色的《雷雨》演出，是《雷雨》在南京的首演，一时成为报刊关注的焦点、街头巷尾热议的话题，引起巨大的轰动。

此后，《雷雨》成为话剧舞台的经典剧目，开始火遍全国，即使在战火纷飞的抗战时期也没有中断过，大大小小、各层各类剧团演出的《雷雨》在全国上下铺开。仅本卷涉及的《雷雨》演出团体就有：天津鹦鹉剧社、津电话剧社、西安实验话剧团、青鸟剧社、北京剧社、燕大话剧团、燕京剧社、育英剧团、浙赣剧团、四一剧社、露克剧团等。这些剧团通过对《雷雨》各具特色的舞台演绎，将《雷雨》打造成中国现代戏剧舞台上毫无争议的 No.1。

和《雷雨》的先冷后热不一样，《日出》一问世便受到文艺界的高度关注和戏剧观众的热烈追捧，《大公报》史无前例地特辟“《日出》集体批评”专栏，刊登众多大家的批评文章。茅盾的“渴望早早上演”[②]，成为当时最普遍、最强烈的一种呼声。很快，上海戏剧工作社取得了版权，决定排演《日出》，并邀请欧阳予倩指导。经过两个月的排演，《日出》于 1937 年 2 月 2—5 日正式在上海首演，地点是大名鼎鼎的卡尔登大戏院。担任此次演出的上海戏剧工作社，演员以复旦大学的毕业生为主，是“一批非常忠实而努力戏剧于运动的人”[③]，其中饰演陈白露的就是复旦剧社版《雷雨》中四凤的扮演者凤子。公演之前，曹禺还专程从南京到上海为演职人员讲解，并观看他们的彩排演出。导演认为第三幕“奇峰突起，演起来却不容易与其他三幕相调和”[④]，出于演出效果的考虑，删去了第三幕。但曹禺却最看重这一幕，认为删去第三幕是“残忍”的“剜心”之举，“较之斩头截尾还令人难堪”。[⑤] 对于《日

① 唐槐秋：《由回忆中谈〈雷雨〉》，《文编周刊》，1945 年第 25 期。
② 茅盾：《渴望早早排演》，原载《大公报·文艺》，1937 年 1 月 1 日。
③ 陈毅：《日出公演观后记》，原载《舞台银幕》，1937 年第 1 卷第 1 期。
④ 刘乃崇：《记〈日出〉首次演出特刊》，《新文学史料》，1980 年第 1 期。
⑤ 曹禺：《我怎样写〈日出〉》，《大公报》，1937 年 2 月 28 日。

出》的删改和争议，并未妨碍《日出》首演的成功。首演成功的消息传到日本，日本的中华国际戏剧协会决定排演《日出》，并邀请凤子出演陈白露。1937 年 3 月 19—21 日，《日出》在东京神田一桥讲堂公演。这次演出获得广泛的好评，其中“凤子小姐的态度，表情，道白，都简直无可非议的”①，东京《日日新闻》称她为“中国剧坛的新曙光”。但“最成功的恐怕是翠喜(尹如玉女士饰)了，她表演的三等妓女的态度，维妙维肖。打情骂俏，放荡不拘。油嘴头，灌米汤……其成绩之佳，观众都惊为奇绩。”②三天的演出，场场爆满，后又多加一天。秋田雨雀、郭沫若、实藤惠秀、菊池宽等众多名流到场，观众中以中国学生占三分之二，日本人占三分之一。这次《日出》演出，在东京自有中国戏剧演出以来，卖座算是打破纪录的一次。③

差不多与日本的《日出》演出同时，南京国立戏剧学校、中国戏剧学会也在紧张排演《日出》。南京国立戏剧学校版《日出》由曹禺亲自组织排演，还请恩师张彭春来指导排演第三幕，为的是给观众呈现一个全本的《日出》。经过三个月的排练，《日出》作为南京国立戏剧学校第 11 次公演剧目，于 1937 年 4 月 23—25 日在南京香铺营的中正堂正式公演。南京的各大报刊都辟有公演“专号”“特辑”“特刊”，一致肯定这次公演所获得的不错成绩，特别是对翠喜的扮演者林婧收放自如的表演给予了高度评价。中国戏剧学会版《日出》由马彦祥导演。马彦祥与曹禺一样，很看重第三幕，认为它“在全剧组织结构上，尽了转变空气的任务，假如第二幕终了，没有第三幕转变空气，第四幕开始时，一定过于严肃，而且悲剧的空气会减弱，基于这一点保留了第三幕”。④ 中国戏剧学会先后在南京、镇江、上海、杭州等地演出《日出》，受到热烈欢迎。曹禺还先后在该版剧中饰演潘月亭、李石清两个角色。另外，饰陈白露的威莉女士虽说是一位新人，但“她那种浪漫的态度，流利的语言，热烈的情感，敏捷的动作，忧郁的心灵，实足的能够刻画出一切为社会所压迫的可怜的女性的性情。……我可以说，她是得到成功的。她能够把握住观众的心灵，能够深深的感动观众，她在这点上是不负作者的期望的。”而饰演翠喜的郑挹梅女士，“也很卖力，给大家一个深刻的印象，而她的那一口流利的北平话，尤流脆流利。”⑤

此外，1937 年 6—7 月，由欧阳予倩导演的中国旅行剧社版《日出》在上海卡尔登戏院公演，共演出 20 天，计 32 场。这次演出最为出色的莫过于舞台设计，舞台调度也别具一格。此外，由唐若青饰演的陈白露堪称戏剧舞台的经典，轰动上海，红遍全国。

《雷雨》《日出》在舞台上大红大紫之时，创作生命力旺盛的曹禺很快推出他的第三部剧作《原野》。1937 年 4 月，《原野》在《文丛》上连载后，就被上海业余实验剧团相中，获得

① 少夫:《留东学生的戏剧运动:〈日出〉在东京的报道》,《汗血周刊》,1937 年第 8 卷第 15 期。
② 一新:《〈日出〉在东京演出》,《新天津画报》,1937 年第 186 期。
③ 少夫:《留东学生的戏剧运动:〈日出〉在东京的报道》,《汗血周刊》,1937 年第 8 卷第 15 期。
④ 石江:《评曹禺的〈日出〉》,原载《文艺月刊》,1937 年第 10 卷第 4/5 期。
⑤ 李得贤:《杂谈〈日出〉》,原载《蒙藏学校校刊》,1937 年第 18 期。

首演权后，他们很快将它搬上舞台。8 月 7—14 日，《原野》在上海卡尔登大戏院首次上演，导演应云卫。演出阵容强大，所有的角色都采取 AB 制，演员赵曙、魏鹤龄饰演仇虎，舒绣文、吴茵饰演花金子，王萍、章曼苹饰演焦母等。这次演出“如果单以技术来说，那自然是可说成功了的；单以演员的演技，就让人击节称赏，翘起大拇指说‘满意’！舞台装置比前又进步了，抢景也相当快，剧本上的删削之处呢，也可以说是恰到好处”。[①] 但《原野》却生不逢时，刚上演就碰上抗战全面爆发。如有观众所言：“在目前这紧急关头中，民族生存受到了最大的威胁，在不愿意亡就得挺起胸膛来战的时候，过分顾全了职业而委曲了戏剧的使命，总是说不大过去的。而在这危急的时期中，我们来看《原野》的上演，就有了缓不济急的感觉。”[②]8 月 13 日，淞沪会战开始，日军大规模轰炸上海，《原野》刚刚演出三场就不得不停演，并很快被淹没在轰隆的炮火和救亡的大潮中。另外，还因《原野》浓厚的象征性、主题的超前性，其演出一开始就饱受冷落，充满争议，远远比不上“生命三部曲”前二者《雷雨》《日出》的命运。

从 1935 年 4 月《雷雨》在日本首演到 1937 年 8 月《原野》在炮火声中停演，短短两年多的时间里，曹禺就从一位年轻早熟的戏剧创作者，成为中国现代戏剧舞台上的“莎士比亚”。通过以中国旅行剧社为代表的一批专业剧团的精心排演，以戴涯、陶金、唐若青、章曼苹、凤子、舒绣文、郑挹梅等为代表的一批明星级演员的精彩演绎，曹禺的“生命三部曲”《雷雨》《日出》《原野》，从一本本期刊、作品集中走出来，走进人潮涌动的各大剧场，受到戏剧专业人士的关注和广大市民观众的热捧。曹禺，就这样创造了中国现代戏剧演出史上难得的奇迹，“三部曲”也成为中国话剧舞台上常演常新的经典。

二、全民族抗战爆发至新中国成立（1937—1949 年）：从街头现实回归家庭伦理，在困境中寻求突破

抗战全面爆发后，抵御外侮，民众动员，救亡图存，成为整个文艺界最重要的任务。中华全国文艺界抗敌协会成立后，更加明确地提出“文章下乡、文章入伍”的口号，抗战戏剧运动全面蓬勃地展开。南京国立戏剧学校因战局变化不得不一再内迁，作为学校教员，曹禺先后辗转于长沙、武汉、重庆至江安等地。这一路上，曹禺一面主动投身抗战宣传，以笔为枪，以舞台为战场，积极参加街头剧的创作和演出；一面又不断地省察反思：“让我们老老实实地审查自己，从九一八以来，除了一同热烈地喊口号之外，我们对于抗战建国，究竟做了多少？”[③]在看完三八剧社的抗战锄奸剧《前夜》后，曹禺说：“为了肃清这些‘害群之马’，为了重振我们中华民族的国魂……我们不应当漠视我们的责任。”[④]曹禺开始积极思

① 之尔：《〈原野〉观感》，原载《申报·本埠增刊》，1937 年 8 月 12 日。
② 之尔：《〈原野〉观感》，原载《申报·本埠增刊》，1937 年 8 月 12 日。
③ 曹禺：《审查自己》，《文艺月刊》，1938 年第 2 卷第 3 期。
④ 曹禺：《〈前夜〉与当前的汉奸活动》，《新民报》，1938 年 3 月 19 日第 2 版。

考戏剧如何肩负起时代所赋予的使命这一现实问题。

1938 年 10 月，第一届戏剧节在重庆举行盛大的公演活动，多个抗战宣传剧轮番上演，作为压轴戏的是曹禺、宋之的联合创作的《全民总动员》(后改名为《黑字二十八》)。在团结抗战的旗帜下，该剧聚集了当时全国第一流的演出阵容：导演团由张道藩、余上沅、曹禺、宋之的、应云卫组成，应云卫为执行导演；演员方面有赵丹饰演特工队长邓疯子、顾而已饰演日本间谍黑字二十八、施超饰演汉奸张希成，其他重要角色有白杨(饰莉莉)、舒绣文(饰彭朗)、魏鹤龄(饰冯震)、王为一(饰陈云甫)、张瑞芳(饰芳姑)等。曹禺、张道藩、余上沅还在剧中客串了几个角色。重庆的观众翘首以盼的这场戏，于 15 日开排、29 日在国泰剧院正式公演。演出长达四个小时，观众始终被紧张的剧情和精彩的表演吸引，没有一个人提前退场。该剧连演七天，场场满座，还有很多站票，不得已，四天中又加开三个日场。当时重庆媒体报道的标题为“剧界空前盛举，美满的《总动员》”，文中说，“这个戏的演出，在渝剧人全体参加，在中国戏剧史上可谓空前盛举，观众之拥挤亦破国泰从未有之记录”。①

此后，曹禺还参加了国立剧校、第二届戏剧节等多次公演活动，多次担任导演、编剧，参加讲演、排演活动。1939 年 4 月，日军加强了对重庆的轰炸，剧校不得不奉命迁至江安。在远离喧嚣的大后方，曹禺先后完成了《蜕变》《北京人》《家》等的创作，笔触从抗战初期的抗战宣传逐步转向问题呈现，从街头呐喊回归家庭伦理，从批判现实转向反思传统。这一切，预示着曹禺创作又一个高峰的到来。

其间，值得一提的是，1939 年 7 月，远在昆明的闻一多、孙毓棠、凤子等共同商议，并以国防剧社的名义邀请曹禺到昆明亲自执导《原野》和《黑字二十八》(即《全民总动员》)。《原野》一戏的排演，曹禺担任指导，闻一多任舞台设计、孙毓棠任舞台监督，演员阵容十分强大：凤子饰金子、汪雨饰仇虎、李文伟饰焦大星、樊筠饰焦母、孙毓棠饰常五、黄实饰白傻子。为了演好《原野》，闻一多倾注了很多心血，对每件道具、背景都反复推敲、认真琢磨，设计焦家堂屋色调沉重的桌子，亲手画出阴森恐怖神秘的“黑森林”布景，“导演以及各位演员各位职员都已尽了他们最善的努力”。8 月 16 日，《原野》正式上演，说明书是这样介绍《原野》的：“蕴蓄着莽苍浑厚的诗情，原始人爱欲仇恨与生命中有一种单纯真挚的如泰山如洪流所撼不动的力量，这种力量对于当今萎靡的中国人恐怕是最需要的吧！”②《原野》演出轰动全城。昆明虽连日大雨，却天天满座，外地慕名而来的观众比比皆是，后又续演多天。在《黑字二十八》上演完后，又再次续演《原野》，仍场场爆满，直到 9 月 17 日才告一段落。曹禺《原野》演出的轰动，是云南话剧史上破天荒的第一次，将昆明的抗战戏剧运动推向高潮。朱自清当时评价说，“两个戏先后在新滇大戏院演出，每晚满座，看这两个戏差不多成为昆明社会的时尚，不去看好像短着什么似的……这两个戏的演出确是昆明的一件大事，怕也是中国话剧界的一件大事。”③

① 吕贤汶：《第一届戏剧节纪盛》，重庆戏剧家协会《重庆剧讯》主编《重庆抗战剧坛》，1985 年 10 月版。
② 转引自李乔：《看了〈原野〉以后》，《云南日报》，1939 年 8 月 23 日。
③ 佩弦：《〈原野〉与〈黑字二十八〉的演出》，原载《今日评论》，1939 年第 2 卷第 12 期。

从昆明回来后，曹禺就开始动笔并很快就完成《蜕变》的创作。《蜕变》的现实批判性很强，能够上演经历了严格的审查、反复的修改和不懈的斗争。1940 年 4 月 11 日，《蜕变》在重庆国泰戏院举行首场演出。演出是由国立剧专的师生来承担的，导演张骏祥，演员方面：沈蔚德饰演丁大夫、蔡松龄饰演梁公仰、吕恩饰演"伪组织"等。其中，蔡松龄的表演分外精彩：他用戏曲快板或剁字板一样急促有力的节奏，大声念出剧中极富感染力的台词，使观众不禁振奋起来，台下立即响起一片掌声。演出极为轰动，惊动了当局。蒋介石看后勃然大怒，说"你们给我看了一出共产党的戏"，下令立即禁演。1941 年 10 月，上海职业剧团在上海卡尔登大剧院演出《蜕变》，导演黄佐临，演员有丹尼演丁大夫、石挥演梁公仰等。演出的第一场，全场观众爱国热情高涨，演员的台词不断为观众雷动的掌声所中断，剧终以后，激动的演员连续谢幕三次。演出持续了整整一个月，场场爆满，舆情民情极度亢奋，形成了"孤岛"争看争谈《蜕变》的热潮。尤其是孙中山诞辰那天的演出，当剧中人物丁大夫向抗日战士讲话，说到"中国，中国，你应该是强的"时，群情为之沸腾，整个剧场大喊爱国口号，观众的热情达到顶点。演出结束之后，大量观众仍久久不愿离去。后在上海工部局的残暴干预下，《蜕变》被禁演。此外，多个版本的《蜕变》先后在多地上演，均引发了民众的爱国热情，产生了轰动的社会效应，但也同样遭到当局一而再，再而三禁演的命运。

随着抗战进入相持阶段，曹禺也进入一个相对冷静的反思期，创作转向他更为熟悉的传统家庭题材，先是完成了《北京人》的创作，后又受巴金委托，改编创作了《家》。这两部剧作的创作和完成，标志着曹禺的戏剧生命进入第二个高峰期。

1940 年秋冬至 1941 年秋冬，曹禺蜗居于江安，在大约一年的时间里，潜心创作完成了《北京人》。外界对曹禺的《北京人》期待已久，其在重庆的首演作为第一次雾季公演的重点剧目，被隆重推出。1941 年 8 月 23 日，重庆的《新华日报》发布消息："中央青年剧社最近排演曹禺新作《北京人》，张骏祥任导演，预计一个月后在渝上演。"10 月 24 日，《北京人》正式在重庆抗建堂首演，《新华日报》为首演刊登了广告词："具有柴霍甫的作风/对古旧衰老的社会/唱出最后的挽歌/以写实主义手法/从行将毁灭的废墟/绘出新生的光明/紧张细腻/严肃深刻。"[①]演出的演员阵容十分强大：张瑞芳饰演愫方、江村饰演曾文清、耿震饰演江泰、沈扬饰演曾皓、赵蕴如饰演思懿、吕恩饰演瑞贞。在公演致辞中，张骏祥说："我同我的同伴们用了最谨慎的态度，尽了最大的力量，《北京人》的演出，真是经过了无限的艰苦"。[②] 首演获得了极大成功，曹禺的戏剧又一次轰动山城。当时在重庆的周恩来多次观看此剧，《新华日报》也刊发评论赞扬这次演出。《北京人》一连演了四十余场，重庆倾城争看，一直持续到 11 月 8 日。演出时间之长、场次之多，在中国话剧史上是十分少见的。12 月 13 日，柳亚子先生特作《〈北京人〉礼赞》一诗，对《北京人》的内容和主题做了激情的评价。与重庆中央青年剧社的《北京人》演出相呼应，旅港剧人协会于 1941 年 11 月 29 日—12 月 1 日在香港成功演出《北京人》。港版的导演是章泯，主要演员有凤子（饰愫方）、蓝马

① 转引自杨海根：《曹禺的剧作道路》，上海文艺出版社 1988 年版，第 139 页。
② 张骏祥：《〈北京人〉公演致辞》，《文化新闻》，1941 年 10 月 25 日第 3 版。

（饰曾文清）、舒强（饰曾晧）等。12 月 19 日，香港的《大公报》专门推出“《北京人》演出特辑”。著名评论家胡风为这次演出写有《关于〈北京人〉的速写》一文。此后，《北京人》又多次在重庆、桂林、北京、天津、上海等地上演。该剧的主题、人物及演出等相关问题，曾引起文艺界的热烈讨论，茅盾、胡风、邵荃麟、靳以、章罂、茜萍、江布等都有专门的评论文章，《北京人》的热度在大后方持续了很长一段时间。此外，作为北京“四一剧社”成立首演的优选剧目，《北京人》于 1942 年 3 月 2 日在北京饭店上演。“四一剧社这次的公演，给观众们十二分的满意，它使观众们始终在那紧张晴朗的空气下满意地看完它。”[①]此后，在四一剧社、北京剧社和导演陈绵等的努力下，曹禺的《雷雨》《日出》《北京人》等又多次在北京公演，这些都极大地推动了抗战时期中国北方沦陷区的戏剧运动。

1942 年的夏天，受巴金的委托，曹禺在重庆附近长江边的一条小船上改编创作完成了《家》。其实此前，巴金的《家》已经由吴天改编、上海剧艺社于 1941 年初在“孤岛”上海热演了近三个月，十分卖座。但吴天版《家》的演出只是特殊时期的“昙花一现”，巴金本人亦不甚满意。等到曹禺的《家》一发表，就再也没有剧团愿意演出吴天版的《家》了。比较而言，曹禺的《家》有更多个人化的、艺术化的考虑。剧中，觉慧已退居次席，觉新和瑞珏成了主角，台词充满诗意，也更加的文艺气。剧本完成后，多个剧团争着要首演。曹禺十分欣赏张瑞芳的表演，点名要她来演瑞珏。最后，张瑞芳所在的中国艺术剧社取得曹禺《家》的首演权。1943 年 4 月 18 日，《家》在重庆首演，导演章泯，演员有金山（饰觉新）、张瑞芳（饰瑞珏）、凌琯（饰梅芬）、舒强（饰觉慧）、沙蒙（饰高老太爷）、蓝马（饰冯乐山）等。观众为演员们的精湛演技所倾倒，尤其是觉新与瑞珏洞房的那场戏，金山把觉新演得无限情深，张瑞芳把瑞珏演得温柔尽致，他们诗意地将这一对新人的苦痛演绎得淋漓尽致。此外，丁聪设计的背景、辛涛设计的服装、胡之设计的灯光，也为《家》的成功演出起到重要作用。这次演出轰动了整个山城，公演后又在重庆各处巡演，还赴鄂西等地慰劳演出，前后共计演出 100 余场，场场客满，打破了当时重庆话剧演出场次的纪录。[②] 1943 年 8 月，《家》由留桂剧人协会在桂林公演，导演是熊佛西和田汉，演出比较强调对未来的“理想化”期待[③]；同年 10 月，《家》由中华剧艺社在成都上演，社长应云卫，导演贺孟斧，演员有白杨（瑞珏）、贺震（觉新）、李恩琪（梅）等。因为成都是巴金的老家，观众看《家》有一种特别的亲切感。导演十分“注重戏的地方色彩和生活气息”，音乐、服装、舞美等的处理都力图表现成都的风情。如觉新与瑞珏结婚那场戏就采用川西坝民间结婚的音乐，吹吹打打，一下子把观众带入成都大家族结婚热闹喜庆的气氛中。《家》的演出轰动了蓉城，从 10 月 7 日到 11 月 10 日连续上演近 40 场。[④]

这里，还有必要说一说曹禺剧作在南洋和延安的演出。1939 年，武汉合唱团远赴南洋

---

① 《〈北京人〉圆满演出》，《国民杂志》，1942 年第 2 卷第 4 期。

② 参见杨海根：《曹禺的剧作道路》，上海文艺出版社 1988 年版，第 171—172 页。

③ 熊佛西：《〈家〉在桂林的演出》，《文学创作》，1943 年第 2 卷第 3 期。

④ 袁云：《中华剧艺社在成都》，见成都市文化局编《成都新文化文史论稿》（第 1 辑）1993 年版，第 12—13 页。

各地，进行抗战巡回公演，受到当地华人华侨的热烈欢迎。3月和10月，合唱团先后在新加坡大世界太平洋戏院演出《雷雨》，在吉隆坡中华大会堂演出《原野》。时在南洋的著名作家郁达夫受邀观看了这两场演出，并对演出做出高度评价。① 他认为《原野》的演出“几乎可以说是达到了理想的境地”。这次演出，也是《原野》在国外的首演，“是对于推动马华剧运的一个最有效的引擎”②。在延安，1940年1月1日，曹禺的《日出》在中央大礼堂首演，开创了在延安演出国统区和外国戏剧家戏剧的先例。1940—1942年，除《日出》外，曹禺的《雷雨》《蜕变》《北京人》等也先后在延安上演。在延安演出的国统区作家作品中，曹禺的剧作不仅是最早演出的，还是演出最多的。《日出》在延安是以工余剧人协会的名义演出的，导演王滨，参演的有李丽莲（饰陈白露）、张成中（饰方达生）、王一达（饰潘月亭）等。演出剧组克服物质条件差、舞台布景简陋等困难，上演了一台好戏。毛泽东、张闻天等中央领导先后观看，并给予了很高的评价。中央统战部还特意举行宴会，招待演职人员，祝贺演剧成功。演出期间，延安出现人人争看《日出》、个个赞不绝口的情形，还有背铺盖长途跋涉来延安观看《日出》的鲜活案例。此后，《雷雨》成为延安青年艺术剧院的保留剧目，多次演出；西北文艺工作团也先后在延安上演《蜕变》（导演史行）《北京人》（导演张季纯），受到中央领导的重视，也受到延安各界群众的欢迎。但时间不长，延安就开始了整风运动。很快，曹禺剧作就退出了延安的戏剧舞台。

抗战以来，中国的戏剧运动得到蓬勃发展，演剧在抗战救亡、政治宣传、民众教育和文化建设中发挥了重要作用。在抗日前线、大后方、陕北抗日根据地、沦陷区、东南亚，尤其是重庆、香港、上海、北京、桂林、延安、成都、贵阳、昆明、南洋等地，现代戏剧的公开演出相当频繁。就演出热度及影响来看，曹禺的剧作无疑是上演频率最高、传播范围最广、影响也最大的。这些舞台上的剧目，既涵盖抗战前就已经成为经典的《雷雨》《日出》《原野》，也包括抗战时期的《全民总动员》《蜕变》《北京人》《家》等，先后多次、持续、反复上演，几乎场场爆满，处处轰动，成为抗战剧运中当之无愧的经典。

抗战胜利后，曹禺的《雷雨》《日出》《原野》《北京人》《家》等经典剧目，在全国各地仍频繁上演，热度依然不减，在海外也受到热烈的欢迎。在抗战后的三年时间里，曹禺先后有远赴美国讲学考察，回国后为现实所累，无处安身，最后不得不屈就电影公司等经历。回过头来看，大约在写完《家》之后，正值中年的曹禺，慢慢陷入创作的困顿与迷茫之中，在滚滚时代洪流的裹挟下，其戏剧生命逐渐被政治销蚀、被时代搁置。1943—1949年长达七年的时间里，曹禺的多个创作设想（《三人行》《李白和杜甫》《天桥》）均无疾而终；半部《桥》也永远只是个残篇，成为曹禺一生的遗憾；电影剧本《艳阳天》满是商业化的标签，艺术性乏善可陈。曹禺为此而痛苦、迷惘、彷徨，在摇摆、观望中苦苦寻觅，期盼尽早爬上艺术的彼岸，再次拥抱生命的朝阳。

① 参见郁达夫《〈雷雨〉的演出》（《星洲日报》1939年3月25日）、《看了〈雷雨〉的上演后》（《星洲日报》1939年3月28日）和《〈原野〉的演出》（《星洲日报》1939年10月8日），收入《郁达夫文论集》，浙江文艺出版社1985年版。

② 郁达夫：《〈原野〉的演出》，《星岛日报·星期刊·文艺》，1939年10月8日。

三、新中国成立至今（1949 年至今）：断断续续绘时代历史画卷，兢兢业业创人艺演剧辉煌，风风雨雨难掩经典灿烂光芒

1949 年初，在解放战争的轰隆炮火中，曹禺主动选择北上参加筹备第一次全国文艺界代表大会。在中共地下组织的安排下，曹禺同柳亚子等一行辗转多地，最后到达北京，受到热情接待，并被委以重任。但曹禺毕竟是从国统区过来的作家，有相当长一个时期，曹禺都谨小慎微，在政治标准和个人风格之间左右观望、艰难游走，在积极追求“进步”的前提下，寻找着某种平衡。新中国成立后，曹禺的戏剧创作的确不多，只有 1954 年的《明朗的天》、1960 年的《胆剑篇》和 1978 年的《王昭君》。这三部戏，或近写现实中知识分子的思想改造，或重述历史中家喻户晓的经典故事，差不多都是特殊时代的产物，带着浓厚的政治色彩。因而，在很大程度上可以说，这三部戏的思想和艺术成就，是难以与曹禺新中国成立前的那几部经典剧作相比肩的。

相对于新中国成立后曹禺本人创作力的逐渐衰退而言，曹禺作为院长长期领导下的北京人民艺术剧院的演剧事业蒸蒸日上，并不断走向辉煌。自 1952 年 6 月 12 日成立，曹禺担任首任院长以来，北京人艺就逐渐成长为新中国最重要的演剧基地和人才摇篮。北京人艺先后多次将曹禺新中国成立前的《雷雨》《日出》《原野》《北京人》《家》等经典剧目以及新中国成立后创作的《明朗的天》《胆剑篇》《王昭君》等一一搬上人艺的大舞台，进行了精彩的重新演绎，让不同时代的观众都能领略到曹禺剧作不朽的艺术光芒。

虽然北京人艺成立较早，影响也最大，但新中国成立后曹禺剧作的首演，并不是在北京，而是在上海。1954 年 2 月 19 日，上海电影演员剧团在上海大众剧院上演了《雷雨》，导演赵丹，参演的有舒适、上官云珠、王丹凤、夏天等明星级别的演员。《雷雨》一剧被定位为“揭露了那个时代的丑恶的一面和新生的一面”。这次演出，标志新中国成立后一直处于冷冻状态的曹禺戏剧开始解冻。① 但 1954 年上海电影演员剧团的《雷雨》，很大程度上延续的还是新中国成立前“中旅”的演出风格，其影响远不及后来身处政治中心的北京人艺对曹禺剧作的重新演绎。因而，赵丹版《雷雨》是新中国成立后曹禺剧作演出的开端，也可以说是曹禺剧作新中国成立前演出模式的最后告别。②

1953 年底，为响应第二次文代会对开放“五四”以来优秀剧目的号召，北京人艺决定首先演出曹禺的经典剧目，并将《雷雨》作为第一部排演的作品。经过约半年的精心筹备，1954 年 6 月 30 日，北京人艺版《雷雨》在北京剧院首演，导演夏淳。演员有郑榕（饰周朴园）、于是之（饰周萍）、李翔（饰鲁大海）、吕恩（饰蘩漪）、朱琳（饰鲁侍萍）、胡宗温（饰四凤）、沈默（饰鲁贵）、金昭（饰周冲）等。在导演夏淳看来：“《雷雨》是一部鲜明地刻画以鲁大海为代表的中国工人阶级和以周朴园为代表的民族资产阶级矛盾的剧本，阶级斗争或

---

① 张耀杰：《曹禺：戏里戏外》，东方出版中心 2012 年版，第 263 页。

② 孔庆东：《从〈雷雨〉演出史看雷雨》，《文学评论》，1991 年第 1 期。

隐或现地影响着剧中的每一个人物。”①北京人艺尝试通过对《雷雨》的全新演绎做“新的解释”，赋之以“新的生命”“新的精神”。② 北京人艺的《雷雨》首演，获得了巨大成功，一连演了五十多场，得到了观众、专家和中央领导的充分肯定。

以此为标志，在很长一个时期内，曹禺剧作的演出进入以北京人艺为代表的“一体化”时期(1949—2000 年)。2000 年以后，在艺术创新驱动和市场需求导向下，曹禺《雷雨》《日出》《原野》《家》等经典剧作的被重新演绎，舞台演出呈现出诸多新的特点，探索性、多样性、象征性、市场化在加强，但带来的争议也不断，我们暂且称之为“多样化”时期(2000 年至今)。

首先介绍一下“一体化”时期曹禺三部新剧《明朗的天》《胆剑篇》和《王昭君》的演出情况。

1954 年 12 月 18 日，北京人艺首演《明朗的天》，导演焦菊隐，副导演夏淳。作为曹禺在新中国成立后创作的第一部戏剧，《明朗的天》的演出，受到观众的期待和欢迎。周总理观看后，肯定了编剧和演出的成功。该剧参演 1956 年 4 月 5 日全国第一届话剧观摩演出，获得演出、导演、舞美、制作和表演等多个一等奖。但该剧“对凌士湘的创造，还显得比较单调，性格的复杂性、思想的矛盾还没有得到更深入的挖掘。……而在演出中，导演和演员在这方面并没有能去修改、丰富它”，“刁光覃同志集中力量处理了角色的性格特征，而没有能够准确的全面掌握住角色的思想核心，因此这个人物的创造就缺乏思想深度，把人物的内心世界处理得单调，相对的就减弱了人物的真实性”。③

20 世纪 60 年代，为适应社会时代发展的需要，曹禺转向历史剧《胆剑篇》的创作。1961 年 10 月 3 日，北京人艺正式上演《胆剑篇》，导演焦菊隐、梅阡。在 10 月 11 日北京市文联召开的《胆剑篇》座谈会上，专家们“一致认为《胆剑篇》的剧本和演出都富有特色，为历史剧创作提供了许多有益的经验”。④ 虽说《胆剑篇》演出时的场面是宏大的，布景也精致，但总觉得缺少曹禺早、中期的剧作中那种勾魂摄魄的震撼力。演员方面，童超的夫差、苏民的范蠡、郑榕的伍子胥、董行佶的伯嚭、朱旭的鸟雍、徐洗繁的泄皋、狄辛的西村施姑娘等，都留给人较深刻的印象，但“美中不足的是，这次演出还未能给人一个比较完整的印象，导演的艺术构思还未能很好完成”。⑤

“文革”结束后，饱经磨难和创伤的曹禺创作完成了他的最后一部剧作《王昭君》。1979 年 7 月 25 日，《王昭君》由北京人艺首演，导演梅阡、苏民，副导演林兆华，主要演员有狄辛(饰王昭君)、蓝天野(饰呼韩邪)、董行佶(饰温敦)、赵蕴如(饰孙美人)等。狄辛塑造的王昭君形象，慷慨大义，胸怀家国天下而自愿奉献自己，给人留下了深刻的印象。此外，

---

① 夏淳:《生活为我释疑——导演〈雷雨〉手记》，见苏民等编《〈雷雨〉的舞台艺术》，上海文艺出版社 1982 年版，第 15 页。

② 安冈:《谈〈雷雨〉的新演出》，《戏剧报》，1954 年第 8 期。

③ 左莱:《谈〈明朗的天〉中几个演员的创造》，《戏剧报》，1955 年第 3 期。

④ 《北京戏剧界座谈〈胆剑篇〉》，《戏剧报》，1961 年第 Z7 期。

⑤ 凤子:《〈胆剑篇〉演出浅谈》，《人民日报》，1961 年 12 月 9 日。

"孙美人的形象塑造得非常好,她那种至死不悟的幻想,使人感到又可怜、又可怕",[①]赵蕴如演活了孙美人,尤其是殉葬的孙美人以为自己能见到皇上而过度兴奋死去的情节,让很多观众都流下了热泪。1980 年 9 月,北京人艺受邀赴香港演出,在新光戏院公演《王昭君》,演出产生了较大的影响。香港良友图书公司特为此出版《曹禺、王昭君及其他》一书,从书中的"欢迎《王昭君》公演特辑""评论小辑"和"座谈会"记录等内容,可以详细了解当时《王昭君》在香港的演出及反响情况。

曹禺新中国成立后创作的这三部戏和同时代大多剧作的演出一样,刚搬上舞台时,的确受到观众的热烈欢迎和评论家的较多赞誉,但大多只是特殊时代的花朵,在当时"昙花一现"后就很难在戏剧舞台上复排再现了。与曹禺这三部时代、历史"新"戏在舞台上的命运不同的是,他新中国成立前的多部"旧"戏《雷雨》《日出》《北京人》《家》《原野》却被反复排演,一直活跃在戏剧观众的小舞台和社会人生的大舞台,是当之无愧的经典。

自 1954 年北京人艺第一版《雷雨》首演成功之后,北京人艺又先后于 1979 年、1989 年两次复排《雷雨》。导演仍是夏淳,演员阵容有一定的调整,部分环节的处理随时代有一定的变化。"一体化"时期,北京人艺夏淳版《雷雨》的演出,在一定程度上保证了整体风格的延续性。此外,北京人艺还多次公演《日出》(导演:欧阳山尊 1956 年、刁光覃 1981 年)《北京人》(导演:焦菊隐/田冲 1957 年、夏淳 1987 年)《家》(导演:蓝天野 1957 年)等经典剧目。演出单位除北京人艺外,还有天津人民艺术剧院、上海人民艺术剧院、中国青年艺术剧院、中国广播文工团、上海电影演员剧团、北京电影演员剧团等。这些国内著名的演出单位多次将曹禺的经典剧作搬上舞台,并一演再演,也演绎得十分精彩,取得了不错的演出成绩。鉴于篇幅,这里不再一一赘述。[②]

总体上说,"一体化"时期曹禺剧作的演出,基本与夏淳版《雷雨》的演出一样,都是以"一体化"时期的文艺思想为指导的,严格遵循:凸显阶级斗争和反封建的主题,注重主要人物形象的塑造,强调现实主义的表现手法等原则。但这一阶段,也有几次不同于上述现实主义为主导的曹禺演剧尝试:1982 年,天津人艺丁小平版《雷雨》将"第九个角色——号称'雷雨'的好汉确定为全剧的演出形象,藉它来显示宇宙里斗争的残忍与冷酷,藉它来象征破坏旧世界的威慑力量"[③];1993 年,王晓鹰版《雷雨》"将一部很旧很旧的作品赋予新的生命"(曹禺语),加进序幕和尾声,删去鲁大海这个人物,更多追求的是一种诗意的表达,被认为"是《雷雨》演剧史上里程碑式的一件事,鲜明地表明对曹禺剧作新的艺术解释浪潮的开始"。[④] 此后,新的《雷雨》演出版本逐渐增多,探索性、先锋性、创新性不断增强。

① 郭汉城:《曹禺戏剧创作的新发展——喜看话剧〈王昭君〉》,《人民戏剧》,1979 年第 10 期。

② 参见欧阳山尊:《〈日出〉导演计划》,中国戏剧出版社 1983 年版;刘章春:《〈日出〉的舞台艺术》,中国戏剧出版社 2011 年版;蔡骧:《〈北京人〉导演计划》,中国戏剧出版社 2004 年版;解玺璋、解宏乾:《北京人艺戏剧博物馆》,同心出版社 2012 年版等。

③ 丁小平:《第九个角色——〈雷雨〉导演札记》,南开学报编辑部编《曹禺戏剧研究集刊》,南开大学出版社 1987 年版,第 202 页。

④ 参见黄长怡:《百年一戏〈雷雨〉:让我们向曹禺前进》,《南方都市报》,2007 年 4 月 23 日。

进入21世纪之后，曹禺剧作的演出呈现“多样化”的特点。代表性的演出如下：

(1)2000年北京人艺任鸣执导的《日出》，主要演员有郑天玮、顾威、冯远征、张万昆、王刚等。任鸣在追求“好懂、好看、好卖”的前提下，试图实现艺术经典与流行文化的结合。导演利用旋转舞台，将开场近乎“现代迪厅”俗艳与奢华的现代大饭店，与戏剧故事发生的20世纪30年代串联起来，强调剧中人物与当下现实生活的关联、比附，具有强烈的现实批判性。但市场化、俗艳的表演对原著的诗意造成了很大的冲击，演出引起争议。

(2)2000年，北京人艺李六乙导演的小剧场版《原野》，胡军、夏力薪主演。该剧具有浓厚的“先锋探索”色彩，舞台布景充满象征意味，有电视、席梦思、马桶、可乐等诸多意象符号，导演希望借此来探索现代人“迷路”后的自我困境。但是由于演出严重背离原著，也引发很多争议。

(3)2003年4月，为庆祝中国戏剧梅花奖创办20周年，首都剧场演出了由徐晓钟导演的《雷雨》，人称“梅花版《雷雨》”。“梅花版《雷雨》”在写实中融入写意性，恢复了原剧的序幕与尾声，演出在破落的、颓败的灰色屋宇中进行。演出最大的亮点是周朴园、蘩漪、周萍、鲁侍萍的扮演者各有三组演员组成，观众可看到由多届梅花奖得主饰演的周朴园、蘩漪、周萍、鲁侍萍。三组演员的把握均十分到位，表现相当出色。[①]

(4)2003年11月，明星版话剧《雷雨》在上海首演。导演陈薪伊，演员阵容十分强大：潘虹饰蘩漪、达式常饰周朴园、顾永菲饰侍萍、濮存昕饰周萍、田海蓉饰四凤、雷恪生饰鲁贵、蔡国庆饰周冲。明星版结合了当代人的审美，突出命运主题，赋予戏剧更多人性化的色彩。演出满足了人们强烈的心理预期，实现了比较好的经济效益。这无疑是曹禺经典剧作与流行文化结合的有益尝试。此后，又先后出现了明星版的《日出》(2008年，导演王延松，演员有陈数、靳东、郭达等)、明星版《原野》(2010年，导演陈薪伊，演员有胡军、徐帆、濮存昕、吕中等)等。

(5)2004年，为纪念曹禺先生《雷雨》剧本发表70周年，北京人艺复排《雷雨》，由顾威担任导演。杨立新、龚丽君、夏立言、白荟等年轻演员的演出，让《雷雨》呈现出新的面貌，人称“人艺第三版《雷雨》”。顾威版《雷雨》在人艺夏淳版的基础上，深入挖掘人性的挣扎与呼号的主题，并确立了蘩漪第一主角的地位。演出带给观众更多的是感官的惊悚和心灵的悸动，获得观众和专业人士的充分认可，被认为“最接近曹禺原著的精神状态”。

(6)2006年2月，王延松为天津人艺导演的《原野》在津首演。王延松版《原野》对曹禺的原作做了压缩和删减，剧中人的性格更显极端，行为更显奇异，追求一种超越现实的极致美。导演对舞台的布景做了很大调整，还增加了九个诡异奇特的“陶俑类形象”，并与剧中人物一一对应。这一创举无疑有利于表现人物深藏在内部的灵魂，强化审美意识中的生命意味。

当然还有其他各种版本的曹禺剧作演出，将曹禺戏剧的丰富意蕴和旺盛生命力充分呈现出来。而且，近年来，曹禺剧作演出中的多样化元素：社会现实、原始生命、家庭伦理、

① 参见苏丽萍：《“梅花版”〈雷雨〉观者如潮》，《光明日报》，2003年4月7日。

复杂人性、娱乐消费、先锋探索等风格正慢慢走向融合，追求原著的艺术精神与当下的文化语境的有效结合。如2017年何念版《原野》、2018年赖声川版《北京人》的演出，就明显具有这样的趋势。

近年来，不断有媒体报道，曹禺经典剧作《雷雨》在演出中频遭“笑场”。2014年7月22日，北京人艺公益演出《雷雨》时，表演频遭台下观众（公益场主要是大中学生观众）“笑场”。“令人惊诧的是随着台上剧情的发展，人物关系渐渐暴露，舞台下爆发出阵阵欢快的笑声。台上进入角色的演员们非常的不适应，努力调整表演的幅度，仍然有很多台词被笑声淹没。……彻底揭开了兄妹乱伦的残酷事实的时候，台下仍然是笑声阵阵。”剧中周朴园的扮演者北京人艺著名演员杨立新对此表达了自己的强烈不满。有观众也表达不解，“看《雷雨》居然会‘哄堂大笑’，而且‘贯穿全剧’？真是不可思议。”2014年8月，北京人艺在上海演出《雷雨》又遭“笑场”，整整三个小时的演出，笑声不断。如此人伦悲剧，如此经典，在当下一次又一次遭遇“笑场”，这个现象所折射的问题，诸如时代隔阂、文化断层、消解经典，以及年轻人的恶搞文化、无厘头做派、无底线思维等，的确值得注意和反思。

一、全民族抗战爆发前

（1935—1937年）

记南开之《争强》

立　厂

南开大学这一次总算是破天荒的盛举，才有这男女合演话剧的一回事。开幕前一位张先生上去致辞，真是趣语环生。凑巧那时有两位女性在那里咕嗫私语，他随后就说：“刚才有两位太太说话，我们真不好怪她们；因为中国人是享自由惯的。在大锣大鼓的唱京戏时候，两个朋友见了面就是，‘哙！老兄。吃了饭没有？’都没要紧。但是，看这种话剧，是要受些别扭的，非但说不得话，而且连咳嗽都不能；……”我想那说话的女客听了一定要无地自容吧？但因此一来，场中毕竟静谧了一些。《争强》是高尔斯华绥所著的剧本，名家手笔，究竟不凡，一共是四场，就是第二场的下半段太沉闷一些。

第一场是在吴矿长饭厅里。万家宝饰安敦一，极像老人的声态，在全剧最为出色。其次张平群饰罗大为那种激烈的样子，也很相宜。伉乃如饰魏瑞意，活画出一个自私自利的市侩。吕仰平饰施康伯（韩伯康），那种颟顸的样子，也都很受观众欢迎。在这一幕里所表示的不过是一个铁矿罢工以后，劳资两方都受极大损失，一般人都想妥洽，只有资方首领安敦一和劳方首领罗大为还在坚持。第二场（即第二幕第一场）在罗大为家中。先是陶亨利之女在讥讽罗大为有病的妻子，因为罗大为的缘故，接着吴矿长的妻子（安女）来看她的朋友（罗妻）的病，陶女当面给她抢白，才走了出去；不多一会，罗大为回来，抢白她；在这一段里，王守瑗女士饰吴安绮丽这一角极好，她明明晓得工人病苦，是她父亲应负责任，但又不肯承认；她受了人家的抢白，很想抵抗，而又怯懦；王女士很能把握这种心理，体贴入微。吴妻走后，罗大为又去开工会，陶亨利女儿来运动鲁家治等反对罗大为，这陶美芝一角是沈希诔女士饰的，说到“你要和我好，……”台下哄然大笑。罗大为的妻是张英元女士所饰，装重病的样子，也很动人，在人面前总是帮着丈夫，到独自对丈夫说时，也在埋怨他，这都是剧本很细致的地方。到后来罗妻快死了，这一场才完结。第三场在矿区槛前开会，这时的上半节和上场下半节同时，所以合为一幕。这场里面当然是罗大为一角最重要。起先反对很得势，到后来被他战胜了，到工众一致举手喊罗大为的时候，可以说他的坚持政策几乎要完全成功了；但给陶美芝来说他的妻子死了，他就很颓丧地回去，于是给陶美芝一挑拨，全局就反转，反对党得全胜，决议让中央工会调解。第三幕在吴矿长家的客厅里，这时几位董事把董事长安老先生攻击得体无完肤了，安老先生愤而辞职，于是董事方面也接受了中央工会的调解。等到罗大为赶来，两边早已妥洽，但他还不晓得；在揭穿了以后，他真难过。在他痛骂他同辈的人格卑污和（出）卖他的时候，安老先生倒反觉得对他有同情了，就跑去和他握手，在这时候中央工会代表叫他回家去吧，他惨叫着："家！我的家在哪里?"就是这样的闭幕。这一个剧本从大体说来，总算很好，所包含的意义也很广。高氏的意思，在描摹两个走极端的主角，在他们本身的立足点看来，所争的都很对；其余人想都是外强中干和虎头蛇尾的一班庸人，还有几个是投机者，所以闹了许久，两边都受了绝大的牺牲，却都在紧要关头，自己内讧起来，变成妥协的局面，终于没有得到彻底的解决，而以后的争端也就方兴未艾了。此次南开公演此剧，上台的有五六十人，在学校演剧中总算很少见，配搭也还整齐。星期六夕再作最后公演云。

（十月十九夕观剧后记）

原载《北洋画报》1929年第8卷第389期

《雷雨》在东京公演

宁

在《文学季刊》第三期上，登载了一篇将近十二万字的四幕大悲剧。作者曹禺，是个陌生的名字。在这寂寞中的剧坛上，这剧本曾激起了一阵猛烈的浪花，当时在国内就有很多人想把它上演，或许是因了环境上的种种困难吧(?)终于没有现实(实现)[①]。

作者运用他灵活的手腕，内容穿插得非常的生动，他是描写一个资产阶级的家庭中错综复杂的恋爱关系，及残酷的暴露着他们淫恶的丑态。用夏夜猛烈的"雷雨"来象征着这阶级的崩溃。

在人们的不注意中，《雷雨》被一群流浪在东京的爱好戏剧的青年们突然上演了。时间是四月廿七廿八廿九三日，地点在神田，一桥，一桥讲堂。是由吴天、刘汝醴、杜宣导演，据云演员均系初次上演，而仅有三星期之排演。但演出之成绩均属不恶，诚为难能可贵也。但布景嫌通俗，灯光亦迟钝，至于舞台效果：闪电，风，雨，均佳，惟雷声则像破罗(锣)云云。

原载《杂文》1935 年第 1 期

① 根据文意，原文此处"现实"应为"实现"排版之误。全书后文有类似情况，会加括号予以注明。除特殊情况不再一一说明。

雷雨在东京

余　一[1]

周围接连地起了哄笑声。我在什么地方?

“在剧场厅子里坐满了观客,四周都是笑语和吵闹。这时候他的心就会感到剧痛,他会感到沙漠似的寂寞。在这热闹的人群中似乎就只有一个他孤寂的人,他的渴望,他的苦痛是完全和那些人不相关联的。”

在一篇小说里我曾写下了这样的句子,这并不是我的自白,我是在描写一个朋友。然而如今我自己也有这感觉,这经验了。

我是在什么地方呢?在剧场,和我那朋友一样。我来这里做什么?我是来看那热闹的人群吗?我是来听那轻松的哄笑声吗?

不,决不。我是来看一幕人生的悲剧。不错,正在舞台上开演的《雷雨》是一幕人生的大悲剧。

我几乎不能够相信我的耳朵了,我的耳边响着的确实是一些和玩具的汽(气)球一般的一撞就破的哄笑声,而且叫人想到发这种声音的就只会是一些影子。笑声在我的耳边碎了,一个一个地碎了。

在舞台上一个被开除了的公馆里的听差,在他的贫苦的家中对着他的同样被开除了的儿女,诉说着他的苦恼。他的每一句话都会使大部分的观众发出轻松的笑声。为什么呢?难道那个演员把那听差演成了一个可笑的人物吗?不,不!自然我得承认这晚上的演员们都不曾有过成功的表演,导演们也没有尽他们的职务,甚至剧本也有一些缺点。但是舞台上的听差却和真实的听差没有大的差别。舞台上的确表现了一个被践踏被侮辱的所谓下人的一生的悲剧,发出轻松的哄笑声的大部分观众,是些什么人呢?所谓中国的留学生。

“戏已经做完了,再没有可做的了”,我旁边一位穿着学生服的专家骄傲地说,他做出很不耐烦的样子,而且时时和坐在他前一排的三个女朋友说些轻松的笑话,那些小姐们是观众中最爱发笑的份子。

不错,我认得这位专家一个立达学园的毕业生。自然他不认识我。他为什么要认识我呢?他是一位专家。他在第二幕后的休息时间里对我说:“这剧本简直不合戏剧原理。”呵,我几乎要笑出声来了。这位专家懂得什么戏剧原理?他至多看过几次在中国上演的

① 巴金的笔名。

话剧罢。我回答他:“那作者从事话剧运动也是好几年的历史了。我知道他写这剧本就花了三年以上的工夫”“那么为什么我以前就没有听见过曹禺这个名字?也许他是一个演文明剧的戏子罢。”

说老实话,我这时候真想给他一记耳光!我不再理他了。我和他说话是我的一种耻辱。这种人只配去听鹤见祐辅的河马的讲演的。

大部分的观众仍然哄笑着。

舞台上的悲剧慢慢展开了。一个受尽了践踏和侮辱的贫穷的母亲不愿意她的女儿再去走她的错误的路,她要那天真活泼的女孩给她一个约言,不再见那富家的情人,这女儿在二种爱中间挣扎着,而且甚至她,甚至在这时候她也能够看见这社会制度在她母亲一家和她情人一家中间所掘的鸿沟和她情人一家对她母亲一家所做过的不义的行为,同时也能够感到因这而起的仇恨,但是她究竟太年青了,爱情在她身上究竟还有着不可抗拒的绝大的力量,所以当这女儿怀着牺牲的心终于应允了母亲不再和情人见面时,这景象纵使由不熟练的演员来表演应该是一幕撕裂人心的悲剧。我的心起了痛楚,一个朋友几乎淌出了眼泪,而那位专家呢?他似乎又要发什么议论了。

女儿应允了母亲以后却忍不住哭出声来扑倒在母亲身上。还不能了解女儿心理的母亲流着眼泪向女儿道歉,她说她太爱儿女了,不忍心眼看着女儿受人欺负……我悲痛地掉开了头。

出乎我意料之外,观众中又起了一阵轻松的哄笑。我再看舞台,那个惹人笑的听差又出现了。他的举动是那种人所惯有的,并没有一点可笑的地方。然而少爷小姐们笑了。一阵愤怒袭击了我。在愤怒中我听见了一阵“齿!齿!”的声音,这是对那些笑声的反抗,不,这是对那些笑声表示轻蔑,表示憎厌。原来在这里还有一些人不是来寻开心的,不是来看笑话的。还有一些人,他们来这里是为了想知道一点什么,为了想看见我们这社会内部的一角。

舞台上动作继续着,于是从托尔斯太的《复活》里脱胎来的那一个场面展开了。“这毫无意思!”专家武断地自语说,他现了瞌睡的样子。我不知道专家的戏剧原理是什么样的东西。但我疑心专家没看过复活。我读复活到那一段时很受过感动。我读《雷雨》到这一段也很受感动。“女的在房里喝酒,对着一盏煤油灯哭,把头俯倒在桌子上。男的在外面敲窗户。女的跑去阻拦他,不让他进来……”这和什么样的戏剧原理不合呢?倘使专家责备说,在这一点作者把四凤,那婢女写成了一个斯拉夫女性,或者拉丁女性。这倒是很对的。因为我读过《雷雨》,我总觉得四凤不是一个中国姑娘,更不像一个婢女。但这一层专家是不会懂得的。

第三幕完了,休息二十分钟以后,第四幕开始了。这一幕演得最失败,因为临时受警察署干涉不得不把时间缩短,场面缩短,结果第四幕只演出原剧的一半,而且成了牛头不对马嘴的东西。无怪乎爱笑的观众会发出更多的哄笑了。

这些哄笑曾有许多次引起那个穷苦的老婆子的笑容。观众责备那个脚色“笑台”。而其实她的笑容,使得这悲剧受了大的损害的笑容,对于这个,观众也要负一部分的责任。

第一夜的雷雨就这样完结了，对于导演和演员们的失败，我不能说一句责备的话，我反而佩服他们的热心。

走出剧场，我望着拥挤的观众的背影，我奇怪他们究竟来这里干什么？这一想我的心就猛烈地痛起来了。

雷雨就这样完结了。我并不失望，我在这剧本未发表前就读过它，而且是我和另一个朋友两人负责把它发表的。不管它有着许多缺点我爱它，我了解它，这并不是因为我认识那作者，事实上我自己就是在中国的旧家庭里面长大的。倘使我把我的见闻全部写出来，我在出版了《家》以后也还可以写出一本《雷雨》来。

但是写出来又有什么用呢？倘使写了剧本上演出来就只给那般发出轻松的哄笑声的人看！

注：曹禺著的《雷雨》原剧发表于北平文学季刊一卷三期。最近由留日中国学生在东京排演。

原载《漫画生活》1935年第9期

《雷雨》批评专辑[①]

《雷雨》的写作

曹　禺

这是雷雨的作者曹禺先生致雷雨的导演者们的一封信，我们觉得非常有趣味。

他原来是在写一首诗，本意是要使读者和观众犹如在听一个神话似的，回到更古老，更幽静的境界里去。所以他对于序幕和尾声删去了觉得真是可惜的事。这是多么意味深长的呢！

只是不知因为是将序幕和尾声删去了的缘故呢还是怎么着，就这回在东京演出的情形上看，观众的印象却似乎完全与作者的本意相距太远了。我们从演出上所感觉到的，是对于现实的一个极好的暴露，对于没落者的一个极好的讥嘲。

是的，易卜生或者也是在写诗，但他却终于也要遭到妇女们联合前来道谢的烦恼。这封信对于研究戏剧的人们也许很有意思的，至少是那作者的作品与他自己的世界观是否恰恰合致是可以看出一点的，固然这在历史上早有先例，如托尔斯泰他们也就每每逃不出这圈儿。至于在从事剧本创作的人们，则借以当作一面镜子大约也是很好的吧。

××先生

（前略）我写的是一首诗，一首叙事诗，（原谅我，我决不是套易卜生的话，我决没有这样大胆的希冀，处处来仿效他。）这诗不一定是美丽的，但是必须给读诗的一个不断的新的感觉。这固然有些实际的东西在内，（如罢工……等）但决非一个社会问题剧。——因为几时会有人说“我要写一首问题诗？”因为这是诗，我可以随便应用我的幻想因为同时又是剧的形式，所以在许多幻想不能叫实际的观众接受的时候，（现在的观众是非常聪明的，有多少剧中的巧合……又如希腊剧中的运命，这都是不能使观众接受的。）我的方法乃不能不把这件事推溯，推到非常辽远时候，叫观众如听神话似的，听故事似的，来看我这个剧，所以我不得已用了《序幕》及《尾声》，而这种方法犹如我们孩子们在落雪的冬日，偎在炉火

① “《雷雨》批评专辑”为编者所加，共收录《杂文》杂志1935年第2期中的《雷雨》批评专题文章三篇。

旁边听着白头发的老祖母讲从前闹长毛的故事，讲所谓“Once Upon A Time”的故事，在这氛围里是什么神怪离奇的故事都可以发生的。尔难道不喜（恕我夸张一点这是作者的虚荣心，尔且放过了这个。）雷声轰轰过去，一个男子（哥哥）在黑得像漆似的夜里走到一个少女（妹妹）窗前说着呓语，要推窗进来。那少女明明喜欢他，又不得不拒绝他，死命地抵着窗户，不让他亲近的场面，尔难道不觉得那少女在母亲面前跪誓，一阵一阵的雷声，（至于雷雨象征什么，那我也不能很清楚地指出来，但是我已经用力使观众觉出来。）那种莫明其妙的神秘终于使一个无辜的少女做了牺牲，这种原始的心理有时不也有些激动一个文明人心魂么？使他觉到自然内更深更不可测的神秘么？这个剧有些人说受易卜生的影响，但与其说是受近代人的影响毋宁说受古代希腊剧的影响。至于尔说这是宿命论的腐旧思想，这自然是在一个近代人看，是很贴情入理的。但是假若我们认定这是老早老早的一个故事在我们那 Once upon a time 的序幕前提下（序幕和第一幕只差十年，这是没有法子的事，不过这也给了相当辽远的感觉。）于是这些狂肆的幻想也可以稍稍松了一口气，叫观众不那样当真地问个究竟，而直接接受了它，当一个故事看。所以为着太长的缘故，把序幕及尾声不得已删去了真是不得已的事情。我看见第三幕月份牌是一九三五年，四月廿七日，我只好是认为无法子的事情。而我为什么要用些三十年前旧事便会有些道理了。再，我的朋友——那序幕中音乐是 Bacb 作的 High Mcss In Bmiuor'Beuedi Ctus yui Cencit Donini Noniui，那点音乐是有点用意的，请设法借一唱盘（CoLumLiu 公司有的），尔便会明白这点音乐会把观众带到远一点的过去境界内，而又可以在尾声内回到一点更古老，更幽静的境界内的。这剧收束应该使观家的感情又恢复到古井似的平静，但这平静是丰富的，如秋日的静野，不吹一丝风的草原，外面虽然寂静，我们知道草的下面，翁翁叫着多少的爬虫，落下多少丰富的谷种呢。（下略）

《雷雨》的演出

吴　天

雷雨这剧本，我在国内便读过，并且写过一点读后感一类的东西，发表在我们自己办的刊物上。那文章大致的意思是说这故事的传奇性太重，有些不自然的地方，并且在事象的再现上，作者显然有着一点主观的错误。但大体上是成功的。这次由刘汝醴，杜宣二先生和我负责导演出来，更证实了我那几点意见。

原剧有四幕，外有序幕及尾声，然就演出上讲，那首尾都是多余的，因此大胆地删除了。而在落幕前使鲁大海出现，这都是在求全剧的完善与统一的标准上修正的。关于这，作者会有辩解（请参看曹禺氏来信），但我认为不满意，我们的改正不尽善或则有之，（这全在上场时间，对白，下场的穿插的技巧，当时如给我们更多的时间，我想一定使鲁大海在结尾出现得更恰当。）但出场的原则是并没有错的。因为我们认为鲁大海是暗示新兴的人物，作者不应使他“不知所终”，致使全剧陷入混乱感伤中。这脚本的脚色，每个人的表演都很重，差不多成一种均衡状态，幸而觅到几个颇为恰合的人。而每个演员都肯努力，研究，这都是后来获得一点成功的主因。在这里我得特别举出几个人来，为饰鲁贵的王先生，饰侍萍的乔女士等，他们都是非常刻苦，潜心研究的。

每天排练，我们拿着 Dirctor-manuscript，想场面和表情。但是时间匆促，不能容许精细的修正。我时常感到自己能力的薄弱。演习的进步虽然是有的，但总不感到满足，甚至我怕这次会非常失败。（自然这仅是我一个人的苦心，我是希望得太高了。）直到第一场公演后我才知道还没有完全失败。

但不幸第一天因为日本警厅视（警视厅）的时间限制，第四幕中间割断了许多。这是使我非常伤心的事。而第二天便因此，演员把剧词弄得略有紊乱，只有第三天较为完美。可是那天偏偏落了雨，观众到得很少。

如果不苛求，据一般观众说是还好的。在我们，总算是有点安慰了。

《雷雨》的批评

罗亭（恭录）

赞美是一种鼓励，攻击则促其斗争，只有像那一张薄纸，掉在水里寂然无声才真可悲痛。

近年据说青年作家出来不少了，作品也的确发表得颇多，只是引起了反响的，却还不大看见。这在作者是应该负责任的，不过一概这么说也有点冤枉，中国的读者和看客有时仿佛很麻木。

在戏剧方面又岂能两样，发表是有的，演出已经不多，而弄得大家哄哄起来的就简直没有了——固然这多少也有点环境关系。《文学季刊》不久以前发表了《雷雨》这剧本，当时也不大听见人谈起，不过最近突然远远的在日本东京上演了。就东京一隅说，这《雷雨》倒响过一下子的，在吃茶店里，就做了留学生的谈资，在日本的报章上，也常被人提及，而《帝大新闻》，则还有过专论，说是什么日本人以为中国的戏剧还留在梅兰芳阶段是笑话。

不过议论大抵属于"赞美"，下以"严正"的"批评"的尊贵文献，我看只有某一位热心戏剧的同胞致"雷雨剧团"的公开信。谨恭录之以备研究戏剧的专家参考云尔。

《雷雨》剧团诸君：

闻尔等又决于本月中旬再次公演雷雨。尔曹诚畜牲不如矣。夫此等蒸母奸妹之剧，斤斤以为艺术。公演于岛夷之邦。其意何居。殊难索解。尔等以为日本人欢迎此剧。故不惮人言，一再重演。倘日人喜阅尔自身蒸尔母奸尔妹时，则尔曹亦可在此公演以博日人之欢乎。呜呼。休矣。吾初尚以贵会为有人性。征此以观，则禽兽之不若也。盖此剧一演。在尔等故有钱可得。而在我国家体面上，则已扫地无余。尔等非禽兽而何哉。愿尔曹三思之。有顾勿惮改勿贪日人区区数十钱。勿脱库子给臭屁股以供日人之一粲也。

（信中有几个字甚费解，但原文如此，恕不妄改，以存其珍也）

原载《杂文》1935 年第 2 期

《雷雨》的预演

冯　俶

昨天承孤松剧团的允许，在夜间我去看他们正式的预演，因为所需的时间很多，（一共是四幕，每幕要用一个钟头以上）只排了前两幕。这剧给了记者以非凡的感动，虽然我只看了一半，（这剧本我却读过一回）我已深深的体验到各位演员努力的精神，导演者灵活的手腕，和将这剧本内在的意义表现到如此完美的地步，它好像有一种排山倒海的伟大的力，同时还若有一缕流泉微细的力，一齐灌注到记者的心里。现在我将昨夜所得的印象和感想拉杂的记下，作一个观剧的补助。

《雷雨》是曹禺在《文学季刊》上发表的一个四幕剧，它前边还有一个序幕和末了的一个尾声，孤松本次的演出，将剧本又整理了一下，删去了序幕和尾声，保留了最完美的部分。这剧本虽然只以家庭的形式表演出许多平庸和错综的事实，它主要的企图是在人类"内心的发掘"，和一种永不磨灭的"人性的冲突"的描写。各位演员以他们娴熟的技巧，忠实的表现出来，比较从前的公演有了长足的进展！《雷雨》诚然是一个很大的剧，以少数的九个演员承当了这重大的职责，使许多繁杂的悔恨喜怒的情绪展在观众的面前，叫观众的眼和心陷入了缭乱的境地，这不能不说是获得成功。一切的布景，道具，灯光都是演员自己来动手，导演的认真，甚至一个极小的动作都用号码来作正确的规定，这种精神真值得我们钦佩！

这剧本在叙述一个某煤矿的董事长周朴园在三十年前引诱了家内一个叫梅侍萍的使女，发生了不正当的关系，而生下了两个男孩子，后来他因为要娶一个多财门户相对的女子蘩漪，将梅侍萍赶了出去而留下她的大孩子周萍。梅侍萍便抱了初生三天的二儿子投河，人家传说她和孩子都死了。但是周朴园却受了良心的裁判，追悔无由。其实梅侍萍和她的儿子被一个善人所救，后来嫁给了一个叫鲁贵的，又生了一个女儿鲁四凤。侍萍原来的小儿子也跟了过来，名字叫鲁大海。十年后鲁贵很巧的到周朴园家去做仆人，侍萍已到远地去做佣工，鲁四凤也被她的父亲带到周家充使女，鲁大海也在周家煤矿做了工头。周朴园和蘩漪也生了一个儿子叫周冲。周朴园因酒醉泄露了自己的秘密，使蘩漪知道了。但是她因不满于其夫，又和周萍发生了关系。可是周萍和鲁四凤又陷入了爱的漩涡中，事为鲁贵所知，他藉着这个机会来向他的女儿讹钱。当天鲁贵妻前来看她的女儿，到周家后，因为周朴园纪念梅侍萍而将屋内布置保留和她未走前一样。侍萍一看，想起了往事，陷入迷惘中，此时鲁大海也代表矿上的工人和周董事长来交涉。蘩漪因为嫉妒周萍和鲁

四凤的相爱，找侍萍来商量停雇鲁四凤的事，因种种误会使周朴园和侍萍见了面，将一切的关系皆弄明白，鲁四凤因为内心的羞愧，在雷雨交加的夜间跑了出去，触电身死，周萍也自杀了，在巨变中便闭了幕。

在演出上说演员的技巧到了成熟的地步。这里有一个新人是值得提出的，便是饰鲁四凤的伲菩，（原来是王樱饰这个角色，听说她不干了。）她是第一次登台，能有如此的成绩，真使得我们赞叹！表演一个少女在爱中所显现的梦与憧憬，深刻动人。李琳仍然是一个被弃的母亲出现，是个命运论者，在痛苦中低头，在这类角色中她是个好手。严如的蘩漪，她将一个泼辣倔强的女人表现得一丝无遗。她有几个细微的动作值得我们深切的注意。陶一饰一个怀恨的老人，几种内心表情作得很好。陈迹的鲁贵，他在这里给我们一个新的面目，他将卑鄙贪婪的性格表现得淋漓尽致。栏天的周萍，他这回却不是一个文派的角色，是一个忧郁，二重人格的青年，内心中充满了火样的力。高朋的周冲，何之的鲁大海都有了相当的成功。

灯光有了新的设置，几种天气的变化都能表现到恰好，布景有新的设置，特别要提的是雷和雨的场面弄得极逼真，这会一新观众的耳目的。

这剧本不单是告诉你一个家庭的故事，它潜在的有一个问题，“婚姻制度”的问题，婚姻如何才能成为一个健全的形式？恋爱是有阶级的么？在这个剧本便要寻出一个答案，一种合理公平的解决。它还告诉我们人类心灵上的弱点，在某种场合上它会盲目的驰骋；人性的冲动，本能的倾向，是要如何取得强制的调整？这剧本形式上用雷和雨的声音来加重表现的力量，使观众体会到在雷雨之中人们忧愁，悔恨，恐怖，多变的命运，不能不使观众陷入深沉的怜悯和悲哀里面。人们的命运不是像雷雨一样在变化么？

《雷雨》在日本东京的上演，轰动了日本的艺坛，这回孤松自今日起的出演，无疑的给正在前进的话剧加了一份力量，以他们以前的成绩，和努力从事的精神，长期的准备，我敢断定他们的力量是不会浪费的！

（八月十六日午后挥汗中写成。）

原载天津《大公报》1935 年 8 月 17、18 日的“本市附刊”

孤松剧团公演《雷雨》专号

孤松剧团公演《雷雨》

票价——甲种五角，乙种三角。

地点——河东金汤三马路西口市立师范礼堂。

时间——今明（十七十八日）准下午二时启幕。

限制——对排入座，童仆不招待。

导演的话

吕仰平

我久已赞许过的孤松剧团，现在又作第三次的公演了。回想以往的经过，凡是他们所演出的戏，没有一个不是给社会上留下很好的印象。但是他们却毫不自傲的仍然是时时虚心的努力着，以求得真实的进步。

这次，他们想演一个较重的剧本子了。最初他们去找我担任了这导演一席，我自觉个人能力有限，这么一个大的剧本导演起来是不能胜任的。但是后来一想，孤松剧团，是我个人认为唯一有希望的剧团，他们既是没有一个负总责任的人，那么我姑且借着导演的名义，再和他们合作。

在本年的暑假开始，大家方才议决，演这一年以前就想演的《雷雨》。这剧本是南大的一位旧同学万家宝君编著的，他是南开剧团的台柱，我和他也曾谈过"孤松"将演《雷雨》了，并且得到了他的同意，把这剧本子略加删改。最要紧的，是那序幕尾声，我绝对的主张删去。意思并不是剧本必须修改，实在为了上演方便起见，不得不有这一番工作。

真正的排演期间，一共也不过有三个多星期，这些日子里虽说在阴雨绵绵里并没间断过，但是不幸演员们，有好几位都生着病，这样又影响了不少的工作。一直到现在，戏算是演出了，但是结果，恐怕还不是我们在起始排演时所预想的。

这次《雷雨》的演出，我又发现了孤松剧团的一个最伟大的精神。因为我知道，这次的公演，景，灯，和一切的新的布置，都是花了很多数的钱作出来的，尤其难能的是这戏的效果，大家都是一点一点的想，一点一点的作，经我的详细调查，原来他们布置一切的人，也就是这几位演员，除去司幕者以外，他们统统是演员兼职员，这样一个重大的剧本，就由这十一二个人满作成了，虽然，有时他们觉得忙不开，而他们却毫不畏惧的一直干下去。他们这苦干的精神更是青年人里不可多得的事。

无论如何，《雷雨》是演出了，为了大家在学校里都是有工作的人，所以不怕日夜辛苦的，赶着在暑假里演出来。排演日期太少，当然得不到好结果，不过成绩的功败，还要请观众们给批评的！

最后，我对孤松和观众们道歉，因了南中暑校繁忙，未得把整个的精神顾到《雷雨》，假使它要给观众一种失望，那只有再看我们来年的更加努力了！

《雷雨》在东京

中国剧本译成日文的第一部　留日同学话剧的公演成功作

邢　雪

在国家地位低落到这步田地的时候，为使日本人在某一方面看得起我们，而把曹禺作的《雷雨》四幕剧搬上了东京的舞台，四月末日上演了。一切舞台，会场，演出，多方面的注意，使《雷雨》霹雳的响了。

留学生监督处和留日中华基督教青年会的人，都承认是在东京有留学生以来的空前盛举。而日本人方面都惊服了。在东京帝国大学的新闻上，发表了一篇影山三郎氏作的《须理解中华演剧！》他除了极清晰的解说了剧的内容之外，写着："由这次留学生的公演，使我们对中国戏剧的既成概念，根本推翻了。"并且又说："对中国新文学的认识，超越了鲁迅、周作人等；日本的各剧团与其远远的到欧美去苦心沥胆的找那不合于日本人脾味的脚本，何如就近早日把邻邦的巨作翻译出演。"

三天的公演在盛誉之下闭幕了，可惜因为把剧本草译为日文供日官方检阅的手续办晚了，而没能尽量宣传，因此有很多人希望我们再演。不幸东京六大新闻都答应给我们作第二次的宣传的时候，忽然有些立场不纯正的留日同学给我们中伤，蒋作宾公使把我叫到了公使馆，长谈了一小时半，允许给我们几百元的"慰藉金"，而我们只好答应了中止再演。

第一次公演除了日本方面给了我们很大安慰之外，巴金先生也曾连看了两次，写了一篇《雷雨在东京》发表在《漫画生活》的五月专号上，他说曹禺先生写这剧本，整写了三年的工夫。

后来友人介绍，见了帝大新闻上那批评的作者影山三郎，他说，"看过了很多欧美的创作和日本的创作，而这次虽然一句台词也不懂，坐了五点钟而没感觉到一点疲困，甚至可以说比看一次欧美的有声电影还紧张，从剧场出来以后，我兴奋到极点了，看过多少剧，从来没那样兴奋过，那篇拙作，是我当晚从两点到五点，在极端紧张的心绪之下，不得不写出来，为贵国这样的巨作宣传而写成了。"

以后我俩渐渐的谈到了翻译的事，又有那位介绍人土居治君的怂恿，于是我们决定开始试译。结果从五月十五日动笔，直到七月二十日完全脱稿了，四百字的稿纸，一共是三百八十九篇，十一万多字。在九月中旬大概可以出版，这是中国的剧本最初次介绍到外国去的。并且东京新乐地剧团，预备在本书出版以后，一定积极的排演，开中国的戏剧为日本人公演的新纪录！

为了些很要紧的工作，在七月底回到天津，立刻觉到天津话剧空气的浓厚，而愤恨为什么没有人来试一次《雷雨》。而不久却得到了孤松剧团公演《雷雨》的消息。我真愉快极了，希望孤松剧团能不辜负原作者的苦心，认真的排演，使这为人所忽视的“剧”，能为全社会认识，而加以正当的批评，不但可以促进话剧的演出和舞台技术的进步，和一般人对话剧的认识力的增厚之外，更可唤起一般剧作家和文学家的努力，以后会有更好的脚本，翻译成外国文，使中国在文学和戏剧方面能不为外国人所轻视。

最后预祝孤松的成功。

关于化装的几句话

苏吉亨

赤日炎炎的暑天，终日淫雨虽然得到了十几天的清凉，可是又使人感到了无聊和寂寞。好容易盼到晴了天，而炎威又来逼人。即便是在电扇的旁边嚼着杨梅的刨冰，仍然是大汗淋漓。直到了下午五点钟以后才像由蒸锅内爬了出来，透出了一口气。

正预备去访一位朋友，出了家门不到百步的样子，听到了喊我的呼声，由西面跑来了四位活泼的青年，很仓促的告诉我说：“孤松在后天就要演剧了，请您帮忙化装。”我当时就毫没有犹豫的答应了“可以”两个字。为什么我这样的高兴而很爽快就答应了呢？因为我对于孤松剧团有了深刻的认识：他们是津市最有希望的剧团，他们是有 All in one 的精神，他们的演员，全是天才的演员，他们肯绞着脑汁去研究，他们肯很刻苦的努力，他们是肯很虚心的接受观众的批评，他们毫没有自满的态度，他们又兼有戏剧专家（张鸣琦君）的训练在先，复有名导演吕仰平先生领导在后。所以我在无论怎样的忙迫中，亦愿意抽出工夫帮帮忙，好在要我帮忙的是化装，实在是有名无实的轻微工作，因为他们的演员，已都是很有经验的了。本来要我化装，不过是把他们的几张脸，当作几幅画，我用绘画的习惯，来涂抹涂抹而已。至于怎样运用化装的技术，怎样会了化装的定理，我是毫没有顾到的。甚至剧本的意义，名角的个性，还是在化装前五分钟才清楚一点，所以找我来修正几个画面是可以，请我来担任化装实在是惭愧的很呢！

编者小言

一　行

专号的稿件陆续送来，有些因时间来不及，俱不得发表了。好在公演两日，明天还能补登一点。

孤松前晚试演《雷雨》，我曾看了一幕，觉得舞台效果与演员技术都甚成功，这是本市很难见到的奇迹。

从前看孤松的《母归》，认为是空前杰作，这次看《雷雨》，又认为一切技术又进步多了，所以敢把这一点介绍给读者。

职员表

导演——吕仰平
化装——苏吉亨
事务——邹式模
总务——徐继培
前台——张用缘，孙士英
后台——董心铭，杨治涛
场外管理——蒋孟扑
提示——董心铭，华静珊，杨治涛
布景——孙坚白，郭蓝田，杨治涛
道具——孙坚白，徐继培，董心铭
效果——董心铭，孙坚白，何福堃，高尚信
司光——徐继培，张用缘，孙士英
司幕——齐世元
售票——陈兰
检票——何宏勋，李学华，任嘉论，梁维琨
招待——王志增，汤寿萱，李静如，朱尚修
宣传——董心铭
摄影——伊凡

演员表

周朴园——某矿董事长——陶（一）①
周蘩漪——其妻——严如
周萍——其前妻生子——栏天
周冲——蘩漪生子——高朋
鲁贵——周宅仆——陈迹
鲁侍萍——鲁贵妻——李琳
鲁大海——侍萍同前夫生子——何之
鲁四凤——鲁贵侍萍生女——佗菩
周宅老仆——余十

原载《益世报》1935 年 8 月 17 日第 4 张第 14 版

① 原文中缺“一”字。

《雷雨》(孤松演出批评)

母亲少妇老仆表演得最好　布景甚努力　效果上成功

伯　克

一

“孤松”,这名字相当的在一般人的耳中响亮着,自从《母归》,给了我们一个极好的印象,也给了我们一个极好的对于该团前途的企望。这样,我们怀着莫大的热诚于十七日来看《雷雨》,这一个比较繁重脚本的演出。

任何人都会佩服“孤松”的苦干精神罢,真的“这样一个重大的剧本,就由这十一二人满作成了”。在目前剧运的推动期,这是一个如何的“力量”呢。所以在观察演出失败与成功以前,我们得理会作为孤松的对于其时代的意义。因为我们还常看见一些剧团的轻俏的脚本演出,这虽然在剧运开拓期所免不了的现象,毕竟我们的孤松做了这一切的推动。

因之,我们是如何的具着一万分的热诚来翘盼着这一脚本演出成功。结果,可喜的总算孤松在他们的最大努力下做到了给与我们满意的程度。

二

提到了脚本,有人会说它是乱伦的,欲“维持风化”,所以必须禁演它。然而,所谓“维持风化”,这意义是这样的简单么?“干脆的说,正因为要维持风化,更应该来演《雷雨》”,我们相信这话。

当这故事一幕一幕的表现在我们面前的时候,我们也许会对这个曲折很多的故事认为稀奇,这里我们不能不推荐与赞美作者的伟大,因为他能大胆的无所顾忌的揭露这一向被什么风化蒙蔽着的事实用最精彩的话赤裸裸的写出,假若我们真的检视一下我们的社会,我们一定能够承认这故事是时常出现着。是的,不断的在我们的社会里有的,不论过去和现在。

那么我们希望这常有的事实永远蒙蔽着么?如果不,那么,我们应该怎样赞颂作者的成功呢?何况作者在这里又暗示了新的力量和积极的意义。

“维持风化”的意义便是“蒙蔽丑恶的事实么”?那么这样的来维持风化,真的“将至于胡底?”

“正因为要维持风化,更应该来演《雷雨》。”因为“它是一个有着社会教育功能”和“阐发着感化教育的意义”的剧。

三

《雷雨》的本事，有人介绍过了，这里只就演出方面检讨一下。

无疑的《雷雨》的演出不算“成功”，在表情舞台装饰各方面留下了缺陷，如台幕拉放不灵，布景时间太长等，不曾克服过去几个剧团所犯的同样的毛病。然而，它的演出也不算失败，每个演员职员都兢兢业业的干着，他们对于他们的工作一点不放松的认真的做，我们承认在许多地方，导演流露着他的聪明与才干，使我们坚信着，他们有很好的前途。

四

在演员方面，特别要我们推荐的鲁贵（陈迹饰），过去他给了我们很深刻的印象，他是善于表现一个滑稽和敷衍，通融，一种鬼蜮的下等行径人的典型；在这里他饰年老贪财怕事的鲁贵，正称其职，在全部里，他是最精彩的，而且是始终如一的，不能使我们轻易忘掉的是鲁四凤（佗菩饰），全剧里工作要算她最繁重，然而结果她使我们满意，她的面部表情和动作都能显出她的身份性格，意欲……最精彩的要算她的第三幕，当屋外雷雨交作的时候，屋里已经只剩了她一人，她一方面对于妈（侍萍——李琳饰）的爱不肯割舍，再一方面，她又不肯忘掉大少爷（周萍——栏天饰），眼睁明天就要同妈离开这儿，同样，她的内心的斗争，她的悲哀的程度都能由她曲曲表现了出来。其次便应该提到饰侍萍的李琳，这老练的演员，过去的《母归》，她即是饰母亲，如今又饰五十来岁的侍萍，想来一定能成功，归结在这一剧情的进展上，她能把握了侍萍的灵魂，把侍萍种种悲哀，种种意欲都做得很好。还有蘩漪（严如饰），她是一个大家庭泼辣风骚的少妇，而由严如演来，恰到好处，其姿态，目光，音调，动作，都能把握了蘩漪的个性。其余如周朴园（陶一饰），也表现了他的某矿董事长应有气态，其稳重练达，都能做到好处，不过有几处可榷商的，如当他知道鲁贵妻是自己的前妻侍萍时，他应该怎样用动作来做一个惊人的表演呢，实在他那时有的是悔，有的是恨，有的是喜，有的是憎，有的是悲哀……无疑的，在这里，他没有钻到剧中人心里去。还有饰周萍的栏天，他表现了忧郁和有着人气的二重性。饰周冲的高朋动作音调与口语不调和，在剧里，他是一个天真的中学生，有时觉到很勉强。最后便要说鲁大海（何之饰）了，他是工人，他有英勇的气魄他有粗犷的精神，然而他的动作太机械了，他的声调太像旧剧中黑头的味，所以有时觉到他的讨厌。

总之，话虽那么说，我们总不能抹煞他们“干”的一贯精神，在长长的六七个钟头里他们没有一点松懈。

五

关于布景道具，在天津一般的水准下，这次的布景虽然不算简陋，然而在朋友处看到的在东京演这剧本的照片，我们或许要有一点迟疑，可是顾盼种种条件的限制，我们也满意这样的置设，例如第三幕的黄色的板墙，挂着日历，镜等物，以及桌凳床的位置，色，线，各方面都能表现出一个贫民的家庭。

至于灯光我们特别不满意，如二幕的无理由忽然暗忽然明，不知是什么意思，本来要表现天气的变化也是错误。化装方面，苏吉亨先生却给了我们一个最大的满意，周蘩漪，鲁贵，鲁大海的衣饰都是最好的咧。

要特别说是“效果”做得很好，确把观众的注意力集中了，这样增强了剧情的力量。（编者按：效果即指雷雨之声等。）

六

最后要说到的是观众，可幸的是这次的秩序比较好一些，然而仍然有时也免不了嘈杂的音响，小儿的啼哭。剧的完成无论如何是要有好的观众的，因为这样，所以我不嫌冗芜的再说一下。

总结：《雷雨》给了我们一个满意，它没有成功，也没有失败，它使我们更坚信着它有着远大的前途，它使我们更相信着中国剧运正在勇敢的迈进。

原载《益世报》1935 年 8 月 19 日第 4 张第 14 版

《雷雨》的演出

效果成绩惊人　各点皆较《母归》进步

霞　漪

《雷雨》在东京有一度的上演，但我不能去看，就去亦看不懂，因为是译成日文了，可是我却听到朋友的谈话——关于《雷雨》在东京的演出。

由谈话中我知道了《雷雨》是很长很长的一个剧，并且在东京第二次的演出是被禁止了。

第一次看见孤松演《雷雨》的消息，很怕亦被禁止而不能上演——因为在北平，亦有一度禁演。但很可庆幸的《雷雨》演出了，并且将剧本删改了，使趋向于感化教育方面。

演出的那一天，我约着在东京看过《雷雨》的那朋友一同去看，为的是由他的话是得到些比较。

他们共演了两天，我也看了两次，现在把布景，化装，效果，表演技术四项分述如下：

甲，布景——据说是很不如东京那次演出，但这要谅解他们，因为市师的礼堂太小。

第一二四幕是一个布景，在这小台上，他们装上一个楼梯，亦给观众一个很广大的感觉。就是中门的把手，不应用纸的，应该用木棍等东西涂上金色，因了这纸把手，使观众联想到舞台上的一切，全有点像假的了。并且第四幕纸把手被老仆撞落，尤其显示着这一点是失败了。

第三幕是一间破房子，画上的臭虫血表现着穷。墙下的泥迹和墙上挂过画的痕迹亦表现着旧，尤其妙的是门旁剪贴的蝎子剪子。这幕的布景成功了。

乙，化装——这次化装脸上的色不很均匀，耳的附近多有没着色，粉的地方所以很显黑，四凤的眼，粉太多，太白了。鲁贵初上场是贴的胡子，有一次上场下面的一缕胡子改成画的了，不知是不是丢了又画的，这次演出在化装上不能算做太满意。

丙，效果——效果的成绩，出人意外，尤其是第二天，在台下确有些老太太们以为真下雨，而后悔没带伞来。雷声和雨声皆神似，闪电有些太紧了，雨点很好，只是第一天有一根线不动，第二天可惜后来不知何故落下来了，很杀风景。

丁，表演技术——大致不差，以李琳，陈迹最佳，现分述如下。

周朴园为陶一饰，他的音调太板，表情少，着急的地方有些勉强，尤其是第二幕，见到侍萍的时候表演得不很好。

周蘩漪是严如饰，这是一个很不易落好的角色，但她的成绩，却是不坏，语调有些像读，并且第二天忘的词多了。

周萍是栏天饰，音调少变化，声音太小，不过表情尚佳。周冲为高朋饰，冲是一个天真的小孩子，而失去天真的人，无论如何去装，只会给人一个傻小子的印象，不过高君有几句话倒很好，只是字音不很准确。

鲁贵为陈迹饰，陈迹君在《母归》中已见到过了，确是有天才有希望的，这次更给观众一个很深的印象，只是身体好上下摇动，表情音调，全是很好的。

鲁侍萍是李琳饰，《母归》中的李琳饰侍萍，是很相合的，因为同是中年而内心含着慈爱念着痛苦的母亲，成绩比《母归》，尤有进步。

鲁大海是何之饰，何君音调很壮健，鲁大海是很合适的，只是动作有点像“拉线”，太直太板了，给观众的印象不很好。

鲁四凤是佗菩饰，四凤在《雷雨》是很吃力的角色，但佗菩饰的很不坏，只是有一点走“台步”，并且手好放在胸前，时时显着舞姿。

老仆为余十饰，无何可谈。

总起来说，在表演技术上，据说确是比东京那次演时好多了。

再谈这两天的比较，第一天词像很熟，各幕成绩是渐落；第二天词不很熟，成绩像是渐升，而第二天的效果尤佳，第二天我并且到后台看了一看，他们最可佩服的是演员兼职员，在后面打雷下雨的，就是不上场的演员！

这么大的戏，他们十来个人能得到如此的成绩，不能不算是成功了。

原载《益世报》1935 年 8 月 22 日第 3 张第 12 版

《雷雨》批判

演员多半不合身份　剧本冗长尚待改编

白　梅

一

当《雷雨》问世之初，并未激起社会的多大注意，后来倒是因为在东京上演成功，以及在国内各处因为有伤风化而被禁止的种种可喜可悲的消息，使埋没了许久的巨著，重新在人们的心目中扩大起来。

现由本市孤松剧团演出，在国内还是破题儿第一遭，我为要较深的认识它的伟大处，所以预先将脚本涉猎一遍，觉得它在质与量上，都是中国剧坛上空前的收获。打算有力的推动中国剧运，创作长的剧本是目前的要图，只靠着翻译和改编外国剧本到底不能独立发展，回顾十年来的国产剧本还是那些形式简短内容贫乏的几本，不能给观众以大量的满足。《雷雨》便是这不甘心的出走，原是不得已的事，对于演员和观众都发生不良的影响，在效果上当然不会满意。另一方面因为剧本写得太长，容易涣散了剧情的紧张力与严重性，例如在一二幕中，带刺激的穿插很少，则晦涩的部分太多，完全被平淡的对话占据了，使人感到厌倦。到了第三幕就好得多可，剧情被提至最高潮，每一个人物都非常活跃。假若把第一幕和二幕不必要的对话和穿插删去，保留那冲突的部分，合并为一幕，我想地点既相同，没有什么不可。或者干脆把第四幕取消，在四凤，鲁妈，鲁贵跑向雷雨中和大海拿手枪出去就结束了，也能自成段落，这与娜拉出走留下同样的谜，让观众去猜吧！因为半夜在鲁宅一幕已经是很勉强，又在黎明之前全跑到周公馆，更显得奇突，这是作者在适用“三一律”中“时间的一律”，使四个长幕出现在一天之中。他在细腻的写作上和紧凑的结构上，有了非常的成功，为中国剧坛放一异彩，据说他是研究希腊戏剧的，在这剧本上他是相当的吸收了许多优美的成分，例如在象征，暗示，缜密等等特点上。他那现实的经验和戏剧的天才混合产生了《雷雨》，在写作上成功，却在剪裁上失败。

二

《雷雨》是暴露了中国资本主义家庭的横断面，将其“金钱”做的烟幕弹所掩饰下的罪恶加以剖析，同时对于社会，婚姻和伦理制度，都表示着不满，而实行反抗。《雷雨》的命名，除了由于剧中雷雨声色的穿插同时也象征着大时代的来临。该剧的本事，已见昨日本报，无庸赘述。全剧虽近似“传奇”的体裁，但使你看了要想：这事情也许不是真实的，但是可能的。作者在抓住现实予以扼要的暴露之成就上是值得惊服的。

关于演员的批评，按着出场先后，写在下面：

陈迹饰鲁贵：是最成功的一个，极具表演天才，他把剧中人的性格看得非常透彻，也可以说是同化了，所以表演出来都是恰合身份，在服装，语调，驼背，表情以及走路的碎步式，有着惟妙惟肖的模仿，他每一出场，便带给观众以兴奋，作者有意的把他写成可笑的丑角，对于全剧是有着调剂之功，陈迹便充分的完成了这种责任。

佗菩饰四凤：她的成功是在后半段；第一个给人不好印象的，是她的身材不大适宜。按想象说：四凤应当是再瘦小的一点，才显着配合剧情。她在第一二幕中也许是因为在周宅当使女的阶级限制，没有生动的表演，迈步有点像旧剧中坤伶的走法，有时两手在胸前摆动得毫没有理由，显着格外不自然，小动作是应该注重的，但不可乱动，否则便画蛇添足，成为不美了。她说话也似乎在对着听众说着"独白"，而忘了自己在剧中的地位与对象的关系，要知话剧是在舞台上表现一段真实而给观众看的，与观众只是间接的鉴赏，没有直接的接受。她从母亲归来以后，有着一幕亲昵的表演，简直把母女之爱流露无遗，在第三幕中她差不多成为活动的中心，她的颓丧，烦躁以及呐喊与挣扎，都非常深刻动人，她是很有成就的演员，虽然是第一次踏上舞台。

高朋饰周冲：我们得先承认这个角色是不容易演的剧中人，是一个有了性之冲突的天真小孩子，他的喜怒的表情还算相当的成功，但也有时对着四凤笑得不大方，动作也欠活泼，尤其是说话上完全把天津的语调搬上舞台，这是很可笑而亟应纠正的习惯。

三

严如饰周蘩漪：她另外有合于她身份的角色去演；但在这剧里却完全失败了，在化装与仪态上都证明她误解了剧中人的性格。周太太是三十多岁的主妇，她没有病，但她有不是医生所能治好的病，就是为了性的苦闷而疯狂的精神病，她的衣服应当穿得雅素才合身份，从黑或白色的衣服上，衬出她那清秀的风姿，头发也要凌乱一点，面部要显着憔悴和苍白，因为她近来确是神经失常，而且还卧病三天了。但经严如演来，完全不是那么回事，花袍，粉面，头发梳得很整齐，处处都像是一位少奶奶的模样，说话表情也都近似撒娇。原来周太太虽是堕落的弱者，同时也是敢作敢当的英雄，值得我们同情的；如今看了的印象是一个无赖的泼妇，下流的女人，所引起的反应是恶感，她是把剧中人的一切都给歪曲了。

栏天饰周萍：也是一个不合个性的演员，他那冷冰的面孔，呆板的动作，如何能把一位陷入热情中，以及悔恨交加的迷惘者表现出来？他很适于反派的角色，而不能扮演谈爱的小生。

陶一饰周朴园：他的动作和表情显着沉重和老练，一望便知是很有舞台经验的人，有的地方却被他忽略了：就是位置于面部中央的一撇漆黑的胡子，与灰白的头发成了强烈的对照，显着十分的不调和；对白有时也太低微，不能达于全场，即使在发怒的时候，声音亦未见激昂，以致把几幕紧张的场面都弄得非常无力，松懈而止。

四

李琳饰鲁妈：她是很有天才的演员，不过在这《雷雨》中受了剧情的限制，不能像在《母归》中充分表现出来。但是在面部肌肉的激动上也可以看出她的内心斗争的表演，是非常深刻的。

何之饰鲁大海：表情太过火，正是“过犹不及”，他永远是扭着头，瞪着眼向上瞅，声音粗壮，他完全是在模仿喝醉了的王三，剧中人是鲁莽的，但不一定是粗犷的，在稍微和气中也并非不能表现反抗的仪式与雄姿。他的带拖地的步伐倒是沉着有力的。

总之孤松剧团以全副的力量，来尝试着繁重的剧本，此种无畏的精神，是值得特别推崇的，但因为人才的缺乏，不能给选择演员上一种便利，以致影响了演出的效果，这原是很可惜的事。此外他们制造的雷声，闪光，雨丝……都是非常逼真，大有“巧夺天工”之概，还有墙壁及家具各种布景，也是花了许多钱和时间来置办的；但在布景上与剧情太不暗合，因为从故事和鲁妈与四凤的对话中，我们知道那些家具应当是三十年前的古董，而眼前摆设的却是最新式的黄色油漆的家具，好像是故意在开着玩笑。还有拉幕的工作是应当特别注意的，几次的开启与关闭，总是发生障碍，外带着一阵纷扰；观众中妇女的大声说话，招待员对她们也要负责，最好是分区步哨，以便随时制止扰乱会场的情事发生，免得别人发出“嘶”的声音，这些足以破坏剧情完美的小疵，希望在下次公演的时候，都要加以修正和克服。

原文连载于《大公报》1935 年 8 月 20—23 日

《雷雨》演出

演员努力布景逼真

不　凡

二十四年八月十七及十八两日，天津孤松剧团在市师礼堂正式公演《雷雨》。《雷雨》是曹禺底作品，曾载《文学季刊》第三期，作者底真姓名是“万家宝”。《雷雨》一剧共分四幕，连上前面的序幕和后面的尾声，可以说是六幕。由序幕和尾声的新形式的写法，我们联想到联华影片公司也曾摄过一部片子叫《青春》，那剧的写法是用一个拾字纸的老人拿一幅人像作介绍，也可以说是开始（这两个字都不很恰当，在英文和法文都叫Introduction，含着初步、介绍、开始的意思）。

从这本《文学季刊》看到这剧以后，我很信实地认为它是一部“典型人物”的剧本，它打开一切传统的写法，作者自己另外择一条人家未曾取的路子。作者不顾“偶遇”的失当，像这样的剧未免也太偶然，有人因此而对这剧不大满意，在一般朋友所公认为怪物的我却又不同别人表同情，却认为最满意。因为，读者们！不要忽略！这剧只是描写典型人物，它并不是牵强地把剧中人拉在一起，固然是，为了描写典型人物不得不把剧写成这样。

又有许多人说它含着宗教色彩太重，但是，剧并不是要宣传宗教，也不是替牧师或神父向傻子们说教，叫人家忏悔。剧的主要意义在“忏悔是无用的”。因为，当一个人只要做错一件事以后，即或你要忏悔也是没有用的。

我对于这剧最满意的，当然是典型人物的描写生动。我们看一看，这八位典型人物是不是现实的人物：

周朴园，煤矿的董事长，从矿上的工头鲁大海（他和鲁侍萍底结晶）底口里，我们知道他曾经故意淹死两千二百个小工，每一个小工的人命他扣三百块钱，他发的是绝子绝孙的昧心财。平素，他是专横，倔强。他在无锡的时候曾经把姓梅的丫头（即鲁侍萍）奸过，曾经生过儿子，当她第二次怀孕产子的时候，他为了娶大家的小姐，所以把她逼走。他底良心上未尝没有创痕的，他为了纪念“侍萍”，于是给大儿子起个名字叫“萍”，他为了忏悔过去，他吃素念经。但是，忏悔又算了什么？那是“不兑现”的。鲁侍萍第二次所生产的儿子，也就是周朴园底儿子鲁大海，却又成了他底仇敌了。

周蘩漪，周朴园底妻，因为和前子周萍年岁仅差七岁，又受了周朴园专横压迫，把她渐渐地磨成了石头样的死人。周萍把她引到一条“母亲不像母亲”，“情妇不像情妇”的路上去。虽然是，她知道那是乱伦的，但是她绝不表示忏悔，她依然想把周萍已经对她冷却过了的心暖过来，可是事实上，他已经另外爱上了鲁四凤（鲁侍萍和后夫鲁贵生的）。对她就不再继续爱的行为。因此周蘩漪希望当鲁侍萍来了之后，叫她把四凤带走，使他俩不再见面。这只是狠毒的妒忌心使然的。

周萍，周朴园底长子，因为是鲁侍萍所生，所以叫萍。当他看见同母所生的（他以前并不知道）四凤，他便爱上了她，因为她底身体上充满了“动的美”，这正是他所需要的。为了蘩漪，他很想早早地离开这使人会回忆起往事的房子。十八岁的四凤当然是不会了解不会安慰他底疚伤。于是，他只有纵饮。但，当他每次见到蘩漪的时候，他底内心痛苦，羞愧，同时，他又觉得那是她所赐予的，因此，他不得不恨她，即或对方是如何地向他乞怜，他底坚强的意志使他不得不和她发生冲突。

周冲，蘩漪所生，年少，活泼，肯牺牲。他是富于热血的，像他这样年岁当然是同情于大众，所以他同鲁大海很谈得来，并且叫他鲁先生。他迷恋着四凤，但他不知道四凤是另有所属，结果，他也惨死。

鲁贵，周宅的仆人，俗称是“最没有出息”的一个人，他是“酒”和“钱”的信徒，他为了钱，他会什么都不顾，他只是尽量地享受他自己所认为的“快乐”吃喝玩乐。他底人格只有四个字可以包括无遗“卑鄙贪婪”。他底骨子里只有“钱”，其余的便是酒和赌，另外什么都没有。有时，在某种情形，他会畏缩的。他没有理智，只有“浑”。

鲁侍萍，鲁贵底妻，曾经受过教育。她曾经失过足，她是被遗弃过的，但是她能忏悔，不，她能悔过自新。因为“教训”使她变了另一个人，当她发现女儿四凤是在曾经遗弃过她的周老爷家，她真有些难过了。她认为那是报应。她恨“钱”，因为“钱”是不能弥补精神上的痛苦的，那是另外一件事。到后来，她发觉自己底女儿四凤已经和自己的儿子周萍结合过，并且珠胎暗结已经三个月，她更是惊愕，而不知道怎样好了。

鲁大海，鲁贵底儿子，但是，事实上，血统上，他却是周朴园底儿子。他是向热青年，只知道有大众，他漠视家庭，尤其是厌恶那卑鄙而贪婪的假父鲁贵。乌合之众是不可与谋的，因此，他上了当，不，他为真理，为大众而牺牲了饭碗。不，这也不能算是牺牲他底饭碗，因为他是自食其力的男子汉，他同鲁侍萍一样地恨有钱的人。可以说是无产阶级中最优秀的分子，最有志气，最有理智的标准青年。矿上复了工，但，他仍然不信。由此可见他是有魄力的。

鲁四凤，鲁侍萍底女儿，可以说是极不幸的了，出身贫寒，又遇见贪婪而卑鄙的父亲，又遇到“有乃父风”的萍，把她整个的灵魂和肉体都卷入罪恶的漩涡里，使她下沉。可是，爱情是无条件的，只是爱，所以，不，因为她并不知道萍和她是一母所生，结果和她曾经发生过关系的人正是她底哥哥。在资本制度的社会中，肉体恋爱是为了结婚，否则即是不负责。在习惯上，风俗上，甚至于优生学上，有亲近的血统关系的男女不应该结合的，如果在发泄肉欲上说，那是应该的。但是为了人类的子孙起见，却又是不应该的了。虽然四凤不曾受过什么教育，但是她知道这是不可能的，因此，只好自杀。为了她底触电自杀，周冲救她也死了；周萍也用枪自杀。

有人说这剧是有伤风化，那我们只好讥笑他肤浅。

如果有人说这剧是含有宗教的色彩，那我们只好说他是不懂戏。

那么——究竟这戏是要“告诉”观众些什么？我们可以听一听周朴园说了些什么。他说：“我平生就做错了一件事……”这一件事做错了之后，他虽然是要反悔，可能的，反悔是可能的，但是，事实上，环境绝不容你反悔，因为，多少，你底魂灵上已经沾了污点，良心上有了创痕，尤其是外界的许多偶然事件会使你受到更重要的刺激的。

这样看来，这戏是有教育性的了。

为了使剧的本身格外有力起见，于是删节添改了一下，因此，显得格外精彩。如同，在第四幕的结尾处添了周朴园叫仆人找鲁大海一场，更有些北欧作风。即使鲁大海被找了回来之后，他是不是会认周朴园为父？因此，观众会理想这剧的未来的开展的。但是，再看到尾声（如果改了以后的剧本仍然是这样的话），鲁大海走了十年没有回来，使得侍萍每至腊月三十就要“倚阁待儿归”。这仅是一部分，其余的不胜枚举。

剧本发表了一年又十七日才在本国公演，我们觉得太——，但是终于又是本市孤松剧团公演的，我们又不得不欣佩他们底伟大的精神。

布景是由该团自制的，可以说是极逼真了，尤其是第三幕，杏花巷十号的鲁家，壁上贴着大舞台的戏报，有香烟的美女画更是充分地表现出屋内的主人公底地位。还有壁上的臭虫血渍，更能表示布景设计者底细心。窗外的雨景使观众真以为是落雨了。

所采用的道具也很使人满意，就最小的一节说，第一幕第二幕和第四幕中壁上的钟的三种不同的指示和情形，这正是道具管理者底认真努力。

比较稍有缺陷的是灯光，在第一幕里时常明灭不定（情形上并不需要）。可是在第二幕里、第三幕和第四幕里却又十分地调匀，并且很能表示出室内外的光线的强度。

最使观众们称赞的是“效果”，那雨声和雷声做得怕人。观众在休息时到礼堂外吸些新鲜空气的时候，差不多都在说：“我听得真以为下雨打雷啦！”另一位一定是这样说：“可不吗?！我也——”事实不必批评，只要把观众们底话写出来就够了。

演员们底成绩的确是惊人，差不多却是十分地认真努力。这剧的演出却使一位新进的女演员成名，就是演“鲁四凤”的“佗菩”，她底发音表情太多，两只腿的动作太软，她最喜欢把一只脚平放在地上，另外一只脚的脚尖着地。这种动作在某种情形时是需要的，可惜，她用得不恰当。除去这两点，她可以说是标准女演员了。像在第三幕里，她想见周萍，可是为了发过誓，她又不敢见，那种内心的烦恼与痛苦却表现得无遗。在一般女观众们都觉得她向侍萍发誓的时候最能引诱人底泪。这个当然不是假的。还有，当人们提到了大少爷，她立刻就不自然了起来，在这不自然里她又有些“关心”的意思。服装上，粉红褂子配条衫不大好看，下身的衣服最好比上身来得颜色浅些比较顺眼。

饰鲁贵的陈迹，从前我曾经看见他演过《母归》和《打是喜欢骂是爱》，这次他却又演老年人，并且真是有“创作人物”的天才，他的确能在不同的剧里有不同的剧中人。演剧演得没有大毛病容易，演得像是很难，因为剧中人一定有他底习惯动作，一个浪子和一个学生同是青年，但是，分别就在习惯动作上及其他。这种习惯动作，一方面得观察，另一方面得模仿。观察既不易，模仿更难。陈迹他能演得十分像，并且始终露不出痕迹，叫人家看不出他是在演戏，做戏。

鲁侍萍是李琳饰的；她是以擅演悲剧《母归》而得名的，化装上，很有些无锡人的风味，只是衣服应该稍脏些才好（撰者原籍就是无锡，故乡的人不讲清洁。）但是剧本上注明是位好清洁的，那样，倒不如说是“苏州”来得好些。因为苏州人是比无锡人好清洁些。这似乎是剧本的问题了。她底面部化装以眼部的衰老形态最能表示她底年龄和痛苦。从前我看她演《母归》哭；继而看她演《打是喜欢骂是爱》笑，这次看《雷雨》，却又使我落泪。她演老妇是格外地成功。

演周朴园的陶一，除去沉着以外，有时有些烦闷，还算是适合，当他发现鲁妈就是侍萍的时候，惊愕的样子很好。

严如所饰的周蘩漪，发音上天津尾音太重，因此，每句对话都使人听得不顺耳。化装很像。动作上比较有些不大纯熟。

栏天的周萍，化装上的确像位 blase（法文英文常借用，意就是好酒贪色、面色惨白的人。）发音动作还可以将就。

周冲（高朋饰）底发音动作都不太自然，且无深刻表现与同情。

何之好像演过王三，这次饰鲁大海，发音动作都很粗野，对剧中人个性很适合。

据说孤松剧团将为了灾民而重演该剧，一般失去了良机的人们候着吧！看看孤松的《雷雨》是不是能打破津市以往的硬戏的成绩?!

原文连载于天津《大公报》1935 年 8 月 24—29 日的“本市附刊”

《雷雨》演出赘语

封禾子

经过了一番相当的苦心经营,《雷雨》终不负几个爱好艺术青年们的热心,从层层困苦中给奋斗地达到演出,这一点自慰,应当是可以得着同好舞台艺术的人们的同情的吧?

这次幸蒙欧阳予倩先生担任导演。欧阳先生过去在导演舞台剧方面努力而获得的成功,凡是爱好戏剧的人没有不知道的;这次导演我们这种非职业剧团,即使在演出上得到一分成功,然也抵不上他几月来心血的掷付。

谁也知道非职业剧团的难于导演,不过,欧阳先生是认真的,在排练的时候从来不给我们有一点疏忽,如果某一个演员在排练之时懈怠了他自己以至影响到整个空气的话,他会正色地说:"我不排了!"因此没有一个演员敢于玩忽了他本分内的工作,而欧阳先生这种精神是深为我们感服的。

排练了差不多有四个月之久,历时不能算不长,不幸的是在预算要演出的前□[①]星期,担任周萍一角的吴铁翼君,得家中母亲病危的急电不得不离申北返;差幸是急切中找到了顾得刚君替代,可是演出的日期却不得不拖延到今天。顾君在短短的时间中担任这么一个重要角色,自然是很辛苦的事,但以顾君的舞台经验来说是没有不胜任愉快的。

故不论我们的努力是达到那一点,我们的确是尽了我们可能以内的力量了。我们不敢以此自满,我们是敬待着严正的批评以求更高的改进。

原载《申报》1935年12月14日"本埠增刊"

① 原文字迹模糊无法识别。本书中因原始资料模糊而难以辨认之字均用"□"代替。

《观〈雷雨〉后》

张　严

话剧演出的成功，一方果然是靠剧情上结构的巧妙，一方却有赖导演的聪明和剧员的努力。

这次《雷雨》的上演，如果不十分吹毛求疵的话，可以说有相当成功。饰周老爷的胡会忠，嗓音的清亮，举动的老练，确能适合这个角色；封小姐扮的四凤，鲁侍萍说她的心太热，的确，因为她心的太热，才有这样成功的表情；程传洁，过去我不晓得，可是，步态，词调都很适合士气不足的鲁妈子，尤其是她的哭泣，我记得曾引起观众里的某小姐落过同情泪；最堪发噱的余一萍的鲁贵，那贪婪的表情，媚上的工夫，和在拖油瓶的手枪面前的一副窘相，的确演得老练，可是他老是忘不了自己在做戏；跟亲母所生的四凤有私情的顾得刚的周萍，虽然上演前未有充分的时间预备，可是演得还不错；矿工鲁大海的张庆弟，他的动作还好，不过词调带了点西皮快板，太快；饱吃酸醋的二少爷周冲，爽直的脾气，天真的性情，由于过去的舞台经验，措词上，神情上，都没有瑕疵可击；李丽莲的周太太，很能刻画得淋漓尽致，可是有一位观众说她还欠点自然。

最引为憾事的，就是剧场太不适宜，否则《雷雨》的演出上一定更有很好的效果。

原载《复旦大学校刊》1935 年 12 月 16 日第 222 期

《雷雨》

——复旦剧社第十九次公演

李　一

作者：曹禺（原作刊于《文学季刊》一卷三期）

导演：欧阳予倩

地点：宁波旅沪同乡会

关于《雷雨》原作的评价，早已有些人读过，就是这次演出的先后罢，还是有好多人谈到这些，是的，当每一个剧本发表的时候，当一个戏搬上舞台的时候，我们是没有权力能够不得他的主题如何的，因之，当《雷雨》在上海第一次和观众见面的现在，我们还是没有权力因为已经有人谈过而不读（谈）。

我们先来看曹禺先生的写作态度。

曹先生据说是一位清华大学的教授，他的生活形态如何我们也就不难从这一点上想象出来，他看出同他一阶级者的腐烂堕落，无可救药，然而在他笔下的绅士少爷们，他可还是用同情来写的，他虽是写他们的腐化堕落，可是他们还是向光明，向"人"的路上挣扎，二少爷（周冲）大少爷（周萍）都不失为一个好人，就是那位老爷（周朴园）罢，作者最后还是使他受不了良心的谴责回复过了些"人"性。而那位并不是绅士少爷的鲁贵呢，作者可只是给了他卑鄙懦怯。这些由于作者本身的生活形态所决定，无意识地流露了出来。

当然，我的意思并不是说作者的这样写作态度的不对，我并不希望作者把鲁贵写成一个好人，也并不希望作者把周家的老爷少爷写成使观众切齿痛恨的人物；我的意思只是想说，由于生活形态，决定了每个人的意识形态，即使并不下意识的，它还是无法不流露出来。

所以，我们对于作者把每个人的意识形态由他们的生活形态来决定，那是非常的对的，这儿由于各个生活形态的不同，（即使是最相近的周冲和周萍罢，也因为他们所处的时代不同，而有所不同）他们的意识形态也有所不同起来，周冲和周萍是不同的，可是周萍和朴园可更不同，至于鲁大海，那自然更不同了，我们再来看侍萍，四凤和蘩漪，也是由于这个决定，他们是不会使的，感到错误起来。

真的，作者的最大的胜利，也就是在这一点，剧中人的对白，你可以听他们说些什么就可以断定那是谁说的，他不会把大海说的使系以为是周冲说的。他也不会把周萍说的使系以为是周冲说的，这种微妙地方的成功，就是本剧最大的成功。——这样作者不仅使每个角色有它的典型，并且是使每个角色都有了个性。

至于在结构上的紧凑，那还是余事。

这次在演出上，欧阳予倩先生是把原作稍稍有些增删的，删的部份，很容易使我记起来的，是那个“白顿宫女闲话说玄宗”式的《序幕》和《尾声》，那除了使观众可知道些蘩漪和侍萍两个儿都成了疯子之外，旁的便不少些什么。（这样的删法，在演出上是反而会增加些力量，我以为。）增的部份呢，我记不大清楚（看戏之后我还不曾把那剧本重新翻过，）不过把大海这一个角儿先使他走他的光明大道，那一点暗示是增加得对的。至少，它使原作是增加了些启示，减少了些感伤的气氛。

导演的手法呢，也颇细腻，（原作上对人物的个性有很详尽的说明，这一点我想一定给导演获得不少帮助）特别是空气制造得颇好，在在抓住了观众的情感，这一点是非常难得可喜的。

演员们，大部份都非常称职尽力，使这个戏增加了效果不少，比较差一点的，除了饰仆人的日文君戏根本太少之外，是李丽莲女士的蘩漪，她在第二幕里，有几个动作是使戏好像一顿（例如她的独白：“好，一切仇恨我的人都来吧，之后”）接着使戏悬了来，不过，在大体上她还是演得很不差的。

布景，灯光，以及音响效果都很好，前两者都很能显出一间阴沉沉的难得见阳光的大屋子，后者在第三四幕里的打雷，闪电，以及胡琴声，都处理得很好。

在演出上大概谈到这样就为止（为了篇幅，只好这么短短的写一点儿）接着，我想谈谈《雷雨》在这次演出上的客观效果，和它的社会价值。

《雷雨》将收到怎样的客观效果呢？这个，由于剧本的决定，我们似乎可以大胆的下这样的一个武断：因为《雷雨》的剧本是只做到暴露为止，（虽然是已有了些改删）所以它的客观效果也只是使人感到一切罪恶都是由于社会组织所促成的，（由于原作者对周家的同情，这一点是更容易感到）而既成之后，绅士之家因为礼教道德的种种牵制，不得不依旧套着虚伪的面具。第二点呢，就是因为社会组织的畸形，一切罪恶都出诸于绅士之家。

在客观环境限制下，我们如果不过分苛求，这样的戏自然已不能不说一声好，不过当“五四精神”正常“复活”的今日，身处北京的原作者，眼见到（说不定还是亲历）这次轰轰烈烈的大运动，是应该有比这再进步的剧本给我们的。

话已经说得太多，现在就带住最后得声明的，是，我所看的是第二天的夜场戏。总计起来，是第四场。

原载《申报》1935年12月17日“本埠增刊”

《雷雨》的尾声

赵景深　凤　子

凤子：

十六日的来信收到了。我听人家说，我的稿子，新闻报艺海栏也刊了出来，还有晨报副刊（与申报同），大有发新闻的神气。

十四日的晚上，我第一次到后台者（来）看你，你正在仰着脸化妆，闭着眼睛，此时离开幕只有几分钟了，不敢惊扰你，便退了出来。第二次看你，你正低着头闭着眼坐在椅子上，手捧着头，我不知道你正在哭，还当是你身体软弱，太疲乏了。你向我打了招呼，我连忙又退了出来。心里想：看戏的人真不知道戏人的苦，他们只知演得热闹，谁知后台却一个个累得人仰马翻呢。（这是成语，望别当我骂你是马。）真的，演一本戏不容易，我也是过来人。比方说，试演时没有布景，上了台便不知道该在何处上场或下场了；还有，对话较长的，便不知站在什么地方好了。新戏的台步和姿势的更换也是很重要的。你初出场时与鲁贵的一大篇对话，我觉得台步和地位都更换得很好。还有听见闹鬼时惊怖的表情。最好的是跪着发誓时的悲哀，我好像真的看见你心内的痛苦——不，你的面容的惨淡表示得真够到家的。后来馥泉对我说，仲彝告诉他，后台有演员真的哭了一点多钟，大约就是说的你了。假戏真做，难怪你能有这样的成功。

余一萍的鲁贵，希同（编者：希同者，赵师母也——原文注）最称赞；是的，你瞧他那擦顶针的神气。胡会忠的周朴园也演得自然，不慌不忙，十足显出一个死要面子的人。——他们俩都听过我的课，我因此而感到骄傲，虽然我不曾教过他们戏剧。

不知怎的，我特别喜欢丁伯骝，大约是老实人喜欢老实人吧。

这次的 Caof 我曾预先猜过，结果竟一一如我所预料。演员们各适其个性，自然容易成功。

第三幕的窗子似乎做得不大牢，所以你应该关紧窗子抗拒大少爷，竟不能表现出来。亏顾得刚跳得好，一个不小心，我担心他会跌倒的。

你的妈妈也演得好，她有江西尾音可惜太年轻了，应该化装得更老一点。

李丽莲无论台词或是动作，甚至面貌，都像湖南人的田汉。我这比喻，你觉得奇怪么？

坐在我隔壁看戏的是《一个女人和一条狗》的作者袁牧之。我第一次认识他。复旦剧社有人向他接洽，请他发表谈话。

你要我写严正的批评，我写不来。只把当时琐碎的感想告诉你。我看《文学季刊》将复活，你请万家宝写一篇《我怎样写雷雨》刊在《文学季刊》或《文学》上，同时附入照片，如何？我觉得剧作者自己的话说比别人说得要亲切一些。例如，我胡乱的说《雷雨》是自然主义的戏剧。而他自己却说是诗。现在想想，他的话也对；倘若他不是写诗，如什么六号字的说明布景及任务上场要加上许多描写或形容的语句呢？但此次上演，把首尾去掉，老仆也去掉，的确，真的成了自然主义的戏剧了。

（下略）

赵景深十二月十八日

景深师：

覆信已奉读。

这两天因忙着进行第二次公演的事，所以读复信后想起要答复的几句话，搁到今天才抽得出一点工夫来写。《雷雨》尚未停止它的活动，时间上应该还不算过时吧！

首先对于请先生写宣传稿的事有一点不关紧要的申明，就是，这次虽说，由我个人负责宣传（文字的）方面的工作，事实上我只做到拉同学，至于稿中的发出完全是请本校几任新闻系的同学帮忙，为的他们同报馆副刊编辑较接近，商洽起来方便点。然而这儿不免有疏忽的流弊，如果（你）说的，“大有发新闻的神气”。这，不敢说什么抱歉的话，只希望你能够原谅我办事的不通行。

这次的演出，各方面的批评，意见将集起来，我发现有很多地方大概是因导演的手法上有可商榷点，是以引起现象的误会。例如你说的：“第三幕的窗子似乎做得不太牢，所以你应该关紧窗子抗拒少爷，竟不解（能）表现出来……”事实上我的所以去关窗子在大少爷来敲窗之前，关窗的理由是为了那阵头上的“雷雨”（这里又得幸读到效果了）关窗以后，四凤还主（立）到桌旁喝酒，而大少爷的敲窗却在喝酒的当儿。后来四凤所以去开窗，是听到大少爷发狠地说：“你变来心，好，我去了！”她当然是留恋着大少爷走。她没想到大少爷的说走是个心计，竟不出大少爷所解的她自动地去开窗子，而大少爷就来（趁）机跳进来了。

为了时间，我只然解释到这一点为止。你对于各个演员的批评我认为都很恰当的，除了对我的夸奖有点过分之外。余一萍的鲁贵，胡会忠的周朴园是公认最成功的两位。你说你特别喜欢丁伯骝的周冲，使我记起了洪深先生看完了弟①一切后的第一句话：“我认为二少爷做得最好，他是那么的自然，一点也不像在做戏……”一点儿也不像在做戏，才是达到“炉火纯青”的地步，可是这却不是容事做到的事。

听说文化生活示要出《雷雨》单行本，假使作者要写《我怎样写雷雨》这类文章刊在单行本上最好了。

真的关于雷雨的确是“都泄气完了”。《雷雨》的演出没有失败，总算给每一个爱好《雷雨》的人以不少的安慰。我再不愿说到题外的话了。

凤子二十日

原载《复旦大学校刊》1935年12月25日第223期

① “弟”应为多余的字。

《雷雨》在上海

——复旦剧社第十九次公演记

一　芹

原作：万家宝

导演：欧阳予倩

地点：宁波同乡会

“礼教的呼声叫得最响的，常常是最不要脸的。面子上冠冕堂皇，说话‘仁义道德’背底下卖国舞弊，只恐中国亡得不快！”

——见顾仲彝：关于《雷雨》公演

很高兴的跑去瞧，同样，也很高兴的跟着人潮散出来，真的《雷雨》所给我的感动是太深了！

《雷雨》是曹禺先生的创作，自经《文学季刊》发表，早引起了国内文坛的深切的注意，在中国的北方已数度公演过了，在上海，这遭儿虽是第一次，但《雷雨》《雷雨》……至少在每个文学青年的头脑中，也是快成为一部娴熟的作品了。

这里，我们不用再多来噜嘈，来再估定《雷雨》在文学上的应得的评价，因为这差不多已早有很多人讨论过了，总之，不管你说《雷雨》所给予人的观感是命运论，或者含蓄的封建成分太浓厚了，可是《雷雨》所反映出的是现实，却是不可否认的。

看了《雷雨》，回头你只要再去把每日的新闻纸打开来看一下，你便可相信，目前的社会，确是那般黑暗，丑恶。小的不说，就是有人说的“管他妈”的大事，又何尝不是成日地以欺诈，蒙混的手段在进行？曹禺先生所写的，虽只是一个家庭的丑史，但家庭是整个社会的一环，这正是社会的一幅缩影啊！社会的制度以及建筑于这上面的一切观念形态，既都是那样不合理，自然，生活于这社会中的人的生活，便也堕落腐化了。

是的，在《雷雨》中，它是没有更进一步地指示人们走上新的路径。它只是暴露，无情的暴露。在一桩纠纷得不到解决的时候，时常归之于“天命”，以戏剧应负的使命来说，这种创作态度，我们似乎应有要求改换的必要。不过，事实上，数千年来的奴化教育，确已把大多数的人民，养成了那样愚蠢的态度，因此，我们如果不十分苛求的话，《雷雨》还是该值得我们赞许的。

这次担任这剧的导演者，是欧阳予倩氏，他们花了四个月的排演工夫，所以演出的成绩，一般的讲，是够人满意的。导演的手腕，很细腻，对于原作的删改，也颇见适当，但对于剧中人个性的把握，有些地方，像是还有应该商榷的地方，例如那个四凤吧，我觉得她应该是聪明的活泼的同时又忧郁的，而现在的四凤，却只使人感到一副诚实可欺的样子。剧的空气，因为是个悲剧的缘故，自免不了阴郁。但因剧的结构紧凑，除第一幕稍微松懈，其余，在在都能操纵住观众的情感，特别是第三幕跟第四幕，在雷雨的交加下，演出那么凄惨的故事，更使人为之感动。据说在第三幕四凤独自悲伤，举杯狂欢对窗外遥望那场戏，很有些太太小姐为之流泪呢。

演员方面，最成功的该算饰周朴园的胡会忠，他那沉着的表演，很够描绘出伪君子的丑态。其次饰鲁侍萍的黄蒂，表情也很深刻，第三幕母女哭泣的一场，很真切动人，可惜化装太年轻了些。顾得刚和苏明的周萍和周冲也很不错，饰鲁贵的余一萍，有些地方太过火，像第一幕父女对话时的举动。就委实容易使未看说明书者误会男仆在调戏女仆，第三幕中是很适合的。饰蘩漪的李丽莲，太缺少情感，似乎还不能忘记自己是在做戏。至于凤子的四凤，以她个人演技论大体上是成功的，较之前次复旦剧社公演《委曲求全》中饰会计夫人，已进步得多了。

布景灯光都不错，以一个学校剧团能有这么的成绩，是该致贺了。我们希望因此能促成时代的雷雨早日的到来，一切的丑恶，让它来给洗清吧。

最后，不妨让我把导演欧阳予倩先生对记者的一番谈话书在下面，以作本文结束。

欧阳先生对于导演《雷雨》有什么意见？

“复旦剧社是个纯学生的组合，非职业剧团可比，因此我说这次上演《雷雨》的成绩是不能算十分坏的。他们都很年青，肯学习，肯虚心接受批评，他们的前途，是都很有希望的。这次出演，是把原作稍微加予删改了的，舞台的布景和出演的形式，也并不是完全写实的，有很多地方，都是象征的。”

“对于剧本本身可有意见？”

“剧本是编制得很好的，虽然小的毛病也不少，但还都不致十分妨害整个剧本的生命。我原来的意见，是想更再删改得紧凑些的，因为时间的关系，后来终究没有做。”

原载《益世报》1935年12月16日第4张第14版

《财狂》之演出

萧　乾

当十多只战斗机在铅色天空中排成各种镇威姿势低飞，举国为北方这块无助的土地捏一把汗的时候，天津竟演起十七世纪的法国喜剧来，而且观众，许多是乘当日火车由各地迢迢赶来的，是这样踊跃，在开场前一小时便将座位占满。这不是个可悲的现象：中国人不再那么容易被人吓得手足失措了。在动乱中，他们仍知道忍痛继续着一些正常的精神活动。

《财狂》是本剧导演张彭春先生和扮演韩伯康的万家宝先生根据莫里哀的《悭吝人》(L'Avare)改编的。这番努力的结果，若干枝节穿插被剪掉，全剧缩短成三幕，但原剧的精彩场面和俏皮对话却保存无遗。改编无疑地加强了本剧的效果。

充当配角常是费力不讨好的事。衣饰既极平淡，通身又缺乏一件足以夸张的特色。如若过于活泼，必至流为文明戏：为一个配角的喝彩也许会葬送了全剧的统一性。为使主角充分占有观众的注意力，副角在尽完一种职责后，似乎就应融解在背景里。在这场合下，姿态稍稍露着拘谨，反映着充满个性的主角，就必显得异常呆板。

本剧演员，以一个配角身份而适切地获得成功的是饰傅三奶奶的王守媛女士。这不能尽归功于她逼真的化装，主要还是她那清白的口齿，和她在动作神色上对于北方婆妈的摹拟。这位演员的成功似为我们证实北平方言在话剧上实应占卓越的地位。像"心眼儿"的"儿"字在对话里多么像只风笛儿，增加了几许温柔！"挺好"的"挺"字，比起"最""极"多么含蓄，比起"很"字又多么有分寸！当她巧妙地说起北平谚语"又要好，又要巧，又要马儿不吃草"时，落在观众耳中的是怎样深厚的上乘戏剧语言啊！

但另外两位女配角舞台经验似乎不甚多，她们很明显地是在演戏。台词背得够熟，却未能辅以适当的表情。她们过于现代化的服饰对这背景和喜剧情绪也欠和谐。韩可扬在高呼着"我是……"时，姿势和神情都极活泼了，由于面部表情的淡少，似乎对于所饰角色的性格还缺体会。饰梵籁的看来是位老手了，他说话极为流畅，有时甚而像在演说，但在表演上却缺乏同样的流畅。这里我们才知道口齿"清白"还不够，咬音嚼字反而减少其真实性。(中国有声电影大半便失败在这种"清白"的努力上。)玩弄着若干人，拥有一颗可骄傲的心，临了又蒙上不白之冤的他，理应在表情上呈现出许多变化。但自始至终，他摆给我们的总是一张红润微笑的脸靥，那好像是一片石湖，没有情绪的风能卷起波涛。

所幸这是一出性格戏。莫里哀是借韩伯康这个人物写出一个悭吝者典型的情态。全剧的成败大半有赖于这位主角。这里,我们不能遏止对万家宝先生表演才能的称许。许多人把演戏本事置诸口才、动作、神情上,但万君所显示的却不是任何局部努力。他动用的是想象,他简直把整个自我投入到韩伯康的灵魂中。灯光一亮,我们看到的是一个为悭吝附了体的人。他那缩肩抱肘的窘状,那挠腮抓手的彷徨,一声低浊的嘘喘,一个尖锐的哼,一阵咯咯的骷髅般的笑,这一切都来得那么和谐,谁还能去剖析观察局部呵。他的声音不再为 Pitch 所管辖。当他睁大眼睛说"拉咱们的马车"时,落在我们心中的却只是一种骄矜,一种鄙陋的情绪。在他初见木兰小姐,搜索枯肠地想说句情话,而为女人冷落时,他那种传达狼狈心情的繁复表演,在喜剧角色中,远了使我们想到贾波林,近了应是花果山上的郝振基,那么慷慨地把每条神经纤维都交托给所饰的角色。失败之后那段著名的"有贼呀"的独白,已为万君活灵活现的表演,将那种悲喜交集的情绪都传染给我们了。

但这成功使我们不忘记后台拭着汗的两位负责者。锣声响过,台光徐徐明亮时,观众被领入一个光怪陆离的世界中去了,那是林徽因女士设计的布景。在这样深度宽度都极有限的舞台上,不甘受空间拘束的舞台设计师,却利用富立体感的亭阁石阶,利用明媚的蓝天,为观众的视觉和想象开辟一辽阔境界。那渐淡渐远的蓝天平衡了几个紧张场面,也消融了过于恣放的笑声,自始至终予观众以清畅明朗之感。作为人物出口的是台左一座亭子,它的石阶倾斜地直伸至台边。这样既解决了舞台窄小的困难,并使观众在精神上倍感亲切。通过一道游廊是一座楼阁,白石栏杆环绕着斑痕点点的大理石墙壁。迎着台口是石桌石凳,一切皆安排得极和谐典雅。只看看楼上的摆设仅仅是一条茶几,一只花瓶孤零零地伫立着,就可以明白她是如何避免烦赘,讲求效果了。

当我们在小地方发现设计师的匠心时(如游廊柱头抹的油灰显然与主人悭吝寒伧性格有关),除非作者出来说明一下,我们不敢擅自再作解释了。我们时刻觉得这位设计师和导演是在密切的合作中。那些石阶对导演显然成为一种方便。它划分了情绪的阶层。当木兰在阁上对韩可扬表示不能嫁他时,失望的恋人垂丧着头走下石阶,晃在斑痕点点的大理石上的黑影和往下走着的脚步,皆帮同象征了人物内在的怅惘心情。

对了,那影子。整个舞台背景得力于影子处的确不少。楼阁窗棂的疏影映在壁上多么像竖琴,伴着那亭亭玉立的瓶影是怎样一幅可喜的静物图案呵!韩伯康抖抖擞擞一束枯骨在柱梁交错的黑影中东跑西颠,真是一条象征了一切守财奴的幽灵。

全剧场面虽极复杂,各个角色依着情绪的变化总有一定适当的方位。虽然表演成绩不同,各角在声调动作上都作着一种节制的努力。我们明白,后台一定有一位认真的导演,一位能透视戏剧效果的导演指挥着这一切。

> 关于戏剧的改编我们是赞同的。不说道具备置不易,即满台"马葛里特"地那么喊也够生硬了。因此,直译剧本适于阅读,为了上演,还是可以改编的。不过改编的程度也有差异,我们表示钦佩,因为张、万二先生从事的是更勇敢的一种。
>
> 一般改编本的好处在于消灭对话上的洋味,把姓名改得顺口些。这一切,本剧皆已得体地做到。但他们仍不甘心,还企图使此剧更接近本国风土人情,并增

添些意义。（像第三幕里“到内地去”的宣传，“外国银行也不稳”的揭穿。）站在一个爱国者的立场，这是亟应称誉的。但我们不能隐瞒另外的忧虑：这样做容易破坏全剧的统一，中断其喜剧的情绪，第三幕中的姑爷陈南生俨然是一位经济学教授了。

改编者在提炼原剧精华时，似乎忘记剔去若干陈旧的旁白，对于时间控制，似乎也疏忽了些。第二、三幕皆历时五十余分钟，还极合理；第一幕演了九十分钟，即使观众精神不松懈，演员也不好意思上场了。那么巧，事情都赶在一天！想来是改编者并幕时忽略了原剧各幕之剧力焦点，以致第一幕使观众感到有些飘忽。第三幕的大团圆，莫里哀自己已露了马脚，改编者的“新意识”更增添了紊乱。在第二幕里，演员和观众间的鸿沟为贯穿始终的强烈情绪冲破了。这幕所表达的极单纯，剧力也最为强大。

原载天津《大公报》1935年12月9日第10版“文艺”

《财狂》的演出

水　皮

前几天有中国戏剧协会集合了大江南北的名剧团在南京举行联合公演，其规模之大，可称创举。在这天津剧坛暂时保持着沉默的时候，南开剧团宛如友军突起般的在七、八两日把世界名剧《财狂》公演了。其声势之壮，堪与南京媲美！相互辉映，构成了一道强大的剧运阵线，这是值得特别称道的。

南开剧团的精神最容易指出的，就是公演次数不多，每年中顶多有两度，在剧本与演员之选择的慎审上，尤为认真，宁缺不滥，并且脚踏实地，不事空口宣传。他们经过长期与实际的努力，等到成熟了才揭露公演的消息，为的是“不鸣则已，一鸣惊人！”因此他有光荣的过去，再加上现在的努力，将此重头大剧居然搬上舞台，其成就又可保证它的将来是伟大，前途是光明的。

莫里哀出现于17世纪，不仅是给法国的喜剧史上划了一个时代，并且撼动了全欧的剧坛。他的一生就是一出极动人的戏剧，孤苦与流浪的生活，铸成了他深刻沉毅的性格，他尝到多方面人生的滋味。他的观察敏锐，对于社会的各阶层的内幕均有透澈的认识，对人生越清楚的人其苦痛也越大，因此他是极端的悲观者（在他作的《恨世者》一剧中极为显明），但他的心地却极光明磊落，宽大为怀。他一生都在追求真理，因此他所有的剧作皆是有趣味而又合于道德的，为的是使正直的人欣赏，发出健康的笑，或是含着眼泪的笑：不是浮浅庸俗的笑，而是含有严重的积极的社会意义的笑。他的天才横溢，能分析尤善综合的现出：浅薄者，大人物，权贵，伪善者，医生等等可恶的面相。此外对于悭吝，虚荣，糊涂种种，不算很大的罪恶，也不肯放松对于他们的攻击。《财狂》便是把握这一点而加以放大的讽刺喜剧，其中描写之细腻与穿插的微妙，在予人以多量的笑料。这个剧的效能，除了嘲笑守财奴以外，并且也可以看出来对于当时高压的父权，加以攻击，企图收回儿女的“婚姻自决”的权利。

本剧的故事是叙述一个富裕的守财奴韩伯康，即使对于自己的儿女也一样的吝啬。他因为不肯出嫁妆，便将女儿韩绮丽许给一个年老的商人陈南生。但女儿已经爱上她家账房先生林梵籁，并且订了婚。同时有位姑娘本来为他儿子韩可扬所钟爱，他却想娶为继室；儿女正在束手无策的时候，他们的仆人费升将守财奴的大皮包——全部生命财产之所在——偷了去，结果是逼他答应不娶木兰，而让绮丽与梵籁结婚。这时也发现了木兰与梵籁原来是陈南生的儿女。原剧本是到此各得其所的幸福之瞬间结束的。但现在的改编本是添上：因为财政界的结束，未免过于铺张而把守财奴的最后的防线都打破了！将喜剧当悲剧结束，未免过于铺张。意在显示美国股票之不可靠，而增强对于本国银行的信仰，虽然接近现实，但终究不免有宣传思想之嫌。

说到改编剧本的一层，这是值得称赞的举措。使这种伟大的原作移植到中国来而能配以适合的土壤，生长开花当然宜于国人的赏识，它在每人心中所结的效果也就不问可知了。经过此次的试验，足证不但无损于原作的完整，而仍能成为美善的脚本，是很难能可贵的。希望将他(它)付梓问世，像梅萝香之改编本一样的成功的单行本，以供国内各地剧团之应用，免得他们排演时也费同样的手续去改编，而且改编的是否得当，尚属另一问题。

一进瑞廷礼堂便遥见在舞台上建筑的亭台楼阁，后边绕着一道飞廊和树木。在这里是把幕帷废去了，而以灯光的明暗来代替，几声的锣响，电灯全熄，如果有坐场的角色，他是必须暗中摸索的上去，灯光再现时已是属于舞台圈内的景象。在蔚蓝的天下和玲珑的庭院中，衬出各种人物的活动，好像一幅美丽的画境。这不能不说是设计者的苦心的结晶。幸亏三幕在空间上是一致的，不然对于这笨重的布景，真不知道要废多大工夫去搬弄！三幕的时间完全是用灯光来表明早晨、中午、晚间的景色，是非常柔美而逼真的。莫里哀的剧作对于三一律的约束，并不完全遵守，在这剧中都是改编者调整了。

现在该着谈谈演员们的得失了。首先要提到的是：

万家宝饰韩伯康：他是剧中唯一的主角，别人都是为烘托他的性格而生的。他从始至终维系着全剧的生命；万君更以全副的力量来完成这个伟大的职务，他的化装，服饰和体态，无一处不是对于慳吝人的身份摹拟得维妙维肖，尤其是抑扬顿挫的语调和喜怒惊惧的表情，都运用的非常贴切得体；当他发觉他的美国股票被人偷去时的疯狂的嘶喊，暴跳与仆倒，其卖力处已达顶点，他是丝毫不苟的表演着真实，所以动人极深！把一个守财奴被钱支使得作出各色各样的姿态，真是可笑亦复可怜。总之他是具有天才和修养，并且知道如何的表现。这就是“舞台的技巧”。把两者合拢起来，便形成戏剧家的典型。所以他编的《雷雨》之能够成为伟作，在这里找到注脚了。

鹿笃桐饰韩绮丽：她也是很成功的一个，谈笑的仪态，都很活泼自然，不失为时代女子的风范。最惹人注意的表现，是在“化妆之美”的一点上，她给这灰色的喜剧中渲染着青年的活跃。

徐兴让饰林梵籁：他很有表演天才和舞台经验，在《五奎桥》上显过身手，似乎决定了他善于表演龙钟老者的命运；但在这里扮演谈爱的小生未免有些拘谨，缺少那股子甜蜜与放肆的劲儿，他是只能做到“不辱使命”而已，却没有什么出色的地方。

房德奎饰韩可扬：他在剧中人之俏皮与玩笑之一面上是毫不费力的成了功，但在应该懊丧与败兴之一面上，也轻轻地滑过了；缺少深刻的表情，是他的一点遗憾。

王守媛饰傅三奶奶：她对于媒婆的谈吐、笑貌、步态、服装及巧于逢迎之种种特点的模仿上，有着满意的成功。她在某段情节里，戏弄守财奴，有着极生动的表演，为观众所悦服。

侯广弼饰费升：他的天才与努力并不为剧中人的低微而被藐视。鬼头鬼脑的表演是那么酷似。不过当他刚一出现的时候，是被主人所追赶而来，两个人的形态，有如被线牵动的滦州影戏。那么机械而急遽的抽动，显然是有些过火。在仆人的角色中还有一位不可小看的是：

严仁颖饰贾奎：（马夫兼司厨）他天生的“心广体胖”的憨厚派头，再加上滑稽的衣服和装饰，使他成为一时无两的丑角，设若他努力的话，他很可与胖哈代并驾齐驱。

其余的李若兰之饰木兰，董振寰之饰陈南生，高小文之饰警长，都是极其称职；至于沈长庚之饰施墨庵，与张国才之饰李贵，因为出现太少，毫无功过之可言。

在全剧告终的灯光一闪中，全体演员又都排在台前向台下鞠躬而退，观众也报之热烈的鼓掌，表示着相互感谢和彼此满意的热忱！也就在这演员与观众亲善的空气中散了场。

总之这么一个伟大的剧本，由第一流的演员在如此壮丽的舞台上面演出，其获得空前成功，当非偶然；所留下的美妙的印象，将永远在人们的内心里蕴藏着，在嘴角上诉说着的。

原载《益世报》1935年12月9日

《财狂》的观感

维　什

法国名喜剧家莫里哀的喜剧《财狂》，七八两日在本市南开中学上演。这是经过了张仲述和万家宝的改编，而完全淘尽了外国气味，以出现于我们的眼前的。

因为这剧团[①]是在天津很有些声名的组织，所以观众踊跃，是必然的事实。现在仅就观后的感想，拉杂的写一点出来。

这一个剧的中心，完全以悭吝客人的韩伯康支撑着，而在这一次的演出，也就只有这一个人物最为成功。万家宝君的口白，动作，一怒一笑，都能充分的刻画出一个悭吝人的可怜相，而就在这深刻的表演中，对于这一类的人物给了一个冷嘲。

依我想韩可扬，虽然与他父亲的思想绝不相同，而且是情敌，但是他们的父子关系，到底是无法否认的。而在这次的演出，竟没有给一个明晰的刻画。就是做女儿的绮丽，也有着同一的缺点——表情不足。

以说媒为职业的傅三奶奶，虽然口白的清楚自然，是极值得赞许的；但是那过分的做作，却使人觉得她该是文明戏中的角色。而陈南生的出场是那么生硬，真的在那里作戏，而不能暗示观众某一种人物的典型。尤其是无意中遇到自己的子女，而木然没有一些真挚的感情流露出来，是很使人失望的。

总之，这次的出演，舞台面的空气没有弄得十分和谐，虽然因为配角的过分松懈，而反映韩伯康的财狂的色彩愈为浓重，但是多少近于文明戏了。单是看主角的这种见解，恐怕也不是话剧诸先进所认为恰当的吧。

原载《北洋画报》1935年12月12日第1334期

① 注：南开新剧团。

《雷雨》述评

中国剧团公演的杰作　表演布景灯光皆成功

云　子

《雷雨》在津公演此是第二次，是一个四幕名剧，剧本很长，排演起来也很复杂。这次中国旅行剧团以很大的努力来出演，不得不算是作者万先生遇到了第二次知心人。的确无可讳言地《雷雨》是一个好剧本，但是如果没有好的演出，也必然地会失败。中国旅行剧团，第一晚公演是由晚七点半钟开戏，一直演到十二点半钟才闭幕，统算全剧四幕竟用去五个钟头，由此可知此剧的复杂了。剧情简单地说：二十年前从无锡搬到北方的一个大家庭，矿主周朴园，妻周蘩漪，长子萍次子冲。冲是蘩漪所生，萍却是朴园在无锡时和女仆侍萍私生的，在侍萍又生了大海时，朴园因和周蘩漪正式结婚，已经把鲁侍萍赶走。正值除夕，侍萍携了大海一同投河，遇救后，因无家可归便嫁到了鲁贵家里。鲁贵是在周朴园家里的老仆人，因为侍萍现任女校的仆役留在济南，并且不能使四凤佣于人，而鲁贵因利便把生女四凤介绍到周家佣工，把大海荐到矿山上做了工头。

朴园为了事业常留在矿山，于是蘩漪便和萍亲近起来，殆四凤到周家佣工，萍必然地舍去了蘩漪而和四凤通，已然孕了婴儿，同时冲也在追求着四凤。

朴园长时间的工作，要静息一时，回家正适侍萍由济南返家。也正是萍舍去蘩漪，她明白四凤在此中是一个障碍，于是要侍萍带走了四凤。同时大海又在率领工人罢工。朴园和侍萍相见，彼此道破了这冤孽债，侍萍决意带四凤南下。

在雷雨的夜里，萍和冲都找到了四凤家，同时蘩漪也追来，更会被侍萍大海鲁贵看见。由鲁家一直地吵到周家，一切都会闹穿了，这时四凤触电死，冲援救也被电死。萍自杀，大海愤然漂泊而去，蘩漪与侍萍因神经受戟刺而流为神经病患者，只有周朴园健在，鲁贵仍然度着他的奴才生活。

全剧由始至终是在紧张中开展着，尤其是对话的紧凑，使观众的呼吸由始至终地不调和。在这剧中，笔者认为演员的分配有一小部分不合适，假使变换一下，当然更能成功了。现仅就上演的演员说一下。我觉得这戏的最成功者便要算是赵慧深女士饰的周蘩漪了。她能尽量地表现出来一位富人的生活，更能够表演了在失去了安慰，而在嫉妒一个敌人的时候，她想法子想把周萍和四凤离开，这一些难于表演的戏，赵女士实在有很多成功的地方。其次算章曼苹小姐的鲁四凤了，前者是极度表现了天真的活泼，后者又尽量地表现了极度的悲哀。自然，这是在一个大爱中抓住了这一堆：母爱，两性的爱，不调和的爱，单方面的爱。尤其是在要求侍萍母亲放走了自己和萍儿的时候，声泪俱下，赚了观众不少的眼泪。戴涯先生的周朴园亦有相当的成功，他的表演只用二个字是“沉着”，在四凤和冲儿电死之后，他问大海时，仆人告诉他已经跑了，他只说出：“替我——追——”这时的戏剧空气完全被这一句话抓住了。再有鲁贵和冲儿都相当地成功了。

现在笔者不怕冒昧地来对该团演员的分配来处理一下，这只是想到就说的：周朴园换了唐槐秋，周萍换了戴涯。鲁大海更要换一位粗线条的演员——就更生色不少了。

布景的完美，布置的角度颇适当美观。效果的风，雷，雨声亦均佳妙。《雷雨》可以说是中旅公演的诸戏中最成功的一个戏。

原载《益世报》1935年10月17日第4张第15版

评中旅公演之《雷雨》

左　银

在我读了这个剧本以后，我便在如此的想着：如果它能够出演于舞台的话，那它该是一个如何的感动人，抓着观众的成功作品啊！这是在去岁冬季的事了：我们也曾狂妄的想用我们的一些能力去试演，但终因为种种的阻碍没有实现。

然而爱好一件东西的时候，它永远是存在心中，而是时时刻刻不肯放松它的。我们既然没有权利表演它，但至少我们是有机会看别人的表演的。所以我看见了报纸上中国旅行团的公演《雷雨》的消息出来后，我很惊喜的毫不迟疑的摆脱了一切，大胆的抱着一颗热烈期望的心，作一个《雷雨》的观众。

导演者是很聪明的，他把那似乎强牵附和的前后序幕删去了，这样越格外表现出全剧情节紧张的核心。因为剧情是这样的复杂，除了两个仆人以外，每个人都有他坚强的个性与社会性的存在，所以姑且先以个人为单位来供献。（亦以上场的先后为序）

第一位是姜明的鲁贵，他是很称职的，他能够表现出一个狡猾贪婪的俗物。本来这种角色最吃力，而最不易讨好，不是过滥，即是不及。可是他却是很中肯的；如果要是语言口调再简练一些的话。带着有时一些东北的口调，化装方面很合格的！不过与剧中人的个性到（倒）也不甚违背。

章曼苹的四凤——她要比《英雄与美人》里成功得多了。在这剧里，能尽量展施她的天才；在这剧里，她是已忘了自己的；她给与我们的是一个真的四凤。只不过有些地方她说话快些，而慢时的语尾有些拘泥字音。化装是很好的，很合于她的角色！

曹藻的鲁大海——舞台上最忌的是语言的不统一，全剧的角色要求统一，那是不容易作到的事情。但是如果要在一个特殊的以语言为全剧的结构，与本剧有直接间接关系的；那是必须要适合于这条件，如《苏州夜话》。这是特殊情形应当别论的。就好像在这剧本里朴园对侍萍说“听你讲话的口音不像这边人”，亦可见方语重要的一般（斑）了！可是至少我们也得每个人的语言要统一的，曹藻大概是南边人吧！他的声调带着南边音太重了，他在激昂盛怒的时候，很快的讲下一句话时，是使观众一个字也不懂的。因为他并不是完全如此，所以我以为这是很容易校正的，所以提一下。表演方面是能够表现出一个刚勇有血气有胆量而只凭意气用事的青年工人。

谭汶的周冲，谭汶似乎也带有南边口音，他也能够充分表现出一个纯洁富于感情乐观的赤子。但终因为身材高大一些，不像十七岁的孩子。

赵慧深的周蘩漪是非常的合格，而且说话也很自然。只不过有时声音低些，以至于坐后排观众不能听到。化装方面，则显年青些，与周冲对立简直不像母子。面部的化装脂粉太浓，尤其在末一幕她突然出现时，满身的雨淋淋的水，但头部面部却非常齐洁，这似乎不合理些。其余她在全剧内的表情，都很能表述她的个性与她的情绪的。更以她倚窗启语时的神情，最美妙。蘩漪她的心是苦闷到极点了。一种迫身的精神上的苦计蚀腐着她，她几乎是没有一些理性克制着她的恶恨的情焰，她该是无法处置她当前的自己的位置。所以她的表情该是迸奔的，是不易有刹那的迂回。我常常发见（现）处在这种角色的演者，她是很聪明的，欲先把自己处在一个较安全的位置，以备她迫紧以下的一个神经失常的颠倒或昏迷。这我们看《小妇人》影片的蜀教给她的妹妹演剧就可以领会了！蘩漪她恰恰有一个时候是这样的。临时的想到忽然再应当伏下哭涕，这是很避忌的！

陶金的周萍，陶金在剧中与《英雄与美人》且相差天壤了。在这剧无疑的他是成功了。第一他的语言是很和谐的。是京语，口齿是很清晰的，他的表情以末幕为最出色，同样的缺点就是面部化装稍年青些！换句话说，涂的太白了！他的几段最好的表情是：第一幕被周朴园训责时，他在想着是他的父亲知道了他已经早被自己的良心的苛责。可不能偿补的他的精神上所受到的痛苦，他对不起他的父弟（亲）所犯的罪；以及以后他被父亲点出并没有被他父亲知道这些事，他才舒了一口气。第四幕的认母亲，他跪下的时候已经把观众的心给抓走了！再有就是他与鲁大海对话的神气了。

戴涯的周朴园，戴涯可称为是一位多方面的表演者，具有伟大天才的表演者。在《英雄与美人》里他是一个饱受人生的折磨，久历战场富于经验而玩弄领略人生的一个老兵。而在这剧里表现出是一个严肃刚强的个性的，统治一家的长者。他的口齿亦清晰，且具有抑扬顿挫的动听的语调。化装表情都维妙维肖，虽然第一幕严厉的表情，稍微逾了原剧。但惟因有第一幕的他的威权，才愈表现出他见过他所受良心苛责而不能遗忘的人后，出自衷心的忏悔。而杀灭了他的权威，和缓了他的尊严，在第四幕他已经在告诉我们了！

唐若青的鲁侍萍在她是完全改换了作风的。我们不能不惊叹她表演的天才，她能够很自然的把自己又融化在一个四十余岁的老人身上。而且表现出这样吃重的，复杂的情感。她有无穷的悔恨，她有无限的难堪的隐情。有天性的慈母爱之情之纬；与她的儿女的天意的犯罪，所揭示是由她们造成的罪过的宰割她心之经；错综的被绞蚀着。演者她是把这样一个人表现给我们了。她在全剧的表情，无一时不抓去了观众的心，她把自我早避起来。真真是一个鲁侍萍。发言是很清晰的。不过有时候过于拖重了尾字，显得不自然些。化装方面则又好样年轻些。因为她为了要十足的表现她是有语（疑为“位”）二十八岁的长子，而且受过悲惨的，残酷的遗弃的严重的打击后，而在人间又挣扎了三十年的老媪的角色，她贯（惯）例的用了俯身。但是我以为周朴园他是一个挺直的，庄严的刚强的铄矍的老人，那侍萍她虽然不是享福的老太太，但她充当校役是更需要健全的精神与体格的！我不主张稍微俯下一些身子，不合于一个老媪的形状。不过有时候演者反为这副神情所拘泥，以及于全身的行动不自然，这是有的，但是演者这次并没有。其次服装是很合身份的。不过第一幕也是她的第一次出现于周家的时候，她是由车站来的，不管她的旅程是多少时间，但至少她也是由济南到这里来，有了一个距离的，她自己也点明了她是满载风尘。所以我以为为了调和戏剧化的美以及合于剧情原理起见，还是戴一个不要太洁白或者是较深的颜色好。因为在第一次的出现，她的白包布与黑脸尖锐的表现了黑白的对比，好像有些滑稽。

全剧的演员是如是的努力，所以有如此的成功。至于布置方面，却也非常合于逻辑。虽然是四幕，但只有二幕景：一幕是周朴园家，一幕是四凤家。四凤家的布置是很简单的，并没有什么不称。周朴园家也还能表现出一种古老陈旧的简洁的客厅。因为是有三十余年的历史，所以家具是都用深色的，比较来得容易合理。可是那两扇洁白的窗门，且又像侍萍的包头布一样的，于理牵强了。如果再涂一层米色或者是较深的颜色的（话），那是最好的了。

再有就是四凤在第四幕的被周萍的①呼来，以及以后仆人报告鲁大海的走。是须要带有在雨中的模样。虽然这都是小节，可是为了要竭力表现剧本构成，所以这一点是不能忽略的。如果仆人和四凤是满身淋漓泥泞，那更是逼真，给观众留下是真切的印象了！

剧本好，演的好，抓着了观众的心，五个钟点规规矩矩的坐在那里，看到了连自己也忘了的时候，也赔出许多泪水。这是怎么？这就是中国旅行团演《雷雨》的成功的收获。

这不是批评，这是我的情感支配我要说的话。我爱戏剧尤其是话剧，当然的（像）我一样的要爱到表演话剧的人，所以我用我最坦白的最诚恳的态度，把我的意思供献给一切爱好话剧的人。说我吹毛求疵也好，说我是根本不懂话剧也好。但我已是圆满了我衷心的要求。

十月十六日晨

原载《益世报》1935年10月18日第4张第15版

① 此前的三个“的”，均为多余的。

《雷雨》略评

——对每个演员的观察

世　芬

这篇东西，当然谈不上批评，不过仅就观后一点直接的印象来写出，并且是仅就于演员方面：

演员中最堪注意的要算是唐若青，她这次扮演侍萍，表演慈母的内心动作，使人惊叹为特异的天才。虽然有时候，免不了带些年轻人的动作，可是这种体贴入微的演出，实在是难能可贵。

饰周蘩漪的赵慧深小姐，亦是最成功的一个，在她所演的许多戏之中，我以为此戏是她最成功的杰作。蘩漪这个角色，是表演一个性格复杂内心极热烈的女性，稍一过火就要失之于泼辣。她的表演，却很恰到好处，使人感动极了，赵小姐是文坛上的健将，今次跑上舞台，有这样的成绩，这是天生的艺人。

章曼苹的鲁四凤，极真挚活泼，表演小儿女的一举一动，真是惟妙惟肖，真是一个进步神速的演员。

周朴园是由戴涯扮的，他是早就被公认为天才的演员，作戏的老练，经验的丰富，对于两重人格的心理态度，表演得实在无懈可击。

陶金去(饰)的周萍，表演一个忧郁的青年，他将两重变态的爱的苦恼，描摸得极细致。素演反派小生的谭汶，去(饰)一个不懂世故的周冲，表演稚气的地方还很自然。姜明的鲁贵，在他自己家里的一场，尽量的露出下流的样子。在观众看得很紧张的时候，鲁贵的出场，是很能松散人们的心胸而发出不自觉的笑声的！鲁大海是曹藻饰的，他本来是一个硬性演员，毫没有造作的样子。如其喉咙再响些，那当然更有力量了。

舞台的布景，灯光，雷电，风雨，很是逼真，不过在白天的时间，走廊上的光线，似乎应该比室内要亮一点才好，这是一点点小疵，无伤大雅，不过对于话剧团中最成功的中旅，也似乎应该有这样的苛求。

听说中旅，要在二三日内离津返平了，并且，要实行他的旅行两字要到江南去走一走，在一年或数个月以后，才能重见三津人士，那么，这次来津恐是最后一次了，在这临别之前，希望中旅将来能再有一次来津的机会，更有新的有力的作品介绍给我们。

原载天津《大公报》1935 年 10 月 20 日第 13 版“本市附刊”

从天津剧运说起

——孤松[1]演出《雷雨》观感

伯　克

一、天津剧运

一地方之剧运支持者是剧团，多数剧团之产生，并不是这一地方之剧运活跃的说明，固然推进剧运进展的原动力的增大，而有以赖之。这即是说某地方的剧运的开展是关系着该地方剧团底独自的努力与共同的协力的程度，而不是空空的剧团的名字的增加便可以有补于实际的。

天津这商业气氛浓重的都市，一切艺术的成长要使其开始或永远维持着一个纯洁的姿相的不可能是不用说，话剧运动便是在这一肯定圈套里作为一个例证存在着的，过去一个年度里是如此，恐怕将来也不能免罢。

无可讳言的，天津剧团在过去一个年度里虽然相当的活跃，然而是没有达到我们的合理的预期是事实，本来一些剧团内部的不健全，借了话剧而想达到另一种企图的是不少，这样，在我们给予一九三五年度天津剧运的一个清算时，充分感到的便是新剧团的名字增多而已。我们理想的在这么多名字的工作上的火炽的情态，终于的还是一个理想。

我们让这些不正确不健全的现象随着过去的年度而成为“过去”的罢。

二、新的开头

剧坛的一种新颖的姿相该在这一个新的年度的开始而建立起来罢，喇叭剧团履行了其团长李卫的警句：“我们应该想法怎样还观众的债，先在最通俗一点做起”，在天昇做了多次廉价的公演。无疑这不是无小补于剧运的推进的。

《雷雨》自从在东西(京)惹起人的注目，这剧本在天津已演出了数次，孤松的演出是获得水平线上的成绩的，中旅的也得了很好的结果。之后，我们不断的听到各剧团的排演《雷雨》的消息，如今鹦鹉在欣欣又揭开了他们的工作成果。

选择剧本，在中国已经是够人蹙局的事，如今华北谁都知道又展开了一个新局面，无疑的在脚本选择的范围又狭了一些。《雷雨》，这家庭的伦理悲剧之被人如此重视，在这里也许找到一点原因，不过《雷雨》这不算短的东西，又不是一件轻而易举的事情，是谁也知道的，至少鹦鹉在这工作的完成方面值得我们推荐的。

---

① 原文为孤松，但据此文所述内容来看，应该为鹦鹉剧社的演出。

天津剧运在这新的开头，即有一个比较繁重的剧本的演出，但愿这多少征示了未来的乐观。

三、关于雷雨

作为艺术之机器的，应与社会发达阶段之社会要求与社会的水准适应的界限之不同而异的，《雷雨》之产生在现阶段中国而被广大观众所欢迎的不外是这一点，关于原作的意义上的结构上的讨究，有很多人写了很多的高见，我这里只想带便的说一点作为《雷雨》之所以如此流行的社会根据。

无疑的，《雷雨》在各地已引起了极大的注意，而能对于多量的读者观众如此满意的这问题，固然这根基在原作的优秀上，然而社会之所以需要这东西，这也无疑的在社会一方面必定已蕴蓄了这需要的条件的。

在《雷雨》中，蘩漪对于周萍和周萍对于四凤的死命的追求，都表示着这“爱”对于人的魔力的宏大，在中国趋向资本主义的大都会中，同外国一样也发生了种种社会问题，作者把捉这问题的症结成为一般少爷小姐企图解答的问题，这是第一点。

《雷雨》中的鲁侍萍这一个脚色，宿命观，命运及悲惨事实的遭际，痛惨的号呼，在容有新旧的社会关系的现阶段中国，是极易获得人们的同情和眼泪，而尤为相等年岁上的妇女们的婉惜，这是第二点。

《雷雨》中的鲁贵，这一种自私，短视，贪婪的①型，在我们社会里差不多到处遇得见，碰得着，而作者在种种地方加以有力的讽刺嘲笑，这很明显的唤起观众的“痛快感”而由衷的对于这部作品的珍视。这是第三点。

同样，《雷雨》中又有另一种角色活动着，这便是对于世事人生模糊的活跃天真，心地单纯的青年学生周冲，这一种典型，在家庭学校里面简直太多了，作者清晰的描画了他，在结束更显示了他悲惨的结果，这对于观众保持着如何亲密关系是不用说的，而特别使一般青年学生得到共鸣。这是第四点。

本来剧的完成，不在演员演技的完成上，不在布景装饰的完美上，而在剧场空气的融洽上，即是把装饰演员，观众，混合在一个境地里而共同活动的场合，《雷雨》的写作，是几个习常的角色的活动，在一个复杂曲折的故事里面，而作者又把他们引到一场悲剧的终结，这种种的拼合，成为《雷雨》这剧本流行的社会根据，我想要说的，就是这一点。

四、演出观感

参照以往的演出，在以前，我以为鹦鹉有更会获得还好的成绩的希望，然而我归结失望了。无疑的一个剧团的演出，在事先得需怎样的充分的筹备，为了在职业化剧团的归趋中的现阶段中国，最重要的是获得观众的对于话剧的信仰，这个目的驱使努力者演出要慎重，话剧的演出，在这期(其)中将形成了整个话剧的对于观众对于社会的搏战。

---

① 原文此处似漏掉一个“典”字。

或者是鹦鹉不耐住性罢，一切装置的草率，给了观众一个极恶劣的印象，如幕帷的笨重，不雅观，拉幕竟把横柱折坏，布景制作不坚固，墙壁的动摇，门开的怪声，都给人们不真实之感，而最重要的是缺了楼梯，以致每在演员口中说出楼上时，便有滑稽之感，灯光还算不错，在第一幕的人影乱晃是应该注意的。其次我认为不当的是桌椅的位置，在第一幕有许多动作和面部表情都被遮掩了，这是导演者的一个大疏忽。最坏的是效果的不真实，咕咚咕咚的噪音不能让人知道那是雷声，而且发雷的时间也不对，至于闪电更糟，许多时候给人看出光源，在第四幕竟成了红光。没有两条也是缺陷。化装上，我以为蘩漪鲁侍萍的面部都不当，以致二人都年轻了一些，周朴园，竟成了六七十岁的皓首，其次鲁贵，周冲，周萍，还不坏。

在表演上，最值得推荐的是鲁侍萍，发音的清晰，痛苦的表现都能引人下泪，这样王梅莉女士之成为最有希望的演员是没有疑问的，其次鲁贵也充分表现了他的底(低)俗的人格，四凤在概括的看法是不坏的，不过有地方不深刻，如三幕她一个人在屋中将睡的时候，周蘩漪这一个有钱人太太的风度，沈珠孋是把捉了她的灵魂的，周萍则完全失败了，谢天君叫喊的痛苦的表现是不当的，要知道，“喊叫”并不是唯一痛苦发泄的方法，周萍的面部表情与发音，有许多值得商榷处，鲁大海，这一个粗线条的人物，由华铭君演来是能说尽职，周朴园太冷了些。

演出的行程中，观众的一致的呼嚷，拍巴掌，并不是破坏了剧场的空气，反而证明了剧本的力量与观众对剧本的理解，不幸的在杂乱的声音与动作中，观众整个的把剧场的空气破坏了。

五、鹦鹉精神

值得提起的，是鹦鹉的努力，他们选择《雷雨》，这是怎样的比较难排的剧呢，然而他们终于演出了它，在演出的行程中，演员的努力，虽然经过若干曲折，依然不懈地，一贯的精神完成到底，这点精神，无疑的是值得钦敬的。

对于鹦鹉的种种疏忽，因之我们不能以如何的苛责，在这样坚(艰)巨的剧运推进中，一概抹煞是不应当的，那有益的事情还是小心的培植，当然我们不能十分的过于姑息，在前面我们已经指出了这期间话剧的演出，应有着如何的慎重的态度。

注：这根据于二点到八点第一场写作的。

（一月十五日晚成）

原文连载于《益世报》1936年1月17、18、19日第4张第14版

《雷雨》上演观后感

凤　仪

昨日（二十六日）上午，天气晴朗，记者应《雷雨》一剧，抵该院时，已九句[①]钟，而观众已满座，稍倾即开演，首由该团唐槐秋君将该团成立之经过，作一段简单之报告，就后开演。此剧共演四小时半，观完了《雷雨》之后，丝毫不感到倦乏，而在脑牌上印了极好的现象。

这里，我以观众的立场，将我对于《雷雨》的印象，尽着我所要说的，说给读者作一次忠实的推荐。

据说：《雷雨》是一九三四年度，文学创作曾获得最高评价的作品，最近各地也有不少的剧团在排演这悲剧。

此剧全部是一个命运悲剧的定型，虽然，命运悲剧在如今剧坛上已不流行，可是在我国，《雷雨》还是第一部作品哪？

剧意十足暴露大家庭中黑暗的两幕，以及资产阶级纵欲的丑行。

无疑的，在该剧团未出演之观众的心房上，中国旅行剧团是不会有怎样的成功，可是出人意料，不但是怎样成功，而在我们意外的收获。在这里，且将演出者谈一下。

鲁贵这角色的戏，固然很难演，倘要演得精，那更不易了，可是在姜明演来，刁滑与北方人所特有的憨直处处显示他的老练，并且演技也很自然，这里固然是有相当的成功，更希望他在下次演艺上，给与我们更好的成绩。

章曼苹，有人说她像阮玲与叶娟娟，是的，瞧过她演艺者，个个会说："好极了！"这里四凤的角色，就由她担任的。

硬派曹藻，饰工头鲁大海很合他的个性，可惜国语说得不十分流利，似乎是美中不足，希望他努力才是。

陶金饰周萍，谭汶饰周冲，赵慧深饰蘩漪也有相当的收获。

唐若青饰侍萍，她骗去了不少观众的同情泪，真佩服，有如此好的演艺天才，但是似乎忒年青了，试想已生了三个孩子，过了三十年不安定生活的妇人，她一定苍老的不堪了，可是在舞台上的侍萍，瞧上去还只三十余岁，这实在有商酌的必要。

末了，听说这次《雷雨》的布景道具，全是自制的，配音，灯光也有相当的价值，这是值得我们赞许的。大体上说，中国旅行剧团的《雷雨》是成功的。

原载《影舞新闻》1936 年第 2 卷第 16 期

① "句"字疑为"点"。

中国旅行剧团《雷雨》的演出

林 蜚

三年来中国旅行剧团是不断地努力着，它在上海成立后，跟着团长唐槐秋的领导由上海出发至南京而天津，北平，郑州，石家庄等，差不多足迹踏遍了整个华北，在这暴风雨的时代，他们艰苦的挣扎，的确是一桩不容易干到的事，你只要看许多大小剧团，不是公演一次就即行夭折，便是像生了肺病那样延命，弄得不死不活，所以中国旅行剧团能在三年的不断努力中前进，不但是他们自身努力推动着戏剧运动，在华北的冷落的剧坛上，也因此掀起许多剧团的产生，站在同一条战线上，推进中国整个的戏剧运动，强调了华北整个剧坛。掀起剧运的浪涛，虽然他们也没有怎样伟大的收获，可是这一点不断地努力奋斗，已值得我们大家起来拥护，真真为了中国戏剧运动上的一个战士——中国旅行剧团。

他们成立虽然在上海的，但是在上海还没演过，这一次由北平回到上海来演出，是值得热望的！

为了要和上海的新闻界，戏剧界，电影界联络起来，特地在二十六日（星期日）上午九时半预演，《雷雨》一场，雷雨为四幕剧，由上午九时半演至下午二时，足足地演了四个半钟头。《雷雨》是演得好极了！ 它是在一九三六年的剧坛上上了一颗炸弹！

《雷雨》这剧本是一九三四年文学创作上获得极高评价的，它是剧作界几年来未有如此良好收获的剧本，对于这剧本我想不再去谈它，因为讨论《雷雨》的文章各报上已登过很多的了！ 所以在这里是不再去多说它了。这里单想谈谈关于演出方面！

导演是由唐槐秋自己担任的，他对整个剧本都处理得很[1]动。每一幕那种细腻的手法来处理，的确是不容易做到的事，尤其演员支配的性格上适当，这是一个最大成功的原因。

演员：姜明的鲁贵，他谄媚狡猾的态度，纯熟的演技，把整个剧中人都溶化了！ 演来他是最成功的一人。章曼苹的四凤，活显出一个天真活泼的少女，她一切动作与对白都相当令人满意。曹藻的鲁大海，他演硬派个性的角色是很适宜的，可惜国语不十分纯熟，有些地方显出不够。谭汶的周冲，那种少年人所共有幻想与热情，碰到现实打了粉碎的情景，演来很能称职。赵慧深的周蘩漪，这一个角色是很难演的，她的确演得成功了，从第一幕到第四幕情绪渐渐高涨，演来已到了忘我的境地，相当显出她天才的优秀。陶金的周萍，很能表现出青年人做错了一桩不能收回的事，而自己感觉得内心的苦闷，演来很生动。戴涯的周朴园，一个封建社会的绅士，他的固执，他的被良心责罚而后悔，演得很逼真动人。

[1] 原文此处似漏掉一个“生”字。

唐若青的鲁侍萍，她对女儿的慈爱，碰到周朴园时的辛酸，都相当令人满意。

这一次，《雷雨》的几个演员，每一个人都有戏演，因为戏是平均发展的，所以一切的收获都相当的优秀。

舞台装置很好，使人满意，灯光的控制及音响效果都很支配得逼真，亦加强了不少戏的空气。

这一次《雷雨》的成功，当然不是偶然的，它是中国旅行剧团三年来，不断地努力的收获！

原载《影舞新闻》1936 年第 2 卷第 16 期

卡尔登座上……第二次看《雷雨》

陈忠豪

记得“复旦”剧社假座宁波同乡会作第十九次公演，排定的节目是《雷雨》，本来我一向对舞台剧是茫茫然的，这一次是我一个旧同学在进了“复旦”之后拿来要我买几张票，藉以捧捧场的。

不料在我看完了这四幕剧的《雷雨》后，顿时纠正了我以前的观念，对着一个剧本的演出发生了热烈的情绪与极大的兴趣，觉得花六毫大洋坐在后排实是看不过瘾，只有后悔何以不花一块大洋到顶前的几排去看一个仔细呢。

于是，我逢人介绍，说《雷雨》是如何如何的好法，剧本是如何缜密，演出又是如何紧张；不管听的人是不是爱好舞台剧的，我只知道把好的戏剧叫人花钱是不怨的。

我介绍的结果得到了意外的收获，在我那一个朋友丁熙君得到了一笔外快之后，他闷声不响地去买了两张顶前的一元座票子。傍晚时分，请我速驾。因为我是已看过了这戏剧的，叫我做个义务指导，而且连带还叫我去吃夜饭，这是额外的犒赏，我在电话里乐的唯唯从命。

上次看中旅的《油漆未干》是在雨天，这一天又是飓风袭沪，有大风雨，好像中旅在雨天出演才会风调雨顺似的。

在意料之中，座位已全部定完了，拿到了说明书看演员的排名，有新的角色，也有旧人；这总该比“复旦”的演出要整齐多了，因为这一辈全是靠此谋生的啊！不比那学生们是闹着玩的，心理(里)在盘算着演出的效果，有点希望快开始了。

开幕了，饰演鲁贵的姜明我担心觉得他的演技，因为早就知道了“中旅”对这一类角色还有一个叫戴涯的，在《油漆未干》里这饰演哈医生的戴涯是很不错的样子，现在听说这家伙已到了中央摄影场当副导演去了。剩下了这一个姜明，是好是坏呢？我得好好地去鉴赏一下，等我看完了全剧的论断，是除了唐槐秋的周朴园以外，这姜明是顶成功的一个，而且，风趣处令人一见哈哈，叫人对他又恨又气，又好笑；口齿是相当清晰，早前我是迷恋于戴涯的，现在对姜明的成见无疑的是消释了。

团长唐槐秋，我可从不曾看过他的戏，虽在荧幕上已露了好几次脸，我可看不出他有特色之处。这一次饰演周朴园，事前我有点怀疑，别是草率从事吧，这一个重要角色非徒负虚名所能应付的，这意料结果是错了的，唐槐秋在这上面的演技是秒到秋毫，我的朋友丁熙说唐槐秋的好处是发音能使坐在最后一排的人也句句入耳，而且无论那一句难讲的句子也能很随便的吐将出来。这一点,袁牧之也有这一种擅长,唐槐秋与袁牧之都是老早就从事舞台剧的,几年来训练他们的口齿成了一惯(贯)的驱向,虽是带点哑哑的声带,就这样听起来好像唱京戏的谭鑫培那样够味儿了。

还有一点,唐槐秋的个性表露也甚见清楚,这是可贵之点,动作与措置活画出剧中人的形态来,一不留神的话,这周朴园就往往会与鲁贵驱向于同一个外表意形,唐槐秋在这上面是相当可取的。

全剧重心人物四凤,饰演这一角色的是童毅,我可不敢过分赞美她。原前有个叫章曼苹的,说做起来是很好的,这一次据说进了明星公司所以换了个童毅了,不管童毅与章曼苹那样那样,我的意象中比"复旦"的封禾子总觉得差一点,封禾子矮矮的身材,以及油光的大辫至今还在我的记忆之中,表演的活泼几乎只有她一个人在台上做戏。在我看这次"中旅"的《雷雨》之前,我原已料到别人的演技是准不会错的,只有四凤一角那么不能不让封禾子专美于前了,童毅的口齿尚佳,只表演稍见呆滞,而且,据我的意见,童毅的二支小辫不及封禾子的油光大辫甩东甩西那么有趣,我这一种单纯的推想质之高明以为如何?

葛鑫的周冲,很天真,是成功了的,郑重的周萍太呆板了,赵慧深演周蘩漪,表情是好,只是说起话来听不大清楚,在这上面较之《油漆未干》里的女仆要平凡点了。要是比起李丽莲来,那高明多了。

谈剧本,要说《雷雨》有一点缺陷的话,那么有人一定要问我比《雷雨》更好的剧本是有也没有?话确是如此说的。曹禺的这一剧本是进了剧坛上最伟大的收获,对于中国的社会环境是有着极深刻的透露;名戏剧家如熊式一徐朗西洪深田汉辈虽是耳闻大名已久,截至今日尚未见有比《雷雨》更缜密的剧本产生出来。近年来舞台剧之稍露芒锋,不能不归功于《雷雨》的问世,有许多舞台剧人员稍能在困难的境遇之中得到一点生机,《雷雨》之卖座力是不容忘怀的。所以呢,要说《雷雨》有一点小疵,以一个不懂舞台剧构制的我真不知要从何说起,不过有一点要真献给"中旅"的,就是周蘩漪跟踪周萍雨夜出奔,二人只穿着雨衣而光着头,这方面我认为要盖上一顶雨帽,因为大部分的人保护他们头部比较身体是尤为紧要的。

布景不错,夏夜之雷声以及狗吠都恰到好处,布景后的事物很引起人追忆似的。

环顾剧坛,比"中旅"更好的剧团还没有产生出来,在万难中的中国剧坛上创出这一点成绩,已不容易了。

座价要一元,太贵,这是说要接近大众的话,因为大众在目前是属于普罗层的,穿草鞋与披上一件破衣的人群实在太拥挤了。这一辈大众在身畔就常缺乏币的存在,要是换了布尔乔亚,那一块钱算得什么,看梅兰芳二元四还得给案目的小费呢。

原载《小姐》1936 年第 2 期

中旅在沪公演各戏之演出检讨(节选)

陈樾山

《雷雨》是一个写得好,而又未曾写得好的剧本,这话是说,《雷雨》的作者用尽了许多心机,想要写一个好——舞台效果好——的剧本,于是,想到一个异常曲折复杂的故事,许多感动人的对话和场面,然而,可惜他不曾把这故事剪裁得好,就如同,把许多好诗句堆积在一块,而一首诗的整个力量反被妨碍了。《雷雨》中有很多的 Climax,而莫有全剧的最高 Climax,有九个人物,而九个人物的分量相差无几。这样,在导演上是相当地困难,在必要时,导演可以重新组织一遍,使它"再出现"Reproduction,如果导演者依样画葫芦把它搬上舞台,则这个悲剧将使观众沉闷,使观众得不到一种很深刻的悲剧的印象。虽然每一个 Climax 也可以使观众紧张,使观众下泪,但这不过是如同吗啡针一样征服观众情绪的结果,而不是观众的情绪的 Climax 与剧情的 Climax 自然地吻合。这样,徒足以使观众的感情疲倦,带回去一些零碎的阴影,而不会得到一个最高的,总和的感受。

中旅这一次演出的雷雨,便是这样的,为了艺术上的不厌的苛求,希望导演者能把它再处理一番。

至于《雷雨》的各个演员,则是很令人满意的。慧深的周蘩漪,得到的是广大的好评,这自然是慧深抓着了周蘩漪那种忧郁的,饥愤[1]的,被压制着的变态的性神经;周蘩漪这个人物,刚好代表了佛洛以德(Floid)的精神分析的学说,而她的行为,便是这个学说的证明。慧深所以能把这个人物的性格抓得牢,自然与她自己的性格多少有类似之点,但决不是相同,更不能说她是天生的一个周蘩漪。舞台人物的性格的表现,是演员的创作品,这显然是演员居于半客观的地位,如果演员陷入于纯主观的状态,与剧中人绝对是二而一的时候,则那表现反而要走样,这就是演员在舞台上不可能全部抹杀自己的 Personality 的缘故。如果慧深是天生的周蘩漪,而不能在舞台上看到慧深的周蘩漪了。

戴涯的周朴园,很有许多可取的细腻的心理描写,这个角色他是演成功了。仅有一点令人感到不舒服的,是最后闭幕前一段"暴风雨",剧本上限定他在此地不能不来一个全力的表演,而这个全力的表演可惜不能讨好,如果不删改剧本的话,至少这最末一段要借导演手法再处理一下。

其余的演员,大体上各能尽职,曼萍的身材和化装帮助了她不少,她的嗓音又刚刚适合于这个人物。姜明的鲁贵,完全被他演活了,这个角色在剧团中定莫有人能演过他,这

① 今作"激愤"。

与老姜的生活经验大有关系，这当然不是说老姜在北方大公馆里当过听差。反之，乃是说老姜许用过这样的听差，至少也常见过这样的听差。老姜在舞台下很仔细地观察各种人生，这将是他成功的基础，他逛天桥的结果逛到宪兵师令部里去了，这不是他的祸，反是他的福。

若青的鲁妈（即侍萍），戏演得很认真，然而不能令人忘却她是在演戏，这是她的年龄，修养，经验诸方面的关系。陶金的周萍，确是完全失败了。首先，周萍就决没有那么一个强健的身体，在性格上，周萍是矛盾，意志薄弱，也是个性变态人物；然而，经陶金演来，周萍好像是一个老实的好孩子，不过被后母引诱坏了罢了。这岂是那么一回事？若换陶金来演鲁大海，那倒很合式。曹藻的鲁大海不够强，不够明朗。谭汶的周冲，演得很认真，但不能抹去那些令人感得到是做戏的地方，这是缺点。

布景方面，第一景颇好，只是那个圆门似乎该向外凸，把窗向内凸，比较窗前好做戏。窗帘该用深色的，立灯不调和，立灯之外屋内就没有别的灯似乎不十分写实，道具不好，但租不到也是事实上的困难。壁上倘添一点古色古香的字画，情调更好些。较大的一把团扇，应该放在里面，不然，太令人知道是早预备好的了。室内最好放一架电风扇，幕后的电风扇也不能少，窗开时有风，窗帘一定得动。第二景太简陋，一口大箱子放在高桌上，殊不近情。闪电时决不可使壁上漏光，雷电务必合凑，即先电而后雷，且大小相称。闷雷之外，须加霹雷，风雨声应加倍，决不至妨碍台上说话。雨的表现不足，鲁大海最好赤脚。第三幕许多地位和动作都得好好排过，周萍的醉态不够，并且周萍的醉态应该继续到第四幕。

原载《时代电影》1936 年第 8 期

津电话剧社公演《雷雨》特刊

津电《雷雨》述评

包经第

天津近来的话剧很活耀（跃），话剧团数一数就有好几个，这津电话剧团，自然也是其中的一个，然而却和普通一般的不同，他们是电报局的工人，至于女演员们，不是电报局的也是半电报局的，因为她们大多数是工人们的夫人和最亲近的亲戚朋友，没有一个不是和电报局不发生关系的，所以份子很整齐，也很能合作。

他们的排练时间是很少的，非得公余之后，大家聚在一起，来讨论“戏”，所以排戏也只能在每晚九点以后！

第一次公演的《自救》，已经是两个月以前的事，成绩很好，第二次公演期，已经定出是在八九两日，地址仍然是在电报局礼堂，这次所演的剧是《雷雨》。一个很长的剧本，至于剧的内容，似乎不需我们来介绍了，昨天他们预演了一次！

八点钟，第一幕是展开了，演员们为着时间的关系，便换了衣服，脸上并不曾涂上油彩！

一开幕，便是鲁贵和四凤在叽咕钱，太太的事，少爷的事，鲁贵是由张铁生君扮演的，四凤是由刘玉瑛饰的，鲁贵很像个大家的听差老爷，举止都很相似，尤其他的喉咙，谈话，清楚流利，尤以在被辞工回家以后的一幕最好。四凤，可以说是这剧里很重要的角色了，她是一个很温柔很刚毅的女孩子。被两位少爷爱着，被自己的主人嫉妒着。所以这个角色在每一个场面之下都应有着不同的表现，和每个不同的心理变化！然而刘玉瑛女士却□作得恰到好处，虽然刘女士有时的谈话是未免比较过于柔和一点，但是却又正是她的好处，更能代表出四凤的温和同柔顺□□□□——周冲□□□由□□君扮演，在举动方面，似乎不很自然。他是个十八岁，不明世故的浑孩子，要由电报局同人来扮演，自然是不很合适，当然更不容易把他的个性表现出来，所以在说话和举止，都有些牵强。周萍——大少爷，是由王寿僧饰的，这个角色，也是和四凤一样的重要，一样的不容易表现，一样的在每个场面上有不同的心情的变化。他曾经爱过后母，现在又热恋着四凤，他弟弟是他的情敌，他父亲也是他的情敌。所以周萍的台面上的表情是最重要，也是最复杂的！王寿僧君的发音是很宏亮，抑扬顿挫也很□台，只是在动作上有些地方太激烈，如在第三幕上晚上约会跳进窗口一节，脸上的表情，似应无须这样厉害，同时在追四凤，也未免显得太硬，几乎会使人误会到这不是他的爱人，却是一个陌路人呢！周朴园，这剧的老主人翁，杨一先生饰，在未出台先，当他一说话，谁都会疑心这是戴涯在说话呢，声音的相同，快慢的相似，在不曾看见他的人以前，谁也不敢说他不是戴涯。杨一君扮演这个角色很合适，一举一动，俨然老太爷风味，面部表情，也很显著，在见着鲁妈以后的一场，他的神情与戴涯一般□□□只是体格比他小□□□□□蘩漪，周萍的□□□□□是他先前的□□□罗天聪女士扮的，这是一个感情上失意，神经受了刺激的女人，她得不到丝毫的安慰，和精神上的寄托，所以只是苦闷着，是一个阴风阳气的女人，很厉害，很有手段，可惜克服不了她的爱人，在这点，罗天聪女士很能尽其所长，只是声音有时是太低了些；大海，一个工头，由邵世荣取这角，粗鲁的举止，简纯的思想，他很能十足的表现出来。最后，要说到鲁妈了，这是一个最重要的主角，由庄瑛女士饰，她的口齿清楚，表情深刻，能够把心理状态表现出来，尤其是对母亲的心，是更要比心理状态演得更好些！

用了五个钟点，把《雷雨》整个的演完了，在公余之暇能够得到像这样的结果，真可谓难极了，有些真正的剧团的成绩，恐怕还要逊之一筹呢！

漫谈《雷雨》的排演

更　石

一个刚成雏形的“津电话剧社”在它大胆地把《自救》（张道藩创作）搬上舞台第一次介绍到天津来，这种的尝试，本来意料是在失败中的。可是公演之后，得到了许多的教训和经验，同时也增加了自信力不少。因为相信只要是能苦干能努力，那最后的希望，是很容易达到的！

所以在公演《自救》之后，剧务部便忙着搜集材料，预备决定下期排演的剧目。

谈到选择剧本，要待商榷的地方很多。因为华北的空气浓密，环境特殊，就在剧本的意识方面说，我们也得要慎重其事的要作多方面的考虑才行，其他如演员的分配，剧情的选择……等等的问题，处处都得要在自己能力范围中费心斟酌和讨论。

《雷雨》便是剧务部经过多次的考虑，煞费苦心在许多剧本中挑拣出来的一个剧题。因为社员中憧憬着《雷雨》的人很多。所以一提到《雷雨》，大家的精神便兴奋了一下。因为《雷雨》中的意识和剧中各个人的个性，很早便引起了人的注意了。所以一谈到《雷雨》大家便会眉飞色舞，抽了口烟，吐出雾来，在香烟渺缈的雾园里认识《雷雨》、寻求《雷雨》的真谛。可是理论是一个问题，实践又是一个问题。剧务部考虑和斟酌之后，决定排演《雷雨》一时的兴趣当然是很好。社员们能在这么的大热暑伏期间，天天晚上都工作到午夜以后，其苦干和努力的精神，便可以想见了。但是要估计公演成功与否，那是谈何容易啊！下面来说句实际的话。

《雷雨》中的角色不多，只有八个人（仆人除外），可是这八个人可以说都是主角，因为各有各的动态，各有各的个性，各有各的本能。不能有主角和配角之分。各人都有相当重要的任务。所以对于人物的分配，变成了个很大的问题，导演郭先生和剧务部中人，用锐利的目光，试探到每个社员的身上。名单握在手中，好像要把每个的社员都得仔细地解剖一下。目的是要物色相当的适合剧中人的人物。四凤和其余的脚色选定了之后，周冲和鲁大海在社员每个角落里都找到过。一时却寻不出两位称心的人来。一位是需要活泼，身体很小却有着大的心而没有饱经世故的十七岁的年青孩子。一位是身体魁伟，声音宏大，性情刚强，而富有热血，有作为有志气的矿上工人，既然社内踏破铁鞋无寻觅处，导演和剧务部中人的目光便转到社外的同人身上去了。幸得局中人物众多，各色材料，设备齐全，选择配角，都很方便。当下便物色了丁，邵二君来分充周冲和鲁大海的角色。丁君对于《雷雨》的了解，颇为透澈；邵君的动作身段表情亦极逼真鲁大海。虽然他们缺乏舞台经验，但是我相信经验是要在实践中得来。

《雷雨》中的效果，有与舞台上的演员同样的重要，是不可疏忽的一个事实。闪电，风，雷，雨，以及蛙鸣，犬吠……件件都要专人负责，分工合作，各尽其能，各司其事。导演和剧务部中人便早看重了这件事的重要性，所以在很早便已着手练习，颇多逼真。希望公演时要运用适当，使其前后呼应却（恰）到好处才对。

《雷雨》中的布景，导演及剧务部中人为了忠实于剧本的缘故。依照原作的说明而设计，但是困于舞台场面的局促，未能畅所欲为，引为憾事。灯光由几位富有电学的工程师设计配置。调和与适度诸方面，都有相当的注意。

和气融融，意志统一是每个团体组织的先决条件，同时也是一个社团发展的先征，每次的排演场中和谈座会上，大家都能很认真的讨论和苦心的练习。在社里大家都是一团的兄弟姊妹。这种的精神，足使社员们都抱乐观，与努力排演的一种原动力，应该要保持下去的。

导演在排演时，认真起来的那副冷色脸孔，既刻板且严肃，记得一次□了要纠正第三幕里四凤跪在鲁妈面前发誓说："那——那天上的雷劈了我"，一扑在母亲怀里的表情和动作时，认为不妥，曾经连续的演习到七次之多。其认真态度，可见一斑。

《雷雨》的排演，拉杂的报告了这许多，今天就正式的公演了。成绩如何？实在是不敢自信的，所以希望和需要的，便是虚心的接受社会的批评和话剧界前辈的指导。

原载《益世报》1936 年 8 月 8 日第 4 张第 14 版

评津电话剧社公演的《雷雨》

梅

自从离开学校十余年为衣食奔走四方，把演剧的嗜好，早已抛在九霄云外了。去年春间在旧都观光了一次“中旅话剧团”的《茶花女》以后，给与我的印象是乏味，因此一年多对话剧的兴趣已降到零度。昨晚（八日）因朋友的约，去看了一次津电话剧社的《雷雨》，虽则缺点尚多，然而以客观的看来，它既是一个业余的团体，忙里偷闲只有四个月的时间，就得到了这样的成绩，总比以话剧从业的中旅剧团超越得多了。所以以门外汉的客观态度，来和该社诸君商讨一下，对与不对，要请该社诸君详审的。

昨晚笔者去的时候，已将近十点，正在演第三幕，所以前两幕是无法加以批评的，所以就照后三幕来总评一下。据昨晚公演看来，表演最合身分的，要算张铁生君的鲁贵了，听差有听差的态度，吹牛拍马，偷鸡摸狗，暴露出一般听差的丑态；回到家里又大发威风摆出家主的面孔，等到见到了拖油瓶（沪谚随母再嫁者称拖油瓶）的凶残，又畏缩退步，还不及丧家狗的可怜，势利小人的现行，可谓刻画尽了。“他的喉咙谈话，清楚流利”，尤其余事。

第二个要算鲁大海（邵世荣饰）了，他的凶暴，受人愚弄，性情急躁，活画出现代一个罢工领袖的身分，态度也自然，说白还算清楚。

饰主人翁周朴园的杨一先生，一举一动，稳重迟慢，很合身分，可是在许多地方，又觉得太慢了些，因他是一位风流的阔老爷，并不是真正的“正人君子”，所以伪君子的态度，总要显出一点才对，尤其是在听到鲁妈（庄瑛饰）就是他在三十年前遗弃的爱人以后，丝毫没有表现惊奇之色，实在是一大缺点；而在初次见到鲁妈后，也并没有问问自己现在的太太周蘩漪（罗天聪饰）这是何人，直等鲁妈要走，才问她姓什么，觉得太迟一点。异母同父的周萍（王寿僧饰）周冲（丁洪度饰）两兄弟，演来有点生硬，没有抓住剧中人的身分，本来在最后两幕，可有极紧张的情绪，因此大为减色。

三位女演员的声音都觉得太小，幸而昨晚的地址不大，听众又鸦雀无声，那末，笔者在后边还有许多话听不到，要是在大一些的舞台上，后面的观客，就只能见到哑剧的表演了！表情方面，也未见得精彩。

罗天聪女士的周夫人，像是少奶奶并不像太太，所以她和前妻之子周萍发生了恋爱吗？这两位的扮相觉得太年轻一点，尤其是鲁妈至少应有五十岁左右，然而照扮相看来，只是三十岁左右的乡妇。饰四凤的刘玉瑛女士，虽比较自然些，然而还有许多地方是勉强的。

布景方面，末一幕不应是厅屋的布置，最好是号房的或大门口的舞台景，因为鲁家一家人来周家寻事，不能一个听差都碰不到，由他们登堂入室，随所欲为。况且最后的悲剧，都在大门外发生，倒不如换了一个布景，更能感动观众，这虽是编剧的错误，导演的也未尝不可加以改正。

总之，大体说来，表演的成绩还算不坏，只要舍短取长，就不难达到炉火纯青的时候，愿该社诸君勉之。

原载《益世报》1936年8月11日第4张第14版

《日出》首次演出特刊

时间:1937 年 2 月 2—5 日
地点:上海卡尔登大戏院
导演:欧阳予倩
演出:戏剧工作社

演员表

（以出场先后为序）

陈白露……凤子
方达生……丁伯骝
张乔治……吴铁翼
福　升……高步霄
小东西……苏菱
潘月亭……崔古吉
男　甲……宗由
男　乙……李实
男　丙……孙敬
男　丁……潘路和
黄省三……公孙旻
顾八奶奶……黛丽莎
李石清……莫言
胡　四……李显京
李太太……寒雁

《日出》的演出

欧阳予倩

我重回到上海来，一共导演了四个戏，其中有两个是曹禺先生的。曹禺先生的确是剧坛忽然跳出来的天才者，人家欢喜演他写的戏，我也欢喜导演他的戏，可是他写的两个戏都是篇幅特别长，我在导演的时候，总是就可能的范围加以剪裁，在读的时候，我以为一个字不减才好，在舞台上为着看起来格外精练格外能集中观众的精神起见，稍为节减一下颇为必要。

《雷雨》除删去序幕和尾声外，还节减了一些对话，收场的地方，也有点更动，四幕戏还演到四小时以上呢。

《日出》比《雷雨》更长，四幕戏占十二万字，按规矩演总要五小时以上的时间才能完，好戏固然不怕长，可是太长不但观众容易疲劳，戏馆也不许可，倘若一天演日夜两场，那就会感到困难。

《日出》的主角是不明显的，可是它有一条很显明的主线，这就是现社会经济制度的片影，全剧第一、二、四幕所暴露的已经够残酷了，可是作者还以为不够，再加上一幕第三幕，他的意思大约想写一个三等妓院去和白露的那种半娼妓式的生活相对照，于是表现得更严酷，可是这幕戏奇峰突起，演起来却不容易与其它三幕相调和，而为这一幕戏所费的气力恐怕比其它的三幕还要多。还有一层，南边人装北边窑子不容易像，南边观众听数来宝叫硬面饽饽一类的东西也不容易懂，所以就算要演，为舞台上的效果起见也要费些功夫斟酌一下，因为以上几个理由不得不将第三幕割爱。

这个戏我认为比《雷雨》进步，《雷雨》究竟命运悲剧的色彩非常重，《日出》对于命运的解释已不与《雷雨》相同，它直对着当前的社会，毫不犹豫地给以无情的暴露和批判，而且暗示着正有一群在无限的希望中浴着阳光奋斗着的人们，是多么雄伟啊！

我对于这个戏的演出，是以夸张的手法与剧的内容和人物的个性以强烈有力的表现。这次所用的布景也是根据着这个情调特别计划的，与前次导演《雷雨》和最近导演《欲》所用的完全是另一个风格。

至于演员的演技，他们都有相当的舞台经验而且很肯努力练习，我看至少可以在水平线上得到平均的发展，愿以介绍于爱好话剧的观众们。

原载 1937 年上海戏剧工作社《日出》首次演出特刊

《日出》公演观感记

陈　毅

由于《雷雨》的演出，使我们认识了不可多得的剧作者曹禺。现在他继《雷雨》而作的《日出》又由戏剧工作社演出了。

《日出》是以暴露上海金融资本家的荒淫与投机榨取为题材，而由一个“并非不知道这社会什么是善什么是恶”的女子陈白露身上来把故事开展。原作本是四幕，现由演出者删去第三幕，据说这是剧作者同意了的。

以前，以暴露上海金融资本家的荒淫与投机榨取为题材的有过茅盾的小说《子夜》，而戏剧好像是从《日出》才开始的。（还有凌鹤的《高贵的人们》也似乎在这方面取材。）

中国四万万的人，中间只有少部分是过着骄奢淫佚（逸）的生活，而大部分却是卖尽气力不得一饱，这是为什么呢？《日出》里边答复了，是金八爷们那些魔手所造成的。

宁肯自己成天荒淫与无耻，把钱成千上万的乱花，而对于一个一天到晚只得十三元报酬的书记却此（疑为“非”）把他裁掉不可，逼得他杀孩子，自杀。这是为什么呢？《日出》里边也答复了，是金八爷，潘四爷他们那些魔手造成的。为什么一些资本家今天还是号称多少多少万，而明天便破产，自杀呢？《日出》里边也答复了，是金融资本家内在的矛盾。

一个茶房有几副面孔，对那些吸血鬼恭之敬之惟恐得罪；对于那些被吸血的人却给吸血鬼帮凶，这在《日出》中也是附带的暴露。

一个人在经了这些糜烂生活之后而不谋自拔，甚至最终仍是不得不一死，这是剧中女主人公的没落。

《日出》能够抓着这些个问题，无疑的。它是现实主义的作品。

从《日出》里看见作者曹禺是更加接近现实，更加对于那些糜烂生活中的一群的讽刺与厌弃，最后还假方达生之口中说出要与金八爷那些魔鬼一拼。显然的《日出》不光只是在暴露，而且进一步要人们去认识这不合理，更进一步去为那给逼死的书记们作一番事业。

的确，在暴露上却给了我们很多的满意。顾八奶奶那样的人物凭着丈夫死的留下一笔剥削的血汗钱乱逛乱赌，接交戏子，只要稍稍留心每天的报纸，谁敢说没有这些事。一场牌，一套西装，就不知是好多人的血汗堆成。在这里，作者曹禺把上层社会的丑恶给了我们一个很满意的暴露。但是剧中还不免有概念化的地方。如方达生就是作者不熟习的，概念的，也是不健全的人物。同时作者也并不明了帝国主义在中国的金融资本中差不多是占着决定的作用的，这一点不幸被疏忽了，因为这一疏忽，使我们看不出中国的金融资本家们为什么只买公债，只做投机生意。

演出，我觉得最使人感到不满的，就是动作太少，差不多都要凭每个演员的口中的对白，才能够使观众知道是怎么一回事。

这也许是由于原作的限制。把一件非常复杂的事，只在一间旅馆里经过每个人的口说出，本是件不容易的事；而他方面又因为演员们对于剧中各角色的个性的认识——也许倒不如说是对这种上层社会生活的理解不充分，因此我们总嫌不够。

比方像那个博士张乔治，他的演出就是有些令人感到真是在做戏，特别是顾八奶奶的那种步伐，是不是富孀一定得那样走？这种走法是不是使人觉得是旧戏中走的台步？

此外，胡四的好些动作，我们都觉得有点文明戏的味道。

但也不能否认金八爷的手下来搜小东西的那一场面的好处，这里让我们看了上海的某种势力中间的每一个人是怎样的在那里欺善怕恶阿谀逢迎。这些，在暴露上都演得成功的，这一场面里空气非常紧。

饰陈白露的凤子的玩弄人，倒作得很不坏，但总嫌缺少感情。

比较成功的还是高步霄的茶房，虽然在轻浮与看不起客人的地方，似乎过分了点。

最使人觉得感动的还是宁愿自己的孩子病着宁愿一家子的生活过不好，也把老婆拖起来勉强应酬人说是往上爬的李石清，在和他老婆对话的场面，演得虽并不好却是动人的。

一个什么都不知道的老婆被丈夫带到大世面的场合里来，却不知究竟是为什么，但我们这社会却有好多就是为了这个来往上爬的。这些，只要肯稍稍留意，也是太多了，而一般道学先生们偏偏要说这是女人们的不当，《日出》给纠正了。

《日出》剧本是可爱的曹禺先生把这个被称为社会动脉的金融资本家们的内在生活搬上舞台，是非常值得庆幸的。但演出似乎没有得到很大的成就。

也许是刚看了业余的《大雷雨》把艺术的水准提高了，使我们急迫的要求着每一次演出艺术上的价值。

但我们仍是以十二分的热忱来欢迎《日出》的演出，为的是《日出》这剧本是一个好的剧本，而戏剧工作社的同人也是一批非常忠实而努力戏剧于运动的人。

原载《舞台银幕》1937 年第 1 卷第 1 期

杂谈《日出》[①]

李得贤

剧本在中国文坛上走红运，放异彩，被大家看重，是近年来的事。而我的读剧本，对它发生兴趣，更是近年来的事。所以对于五四时代诸作家的作品，可以说是读过的很少。不过据一般文化界人士的论调，已往的作品，都可以列入开创的方面，很少有成功的杰作，虽然过去如洪深，田汉，郭沫若诸先生，都有过有力的作品。一直到近两来年，便有一个青年作者，以崭新的姿态，出现在剧坛上，打破了这几年沉闷的空气，那就是曹禺氏轰动一时的《雷雨》。这个剧本一出，无论中外，都承认它是一部力作。并且经中国戏剧学会的上演，获得不少的佳评。但是说起来惭愧得很，这个剧本，我自己没有读过。上演的时候，虽然逢到了机会，而因为有别的事情，使失之交臂，我至今还认为是一件憾事呢！可是话要说回来，过去的虽然是无可补偿，而现在的我却把它再没有放过，而细心的体味了一下。这个剧本，便是曹禺氏第二部剧情比《雷雨》更曲折，事实比《雷雨》更复杂，情绪比《雷雨》更深刻的名作《日出》。这本悲剧，分四幕剧情确实是很复杂生动，是一个大旅馆的华丽休息室，现着畸形的现代化的布置，使人看了怪生硬的。那里面有社会上各种面目的人，都在那里为性所诱惑作肉的享乐。主角陈白露（剧本作陈露露），为生活的狭笼锁住，在那间休息室里，受那些魔鬼们的玩弄，她的心灵是如何的悲哀呀！方达生是一个憧憬着光明的人，他憎恶这丑恶的社会，他有刚健的灵魂。他想感化陈白露，劝她不要和些不三不四的人鬼混，而跟着她（他）走。但是陈白露偏不肯，留他在那里开开眼界，他那一腔的热情，不用说是如轻烟般的消逝了。他在那里看到了这世界的颠覆者金八的势力，和她（他）的爪牙们，他看见了天真无辜的可怜虫小东西，醉生梦死浅薄得可怜的张乔治，失业的书记黄省之（三），俗不可奈（耐）的顾八奶奶和胡四，资本家大丰银行经理潘月亭，以及再可怜不过的失败者李石清。这些在黑暗中可怜的动物，都被他认为是鬼，而不是人。第三幕中展开了人生罪恶的又一面，是一个北方的下等娼妓所，那可怜的翠喜，和小东西，便在这里为人们糟蹋着她们的灵魂！那里有小贩，有讨吃的，有……凄凉得很够味，可怜的小东西，便在那惨酷的恶魔手中，消失了她的生命！陈白露以她的美丽的丰姿，活泼的性情，慷慨的态度，伟大的同情，不能够自拔于这苦海，只是羡慕着自由，希望有光明的一日来到。但是到了她唯一的摇钱树潘月亭受了金钱势力的播弄，而公债票卖失败了的时候，她的末日便降临了！她在那阳光耀眼，工人们正唱着雄壮的歌声时，便食了安眠药喊着“太阳不是我

① 1937年中华戏剧学会版，导演马彦祥。

们的，我们要睡了”的哀语，而安睡了。当方达生刚开门探望的时候，她的芳魂，已悄悄的离开了这污浊的世界了！这就是我们现在所处的世界啊！作者毫不隐节（饰）地活生生地描了出来，或许有人以为作者是太残忍了，但事实确是这样，他有什么办法呢？他这个剧本，铺陈现实生活中最度的骄奢与淫靡，说明人与人间的残忍，暴露人类的虚伪贪婪，刻画出人情的冷暖。在在都使人慨叹！所以我敢说它是现在社会的照妖镜，是对剥削和投机分子的大讽刺，大攻击。它有很多地方很可以媲美易卜生，而和他的名作并光的。这是我在读《日出》后的感想。至于这点感想的对不对，那当然是另一问题了。以下再来谈谈《日出》上演的情形。

一个很好的作品，把它搬到舞台上，也能发生同样的效力，当然是要看演员的技术，所以一个很好的剧本，一定要由最好的演员来搬演，才能表现出最好的成绩。有人把剧本比做一副锦绣无比的鞍子，而将演员比做马，我想实在是很恰当的，戏剧学会这一次在世界大戏院公演《日出》，对于演员的选择，很能够满人意，至少他们把程度提到水准以上的。导演是马彦祥，大家都知道他是提倡话剧运动最有历史的人，用不着我求介绍。但是他在这一次公演中，以导演姿态而出现于舞台上（饰胡四），他那种表情，举止，实足的表出一个不三不四的典型人物，而他那满口京腔的自弹自唱，尤博得不少观众的热烈欢迎。饰陈白露的是威莉女士，听说是一个新人，但她演出的成绩，谁也不能看出她是一个缺少舞台经验的人。她那种浪漫的态度，流利的语言，热烈的情感，敏捷的动作，忧郁的心灵，实足的能够刻画出一切为社会所压迫的可怜的女性的性情。舞台上最难的是表出各个角色的性情，这一点，我可以说，她是得到成功的。她能够把握住观众的心灵，能够深深的感动观众，她在这点上是不负作者的期望的。所以我不敢因她是新人而轻视她的。饰方达生的仇良燧，固然没有什么批评，不过我觉得他再带点痴情，更加精彩。饰潘月亭的思齐和饰李石清的戴淮，两个人都是一举一动，稳如泰山的人，所以他俩人的表演，不但是演得维妙维肖，而且很能以稳健见长的。翠喜是在全剧中最有严肃的意义，所以饰演此角色的郑挹梅女士，也很卖力，给大家一个深刻的印象，而她的那一口流利的北平话，尤流脆流利。其他如饰顾八奶奶的茅华女士，饰张乔治的蓝度及饰小东西的真茹，虽然不是怎样最出色的，但也都有相当的成功，还有一个金八，虽然没有出台，但如他那样操纵社会金融的人，若多在一天社会便有一天的不安宁的。其他如布置环境，灯光配合等，也很适合，觉得没有什么大疵可寻。

天生来有点善感的我，每看了一篇可歌可泣的小说或剧本后，总觉得有几天心上不好过。这次也不例外，我对陈白露的受社会压迫而死及方达生的救陈白露无成，救小东西又不成的可怜的失败，深深的感到一种莫名的悲哀！因此信笔的把它记了下来，到将来也是一个很好的回忆呢。

一九三七，三，十九夜

原载《蒙藏学校校刊》1937 年第 18 期

《日出》在东京演出

一　新

在东京除每年数次公演的旧剧团外，同时有三个新剧团存在。这一次公演的，却是“中华国际剧团”。而他们用的剧本选定了《日出》。他们的主干者都是在学的留学生，计有吴创声，李家辛，赵文元，林一屏等。而为了要使成绩要好起见，特从南京邀来戏剧界知名之士的卜少夫。在角色方面从上海复旦大学在学之上海戏剧工作社主持人凤子（封禾子）（学名季生）姑娘。经月余的排练，终于三月十七日在一桥商科大学的第一讲堂内公演了。

关于角色，饰陈白露的凤子小姐，她在上海曾主演过多少次话剧，且最近在上海她曾演过一次《日出》，有了相当的熟练，快乐时而有愁苦，热闹时而表现寂寞……的确是一件很难的工作。不过凤子演来却处处都是恰到好处，实是难能可贵。对话、音准错了的很多，许明君饰方达生，高崇祥君饰张乔治，李家辛饰潘月亭，欧阳君饰李石清，卢慈定女士饰李太太，吴曼丽女士饰顾小姐，吴怀斌饰黄省三，刘承年君饰黑三，徐士口君饰小顺子，曾奕女士饰小东西，均极客观。

最成功的恐怕是翠喜（尹如玉女士饰）了，她表现的三等妓女的态度，维妙维肖。打情骂俏，放荡不拘。油嘴头，灌米汤……其成绩之佳，观众都惊为奇绩。

观众中除各使馆人员，便以学生为最多，郭沫若也特意来参加，日本名剧家秋叶武雄，日本诗人近藤，名歌者小林千代子等，都来参观这一次的演出。他们都说这一次的成绩优良者，却为观众的拥挤，连日满座，且向隅者甚多，当记者发此稿时，剧团主干人李家辛来了电话，他说在观众十二分热烈的要求之下，他们不得不继续再作数日的公演了，这真是一个奇绩！最后的消息，说是这一次续演，第三幕（妓馆中）有许多处被中华民国留学生监督处命令删去。理由是“太逼真了！不像话”。这个，我们从艺术的着眼话上看，未免觉得太可惜了。

原载《新天津画报》1937 年第 186 期

复旦优秀剧人凤子在东京

(东京通讯)复旦校友凤子小姐，应东京中国国际戏剧协会的邀请来此主演《日出》，这不仅是她个人的光荣，也是复旦的光荣。复旦在这戏剧运动的巨浪中，也能产生一个优秀的剧人。

从昨日(十九日)起，《日出》正式在神田区一桥讲堂公演了。

凤子东来不只掀起了整个留学界，而且引起日本文化界深切的注意。九日东京日日新闻为她写了一篇特写，伴着一副(幅)大照片，誉为“中国剧坛的新曙光”。其他如都新闻，报知新闻，国民新闻及留东周报等都有记者访问她，报纸上常常见到她的照片。

《日出》出演前几天，国际戏协在日比谷“明治生命”招待日本戏剧界及新闻界，到戏剧家及记者十余人，各报的摄影记者包围着她。镁光耀得她苦着眉头。

因为事前的宣传，到上演的第一天，未及开演即告满座，第二天晚上是星期六，人挤得更利(厉)害，售票处宣布满座而仍有要求站着看的观众，第三天情形依然如此，于是《日出》不能不筹备续演了。

这几天的观众中，除我国留学生占大部分外，日本观众约占三分之一，其中以文化界为多。我国代理大使杨云竹，留学生监督陈次溥均亲临参观。郭沫若虽在警视厅严密监视之下，亦从千叶赶到东京看戏，那天他穿着和服并拖着木屐，故意埋没他的庐山真面目。当第一幕演完时，他特地到后台，对凤子的演技备极赞美，并约她到他家里玩。日本戏剧界的权威秋田雨雀在第三天开演时，独个儿跑到一桥讲堂，他不懂中国话，才由一位中国同学替他翻译，在郭沫若离开后台不久，这位老人亦跑到后台，对凤子表示热烈的钦佩，他说，我曾看过几次中国的话剧，然而都不及这回《日出》的成绩，现在我才认识真正的中国话剧和中国优秀的剧人，对于凤子小姐优异的演技，我再无话可说了，只有钦佩……他说一句话就热烈地跟凤子握了一次手，面上流露出还带着天真的稚气。秋田雨雀临行时频嘱她为他编的 Theatre 杂志写文章，并请她到“新协剧团”演讲。

在三天的演出中，到后台看凤子的人可真不少，日本国籍电影协会理事近藤春作，日本女歌王小林千代子及其他戏剧界文艺界等，都订下日期欢迎她。留东妇女会亦有欢迎会，曹禺的老友孙毓棠亦代表作者欢宴她以表谢意。

(三月廿二日)

原载《复旦同学会会刊》1937 年第 6 卷第 6 期

留东学生的戏剧运动:《日出》在东京的报道

少　夫

我来东京的第五天,被中华国际戏剧协进会的朋友,拖着参加了他们上演《日出》的工作。留东同学的戏剧运动远在三年前我第二次来日的时候,当时戏剧空气甚为浓厚,除中华国戏协会外,尚有戏剧座谈会,剧人协会,同好会……等。其中历史最久——三年,演出最多——三次的只有这个中华国际戏剧协进会。为了爱好,我便毅然地答允负一部分责任,谁知他们却将舞台监督这份工作放在我的肩上。

关于这次参加中剧协,我曾经在他们的机关纸《国际戏剧》刊物上写了一篇《初见的礼物》,其内容如下:

"离开南京的时候正是中国戏剧学会排演《日出》最紧张的时候。

中国戏剧学会的组织,远在去年年底。当时的组成分子有戴涯,马彦祥,洪正伦,曹禺,及我。第一次演出,便决定为《日出》,后来因为人事上的关系,中止了这个计划,改排《雷雨》。当时负责排演《日出》的为马彦祥与曹禺,且已排演了一个星期。

演出的成绩,异常优秀。这次除《雷雨》外,还有一个《未婚的母亲》在南京,是造成了话剧演技上一个水准以上的记录。于是接着筹备《日出》的上演。

不幸,预订《日出》中陈白露一角的白杨,和小东西一角的李萱,前者因为上海明星公司《十字街头》一部影片的工作未结束,后者则又被艺华影片公司聘去主演《初恋》。更不幸的,助导演及兼饰李石清一角的作者曹禺,又因为特种关系,不能与中国戏剧学会合作。

然而中国戏剧学会依然进行《日出》的演出,并且已在三月十三日至十七日,在世界大戏院演出了。

其 Cast 如下:

陈白露	威　利
方达生	仇良燧
李石清	戴　涯
胡　四	马彦祥
顾八奶奶	方　华
李太太	徐天任

我并未等得及看《日出》上演便已动身来东京了,但他们排演时,我却看了不少次。

《日出》在上海由戏剧工作社演出时,将第三幕割去,但在南京并未如此,不过第一二幕中的剧词删去不少。

临行时彦祥兄对我说："你看不到南京的《日出》，你却可看到东京的《日出》了。"果然一到东京驿的十日清晨，便从日日新闻上看到中华国际戏剧协进会《日出》演出的消息，同时很兴奋地知道上海戏剧工作社的凤子小姐参加。

中国话剧运动的进展，近年来无疑的是已达到相当基准，回顾民国十五六年，南国社时代的情形，真实不胜今昔之感！一个民族的文化的辉扬，是各方面平均的发展。在剧艺方面，我们希望有极忠实的分子，辛勤地埋头苦干下去。在国内，已经有很多同志在那里努力，出现在国外的这支孤军，我们又应该怎样使它坚壮起来呢？

在欧美，有熊适逸[①]先生的努力，在日本，似乎还比欧美来得更活跃，这自然是有它的客观环境的。

这支孤军出现在这里，不独是学习，抑且是介绍中国的戏剧给友邦人士。再说，为促进中日同文同种的邦交起见，由文化上的沟通，不是一条最便捷最适当的途程吗？想来留东的几千同学一定会真诚地加以扶助，友邦的文化界也更不会袖手淡视的罢？不过，从事这份工作的同志们，需更以刻苦谦谨坦白来把握住他的事业，那么前途定可乐观。在我个人第三次来东京，刚参加这个团体工作之初，杂写如上。

三月十六日

中华国际戏剧协进会第三次公演《日出》的阵容，除去封禾子是以客卿地位来参加外，其他完全是由本会会员担任的。

《日出》的作者曹禺先生先前曾写过《雷雨》。这个剧共分四幕。技巧似乎比《雷雨》退步，但内容却丰富得多了。

"进来吧。"陈白露喊方达生，就这样将《日出》展开于我们的面前。

这是大都市中一个极平常的故事，但也是一个极惨痛的故事。这故事中的人物，有爱生活也厌生活，习惯于自己种种的生活方式，即使怎样羡慕自由，怎样憧憬着在情爱里伟大的牺牲，也难以飞出自己的生活的狭之笼的陈白露，她聪明机警，美丽温存，最后她还是吞下了安眠药片，一片，两片，三片……这么年青，这么美，这么……的自杀了。

来劝他脱离这环境的她从前的朋友方达生，一个天真不明世故的青年人，终于失望，但他学习了许多。他同情小东西，尽力解救被人卖入三等妓院的一个可怜的小姑娘，他失败了。他认识了环绕在白露周围的潘月亭——大丰银行经理，玩弄女人，舍得花钱的老家伙。然而他的钱是买卖公债做投机事业而来，结果也会有那么一天，金八没有饶了他，银行关门完了。李石清是潘经理的秘书，狼狈为奸，升任襄理，家里孩子病了也不管，当了皮大氅陪阔人们打麻将，后来被辞退，口袋里装满了的只是当票，急急地拭着眼泪去寻找他那死在路上的儿子去了。别忘了他还有一个忠厚老实的太太，生命的意义寄附在他身上，忧虑痛苦了一生，像地上的小蚁一般无声无嗅的葬在尘埃里。小东西自然是受不了那地

① 应为"熊式一"。

狱般的生活，将颈子套在绳上，喊那被铁椿击死的爸爸，结束了她在世上的这十五六年的阴惨生命。张乔治十分之九点九洋化了的半瓶醋的留学生，他追求过白露一阵终于还是和刘小姐结婚。胡四与顾八奶奶一对活宝贝，彼此各怀着目的，浑噩地鬼混下去，但明天当顾八奶奶知道她存在大丰银行里的款子一个钱也没有着落时，这对野鸳鸯一定立刻拆散他们的日子，也就可想而知了。黄省三最可怜，十块二毛五分一个月地写写……终日的写，写成第三期肺病，仍不能让他以几个十块二毛五分成全他的生命终结。黑三——地痞；福升，都市旅馆里的茶房。这是两种典型人物。只有一个比臭虫还可恶的金八还未出场，可是他的魔手却扼死了若干人。"你看外面是太阳，是春天。"方达生惘然地叫着，可是一切都寂灭了，许多人物像幽灵一般沉淀下去了。"太阳升起来了，黑暗留在后面，但是太阳不是我们的，我们要睡了。"

从一个大旅馆的休息室里浮动了这些人物，也从这里割断了这些浮世绘的画面。然而现实生活中的我们身旁，已经消失了这些画面吗？

这样的一个个错综复杂的登场人物，演变了许多错综复杂的故事，即使演员演技稍差，也可以吸引着无数观众，使他们感到兴味而不致平淡或乏味的。又何况其Cast又有这样的平均与整齐呢？

陈白露	凤　子
方达生	许　明
张乔治	高萝文
王福升	赵文元
潘月亭	李家辛
李石清	欧阳禾
李太太	卢慈定
顾八奶奶	吴玛琍
黄省三	吴怀斌
黑　三	刘　爽
胡　四	梦　生
小东西	曾　毅
翠　喜	梦　玉
小顺子	徐梦麟
报　贩	石井清

我们本预备只演三天，从三月十九日到廿一日，每天一场，从六时到十二时。后来因为出乎意料之外的每天客满，大门外还站住许多不得进场的观众，因此，又在廿二日继续演了一场。（本打算继演两天的，临时大使馆与监督处禁止我们演第三幕，于是我们为尊重剧作者起见，取消了第二天的演出。）

观众中以留东同学占三分之二，日本人占三分之一。秋天雨雀，郭沫若，实藤惠秀，菊池宽……皆到场。对于演出，我曾经在《留东周报》上答复过一位观众的批评，为了使国内读者明白其情形起见，特转录如下：

中华国际戏剧协进会这一次《日出》的演出，作为一个舞台监督的我，似乎不应该有什么话好说。第一，我是一个当事人，难免没有袒护的嫌疑；第二，我始终是在舞台上记录着的没有好好地坐在台下仔细看戏的机会。然而《留东周报》既给这点地位，我想辜负这种盛情是不好的。

客观的自我批判，是真理出现的唯一方法。我虽然是当事者之一，但决不昧于主观，也许这会开罪不少好朋友，但若真有献身剧艺的信心者，大概总有虚诚接受的精神罢。

首先我得说《日出》的剧本，在故事方面太丰富了，因此，容易把握着观众。如果说我们这次成功，无宁说，剧本一半是造成我们的成功。

演技上，我们有一点是足以自傲的，就是我们角色的阵容非常齐整，大体够得上水准。本来这个戏里就没有什么主角与配角；如果说主角，那就有五六个主角。

这里，让我来答复一位不知姓名的热情的观客，他极忠实诚挚写了一封很长的信，谈到我们这次的演出。他说：

一、翠喜在哀苦上还不够，而且，这应该说到化装方面，她似乎化装得年青了一点。她似乎有一点使人看不出“人老珠黄”的样子。

翠喜的哀苦的确够了，如果还说不够，我们不知要到怎样的程度才够。至于“人老珠黄”这一点，翠喜在化装上，即使再年青，看去也有卅岁以上模样。再说，“人老”但生活在那种环境中的人，为了引诱客人，往往都打扮得很年青的样子，这种经验，想来大家不会不知道的。

二、但我要请她注意，那就是别过火了。第三幕中好几个场面，“小东西”都哭了，她哭得那么苦，将全场的观众拉入悲哀愤怒之网去。

我们的看法与这位朋友不同，“小东西”既是人类的渣滓，是一个最可怜的可怜虫，为什么不让她在舞台上给观众们以深深的打击，而使观众们更深刻地知道世界上还有这类的可怜人物。我们认为动真感情的哭，那是最适切，我们只怕的是没有真感情的哭。至于哭得恰如其分，第一天第二天正是如此。

三、李石清的在第二幕与其妻的对话，嫌太快太忽低忽高了一点。致一个表现一个怎样想爬上去的人的场面未能收十足的效果，在第四幕潘四爷接着也失败后，他再度进来奚落潘四爷的时候，有几句主要的话“看看头等货色……”似乎忘了说。大概不是故意删去的。

对于李石清这个角色，他的剧词不熟，的确是事实，因为剧词不熟，自然不能流露真情感。可是剧词不熟的这个毛病一天比一天减少，在廿一日（演出之第三天）他已完全克服了这种毛病，我们认为遗憾的，也还未充分把握着这角色的性格。

四、对于陈白露，我简直是无可说的了，这大概是“叹观止”的缘故吧！凤子小姐的态度，表情，道白，都简直无可非议的。

只是我觉得她多少有一点做作。

也许这位朋友也有点通常人们的偶像观念，或者这位朋友说的话太过火。陈白露这个角色称职是事实，如果说是“叹观止”，在饰陈白露这个角色的凤子女士本身一定也受宠若惊吧。

至于“做作”，大概这位朋友忘记了这是演戏，而且有许多动作，比如擦洋火，撕车票，哄骗方达生……等等，普通的女子，当然很少可以说没有这种形式的，因为她是“书香门第，爱群女校高材生，一阵子社交明星，红舞女，几个慈善游艺会的主办委员”，经验了种种的生活，所以她的动作以通常眼光去批评似乎做作，但这是她生活逼成因为要应付种种色色的人。

我想说的话很多，为了忙，为了疲乏，我只暂写到这里为止，也许我还有机会写一篇整个有系统的触及舞台各方面的《日出》之自我批评也未可知，这要留待几天后了。

这次的《日出》演出，在东京自有中国戏剧演出以来，卖座算是打破纪录的一次。卖座之佳，各报批评之推赏，使我们都感到异常兴奋。所以结果我们还赚了近三百多块钱作为基金。假使大使馆与监督处不禁止第三幕，继演的时间不忽促，那么我们的结果定有更大的收获哩！（历来东京留学生的戏剧公演都是亏本的）

大使馆与监督处为什么要禁止第三幕的演出呢？因为杨云竹代办以及其他的留东人士在看过第一次的演出后，认为第三幕描写北平的三等妓院是暴露本国的丑态，是有伤国体，所以在继演时发生这样的问题。

在东京演戏有许许多多困难，比如警视厅方面真令人头痛，经济，人才，比国内加倍。可是我们都以最大的努力去克服这些困难。我们的目的，就是一方面联系，作艺技上的研进；另一方面介绍中国现代文化给友邦人士，因此也就不畏惧这些痛苦了。这次公演后，我们已经决定暑假后举行第四次的演出哩。

原载《汗血周刊》1937 年第 8 卷第 15 期

关于《原野》[1]

之 尔

在《雷雨》和《日出》之后，曹禺先生的《原野》无疑是值得我们注意的：关于每个戏，在舞台上总比印在纸上更使人兴高去领受，因之，在《文丛》上接连读了《原野》的剧本以后，对于“业实”[2]排练的《原野》，就更使人有了先睹为快的欲望。何况在读《原野》的剧本时，那紧凑的布局就使我不忍释手过。

关于“业实”排演的《原野》的阵容，还是“业实”的事，局外人是无从插嘴，也不该插嘴的。再说，对于演员性格的了解，当事的导演者自然也比局外人清楚得多。不过，以一个观众的资格，并且是以爱护“业实”的心（这一点我希望不要被误会才好），来以一己的见解，说一说演员的阵容，作为一个备考的资料，认为对的不妨试试，不对的就根本不必理它，这总还可以吧。

“业实”的《原野》演员阵容，“据说”已支配定了，演仇虎的有赵明，沙蒙，吕班，魏鹤龄，吕复，陶金等六位，金子则由英茵和舒绣文担任，演焦大星的本来是预定严恭和魏鹤龄二君，因魏自己认为演仇虎更适合，故大概只有严恭一人，焦母则不是章曼苹便是王苹，狗蛋是钱千里，常五则定为顾而已，王为一，张客三人。

这“据说”不知确不确，但也没有关系，因为我只是想说我以为最确当的人选。

我以为演仇虎的脚色，最好的应该是魏鹤龄君，如果甲乙制，则陶金自然也是一个，新人中，赵明君我不知道适合与否，但自然也可同时排练，因为即使不上台也总多了番训练也。在《武则天》与《太平天国》中有很好成绩的吕复君，则恐怕会不够的，至于吕班君，则演白傻子（狗蛋）似更较演仇虎为适当。（狗蛋除钱千里君以外，再加一个原无妨。）至于金子，则以甲乙制度来说，舒绣文如加入“业实”阵容，则舒可担任甲，因为英茵在《武则天》中和《太平天国》中很辛劳，给她少演几场，于情理来讲，原也应该，而况舒绣文演金子，根本也不会弱也。至于焦大星，则除严恭以外，我以为还可由吕复君来演，其他，则以名次前后，定位甲乙，和我的见解相同。

上面说过，支配演员等人事，原是当事者的责任，第三者是不应该插嘴的，这里所云，那只是随便说说，希望当事者能够以他的自信，来决定人选。自然，我也希望当事者所定的人选能和这巧合，但也希望只限于“巧合”而已。

原载上海《中国电影》1937 年第 1 卷第 7 期

[1] 1937 年上海业余实验剧团版《雷雨》，导演应云卫。

[2] “业实”为“业余实验剧团”的简称。

实验剧团七日晚献演　曹禺的又一剧作《原野》

曹禺写剧技巧的熟练和成功，凡是看过他底《雷雨》和《日出》的，我想谁都该折服的吧。《原野》是他最近发表的又一剧作，无论那（哪）一方面，更有着惊人的进步。这戏在上海的首演权已由实验剧团获得，曹禺曾表示过，《原野》能由设备最为周全，人材最为集中的实验剧团演出，惟是十分欣快的。

实验剧团对曹禺的《原野》的重视也可以由他们排定的阵容上看出来。《原野》由《桃李劫》和《生死同心》的导演者应云①导演，所有的角色都采取 AB 制，阵容的充实，打破了他们先前所有底戏的记录。

《原野》里底人物并不多，总共有下列的六个：

仇　虎：赵　曙　魏鹤龄 饰　　焦大星：范　莱　吕　复 饰
焦花氏：舒绣文　英　茵 饰　　焦　母：王　苹　章曼苹 饰
常　五：黄　田　顾而已 饰　　白傻子：钱千里　王为一 饰

此外还有幻想中人物多个，都由团员担任饰演。至于舞台上的工作人员，还是从前的几个。布景由徐渠，赵明担任，灯光由朱今明，汪洋设计，据说在这戏里，更有新的发现。

现在他们同时还分二组在排演，《保卫卢沟桥》，《原野》在积极排练之下，现在他们也已大功告成了。就在七日晚八时半，这戏就将在卡尔登献演。

原载《申报》1937 年 8 月 6 日“本埠增刊”

① 原文此处似漏掉一个“卫”字。

实验剧团的另一新贡献《原野》今晚献演

继《罗米欧与朱丽叶》《武则天》《太平天国》之后，今日起，实验剧团的《原野》也在卡尔登戏演了。实验剧团在图景，灯光，服装上的成功早已有口皆碑，可以不必再多介绍，至于演员，那么实验剧团素以人材集中闻名的，而尤以《原野》为更坚实。因为《原野》中的人物不像已往的几个，戏那样多，所以在一再斟酌选择之下，可以说是精华之中的精华，是最充实不过的。

论故事，那么《原野》比《雷雨》更曲折动人，比《日出》更为紧张，而且曹禺自写了上列二个剧本后，在本戏里，技巧上的成功和进步，更是显而易见的。

实验剧团特挽应云卫导演这戏，也可见他们对《原野》的重视。这次无论在布景，服装，灯光，音乐各方面，他们都是尽了最大底力量的。据说，这次他们在各方面都有新发现。

原载《申报》1937 年 8 月 7 日“本埠增刊”

《原野》上演 “业余”大体成功

有人说:“在曹禺的《雷雨》问世以前,中国没有可以上演的剧本。”这话也许有点过誉,但至少在我,是看了《雷雨》《日出》以后,才引起对于话剧的兴趣。当《原野》在文丛开始揭载后,那热烈的情绪,紧张的对话,抓住了我的注意,使我不敢轻轻放过一个字,直看到最后一幕。昨天以更热的期待,看了业余剧团的上演。

在这个剧本里,曹禺以粗线条的笔法,描述原始的爱与憎,背景和人物个性,都比较他前两个剧本为复杂,尤其是第三幕,完全是描写心理的幻象,上演很不容易;所以剧作者在夕丛里曾发过警告,希望剧团轻于尝试。现在业余剧团于剧本揭刊不到一月即开始上演,除了第三幕外,大体还过得去,这不能不说是意外的收获了。

业余剧团的布景,灯光,和舞台操纵,向为人所称道,在《原野》里,亦没有使人失望;序幕和第一二幕的舞台面,都能显出剧本原有的空气,第三幕的布置,像仓促一些,中间换景仍觉太慢,的确,这一幕要没有转台,是很困难的。

演员方面,赵曙的仇虎说话很有力,但表演还不够“粗”“野”,不能充分显出仇虎那种粗中有细的个性。舒绣文的舞台经验很充足,北方话很流利,可惜还未能把握住金子的性格,泼辣有余,妖艳不足。在第二幕大星动刀以后的情绪,还不够复杂而紧张。王苹的焦氏,是最令人满意的一个。冷酷阴毒中不失其原有的人性。范莱的焦大星没有显出文弱的特性,对于范氏的热爱,亦未有充分的表演。钱千里的白傻子是最失败的一个,说话太呆板,行动欠活泼,不能表演出剧中人的天真;在我的印象中,业余《大雷雨》中赵丹所饰的一角,很有点像白傻子的个性,我想假使叫赵丹演出,也许比较可以满意。

第三幕的演出,业余剧团似乎还没有充分的准备,删节太多,失去原有精彩。尤其是因远处吹来白傻子的歌声“初一十五庙门开——”而引起仇虎的幻象,这是全幕精彩所在,应该一句一段落,歌和声以至幻象的登场,应令台下看出明显的情绪,宜慢不宜快,否则便成了旧剧的“堆鬼”,文明戏的噱头了。

话虽是那么说,大体上“业余”是成功的,记者愿以诚意向读者推荐。

原载上海《大公报》1937 年 8 月 9 日第 7 版

《原野》观感

之　尔

读《原野》的剧本时，我是为曹禺先生那精妙的对白所诱惑住了的，在他的笔下，他所创造的人物是这样的有血有肉，他使你看到活生生的人。但是，对于戏的第三幕，那仇虎的幻想所产生出来的鬼怪搬上舞台，我却很不以为然，虽然作者曾声明："为着表明这是仇虎的幻相，我利用了第二个人。花氏在他的身傍（旁）。除了他在森林里的恐惧，她是一点也未觉出那些幻相的存在的。"可是幻相既搬上舞台，这幻相就不属于仇虎个人的，而是属于全体观众了。作者虽用了第二个人在他身旁来表明，可是结果却还是同样。落后的观众还是会用"信则有不信则无"来作鬼之存在的理由。而在第二幕里，那小黑子的哭，那第一幕里的焦氏的说梦，不也都给观众以"猛虎临门，家有凶神"的预兆吗。这种种，在剧作者也许是为了想加重氛围，然而在客观效果上，却是会得到很坏的效果的。换一句话来说，要是落后的观众看了《原野》之后，是更加会相信鬼怪之有的。

关于剧的主题，我们可以了解作者是想说明个人英雄主义的报仇是必然失败的，仇虽报了，而自己也逃不出来，逃不到那金子铺地的地方去过新的生活。然而，恕我大胆的说一句，这样的主题在《原野》中是不显明的，这里虽有几句像"告诉他们现在仇虎不相信天，不相信地，就相信弟兄们要一块儿跟他们拼准能活，一个人就会死。叫他们别怕势力别怕难，告诉他们，我们现在要拼得出去，有一天我们的子孙会起来的"一类的话，但用具体的剧情所告诉我们的，确实仇虎报了两代的冤仇，仇的对象是仇人的儿子，是他的好朋友，干兄弟。在我们这个太不知道报仇雪恨的国家，报仇虽是该提倡的，但报仇的对象是颇有交情的"好兄弟"，那似乎还有商榷的余地吧？我们该反对军阀勾结土劣的鱼肉良民，然而该打倒的是这存在的社会和也是霸占这样社会的人，与他的子孙又何尤？与他的并不为非作恶的子孙又何尤？

根据这点，看了这儿的冤冤相报，我就立刻想到《劝世文》什么中的"十分英雄莫用尽，留取三分与儿孙"来，然而《原野》的主题难道在此吗？当然不是。——如果是，那正是鼓励流氓打水陆道场了。

是的，这儿的人物是很有原始性的，而原始性的人物也很可爱，例如仇虎，他就是个汉子，八年的仇恨埋在心底，打坏了腿连哼也不哼，有机会，终于他复了仇，而在团团围住无路可逃时，他还不愿死在敌人手里，宁愿自己扎死，这样的汉子该多够人痛①，该多值得标

① 此处"痛"字似为"疼"字更合适。

榜，尤其是在这“打耳光赔笑脸”的时候，该怎样愧死那些没有骨脊的东西！可是作者既明白了这点，既明白个人英雄主义的必然失败，那又何必不用这把力气来写更积极一点的东西呢。再说得不好听一些，作者写《原野》的这把力气，是白费了的。即有很好的打算，而所收的效果却是相反的。

听说作者的第四个剧本是打算写北方的学生运动了，这使人很高兴，以作者的修养和过去的成就，我相信，这一次一定能给我们一个满意的作品的。这里，我愿意至诚地向作者提一个备忘录：在创作剧本时，请多多留意现在中国舞台上演出的条件，人物最好不要多，景更希望能节省，像那些抢景更好是不要用，要知道，一个戏本的上演，与其让一个设备充足的剧团有可以夸耀的成绩，还不如让各小剧团都能演来的效果宏大，而在目前的中国，小剧团也比一般所谓大剧团要多的不知多少倍。

“业实”的上演《原野》，如果单以技术来说，那自然是可说成功了的，单以演员的演技，就让人击节称赏，翘起大拇指说“满意”！舞台装置比前又进步了，抢景也相当快，剧本上的删削之处呢，也可以说是恰到好处。然而，假如要说一说社会意义，那可对不起，那实在和技术相离太远了。

我们自然也明白职业剧团的苦衷，可是在目前这紧急关头中，民族生存受到了最大的威胁，在不愿意亡就得挺起胸膛来战的时候，过分顾全了职业而委曲了戏剧的使命，总是说不大过去的。而在这危急的时期中，我们来看《原野》的上演，就有了缓不济急的感觉。

我们也知道“业实”的朋友们已担任了《保卫卢沟桥》的第二组演出。我们希望能够赶快演，同时，更希望以后的上演节目，尽可能地使它适合于时代脉搏。

时代在向前飞奔，稍一大意，我们便会落后的。

原载《申报》1937 年 8 月 12 日“本埠增刊”

二、全民族抗战爆发至新中国成立

（1937—1949年）

一九三八·北京剧社·公演《雷雨》观后感

泰　来

曹禺先生的成功作品，有三：一部是《雷雨》，一部是《日出》，一部是《原野》。这三部作品，是分别的来描写社会的萌芽(《日出》)社会的动态(《雷雨》)与社会的静态(《原野》)。除去《雷雨》《日出》二部，业经新华公司拍成电影，全国各话剧团体，纷纷出演外，其《原野》一部，因为所发表者不全，所以尚未见到有剧团排演过。

关于曹禺先生三部剧，我认识比较最清楚的，是《雷雨》。在《文学》所刊出的原本，我曾读过三遍。大前年曾于收音机里，听过天津鹦鹉话剧团在仁昌电台的广播。去秋又在中央电影院看过新华电影公司的《雷雨》——是看的最末一场，由一位至友(他曾经看过一次)陪着去的，以他看过了一次的经验；指示我许多应当注意的地方，一直到周氏家庭分崩离析，影幕上显出“再见”以后，我才叹出了一口气。当我们出了影院的院内时，这位至友曾问我：“怎么样？不错吧！”我回答她：“不错，很满意。在情节紧张处，我惟恐要哭，结果却使我感到假表情的讨厌，并不曾因之而看戏人落泪，只有陈燕燕一个人不错，尤其饰的是‘小家碧玉！’真美。……”为了她是最喜欢陈燕燕的一个，所以以伶评伶，免得使她灰心。

嗣后我总想看看以“话剧”方式上演的《雷雨》，是不是还要使我失望？

但是，以我耳听目睹的几个新兴的话剧团体出演的成绩来预测，却又使我确实的失望，失望既有人投机，来上演《雷雨》的话，也不过还如此如彼？孰料，几个话剧团的出演了，却不曾见到《雷雨》的戏报子。

轰的一声，北京剧社公演《雷雨》了。

失望也罢，欣慰也罢，倒要看看这舞台上的《雷雨》。

关于剧团与剧本，凡是看过《天罗地网》，与留心最近报纸的记载的人，一定都有了认识，恕我不再赘述。

因为我对于“话剧”是门外汉，在这里，所以只将几位演员出演的成绩，实记一下。

第一位要写的是石挥，第二位是余非，第三位是石凡……

一、装龙像龙的石挥

假若有人认为我说的是外行的话，那我绝不否认。我认为全剧角色中，最难饰得“真”的，一是鲁侍萍，一是鲁贵。石挥所饰的就是鲁贵。太像了！

二、成熟的余非

鲁侍萍是位将近五十岁的老太婆，三十年来所积存在心中的悲愤，在很短时间的场面下，要满腔的倾吐出来，初见亲生子周萍的惊喜，继之知道亲生子与亲生女发生关系后的说不出、道不出的“隐痛”，可以说在全剧中一分一秒，一举一动，都是很吃重的，余非太棒了。

三、难得的石凡

石凡这次虽是初登舞台，成绩却很惊人，老爷气派十足，尤其是“说话时的尺寸，以及两手的动作，……太稳了”。

其余冷枫的四凤，杨豹的大海，陆熙的周冲，丁萱的蘩漪，都很不错，因为篇幅所限，留着以后再谈，虽然景夫所饰的周萍，小小的有点“不到家”，不过笔者深知他是最努力的一位。

当舞台雷雨发作时，不由得阵阵凉意从脚跟一直蹿到心里，虽然座位旁是个暖气管，觉得“虽有若无”然。

但，见到各位演员穿着单衣，于幕后电扇吹进屋中的凉风中，若无其事然的照常挥着凉扇，我却又有点惭愧，钦佩，钦佩他们为了干剧而牺牲了一切。

演至悲惨处，我并不会哭，我免(勉)强作笑的闭上了眼睛。也许因为我是堂堂大丈夫的缘故吧！

原载《立言画刊》1938年第15期

《雷雨》[①]在北京

严　格

曹禺先生费了两年多的心血，写成了这部话剧脚本《雷雨》一鸣惊人，震撼了全国剧坛和文艺界。这数十年来第一部杰出的剧作，渐渐在世界文坛上也享了盛名。从一九三四到一九三六两个年头里，《雷雨》成了"人手一篇"极时髦的读物，而各地剧团，无论其为职业的抑或爱美的一致疯狂地把它搬上舞台。我们的北京城——这正宗话剧的发祥地——对于这簇新的"剧作之王"那能例外的放过？但以当时官厅方面的头脑冬烘，在"有伤风化"四个大字之下，不知埋没了多少文艺杰作，《雷雨》也就至终没得在舞台上与社会相见。那时——一九三五年冬，沙龙剧团虽已排好，也因而搁浅，中国旅行剧团亦只得走去天津上演。所幸的是学校里的剧团，关上门自己开心，演什么还都没人干涉，所以当时能看见的有贝满，（陈绵导演），铁大，（王明衣导演），和北平交通大学三个学校剧团《雷雨》的演出。以后似乎就渐渐的被人遗忘了。但今年暑假，北京青年会学生剧团积极排演《雷雨》，后虽因故未能演出，然却宣腾一时。继而《雷雨》影片到京，出演中央，天天满座。最近新民会指导下的北京剧社，决定上演《雷雨》，已由陈绵博士热诚领导，排练成熟，在本月内即有数次公演。想不到《雷雨》一剧，会在北京走这一步老运。

《雷雨》的内容，在结构方面，虽不能说毫无疵议，但以剧情紧凑，描写深刻，特别是在写每个脚色的双重心理冲突的微的细腻，处处表现出编剧的技巧，是任何中国剧本所不及的。演员每每因为把剧本读的草率，认识不足，未能进一步，再进一步地体验剧中人的性情心理，所以演出的结果，不但不能恰到好处，且常常适得其反。在我个人所看见过的《雷雨》，还都只是皮相的演出。特别是那套《雷雨》影片，导演先生根本还没把剧本念明白，所以演员表演得全盘错误，也就不足深怪了。（因与本题无关勿须详论。）

有一次我曾对《雷雨》作者曹禺先生说："《雷雨》故事的本身，和它的穿插对话，已够十足的紧张严凑，演员和观众已经有点承受不起，而再加上与剧情关连，一点也不容忽略的严重'效果'，[②]为大多数不健全的话剧团体，和不适宜的舞台设备，则重上加重，从此不易成功了。我以为：以《雷雨》故事的本身，不以雷，雨烘托而另以其他方法写出，上演的时

① 1938年北京剧社版，导演陈绵。

② 注（注给对于话剧名词不大熟悉的读者）："效果"是依照剧本剧情在幕后做出风、雨、雷、电，以及观众可以听，可以理会而看不见的一切声音，谓之"效果"。又幕后"效果"，必须与台上演员之表情对话彼此吻合，不能丝毫错谬，否则，一有不合，笑话必随之而出。

节，不必再为‘效果’分神，则其成功当较容易。”曹禺先生对我上述的意见，并不反对。

我曾经看过的《雷雨》演出，一次一次的都证明我的意见是对的。就是当时组织比较健全，“效果”有专人负责的“中旅”，也未能逃为例外。中旅从天津回来，我问唐槐秋，《雷雨》演出的成绩怎样，他说：“一切都好，就是‘效果’失败了。”所以我确认“效果”是《雷雨》难演成功的第一点。

“效果”以外，比较难办的就是灯光。灯光在戏剧里的地位是十分重要的。中国到现在还没有一个灯光设备完善的舞台，更少有专门管理灯光的人材，在北京则更谈不到了。所以以往多次话剧的演出，对于灯光的配置，大都马马虎虎得过且过，甚而可以说没有灯光。《雷雨》一剧，因为天气，时间的变换，与舞台上剧的本身，有一丝一毫不可忽略的关系，所以灯光的配置，亦绝不容像演其他各剧之可以随随便便。如同第一幕：“夏天的上午，——周宅的客厅，——外面阴天。”第二幕：“同前，——时间是午饭后，——天的阴更沉。——”第三幕：“一间穷人家的房子，——在晚十点以后，——天空黑漆漆地布满了恶相的黑云，——屋里只一盏小洋油灯，临睡以前灯头还要捻小，——”第四幕：“周宅的客厅，——在半夜，——燃着立灯一盏，四周是黑暗的，——”以上四幕的灯光，要如何配置的合适而还互不雷同，殊为值得研究的问题。要好，则设备不够，管理乏人。要马马虎虎，又为全剧减色。所以我认为“灯光”是《雷雨》难演成功的第二点。

最近北京剧社即上演《雷雨》，因为演员大多数都是很说得过去的话剧人材，再加上名导演陈绵博士的热心诱导，所以在“演”的方面，是敢断定绝无问题的。若是“效果”，“灯光”再能管理得法，一丝不苟，那就可以成为奇绩了。我们专诚的期待，祷祝这伟大的成功，成就在北京。

一九三八年十二月二十日

编者案：《雷雨》已于二十六七日在新新演出。此篇著者为研究话剧有年之经验家，文笔流畅，希望将此次上演结果为文批评。

原载《立言画刊》1938 年第 14 期

话剧组公演《日出》专辑

时间：1938年11月23、24日
地点：丽都大剧院
演出：银钱剧团
导演：夏风

关于《日出》

夏　风

无论如何在上海作第四次《日出》的上演，再加了我很少修养的导演手法，其结果早已在预料中。我先声明，要是这个剧本演出能有些微的收获或成绩，那是演员暨工作人员的力量，因为我个人实在感觉不能将这个戏使之完美些。

《日出》在上海已有过三度演出，第一次是戏剧工作社，第二次是中国旅行剧团，第三次是青鸟剧社，三次的导演都是欧阳予倩先生，其中第一次是删掉了第三幕而演出，其他二次则是全璧，银钱剧团这次演出亦是删却第三幕，在为了删第三幕演出，作者曹禺先生曾有过一篇痛斥“腰斩”的文章以为第三幕为全剧最精致生动的部分，为了剧情，为了写作的苦心，予以腰斩的处分是很觉痛心，不过在我个人的意思，第三幕不愧是苦心孤诣精致动人的作品，惟在《日出》全剧过程上，第三幕予以删除并不如写作苦心被牺牲的严重，《日出》第三幕的收效动人，可说其本幕技巧的成分居多，全剧连贯的作用居少，所以虽然删去了上演，对于全剧仍不生多大影响，戏剧工作社的演出就是一个例了。

不过银钱剧团之删去第三幕上演，一方面固因为第三幕可删，同时也因为演员不够的关系——而且是一个重要的原因——因此第三幕才加以割爱，这并不是不尊重作者原著。其苦衷当可蒙原谅。

银钱剧团在挑选许多剧本中单单决定了《日出》，一方面是为了剧本的适合上演，另一方面也因为在银钱界有它特殊的意义，在某一时期中《日出》的现象在地球上许多角落里，——中国当然也在内——表现着。这现象的产生，以及它的原因，我都不想讨论，因为这儿将反而会为智者所笑，还是藏拙吧。

说句笑话，大家心照不宣，假使再不明白请来看戏。

话是这么说，请来看戏但是演出的预备上，心里就有点颤颤的！《日出》已演过三次，都由欧阳先生导演，一次比一次紧凑，一回比一回生动，在过去给观众高崇的观念下，无疑的这次会予以失望，但是一个开始绝不会马上就有满意的收获，失望许是希望的动力，其所需的是不断的学习而已。这次我大胆将一得之见——是否当然未可必——来加入《日出》的导演上，但是对于过去几次《日出》仍难免与所抄袭。好在我是学习，跟银钱剧团许多朋友在共同学习着。

关于剧中人物的支配，我不曾参加意见，一切都事先决定，我只是按照既定的做去，好在银钱剧团的朋友们都非常用功，省却我一小主意，不过对于剧中人的身份，我是通过另外一种看法：

方达生在过去几次《日出》演出上都嫌费力不讨好，同时人格的支配非常模糊，这次我想把他们明朗些，简单些，因为在《日出》里他和旁人最不调和，和他人生活的关系好像甚少，似乎是在另一角落里过日子的人，在这个环境过着和环境如此超然生活的，我觉得是一个"傻子"。他最天真，最痛快，过去的方达生我认为不会做到这一点，在一群魔鬼中他是一个人，那末他当多为人所接受些——至少他的精神。因此把方达生重新估定了一下。

陈白露生活在"太阳不是我们的"环境中，她应是一个矛盾冲突的人，好的表面是虚浮的，内心是痛苦的，她的一举一动极少自己的主意，迎合人们的颜色过着日子，事实上她和福升又有多大的分别呢？不过她心里还有些"真"。这一点的"真"，刺激她构成了她的矛盾，她应当取得人们的原谅，而原谅应更还给人们以憎恶。

金八——这位幕后的主角，才是方达生对比的人物。潘月亭、李石清、乔治、胡四、顾八奶奶、黑三、福升不过是表示金八的力量。这些人物的奔走忙碌无时无刻不受金八的支配，他们只是在个人范围行动内表现金八怎样操纵他们而已。

黄省三和小东西代表着被剥削者的两方面，一个是甘愿受剥削，一个是不愿受剥削。甘受剥削的结果是死，不甘剥削的结果也是死，在这儿我们知道妥协的没落，而不愿妥协，仅仅用死来逃避也是没落，那末当前的是什么路，也无庸我说明了。

《日出》的观点，我认为应当注意其积极的意义，不当重视消极的暴露，因之我想把幕后太阳里过生活的人们给观众以强烈的启示，把达生的走，叫每个人都想跟着他走，达生去到什么地方，去做什么，在这时候每个人都会猜想得到吧！

另外在每个场面上我也想有个冒昧的表现。担心的是贻笑大方。

心里兢兢着，指望着冷的指正！

廿七年十一月八日

写在《日出》之前

石　羊

《日出》,《日出》! 本会话剧组上演《日出》的消息早已流布了三四个月。会刊上也一再透露了演出的短讯。可是时间像飞一样的流去了,一月二月……四个月的时光在会友们焦望中逝去,许多朋友们虽尽了最大的努力帮我们奔走接洽,可是孤岛上的秋季是何等繁荣呀,可以上演的戏院子一个也借不着。这使我们的种种努力都成了白费。焦灼! 失望! 说都在想"《日出》出不出了!"就是我们话剧组的人,也不能相信一定可以演出。我们陷在深深的黑暗的绝望里!

在本会孙主席和其他几位先生们鼓励和帮助之下灿烂的"日"终于"出"了出来。它带给我们兴奋! 温暖! 光明! 热烈的火一样的情绪重新又燃烧起来。我们更确信了:"只要坚定的努力,光明一定是我们的!"

我们——是一群爱好戏剧的会友的集合,虽然弱小、贫乏,但我们都有年青人火热的热情! 我们受了孙瑞璜先生吴礼门先生等奖掖指导,受了许多戏剧前辈的竭力帮助,就大胆的选择了这个伟大的剧本——《日出》。

《日出》是曹禺先生最成功的作品,他震动中国,也震动过世界,是中国剧运史上不可磨灭的辉煌。上海曾有三次轰动的演出。它痛快的揭破了现社会的黑暗面,尤其对前期金融界的腐败情形,更有深切地暴露。这种金融界前期的情形,与今天的银钱业同人这种活泼、和洽、横溢着时代气息的新气象,恰好是一个最明显的对照,今天的金融界已绝没有《日出》中那样的荒淫与无耻,整个的银钱界已在烽火中的大时代里长成起来了,这是值得我们骄傲的。在今天,我们银钱业同人自己的剧团上演《日出》是寓有深切警惕自己的意义! 这就是我们不顾惭愧,大胆地选这剧本的原意,也是许多金融界前辈鼓励上演的意思!

这次的演出,是集中了我们的最优秀的演员,花了最大的努力来从事的。但错误与失败当然仍是不可避免的。望爱护我们的先生都来给我们指导,以后更希望爱好戏剧的会友们同我们一起来练习和工作,我们用十二万分的诚意来欢迎参加。

最后我们要谨向曹禺先生致无限的歉意,为了技术条件的限制,也为了使剧本更能完整的适合我们银钱界,我们不得不忍痛把曹禺先生的心——剧本第三幕——割去。我们愿在另一个机会里,把它单独与诸君相见!

《日出》演出以前

言　午

《日出》多幕剧的排演，是话剧《日出》问世以来第一次大胆的尝试。我们银钱界同人亲自来演这个戏，是有重大意义的。因此，我们不怕艰难，不怕失败，毅然的选取了这个剧本。

当我们开始排练《日出》的时候，天气还热烘烘的哩，枱上的摇头电风扇轧轧的发着响。十几个年轻的小伙子，就在一间不大不小的会客室里，遵照着导演先生的指示，苦心的学习着，排练着。汗水虽然从每个人的毛孔里淌出来，粘湿了每个人的脸和背，但是一点也没有阻碍我们的进行。导演先生仍旧挺起劲的指手画脚的告诉我们表情和动作，杨扬先生的白纺绸长衫就是半件湿透了，还是放直了嗓子喊着："五年啦！我的潘经理，一共只拿你十块八毛五。"

我们这一点儿，相互之间都非常亲爱的，而又非常顽皮的，我们没有忧愁，我们很开心，因为我们深深地信念着：戏剧不但可以作为宣传与教育的武器，并且它有组织的作用。因此，我们为了支持持久战，争取抗战的最后胜利，我们不断的努力着。

日子一天天过去，气候渐渐凉爽了，戏已经排得很纯熟，离预定的演出日期没有几天了，工作跟着紧张起来。接洽剧院的，拿剧本去送审的，到店铺去定服装的，发通告的，差不多动员了整个话剧组干部。最忙的要算阿芒先生了，他是八面玲珑的话务先生，同时又是一个不说只做的实干家。

为了《日出》演出更顺利起见，我们举行一次会议，讨论和筹划这演出的经费预算和前后台工作人员的分配。事情差不多弄得很安当，只等法捕房剧本通过，我们就可以在蓝心大剧院上演了。

不幸的消息终于在法文的一封信上传给我们，信上这样说的："法租界当局为了维持治安，不准演戏"。这不是给话剧组的演出一个致命的打击吗？并不，孤岛环境虽然特殊，演出还是要想法争取的，我们有这样坚定的信念。

终于我们得到孙润璜主席的帮助，接洽妥了丽都大戏院，并且决定在本月廿三四两天晚场演出，我们太快活了，太高兴了，被称《日出》为心头事的阿芒先生开心的跳了起来，做着他拿手的吃香烟屁股的本领。我们的尹青小姐，竹君先生，和留览先生，乐得舞起"却尔司登"来。可怜我们的杨扬先生，还在大叫着："五年啦！我的潘经理，一共只拿你十块八毛五。"

《日出》足足排上了四个多月，请来瞧瞧看，我们演出时的成绩。

原载《银钱界》1938年第2卷第11期

日出公演·批判特辑

继续发扬这一精神

——写在《日出》公演之后

钱 堃

银钱剧团公演《日出》是每个剧运同志所引以为荣的。本月廿三、廿四两晚丽都门前的来客，有不少是抱着一种探视般的情怀的。

近来忽然患病，晚间很少出门。看看《日出》公演的最后一晚已经到了，挣扎着到丽都去转了一趟。虽只短短的一刹那，就离开了那群活蹦乱跃着的伙伴，但我已经获得无上的安慰，并且发生极大的敬佩！

无论在开演前的前台或后台，无论在开演后的台上或台下，银钱剧团的同志们，那些光荣的战士，都在积极地工作着。尽管有几位我还不很认得。尽管他们各位彼此的身材面貌如何不同，在我看来却好像一律是我最亲切的伙伴，他们同具着一种令人感奋的精神！

在剧坛工作上，他们是年青的，然而他们永远肯认真的学习；在职业生活中，他们是辛苦的，然而他们现在能愉快地工作。他们来自不同的行当，他们处着不同的职位，然而他们打成一片，团结得铁一般强固。戏剧运动充实了他们新的生命，他们将为戏剧运动创造新的前途！

银钱剧团的同志们，祝福你们，希望你们继续发扬这一精神！

为银钱庆贺

仞 之

《日出》，终于如日出之光耀地演出了！这值得为银钱庆贺！

朋友们见面，亦有这样问的："比前几天的日出怎样？"他们关心话剧的态度，实在值得感动。可是，我觉得他们想错了，不应作这般的比较。我曾经用心算学上的话来回答说："单位不同而相比较，一定要得出错误的答案来！"这是真的，一切的条件不相同，比什么长短呢？实在的，以银钱现所具备的条件得到现在的成功却已超过了预计。

我们大家都是戏剧工作者，这里面的甘苦，大家都知道。经验早便告诉了我们：“多一分的努力，多得一分的效果。”效果的超过预计，正是努力的程度高涨到堪以钦佩的极端。一个团体的前途，就是建筑在这上面。

这种的努力，不是个人的，必需集体的。要求发挥极端大量的努力的效果，亦自有他的基本条件。阿芒先生说：“我们之间没有猜忌，没有冲突，有的只是同志的爱，集体的爱，而《日出》公演能付诸实现，就是从同志和集体的爱里产生的力的表现！”这几句话，使我最最感动。其实，这便是基本条件。这次《日出》的演出，表示了银钱已经得这种不易得的基本条件，我为银钱庆贺。

忙后思忙，在回想之中，一定有不少的感触，那是无疑的。由于感到同志爱的可宝贵而要求扩大同志，这亦是自然的趋向。“戏剧是迷人的事业，”亦是值得着迷的事业。多一次的演出，多得一些同志，这是可以预卜的。我为银钱的前途庆贺！

一缕阳光

——《日出》出演

华　沙

当踏进了丽都看见了从前台后台的熟悉面孔们喜悦的脸，及台上朋友们的工作，我是深深地浸沉在异样的感动里。

在这个地段上，似这样的境地，在我的感觉上几乎是中断了一个悠长的时期了。我相信有很多同志不仅是惦念着过去这样的境地，而且尽了很大的心力在争取这样一个境地的出现！但条件太多，环境太坏，连串的争取的徒劳，有时会使人幻想这或许是无尽期的残酷的命运吧。

在阴霾的天空里，银钱的《日出》的出现，恍似一缕有力的阳光突破了障碍，穿透过乌云地照射着每个渴望着阳光的心，令人感到暖和，同时也令我们感到感激；我们可以不必让特刊里的《自白》，也可想象在这样环境下工作的艰辛的。所以我认为银钱演出的实现，已是莫大的成功，何况演出的姿态上，处处显示出不苟的认真态度来。

我希望留在孤岛上的剧运同志们，此后更应该加紧努力，跟着《日出》演出之后有所贡献，同时热诚的盼着银钱在这次成功后，不中歇工作的进行，在最近最近的未来，即能在舞台上与我们再度相见。

《日出》后

夏　风

首先向银钱剧团的朋友们告罪，《日出》给我弄坏了，对不起作者更对不起你们，总算承大家的原谅和努力，博得舆论的提携和爱护，把我连带着说在里头，使我感激非常，仅此致谢！

是的，每一个戏演出过后，少不了要导演说几句话，可是，我主要提出的是我的谢忱，倒不是批评——因为我自己也在等着朋友们的指正哩。同时因为这次《日出》的潘月亭因原饰者张君要事离沪，一时难以觅人庖代，不得已又冒名顶替，权充潘月亭，结果是影响了整个剧情，并且又无时间来观各位演员的演技。要我说几句实在无话可说。

这里有些朋友告诉我的，——朋友们的话比我想要妥当些——且拉杂的写来。以下是朋友们的话。

就全剧观成绩已出我们想象之上，银钱剧团同人俱甚努力，如此收获自属必然。如在爱护的立场上，我们是无话可说，要之满意二字而已。可是希望“银钱”并不是有如此成绩即为满足，希望的是“百尺竿头更进一步”，为了鼓励进步，我们还有些话要说：

由《日出》工作上，可看出银钱的话剧运动尚是部分的片面的，第一在演出上有许多地方看出工作人员的不够，第二据导演说热心人员始终不会换个面孔，这些尚待现有负责者的努力去改进和扩充。

舞台装置方面颇有不调和，像门窗之式样颇不一致。（注：这点似乎要归过布景工友的画蛇添足。）

灯光太强烈，惟对于剧情的配合尚佳。

道具可称漂亮，也许是银钱剧团的关系，几次《日出》还不会有过这么漂亮的道具。

音响效果平平。似乎可以再好些。

在演员中特别提出李石清黄省三及福升三人，李石清颇像顾梦鹤在青岛的演出，且并不逊色。黄省三好极，几场戏与旁人配合甚佳。福升在表演时可见到是下过功夫，所以小动作都很微妙，在男演员中这三位确甚有前途。至于乔治黑三及胡四亦均不差，在起初的意思中绝没想有如此成绩。方达生为全剧极重要的角色，导演似乎不会把他支配的更明显有力，虽然他已尽力在做。

就大体上说男演员的成绩尚佳，小疵难免，不只是演员还是导演的过失。（注：这是导演的过失。）

女主角陈白露嗓音甚佳，唯有若干地方语气尚嫌不够，表情则颇细腻，最后一场甚佳，灯光之利用加强剧的力量不少。

饰顾八的演员演技老练，可是给人的憎恶不够。李太太和小东西戏虽少，但可看出是可造之材。

导演处理手法因删去第三幕故，甚难表现翻新的技巧，假使有第三幕合演，则与观众一个调剂，当清新醒目不少。

好了我不必再讲了，再讲下去我必定要被暴露更多的丑恶，打住罢还可遮丑。

现在让我来说几句话：银钱这次找我导演《日出》，我始终觉得遗憾，假使能另请高明，则收获当不止此，舆论必更赞扬，把各位极有前途的演员和极有希望的团体因我的才识浅陋而受影响，非常抱疚，再三希望原谅！

对于演员我认为都很努力，陪伴着各位一起演出，使我觉得愉快异常，个人的演技虽有不同可是能各适其身份，各位的前途光明，使我忍不住伸出手来向各位道贺。同时“银钱”的会员甚多，一定还有未发现的天才，我希望各位开锣，引出更好的同志出来；我来抛砖，以后会有更好的导演来和诸位合作！“银钱”的未来正如《日出》。

本想再说些，可是编者限制我只好作罢。各位工作人员暨演员朋友如有意见极愿面谈，我等着。

廿七年十一月廿六日

《日出》重现于舞台　银钱话剧组的惊人演出

黄莹子

怀了一颗无比兴奋的心，迎着凄冷的夜风，虽然是寒流紧压迫着我，但却不能灭低了我底那股热烈的情绪。为着时间并不怎样充分，急剧的迎向前去，跑进了丽都，才像释了重荷一般的轻轻地松了一口气。

凭着一张团体参观证，虽然是“侯门深似海”的后台，我也得挤了进去参观了一周，那是非常喜悦的。一群洋溢着热情的而有着一种追求光明的心的年青男女爱好戏剧的同志们，嬉皮笑脸地而却非常谦抑地在听着导演先生的提示，乖乖地坐在化妆师面前给他以逼真剧中人化妆着面部，温习着台词，研究着动作，像这样忠实于戏剧，我相信“孤岛”上的剧运会很快的活跃起来，放着无限的光辉呢！

况且是，在剧运比较沉沦于落寞的环境里的现在，而以一个业余剧团展开新的姿态来演这个繁复的很现实的剧本——《日出》，真是一个给人兴奋的消息。

况且像这么大规模地活跃在舞台上，还是我们银钱业从业员初次的处女尝试呢！

自己很爱好戏剧，但却没有一点修养，因此，也不会写什么批评。这里，我当然是以一个观众的地位，来胡乱的说点意见，和殷切的寄以一种热忱的希望于我底敬爱的爱好戏剧同志之前。

白心波的陈白露，在演出上是很成功的！纯熟的演技，流利的台词，在在都能刻画出白露那种放浪洒脱的个性，一点也不弛懈的到终场。可惜的是：服装还嫌不够华贵，否则更能生色不少。

周竹君的方达生，动作嫌太平板，在态度上也欠镇静，剧中人的个性，不能深深的抓住，演出是难免不够真实了。然而，这是一个不易演出的角色，因此，在演出的水准上，并不能说完全失败。

李铭的王福升是成功的。那种谄媚刁恶的本性，表现的恰到好处，一点也不夸张，真是一个很能演戏的演员，前途是非常有希望的。

贻明的小东西，演出还紧张，能一贯地抓住观众的心。只是，在表现方面，还嫌不够可怜。但，在“不哭就要笑”的情形下，我想贻明小姐已经是尽过最大的努力了。虽然那种被蹂躏摧残的惊惶的心没有完全表现出来——在动作和表情上，但，紧张的空气，始终没有松懈下来，这一点，确是很难得的。

夏风的潘经理，杨扬的黄省三，演出成绩最好。把前一期金融界的黑暗罪恶，暴露得淋漓尽致，在演技上，可以说是最成功的两个。

刘览的李石清，梁闻燕的张乔治，炼皇的黑三，霍而愈的胡四，都还称职。虽然难免有点过大的地方，但，在个别排练并不充分的环境下，我们不能有过高的要求。

尹蓝的顾八奶奶，夏绿薇的李太太，似乎表现不够，和过分夸张，剧中人的个性，没有完全体会到，演出不免失败。

道具嫌不够豪华，但，那是在物质条件下受到影响。灯光配备相当完善，尤其是在第三幕白露自杀终场那一刹那稍成暗淡而衬托出白露底苦痛心情的灯光，是非常美丽的。效果也很逼真。

至于在演员调整方面，可以看出是很用过一番苦心的——剧坛宿将本剧的导演夏风先生。

在这里，我想恳切地希望着这个年青而蓬勃有生气的剧团，能不气馁地和“孤岛”的罪恶势力斗争下去，成功是可以预期的。

《日出》在丽都演出后的一点概念

忆　文

曹禺先生底《日出》在上海已有很多次地演出了，——包括职业剧团和业余剧团。——电影也摄成了，成千成万的剧艺欣赏者和影迷，脑海里深深地镌上了“小东西”和“陈白露”。

但是原作者——曹禺先生并没想到把这剧本的主旨着重在这两个人的身上，他的本意是在暴露现社会一切寄生虫的丑态。“陈白露”和“小东西”同样是恶势力下的牺牲者，同样是“有闲者”的泄欲器，同样是没灵魂的一对可怜虫，同样是直到最后才拿出勇气来“自杀”的糊涂东西。虽然“陈白露”比较上也许高明些，但是可怜得很，只是五十步和一百步之差哪。高明的读者们大约不见得反对我的意思吧？

曹禺先生大约不会单单为了这两个人的可怜结局而写上这么十来万字的剧本吧？这么(样)的事在现代，我们的眼里恐怕早就看得很多了吧！

这次“银钱剧团”公演《日出》就看清了这么一“点”。所以并没把“陈白露”“小东西”看做主题。删去了第三幕免得使观众迷糊了视线，(广义的视线)使观众注意力着落在一“点”上，能够深深地体味到本剧的“暴露”和“讽刺”上，这是以前历次公演所没曾有过的事。

最教我佩服的是饰“潘月亭”“李石清”“黄省三”的翟刘杨三位，也是现实环境的关系吧。良好的演出深深地感动了台下每个观众，是已往历次公演所不曾有过的事，尤其是饰“潘月亭”的翟无忌先生。

白心波女士的“陈白露”演技是相当的优秀，小动作都很美观，有些表情很像中旅的唐若青。（但我却不赞成白女士故意去模拟唐女士，我的意思以为语（话）剧应该模拟剧中人而加以研究，似乎不必学先演出者的表情，因为那是有害于自己的进步的）。

“方达生”这角色本来是不很容易饰演的，又不聪明又不傻，又不强悍又不糊涂，这种个性，在我们眼里实在不大容易看到。这次周竹君先生能够表现到这种程度，已经很难能可贵了。

李铭先生的“福升”很好，不过“他”原先潜伏着的流氓气少了一点，这是很可惜的。

饰“小东西”“顾八奶奶”“张乔治”“李太太”“黑三”的几位，都很能尽职，不过饰“胡四”的霍而愈先生我觉得还有些儿不够，照原作者的笔下是应该像拆白党那么的一个人，当着“顾八奶奶”面前献媚装腔，想骗她的钱，转过脸来就皱眉头表示厌恶她。这次霍先生仅仅把他表演成了一个“女人腔的男子”未免不够了些。

割掉第三幕并不会伤害了整剧的气氛。不过第四幕“陈白露”突然变成“伤感”“颓唐”的转变，是应该表现出她的原因来的。那才不损原作的和谐。

“福升”向“张乔治”借钱，也不应当减去，那是对社会上的“高等人物”底一种最强力的讽刺！

音响效果很好，“黑三们”在门外的叫喊，和窗外的“打哼（夯）”都很成功。

布景、道具、灯光都很美观，业余剧团有这么的收获是很不容易了。

化装方面大部很好，不过“方达生”的衣服头发好像太时式了一点，顾八奶奶的脸应当再化妆成“老态”些，因为她已经是有了个十八九岁的女儿的妈了，何况“胡四”还替她起了个“老妖精”的绰号。

在目下“孤岛状态”的上海能得有这样的演出，已经是很不容易的珍贵收藏了，我谨预祝下次“银钱剧团”的演出，定有更伟大的成功！

廿七·十一·廿三·观后记

五十二号之夜

杨　扬

天空，没有月亮，可是有星。

台上，太阳已经升起来了；台下呢，才渡过了一半的漫漫的长夜。

观众带着欣赏美好的艺术的满足，同时也有着担心触犯了宵禁的焦灼，个人回到自己家里去了。演员和工作人员们，都在黑暗中摸索着他们的服装和道具；（因为电灯忽然坏了）等到最后一批打算回去的人离开戏院子的时候，恐怕已经有午夜十一点钟了罢。

我们四个——导演夏风，剧务阿芒，演胡四的霍而愈和我——却依然留在丽都。原因呢，我们虽然不是“无家可归”，可是“有家归不得”，（时间太晚门叫不开）再加上后台的服装道具乱的一团糟，如果不花费点时间去整理一下，那么明天晚上演出一定会弄得茫然不知所措。因此就决定了我们四个人当夜驻在台上。阿芒很快活的学着《日出》里张乔治的口气叫道：

“啊！丽都的夜晚，夜晚的丽都！”

我首先提出异议：

“不，这儿是××大旅馆的五十二号，今天晚上应该说是‘五十二号之夜！’你们说对不对？”

导演笑了一笑，胡四爷可大加赞赏：

“对，对极了”。

于是我就确定了这个名称，同时也把它搬到这儿作为这篇文章的题目。

水汀已经停止输送他们的热量，午夜的寒气，逐渐侵蚀到每个人的身上；可是我们的舞台监督，前台主任，事务主任真想得周到，在他们临走以前，替我们叫了几碗滚热的酒酿圆子来了。好像火车头填了煤一样，吃了酒酿圆子之后的我们，马上增加了不少的活力，很起劲的从贮藏室里拖出几件皮袍子，预备等一会儿睡觉时候可以当被盖。

戏院子里仅有的壁灯也熄掉了，台上台下没有一丝儿光；有的只是借来的两只电筒，偶尔射出一道道的黄白的光线。这还得感谢前面说过的石羊、周晴、省吾先生，又替我们预备好两根洋蜡；微小的火焰，也不啻是一盏明灯，我们还能看得清楚那儿是沙发，那儿是墙壁，（布景）固然这是不及前两个钟头那么富丽堂皇了。

我躺在靠门那个沙发上，盖着一件黑三穿的皮袍子，正打算舒服的睡一会儿，我们的劳苦功高的导演夏风先生，很俏皮地说了一句：

“哦！黄省三也住在大旅馆来啦！”我正在不知道怎样应付，霍先生给我解了围：

“你忘了你们现在是平等了吗？”我在感激之余又想起这句话是一个真理：在不久的将来，小书记和经理应该是平等的。

阿芒从厕所里急急的跑了进来，在蜡烛光底下，脸色有些苍白：

“我吓死了！这一段路真黑，好像背后有人跟着似的。”

“别活见鬼了，这末大的人。”我虽然知道他有些做作，可是依旧不客气的给他一个驳斥。

几个钟点以前，这间房里（五十二号）所有热闹紧张的场面，现在完全被寂静所代替了。而愈悠闲的抽着烟卷儿；夏风跟阿芒间或还低声的谈一些关于演出上亟待纠正的缺点；我一手拿着电筒，一手翻弄《日出》的特刊，虽然这特刊我已经看过不知多少遍了。

正厅楼厅都是静荡荡的。一些果壳皮和几本特刊散乱的躺在椅子底下，这些都是物质中的渣滓了；其实《日出》里的一群丑恶和屈辱的角色，何尝又不是人类中的渣滓呢？

睡魔抑制了四颗兴奋不宁的心，我们必须休息一会儿。坐在沙发上睡觉实在有些不舒服，可是一想到也许有很多人，要在冰冷的水门汀上过夜时，又觉得我们是太舒服了。

固然，我们绝不会以仅仅少数人睡得舒服为满足的。

我们起了一个早，太阳还没有出来，可是从屋顶的天窗里，我们发觉天已经逐渐的亮了，台上和台下的一切都慢慢的明朗化起来。我再一次深深地体会到："光明是从黑暗中孕育出来的！""光明来了，黑暗是会消逝的！"

当我们四个，手挽着手走出剧院，打算去吃早点心时，都有着同一个信念：

"太阳出来了，黑暗留在后面！"

"太阳是我们的！我们要迎上去！"

写在《日出》演出后之夜

看《日出》

劳　燕

一、序曲

诚如仞之先生所说："在这个时候上演《日出》，暴露'金八'式的社会恶魔，好似多余；可是我相信，此时此地的观众里一定会有很多的人把这剧本幻化出另一个境地。"

真的，请看看我们这座孤岛吧！在这幕后正有着一个比金八狠上万倍的"金六"或"金七"的恶魔在操纵我们每一个人的生命，我们应该怎样来对付这残酷的"另一个境地"呢？

《日出》正是反面地告诉了我们！一切附庸在恶魔身上出卖人格摇尾乞怜的傀儡们，一切没有反抗只向人们低头的弱者们，是没有生存的余地的！

陈白露为了想享乐想几个钱，不惜牺牲自己"宝贵的东西"去给有钱的人们玩弄；虽然她看透了这丑恶的世界，厌恶这没有太阳的地方，但她没有勇气去看到光明的一面，仍想在享乐的迷液中沉浸沉浸……终于绵羊似地死去了。潘月亭一心做着发财的甜梦，大翻把戏，把银行里的产业押了盖大楼，想在金八的虎口里讨一点余利，想使白露不再叫他"老爸爸"。李石清一方面不顾家里的死活，屁股颠颠地拼命去巴结上司，一方面却任意侮弄穷人。可怜的小书记黄省三一天写到晚，弯着身子，写成了肺病，每个月只拿了十块二毛五，但终逃不了他被裁的命运。而这被"节省"下来的十块二毛五——使他亲手毒死三个孩子投河发疯的十块二毛五，却正是潘月亭拿来巴结富孀顾八奶奶的面首胡四的薪水的一部分。

这一切丑恶的场面展开着，但它的结果呢？终于都在金八的魔手下摧毁了！

这就是《日出》怎样告诉了我们：一切附庸在恶魔身上出卖人格摇尾乞怜的傀儡们，一切没有反抗只向人们低头的弱者们，是没有生存的余地的！

因此，我想到在金八魔手下遭受同样命运的人们，假使能够觉悟了他们共同的仇人，互相团结起来，给他一个强力的打击的话，那还不能打倒金八吗？

"傻孩子"方达生说得对："为什么让他活下去？"我们应该把白露的话反过来说："不是

金八允许我们活不活的问题，而是我们允许金八活不活的问题。”

“银钱剧团”的《日出》演出，它是有多么重大的意义！尤其值得重视的，就是以银钱业的从业员，来演一个以银钱业为背景的戏，给我们银钱业同人看。就仅仅这一点意义，已经超出了其他一般的演出了！

我们不能否认，过去的银钱界的确有《日出》那样所暴露的情形存在着的，但现在是进步了，而且不断地在进步着。这证明了我们的银钱界是和时代的进展踏着一致的步伐。

可是，一个新的不断发展着的东西，一定会残余着过去的渣滓。《日出》正揭示了那旧的一切罪恶诸形态，使我们更认清像金八，潘月亭一类人的可恶，和他们没落的必然性；深深体味了黄省三一类小书记的痛苦，凄惨，来帮助我们肃清那过去罪恶的残余。正像我们的前辈徐寄庼先生那晚在丽都大戏院给我们写的题词所说：“……为吾业中人当头一棒！”

二、场内场外

有着这么两点重大的意义来公演《日出》，更由于话剧组同人们的努力，丽都大戏院门口拥满了观众，上下的座位，已经黑压压地一片都是人头了！娱乐委员会的工作人员几乎全体出动，几位招待员奔来跑去，累得满头大汗，但他们并不因此感到疲乏，相反地他们满脸挂着微笑，感到幸福，感到愉快，尤其在听到观众们一致给予好评的时候。因为，只有使观众们满意，才会有一种新的感觉，在这逼真的舞台面上，深深地刻划进观众们的脑子里去。——这才是他们感到愉快感到兴奋的唯一原因。

这真是出于每个人的意想之外的，当那紫色的丝绒幕慢慢地升上去的时候，那月亮反映着霜色射进窗户里来的绿幽幽的光，是那么柔美动人！就这么一刹那，台下立刻静寂了下来，每个人心里似乎在疑惑：这不像联谊会所能做得到的呀！

不但如此，每个剧中人个性的刻划，表情的自然熟练，和效果的成功，这些都给了观众们满意的。

全剧自始至终都很紧凑；不过删去了第三幕——使小东西受尽痛苦而自杀的那动人的一幕，单凭了方达生在报上读出了这一段新闻，似乎不大够刺激。

值得提起的，是几个紧张场面的能够紧紧握住，小动作的活泼可喜，这可以看出导演夏风先生的才干和努力。应该给他深深的谢意！

三、几个人物

翟无忌的“潘月亭”，杨扬的“黄省三”，是最成功的两个。潘月亭那吸雪茄打官话的官僚架子，对白露的丑态，和电话里对金八谈话那种谄媚的语气，一切都给翟无忌先生表演得淋漓尽致。

以一个银钱业从业员，来演一个小书记“黄省三”的角色，当然比较更能成功些，因为他能够深刻了解小书记的生活。失业后急迫需要“活下去”的哀求，窘迫的态度，羸弱的身体，的确强力地震撼了台下每个人的心弦；尤其在他最后毒死了三个孩子发疯的一幕，几个“潘经理……十块二毛五”的提出，和“我要活，你们不让我活，现在我要死，你们又不让我死……”惨绝人寰的声调，我想凡是人类，没有一个不会去细细体谅做小书记的悲惨命运吧？

杨扬先生的成功，诚是伟大的！

“陈白露”是最吃重的一个角色，她的登场机会也最多，白心波女士演来很能称职。开场和方达生晤面及缠住潘月亭那几个场面，最是活泼生动，最后几幕似乎稍嫌平板一点。

其他几位，我想不必再加以“门外汉”的批评了。总之，我觉得每一个演员都能在水平以上，才能造成这一个成功的演出。

四、曲终

挤出了丽都大门，一阵寒风迎面扑来，我轻松地呼了口气。街道死静地，一切都掩护在这黑暗的都市里；可是，看吧！正有着不少“金八”“李石清”“陈白露”一类的人物在夜色里蠢动着，更有着不少“黄省三”“小东西”一类的人物挣扎呻吟在夜色里。我们需要多少“方达生”来和我们打交代给他们跑跑呢？

不！我们不需要“方达生”，我们需要比“方达生”更坚强更勇敢的战士，来共同催促太阳的赶快东升！

干呀！迎接着吧：太阳出来了，但黑暗决不留在后面，它将永远永远地消灭了！

看了《日出》以后

佩　苇

一

无论从那一方面说，这次《日出》的上演，是值得珍视的。对于本会，对于整个剧坛，它都尽了一份推动的力量。

虽只有人说：《日出》是老戏了，而且在抗战期间不应该把注意力集中在这方面。这句话不能说错。不过我们知道，一部成功的艺术作品，是不能因为上演了三次，就丧失了它固有的价值。同时我们也知道在抗战序幕下，太阳已经出来了，这种前时期金融界的黑暗已经灭迹。然而回顾一下过去的丑态，以资警惕，不能说是件没意义的事；尤其在孤岛的种种客观条件下，没有更积极的戏好演的现在。

我同意钱坤先生的说法：“其光荣之处，不在《日出》这一剧本的积极意义，也不在演出成绩的优良，而是因为这是‘银钱剧团’的演出。”

一个剧运的先驱者，对于一棵“剧林的新株”，总是用最大的热忱去扶植他的。而话剧组几个负责人的努力，更是不容否认的事实。

让黑暗永远留在后面吧，我们用虔诚的心来迎接《日出》。

二

看一次《日出》，等于上了四个钟点的社会问题课。我又一次的体验到戏剧的感人力。有几个人因这小东西可怜的命运而流泪了：“饿……我知道天亮以后他们还得打我一顿，可是过一会他们会给我一顿稀饭吃的，旁的地方连这点东西也不会给我。”然而《日出》所要暴露的不仅这一点。它用“舞女又不像舞女，娼妓又不像娼妓，姨太太又不像姨太太”的陈白露做故事的中心，来说明“损不足以奉有余”社会的一切。在这里有着银行家潘月亭把最后一批房产押出去，盖大楼呀！买公债呀！想来巩固已快破产的信用。可是顶能触到一般资本家隐处的是：“我从此以后要做点慈善事业，积积德，弥补弥补”。这真有些像绿林大盗抢到了一票镖银洗手不干后的神情。所以我同意白露对于“名誉”的看法，有多少人挣来的钱比“对男人尽过女子最可怜的义务”得来的钱“名誉”？假使有的话，那应该是黄省三的一天写到晚的十块二毛五薪金。然而他被裁了，虽只他曾经苦苦地哀求过！“我不是白拿您们的钱，是拿命跟您们换哪！并且我也拿不了您们几个十块二毛五，我就会死的”。凭良心做事是会饿死的，喊哑了“人不能这么待人呀！”也没有用。这一点李石清知道得很清楚：“这个社会没有平等，什么道德，服务，那是他们骗人……”于是他升襄理了。他敢和经理反抗了。虽只这种手段使人看不顺眼，然而白露早已说过“不顺眼的事多着呢”。

“说外国话总觉着方便些”的什么博士张乔治您看的顺眼吗？爱情，爱情，第三个还是爱情的“老妖精”顾八奶奶您看的顺眼吗？“狗眼看人低”的福升，您看的顺眼吗？

始终没有露脸过的金八和那个诗人，无疑地表示了黑暗和光明的两面。我们看到多少人在金八的魔手里翻筋斗，只有“不会是个诗人，也许真的变成傻子”的方达生，他想“跟金八打打交待，为小东西跑跑，为小书记那类人做点事”。当然他更愿意白露跟他走。然而白露却给物质欲葬埋了，我真怕听她“可是——上哪儿去呢？”的呼声。

其实“出路”是有的，就在窗外，在阳光照着的地方，那儿有雄健的歌声在喊：

“要想吃饭，就得做工。”

小东西死了，黄省三死了，潘月亭死了，白露也死了，虽只对于几个人死的感想不同，然而在新社会里，这种人都没有活着的份儿。

三

这次演出怎样呢？我可以大胆的说：是成功的。第一次上演这么大的戏，而有这么样的成绩，不能不说是成功的。

当然这应该归功于导演的手法。夏风先生是谁都承认的舞台优秀演员，以过去累积的经验来作《日出》的导演，更给他发挥长才的机会。因此，演员们的成就，也就是导演的收获。

第一个值得提出来的，是演黄省三的杨扬，也许是站在同一阶层里的缘故吧，所以演来格外逼真。在他的几个场面里，始终紧紧地抓住观众的注意力：黧黑的面孔，无光的眼珠，蹲着的步子，痉挛似的手指，发颤的哀求声里夹着可怕的咳嗽：“十块二毛五！”这几个字笼罩了整个的戏场，空气有些凝固似的。本来这个角色是容易讨好的，由于杨扬有些企图的刻画，无疑的会收到更好的效果。

潘月亭这角色，是导演自兼的，真是再恰当没有了。活生生地把一个银行家玩弄女人和对待下属的两副面孔暴露无余。在最后一个电话里，那种失败后的惊慌，急躁情绪，更表演的无痕可击。

李石清由刘览演来的，的确很不错；从卑躬屈节，到挺胸凸肚，都发展得很自然，在达生的嘴里是“可怜！”在艺术的观点上讲，是可钦佩的。

白心波是个有经验的演员，国语很流利，演技也不能说错；然而我总觉得以她的身段来演顾八奶奶会比演陈白露更成功些。

尹蓝的顾八奶奶化妆的太年轻一点，动作上也还不够引起人们的厌恶。一个半路“解放”出来的女性，除有粗俗的台词表现外，在动作上也应该有个适宜的配合。

张乔治，这个社会的高等出品。在梁闻燕夸张的表情下，我们认识了丢下三个孩子的母亲去向人家求婚的是什么样家伙。然而在白露向他借钱的一段，演的不够劲，这也许是时间关系吧。

周竹君的方达生在“傻”字一点上有部分的成功。李铭的王福升在第二幕开头的一段里，很能够抓住剧中人的个性。贻明的小东西，霍而愈的胡四，炼黄的黑三，都很称职。夏绿薇的李太太，演的楚楚可怜，恰合身份。不过服装似乎还太摩登些。

布景和道具都很漂亮，只是简单了些，看上去有些空洞。灯光第二夜比第一夜好，尤其在最后一刹那，窗外的朝阳和室内的光线交错着；外加凄楚的提琴声，使人很快的体味到死神的来临。

有几点小破绽得指出的，像第一幕衣架上衣裳没预备好，害得陈白露临时跑进去拿。第二幕白露跟达生寻小东西去的时候，衣架上的大衣又不见了。还有演员们在向内室讲话的时候，应该站在门角上的，因为我们知道，正对着门的是一条走廊，没有人。可是有许多人都疏忽了，变成对墙壁说话。希望下次能够留心到这一点。

太阳已经出来了，我相信话剧组继《日出》之后，会有更好的成绩在舞台上展开着。

附记

此次话剧组公演《日出》因人才缺乏及经验不足，以致诸多简陋，并蒙外界人士指教，招待不周，附此敬致歉意！

原载《银钱界》1938 年第 2 卷第 12 期

评《全民总动员》

惠　元

现阶段的抗战，由于广州武汉的失陷，转入更困难更艰苦的状态。

而正在这个时候，我国全国戏剧界抗敌协会主办的第一届戏剧节，征募寒衣话剧联合大公演的尾声——《全民总动员》的演出，我认为是有着双重的意义的。

谁都知道中国抗战的成败，决定了中华民族的最后存亡。我们应该，而且也只有发动全民族的无敌的力量，才能驱逐日本帝国主义出中国去。

尤其在民族危机益形险急的今天，全面地动员起广大的民众与工，农，学生，更是刻不容缓的事。而在征募寒衣的呼声中和运动中以《全民总动员》一剧的演出，更加深了这次公演的意义，也收获了政治上的成功。

对于《全民总动员》，我有着优劣两点的观感，优点方面：

第一，《全民总动员》是曹禺和宋之的两先生在今天的抗战形势下，把它的前身《总动员》重新改制了。我很同意，而且这次改编后的《全民总动员》是紧紧地把握住了目前抗战阶段的重要契机——“总动员”。

并且在这个剧中暗示出了，日寇的间谍和走狗汉奸是有隙必乘，有机必为地来破坏和阻碍我们的抗日团体和运动，来危害我们的抗战领袖和民众的生命安全。所以从这里我们应该领悟到日寇的阴谋，是无孔不入的，所以提高我们的政治警觉性是个很重要的事情。

因为他们往往被发现在我们的团体或机关之中，有时也许会是我们最好的朋友，这是事实的教训和经验，的确知人知面不知心，为了战胜日本帝国主义，反间谍斗争，是一个重要的部门与工作，是极不容忽视的。

另外提出和实行“变敌人的后方为我们的前线”的工作，这是很有意义的。为了战胜敌人，在敌人的后方建立我们的根据地这个工作，是必要的，伟大的，也是艰苦的。

第二，是化装，布景，灯光和效果都很成功，演员的演技是最使人满意的。

单纯的从演技上面看，那末赵丹饰的邓疯子的化装与装疯假颠，嬉皮笑脸，以及忽冷忽热的姿态，是有他的独到之处。跟施超饰的贼胆心虚强自矜持阴险奸滑的张希成，恰好成为一个强烈的对照。白杨饰的莉莉的虚荣心和崇拜英雄的刻划和强调，舒绣文饰的彭朗的热情友爱，和坚持力的表露，都能够给人一个很深刻的印象的。

第三，是导演演员与其他工作人员的努力与团结的精神。

"没有抗战,没有今日的剧人大团结,没有抗战的教训,也没有全民总动员的完成"。但象今天的剧人的努力与团结精神,是空前未有的。惟有这种精神才能使抗战戏剧,在抗战中起最大的作用,成为一支强有力的支流;也惟有这样我国的剧运才能有更光明更远大的前途。

希望全国戏剧界本着这种团结的精神与奋斗的作风迈进,为着抗战戏剧,为着祖国。

其次说到缺点方面:

第一,是剧情有些地方缺乏真实性。

首先每个救亡团体的组织,可以也应该是严密的坚强的有战斗性的。它包含的成分,即使是复杂的但抗战必胜建国必成的信念则是同一的。第一幕里张希成看有机可乘,就要求莉莉介绍入该救亡团体,结果莉莉的一句话就"算数"了,事实上我相信没有这样马虎的救亡团体的,不经过团体的考虑和审慎凭着一句话就可了事的。

其次,我承认象莉莉那样的好虚荣的人是有的,但是在演出中的莉莉是过火的,太夸大了的。

再其次,邓疯子这样忽冷忽热疯疯颠颠地跟群众胡乱捣蛋的领袖,事实上也不会有的。

还有,我觉得《全民总动员》这一名词和剧情不能算是很适切的。全民总动员是离不开工人,农民群众的,这是一个很大的疏忽。

第二,剧情还带有着神秘主义的残余,事实上一个救亡团体是不能脱离群众的,但是在剧里群众的力量没有明显的表现出来,救亡团体与群众的关系也没有表示出来。

抗战戏剧应该群众化,有群众的力量的表现才是真正的群众自己的戏剧。

《全民总动员》里没有群众力量的深刻表现,而只有救亡工作者的工作热忱和生活的暴露是不够的,这是减少戏剧意义与价值的一个缺点。

技巧固然要紧,转弯抹角,搬弄花样和变化多端是需要的,但是应该保持剧本的真实的面目的。

第三,是群众与领袖的关系,缺乏明确的指示。孙将军出现了,但没有见到受伤的弟兄们,有伤官而没有伤兵,在表现上说是不够的。尤其受伤的弟兄们的痛苦,是比象孙将军那样的长官更多一重,甚至几重。

其次邓疯子与救亡团体的群众的关系很模糊,似乎没有直接的工作关系。

没有伤兵,就不成为伤官;没有群众,也就不会有领袖。

第四,是剧中群众力量表现的软弱,这在前面已提及了。

只有一个游艺大会的筹备和演出,就表现了一个救亡团体的工作,这是贫乏的。

在最后一幕制裁汉奸的场合里的群众,是漫无组织,没有秩序地打汉奸,在这个时候,救亡团体也没有做宣传和教育群众的工作。

《全民总动员》由于上述几点的缺陷,使剧的意义和价值贬低了。

当剧终的时候观众挤着走出国泰大戏院,我听到二个对话。

"疯子象冷面滑稽又象神经病气,嚎头嚎脑。"一个工友操南方音跟同伴说。

“那个莉莉女士，害单相思，那知道她想的那个英雄就是疯子，冤家对头，倒好笑。”

……

“那个姓张的汉奸后来为什么有机会而不自首，那个黑字二十八凭什么这样凶狠，后来却又一捉就捉住了，真有点莫名其妙。”一个学生发着疑问。

“我也不清楚，侦探剧大概就是这么一回事。”

……

从上面的对话看来，前两个观众对于《全民总动员》的看法，是“消遣消遣”“看看滑稽”而已。后面的学生的对话对于《全民总动员》又有另外的看法了，一个提出了疑问，另外一个解释成为侦探剧。

我有这样一个感觉，就是上面四个人的话，给我的刺激，比《全民总动员》更深。

以上诸点的观感，特提供予同好者研讨。为着整个的剧还能在抗战中起最大的作用，我们应以自我批评的精神来求得今后的改善。

这次征募寒衣公演收获的成绩是可惊人的，卖座之盛，也是罕见的。“新民报载《全民总动员》七场收入万元左右”，这是一笔不小的数目，为募寒衣运动增色不少。

最后，昨日报载戏剧界待休息数日后，仍继续公演，这是一个很好的消息，普遍的宣传是必要的，不是迎合观众，而是提高观众的水准，起宣传和教育群众的作用，推进抗战的剧运，我们希望戏剧界尽更大的努力，起更大的作用！

原载《新华日报》1938 年 11 月 5 日

中华民国第一届戏剧节(节录)

《全民总动员》的公演是话剧的压台戏，也是整个戏剧节里的压台戏；共动员职演员人数之多、规模之大，所得成绩之佳，皆打破以往我国话剧公演纪录，不愧为戏剧节中最大收获。剧本原定为宋之的等四人集体创作的《总动员》，嗣以剧情稍有不适目前环境，即推曹禺宋之的负责改编。改编结果，除了保存人名及少数分原意外，剧情更换极大，而且增添了人物，成了另一部作品。以一月功夫改编完成，定名为《全民总动员》。即由导演委员张道藩、余上沅、应云卫、万家宝、沈西苓、宋之的等导演，并由应云卫任执行导演，陈永倞设计舞台装置。剧本完成后，距上演日期只有十几天功夫，日期既如此短促，而演员又如此之多，尤其困难的是这将近百人的演员都是来自许多不同的机关团体，平常作一次集合已是极其困难，何况要日以继夜的在一起排演呢。然而就在这种万分困难的状况之下，话剧界的同人们显出了空前未有的团结精神，准时到场，准时排演，工作自始至终，异常顺利，给话剧史上留下了最光荣的一页。因为各个演员住处不同，所以排演地点定在全市中心的黄家垭新金山饭店。因为时间的短促，所以每次排演都是日夜不休，其辛劳可见一斑。导演和演员包括了全话剧界知名人士，的的确确做到了“总动员”的地步。在未上演之前的一个月中，便轰动了社会人士，都引领而望，企盼着本剧上演。

十月二十九日下午七时第一场在国泰大戏院开演，荣誉票(五十元)同预售票在头一天就卖完了，整个戏院座无隙地。本剧剧情曲折，加以全体演员舞台经验丰富，演技熟练。所以每场时间虽长至四小时，始终支配着观众情绪，获得一致的热烈赞美。在国泰共演了七场，至十一月一日为止，观众在一万人以上，场场满座，场场有关在门外看不到戏的观客。七场票款收入共计一万零九百六十四元，卖座之盛，可谓空前。

《全民总动员》是全话剧界的心血结晶，剧本的编写与整个的演出都得到巨大的成功，观众踊跃情形更打破以往的话剧公演的一切纪录，筹备时间不充分，经费不充分，许多困难我们都克服了，同时我们认为最大的成功是话剧界人士破天荒的团结精神。(余上沅、阎哲吾)

附：《全民总动员》剧情说明及职演员表

救亡×劝团体的同志们，积极参加“全民总动员”；计划募寒衣，慰劳伤兵，消灭汉奸，并且秘密组织着干练的人材送到敌人后方，准备捣毁敌人的心脏，领导者是一位素不露面的人物，为着避免敌人间谍与汉奸的注意，他困住在金店商人侯凤元的家里。他原是侯家的穷亲戚，人们叫他邓疯子，都看不起他。

侯家小姐莉莉是一位自命爱国的“交际花”，她的弟弟侯文杰却是英毅果敢，由××团体的中坚分子冯震介绍，加入团体同着部分同志慷慨启行，深入敌人后方。

陈云甫带着他的女儿芳姑，从沦陷的故乡逃到武汉，流亡到侯家门下，得不到侯家的同情与援助，穷愁交迫，于是被敌人豢养下的汉奸张希成所收买，忍痛出卖了人格，作了汉奸的走狗。

侯莉莉小姐也是团体的一分子，天生爱虚荣的性情随时在人前表扬自己爱国的功绩，张希成不但从她口里探到团体中的秘密，而且由她介绍加入了团体。

张希成施展鬼蜮技俩，盗去了深入敌人后方工作的文件和地图，冯震发觉了文件的被盗，体会到侯文杰一行人的危险，于是动身追踪而去，因为时机的危迫，没有来得及通知任何人，同志们发现文件被盗，冯震失踪。于是谣言大起，连老成持重的马公超也对冯震的行动认为有盗窃秘密资敌的汉奸嫌疑，只有精干热情的彭朗小姐竭力为他辩护，但亦得不到事实的证明。

××团体的同志们，正在作募集寒衣的抗敌大公演，观众云集，热烈空前，刚从前线负伤归来的孙将军也到场观剧，更给同志们莫大的兴奋，演员们又请了孙将军到后台来参观，陈云甫受了敌人间谍和张希成的命令要在后台刺杀孙将军，然而孙将军的仁慈的、勇敢的、崇高伟大的人格感化了他，在千钧一发的时候，邓疯子显出他绝顶矫健身手，使孙将军得免于难。

邓疯子大展经纶，运筹帷幄，捉住敌方间谍首领黑字二十八号，破获了大规模的间谍机关，肃清了我们的后方，更深入敌人的后方，冯震亦回到团体里来，他单人独马解救了侯文杰等一行的危难，受到同志们热烈的颂祝。

孙将军伤愈重上前线，民众不分男女老少一致“总动员”，有力出力，有钱出钱，保卫国土，收复失地，最后胜利的日子离我们不远了。

附：职员表

演出委员会委员：张道藩、余上沅、余克稷、徐之弼、章泯、张德成、富少舫、宋之的、罗学濂、姜公伟、郑用之、黛丽莎、赵丹、沙露斯、冯什竹、应云卫、潘子农、杨子戒、吴漱予。主任委员张道藩，副主任委员余上沅，总干事吴漱予，前台主任余克稷，文书组吴祖光、廖季登，事务组梅锦泉、杨鹏云，交际组郑用之、罗学濂、黛丽莎、章功叙、胡光燕，宣传组姜公伟、肖崇素、赵铭彝、潘子农、杨子戒、葛一虹，票务组梁少侯、田天锈、郑眠松、王景祥，纠察主任方丝乐，纠察胡光燕、张永书、陈光武、陈季文、朱崇懋、唐鹤生，舞台监督余上沅，编剧曹禺、宋之的，导演团张道藩、余上沅、曹禺、宋之的、沈西苓、应云卫，执行导演应云卫，装置设计陈永倞，剧务主任孟君谋，剧务金毅、易烈，提示陈健、万长达，事务李农、施文琪，后总主任陈永倞、郭兰田，布景任德耀，灯光朱今明，服装程梦莲，道具黄耀东，化妆金毅，效果蔡松令，事务耿震。

演员表

（以出场前后为序）

莉莉——白杨
陈云甫——王为一
邓疯子——赵丹
吴妈——沈蔚德
谢柏青——江村
侯凤元——曹禺
张希成——施超
侯文杰——洪虹
冯震——魏鹤龄
刘瞪眼——余师龙
彭朗——舒绣文
张太太——英茵
马公超——高占非
芳站——张瑞芳
陈虹——凌琯如
丁明——章曼苹
时昌洪——（饰伤兵者）戴浩
导演——潘子农
胡长有——余上沅
王喜贵（电灯匠即黑字二十八号）——顾而已
孙将军——张道藩
新闻记者——宋之的
宪兵队长——耿震
宪兵甲——林颂文
宪乙——乔文彩
卫队——寇嘉弼
警察甲——李静普
伤兵甲——杨育英
男孩——蔡骧
伤兵乙——何治安
女护队队长韦明——黛丽莎
女孩——王菲菲
花匠——柏森
暗探甲——蒋少麟
乙——姚亚影
丙——刘厚生
警察乙——胡智清
汉奸甲——张世骝
乙——叶燕荪
丙——朱平康
丁——李乃忱

其他演员工人及各界群众由国立戏剧学校，怒吼剧社街头演剧队参加演出。

原载《戏剧新闻》1939 年 1 月 10 日第 8、9 期

本社首次公演《雷雨》的批评一斑

冰　独　　鲁　沫　　赵　健　　方大勋　渊

时间：一九三九年二月十一、十二两天

地点：黄金大剧院

导演：吴仞之

演出：益友社

演员：鲁贵——陈钟　　四凤——曼燕

大海——振威　　周冲——也鲁

蘩漪——吴静　　周萍——章杰

朴园——以礼　　鲁妈——庄华

仆人——志先①

本社剧团，曾于本年二月十一十二两日假座黄金大剧院公演《雷雨》。前后演出了四场，获得了二千数百余的观众，在经济上也获得了些许的帮助。演出之后，并博得许多人的口头好评，而为文批评的来稿，我们也收到好几篇，现在为了篇幅起见，不能把全文都发表，只好在来稿中选出几篇来，并删去了不重要的部分，把它各别的发表出来，以示观众对本社这次公演《雷雨》的批评一斑。

一

继《花溅泪》之后，益友剧团也以《雷雨》重演在黄金大戏院了。这时候，“孤岛”的戏剧似乎很有蓬勃的气象，特别是业余小剧团勇敢的尝试，尤其值得我们欣慰。

事先我曾在导演吴仞之先生的谈话中，稍微知道了些排演《雷雨》的情形，他们在艰难的环境中，自己置办了全新布景道具以求为剧运尽一分可能的力量。据他们自己说，这一次能够有黄金那么样一个地方和观众们见面已经感觉到很满意了。

自然那不过一个首次演出的小剧团，《雷雨》的成绩免不了有点软弱或过火的地方，全剧演出第一幕的戏较松，第二幕尚尽职，第三幕左右两旁的角灯应该在四凤将要睡觉的时候渐渐熄去。音响方面，雨声，蛙声和雷声的效果则异常逼真，就是当鲁贵走入四凤房内取酒菜时的敲门声未免太早。在第四幕中，台词一方面觉得太快，但也觉得太生疏，不过

① 以上演出信息由编者备注。

我以为蘩漪这一角色的性格，实在刻画的太模糊，如果把她描写成一个倔强泼辣自信力极强的人物，那么这里也太懦弱。

不过话得说回来，他们的演出不是终阻的，我们希望以着这样勇于尝试的精神，鼓着不屈不挠的士气，在话剧的田地中继续地努力，让我们欢迎着第二次更进步的演出吧。

——冰独

二

我觉得这次《雷雨》演出是成功的。吴静的蘩漪，话说得最好，也鲁虚心学习的收获是圆满的。饰周萍的章杰，记得在剧艺社公演《爱与死的搏斗》中，也有他的戏，凭着他舞台的经验，当然不会差到那儿。总之一切都在水平线上，不过饰鲁妈的庄华说话比较差一点。我看了这益友剧团公演之后，深为益友社及其剧团前途祝贺，同鲁大海的走出一样，愿它走向光明之路，为“孤岛”话剧界放一异彩。

——鲁沫

三

我感到演员们，在这次演出都很卖力，且都富有舞台经验。尤以饰蘩漪的吴静，她自始至终露着一张抑郁沉闷的苦脸，没有一丝笑容，就是所笑的，也不过是苦笑，惨笑，十足表现着她心蕴藏着很多的心事与苦痛。其他如饰周朴园的以礼，处处表示出他是个龙钟老人的态度。饰周冲的也鲁，他那么活泼天真，一举一动都很自然。饰鲁妈的庄华和饰周萍的章杰，他俩表情都很逼真，当沉痛时，会流出不少的眼泪，博得全场观众的同情，甚至亦有许多观众感动得为之流泪。饰鲁贵的陈钟他把卑鄙小人的面目，完全暴露出来，确是一个戏剧人才。饰大海的振威，和饰四凤的曼燕虽然动作不大纯熟自然，但大体上说来，还是好的。总之我对于诸演员的演出，只有感到满意与钦佩！其他，在效果方面，也有相当收效，惟雨声尚欠响些。打雷时最好先发电闪，那才更逼真。

——赵健

四

《雷雨》观后，觉其演出之成绩，深为一般观众所惊叹。尤以吴静之蘩漪，也鲁之周冲，演技纯熟，表情逼真，为全剧最胜任美满之演员。陈钟之鲁贵，饰一卑鄙贪利无耻之小人，形态姿势，演来都恰到好处。振威之大海，在态度上虽应激昂，但有处似嫌激烈些。曼燕之四凤，其惶恐悲愁之表情，感动观众之力殊大。其他诸演员，亦都各有所长。观全剧之演出，以匆匆的短促时期排演而有此优良成绩，余深为益友剧团之前途庆幸！并希望继续努力二次更好的演出！

——方大勋

五

我对本社剧团这次公演《雷雨》，以戏剧门外汉的我，对演员的演技与各种效果上，我也说不出什么话来，但是我要说的，却有其他几点。一，这次公演，准备工作做得不够。虽然公演结果得到相当的收获，但如果准备工作做得更充分些，我相信，收获一定还要大；二，这次宣传工作做得不够。这虽然有种种的困难条件存在着，但是大部分社友在公演的前一天，还不知道有这公演《雷雨》的一回事，这实在是一个大缺点；三，《雷雨》特刊，虽然形式上还相当美观，但内容上和整个社的联系却做得不够，这实是一大憾事。其他方面，如这次全体工作人员的努力，给与了公演的帮助不少。这都是值得奖励的！

——渊

原载《益友》1939 年第 2 卷第 3 期

曹禺的三部曲及其演出

——《雷雨》《日出》及《原野》

司徒珂

在十几年前万家宝(曹禺)先生的声名已经驰骋于华北剧坛上了,那时他领导北国唯一话剧团"南开剧团"演出了许多的名剧,社会上对于他的导演技巧无不称赞。万先生不只擅长导演,笔者在二十五年秋曾亲睹他主演的《财狂》,便知道他演导俱精的天才,无怪一般评剧家说中国只有两个成功的演员"南袁(牧之)北万(家宝)"。

万先生更不只擅长演戏及导演,而且他是近年来中国剧作界唯一功勋者,他的三部曲"雷雨,日出,原野"问世以后,使剧本饥荒的剧坛,获得珍贵的粮食,由于剧本本身的成功,及演出者的努力,使社会借此三部曲而对话剧萌生良好的印象,对于这伟大的功绩,我们从事剧运者应抱十二分敬意而感激。

这三部曲都已在全国各地公演了(只原野尚未在北国演出),但剧本的伟大含意,往往被一般演出者和观众所曲解,甚至辱没了作者的原意,这的确是一件极值得重视的事。笔者愿在这里将所见到关于剧本及演出方面数点,与诸话剧同志作一商榷,希望今后演出者领略个中深意,而能表演生动,另一方面更希望一般观众对原剧作一番认识,不致曲解事实,不过笔者所见亦甚肤浅,尚希读者诸君有所指教。

《雷雨》是曹禺步进文坛的第一声响雷,正如剧本的名家一样,它是中国戏剧界久旱后的一场雷雨,《雷雨》的成功,一方面是技巧上的成熟,一方面是意义的深远。一般人都以为《雷雨》是一部"家庭伦理剧",所表现的是"报应循环"的故事,再进一步说这是一幕大家庭的丑剧。我们认为这些说法都有商榷余地。

固然雷雨的故事是以周朴园的家庭作中心,仿佛所表现的是他们一家的丑事,而且在报应循环因果关系下进展着剧情,凡是这样看法的人,他们只看到舞台上表现的故事,没有去深思剧本的深刻含意。

一般富人的家庭中常常要演出"婚变"的故事,这不是受"欧风"的影响,更非像一般人所说的"人心不古"。婚变的发生是由于婚姻制度的不良,和社会伦理观念的丧失,愈是富人的家庭,由于他们金钱的作孽,愈容易形成不合理的婚姻,按周朴园一家来说,周朴园因为"另有新欢"而把侍萍遗弃,但他又不能给他第二个夫人蘩漪精神上的满足,当然这时年轻的主妇要把她的感情寄托在另一个人的身上,如果她没受过教育也许有更卑鄙的事件发生,我们当为认她钟情于大少爷——萍,是必然的结果了。在大,二少爷来说呢,他们日常所接触的多是娇揉造作傲慢豪华的贵小姐,对于天真朴素温柔体贴的四凤当然要有好感的，这种三角恋爱该说是社会制度不良而造出的结果，而不应当斥为“乱伦”的勾当。

我们如去追寻此剧的深意，应注意到三十年前的故事，周朴园遗弃了侍萍那才是一个重大的伦理问题，如说《雷雨》是一部伦理剧的话，伦理应指周朴园遗弃侍萍的不道德，往往一般人把这一点给忽略了。

因为鲁大海代表工人向周朴园交涉，有人认为曹禺是同情劳动阶级者，其实艺术的价值本在表现真善美的理想，鲁大海是坦白的热诚的，比起奸滑老狯的周朴园当然他是应享受社会的同情的，鲁大海可以说是作者借他来向黑暗社会作一个痛击，演出者和观众对这个角色都应特别注意一下。

一般的演出往往忽略了以上的几点，把一个社会问题剧当作家庭伦理剧，对于往事的叙述和剧中的许多伏笔如四凤的起誓，鲁妈的入周宅，周朴园的忆往事都是剧中极精彩的地方，都不注意，却只注重鲁贵的滑稽表演，四凤与萍的恋爱，这未免是轻本重末，尤其对于鲁大海一角一般人认为他不过是一个粗鲁正直的硬性小生而已，其实不然，因为剧作者的许多心语都借他来发挥，扮演此角色的演员要特别注意到这一点，如何让表现他的坦白，热诚，勇敢，正大光明的性格，在自然中能激动观众的同情与钦佩。这出剧的成功便可以得到了一半，如果饰侍萍和朴园的两演员，能把三十年前的故事很清晰生动的介绍给观众，那么这样的演出才能达到全体的成功。

《日出》在这三部曲中，意义是最伟大的一部。曹禺先生把资本主义及封建势力支配下的都市社会的丑恶完全揭穿。在《日出》中活动的人物十九是在污浊中鬼混而没有灵魂的人，他们永过着黑夜一般的生活，“太阳出来了，黑暗留在后面，但是太阳不是他们的，他们要睡了。”在他们生活中，充满了侥幸心，欺骗，陷害，压榨，剥削，逢迎，出卖灵魂，种种的罪恶，这也正是近二十几年来中国都市病狂的表现吧！

作者是痛咀着这黑暗势力的，但他并不像一般剧作者一样把一个可诅咒的人物，用一个实体角色表现出来，他却用一种隐暗的方法，使这主要的角色，也可以说是社会黑暗的势力——金八——并不出场，在舞台上活动的却是受着金八支配愚弄的人物。而且他利用一个交际花陈白露的新生活作中心，把其他人物借着他们和陈白露的联系而介绍出来，如有人认为《日出》是表演一个交际花堕落而自杀的故事，或认为是男女两主角——陈白露和方达生——恋爱故事，那都是曲解了剧情。

在演出时极容易感觉到的困难，就是容易被人误会，这是在扮演淫秽的把戏！尤其是第三幕是全剧中最生动的一部分，那里有被牺牲者破嗓的哭嚎，更有作者同情的眼泪，但是观众却不去注意这些，如果观众程度浅薄的话，他们会把日出当作一部嫖娼介绍戏，甚至由于他们受了封建思想的薰染，竟丧失了同情心，怜悯心，而认为这是很平凡而且好玩的把戏，如果演出者得到这样印象的，那么整个的演出是毫无价值可言了。他们不只辱没了作者的伟大意念，而且对于剧运无疑是作着摧残的工作。

前年的春天，笔者在天津就看到某剧团这样荒谬的演出，所以才有如上的感想，同时更希望今后剧坛不致有类似的情形发生。

没有了解，没有同情的演出，便是最失败的演出。

《原野》是曹禺先生突变作风的第一个尝试，《雷雨》是以家庭为中心，《日出》是以社会为中心，而《原野》则是扩张到"原野"去了。这剧所表现的是复仇的故事，从第一个主要角色的名字也不[1]看出作者的心意，"仇虎"就暗示着"仇"意，仇虎和他父亲被他干爹陷害，他姘靠了他干兄弟的媳妇——金子，他想报杀身的私仇，他干妈为了杀他而误杀了自己的孩子，(这里不见得是循环报应)仇虎又杀了他的干兄弟，最后在官警的枪弹下拉着他的情妇逃入了原野的森林，在他临被逼而自杀的当儿，他嘱咐金子说："叫你肚子里的儿子，替他爸爸报仇。"这整个剧中充满"仇"的气味，也许是作者在向这黑暗社会诅咒吧，也许他认为世间的"仇"是不能解了的吧。那么人类的屠杀的悲剧也就扮演无穷了。

仿佛这剧本的含意就只这样单纯，作者特别注意到的是技巧上的问题。《原野》的技巧较前两部有极显著的进步，角色个性的奇特，对白的锋利，情节的变换，尤其是利用天然的景物作背景，使话剧由舞台迁移到广大的"原野"中去，这种大胆的尝试其更值得钦佩。

据在南国演剧的朋友来信说，南国的话剧已从舞台而搬入民间了，他们说过去在京津的话剧演出该算是最旧的形态呢。现在的演剧演员和观众已经打成一体了。

《原野》最主要的是灯光和布景两个问题，剧场最好是利用"原野"(如定县话剧演出的形式)。听说北京剧社已经排演这个剧本，希望他们能用最大的精力和最新的姿态，把曹禺先生的第三部成功作品介绍给我们。

原载《中国文艺》1939 年第 1 卷第 2 期

① 原文此处似漏掉一个"难"字。

《原野》在中国

胡　来　挥　哥

我们谁都会知道曹禺先生是中国最了不得的青年剧作家，《雷雨》一幕家庭悲剧，轰动了全国，英文译本，日文译本早已很迅速地流行在外国，《日出》一

幕社会悲剧，又掀起了中国剧坛的重波巨浪，获得中国文学奖金，银幕与舞台先后搬演，到处受人热烈欢迎，《雷雨》《日出》整个的支持了中国剧坛，几乎有五六个年头，现在他的第三部作品《原野》又完成，自然也受到《雷雨》《日出》的影响而被人重视，所以《原野》一出即轰动了整个的中国，《原野》是以农村为背景，含有充分恐怖性的悲剧，他的意义更深刻，写剧的技巧较前二部更见老练，流畅，尤其是在效果方面较《雷雨》紧张十倍，使观众没有一刻的休息，全剧空气始终紧张贯注的，《原野》这个剧对中国舞台各方都苛求起来，如布景，灯光，效果，表演方面都成为一种划时代的装置（在中国），看来曹禺对中国剧运的推进是有着不可泯灭的功绩，而《原野》在中国就成为被人称道的一个杰作！

北京剧社——这个方城中唯一的纯话剧艺术团体，以《雷雨》《茶花女》连续十数场的演出轰动了全城，一般爱好话剧艺术的人，如疯狂般的趋之如鹜，每演必满的记录，在古城话剧公演中还是很少见的，北京剧社的成绩由此可见一斑了。现在他们决定了采用《原野》为第三度公演的剧本了，这里我们不能不钦佩他们的精神与勇气！不过有几点希望要求于该社的：

（一）要切实注意原作者的指示。

（二）布景，灯光，效果各方面的统一性要格外加强。

（三）设法取消剧场内之茶水及小贩。

（四）能在《原野》范围多作些理论探讨的东西贡献给爱好者。

以上是一些零星的意见，听说他们已经开始排演了，导演仍由陈绵博士担任，以陈绵以往的成绩，可以知道《原野》的演出一定不会使我们失望的。

上海，南京，都有过上演，在华北还没有见到，大概北京剧社要算第一个演出《原野》的了，这种大胆的演出是值得每个爱好者所注意的！

原载《立言画刊》1939 年第 51 期

香港的戏剧运动

——上演《原野》

黄　云

香港的戏剧运动，自从抗战开始之后，已从一般努力戏运工作者去苦干，和

受了外来的剧作所影响，似乎已走到渐渐开展的路上了，过去一年来的演出成绩，也就是香港剧运今后开展的序幕。

一九三九年开始，已由中艺二次公演及港九各青年业余剧团联合大公演，而形成了一九三九年香港剧坛的空气紧张，本来各个剧团也忙于公演，这实在是目前新兴艺术很好的现象。

名戏剧家欧阳予倩领导下，以粤语演出的时代剧团是由本港一群青年的话剧前辈卢敦所组织的，他们过去很能够苦干，过去的成绩也很好，他们第一期工作，定期性公演，至第五次结束以后，适欧阳先生来港，因此，再到第二期的工作，由欧阳予倩领导，已在去年十二月开始排戏，它们第一次的上演已于本年元月在澳门举行了，一连演了五天，听说成绩极好，收入也不少，自从他们回港以后，即行预备在港来一次大公演。最近笔者偶遇时代的同志，据云：他们近几天来日夜的加紧排新戏，决定于本月十日晚起一连四天在九龙普庆戏院上演。作为第二期第九次扩大公演，四天所演的戏也不同。而且其中三个是新戏，是他们最近所排好的。

第一天演的是曹禺先生作的《原野》，这个戏在香港是第一次上演，过去也没有其他剧团演过，而且，它们去年曾将这个剧本改编过电影剧本名《世代冤仇》，现在才拍好，也是最近公演的，这次所演的人物也是和《世代冤仇》的一样，导演也由李云清和李晨风二君合作，想演出的成绩定当不弱了，因为他们对剧本已有一年多的研究了。

第二天日戏是《原野》，夜戏也是曹禺的《日出》，这剧本过去已由中旅在港上演过了，不过，用粤语来演这个戏，在港还是第一次，时代演这戏也是第一次，导演是由欧阳予倩先生担任，并且邀请南国影星吴口帆君参加演出。

第三天日场演《日出》，夜场是一个很有意义的讽刺喜剧《新官上任》，这个戏时代在澳公演的时候是最受一般观众所欢迎的，而且，他们在上一期有篇文章介绍过，闻说，这戏是时代剧团自认为得意之作的，欧阳先生苦心排了两个多月，这样看来，这个戏当然是他们最好的一个吧？

第四天所演的是一个他们曾演过数次的《雷雨》，过去所演的成绩也不差，也许是，要

将曹禺的三部完全的演出，而选这个戏罢。

时代剧团能够不断地继续这苦干的精神去工作，这是我们所敬佩的，不过我们很热望它们不只是为戏剧的戏剧，同时也更多做点救亡的戏剧。为救亡而戏剧，尤其是希望时代为你们做哨兵的责任，去打开一九三九年香港剧运的新路。

原载《申报》1939 年 2 月 5 日

《原野》与《黑字二十八》的演出

佩　弦

云南国防剧社请曹禺先生来昆明导演《原野》与《黑字二十八》两个戏。两个戏先后在新滇大戏院演出，每晚满座，看这两个戏差不多成为昆明社会的时尚，不去看好像短着什么似的。这因为两个戏曹禺先生都是作者：而曹禺先生的戏，出演的成绩是大家都知道的。再说这回是他自己导演，也给观众很大的盼望。还有，两个戏的演员，很多斫轮老手，足够引起观众的信心。这两个戏的出演确是昆明一件大事，怕也是中国话剧界一件大事罢。

观众看了这两个戏，可以说是满意。在这种物质条件下能有这样成绩，真是不容易！从演员的选择与分配，对话的节奏，表情的效果，舞台的设计等等，可以看出导演以及各位演员各位职员都已尽了他们最善的努力。这是值得感谢的！有几个在北平住过很久的朋友说起，拿北平出演的话剧来比这一回，这一回确是更进步了。将剧本的难易和演出的难易合着说，他们的话是不错的。但是这一回的排演究竟还嫌匆促一些，对于剧本本身不免还有未能发挥尽致的地方。而剧本本身，特别是《原野》似乎也还有可议之处。观众春秋责备贤者，不满意的地方也不是没有的。

先说《原野》。观众对于第三幕的意见最多。在我自己，看到第二幕开幕时，觉得已经移入戏的氛围里，好像不在戏园子里似的。这种移情作用很有味。但是第三幕开幕以后，我却觉得渐渐失去了那氛围，又回到戏园子的池座来。我们即使不能说第三幕的头三场都是多余，但至少可以说是太多了一些。太多了，紧张的反而显得松懈了！我也想过，若是能有旋转的舞台，这三场的效果也许好些。但是，有那么多的话，却没多少戏，即使有旋转的舞台，怕也紧张不了多少。

原作者似乎很重视这一幕，从剧本的名称可见。他是要表现一种原始的力量；这种力量要表现在仇虎的恨与爱的冲突里。仇虎因焦阎王的仇恨杀了他的儿子焦大星；焦大星却始终是仇虎的好朋友。仇虎杀了焦大星，占了大星的妻金子，可是他有些后悔。他本也想害了焦阎王的孙子，焦大星前妻的孩子，小黑子，可是小黑子让祖母焦大妈当是仇虎，一铁拐杖打死了。这可真惨！这本不关仇虎的事，可是他有些怕，他想着他短不了是起祸的根苗呵。一点儿悔，一点儿怕，加上黑夜，树林子，再加上庙里的鼓声，焦大妈叫小黑子的魂的声音；更多点儿悔，更多点儿怕，是可能的。这时候见一些鬼，也是可能的。可是不必太多，不必太占时候，阎王和牛头马面似乎也都不必。那么着，三场并一场，许不大离了。

那么着，仇虎和金子才会有戏做，不至于只是重复的单调了。

有人说这一幕诗的成分比戏的成分多；不错，重复的单调正是诗的表现。但这里需要的是戏，不是诗。相信设计人在这一幕的头三场所费的心思比别几幕多得多；这当然应该感谢。不过我们似乎不需要这么多东西。特别是第一二幕那么经济，第三幕来了这么个大尾巴，老觉得不大称似的。在第一二幕里，对话很紧凑，也很波俏；是说话，不是演说，也不是背书。这是活的；第三幕里尤其见好。还有金子那几处快拍子的话，不但能表现泼辣的神气，并且是舞台语言节奏的新试验；中国话剧的演出里，似乎这还是第一次。这试验是成功的；这节奏是可以增加舞台语言的丰富的。

对话的聪明漂亮教观众觉得仇虎和金子都是现代化的人。复仇也许可以算是原始的母题，但仇虎这个角色不够单纯。有些观众觉得仇虎有时候演的还不够劲儿；这一部分也许由于演员体会得还不到家，一部分也许由于这个角色本身性格的矛盾。（仇虎的服装太像旧戏里的武生，更增加这矛盾的程度）金子也不单纯；她和仇虎一般，热情里藏着一双冷眼。这一双冷眼是现代文明的表现；严格的说，中国像仇虎这样身份的囚犯，金子这样身份的乡下女人，怕还不能有这一双冷眼。演员的困难便在这里。他们不容易体会他们所要担任的角色。这回凤子女士似乎在竭力给金子隐藏那双冷眼，她竭力让金子在观众的眼里变得单纯些。但剧作者铸就的角色，演员所能改的究竟是有限的。

仇虎和金子两个角色，似乎不免有些欧化。别的几个角色却是道地中国的。许多观众都称赞常五；常五真实演得恰到好处，尤其在第一幕里。但平心而论，这个角色究竟容易见好；加上孙毓棠先生是老手，出色还不算难，焦大妈比常五繁重得多，樊筠女士能始终不懈的表现焦大妈的精明与狠毒，让观众恨她怕她，是很难得的。可惜声音还不够苍老，但这没有法子。焦大星性格的懦弱和处境的尴尬使他成为一个难演的角色。李文伟先生在序幕里所表现的左右做人难的情形，幽默而不失真切。但在第二幕里，就觉得不够真切，这幕里的焦大星似乎太懦弱了些。可是在要杀金子的时候，他并没有落到旧戏的程式里去，也就算不错了，白傻子这个觉得最容易染上文明戏的味儿，但是，没有。这个戏，各位演员都认真的想做到家，想做到恰如其分；没有一个人过分夸张自己的角色。这是话剧，不是文明戏，界划井然。这是一个大进步。

次说《黑字二十八》。这是一个抗战戏，可是标语口号极少；作者是在另出手眼的。这个戏和《原野》不同。《原野》是要表现一个哲学，这个戏却似乎重在表现一个故事；故事里包含着抗战的信仰，却不是哲学。《原野》里的哲学，不论表现了多少，它可是悲剧，觉得沉重些。《黑字二十八》所暗示的是大家都会接受的抗战的信仰，只要标语口号不多，故事更可一新耳目；这是喜剧，觉得轻快些。

《原野》角色少，职务太重；这个戏角色多得多，大家不致像演《原野》那样吃力。角色性格的解释和体会，也简单得多。这回是由全市话剧界联合演出，人才济济，成绩自然不错。在一般的观众，也许觉得这个戏更有意思些；不但是有关抗战，故事也热闹些。可是这个戏角色究竟太多，排演大约不很容易；各位演员驯熟的程度似乎不大一样，在台上的步调也就不很均齐。比如第二幕范乃正对瑞姑那种严厉的神气，乍见演出，简直有点莫名其妙。这里表演上似乎有点脱节。不过就全戏大体论，还不差什么罢了。

第一幕似乎最紧凑，穿插得最波俏。这还是对话的作用。第二幕次之。第三四幕便觉得杂乱些。这个戏注重故事的场面，不注重人物的性格；戏里似乎没有个性，只有类型。最显著的类型是玛琍，这是用来讽刺的。玛琍的对话不缺少幽默，凤子女士很能表现出一个爱慕虚荣的女人。杨兴福内心的冲突，曹禺先生真刻画入微；单着角色似乎也还是个类型。邓疯子疯得恰好，不疯的时候可太轻描淡写了。特别是末了儿抗战阵亡将士纪念碑前那几句演词，未免太不像真的了。这是用得着口号的时候；一味避免，也是不必的。夏晓仓可算老成；刘瞪眼也活泼泼的。沈树仁是力作，但公园里那许多声“是，大佐”未免过火；也许这是剧本的疏忽罢。

原载《今日评论》1939 年第 2 卷第 12 期

影人集团演出《原野》评

辣斐花园剧场

舒适　导演

《原野》是曹禺第三部的剧作，然而又不同于《雷雨》，更迥异于《日出》，这是更深入更广泛的指出了人性的斗争，指出了仇和爱的分野，指出了正义与友谊的冲突，而且，它还引向着集体斗争的暗示，这一个配合着当前时代要求的暗示，就是《原野》剧作背后跳动着的影子，这影子代表着复仇，斗争，新生，而鲜明地显出了《原野》的灵魂。

《原野》里的故事，是相当复杂的，作者抽出了人性斗争最激烈的一部，把十年的怨仇归结到短短的十天，仇虎为了报复，占有了好友大星的妻子，杀了从小一同长大的好好先生大星，又间接地杀了大星的儿子，是的，也是报复，可是报复得多狠，让焦大娘活着，苦痛的活着，让焦阎王的一家陷入破灭的命运，然而，这并不是说人性的残忍，在正义与复仇之前，在仇虎嘴中嚷着“弟兄们”的新的力量之前，这种斗争并不是以残忍的，正如目前为着求自由的永生而不以浩大惨酷的牺牲为浪费一样。

但是，仇虎呢，复仇了，怨出了，把花金子救出了，然而他自己也壮烈的牺牲了，他宁可死，不愿再上锁链，而且还死得甜的，他逼着花金子走，给她一条生命的活路，而也给她一颗仇虎的种子——仇虎的希望，从这里也没有了《雷雨》里那样的宿命论，比了《日出》那么的暴露是深刻了一些。

在上海演出《原野》，这次辣斐剧场中法的演出，恐怕是第一次了，在剧情上说，演《原野》并不像演《阿Q正传》那么地不容易讨好，可是也有舞台装置上的困难，记得在原剧本里是三幕剧，而末一幕却有五景，这次中法的演出，改成了五幕，而在第三幕里还来一次暗摸，本来第三幕的五景，描述人性斗争最深刻细腻的地方，特别在心理转变方面，加以侦查的追击，仇虎金子的奔跑，仇虎眼见牛头马面，阎王审判等等的幻想，是最动人而紧张的，但这次演出并没有照原剧本做，也许是装置摸景的困难，也许是时间约束的关系吧！

仇虎是血性的男儿，花金子是美丽而也泼辣的少妇，焦大娘却是一个旧家庭中做凶悍婆婆的典型，这里，颇有阿Q相的傻子算是陪衬，常五也是陪衬，即使“可怜好人”焦大星也只能算是陪衬，人物并不多，但戏并不少，要突出焦大娘的模型，要在焦大娘的对立中突出仇虎，这是导演者必须尽下的责任，这次导演者是踏进电影圈不久的舒适，他自己还担任了仇虎的重要角色，他在末二幕里表演得很流畅，在第三幕里的狠劲却不够。对于白傻子的处理，似乎不该把阿 Q 相应用的太多，傻子也有聪明的地方的，末二幕的处理也显得凌乱松散，也许是为了削去原来几幕的关系，像第三幕杀大星的时间是在子夜，但这幕的光线却系晨曦，与第四幕的黑树林，是颇不调和的，而且将原作的第二幕分为二幕，根本破坏了肃杀的氛围，很不足取。比较起来，这(还)是第三幕演得最好，导演者对于突出的人物处理很适当，虽然也有很多地方是嫌不够的。

在演出上，演员都尽下了他们的责任，花金子很能抓住个性发展，刚柔兼施，她倒是很能演戏的，乔奇演大星，周起演常五，颇典型化，然而最可贵的收获，便是纯熟，念台词的纯熟，动作纯熟，连心理转变表情转变都纯熟，这是颇不容易的，如果这次的演出算是成功，那末就在纯熟上面，我希望他们常保持这种纯熟的优点。

末一幕的鸡啼以及黑树林里的虫鸣，效果很不好，结束时灯光配置的雾红色，以及太阳东升都很毕肖，火车声的效果也不错，在深入的表现人性斗争的基本剧旨上，以及纯熟的演出上，这是一出值得看的戏。

原载《青春电影》1939 年第 4 卷第 19 期

《雷雨》的演出

郁达夫

曹禺先生的剧本，只在武汉曾经看过一次中旅剧团演出的《日出》，当时就觉得曹先生的剧本，当上演时，舞台效果是一定会好的，妙处就在他的技巧的高明。这一次，又看了《雷雨》的演出，却是我与曹先生的剧本发生关系的第二次。

《雷雨》这一剧本，当然是写得很好，但是武汉合唱团诸君的演出的成功，即在舞台上的剧艺表现的成功，却远在剧本本身之上。所以，《雷雨》这剧本若只是好作品的话，则武汉合唱团诸君的演出，却是他们的杰作。

先以剧本来说，曹先生在《雷雨》中的中心思想，不知是说命运的呢，还是说恋爱的，或者是说资本主义的破绽的。

英国的哈提，有一本初期的小说名叫《三代恋爱》，是以一个男主人公，爱了一个女主人公及依次又爱到她的女儿及孙女儿的故事，《雷雨》中间的男女纠葛及两代恋爱的地方，就很有些与这小说相像。

剧中说到资本主义的破绽的地方并不多，所以不能当它是带有社会主义色彩的剧本。其次，倒还是写出同希腊剧本里一样的命运方面的意义来得重些，如兄妹的相爱、母子的相恋、二重情敌、两世交爱等之类的多角关系。要它的用意是在说出运命的弄人来时，才有意义。

从另一角度来分析这剧本，则它的多角的巧合——天下事不会这样的巧。所以在十九世纪的纯自然主义作品里，这一种倾向是没有的——当然是从浪漫派的剧本里学来的作风。法国作家的浪漫剧里，像这一种技巧，就很普通，尤其是大仲马的小说和戏剧里。而对话及描写，以至于动作，则仍是自然主义的和写实主义的。曹先生的剧本的成功，也许就在这一点，外国人所说的 Melodramatic 的地方。

最后，则《雷雨》这剧本中的人物，各都是一个极有趣而成功的 Caricature，并没有造成具有特性的典型。

凡此种种，都是对剧本说的话。而这一次武汉合唱团诸君的演出，我却以为他们的成功，却远在剧本之上。演周朴园的陈仁炳博士，演蘩漪的查光富女士，演四凤的陈文仙女士，演鲁侍萍的黄昆玉女士，以及演周萍的项堃先生，演鲁贵的谢锦标先生，演鲁大海的李书翰先生，没有一个不是做到了恰到好处，个个都有百分之九十九的成功，一分的不足，是在由主演地位而移入傍角地位时的舞台注意，还有点儿不到，这，在非职业剧团的演员身上，当然也是不可以苛求的，全体演员中，只有演周冲的徐仁宪先生，稍为弱了一点，但这也并不是失败，是不够劲而已。

总而言之，武汉合唱团诸君的演出，是可以比得上国内的无论哪一个有名的剧团，只教再有好一点（更适合他[她]们）的剧本，和好一点的舞台，给他（她）们利用，则成功的成分，可以直到百分之一百。

和我们同去看戏的有一位老太太，问我话剧要演得怎么样才算成功，我就很简单的对她说，很肉麻的说话和动作，在舞台上演出的时候，而台下的观众，并不觉得肌上生栗而感到肉麻时，剧艺就算成功了。而这一次武汉合唱团诸君的成功，竟超出了这不使人感到肉麻的成功基线，并且深深地感动了人，我亲眼见观众中间，有拿出手帕来揩眼睛的。

看了试演回来，粗枝大叶地写了这一点感想，最后我还要说一句，合唱团诸君演出的成功，远在剧作者曹先生的剧本之上。

原载新加坡《星洲日报》1939年3月25日

看了《雷雨》的上演后

郁达夫

当武汉合唱团在大世界试演《雷雨》之后，我看了就发生了许多关于戏剧的感想。

《雷雨》这一剧本本身的批评，以及合唱团诸君演出的成功，在看完的那一晚上，就写了些杂感，对剧本和演员诸君的成功，我就是到了现在，还仍是抱有那一种见解，在这里记下来的，只是些关于戏剧一般的事情。

中国的戏剧运动，到了抗战以后，真有了长足的进步，且也收到了最大的效果，原因是在戏剧能将各种艺术的长处，在最经济的调度下同时利用。譬如电影，则制作和放映的时候，都须受成本、地方，以及各种装置的限制，不能简略地便好应用的。

但现在的一般剧团，以及宣传团体，都在感到剧本荒，所以剧作者，不能应付时代的需求，当然是目下很显明的一个缺点。

而写剧本，实在也很难，尤其是写宣传剧本，必要达到不简单不烦杂，而又能使达到雅俗共赏的程度的剧本。

这难处的第一关，仍是在文字的不普遍，语言的不统一，与对话的调整不好的诸点。

语文学已经推行了二十多年，但完全可以将用白话文写成的印刷物给大众读，使大众懂，而且可以令大众感到兴趣的作品，真觉得绝少绝少。

写剧本的其它的难处，当然是在：

一，题材或故事的选择。

二，舞台技巧的熟谙，如独白不要太长，场面不可太多，对话不要太单调，而说词与动作要配合得适当，不可使舞台过于冷落或过于热闹等等。

三，要顾到演出时的可能性，如剧中人的分配，布景化装的简易等。

四，结局的付与以意义，中心思想即焦点的把握。

五，也要顾到艺术性，使不致堕入到无意识的粗俗卑陋趣味中去。

这些难处，或者还可以用学习和训练来克服，但第一关的语文不真正的一致，与最后一关民众和戏剧的不发生紧密的关系，却终需要最大的努力和推动，才得有点成效的工作。我们还须想出法子来，使大多数的民众都能感到演剧和观剧是日常生活中的一件必须做的事情才行。而做这事情的时候，又须勿使有中辍的现象，致成一曝十寒的临时点缀。

那么，结果就必须有许多职业剧团，及职业剧作家出来才对。但这些团体与作家们的维持，又将想怎么的一种办法？这些问题，虽然不免是轮回式的，但终究是问题。

原载新加坡《星洲日报·晨星》1939 年 3 月 28 日

《原野》的演出

郁达夫

这一次，因武汉合唱团在吉隆坡中华大会堂排演曹禺的名剧《原野》，要我去为他们揭幕，所以得有一个欣赏《原野》演出的机会。

曹禺的剧作，从《雷雨》到《日出》，从《日出》到《原野》，显然地划出了三个时代，呈现三个进步的阶段。《雷雨》还是不脱浪漫剧末期的喜弄小技巧的作风，《日出》则完全是自然主义的作品，而《原野》又是带有象征意义的问题剧了。

专弄小技巧，如传奇杂剧的种种离奇情节，巧则巧矣，观众及读者一时也能感到趣味，但趣味一过，便没有什么意义剩余了。纯粹的写实剧，使人生社会的事事物物，缩压成简密的几幕，再在我们的眼前演映一回，原可使我们起一点反省，从反省里或得到一点对人生，对社会的批评；但这作用，还很微弱，是不能给予我们以疾风雷雨的猛烈激刺的。只有把象征具体化出来以后，明确地提出一个问题，指示我们一条道路，一定要有这样的剧本，才有深刻的印象，使永铭在读者和观众的心头。照此说法来看，则《原野》就有它特有的价值了，其价值自然远在《雷雨》《日出》两剧之上。

剧本的目的在演出，演出的最后目的在成功；所以，一本剧本能得到完全的效果，须由剧作家的天才，演出者的艺术，观众们的同情，三方面合作起来，才兹可能的。这一次《原野》的上演，几乎可以说是达到了理想的境地。

《原野》的剧情，已在各报上登载过了，此地只想说一说合唱团诸君在当晚演出的情形。

原来，一本带有象征色彩，而剧中又时含有神秘情调的剧本，在演出时很难收到舞台上的效果，譬如哥德的《浮士德》，但丁的《神曲》之类；而这一次的《原野》，却从装置，灯光，服装，及布景各方面来说，都没有半点儿的破绽。而且更不得不加入到我们的考虑中去的，是司其事的诸君，都不是有长期经验的专家；他们（合唱团诸君）中间除少数人，受有些正常戏剧教育，和略具演剧的训练之外，大部分还可以说是“爱美”者呢！

剧中的人物，上演时最怕有参差性；就是演的太好，和演得生疏粗硬的太坏的一个现象；合唱团的诸君，在这一次的《原野》演出里，却绝对地没有这一个缺点，各人都演到了恰好处，各人都够味儿劲儿，互相搭配得上，这原须归功于导演者的平时督导之功，但各演员的肯虚心学习，各具天才，当然也是基本的条件。

饰仇虎的郑秋子，饰花氏的陈文仙，当然是十分消化了他俩所演的角色，可是演焦大星的项堃，演焦母的黄昆玉和演常五的谢锦标，与演白呆子的王南溪，也未尝不一个个都尽了他们的至善。台词的熟练，动作的自然，与表情的适当，有职业演员的沉着，而没有太职业演员化的俗腐，这就是这半爱美剧团的唯一好处。

这一次《原野》的演出，我以为是对于推动马华剧运的一个最有效率的引擎，开关机开了以后，电流和蒸气力传播开来，受其转动齿轮的推进的，当不至只在中马的一隅。

现在武汉合唱团又到彭亨去了；我希望他们全体的团员，再能加以刻苦与锻炼，放大襟怀，认清目标，团结到底，向艺术的完成和救国的彻底这一条大道上猛进！

原载新加坡《星洲日报·文艺》1939年10月8日

贡献给北京剧社

——关于《日出》

华尔滋

年来的古城剧运，遭受着多方的打击与风波，而以纯话剧艺术为标榜的北京剧社，不断地挣扎努力，才得主持住这风雨当前的话剧运动，树立新兴的旗帜，飘扬在古城，《雷雨》与《茶花女》之演出，造成近年话剧演出最高之水准，而获得广大爱好者之拥护，“北京剧社”四个字，深印在每个人的脑中，近来又听说该社排演《日出》，这个消息使人听了非常兴奋，并且他们还预备着《原野》，如此努力的剧团，是可钦佩的。

我以一个爱好者的立场，关于《日出》的排演，有几点意见，贡献给我所重视与关怀的北京剧社。

《日出》是曹禺继《雷雨》后，以社会为背景的一个四幕剧，自然它比起茅盾的《子夜》来，是渺小的多，《子夜》是描写都市与农村的全面，《日出》仅缩写都市的一角，但这都市的一角，却有写不尽的事情，而我们生活在都市里的人们，一向是对农村漠然的，就是对都市中的各角亦未必明瞭，然而就在你的身边，每天不停的在发生人间的惨剧，《日出》正是针对着某一角，把那里的生活动态，暴露在观众之前，著者曹禺先生，悲痛着现社会的残酷，人与人的斗争来得是那样儿恨，“损不足以奉有余”这句话，不断地被曹禺所引用，拿来代表社会，自然自有他的用心，在《日出》可以看到社会各层人物的生活，以一家旅馆为背景，拿陈白露为线索，连起来多少不同典型人物，有银行家，有小书记，有被诱拐的幼女，有三等妓院里的地狱生活……这些现实生活，搬上舞台去，所投给观众的刺激，自然是强烈的，这是给人们一种教训，一种启示，看吧，这许多惨剧只不过是极渺小的社会的一角，其余的正在不停的搬演在全社会间，北京剧社的朋友，自然都是对《日出》有了更详尽缜密的认识，不过对曹禺之所以写《日出》之用心应该多下些功夫去研究，由那里可以窥出社会的全貌，与曹禺个人的思想，人生观。

方达生这个角色，在以往各剧团上演，大多数失败，究其原因，不外曹禺对方达生描写的不详细，不清楚，所以演员无以抓住方达生的个性，而演来不是过于强硬，就是失之呆板，究竟如何才能表演成功，这点都望北京剧社朋友彻底检讨一下。

还有，就是关于第三幕——历来演《日出》多不演第三幕，不是说《翠喜》悖我，要不然就是当局不通过，现在我以最大的诚心，来请求北京剧社演出的第三幕——这是话剧史上珍贵的收获，古城剧坛上最宝贵的一页，以人材倍出①的权威剧园，当可应付泰然。望多努力。

原载北京《三六九画报》1939 年第 1 卷第 7 期

① 应为“人才辈出”。

北京剧社《日出》排演小记

北京剧社排演《日出》的消息现在早已传遍古城了，多少关心北京剧社的人们都在期待着《日出》能早日上演，因为过去《雷雨》与《茶花女》的公演，曾经轰动整个剧坛，获得大量观众的拥戴与热爱，现在《日出》就要公演了，我也是一位话剧爱好者，得到朋友的介绍，在一天的下午到了北京剧社，正适逢他们排戏，归来后书次小记告我读者。

是在西城绒线胡同中间的一座绿色小楼里——北京剧社便在那里，一进门，左边是库房，里面堆满了布景，灯光，和其他大小的家具，安置得很是秩序整齐，右边是办公室，楼上横着“大排演庭”的牌子，到了楼上，一片歌声夺室而出，美悦动人，大排演庭是一连三大间的通室，墙上装的“北京剧社”壁灯，《原野》两个大字高贴在西面墙上，东墙上点缀着黑色五线谱“北剧进行曲”横在上面，别致美观，《日出》演员表写在一张图案里面，差不多都是《雷雨》与《茶花女》的干员，非常熟悉。

他们不一会就开始排剧了，排剧时规矩非常严，空气严肃的很，导演先生先做一次，演员们站在旁边注视着，然后演员做下去，他们那次排的是第四幕了，黄省三疯的可怜，我几乎掉下泪来，我以为那已经是很好了，导演偏说不成，一次二次三次地去改，改了又做，别的角色也是一样，我不仅想“演话剧不是件容易事！”潘月亭被金八置于破产而几疯狂，李石清则得意忘形，表演的实在太好了，陈白露被逼自杀时，使人不忍睹，加上“日出主题歌”的配音，更觉得凄惨动人，但陈白露终于死去了，方达生唤不回来她已死的身心，外面是太阳，是光明，是希望，更有年青，方达生奔向光明去了，这一幕整排了三小时之多，一次一次的改，据说这样还不能上演，至少还要排二三十次！如此艰难的话剧！

在他们休息的时候，那“严肃空气”早已飞去了，大家有说有笑，看他们真高兴，快活，活泼，我很羡慕他们的生活，他们两个人在一起，就来一曲二部合唱，三个人在一起来一曲三部合唱，他们太可爱了。

据他们说，这次公演《日出》仍本以往慎重态度，绝不草草上演，对布景，灯光，衣服，用品均经过详慎的研究才开始下手工作。

《日出》是曹禺最喜欢的一部作品，在中国曾经获得中国文学奖金，这次以北京剧社之有力人马来演，成绩定当惊人，我特诚意介绍给读者们，北京剧社的《日出》是值得一看的。

原载《三六九画报》1939 年第 1 卷第 10 期

评《日出》公演

竺 磊

无论如何，我们不能不承认上星期五（八日）在大礼堂演出的《日出》是相当失败的。因为他们忽视了所谓“演剧”，把《日出》弄成一个可笑的闹剧，而不会了解作者的原意——《日出》是一场喜剧。

为了求省事而“剖腹刮心”地删去了第三幕，为了迎合大众心理而随意删改剧词，是失败的大原因，有失原作的本意。若是曹禺自己能看到这次演出的话，我真不知他要做何想。

整个地一片模糊。我们看不出方达生、张乔治、小东西，甚而至于陈白露，到底是个什么样的人物。我们看不出“日”是怎样“出”来的。没有见过原著的人，尤其是我们的外国先生们，也许会摇头而叹：“这就是中国的第一流剧作呀！”

陈白露是第一个模糊的影子，尤其是她舞台上给人的印象，很会令人怀疑她如何会被那么多人追。声音和扮相限制住了她，虽然她努力想以演技胜之，可是，这终于不是一件容易的事情。

不存在的国语是演剧的致命伤。所以方达生、张乔治、潘经理和李石清等人只能够使人笑，而不能获得应得的效果。

以演技论，最成功的当然是要数饰顾八奶奶的张闻琳，她相当了解她所演的角色，所以她能比女主角成功。饰黄省三的陈舒永有很够用的嗓子，动作也不算太僵。饰小东西的魏景昭和饰胡四的韩茂颖都很能胜任。

福生的插科打诨，对破坏整个的戏剧，有很大的功劳。临场抓瞎、戴了眼镜出场；固然是忙中出错，然而其心不在焉的程度，便可想而知了。

在化妆上，很令人失望。每个演员只知道把眉毛涂黑了把嘴唇涂红了完事，而没有能利用化妆来适应剧中角色的需要。白露如果能把上眼皮涂得黑些，两颊画得更深陷些，一定会得到更好的效果。胡四的鼻子若能化得再高些，也许更能适合他的角色。

最不合理的莫过于服装。同一个屋子里，潘经理穿了皮袍还嫌冷，而陈白露却着了很单薄的夏装。顾八奶奶和胡四在第四幕里借了进白露卧室抽烟的功（工）夫，换了一身截然不同的衣服。我们需知道话剧不比旧剧，许亮行头，显阔气，在别人家里——应该说是旅馆里——随便换衣服，总有些说不过去吧！

效果很成功，灯光也不错，不过窗外光线的更换，总不太连续。就也许是因为设备的限制吧。

固然，这次公演的事先筹备非常仓促，能有点成就，总算难得。这样批评也许有人会说我吹毛求疵。不过我们以戏剧的立场来批评，总不愿人粗制滥造地糟蹋了很好的作品，而令一般人对话剧失望。

原载《燕京新闻》1939年12月16日第8版

关于《日出》公演的商榷

莫 间

酝酿两三星期的《日出》一剧果然在十二月八日公演了。关于此次公演，别人得到的印象是什么，我不得而知：这里要说的，仅是就我个人的认识，以艺术的观点，而对该会有所建树。

因为时间与环境限制，该会把第二幕节省了，表面上看来，好像有失原作者的本意，但我们知道这对于原作者剧本的本身价值并没有丧失的，不然，如果加演第三幕的话，那只有一直演到第二天了！

本剧的女主角陈白露，她以极活跃的姿态，出现在舞台上。在声音方面，似乎略微小些，可是在动作上，却像是平日积蓄了惯于演作的精神。因此能够得到分外的成功。不错，通常一般人的看法，都认为动作比读词比较容易。因为动作，只要在生理上没有缺失，便满可以应付。但发音却不是短时间所能训练的。不过以我外行人的看法，却认为同等的艰难。在本剧中，陈白露的动作，多是些不当具体的动作。这种动作能应付得极巧妙，已很够使我们满意的了。

在未谈到饰顾八奶奶的张闻琳以前，我们必须知道什么是喜剧，喜剧是多偏重于描写“团圆和好”的剧本，这与普通的趣剧以喜笑诙谐为原质的所以不同。因此在剧中顾八奶奶一角，也是恰能得到这种好处的。在这方面，饰张乔治的伍德鼎君，除了稍微有些过火以外，也是演来比较轻快的。

在声音方面，最成功的要算饰黄省三的陈舒永了，戏剧这东西，有着奇怪的特性。那就是说，他虽然是视觉和听觉二者的刺激，但在观众确实是觉得刺激较重于听觉，故听觉的令人满意犹难。在这口上饰黄省三的陈舒永君，却已经得到了观众的赞许。而饰小东西的魏景昭，也能抓住了此种优点而出现的。

我们知道动作在戏剧中是占极重要的地位，社会一切现象，没有一件不概括在动作之中。不过有的是外形的，有的是内心的。外形的很容易明了，但那种表现社会的力的内心动作，却极不易于暴露出来。社会便是这许多力量的集合：有金钱的力量，那是“潘经理”一流的人物；有权术的力量，那是“黑三”一流的人物；有青春的力量，那是李在清一流的人物。虽因角色的关系，而没有达到艺术的高度，但也是十二分努力的。

演员最要紧的使命是摹仿。若说到能够达到亲切的摹仿的任务的，那再也没有比饰王福生的张文昇扮演得更到家的了。虽然有的观众觉得有些趣剧的成分，但谁说他演来不像一个道地的旅馆茶房?

其次要谈的几个问题,便是舞台的问题。因为戏剧的进展日新月异,所以有好些问题,是不能苛求的。第一拿地方来说,该处自己没有舞台,是迁就学校的礼堂。所以由台幕到景片我总觉得是不甚够深,再者台幕是由两个人拉着幕跑,到底不如从上面掛签式的慢慢落下来较好。可是这是设备的问题,与剧本之布景无关。

在化装方面,似乎事实不如我们的理想化装。这个问题是极需要技巧的。因为这与角色的生色,极有关系。坏的涂抹,适足减轻了原来的价值。在化装方面,使我非常满意,他很能利用些小的聪明,而对各个演员有着适当地涂抹。内中如顾八奶奶李太太都是很适合本角色,而把颜色抹成深浅相匀的色彩的。

谈到灯光,我们知道好的灯光会生色了不少的极简陋的布景。从这里可以变化出舞台上各种不同的角落,使观众把全部精神放在审美的观念上。也或者因为设备的原因,有几个地方不能使观众满意。也或者是因为受到环境与经济的限制,而不能发到所欲达挣目的。但当我们一想这不是一个商业的团体来经营垣幕剧时,能有这样成绩也就觉得非常满意了。

最后我要声明的,便是我个人的立场以及批评者的问题。关于个人因为过去在文学上的爱好,在西洋的戏剧理论上也曾下过一昼努力。不过现在已经是很久很久不写这样文字了。我虽然是个外行人,但朋友中以戏剧而知名的,却很多。这使我很惭愧,因此提起笔来,简直生涩得不知觉得如何说出是好,这是希望诸位朋友们不要见笑的。其次我认为戏剧的进步,如果说依赖着好的剧本和演员,毋宁说全视乎大胆的批评。如果没有好的批评则虽有好的演员,他们技术也是不会进步的。我们知道艺术离不开社会,过去我在北平《益世报》上曾有这样一段话说"一个献身于文艺界的忠实写作者,应当时时不要忘记了社会的现实,和整个人类要求。假设文学离开了社会这群众,那文学的本身便要完全群体。"(见民国二十五年六月廿四日北平益世报副刊),但聪明的演员们,如何便不易离开了社会,那便是时常要接受许多外来的善意的批评!

(此篇本应刊于枫岛,因来稿较迟故移于此,望作者及读者原谅)——编者

原载《燕京新闻》1939 年 12 月 23 日第 5 版

为什么在现社会下演《日出》

石　挥

“现社会”这个东西，假若是只凭想象的话，那一定是一处美丽而使人留恋的所在，可是睁大了眼睛以后，呵！罪恶，淫奢，虚伪，欺骗以及人间所有的不幸，都罗列在眼前，横在脚下的是“现社会”的牺牲者，如果你在生理上不是太特殊的时候，热泪恐怕要比别人更快更多地淌下来，因为现实太残酷了！

当中国话剧运动正遭遇着绝大危机的时候，好像在太空突然地划过一道巨光，照耀得使人惊异，把这将要垂死的剧运，由深里提了出来，付之以生命，更付之以径途，这道巨光，就是一位了不得的青年戏剧家曹禺先生。

曹禺第一个剧本《雷雨》就支持了中国话剧坛好几个年头，继之则《日出》获得中国文学奖金，再则《原野》大胆地改变了一个方向，在剧本饥荒的中国剧坛里，获得这几个剧本才得重新燃烧起光辉的火焰，使中国话剧运动有了一个清新的标的。

真的，中国话剧再不像过去那样了，因为整个地剧运径途，好像是已经走完了那最初的一段，而步入另一阶段中去，所以不妨说，现在正是那另一阶段的出发时期，如果把这个功劳分一小部分给曹禺，并不太过吧！

有多少人都这么说：“《日出》比起《子夜》来是渺小的多了，《子夜》写的是农村与都市的全面，而《日出》仅仅写了都市的一角”，对了，但是就是这“仅仅都市的一角呵！”不知其中包含有多少辛酸，悲惨与斗争，人类互相间的残酷冲突，各层阶级的压榨，全盘暴露在《日出》里，虽然说：“仅仅都市的一角”但在那一角里却搜罗了都市里各种典型的人物，以一个“舞女不是舞女，娼妓不是娼妓，姨太太又不是姨太太”的女人——陈白露做中心，连系起这一群生物们，再进一步画出金八在后面伸出巨魔般的手掌，把所有生物们一下捏死，潘月亭的银行破产了，自作聪明的李秘书失业了，小书记黄省三求生不得求死不得而疯狂了，小东西实在挨不过黑三的毒打，那样一个小东西，失去了爹娘的照拂，脱不出铁般的地狱，只好死！结果身子被挂在一条绳子上吊死了，马上一个巨手又打到陈白露的身上，她要玩，要跳舞，要坐汽车，但是“谁能一辈子住旅馆”？玩与跳只不过是生命过程中的一段，走过了就会感到恐惧，潘经理破产了，白露自然要结束她的这一段路，她望见了光明，光明就在窗外面，大地上一片打夯工人们的彻天动地的呼声，就真地不能使白露走向他们这一群中来？她怜惜着自己的青春与美丽，但是桌上的账条堆得那样高，那样厚，抽出任何的一小片，不是几百就是几千，如此如此而白露终于把安眠药吃下去了，一共十片，她看见太阳升起来了，她也相信黑暗会留在后面，但是太阳距离她太远了，她终于长久的睡了。被人称为小疯子或一脑门子官司的方达生，扬开窗帷把光明放进屋里来，还是那样热诚希图白露跟他走，但是那是不可能呵！一群打夯的呼声拉起方达生奔向充满了光明与希望的天地中去了，《日出》中的一切就这样完了。在“缺少不了女人”的剧戏里，《日出》更进一步地抓紧了她们，伸出巨手直入她们的胸膛，用力摘出她们的心呈献给有闲有钱的人民的面前，那样血淋淋的心——被蹂躏过的，被赞誉过的又曾被遗忘过的心，如果再不被感动的话，真不知人们究竟是怀着什么心情？

《日出》毕竟是伟大的，剧作者本身是一位演员，同时也是一位导演，所以《日出》在演出方面有着强烈的效果，在读阅方面更能赚人眼泪，因为《日出》的观众或是读者们差不多都可以找出一个和他相同的角色来，像方达生那样的青年到处都是，黄省三李石清之流更多，其余更属常见，《日出》是描写都市罪恶的，但在以前的古城，似乎距离《日出》所刻画的尚远，在天津和上海就平常极了，可是现在的古城呢？朋友们，请张大了眼睛看一下吧！已经积极的走向《日出》所描写的都市中去了！正如曹禺所说“损不足以奉有余”的现象充溢在这被称为“中国文化古城”中，我们痛心着这种现象，我们不同意这现象正像一般人所诅咒的一样。加之我们是青年，有为真美与真善做进一步追求的本能要求，我们爱惜这座古城，爱惜生活在这座古城里的人们，同时也爱惜着宇宙间所有的生物们，为了使人们多认识一下现实，不妨在下面分析一下。

说来这许多也是很平常的，尽人皆知的事情，但是在“损不足以奉有余”的社会下，并不能唤回高卧在软榻上面的“人间罪恶者”，在有太阳的方面看，市面上仿佛是繁荣了，人是那样地多，挤挤轧轧的摩肩擦掌如流水般往来不停，往小处说，电车的营业好，可是在另一面看去吧，为了延续一家几口的生活，而牺牲所有的幸福的售票者们，菜青色的脸会给予任何人一种强烈的刺激的，一天九小时以上在人群挤来挤去的工作，夺灭了他们相当的寿命，街头上衣饰阔气的人们比较多了，但是在零下几度的天气下睡在大自然里的人更多了，生存竞争比以前尖锐了，人类斗争愈趋于表面化，我们不否认这是进化演变中的应有程序，但在这程序中必然与不必然的罪恶，所投给人们的反应与结果，是一个不能成为比例的比例，失业的人多了，农村的人大量流入都市中来，生产日减使人难以预料将来真要走到什么地步，像“金八”及“潘经理”那样大腹的人也多了，来自不同的地方，而都集聚在这里拼个你死我活，小职员们为了家，为了生活，为了发财，为了讨外人的爱怜，摇着尾巴强拉笑脸地向人家说笑，恭维，宁可违背自己的良心，毁灭世界上最可宝贵的灵魂，媚上厌下的渡活着，尤其可痛心的是一般根本失去了黄帝子孙的血液的“中国人?”对其他人们总出以威胁恐吓，用以饱满一己的私欲而赚得一笔额外的收入，有了这样容易的收入，使他趋向不必要的消费生活，所以“女人”在现社会下就成了他们这帮东西的主要消费目标！

提到女人就不能不联想到夜晚。呵！古城当年的夜晚，是多么使人留恋爱慕的地方呀！月光照得琉璃瓦的闪光，使全城的人都感到自己的高贵，但是现在呢？大不相同了，在我未曾述说这些事以前，眼眶里止不住热泪下淌，整个心情在紧张的气氛中感到痛疼，双手叉入头发里，急躁的叫起来，我想和我同感的人一定很多，这是一个最刺心的事实，是一条不可再走下去的绝途死路！我掬出我所有的诚心与热情，希求人们对这件事的注意，我仅仅看出了这罪恶，我仅仅感到了痛心，我气愤但是我说不出个解决这罪恶的途径来，也许这种罪恶已经散布到全世界，到现在还没有人解决得了，也许有的国家为了这些而动起干戈来。

无论是在古城的那一角，只要在日落以后，街头上就会多添了点缀的东西，许多人力车停留在各胡同口，架着车把向路上吃饱了的人们来“讲价钱”，这是多么神秘的名词呢？他们说：“先生，要一个吗？才十七岁，是女学生，便宜的很，五块钱就成了”，对方同意之后，拉起车就奔向那准备出卖人肉的人家里去。或者有伫立在街头的浓妆厚粉的可怜生物们，希图自己来招得主顾，一套很讲究刺目的衣饰里，包裹着一具死去了灵魂的行尸，站立在北风正刮得紧的马路上而被现社会的巨手玩弄着，“我能活到多久呢？”那只有天知道。

你再壮起勇气来走向前去看吧！脸上没有一丝人的血色，脂粉下面存在着一付含着无限心酸的面孔，年纪上给你的刺激，会立刻像刀般地刺入心深处，将近四十岁的妇人强说“我才廿五岁”，我眼看她就要走近死路上了，由她的身上嗅到死的恐怖，而不满十三岁的幼女，也装扮起来，涂上脂粉，套上服饰伫立在街头，等待着阔人们的赏视，为了这些，不惜任何辱骂与漫视而追迹到一家旅馆里去，在那里又复看到更多的可怜虫，呻吟着活动在旅馆中，在夜半，一声像羊般地哀号，由不同地方传出来，那是可怜虫们正在出卖她们的肉体，出卖灵魂，本来像那样幼小的年纪，经不起恶魔的蹂躏与摧残，她们忍痛，强欢，饮泣，诚如曹禺所写的：“落在这个地方不耐心忍着，又有什么法子？事到如此就不用打算讲什么脸，四面叫人搂着三面，无论谁来，不管生的熟的，人家爱怎么样就怎么样，叫他妈的那讲脸去？”“有钱的人，大爷们玩够了，取了乐走了，可是心里的委曲又有谁知道，半夜里想想，哪个不是父母养活的？哪个不是小时候亲的热的妈妈的小宝贝！哪个大了不是也得生儿育女，在家里当老的，都是人，是谁生下来就这么贱骨头，愿意过这生活。”

我丝毫不夸张，是我亲眼看见的，一个才十二岁的小姑娘，三天没有吃饭了，在夜晚好容易找到了一个主顾，就在那一天的晚上，为了供给人家的快欲而结束了自己的生命，她死在床上了，据旅馆的人说，这是常有的事！

以前的古城，不能说没有这些事，但是现在的古城实在使人愤恨，是为了什么原故才走上这条路？为什么这类女人充满了街头？“饿”是一个理由吗？“为什么饿？”因为没有钱！“为什么没有钱？”这样研究下去，一定可以找到理由，但是谁都会比我更明白，这是谁带来的罪恶，这是谁赐给古城永远不能医好的伤痕！

我们不否认这种现象里，有“女人意志薄弱”的成分在，同时也不否认“男人玩弄女性”的根性在，可是说来我们都是宇宙间的生物，谁并不比谁低下，谁并不甘心愿意供人玩弄，在全世界走向有史以来最残酷的一段的时期，我们是应该如何的相助相爱？可是事实竟会超出你所想象的残酷凶横！

话剧艺术在中国还没有走向坦途的时期，是很难得到人们的拥戴的，但是我们——话剧运动工作者是自愿把一种责任加在身上，当前，我们看到了现社会的残酷，我们要使人们明了这种现象的可怕，要给予人们启示，并且要运用一种手段，一种方式使人们亲自感到它的残酷，这样就是要以演出来解决了。

真好像是说教者般地严肃，本来事实是严重的，所以在多重的困难下，把《日出》——这个刻画都市罪恶最有力的剧本，最合乎现社会的剧本搬上舞台，当着观众表演起来，我们永远说："话剧不是娱乐品！"

在中国，尤其是在古城，话剧一向是被人轻视的，不过我们觉得"努力苦干是会有结果的"。

《日出》的成功不是偶然的！

当你看到这篇东西之前，也许看到《日出》的演出了。

原载北京《中国文艺》1940年第1卷第6期

关于《日出》的二个“死”

李济时

我向来嗜好电影和话剧，但是为了时间和金钱的关系，纵有好的片子，好的话剧，我也没有享受，不过也很看过不少了，尤其北京剧社的话剧，更是吸引我最有力的，然而北京剧社演出很迟，这又不使我扫兴。

报上登着《日出》在四日长安夜场，尤其是北京剧社演出。不可不去看，但是钱的问题来了！想了一天，天无绝人之路，陈绵博士的名片由一位朋友交给我并且说：你可以拿去看看！这位朋友是陈先生的亲戚，我被话剧的吸引，甘心去碰一下，于是来到长安。

再度的交涉，居然蒙剧社负责人批准，又蒙唐女士领导上楼，反正为欣赏艺术而来，虽然白看不大对！

一幕一幕地看下去，直到四幕终，我来看的目的，因为电影中陆露明主演的《日出》，我已看过，所以注意到白露的死，不过还有值得注意看的是“小东西”的死！我想《日出》全剧精华全在这两个人的死！《日出》的主旨也完全要建在这两个死上！所以我单来略评北京剧社所演《日出》中的两个死！

当然在陈先生指导下，白露和小东西死的表情固然不坏，不过有些地方却不曾加意研究！现在分别讨论：

小东西的死——这时恐怕是最紧张的一幕了！因为由小东西的自杀要反映出下层社会的黑暗，小东西是代表地狱中的无罪者的呻吟。所以我说这次剧社忽略了这重大使命而却重视妓院的情况，所看的未免太狭了！尤其人们太注意妓院而忽视小东西的可怜。结果看的人根本对小东西的死非常反应小，死的时候，电影上是由袁美云饰，死以前要有留恋的哀泣，我相信一个自杀前的一刹那决不是坚决的，这时更应配以提琴和钢琴的合奏乐，使人于音乐中感到可悲，同时对小东西的表演死，也会有所感了！音乐的缺乏，是这次失败之因，也许是《茶花女》为了音乐过剩而失败所以这次少音乐了！不过音乐是辅助人们受感的，尤其所奏的调子，更可影响观众。自杀的时候，灯可以全暗，仅由幕中隐隐看见一些便够了！

白露的死——首先要说的，就是缺乏音乐的陪伴，因为这时，白露应有一时间的回忆和忏悔，更是全剧最要点，这次失败的原因，也是太忽略了白露，不过那是不对的。因为《日出》是特要的！所以要给予观众一个刺激和反念，必须加重音乐的衬托，要用凄凉的调子。我想白露还是死在这屋中好，达生可以不必进屋，只在屋外敲门说话，比较好些，因为达生进屋，只空洞说那几句话，未免太造作，假如达生进来，还不会发现白露的死吗？这次剧社的白露，自杀前只哭泣，未免令人无反感，最好先用默思再托以悲惨凄凉之音乐，最好在服药前一刹那哭他一回，比较有力，不知剧社以为如何？

总之，这次《日出》成绩不佳的原因，在这两点上关系很大，不过也许陈先生把《日出》的主观点移动了！不过我想《日出》的主要性还是建在两个死上好一些，请有以教我！至于其他方面，姑且不谈。不过剧社演剧，不易感人，因为布景费时费钱，入不敷出，有时就要"将就"一下，这一点在话剧在中国幼稚时代，很可原谅一点！然而要成绩好，最好能把剧的责任看大一点，能抓住大众心理，虽然设备欠周，那根本不是我们所注意的！

原载《三六九画报》1940 年第 2 卷第 4 期

《日出》批评特辑

北京剧社公演

时间:1940 年 1 月 3—4 日

地址:长安戏院

导演:陈锦

北剧公演《日出》观感

王石子

《日出》是社会阴暗的剖面戏,曹禺一斧子劈开一个旅馆和妓院,出来那们些形形色色的动物,这里面只有方达生是个青年——应该说是个还未曾进入社会的青年。

说句痛快话,目前我们这些爱话剧的年轻人,可以说都是没踏社会的人,都像方达生似的那么傻,那么好感情用事,那么爱叫理想支配自己。谁看见过潘月亭,李石清,张乔治那些人来演戏呢?翠喜,黄省三哪还有富裕的生命来演戏呢?

所以,在每次《日出》要公演时,我总理想着方达生,也许还有李石清太太最容易成功,因为他们几乎就是我们,(自然,我自己没去登场,试想,没有方达生的原素,我不会饶舌来讲什么戏,恐怕早像月亭似的去买卖公债,去照胡四那样把精神给"坐楼杀惜"了。)我同时总担心是许多青年人到了台上并不像福升,潘四,白露,顾八奶奶,张乔治……

这次北京剧社在《日出》里成功的人物实在好多,出了人们的估计,像石挥的李石清,魏石凡的潘月亭,章蒂的黄省三,苏梦的福升,不但能作出他们的身份,更表达了他们的情感。

在散场的人群中我就听见这种话语:"那个潘月亭,李石清,福升他们是真学生吗?"这不是真月亭,真石清,真福升上台了吗?更於演戏时,在我眼力的范围内就看见几个人为黄省三,小东西,李太太而哭,自然我看不见没流泪人们心里的伤感或断定哭的人另有自己的悲哀,反正戏的效能总是作到相当成分了,我看见别的报纸上说,有的剧团把《日出》演成喜剧,这当然不是曹禺的失败了。

别的脚色,如白露,如张乔治,他们的气质都很难摹拟的,尤其是白露,她须在深的世故里给人暗示！这两人我只觉得他们难演，并不能苛责那个演员。

翠喜该再泼刺一点，爽快一点，谁都知道，不是极忠诚于喜剧的女人都不肯担任这脚色的，况且碍于我的礼教，差不多都不好意思去逼真翠喜，即肯扮演，已经就够使人高视了。

小东西再能找个“小”一点的更好。

顾八奶奶不太像曹禺书本上那种样子，可是她还有“老妖精”味儿。

胡四很像胡四，可以说是北京的胡四尚能负起他的责任。

舞台设计大成功，灯光也很得当。

在目前人才和金钱都困乏，能有这样动人的成绩，我想凡是同情剧运的人，都会敬爱他(她)们和自己抱歉了。

最后，我们企望着“北剧”能踏着这个成功的基础，多呐喊几声，叫人们把《珠帘寨》《红拂传》的精神放在《日出》这一类戏上来。

看北剧《日出》后

言　炎

响了！北剧的一声巨炮啊！他给北京的剧运打定了一个新的基础，把睡在原野中的一切：如春雷气地给惊醒了！我们可以说是话剧的春天已经来到这座荒凉已久的古城，说他的春天来临更可想到他在冬日的苦酸！

他们是为人群工作的，为艺术而牺牲，舍己为人的在埋头苦干着，俗有“苦干是有出路的！”的确这话是对的，终于这次在苦斗得力的吼声和呐喊声中，这朵话剧之花是开放了！是多么灿烂呀，是多么荣耀啊！

我们只有向活跃于这个人生舞台的各斗士们，表示衷心的感谢，更愿北剧各员要知道，已往的荣华是被你们这次的炮声给轰裂而破落，已成历史上的陈迹了！破坏之后是要有建设，只有破坏是不够的，愿个个斗士们牢牢把握着文化的最尖端，推动着时代之互输不止的前进，开拓着未来的一些荒田！

这并不是捧，更不是被动，虽说不是被动，而也算是被动，因为我看过《日出》后，受到它的一种力式的感动，使我要说这些话，这次北剧最成功的演出，是他们各个部门都能尽到各个的责任，综合成为一个整体，表现出剧的灵魂，而能博得此次的大好的成绩，所以这次的成功，可说是众力所孕育的而必然有得一个产物。

我们先从导演方面来谈谈。导演：他能将全局的空间与时间予以适切的处理，是我们感不到有一点的空间，这是导演成功的第一点，第二是它能握了全剧的整统的空气与意识，使我们在各个场面都不感到孤独，他能把剧的生命力活跃的呈展在我们面前，这是导演尽了导演的本责。演员：都能灵活的把自已所扮演的角色的性格表现出来，莫不尽美尽善且能使我们感到真实，在妓院的一场能得到多数人们的眼泪，这泪，便是演员的血与汗化物！这滴滴眼泪能闪耀在多数人们的脸上，这无疑的是演员成功的光明，他们不是只在背述着一台词，是彻底的理解了剧情，认识了自己所扮演的角色的身份与环境，更重要的是他们善能利用了情感，才能使之自然的流露而不滞呆。剧本：这是曹禺先生三大作中的一部，那优美的哀痛的伤感的对词，句句都刺到我们心灵的深深底，在每个笑里莫不蓄蕴着无限的痛酸，是充满着讽刺的意味的，尤其是在白露的言词里“太阳升起来了！黑暗留在后面，但是太阳不是我们的，我们要睡了！”这几句话，确乎我们感到剧作者的伟大，的确世界是美丽的啊！

照明，装置，音箱等都有到了相当的成功，在小东西自尽时的心理表现用灯光的明暗强弱描写出小东西的游移与决心。这是照明的成功！在妓院一场，有数次只是一个空的舞台，而用了胡琴，小曲，嘈杂的声音而配衬出场面的气氛与情调，使我们好像身临其境，真到了那个小班或小院似的，这是音响成功的一点，至于装置，对于布景的彩色与道具的布置，也都很好。总结来说，这次是全部的成功，不过对于小节是免不了有些不足与不合，但那都是小事，只要北剧各员能为我们不止的上进，我想是不难达到理想的具现！

最后我们祝庆此次演出《日出》成功的光荣！并祝庆北京剧社的健壮的成长！尚希陈锦先生与各部干员要仍需努力啊！

《日出》在古城舞台

阿　茨

一、从剧本到舞台

二十三年北平出版的《文学季刊》第三期上登载了一个剧本，起初并没有人注意，后来这个剧首先在日本演出，国内的人才把眼光重新集中在那本戏上。那剧本的名字叫《雷雨》，是曹禺的第一部发表的成功作品。

二十四年《文学季刊》的后身《文季月刊》在上海出版，里面陆续登载着一篇剧本，从开始就抓住了读者，那是曹禺继《雷雨》而写的《日出》。

二十六年《文学季刊》停刊由文季社改出《文丛》月刊。在那个刊物上，曹禺继续写他的第三部剧《原野》。

三年里的三个剧本不但是在文艺作品上获得优秀的地位，实际的演出，也普遍了南北各地。尤其是《雷雨》和《日出》，简直做了每一个剧团，甚至每一个学校中的演剧，必演的剧本。这原因一方面是普遍的结果，而另一个不该忽视的理由，是这几个剧本在故事的结构和进展上能够投合一般人的趣味。而且，这三个剧本中有一个连贯的系统和意义，更能满足比较进步的观众。

在演出上，有统计不过来的数字，甚至连极偏僻的乡士中也有人知道这戏的名字。不过，说到当各地热烈公演时的北平，未免觉得又惭愧又可怜。表面上这是一个文化的都市然而演剧竟是那样的落后，真是出乎我们意料之外的。一则是碍于当时的环境，许多戏不能演，《赛金花》因为恐怕误会不能演出，就连《雷雨》也在某种情形之下，始终没有公开和观众见一次面。不过想到当时流行的学生剧，能得到许许多多农民大众爱戴，也可为这遗憾找一点满足了。

然而《日出》却例外的曾被两个剧团演出过。那是二十六年夏天的事。第一个是“蓓蕾剧团”演出于新新戏院，以后接着有“沙龙剧团”在光陆演出。似乎后者比较进步。可是终究有一个最大的缺陷是，整个删除了第三幕。好像这一幕与社会风化有关。但是社会上本身存在着这种现象，却怪舞台上表现出来，这真是一个大笑话！

那次演出，因为正当七七事变时的动乱中，没有被多少观众注意。

除此以外，几个学校里也曾先后演过这个戏，贝满，燕大，慕贞等校好像都演过。但一方面是限于少数观众，一方面还是删去第三幕。舞台上始终没有一个完整的剧本给观众看。这不仅是中国的不进步，且更是有辱于原剧本和剧作者。

北京剧社在事变后，首以《雷雨》在廿七年底公开演出，是古城里第一次的公演。一年之后，在廿九年初他们又上演了四幕的《日出》，是古城里第一次完整公演。

二、四幕戏

《日出》是一个四幕剧。这个故事已普遍的为读者熟悉。第一，第二，和第四幕是在一个大旅馆中，第三幕则是在一个三等妓院内。这景地绝不相同的戏，正是把大都市的畸形发展真切的表现出来。而旅馆和妓院同是罪恶的渊源，是没有太阳的地方。然而作者在告诉了我们这黑暗以后，他又指给了我们《日出》，那片光明确实在那些人身上。这是《日出》的基本意义。所以第三幕还是一幕顶重要的戏。作者曾自己说过与其割掉第三幕，还不如整个不演，这是一句确当而又多么真实的话。

正因为《日出》这一个戏是表演大都市的苦乐悲欢，所以作为舞台上角色而出现的人物就非常繁复：有银行经理，有小书记，有游手好闲者，有不三不四的女人，有比较进步的青年，有娼妓。他们的故事也错综到了极点。有爱情，有生意，有工作……这一个企图多方面的表现，在剧本上是一个成功。在舞台上就多少有些失败。

所以这次演出，就四幕剧的本身来看，都显出来杂乱和不紧张。虽然有一个陈白露做主角，然而她的故事，并不是顶主要的。环绕着她的一群各色各样的人，都要多多少少的把他们的生活搬上舞台。在舞台上是一时一个故事：方达生来了是一片话；潘经理来了又是一片话；李石清和李太太又是另一种话……。尤其是第二幕里的变化更是复杂。因此当每一幕落幕之后，换句话说，就是每一幕都松懈。这松懈的原因，应该归一半在作者身上，这种许多方面的复杂故事，并不怎样适合于舞台。另一半就该归在演剧者身上，演员缺少能整个支配观众注意力的也应该负责。

以后的演出应该注意到这一点，怎样使这个错综的剧情，在观众眼前统一在一个意义之下。

这是就一，二，四幕说的话。第三幕还要特别提出。这一幕戏里几乎同时有许多种对话在舞台前后左右一齐发出。同时还有许多声音。这方面除了少许声音不很清楚外，总还没有显出杂乱来。但是三幕的结尾是顶失败的地方。

经过了许多痛苦，小翠（小东西）在妓院里已不能够再活下去，一个十几岁的孩子，哪里受得过这许多折磨。因之在静寂无人的时候，她从屋里出来，想到以死了结生命。她拿着一根麻绳走到舞台上来。

这是紧张的时节，悲哀的时节，让观众从心里难受，就靠着这时节的声音，灯光，颜色。然而这次演出在这里实在并不成功。

小东西的死，原作者给我们两种演出的方法。第一个是他原来所写的，叫小东西“向那麻绳套跪下，深深地磕了三个头，立起。叹一口气，爬上椅子，将头伸进套里，把椅子踢倒——那样小，那样柔弱一个可怜的，小生命便悬在那门框下面。”（《日出》页二三四）这样小东西自己死了，但还有外面的叫卖声，男人淫荡歌唱，女人的隐泣，才落下幕去。第二个是作者使小东西当场不死，“把麻绳拴在门框上，成一个小套，她稳一稳心，还要——但一个恐怖的寒战，她又走下来，呆呆的立在那里。”（同上，页二三六）而下面也照样是一片声音。

然而这次的演出，既不试探取第一个方法，也不是第二个方法。只叫小东西爬上椅子，套好了绳套而落幕。我们看不见悲惨，也听不见声音。平静也就自然缺乏情感。心里又喜又悲，一种说不出的感觉。

这一地方最恰当的演出是不使小东西吊死。但这话并不是说如作者听写的第二种方法。与其用第二个方法，不如用第一个。可是二者之外也许有一个还比较好的。

使小东西拿麻绳出场，套好了绳子后，也许小顺子，也许黑三正巧进屋，他自然很快跑进里屋去。锁紧了门，让他在里屋发出惨叫而死，（也许是上吊，也许是自杀。）小顺子或黑三进不去屋门而叫嚷着落幕。这一个死法，有点近于《原野》第二幕末后焦母打死自己的孙子的凄惨。这方法或可避免在舞台上使小东西上吊的困难而给观众一个同样深刻难忘的印象。

三、舞台上的人物

这次演出，总观全剧并不算太成功，然而几个演员，却以顶大的能力使观众同情或愤恨。

第一个成功的是黄省三（章蒂饰）。他的动作除很少几个显出做作，虚伪之外，大半是内心情感的流露。也是因为他的地位非常可悲的关系，台下的人很能随着他流泪。他第一次上场时刚由大礼银行做书记而被裁不久，到旅馆中没有找到他想见的秘书李石清，这时他的贫穷已日甚一日，简直是无路可走了。此后在第三幕中说出了他服大烟，又毒死三个孩子的消息。故他在第四幕三次上场时，真是一个顶可怕，却也顶可怜的人了。他带着哭声，却似乎是神经病，来打动观众的心。这是角色本身的成功，然而饰演者却也有一大半的力量。

在台下最受欢迎的恐怕是茶房福升(苏曼饰),因为这近于“丑角”的人物,多少有些开浑取笑,他的成功似乎靠着一点力量。并不是演技有多大进步。只是观众笑他的笑,因而喜好他罢了。喜好在一种意义上说也许还是观众的低级,然而这爱好却抬高了福升的成功。

李石清(石挥饰)这角色,是随着观众生长的。他代表了一般人的失望和高兴,一切世俗人皆是那种样子。迎合比自己地位高的人,却又压抑低于自己的人,因此发生了难解的这种行为。可是人的内心都是一样的。李石清在这人性相同的一点让观众爱他觉得这个舞台上的人正是他们自己。他的愤恨,他的与李太太的对话,是顶成功的地方。然而他那各般神态对潘经理,对自己的太太,对黄省三,是有多大的差别,而他也还能够做到恰当的地步。

至于剧中两主角陈白露(白雪饰)和方达生(贾克饰),对我们只是平平。尤其是白露并没有什么特别的地方,第四幕在服安眠药片的前后,表情更不能代表她自己的心意。然而方达生在几个地方里还使人觉得,所谓爱乃是他的天真的脾气,他有一个目的的憧憬,如他厌恶张乔治,厌恶胡四,都是表现很好的地方。这种可爱,到第三幕他进到妓院里那副仍是天真的神气,简直使我们同情,这同情的意义是多少还有一点可笑处,笑正是笑他的天真,笑他和现实社会走了多老远。自然感觉他那些光明的憧憬,终究是一个如美梦神话中的憧憬罢了。

小东西(陈默饰)是上场时很能代表那剧中人的心情和动作,中间的演出很平淡,而最后的死是顶失败的地方。她把麻绳套好之后,没有上去就落幕。这失败如上说是,有一半也应该归罪于这个死的方法的。

至于潘经理(石凡饰),胡四(五虹饰),顾八奶奶(李蕾饰),翠喜(余非饰),黑三(郭秉饰),也相当的成功。然而说起李太太(邵君饰)和张乔治(陆熙饰)却多少有些失败。李太太的对话甚至使李石清也为之减色。张乔治在舞台上见不出是一个留学生,观众看来只是一个孩子而已,和《雷雨》里周家二少爷差别不多,那样天真又那样去找一个女孩子的爱情。

四、走出剧场之后

第四幕落下了。观众群群的走出剧场,让他们和她们在脑中找寻一点今天看了《日出》后的印象:舞台上凌乱的一群人,那个书记很可怜,那个茶房很好玩,那个妓院很热闹……如此而已。从剧里得了什么教训? 没有。就是说一句“我最爱听那些工人的打夯声”的已经是难得了。

这个表演都市生活的戏剧,就是投合这一些都市人的口味的。这话说来有些可怜。我们希望《日出》多演几场。也许观众所得再不是那些片段的印象了,再不是那可笑的人物了。演员真能帮助作者说明了剧中的意义,而不是演故事;同时观众也不仅是来看故事,那才是顶大的成功。

看《日出》后的自我意见

心　解

曹禺先生的第二大作,《日出》,惊震了整个大古国！四万万中国的剧运中,骤然又长立三棵通天宝树,《雷雨》《日出》《原野》。灿烂的布满了宝石的叶,金玉的花,高高的在天空发着闪闪的星光,群众在下而仰着头欣赏,欣赏尊贵而美丽的散布。

北京剧社,经陈绵先生导演,及数十全体团员几个月的努力,在本年之始的三、四两日,共出演三场于长安大剧院,他们已完成了曹先生创作的演出三分之二了。

《雷雨》惊动了古城中死灰般的戏剧命运,继而《茶花女》,多次的出演后,在这死灰中爆出了光亮的火光,而《日出》,又在这将复燃的死灰中,添了些许新的燃料。

谁都会这么说,《日出》的演出,从本年的第三、四两天起,又来了新的纪录,然而希望再有更好的成绩,高高使古城民众仰视得见。

演出方面,在下愿意提出与私人主观见解,是站在热望和爱好的立场上。大体,布景与效果,得到首位的成功,第一二四幕,三个出入门的交流,已经使舞台的活动,得到第一部成功,中间的大沙发做成了舞台表演的中心道具,对衬着那面通露台的高窗,和窗前旁的一只小沙发,使舞台既不平凡,而其重量互附。

效果非常熟巧,至于小孩哭声与主题歌伴音,似乎更当追求切实,虽然是个微小问题。

《日出》原本,写作方法,穿插与主要意识很多,因此其主题不能更强烈的表现出来(笔者大胆胡说),所以形成了一个多主题的作品,换言之,在一个剧本中,想表现的灵魂过多,因之使演出者不容易给观众一个具体的领会与综合欣赏,连成一致,然而北京剧社这次成绩,早已超人所料了。

演员呢？我不做捧角的工作,只发表些忠实意见：

福升,在一般人都认为成功,然而再要在这一贯系统中,更以忠实,真我的态度,做进一步的追求？

乔治张,表情虽然周到,然而并不结实,轻飘是自己觉不着,也不容易改变的,然而这是必须注意的毛病,并不是乔治是个轻飘人,而要如此表演,应处以结实的手段,表现轻飘的感觉。胡四所犯相同,以追求表现结实。

方达生,我只觉一点要注意,在舞台上多用没有目的的移动,是使观众失去重心的原动力,这一点,想必更努力去熟习,总可以补救。顾八奶奶,首饰等装饰并不使观众感到比白露夸张,是否成一意见？

数来宝的,唱与白嗓音的不同,相去过远,然而所幸并没有破坏整个剧情。

其余有些微小问题,提出是在两可之间,好像潘经理皮鞋需加注意,灯光是经济条件下的属员,不必多论,布景中间的相去时间,是要有正式舞台与工人的帮助,现在的美中不足,已经是多方困难中最好的成绩。

成功方面很多，然而不是我想提出的。

此外，个人感觉得在剧本上有个小疑问：陈白露既是这旅馆，这码头的交际名花，然而在第一幕福升见着小东西的时候，说起金八——有钱有势，公债等于他私有品的大亨，而居然要请问福升，要福升告诉她？

关于《日出》

果　然

《日出》的伟大和杰作，将将出生，即得到举世的惊赞了，在荒芜的中国的文坛上真足使我们夸耀于世界，更在我们国家里，走在黑暗的路途上，是反映着过渡时代的各角落里，种种不同的罪恶，《日出》里穿插着各样时代病态的写照，而不是一个接继不断的长篇故事，暴露着现实的丑态，刺穿了罪恶的核心，给与我们以极大的行动，这是近年稀有的收获，未曾看他过去产生过任何作品，《日出》是几年来对着这黑暗的社会，用了客语的力量，完成这本心血结晶的佳作，我们钦佩他认真的态度。

他的唯一武器也只有言语的力量，他觉到人生几种某基本的信念，发动批判人生和暴露人生的重大作用，撒播下愤怒的种子，鼓励着人们抬头，为了下辈人苦难的奋斗，它含有热情，含有憎恨，含有怜恤，含有烈望，他所希异（冀）的是个灿烂光磊的人生，他所期望的是个比现实更美满的新天地，他的人生观里，告诉我们，他的前进的思想，高尚的人格，做人的基本觉悟，他看到受了人类既残忍不平待遇的弱小者，为它们破了嗓子的呼号，他不相信世界上没有真理，没有正义，没有美丽，为了当前的黑暗……在生活的某一方面，他曾尽了做艺术家所应负有的天职。

全剧的主旨能在那五句白露常念的词句里，找出他的灵魂，象征着未来的光明，要解成再明了的几句话，也就是：

　　光明到了。
　　黑暗留在后面，
　　但是，
　　光明不是我们的，
　　我们应该死了。

须死的人是那些“……装满了各样不义，邪恶，贪婪，恶毒，满心是嫉妒，凶杀，争竞，诡诈，毒恨……”的昏虫们。

剧中以盖大楼的工人们每晨的夯歌作陪衬，暗示一种神圣的力量来表现未来的喜悦与伟大，这样的声音被石清福升所厌恶，红的太阳，粗壮的夯歌都被达生所喜悦，达生只是位将感受种种罪恶的人。只是想和金八……那样人打交待，而还没做出一处惊人的事业来。

《日出》不管在世界文坛上所得的地位怎样，只在这样万般落后的国度里，已足以给我们一个“正确的暗示”。

《日出》已得到了大多数人的赞赏和拥护。

《日出》虽在国内多次的公演，均断然删去第三幕，曹禺先生已再三的声明过，这使他像砍了一双胳膊的哀恸，辱没了这一幕脚踏实地的所耗费的苦心，悲剧以最大的努力，果敢，忠恳，完整的公演与我们相见了，真是幸福。

四日夜，在长安最后的一场，於观众面前，是第三次演出，比起前二场，一定纯熟了很多。

这夜剧场的秩序不大好，要不挂了二只“肃静牌”恐还要成中国人看旧剧，一样的恶心吵闹。

剧中角色的分派，和演员的个性，都很恰当，能传达剧中的意思，能表现出剧中人物每个所要表现的个性，这就要靠演员的技术问题和对剧本之理解怎样。白露和达生的难演在我要算第一位，自中国有电影和话剧以来，对说话的音调，总是控制一点，显出不自然来，是为一般人所称道的，大约要算“是的”（音达）和“怎么办呢”（说时伸长）这一类的话，是否应当这样，我不敢说，但我总望演剧，是以观众为前提，使观众忘掉是戏，而是活现的真事好，达生的几句话“不，不”这也是习惯中不常用的话头，在舞台极难谁得自然的话，但我们玩味是不是笨重可笑的声音，还有达生双手持拳，呆板的动作，和面部表情的缺少，都亟须加以矫正。剧终白露数药时“一片儿，两片儿”，看过的人若回味起来一定觉得“片儿片儿”的怪声音，再要多数几声，恐怕悲哀，就变成了哄然大笑。福升之神态，极能尽一副活奴隶捧大厌小的气度，表情均能逼真传神，说话有时慢的可观，舞台对话是否又须那样慢，也许是在为了观众，加以深刻清楚，但不能慢像背诵。饰小东西之陈默，说话时傻气过于重了，初出场时险些笑出来，自缢时神情，亦未能表示十足凄惨，灯光亦未能递减暗下去，饰黄省三之章蒂在全剧中，为最感人过深者，这也是时代的病态，激起了自怜心和同情心的帮助，处处都能紧凑不懈，要算位比较好的演员。石挥之李石清，在剧中动作相当繁重，石挥将李石清个性尽量发挥，在独自叨语的几声冷笑，笑得很动听，不过他常有自己撰出的词句来，有时还口吃起来，在和李太对话！“我也就生来没钱……”和四幕接得儿子断气的电话时，表示出愤恨惊骇痛心的神气，感动了全场观众的心魄，这是他的佳处。翠喜的角色，在女同志里，能以有勇气的演出也就很难得，在刚一进场，曾博几声好笑，但终还没惊奇的喝彩，也是证明演者的逼真技术，勇敢……也值得我们赞佩。小顺子呆板得很，只提了一把铜壶上来下去，替胡四擦大袍时也极不精彩。以北剧工友参加这次公演饰数来宝的李贵，很难得，他确受了剧社里的熏陶，但不为人注意。饰张乔治之陆熙，尚能称职，饰潘经理之石凡，像他那带有家乡味的土音总算是他一点缺憾，这就是已限制舞台生活的发展，别更勿论。其余演员如何，不再多说，至于报端评《日出》里说到“活达生活白露活小东西活潘经理”则正与我相反。

每幕给与观众的印象，可推三四两幕较好，效果当也完美紧凑。

以北剧全体演员，艰苦努力的精神站在孤零零的北国剧坛上，在全民知识落后的文化古城里，可惜得只拥有知识阶级中，一部对话剧抱有热望及对剧本理解的观众们，想起这波及的范围，狭隘得可怜，还不被各层的观众所领受。负有教育工具，来启发群众思想上错误，指示给人生过往的话剧运动，一向是被着人们的轻视。显示着正在混着歪曲生活的中国社会里，是一种后退，保守，宿命，消沉，暗淡的人生，只要稍有追求真正人生的人们心中，想起来，那要是一件极端危难，可悲惨的现象。

剧场售票员的奚落已足使我们痛心了！

一日晚票尚未印就，他警告我说：

“咳！你忙什么！当天也买的着这戏没人看。”大戏成啦，他看我像傻子，我悻悻的去了，他总像是有过阅历，测量过观剧的人数。上面的几句话，可代表了成千万的观众，正也是根据这成千万不理解话剧的人们。

话剧在中国，那样低落的不被人们爱护，被多数的观众不理解，总还有为他苦干的人，也是令人悲泣，他们坐在喧嚷的戏台下，叽里咕噜会看小丑滑头欢闹的满口乱骂，男扮女装的莺语细音，变了声带的咿呀乱号，这是被推为“雅俗共赏”的大艺术，而用来教育群众，启示人生，激发思想的纯话剧，只值得被人奚落看轻，以至于忘却，还不值得我们恸心吗？

我们愿以至诚的态度，和热心于爱好话剧的朋友们，及当前的北京剧社，及最近成立的人人剧团，提倡对社会有益的事业，来发展北国中的话剧运动。

我们要来爱护这些，从事于剧运者的未来灿烂的生命。

这次看到《日出》也总像有几句话，说了才觉痛快，加上朋友的鼓励，说过的和要说的还不止终于此……

悲剧的同人从看过《日出》才认识了他们，以无交谊，无庇护的纯观众地位，说了些观后所要说的话，总该是有些不客气的。

这些观剧后想到的事，姑且也记在上面。

再来凑个热闹

笑　星

记得，去年北京剧社公演《茶花女》以后，各报的批评，显然的分为两大阵线，不佞会以中立态度在某报写了一篇文章凑过热闹。蒙北剧诸兄对于那次饶舌非但未予谴责，且表接受，我是衷心愉快；而对他们虚心的精神，尤表钦佩。

这次他们的《日出》演出，轰动九城，各报章，各杂志都有文字记载与批评。本刊既有戏剧一版，而基于了友谊的关系更不能不有所表示，由此，在北剧将作再次公演《日出》之前，我们出了这《批评特辑》。不佞也于是再来凑个热闹。

一向，对于社会上的事情每以很难得着正确的批评为憾！北剧公演话剧的批评，就是个很好的例子。《茶花女》的批评虽分两派，但均不是为了讨论戏剧本身而成为敌对阵线；而这次的批评呢，又几乎成了个“清一色”的现象，在发展剧运本身上说，这些批评，都是要不得的。

"骂"漫固不应该，而"瞎捧"也同样会摧残了问题的本身。北剧公演《日出》时虽也给了我们一个包厢，但这"特辑"却不是为包厢而出；我们只是希望我们的朋友将有更好的演出，只是想对于《日出》的演出说几句"老实话"。这年头说"老实话"也许犯禁，但向北剧那些满腔热血的青年们说几句老实话，我想倒也无妨的。

本特辑算本文共是六篇，其中有四篇是未经授意的，未经索要的外来稿。这几篇论点虽未一致，但全是自由自在，平心静气而写的。除了对《日出》的演出加以称赞，予以指善外，我想这几位作家不是再为什么而动笔的了，所以我说这是些"老实话"。

这里，谨向这几位说"老实话"的作家敬致赐稿的谢忱。

《日出》这次演出，各界齐声喝彩；而《日出》又是一个惊撼了世界剧坛的名剧，所以这里我对《日出》的本身以及此次成绩的怎样好法，不再赘言。成熟的技巧，可以使平凡的剧本演出生动，我的批评论点，一向是注重在"技巧"上。

《日出》演出的技巧是远佳于《茶花女》之上的，虽然这是易于讨好的戏。

方达生在这戏中是最不好演的角色，费力不讨好。第一他的个性平常；第二他没有重要的戏做；第三他没有什么动人的对白，所以不易演往往会平平淡淡。这次的达生呢，果不出我们的所料；同时还有点生疏，说话也觉太快。

陈白露是个久经世故，环绕于阔人们中间的交际花，她应有怎样的个性呢？我想以"傲软媚硬"，机警伶俐，手腕灵活可以代表出她的个性的。她应有个漂亮而媚人面孔，她应有婀娜娉婷的身姿；她的表情应是时而深情时而虚假，她的言谈应是时而甜蜜时而酸辣。在这一点上，她与《雷雨》中的姨太太是迥不相同的。这次陈白露演出来很有些地方还是《雷雨》中姨太太那种劲头，这一点我个人不敢赞同。除外，大致很好。

潘经理和李石清二人的戏相当的繁重，演出来也都很好，我不愿再"吹毛"。

王福升演的相当熟练而机警，有些地方稍觉夸张一点。这是个较有希望的人才。不过，我觉得他演剧似乎是在模仿某人。在国剧中某某唱的和老谭一腔不差，这算好；但在话剧上除了应当像你所演的那人外，不该再像别人了。假如苏曼君在演出的技巧上，无形中受了某人的影响时，我愿能摆脱开，要完成自我的表现才好。

张乔治和胡八奶奶没有书上那么生动，殊表遗憾。张乔治的外国语应当说的再漂亮，再大声一点，以完成这个"噱头"。

黄省三的戏太易要好，所以也容易演得好。

我对"翠喜"的批评和前几位一样。

"大茶壶"是否全是天津人，我不知道；但一般人学"大茶壶"说话，常用天津调。为了趣味浓厚起见，小顺子应当说天津话。

小东西给观众的印象太浅薄，也觉遗憾。陈白露和王福升谈话时，对于小东西的表演未予交代清楚，使她僵在那里，很不应该。

第三幕方达生和卖报的说话时，胡四，翠喜在右边无戏可做，全场空气致觉散漫。

下次再演时，门应当收拾好，以免张乔治推门而出。第三幕的白帐帘也应弄好，以免拉不回去使演员慌张。在第四幕陈白露闭灯时，全场皆黑，很不合理，至少在小棹上放的那盏台灯是不应当黑的，因为那是两个开关。

此外，在灯光上，我愿再说几句话。

第三幕的灯光应和其余各幕不同，以示区别。一二四幕应注重全部照明，第三幕应注重个人照明。第三幕张(方)达生入场后，灯光焦点应在舞台左方张(方)达生和卖报人的身上。小东西上吊时也应全场变暗，仅小东西头部有光，以加重气氛围。

第四幕陈(白)露熄灯以后，应留一条光线射在她的面部，以助表情。当她把窗户打开以后，应有一条强烈光线射人，以示光明。地下应有窗影人影。应有微风吹动窗帘及头发，以重情绪而示凄凉。

原载《艺术与生活》1940 年第 2 卷第 3 期

《日出批评特辑》读后

——对批评者挚诚倾吐

石　挥

全四幕的《日出》毕竟由一群被认为傻孩子们的手里产生出来了，这中间含有无限的辛酸与苦痛，但是《日出》究竟在成千百的观众面前揭开帷幕，古城的人们能在腥气逼人的氛围下，窥其全貌，北剧的朋友们也了却了一个心愿。

我不是负责代表北剧来向批评者们倾吐一番，更不是兼着某种使命，只是以一员“日出演出工作者”的资格，在读完《日出批评特辑》后，内心所感触到的信笔挥来，挚诚倾吐给批评者们，我的目的是在求得与批评者做更紧密的携手！

然而为什么在现社会下演《日出》呢？为了我们不把话剧当娱乐品，当商品，这个问题是第一要研究的，演《日出》的出发点是什么？演《日出》会给予社会什么反响？究竟人们是否能从《日出》里得到助益？演出的人是不是昧着良心，使《日出》删的不成东西？……这些事情，曾一度盘旋在我的脑子里，做彻夜的思虑，结果毕竟决定了它，要以最大的努力，搬它上舞台，在拙作《为什么在现社会下演日出？》（《中国文艺》第六期）里可以看到血泪的所在，更是如何看重它的上演！

在这感觉迟钝的老大中国里，话剧要比许多事业落后，而被称誉为文化的古城里更说来惭愧，正如阿茨先生所说的一样，自然当地的政治环境是有直接关系，而战后的古城呢，话剧运动的继续尤其有着绝大的不可能，使人头痛的空气，滋生不出什么奇异的花朵来。但是以戏剧为生命的剧人群，毕竟没有使古城的话剧运动灭亡，北京剧社便是续延古城剧运生命的一个，我们并没有想到一点“成绩惊人”的念头，只要能演出，已经是难能可贵了，因为话剧不是娱乐品。

《干吗？》《雷雨》《茶花女》之后，继之以《日出》，“时间”给予我们好多证实，时代委实在转变着，而针对着现社会，上演了全四幕的《日出》。第三幕能搬上舞台，是北剧史上最足使我们欣愉的一段。

获不得严正善意的批评，是剧人最苦痛的一件事。我们对无理的漫骂，感到憎恨，而忘然的捧也足使人厌恶，我自己对《艺术与生活》的《日出批评特辑》，在读后感到异常快慰，所得到的是勇气，鼓励，指善，责短，每篇都充满了同情，本来同情是人与人之间最可珍视的东西，但批评者施同情于剧人的身上，在古城中还是稀有的至宝。

第一篇王石子先生的观感，写来并不如我们所希望的那样长，王先生对我们太客气了，在措辞上谦虚得很，蒙他给予我们的几点批判，是非常实际的，本来以一个学生组成的剧团，以之演潘月亭，黄省三，黑三，王福升，委实有些困难，但是结果竟会使王先生惊异地是这几个人的成功，由此可见这中间的艰巨。

也许再过几年，中国舞台上的翠喜是“比较泼刺一点，爽快一点”的了，现在能有人肯答应演，“已经是够使人高兴的了”王先生你给的话是对的。

小东西应该再小一点，但是我们却用了在王先生想象以外的一位演员——陈默，在北剧里是再没有比她小的，比她肯于牺牲演第三幕的女演员了。王先生知道第三幕见客的那几位小姐，是经过多少唇舌才成功的？“碍于我们的礼教”，一语完全道破。

“最后，我们企望着‘北剧’能踏着这个成功的基础，多呐喊几声，叫人们看《珠帘寨》《红拂传》的精神放在《日出》这一类的戏上来。”我们曾反复的读着它。

第二篇是言炎先生的《看北剧〈日出〉后》，他赐给我们那样多的美丽的词句，使我们感到惭愧，在全文中可以知道，言炎先生也是一位青年，文中蕴蓄着的一团火力，不时地流露出来，对演出的分析也非常清楚，可见言先生的细心和对剧运的关怀，在古城剧运才见抬头的时候，我们是极端需要关心我们的青年的鼓励。

《〈日出〉在古城舞台》是阿茨先生长数千言的评文，说得异常恳切，严正并且是善意的，我们非常希求有这种文字出现。

《日出》不是一个完全有系统的剧本，这是谁都知道的，多少个独立故事，分布在《日出》里，使人找不到主线，而这许多典型的人物，硬强拉在一起，生硬与不合理是必然的。在演出方面也就自然的生出凌乱无头绪的现象，多种的故事，搬演在一起，主从的关系又划分的不清，这也是作者的一点缺欠。不过阿茨先生当然知道，如果全四幕的《日出》，一字不删，事实必要演到七小时——六小时之久，当然这是不可能的事，“删”是必要的，然而把那一个故事删去呢！删去了某一故事就要失去了与其他故事的关系，这在拿笔的时候，委实费过一番心血。不过这次演《日出》主要的是针对现社会之黑暗与罪恶，所以黄省三，潘月亭，李石清的部分完全保留，一字未删，因为我们拿它做演出的中心意识，陈白露和方达生的部分都是泛长的词句，以往的经验告诉我们，那是很难得效果的，但是那是极美丽极实际的对话，所以仅仅删去了一点，其他完全保留。至于顾八，胡四，张乔治等部分则大删特删，仅仅剩下的是与别的人物的关系，使观众知道，社会上有这种人活着就够了，“时间”不允许我们这又有什么办法呢？

三幕的上演，是北剧朋友们认为最快慰的事，有了上演的机会，“删”的刑法当然不会降临给它，所以三幕是全剧中最完整的一幕，三幕的结尾失败，是被舞台所限制的结果，上吊在舞台的最中心而向前是最合适不过了，可是舞台的构造是为《吾皇万岁》设计的，话剧在当时还是不成器的孩子，“建筑话剧剧场”是剧人一致的呼声。至于声音，灯光，颜色之失败是真的，这在吉祥二度公演时完全改善过来了，我们采用了多位批评家们的建议，而获得相当的成功，这是话剧运动将要走上正轨的前奏！希望阿茨先生多予指教。

心解先生的《自我意见》很了解我们干剧的苦衷，对许多微小而重要的地方指摘的真确，除了感激以外，当竭诚接受。

果然先生的《关于〈日出〉》也是一篇比较长的评文，评论的彻底而中肯，所讨论的问题，不是片面的。

关于舞台声音是一种技术，而对话的构造，往往作者们，依循了过往的剧本，以至于不自然与生硬难消化的词句，时常使一个从事演剧不久的演员感到没办法，这是个大问题，“以观众为前提”还不足以解决这个问题。

对演员的批评尤其切实，北剧的朋友真获益匪浅，当前剧运的开展是有多层的困难，“纯话剧艺术的团体”的存在已经是费尽了所有的力量才能延续到现在，未来如何，正如大海求针，深不可测，剧场售票员对果然先生的发落已足使您痛心了，可是这是太表面的问题了，当我们和剧院经理交涉租院的时候，所遭遇的发落，轻视，侮辱当更百倍于前者，他们始终管我们叫“文明戏”，高价租之，又复百般为难，凡一小事都感到棘手，所幸几次公演的成绩与营业上的表现，已使他们改变了认识，在态度方面也好转了许多，果然先生所遭遇到的，正是好转后的一个表现，不过在将来——事实也用不了多少，总有叫他们心服的时候，话剧剧场林立在古城，中国之富强乃必然的，那时的咿呀乱叫的拿谢虎，孙悟空自然是被淘汰了，我们相信这些，所以有忍辱苦干的今日。

说到这里，心里有着使人愤慨激昂的事情，不过竭力温暖着它，留待于他日。

笑星先生是我的一位好朋友，我们的相识，是基于艺术立场的，上次《茶花女》演后的一片批评，是被选在北剧座谈会上的主要材料，这次《日出批评特辑》完全是一种严正善意的批评，在当前的话剧批评界，这已经是难求的了，而笑星先生对剧运的协力，更是北剧同人感激。

《再来凑个热闹》语多实际，一个比较接近内幕的批评，委实与别者不同，除了限于我们的经济之外，则完全接受，不过有些是属于个人学识与技术的修养问题，这是需要长时间的习练。

大茶壶是以天津人为妙，然言者说天津话练了许多的时候，难学的很，不是不像就是杂着有北方话，最后为了免于丢人，还是决定了说北京话。

写的太多了，凌乱的不成样子，不过为了感谢几位热心话剧运动的批评家们的赐教与关怀，这一篇挚诚的倾吐是至诚的。

能够做更紧密的携手，是我最企望的。

原载《艺术与生活》1940 年第 3 卷第 1—2 期

《原野》在满洲的演出

吴　郎

能想到《原野》在满洲演出，或者也当能想到满洲话剧正走着荒野上点火把的路途，这条路途倘能走得有如坦平的大道，也未始不可以归功这几个有型的完整戏剧之公演。

大同剧团把曹禺氏的《原野》，曾分作三幕演出去。但以序幕做了第一幕而割爱了第三幕，这在大剧方面以为《原野》之三幕"有各种神怪荒诞的幻像，是否又能在舞台出现的可能性，而且时间是否过于理想化"的两个原则，而删了去。

所以，《原野》进入我们眼帘只全豹者，其内容的约括如上，我便以此内容的范畴来申解我的观感。

首先我们承认《原野》是有两时代对立冲击的深邃之创痕的描绘，它暴了这暗黑的气氛在环围大原野，一条硬汉他可以弄掉了一个折中的妥协者，他可以对付这毒狠的旧因袭的死亡者之狂舞，但他自己却摆脱不开这漆黑的大原野，而不得不把希望全力寄托给未来的新生，虽然我们在舞台上未能听到仇虎说出："记住，金子！孩子生下来，告诉他，他爸爸并没有叫这帮狗们逮住……"这样不肯服输的粗线条之大未来的硬话，但我们读到剧本，当有不寒而栗的思觉。

在演出上，王人路的仇虎，是有着相当的力的，他从铁道旁的树林走出来，便自始不懈的卖弄着这条硬汉的骨气，不屈服而又不妥协，没有温情更没有善良，王人路在表情上有时来得很治心，譬如他和焦氏第一次会面时的对话，便很能抓住观众的心。

可是他的力毕竟不足，倘如真的第三幕要演出来，也许他会收不到哪种结果的，也许是我偏爱，后半部的活动，初乍出现的姿态，在力的分野上说，后部是显着松弛了，虽然焦母和仇虎的对话不能一贯也是原故之一，但就全面观之，仇虎则是颇成型的演技。

不过我们对于他逼尖了喉咙所歌的鼓词，则认为极其寡淡了剧中的森森然之意味，未加强了剧中的进展，反而阻碍了其进展，则是当考究的。

比较金子是可爱性格的存在，张丽青会充分发挥了浓挚的焦花氏之魅力，譬如她和仇虎的几个镜头，柔媚而有劲，和焦母的对话，寓抗意于卑句里，都有可观的收获，不过在动作上，惊惧的和止息的，都没有分别出来，尤其在小动作上，缺少了一贯的性格，这是值得有再出发的必要，倘为再就表情之主力的眼睛上多注意一点曲折的分晰（析），或者更加重其在语言上的成功。

邓固之焦大星，多少近乎衰老的象征，这对焦大星的扮演是颇不合的，然而他在那几场纯情的表演是成功的，当他举刀要杀金子的时候，他忽然说："哦金子！我求求你！你不能这么没有良心！""你别走……""我说你的心别走……"这几句都说得恰当，又譬如他自艾着自己："为什么要一个女人来成天挖苦他……"那种焦躁游离之姿态，都是可取的。

想到马雪筠的焦母，我们不禁为其没含蓄了做为焦母的情绪而苦闷着，但我们却为她的勇敢贡献所欣赏着，可是温情替代了狠毒，蔼和柔和了多谋，则是件极不妥当的事，因之在《原野》里，有几多可以被特记的连锁，则完全为雪筠模糊的性格所迷茫了，像总离不了铁拐杖的焦母，毕竟不是温情马雪筠所能融化的了。

白傻子，可以说是特笔的，那呆痴而傻气的动作，表情，语言已摄合在一起，而完成了白傻子之活跃，这是我们值得记忆的。

最后，关于卢铮的常五爷，当时完成了一个帮闲的典型，他拿着雀鸟笼子和金子闲泡的神气，反映着他战栗喊着"刘队长，别开枪……是我是我常五……"的话头，都是很可怜的摄影，很值得推荐的作风。

单就角色之观察，容有极不联系的感情，由此我们该找出到导演的手法来证实着剧本的舞台上演，但我们看到《原野》，却仍不禁对导演的本体上有怀疑，譬如那仍残着文明戏手法的表演，在《原野》上气氛那样的浓厚，则是无可讳言的，像角色性极（格）的混淆和不一统之点，导演是要负责的，此即我在《剧运的显现》一文里所说的，"好的剧本已经演出，今后确要好的演技了"。

换言之，这是今后所约要求大剧的一个大课题。

其次还谈一点其他附带的问题：

在照明上，本剧显然不如过去的《检察官》好，尤其在第二第三幕上，是极特的失败，在二幕上的时间便找不太清楚，在第三幕时间变换得令人无感觉，而且台上的照明，亦不能充分找出其明暗相，只令观者感到只是一个时候的故事，有时也许这一个时候都摸不清，这显然使这一出戏曲减色了不少。

第二在效果音响上，也不能充分的圆滑。举个具体的例子，小黑子被送到祖母的房屋里，焦母的一根铁拐杖，便打死了自己的孩子，然而这个孩子连最后一声哀鸣都没有，真是滑稽已极的事情，又如仇虎威胁着常五爷，门外的枪响，便不能与仇虎的约求一致，以致很好的紧张场面，最低减去了二成效果。

还有金子的服装在第三幕也有考虑之点，仍和第一幕相同，感到不太体贴了原作者的约求，而且对金子强烈的性格上，也受到了非浅的影响，这是要值得令人注意的。

看过了剧本很受着冲动，但看过了演出反不如读剧本的心绪，这是未能表现到合适的地方的所致，总之对焦仇两家的二代恩怨表现的太薄弱了。

原载《华文大阪每日》1940 年第 5 卷第 11 期

南友剧社公演《财狂》

再演《财狂》

严仁颖

莫里哀的 *L Avare*，英文译本 *Miser*，中文的译本名《悭吝人》，原剧分为五幕，这剧在一六六八年第一次问世以后，曾多年风行在各国舞台上。

民国二十四年的秋天。南开新剧团选了这个剧本，由张彭春教授和曹禺先生把全剧重新翻译了，改作三幕，定名《财狂》。接演用了三个月的时间，结果在华北剧坛上留下了一段光荣的印象，那次是由张教授导演，曹禺先生主演。

抗战后，来到大后方，再演《财狂》成了南友剧社的唯一愿望，我曾设法在敌人破坏的废墟下，慢慢把上次演出的剧本台词，接演位置，以及背景设计都找到了，并且寄到了重庆，再演《财狂》的计划，这才实现。

这次公演，为了庆祝南开学校的三十六周年纪念，和响应征募寒衣运动(票价出开支外，一律捐作寒衣代金)，所以一切都受到了时间的限制。同时，舞台的狭小，亦增加了不少的困难，演出的成绩，恐怕很难达到理想的境地。不过，无论如何，我不敢忽略了这个改编本的特点：演员的个性，对话的高低，位置的角度，动作的空气，都尽力的保持着张曹两先生的原意。

在这抗战的大时代里，我们还来演异国十七世纪的剧本，似乎有些松闲。但是，这个改编本的主角，确亦能代表后方大城市的一部人士，不信，请你来看吧！

舞台设计的话

静　珊

大胆的任起这一项繁重的工作，就得尽所能去干，不顾一切的去干。

《财狂》所需要的舞台，是宽敞的，是高耸的，因为它必须用立体景，它不是搭起几块景片就能□□的。但是我们用的舞台，十几尺宽，二十几尺长几□□得没有方法可想。

记得母校新剧团第一次公演《财狂》时，在学校的瑞庭礼堂，啊！那时多么伟大！那次是特约专家林徽音女士设计，是那么一所庄严壮丽的楼房，延了短墙的走廊，是那么深远。一座六角亭又是那么美观，使我们坐在观众席里的人，都感到是身临颐和园了。这次的舞台，还不够原来的四分之一，而因了剧情，又不能将某一部分取消，怎能作出和以前相同的台面来呢，于是只有具体而微的改作。

得到导演的同意，只有楼房仿原形改小，其余亭廊的高低和角度及部位形状，都改变了。

在改变之后，对演员的地位及剧情的应用是毫无问题了。而只有一项是应该抱歉的，更是我写这篇文字的动机，是什么呢？就是对一部分观众表示歉意：第一是坐在最前排的观众，请委曲一点，你买的是最贵的票而使你看那一望而知是假造的景，虽然我们极力的想利用灯光，而也瞒不过你离舞台中心只有八英尺远的眼睛。第二是买到较靠旁边座位的观众，据□算计有三十余位是不能看到全景的。还只有请你们原谅，我们的舞台太小了，不能使每位都得到十全十美。不过，这倒有个好办法，就是请你早点买好座票！

这样将就着算卸了舞台设计的责。

最后听得监造者说，工匠们简直是难得做好，他们不会看图，不懂解释，更加上些言语不通，虽然多处自己动手，而也觉得他们是碍手碍脚。这不是工匠的笨，实在是没有专门造景的工匠，在我某次去参观一个木匠做景时，他会轻带着笑的对我说："我懂不到你们弄的是啥子名堂，我们学的是做桌子凳子，没学过搭你们这个样子的楼房……"

不过，总算还做出来了。

有些该绘画的地方，经徐京及巫敬桓两先生帮忙，实在增美不少。

最后，还要声明，本次《财狂》舞台形式虽然是重新设计的，不过总还是要根据林女士的原景，我不能忘了她。

职演员表

职员：

原　　著：莫里哀

改　　译：张彭春　曹　禺

导　　演：严仁颖

舞台总监：华静珊

监　　督：伉乃如　喻传鉴

前台主任：华俊明

布景监制：王寿萱

宣　　传：姜公伟　郑眠松

照　　料：张信鸿　郑新亭　王文田　方慕韩

　　　　　丁辅仁　何纪常　郭荣生　上官苏亚

化　　妆：华静珊　穆兰心

灯　　光：武宝琦　周文帆

美　　术：巫敬桓　徐京

提　　示：宁克明　石坚白
票　　务：周　生　钱品严
干　　事：史学曾　敖世璋　胡笃志　渠荣久　张玉波　魏鸿恩　程君礼　杨日升
演员：
剧中人物（依登场先后次序）
林梵籁——范迪锐
韩绮丽——喻娴令
韩可扬（绮丽之儿）——王恺华
费　升（韩宅之仆）——田　鹏
韩伯康（绮丽之父）——张国才
施墨庵——栾　圻
傅三奶奶——华静珊
李　贵（韩宅之仆）——胡允敬
贾　奎（韩宅之仆）——陈秉隆
木　兰——钱兆年
陈南生——杜博民
警　长——孟宪麟
地点：
都　市——韩宅小花园
时间：
第一折——早晨
第二折——当日下午
第三折——当日傍晚

《财狂》公演三次

南友剧社于十月十七日母校成立三十六周年纪念大庆日公演名剧《财狂》以资庆祝母校三十余年惨淡经营之光荣史实。下午七时，礼堂之内人头涌动座为之满。十九日二次公演，亦告满座。两次公演，大为成功，《财狂》之名，蜚声渝市。各方纷纷转而要求三次公演。于是二十六日时又作荣誉公演，观众较前更多，礼堂之内，一再加座，最后至不可再加。

《财狂》乃法国名剧，经剧界前辈张彭春先生与剧作家曹禺先生改编，曾在津市公演，予华北剧坛以极深刻之印象。今南友剧社□极大之计划，将剧本原词由津寄出，西南后方观众之能观《财狂》，实非易易。

原载《南开校友》1940年第6卷第1期

《日出》在延安上演(短评)

崇　基

《日出》在延安上演，并且博得了很大的好评，这事引起了国内许多地方的人们的奇怪。

边区的物资条件是这样困难，却要把这样大规模的、相当耗费资财的戏剧搬上舞台，而且更重要的是：边区是模范的抗日民主地区，却排演这与抗战无关的戏剧——这就是引起人们奇怪的一般的原因。

于是就有人揣测了，有的人说：艺术究竟是艺术，只要是好的艺术品，不必与抗战有关，也可以在抗战中存在、发展。一切服从于抗战，而艺术独可以例外，所以延安也演《日出》了。

有的人说，延安演《日出》，不过是为了看看新奇，边区的干部们没有见过大都市，所以演《日出》来让他们开一开眼界。

甚至于有的人说，延安尚可以演《日出》，其他地方更可以大演特演，甚至于武则天、潘金莲之类只要有趣味能吸引观众的也无妨搬上舞台了。

种种的揣测，使得延安不能不做一个回答，不能不对演《日出》的理由，以及艺术工作的立场和态度，给予一个表白。

艺术运动是民族战斗的一个重要力量，在抗战的今天，要使艺术工作离开抗战，那不仅只是抗战的损失，而且也是艺术本身的损失。因此我们的艺术工作的立场，首先就应该是抗战的立场。艺术工作者首先在政治上是要赞成抗战的，他还应该去努力体验和反映抗战的现实，用自己的艺术的武器为抗战服务。

但为着要使艺术成为抗战的力量，它又有着另一方面的任务：那就是要努力从各方面把艺术本身的水准提高，探求和创造各种各样的更优秀的表现形式，提高艺术，就是使他的感召人心的力量更加宏大，就是更能加强它的为抗战建国服务的作用，这就是艺术运动上的不可分离的两重任务。

延安有充分的理由把自己的艺术运动当作抗战艺术运动，这里从来就没有把艺术和抗战分离开来，“为艺术而艺术”的陈腐思想，在延安的艺术工作者的头脑中是不存在的。然而对于艺术质量的提高工作，却时时刻刻都没有放松。延安的艺术界曾大胆的利用了一切新的艺术形式，学习着中外的各种艺术的优秀作品，为创造中华民族的新艺术尽着它最大的努力。

延安上演《日出》，就因为它是抗战以前的戏剧创作中最优秀的产品之一。我们说它优秀，首先是因为它包含着极多的真实的内容，它暴露着中国某些中上层社会的腐烂生活，揭示着中产阶级的互相吞并、互相残杀的罪恶的现实。我们不演《原野》，不演《雷雨》，而单演《日出》，就因为它比以前的旧剧包含着更多的现实的暴露，所以如果因为延安演了《日出》，就以为其他非抗站内容的戏也统统在可以上演之列，这完全是可笑的推测。

《日出》所暴露的同类的事实，就在抗战以后，也还在中国许多地方残留着，都市上层社会的醉生梦死的生活，并没有被两年多的民族斗争的炮火完全惊醒，而且在抗战进入第二阶段以后，由于某些社会层里悲观失望妥协动摇的情绪增长的结果，曾经一度被惊醒的人们，又重新回到花天酒地的糊涂美梦里去了。在这样的意义上，《日出》的暴露，就是在抗战以后也还不见得就与现实隔离了关系，我们现在也还需要这样的作品，需要更深刻、更具体、把抗战以后所产生的许多新的社会黑暗方面彻底揭发出来的作品，第二阶段的某些倒退运动，是需要我们痛快地加以指摘的。抗战的艺术并不需要每一篇作品和每一个题目都要直接描写抗战，而是要反映抗战中的各方面的现实运动，在这样的意义上，《日出》的作风，在今天也仍有值得我们发扬的地方。

《日出》之所以是优秀的作品，还因为它有着相当生动而明快的形式，相当成功的舞台技巧。尽管从专门家的眼中看来，这些技巧还有着许多缺陷，还一般的不能够把内容深刻化，然而它已具备了强力的把握观众的力量，至少对于中国都市市民观众有着特别的吸引力量，这是中国的话剧运动中所少有的，尤其是抗战以来所产生的一切抗战戏剧作品所万万赶不上的。尽管我们把服务于抗战的口号提得多么高，尽管我们说要为高度的艺术质量而努力，如果所产生的作品，毫无把握观众的力量，那我们的作品，只等于流产，我们的抗战艺术工作，就等于白做。特别在戏剧方面来说，如果不使艺术性和大众性努力统一起来，则戏剧之所以为戏剧的意义也就不存在了。就这一点来说，《日出》的技巧形式，也是值得我们抗战艺术工作者来研究和发扬的。

这样，延安上演《日出》的意义，是很明白了：绝不是因为艺术可以超越抗战，也不是因为看新奇，更不是因为趣味和噱头，而毫无考虑的把它搬上舞台，是因为这一个剧本的内容和形式，在我们的抗战艺术工作中，都有许多可以值得观摩的地方。我们并没有把《日出》看做登峰造极、完美无瑕的作品，它的内容和形式都还有许多可以给专家商量的。然而我们却不能不承认：《日出》的作者是我们的话剧界里最有才能的作者之一。我们希望抗战戏剧运动中间能产生出比《日出》更好的作品，我们更希望《日出》的作者能以他的优秀的技术为我们制作一些新的抗战剧本。《日出》在延安的上演，也不外是为着创造更好的戏剧作品而努力的一个阶段。

原载《中国文化》1940 年第 1 卷第 2 期

《雷雨》的演出

林默涵

和《日出》在延安的演出一样,《雷雨》的演出,也会一方面得到很大的好评,另一方面,却又引起了一些人们的怀疑。

怀疑的意见,不外是说:在抗战的时候,演这样的剧,是否有意义?对于这种疑问,我们的回答是:有意义的。虽然它是产生在抗战以前的作品,虽然它并没有直接说到抗战的事,但在它表现了中国社会的一角,刻画出了中国社会里某些人物的典型上,就有很大的益处。这是一个资本主义和封建势力结合起来的中国特有的家庭的关系:那里面,有自私自利的顽固的矿山老板,有答应等待的可怜无告的女人,有饱食终日无所事事的少爷,有虽然鲁莽而有骨气的工人,还有打□谄媚的卑劣的奴才……这各种各色的人物我们在现实生活中也经常可以见到的,但被作者一搬上舞台,那特征就分外凸出,性格就特别分明,这在我们从事抗战的实际工作中,是第一个重要的条件。从这意义上说,《雷雨》的演出,是不能说完全与战争无关的。《阿Q正传》和《子夜》等等作品,那里面又何尝写到抗战呢?但我们却决不因此主张,那些作品,在抗战时期都不应该读。为什么呢?就因为它们都真实地反映了中国社会的现实,而这样的作品,就于抗战不能没有关系,就对我们一定有很大的益处。

当然,《雷雨》的意义不止于此。作者在这里,也和在《日出》里一样,是很明白地表示了他的所爱和所憎的。他向人们指出了他所憎的社会势力是正在无可挽救地没落下去,而把他的希望寄托在他所爱的社会势力上,虽然那希望,应该说还是遥远得很,他把那些表面上"道貌岸然"的人物拖到现实的面前,一点点地剥去那粉饰上去的金衣,露出那藏在底下的丑恶来。可是,正如那些资产社会的先祖们,进行海盗式的掠夺,虽然满身都带着血腥的臭气,但他们总还算是一些"实干"的人物,到了现在,他们的末路,却完全变成了一些无用的食利生活者一样,《雷雨》里面的周家的后一代,也真是"征况愈下"了,他们就只剩下很少的几类动物的本能:吃、睡、性而已。这就是那些社会上所谓"高贵"的任务的真相,这就是藏在那些富丽堂皇的洋楼里面的肮脏。

怪不得,在有些地方,连这样的剧也不准演。

但是,缺点自然也有的。比如说,情节的过分巧合,使人怀疑这种事情是否会有,这就可能损害艺术的真实感。作者对于真正的工人的了解,也是很不够的,他只是朦胧地看到了他们的远大的前程,在他们的身上发现了阳光(《日出》),寄予了希望而已。所以,在他笔下的工人(鲁大海),就成了一个勇敢而近于鲁莽,耿直而近于乖戾的人物,而且又显得是多么的孤立无援呵。舍弃了旧的,而新的却又还不会全部抓住,作者就只好以完全绝望的结局来告别这个故事了。当然,我们知道,“希望”是在另一些人们的世界里,但这个剧本的主要观众,并不是我们,而是一些城市里的所谓小市民的阶层,对于他们,艺术的任务,不但要指出什么东西是正在腐朽的,还要指出什么东西是正在生长的,把他们从没落的道路引到前进的道路上来。因为在现实中,他们(城市小市民)也并非注定没落不可的,在他们的面前,本来就摆着两条不同的道路。但这未免是近于苛求了,如果想想这作品是在什么环境之下产生出来的话。

古代希腊的神话传说中,说俄狄浦斯(Oedipus)的杀父娶母,是由于日神的安排,难逃的命运:这种神话,在二十世纪的今天,当然不会有人相信了。《雷雨》里面的周家的悲剧的纠葛,却明明是这个不自然的吃人的社会制度的产物;作者虽然没有明白地指出来,但细心的观众是可以从其中自己做出必需的结论来的吧。

原载《大众文艺》(延安)1940年第1卷第6期

《雷雨》公演特刊

《雷雨》碎话

姚雪垠

尽管有人说这部悲剧里包含着许多毛病，但《雷雨》确乎是二十年来唯一成功的大悲剧。我们不能不承认它能够紧抓住观众的灵魂，正因为它是一面镜子，照出了旧社会的深刻内容；虽然也只是内容的一面，而主题的重点，并不是现社会的主要矛盾。我们不能不承认它反映了那从不合理的社会关系和家庭关系中所发生的斗争和挣扎，并且抓住了人性的相当深度；虽然，我们不十分同意这部悲剧在题材上表现的未免过甚的偶然性，并由这偶然性导出的一点“形式”上的宿命色彩。我们不能不承认作者在艺术技巧上的精练与慎重；虽然我们已经从上面所指出的毛病中，不免觉得他只是对于欧洲的古典悲剧有研究，而对于新现实主义的创作并没有正确把握住。

题材上的偶然性，虽然露出了一点宿命色彩，但真正掌握着剧中人物命运的不是神，而是现实，一切罪恶与痛苦的渊源是现实的不调和。《雷雨》所反映的不是周府一家，而是这个时代的一个侧面，周朴园不是一个特殊的人物，而是某种社会现实的普遍典型。周朴园由富贵的家庭出身，到外国留过学。从他的事业看，他是不折不扣的现代资产者；从他的家庭生活看，却有着浓厚的封建空气。从这儿我们看见了两种社会力量的斗争，同时，也看见了两种力量在一个人身上，所显露的严重性和矛盾性，还看出来，这剧中象周朴园等人物的悲剧命题。所以，真正造成周府的家庭悲剧的人，不是蘩漪，也不是四凤，不是周萍，也不是周冲，而是一身有两种罪恶力量的周朴园。

在《雷雨》本事中，有人不同意那些仿佛过于凑巧的偶然遇合，象这样的宿命色彩显然是受了古典悲剧的影响。但当我们坐在舞台前做观众时，却并不感到它不合情理，倒是在批评研究艺术时，才发现了毛病。对于这一点，我们的了解是这样的：就是，那些偶然事件的进行发展在剧本中是偶然的，但在客观现实中却有其必然性，比如：侍萍被年青的主人逐出，三十年后又相逢，单看剧本，这未免过于巧遇，但侍萍出身微贱，被周少爷无情地弃掉，后来又因为自己的男人和儿女的关系，和周朴园见面，在现实中却有它的客观合理性。因此，我略有不同意曹禺过去的写作态度，但却不能不承认《雷雨》也是我们这时代的一面镜子。《雷雨》的时代并没有过去，请大家从《雷雨》中看看现实！

导演的话

蔡　虹

照例，公演、出特刊，斟酌一番，这次自然不能例外。

一个戏剧工作者，很少有不爱读曹禺三部曲的；一个爱好话剧的观众，很少有没看过《雷雨》的演出的，甚至于两遍、三遍。可怜，若不是在这次排《雷雨》，我仅读过它两次。更可怜，为了久处在旧势力下的北平，就从没有机会未看过它的演出。

这样，只好闭门造“车”。但，斧凿偏偏不利，监工拼命催促，二十天里一定要完工，难为煞我这演出师的笨木匠。

轮子或者是造成四方的了，又在这样满是泥泞的路上，难免不叫我这四轮车子倾覆，所幸聪明的巧匠们，你若看车的本质还坚固，请替我削圆了轮子吧。

推荐《雷雨》

白　克

我想战区剧运一点儿也不寂寞，《雷雨》的上演，在物质条件如此困难的环境下，居然能够把它搬上舞台，是值得我们兴奋的！

《雷雨》是二十年来中国戏剧坛上最优秀的剧本之一，《雷雨》虽没有枪炮和血腥，但在我们伟大的抗战中，仍不失它积极的斗争意义。

这次有机会看到《雷雨》的排演，我看到了全体演员日以继夜不停地劳作的“狂热”，也看到了导演蔡虹先生红着眼睛，对每一个场面，对每一个动作处理的“焦虑”。我虔诚地钦佩这种“狂热”和“焦虑”的精神，这个精神，是每个戏剧工作者必须具有的，因此，我推荐《雷雨》。

原载第五战区《阵中日报》1940 年 10 月 12 日

对燕大话剧团出演雷雨的一点批评

看完燕京剧团的《雷雨》后

章　蒂

燕京剧团的《雷雨》曾在他们学校里演过两次，据看过的朋友们说很好，我很后悔我没有得到功夫去看，巧得很，他们在本月八号晚上在协和礼堂公演，我是在开演前就去了，差不多整个的四幕剧我都很仔细看过，我很满意，原因是他们究竟是一个学校剧团，以一个学校剧团能演到这样的成绩，也实在是件不容易的事。

《雷雨》这个戏曾先后看过“中旅”“北剧”和从前天津鹦鹉剧团他们演出的《雷雨》，他们的成绩都相当的好，原因是他们这些剧团差不多要算是职业化的剧团了，自然各方面都需要苛求与考究一点，在人材上讲他们是把各种角色都搜集到一起，这样他们的演出成绩按理应当好，是毫无问题的。

燕京剧团是个纯学校剧团，他们都是学生要读书，他们不能把整个的时光和精力放在戏剧上，他们只不过是把戏剧当做课余一种活动罢了。可是他们演出的是话剧，那么我们就戏论戏的来诉说一点自己的观感吧。

就大体上说，全四幕的《雷雨》演来都很好，不过略失之于过于“平”而缺少“力”，这样，所以全剧里使观众很难看得出那一部分演得特别精彩，但是也使观众看不出什么地方特别坏来，这就是我们所谓平的缘故，譬如在第二幕鲁大海到周朴园客厅里争吵的那一场，似乎应该演得比较热烈精彩一点，但是，“燕剧”演到这一场的时候，不甚紧张，严肃，反而显得对话稍乱，此外在第四幕蘩漪把朴园叫出来的那一场要算《雷雨》收场前最精彩动人的一场，可是他们在这一场也缺少了有力的表演，尤其显露着不紧凑、对话生硬的毛病。

对演员的演技上讲，我认为满意的第一个是饰周朴园的姚克荫君，他的化装（包括服装），发音，动作等都能洽合曹禺先生原来写周朴园时的要求，尤其是他在第二幕和鲁妈对话时，更有优良的表演，不过在第四幕被蘩漪招呼出来的时候，说话快了一点，不免露出了青年人原有的神气，这是小缺点。有的人说姚君的身材矮了一点，我以为这不关重要。此外据我看姚君有的地方是模仿了唐槐秋先生。第二个演员我认为饰蘩漪的张福堃小姐很好，她的化装和声音，很帮助了她的做戏。她的身份更非常适合蘩漪这种角色，她在雷雨中要算一位成功的演员，只是有两个转身没有转好，第四幕的表演比较前几幕稍显慌忙不稳定，这是美中不足的地方。饰周冲的黄宗江君的演技也相当的熟练，很合身份，不过他在全四幕中始终穿着那双黄皮鞋，尤其是他说打网球的那场，忘记换白球鞋。这是一点小疏忽。四凤（姚念贻小姐饰）在全局中的声音很好，可惜表情有些地方不连贯，第三幕喝酒的那一场没有把它清晰作出来，使观众看着模糊抓不着头脑。周萍（张福骈君饰），动作有点呆板，没有把爱四凤与恨繁的两个不相同的心绪表现出来，同时台步不十分好看，缺少小动作。鲁大海（汪景岳君饰）也是动作呆板缺少小动作，同时声音仍嫌老一点。鲁贵（刘忠昌君饰）动作太欠灵活，使人一见就知道是在做戏。鲁妈声音太尖脆，内心表情少，化装仍显着年青。大部分演员的演技都似嫌不够，这自然是因着缺少舞台经验的关系。

灯光与布景，我们知道是租用保安公司的，和“燕剧”本身无甚关系，所以我们不去评论，不过灯光与布景都不甚好。效果以梆子，蛙鸣为最别致，逼真。

总之，这次燕剧的演出成绩是三年来很少见到的。同时他们在仓促之间能这样好的成绩也的确难能可贵。

《雷雨》观后

庸　僧

曹禺说《雷雨》对他是个诱惑，我却觉着《雷雨》对我简直是个愤恨。时至今日了，中国大多数的家庭（农村的家庭先撇开不提，兹先就都市一般所谓上层的家庭论），滞留在“周公馆”式内者，还占着绝大的数目。

毕究谁造成了此《雷雨》的悲剧，是周朴园吗？我认为这个责任问题不是三言两语可以说的完的，因为它包有许多社会的因素在。这个，有待于“有心人”们经过相当思考后来回答，我们现在姑不穷究它。然而，我再说一遍，中国现在的家庭，滞留在“周公馆”式中者，仍占着绝大数目。家庭度着隐忍的生活，而大多数不能改革而不知改革，这也是事实。曹禺的《雷雨》，“戏剧”上的成功先不必说，在社会方面能指出中国一般家庭改革之严重性来，实在使我们肃然起敬的，此次燕大剧团在协和公演，本人私衷里至少也泛起这种无名的安慰。

《雷雨》里的人物，自各有其环境的背景，这个，也非数语可以道破。然而，其中笔者最景仰的是鲁大海。他虽性子有些粗鲁，然而有着赤热的一颗心，他的那个毅直的性子，正是我所喜悦的地方。他脑海里只知有苦干，没有钱了，马上到街上去拉车。他信：“少爷！天下没有这么个东西”！（第一幕言）而他都事切实际，可像冲光虽然天真，而一部东西在他脑子里毕竟有些漂浮渺茫。

自然，这也是个人的偏见，自以为中国今日正需要着鲁大海这样头脑的人物，无论在家庭里或社会里。又自然《雷雨》这个复杂错综关系的造成，我们要从人物上去分析时，颇有些“狗咬刺猬”难以下口。然而从社会方面看时，这个因果却很显明。毕竟“知识不足”实在是中国家庭问题不能自拔的一个大原因，如果知识稍微充足些，事情就会有所把定。

朴园，蘩漪，侍萍等都逃不出这个责任去，这是我对《雷雨》的持论，偏见的说法自有待于读者的补充及修正。

对燕大剧团此次的公演，大体上很是成功，并较上次在燕京公演进步了许多。

闲话燕大《雷雨》的演出

石　挥

该是如何使我们欣慰的事——燕大剧团由陈绵博导演下演出了《雷雨》，于这次的演出至少要有两个明示给我们，一个是学校剧运是必要的，一个是学生演剧是可看的。

当然我们不会过于苛求，因为现阶段的学校演剧还不能投我们所理想的那样。“布景”是一种正式剧团里都感到难称意的一件工作，限于舞台，限于经济，灯光也是同样困难的，不过燕大这次公演，在布景灯光方面大致是说的过去，至于道具有一些可研究的，我想在燕京园地里对于道具的借用或者是容易，可是这次舞台上的道具体积过大，以至占去了全舞台面的二分之一，所以影响了演员的动作，四幕周萍跪下去认母亲疯狂哭笑的时候整个的被大椅子所阻挡，观众看不见演员。

自己做布景有时是不可能，租用是一种办法，自然我们能将就一点，可是“色彩”这个主题是不能忽略的，我觉得周朴园的衣服与布景的色彩相近，所以演员在舞台上活动力量稀薄了，有时灯光渐暗，几乎看不见演员，如果衣服不好借别的颜色的，我想，白小褂袖的口显露一些，或可补救一点。蘩漪也是一样，我的意思是在黑衣服上加一点白花，或是显眼的首饰就好多了，冲儿，鲁贵，鲁妈，四凤，萍的衣服色彩都好极了，大海要是在脖子上结一条毛巾之类的东西就好了。

燕大剧团演过两次《雷雨》，我都看过了我以为在贝公楼的成绩要比协和强，可是舞台效果，在协和好，让我们先谈一谈演员：

周家的人物：

周朴园——他看戴涯演过多次，所以在发音与动作上有好多地方很相似，我们不在这里谈“话剧表演是否应当模仿某人某派”的问题，他的沉稳是值得钦佩的，他的内心表演很强烈，我们可以会心体贴得到，但是在面脸表现上似乎弱一点，所以又为一些人所难于了解，如果努力下去，将来一定有惊人的成就。

蘩漪——张小姐的发音很好，记得我曾玩笑着说她是钢琴，真的，她的声话又亮又脆，不过一用气力或是高声对音的时候就有点松散了，这是时间的问题，将来就一定会练得高音中音低音都一样好听得像钢琴。剧的左臂时常摇摆，我想是身体上的毛病，还有在舞台上有时以背向观众，或步伐零碎，剧的身份极合，也是难得的一位演员。

周萍——张先生在全剧中应付得最好，他会给对方力量也会接受对方的力量，他的事务是繁忙的，所以剧词生一点，剧的身份合适，发音好，动作如果再夸大一点，再直角些才好，因为萍是个反常的人，二幕打大海时要真打，效果是不可靠的，四幕由饭厅上，拿起手枪至五房自杀时，要演得更深刻明显才动人。

周冲——黄先生演得很好，难能的是他把周冲表现得恰如其人，一个生活在幻想中的孩子，他的动作比较多，声音变化也非常好，“抓住观众”是不容易的，可是他做到了，他如果在音质上再努力一下，真是个好人材，不过要注意，舞台节奏的重要。

鲁家的人物：

鲁贵——刘先生的鲁贵是肉感的，虽然不香艳却也有几分动人，他以为这是个缺点就错了，我相信观众对鲁贵发生兴趣的，多半是因了他的胖。刘先生如果能利用“胖”就可更成功了，他的对话多夹杂着家乡味，长了就会改过来的，他的手势少，动作的变化少，声音与动作有时不相关，语势很好，三幕要再骂得痛快才好，“鲁贵哲学”没有明显地表现出来。

鲁妈——张小姐表演得很深刻，动作有些小，声音好像总是为悲苦所笼罩，时间长了会失去力量的，对话慢，后来好了，她的好处是能维护舞台空气，能应付一切危机，她的内心很强烈，面部表情以嘴最好，动作的转变再快一点，再尖锐一点就好了。

大海——汪先生的音质结实，可是变化过少，还有些不太粗野，动作有些零碎没有到顶点，使观众不知道那个是重要的，他唯一的好处是“熟”有力量，敢做，下次演再借一支大的手枪就更能为大海增声势了，步伐零了也会减去力量。

四凤——姚小姐的身份够，动作也比较多，可是头部的转变缺少目的与理由。脸向台下显露的太多，语气也有些不太自然，哭的方法很多，不过要“真”才能动人，记得有几句话她没有说清，在四幕与周萍相见时说：“真的，真的，苗，你是我的救星，你是天底下最好的人，萍我爱你。”还有“大概有三个月了”，我想是不好意思说，其实没关系，演戏是自有它的伟大的地方。

以我的浅鄙来写这篇东西是不值重视的，不过我是诚意的闲话一下，能使我们更明白自己。未来古城话剧的开展，正待我们的努力，我愿以话剧运动者的立场赞助一切纯话剧艺术团体的演出，最后祝生活在燕大园地中的话剧爱好者们，能更积极的推进学校剧运。

看完母校同学的《雷雨》后

张铁笙

看过了母校同学们在协和礼堂演的《雷雨》，心里有无限感思。燕大的话剧，在燕都艺坛上从来占着很重要的地位，话剧发达的五四时期，熊佛西先生们就是其最活跃的人物，也是演的话剧运动外延地影响中国社会的时期，以后日渐发展，在全国各地各学校各团体中都受了他的影响。最后，将话剧真正带到农村，使它和农村社会真正发生了密切关系的，也是燕大的几个同学们(熊先生是他们的中心)所以燕大同学演的话剧应当好，燕大的同学们也应当使话剧运动永远在活跃着，不单为了话剧运动，至少也为了燕大在话剧运动中荣光的历史。这次，母校同学们在协和演出的《雷雨》，成绩和效果，是可以使我们这些门外故人们感觉满意而表示欣欢的，在这里我愿很真实地告诉他们。

（二）因了《雷雨》这个故事的内容，使我想到了题外的一个问题，就是燕大的同学能演《雷雨》那样“情节”的一个戏，实在令人可感的事。燕大的人们，对于中国的实际社会，实在有许多地方过于生疏，而自己本身是“老爷”，“少爷”，“小姐”，被周冲一样的“憧憬”所笼罩的人，实在不少，所以由《雷雨》而真正体验点并进而认识点中国实际社会的情形，而发现自己对同胞所应负的责任和应与的同情也真是再好再应当不过的事。

（三）七年前我在校的时候，燕大曾以一个话剧而驰名九城，就是表演《伪君子》那个讥讽教徒的喜剧。那时几个主角，孙慧民小姐，（饰白夫人，现在协和当大夫）和李春生小姐（饰婢女）着实得过人不少赞赏，而“伪君子”杨贻祥君，也在真引了多少观众。直到现在，相信凡看过这个戏的人，还留有很深的印象。但以与现在的蘩漪，侍萍，及周朴园们比较，其长足的进步，真令人不能不有后生可畏的感觉了。这不是说只这几位的表演值得称赞，实在是每一位同学的进步，都使我们这些故人们感觉欣佩的。

（四）对于每位同学的表演，我不愿有什么单独的批评，因为我感觉每位的表演，都可以使我满意，虽然是各有不同，然而都在中上线上。就连后台主持制造，雷雨，打梆子，作蛙鸣的人，也都尽了他们的职分，让观众满意。

（五）最后我希望燕大同学们利用他们比较清静的环境，多演几个有力的剧，给我们这活在痛苦和烦恼中的人们一些安慰和启示。这里有二位话剧界的意见，希望同学们虚心看看。

原载《沙漠画报》1940 年第 3 卷第 16 期

《雷雨》公演集体批评

开场的话

这一次燕京剧团公演《雷雨》，很引起燕园人士对于话剧的认识，重视和兴趣，这是很可喜的事。因此，我们才征集了一些关于公演《雷雨》的批评，刊在这里，尽我们这点微小的力量，来推动当前的话剧运动，意思并不在于"赶会"的。

西洋语文学系主任谢迪克先生特别为我们撰稿，竺磊君在百忙中替我们翻译，是很值得感谢的。至于谢先生的珍贵的意见，读者当能一一体会出来。

从角度不同的其余的批评里，我们至少也可以看出一点这次公演的成绩。

只可惜，因为篇幅的限制，卜奇君的《卓越的成就》一篇未克刊出，其余的稿件也都不得已地删而又删，恐已有失去本来面目的可能了。这，还得请读者和作者原谅了！

忠实的演出

谢迪克

本学期燕京真幸运，看到了一等的业余戏剧演出。前些日子国剧社公演中国旧剧。现在毕业班(译者按作者意指年刊委员会)又给了我们曹禺的《雷雨》。两次表演所表现的合作精神和各种角色的高超的演技都很客观。我想过去燕京的戏剧还从未到过如此地步。

这次的《雷雨》我以为是对原作的一个很忠实的演出。它暴露出来这本剧的力量和弱点，使我们知道这个剧虽然有相当的力量，好点很多，可是多少有点幼稚，缺乏组织。它的力量在于它紧凑的情节，预示的气氛，绝妙的个性表现，和作者深入人生底层的忠实态度。曹禺此剧在情节上虽然很得易卜生的力，许多技巧有如窗子和雷雨的象征主义，和整个一个"家庭剧"大的观念，可是他却很成功地把易卜生的方法应用到中国材料上来，结果很为卓越。最能证实此点的一场，也就是那天晚上做得极好的一场，是周朴园逼他妻子喝药一段。他依次吩咐仆人和他的儿子强迫太太喝药，所表现的生活，在中国和西洋社会中就很不同。我便想到 The Barrets of Wimpole Street(英国现代剧作家 Rudolph Besier 作历史喜剧——译者)中的一场,伊丽莎白的暴虐的父亲逼她喝一杯黑啤酒,和这场很相似然而更惊人。曹禺在此所表现的,因为形式和韵律的关系,虽然也很紧张,可是所表示的残暴却嫌不够。

很难说这次哪一个演员更认真作戏。差不多都在一条水平线上。饰周萍的张福骈和饰鲁大海的汪景岳的角色最为难演。好像作者写他们时有点飘荡,并且给了他们很不合适的出没。蘩漪一角演起来很容易单调无味,然而张福堃女士却给她加上了一些很好的枝节——最好的一点是她在听周冲那些孩子气的计划时的愉快神情。饰鲁贵的刘忠昌好像有些地方较原作又加了点什么。他那滑稽的铺张,至少我想是在雷雨紧张声中一种愉快的停顿。

布景效果很好。在燕京戏剧史上的演出里,后台从没有过像这次那样用过思想和力气。

这次演出表现出来本剧的大缺点,便是作者原想写的是悲剧,可是结果却变成了传奇剧(melodrama)。台上和台下所流的眼泪恰成反比。剧中大事发生太多了。作者本不想如此,然而却使我们感到刺激。他缺乏节制力也可以从太冗长的对话中看出。这剧太长。(我想,演时若多快入些动作或可好些。)虽然有这些短处,可是这个戏还不失为试写长剧的一个很重要很成功的作品。

完成这样难演的剧本的演出,我们应该向演员和导演致贺。

"一个天才"

竺　磊

这次燕京剧团演出的《雷雨》,恐怕是燕京有史以来最好的话剧演出。就中以蘩漪最为成功。饰蘩漪的张福堃,可以说是一个天才。就我个人所知,这次是她第二次演戏。而她却能够很透彻地了解剧中人的个性,以恰到好处的演技饰出,殊属难得。她能以极合适的神情,态度和音调表达出来剧中人的个性:对冲儿的慈祥,对四凤的妒忌,对周萍的爱和恨,对朴园的厌和惧,都能表现得既不过火又不做作,不是普通演员所能做到的事。

我曾看过中旅的《雷雨》,饰蘩漪的赵慧深,虽然在沉惊方面做得很好;然而在其他方面却不及这次的张福堃。因为慧深生就一张哀静的面孔,可是对冲儿(第一幕)不够慈祥;对周萍(第四幕),她要求他带她走时,不够哀婉,不足以表现她那时对周萍应有的眷恋;而对四凤(第一幕)厌恶四凤劝她喝药时,只以严肃的口吻出之,不足以表露她的妒忌。而福堃在上述各处,虽然未能尽美尽善,却都有她的独到处。

还有第二幕窗前的独白,第四幕见了冲儿不能如她所望地破坏周萍和四凤时的激愤两处的声调都很可取。

至于其他的角色,都很称职,并很努力。饰周冲的黄宗江具有很成熟的演技。以台词而论,他的角色并不太重,然而他处处都很努力,毫不松懈。他如大海,鲁妈,朴园,四凤,周萍，鲁贵等人；虽然在语言，动作以及化装等处都有些小毛病，可是这些小疵对于全剧并无太大的影响。第四幕中各人的台词都有点不熟，是应该注意的。

效果很为成功，给全剧生色不少。关于布景，我总以为那扇八角形的中门不合剧情，虽然很多剧团都是如此。这扇永远开着的中门，既不足表现那间屋里的闷热的空气，又不能象征这所房子的阴郁和它的主人的严肃。

九成以上

石　非

演《雷雨》的困难，像不只是在"选角的适宜"这个相当复杂的大前提上。虽然这次公演的各方面的成绩都够九成以上了。

我觉得，侍萍，蘩漪，周萍，大海都是很难扮演的角色。他们的心理都不是三言两语可以道破的。

侍萍是一个"读书知礼"的女人。当年，她做过大公馆的下女，和公馆里的少爷有过"罗曼斯"，所以，她很尝过苦中甜的滋味。后来，她不得已的投水自杀……又作公馆下人的太太，当学堂里的"奶奶"，四凤的"重蹈覆辙"，是她极为伤心的事，自然，这可以算苦中苦的味道了。她不算是一个绝对没有见过世面的女人。不是刘姥姥型的人物。她自然不能只是土头土脑的。然而，她毕竟还是下女出身。是周公馆下人的黄脸婆。命运给她的打击，使她恨，爱，悔，无能为力种种心理的两歧上过生活，她有多角形的忧郁。所以她在言谈举止上又不能显着很"漂亮"。朴园至少是应当和气平分孽债的。可是朴园有钱有势有地位，他有法子补偿一部分心理上的"缺憾"。"你可以冷静一点。"是的，周朴园可以，而鲁侍萍不能。这次扮演侍萍的张敏珍，在演技和努力上说，都是观众同声赞许的。可惜，在化装"莫可如何"的情形下，她似乎还不大像侍萍。然而我并不是说这是什么了不得的事。

蘩漪之难演像尤过有侍萍。难就难在她怎样才能和观众的期望调适，怎样使观众了解。我知道很有些观众想叫蘩漪热烈地闹一番，像四凤。错了，她不能那样作。她的地位，她的年龄，社会的压制，都不许她那样作。她是"抑郁终身而呼吸不着一口自由空气的女人"，关键就在她那一枝发展不正常的在环境下窒息的心灵。困兽之斗在热情奔放的末流是免不了的事。而在她，主要的还是在"含蓄"，是轻描淡写地。她心理上悲哀的成分，表现于发脾气是不得已的事。她有凄冷的热情，她是内心过于表现的，"故事"多半都在她心里。她不能像鲁贵那样，鲁贵是表现过于内心的人。在这点上，饰蘩漪的张福堃是很成功的。曹禺先生自以为"惭愧不能画出一幅真实的像"，那么，观众们不会感到观剧难于演剧么？自然，这里所说于"观"，不只是"看看"而已。

饰周朴园的姚克荫，饰四凤的姚念贻，都能胜任，也很成功。

饰鲁贵的刘忠昌，是很受观众赞许的一个。说他最成功的也很有人在。以他的老练，努力和演技来说，这自属应得。然而鲁贵虽然在《雷雨》里是个下人，他可绝对不是一个小丑，观众里很有拿鲁贵的动作当“噱头”看的，这是很可惜的事！

饰周冲的黄宗江，演到这种地步，是很难能可贵的了。

这一次公演，不大使人满意的是第四幕。大海和周萍的对话，都有点松懈，或说是不够紧张。不像第四幕那种场合应当存在的。演员和剧本似乎都有责任。或许这是最难讨好的地方。

为了时间的关系（我想是吧?），序幕和尾声都取消了，这对原剧是很大的损失。谁都知道《雷雨》是一个“传奇”味十足的剧本，巧而不自然之处，还不只是在周鲁两家的关系上。第三幕里的鲁侍萍，第四幕里的鲁大海等，细看起来，都很显然的容易找出“故事”和“情节”之间的罅隙。此外像四凤明誓时，窗外有巨响的霹雷，事虽小，但很是足以引起观众的误会。雷雨全剧所要表现的，尽管可以是真理，所得的效果，恐不易与原意尽相吻合。因此，利用序幕和尾声在这些清晰的离奇之上，撒一些迷蒙的雾，功劳是很大的。它可以使我们好像在月下看远山，在原野上寻觅零星的鬼火，在秋夜里听鸣蛩的小调；它让我们回味着“残忍”的结局，它给我们一点含混而淡然的哀感，觉着在心灵上受了无形而有力的打击。它虽不至叫我们因感动而涕下，但却不是意在减少悲哀的成分，而是在延续哀感的效用。

然而，因为欣赏至少“不尽是”客观的分析，欣赏需要“很成熟的心理基础”（恕我杜撰这种说法）。一般的观众“被”感动的多，拉长了欣赏的距离，会不会没有“霹雷的巨响”和“死亡的惨痛”那么有力量呢？当时另一个问题了吧？

原载《燕京新闻》1940年5月4日第6卷第30期第4版

燕京剧团公演《雷雨》观后记

苏　曼

上篇　姚小姐饰四凤成绩不错黄宗江的周冲最为成功

前　言

日前燕京剧团公演《雷雨》，是日下午四时在学校里考完社会立法，乘车赶出城去，但到燕大后据说票已售完，后来承燕剧的朋友们允许免费入场，晚间并代为设法住宿问题，无功受禄，在我非常感觉不安，谨此向他们致谢！同时写出这一篇东西，希望该剧团再公演《雷雨》时有所裨益，（泰来按：五月八日燕剧已在城内作第二次公演。此稿原拟在上周刊出，后以赶排不及，未得提前发表，谨希作者原谅），我想我的热诚，是不会被人认为不自重的！

观众一般的批评一向是这样的，学校里演出话剧，在一般人的观念里，认为无非是凑热闹的；但是这一次的演出，由于成绩良好，已使一段观众的旧观念发生动摇了！这里有两个原因：一是因为这一次的演员多是演过很多戏，经验宏富的；第二当然是由于他们努力的结果了！

关于演员的演技

因为这里的演员多是干过戏的，当然我们的批评就要苛一点，一般的说起来，他们有一个共同的缺点，就是在发音的平板，而没有能借着每一句的音势，把剧中人的情绪表达出来！在过长的对白里，若不能利用音势，是会使观众困倦的哦！

鲁贵，刘忠昌君饰，我认为还没有做到“神气萎缩，贪婪得很像一只狼，”在对白上，若把第三幕中像“我是一天不如一天了”读成“我是一天儿不如一天儿了……”的北京土话口气就好了，不过刘君是天津人，有时北京话说得不流利，这是不能怪他的！此外在化装方面未能表示出极端肉欲放纵的面孔，这一点，我们北剧去帮忙的人是要负起相当的责任的！

四凤，姚念贻女士饰，她做起戏来很努力，据说是第一次到舞台上来；成绩不错，不过有两点应当注意的地方，第一还没有能把自己和剧中人联系成一个人，所以自己便觉得自己是在作戏；第二对白要用极自然的口气说出来，不应使观众听出来是在读词！

下篇　张福堃饰蘩漪演技成功张敏珍随机应变是她特长

鲁大海，汪景岳君饰，演来确能给观众一个“性情倔强”的印象，不过声音低哑，音调过于呆板，常常低头是他的缺点；在舞台上的动作要有意义，否则会减轻演出的力量，在第四幕里鲁大海打了周萍一巴掌后，向后退了一步，这是无意义的，并且以鲁大海的性格而论，亦不应如此，此点希望汪君下次演出注意！

周冲，黄宗江君饰，记得在某种杂志上，我曾看到一位观众对另一个剧团饰演此角色的演员有这样的批评：“饰周冲的黄宗江君作得很好，他能将周冲的一股子稚气和呆像，描摹出来，殊属难能！”其实饰演者若真把周冲演成如此，可以说是失败了！我过去看过许多次《雷雨》的演出，但饰演周冲者多未能了解周冲，所表示给观众，只是一个终日关在家门里的孩子！

黄君是我看过的雷雨中饰周冲最成功的一位，我钦佩他的演技，他所给我的印象，是剧本里所写的周冲，一个藏在理想的堡垒里，有许多憧憬，对社会，对家庭，以至于对爱情的人！

蘩漪，张福堃女士饰，我想她为了饰演这个角色，揣摩的功夫一定下得不小，她能把蘩漪的魅惑性给把握住，她是我看过的雷雨中饰蘩漪成功的一个，我没有一句适当的话来说出她演技的成功，但我可以说她饰演的蘩漪和黄君饰演的周冲，同时使我“着迷”的演员，因为他们的演出使我看见我脑中所模拟的蘩漪和周冲。

在紧张的表演时，张女士的左手不断摇动希望再演时注意一些！

周萍，张福骈君饰，在前两幕里表演很好，在第三幕里喝醉了的表演未免做作并且松懈，不过周萍是此剧里最难演的角色，演到如此已是不易了！

周朴园，姚克荫君饰，演来很称职，音调苍老，动作迟缓，都不是年青人容易做到的！

鲁侍萍，张敏珍女士饰，能够把自己的感情放在剧中人身上，这是她成功的秘诀，并且在舞台上遇到困难，她能随机应变，这也是她的特长！例如在第四幕里周萍正在检视手枪，尚未下场，侍萍即从正门走上，而她能眼向上看，表示未看见，这是不容易的！

既然要批评一点戏的演出，当然就不应只限于演员的技巧上，舞台装置等是占有同等重要地位的，不过这一次燕剧的演出限于经济力不充裕——一般剧团的普遍现象——这些地方我们就不应过于苛求，不过我写出几点，做为再演出时的参考，在可能范围内，使之改正。

布景的色彩，选用得当，能使演出的力量加强，这一次的布景为临时租用所以未能注意到此点！灯光之变化也是增强演出力量的一个要素，可是这次灯光变化过少为之全剧减色不少！

原载《立言画刊》1940 年第 85、86 期

本刊主办《原野》演出前前后后

老　元

演出动机

因为客岁曾与育英剧团联合主办过冬账话剧公演的渊源，和演出的诸位常有来往。今夏故召诸位前来，谈起大有公演《原野》之必要，这正与我们夙愿相吻，遂决定了这次公演。

慷慨的陈博士

陈绵博士可以说是故都硕果仅存的导演，我们为了郑重的演出，乃恳博士为之导演。是时陈先生正大病初愈，天气又热，本不想多找事作的。卒以一群的青年热诚难却而慨然应诺。

一件小波折

当一切决定好了之后，突然北京剧社也要排演《原野》，他们表示不希望我们的《原野》影响了他们的演出。我们认为和北剧无论是公私双方均有深浅之关系，并且认为一切的事业只有合力才能成功，所以把在暑期中公演的预定打消，让他们先演，而我们乃改在十月十一二三日了。

如期演出

呈报，宣传，租园，印票等在一步一步顺利进行而解决，在预定日期公演了。其中虽有种种困难阻碍，均能一一迎刃而解，而在公演三日内大致圆满，亦属幸事。

几位出力人物

这次演出承范所长，于股长以次刑振铎先生，王宝初先生，马光青夫妇，陆熙先生等及社会局，特务科，区署方面种种的援助，得以顺利演出，这里谨致最大敬意和谢忱。

好贵的布景

《原野》是需用一批很贵的布景的，原先我们本打算自己做，后来北局方面表示，若让他们先演，那时他们可以借给我们布景用。可是，到我们的公演期近，北剧方面非要五百元不租用，后来几经榷商才以二百五十元赁妥。这次公演所以赔了，就赔在布景上了。

"金子"饰演成功

这次《原野》演出，以第三晚成绩最佳，一般批评，都认为"金子"最成功，其次焦大妈，白傻子及常五等均获美评。据吉祥方面言，该院自演话剧以来以《原野》最令人满意，而坚请以后再能合作。

热闹三天，赔了两百

在公演三日内，观众一天比一天人多，拥挤不动，热闹非凡。三日收入共一千零五十余元，开销到一千两百余元，总计结果赔了两百元弱。费了许多人才财才，结果得的是什么？只不过是《原野》得以演出罢了。

好义的邢先生和一群青年们

刑振铎先生是位话剧界先进，这次演出费用曾经借刑先生一部分。后来他知道赔了，还少要二十元，真可谓慷慨好义。而演出的顾嘉恩，王钦明，赵鸿奎，郑天健诸位，非但累得筋疲力尽，并且大家还负担了赔款的责任。真是难得，这里一并谢谢他们。

誉论爱戴

这次演出前后，蒙新北京，民众，晨话，新民，电影诸报的介绍，宣扬，及批评，殊表感谢。尤以实报管社长特派李先生访问及吾友，三六九等杂志或开专页介绍或为文批评，铭感得很。所批评诸点，均及肯中，足可为我们以后再演之指南针的了。

原载《艺术与生活》1941 年第 23 期

曹禺第三部曲《原野》在津首次上演

工商学院话剧社之尝试作

本市工商学院话剧社定本月(六月)三十日及七月一日在中国大戏院公演曹禺剧本《原野》,按曹禺剧本一为《雷雨》,已轰动一时,一为《日出》,亦具有相当之声誉,《雷雨》写旧家庭之乱伦悲剧,《日出》写都市中享乐者之生活及投机商人失败之苦闷。《原野》则以农村为背景,剧中主角,多系个性坚强、粗犷顽固之人物,与前两部作风完全不同。

《原野》在津公演,是为首次,工商话剧社此次郑重将事、经过长时间之筹备及排练,始决定演出。

《原野》原著第三幕中,有一幻象场面,宜于做电影,在简单之舞台上,殊不易作。另有几幕原本均须出现幻象,此次演出,酌有删改,实属不得已,然亦无伤乎剧情也。

兹将该社公演《原野》职员及演员介绍于后,另有智光君《原野出演的前奏曲》一篇刊第三版,希读者注意。

职员:

导演:王宁、顾湘

(其他略)

演员(以出场先后为序):

仇　虎:周　羽

白傻子:石　英

金　子:金　岑

焦大星:李　郇

焦　母:洁　芮

常　五:肇　江

附:《原野》出演的前奏曲

智　光

工商话剧社,是以学生为单位的话剧团体,经过多日的筹备,决定在本月的三十日早晚与下月一日的早晨,在中国剧院公演,公演的剧目是曹禺先生的成功作——《原野》。

《原野》近年来仅在上海上演了一次,成绩平平,原因不外是第三幕的幻影,不易搬上舞台。而且演员方面,每人无一时一刻,是紧张的。稍一疏忽,便不能讨好。

工商话剧团这次公演《原野》，不能不钦佩他们的胆大，可是他们的用心却也是相当精细，至于幻景的场面，曾经想用制影、埋伏人群、怪声、烟幕等方法，可是试验以后，都有相当困难，所以便毅然地把幻景删去，而添了一些对白，服饰方面为了符合中国农村的风俗人情，所以颜色方面也稍加更改。

演员的人选非常困难，金子的泼辣风骚，焦母的狠毒机灵，仇虎的凶狠强暴，大星的热挚忠诚，常五的卑鄙贪财，白傻子的乐天知命，各有各的繁难任务。

布景方面，也很费心思，如火车轨道，阴森的树林，很难做好，所以特请了工商美术科的教授魏君打稿，布幔的大小完全比着中国戏院的台面作的。

仇虎杀死大星，拐走金子，是为了复仇，为了爱，虽然行为残酷，可是也有使人同情的地方，用他们的生命，用血肉，和命运斗争。各种的人型都借了演员的表情表现出来，《原野》在大众帮忙领导下演出了，不能不说是他们的幸运，所以希望他们负着这种人的使命，不负众望的为剧坛放一异彩。

原载《新天津画报》1941 年 6 月 27 日第 6 卷第 27 期

关于工商剧社《原野》的演出

罗　仪

工商剧社曾于六月三十日及七月一日假天津中国戏院首次公演曹禺君所著之名著《原野》。是时因余无暇未得前往。此次该社因应各界之要求乃又于本月十七日任假该院公演两场，故于该日之早晨乃乘车往津。

抵津后即往该院，以二元一角之代价购得前排票一张，届时已二时一刻而观众仍寥寥无几，此乃吾国人观剧之常态。无论新旧剧仍抱观"压轴戏"之观念头，剧演至二幕时方遂见增多。

二时半揭幕。剧场之秩序尚较京之剧场为佳，亦无往来贩卖食物之小贩，此为该剧院之一优点。序幕之铁道外景极佳，但因未用横幕（所用者仅戏院原有之紫红者），而颇减少布景之美点，又因无侧幕之设，而后台人员行动之影皆被灯光照至布景片上。仇虎（周羽君饰）之动作表情尚佳，为演员中之最成功者，但对语调上应加注意，有多处皆不能做出仇虎所应有之强硬以及仇恨焦家之态度，此幕中与金子对话之一节甚佳，及三幕之末一场劝金子逃跑时尤佳，开幕时说话过快及于序幕中与金子下场时，应向左方回头注视焦母之上场，用石头敲脚镣时亦应加以痛苦及仇恨之表情，以免不显紧张，一幕唱"初一十五庙门开……"之嗓音应改为粗硬，方显出其个性而有力，白傻子惟说话过快，对于小动作方面尚佳，尚不为过火。焦大星（李郁君饰），余以评剧之客观地位说，此君为此次诸演员中最失败之一位，如动作呆板词句生硬，尤以面部无丝毫之表情，突使此剧为之失色，但于二幕中与仇虎饮酒时之一段表情及举刀向金子质问时尚可谓为不劣，其对于舞台地位应加以注意，如常与金子站于一平行线上等。想系初次演出之故，但此种角色最不易演到好处，故望加以深讨，日后之成功尚可预料也。金子（金岑女士饰）于序幕及一幕均不甚佳，但后于二三幕则较成功，序幕中与仇虎对话时"丑八怪，回去撒泡尿自己照照，小心叫火车压死！"一语最佳，以及一幕焦大星由外回家时，金子对其不满之态，足以表出金子之为人。焦母（洁芮女士饰）亦为最成功演员之一，表情动作均颇合乎一个既瞎且狠之老婆子，但说话过快，嗓音亦过尖。对于地位一项亦应研究，如序幕终了时应站于树旁，并加以效果，灯光，方可助之成功。常五（肇江君饰）很能做出一个老奸巨猾贪生怕死乐天派之人，但一幕与金子对话之一段不应久坐于一处，致使剧情不甚紧张，虽其为此剧中做戏较少之一位。

服装一项，以金子、仇虎、白傻子、焦母为成功，但三幕金子与仇虎欲逃走时，金子不应改换着粉衣黑裤，因此一来殊使剧中人表现无力，无妨与序幕中所着之红衣，倒换一下。

序幕中焦大星所著之一身黑裤褂亦不甚适当。而常五之服装过新，不甚合乎剧中人之身份。

化妆以焦母、金子、仇虎、白傻子最佳，大星、常五较逊，但因灯光过暗之故，以至将化妆未得以十足之表现。

效果以火车声为最佳，汽笛声则甚小而不佳，抛脚镣于水旁之声，风声亦过短，且为无定时之做出，小孩哭声尚可，一幕时焦母进屋时之效果亦可，枪声不甚似真，总之效果尚待深讨，如布谷鸟叫声之不清，狗叫声之过乱，蛙声不甚逼真，二幕中焦大星之梦语声以及焦母用铁杖打死小黑子之声，林中之鼓声皆嫌过小，而二幕尾刘队长之枪声应响两下，一二幕开幕时应加以仇虎之唱声以及小黑子之哭声等为妙。

道具皆嫌过新，而不合乎剧情，如一二幕左方之大柜过新，且应改为深红。墙上所挂之刀不合时代，靠右方之桌上小道具过于混乱，门之格式亦不合乎时代亦过新，常五所拿之鸟笼无套，无法代表出深秋傍晚之时间，摇篮过于矮小且新而地位亦不巧当，焦母所用之铁杖不慎似真且又甚为简单，对联亦过新。总之以道具而论则为失败，如门帘以及窗之格式亦非成功。一二幕之布景片子无妨可用较深色者，方可显出此屋之暗淡以及由焦阎王像代表出此屋之阴惨。因道具皆过新，令观众时时会想到是在演剧。

最后所要讨论者为灯光，不客气地说，《原野》的灯光实在非易，而贵社此次所有之灯光设备即嫌过于简单（但较京之剧场之灯光设备尚为完美）而无专人细心之深讨，以致几乎将整剧完全破坏。“每剧所以成功者有三分之一在于灯光”，这句话是无可否认的，如序幕之照明尚可，但白傻子说“天快黑了”，即应天幕之色逐渐昏暗，此幕终了时节应有以变化，火车之探路灯及效果应同时应用。一幕室中之景丝毫代表不出与先幕的时间有何不同，此幕之顶灯则嫌过亮，边灯位置亦不巧当，脚灯亦无，开幕时应有香火之设而并未见佛像前燃有香火，此时天已傍晚，屋中既无灯火，由何而亮？金子点烛后，灯光即无变化，后伊吹熄烛火，亦无何灯光之变化。及至金子与仇虎对话时，金子说：“相片！相片！他看着我！”此时灯光应逐渐为暗，方可使观众对相片注视，而室中亦显出阴惨矣。焦母拿出木人并对神像叩头时，灯光亦应有变化。而此幕之末尾舞台亦应渐黑暗。二幕开幕时舞台更应较先幕有异，因已为夜中九时矣。窗后应无灯光之设施，舞台上只应有纸灰燃烧之火光，大星举刀向金子时由此处起至全幕之末尾灯光，（详情自非此处数语言之）方可使此剧谓之生动为之紧张。此幕中间表示时间之改变应用灯光，不应拉幕，以至大部分观众误会一幕之完了，而使精神松懈。彼等此此之演出系将三幕之二三四景并于一景，灯光，布景皆可省去许多困难，但此幕之灯光亦代表不出森林之神秘，黑暗，恐惧等。而第五景之时间为第二日破晓六时，但此幕之灯光与序幕并无差异之表现。此次灯光虽设备简单，而不得至成功之途，及其所以然之理，尚望贵社继续努力为之，并能改善，来日之成功尚可预料也，在此剧中有几处使女演员甚难表演之处，均经改去，倘望此数位女演员，可为“戏剧”牺牲一切，日后当有更大之成功。

余俟彼等演毕即至后台，拜谒该剧社之社长孙美源君，据彼云此剧排演之日期仅两月余，（只能于每日课余排练）布景一项已花费千余元，而种种设备皆不能圆，如一旦能至京公演，并望京剧界同人予以种种协力及指教，对京剧界同人深致歉意与感谢语。

总之，此次工商剧社之演出实予华北剧界一大兴奋，演出之成绩虽不甚圆满，但能于短期内及多方困难之时期中能演出此剧，诚可谓为不易，其精神更堪吾等钦佩，尚望工商剧社努力再加以深刻之研究，再度公演时定可较今日成绩圆满，前途之光明诚不可预及也。吾京剧界诸人更可因此多为努力，以使华北剧运走向光明之途。

原载《三六九画报》1941 年第 10 卷第 10、11 期

看罢《原野》以后

吴　楼

编剧：曹禺
导演：陈绵
演员：《北剧》社员
日期：八月二十四、二十五日
地点：长安戏院

当《原野》在《文丛》发表的时候，就有人说这个脚本太难上演，第一在演员的人才方面，这几个角色都不太好找，因为农村人的性格不容易被都市人所充分理解和表现出来，第二，《原野》第三幕的几场幻景在导演上简直是非常麻烦的事。

上月天津工商学院剧团曾经上演了这个戏，最后的一场笔者适在天津，可是因为种种的原因，没有能够去看看，据看过的人说，虽然不是理想的那样，然而在华北话剧低潮的现在，已经颇为不易了。而且据说在道具和舞台装置上，也颇费了不少的苦心，《原野》这个戏，因为有两幕是在野外，所以在舞台装置上也是颇为麻烦的。当时没有能够看见这个戏，总觉得有些遗憾，（工商剧团在中国大戏院演出），回到北京来，却听说北京剧社要演这个戏了，北剧没有演戏已经有好久的时间，而且据说在两年以前就有要上演《原野》的企图，所以对于这次的演出，期待得了不得。

北剧上演的日期是八月二十四日及二十五日，地点在长安戏院。

听从了北剧社长魏石凡君的劝告，他说夜间的灯光要比日间好，便连看了两场——二十四日日场，二十五日夜场。

如果不用严格的标准来批评北剧的这次演出，则可以说是相当成功了的。在现阶段的话剧批评中，不能不考虑到脚本的缺乏，演员修养的不够，道具和舞台装置的困难，和观众理解力贫弱等等的问题。因之，批评的水准也就不应该提得太高，如果是那样的话，反将成为一种抹杀的毒论，不根据事实的评论，是有毒的评论。

然而我们也不应该不提出那一些幼稚，错误和忽略的地方，因为不然便没有了进步；虽然在演员中有几位倒是老朋友，然而正是因为是“朋友”，反可以不客气的提出来讨论，用不着脸红，最能帮助自己的不就是自我批判么！因之，我觉得北剧很该有一个自我批评会的举行。

在整个剧本中，我觉得花金子（钟萍饰）是个最难得演的角色，陈白露好演，四凤也好演，甚至翠喜好演，因为她们都是“都市人素质的”，可是花金子却不是，她是个乡下人，而且是个十足的乡下人，然而却又不是白痴样的乡愚。她泼剌，勇敢，正视生活，有骨头，有理想，“说拥抱就拥抱”而不勉强，“说睡觉就睡觉”而不扭泥（忸怩），“说走就走”而不迟疑的女人，这又不是一般乡下女人所共有的特色，我总觉得她有些什么地方简直和翠喜很相像；不过她又不同于翠喜，像翠喜那样的人物，在“黄花苑”，“王寡妇斜街”，“落马湖”，“三角地”就有的是，可是像金子那样的人，却少见。从五四时代以来，我们的话剧演员就多是由都市里长大的，这些人的出身大多是学生，小职员，或从事文笔事业的人，换一句话说也就是小市民层中的中坚份子，由这些人来扮演一个农村的女人角色，由于其理解力的薄弱，自然不易有多大的企望。所以我们看起这次剧中的金子来，总觉得她是个都市里的女人，不是个农村里的女人：语调，动作，表情，连化妆，都使我们不容易想像到农民的身上去，有几个场面而且勉强得很，像金子把刀交给仇虎，让他去杀死那个善良的懦夫的时候；当焦大星被杀，“仇虎由左屋蹒跚走入，睁着大眼，人似中了魔”；“举起一双颤抖的手，悔恨地”自白的时候；我们总觉得那个金子站在那里是生硬的，死板的……当然，这和脚本也大有关系，然而这个时候却正是表现那农民性格的时候，我们应当想一想，一个乡村的女人她这时候要怎么作呢？她是弯着腰站在那里么？她是唉声叹气么？她是文雅地像一个“小姐”么？……我们的答案一定会说不，如果真是一个农村的女人站在那里，她一定会作另一种语调，动作和表情，关于这一点，我们的女主角，是非再去用心观察与理解不可的。——不过当第三次上演（二十五日夜晚）好像就自然多了，这是因为已经熟习了的原故。尤其是焦大星要用刀子杀掉金子的那一个场面，也比第一次二十四日日戏演来要进步得多，我们的女主角如果再肯用心一点，将来一定是大有成就的。

和常五的对话很成功，动作也都好。自然最精彩的，还是强迫仇虎把从“十五里地”找来的花给她插在头上的那一节，也许这样的场面都市人来演比较容易一些罢？

大概演戏要以“傻子”最难演了，因为他要蔽饰“人性”，又要表露出“人性”：人们往往是不许说实话的，倘说，就被指为“傻子”。人们心目中的聪明人是撒谎造谣的骗子手，豆腐里也可挤出金子来的刻薄鬼。如果不是呢，那就是傻子。常五是个聪明人，他居然用那种巧遇的机会可以拿到一笔意外的赏金，虽然没有能够拿到手，而且还吃了一点小苦头，然而白酒总算是喝上了，所以总还不能不算是聪明人，只有白傻子才是“傻子”，这本剧里没有他的什么，“这儿的人要我干活的时刻，才叫我白傻子，作完了活，总叫我个王八蛋……”别人和他的关系，就是这样的一点而已。因为他和别人的利害关系太少，（也就是太不明显），所以使这个角色更不容易演得成功了。有人说阿Q不好演，因为稍一不慎，便将扮成小丑，失却原来的含义，这白傻子也是。然而陆熙君演来，还恰到好处，虽然观众的哗笑有时还会让人想起二丑的打诨，然而有这样的成绩，已经就很不容易了罢！

二十四日日场刚一开场时白傻子是很勉强的，到二十五日夜场他的白褂子已经撕破了，这样更适合了他的身份，第二幕焦大星发觉了仇虎所讲的故事里那个小弟弟就是他自己的时候，白傻子的穿插，和末幕五景的穿插，都是很自然的，倘不是有几年舞台经验的人，实在不容易做到这样的火候。

旧剧给予话剧的影响是不能忽视的，我们不能不承认历史的遗产，然而正因为是批判地接受那遗产，所以有些地方便不能不黑白分明，辨明是非，旧剧和话剧在表演和动作上都有各不相同的特点，旧戏的某一些特点，是不能为话剧所容的，倘不如此，那话剧便没有了意义。可是旧剧的影响对于我们是这样的利害，使我们一开幕便又想起了旧剧的一些人物。仇虎，常五，金子，正好是一个花脸，一个二丑，一个花旦。这当仇虎说话的时候，常五动作的时候，金子走路的时候，这样的想头就在脑子里特别深刻起来。当然，他们的优点尽可以抵过这些颇为微细的处所，而且旧剧动作的形式和话剧动作的形式究竟应该有怎样的分歧，这也是还应该有所讨论的，不过既然是新的演员，有新的理念，则自然应该有其新的形式，而且不能不提出的，这新的形式必定是与现实生活相合的形式，现实生活的体验里产生的形式。只有建立起这种新形式新作风的动作，话剧才能代替旧剧健强起来，才能更有力的抓到拥护它的观众。

曹禺的三幕剧《雷雨》《日出》《原野》，都织布着一种迷信和封建的色彩，我不是说他在宣传迷信和封建，我是说他抓住了苦恼着中国社会的这两大魔王，它们相依为命毒害着中国社会，在各阶层的人们心中——尤其是乡下人和小市民——生长着一枝无法拔出的根干。曹禺抓住了这一点，所以表现出来的问题都是那样的有力和亲切，这情形在《原野》一剧里就更显著，一些"神"，"鬼"，"报应"，"宿命"，支配着剧中的所有人；虽然他所同情的两个角色——仇虎和金子——走向"光明"去了，可是在那途中仍然有"地狱"，"油锅"，"阎王"和"鬼魂"；这对于导演恐怕是个最麻烦的问题，第末幕的几个穿插，北剧的演法，不能不说是失败了的。因为我身旁的几个观众，便说他们看不懂，"怎么旧戏的龙套也跑出来了呢"？"这是真阎王爷么"？"……"！还有一个孩子问为什么那些人物，花金子却瞧不见。

剧作者不能不给演出的方便上想一想，当然，用枪声来吓退了在心中的膨胀的黑暗势力，和传统的生在心里的一些挣扎上的阻碍，在观众感动的果上，一定可以企望得到开满结果的罢！然而这也要以可以看懂为限，如果把观众陷入于朦胧的网内，其结果却是可怕的事。我觉得至少在导演上还应该再研究再检讨，让人扮了鬼上台，以充作"幻想"，这终久不是妥当的事，说实话，如果不是事先看了脚本，我也会被这种场面弄得莫名其妙的。料想和我一样同感的人，想来也不会少罢了。

有些地方被删了去，那是可惜的，当然，也许那些地方有些困难，可是删掉了一景便会失去了全剧的完整，随意的删削，这于作者是不忠实的，第末幕有几景没有演出，便觉得第末幕模糊，不真切，不充分，无力量，倘是完全的演出，一定可以更加有力的。

因为舞台装置的关系，第末幕几景显得颇零散，有几景幕闭的时间太长，使观众的印象散漫了。——可是二十五日夜戏这样子的地方已经退步了不少。

比较的说起来，焦母的脚色最成功——李雷饰，一般人对焦大星的批评也不错——章蒂饰。自然，仇虎——郭秉饰——也是个极有希望的角色。

看完了《原野》，觉得在整个剧运之现阶段的发展上，有几点不能不注意的事：

第一，话剧在现在还没有能够抓住整个的观众群，或者说是多数的观众群，这一点是比不上旧剧的。北剧在北京颇有相当的声誉，《原野》这脚本说起来也极能号召观众，有些人老早就期待着这个剧本的上演了，又是按照卖座的情形说起来似乎并不如想像的好，而且跟不上有些旧剧卖座卖的好，当时上座的情形也不过是九成的样子，据说在北京这样就已经很不易。然而"红票"究竟卖出了多少呢？不买票看戏的"熟人"究竟有多少呢？如果想以票价来维持剧团的开支，完全走一种合理正当的营业化道路的话，这样的问题是不能不考虑的。据说最近天津有一个什么剧团，也在出演《原野》，竟印了“红票”，按户“劝销”，如果真为话剧的前途着想，这种办法是值得研究的，因为这会使一般社会对话剧生出一个极坏的印象。

第二，倘若使话剧作一种正常的合理的发展，仅仅“玩票”是不够的；固然这种玩票的办法也有许多不可一笔抹杀的好处，然而为在管理，配备，纪律和合理上着想，是非组织职业剧团不可的。业余剧团既然不能每日上演，这在各方面的损失就颇大，第一不能给人一个一贯注意的焦点，第二不能引起一般神经迟钝的市民，而且就营业成本上讲，职业剧团也比业余剧团便宜得多，因之除却管理和人选两方面的方便外，职业剧团可以订出比较低廉的票价，这在一般人生活困苦的今日，是话剧发展的一个极要条件。

第三，如果不自满，不把话剧估计得和旧剧一样，而是虚心的把话剧作为一种有意义的演出，则演员的再教育也是必要的。我们的演员必需有极高的艺术和智识的修养，最低要彻底了解脚本的意义和自身所饰角色之特点性格，只有如此我们才能在舞台上为戏剧开创一条崭新的道路，所以成立一个新的戏曲学校是必需的，用科学的方法训练演员，并从多数的天才里找出饰演所要上演之脚本的脚色。自然，在今日成立一个新式学校也许不是一件容易的事，然而由一个剧团附设也许还比较可能一点，倘要使今日的话剧运动健壮起来，这一点是不能不考虑的。

有些小事也非当心不可，像说明书在正文中印着这样的故事：

敬告观众

亲爱的观众们：当《原野》的幕落了以后，您是在怎样的感觉着这一个剧中的人物？是不是觉得他们的神经方面多少都呈现着一点病态？这就是所谓的神经不健全。轻微的患者，遇不见大刺激不会显然的发现，但重症患者，便失掉了终身的幸福。

为了保持终身的幸福，应该每天服用××，××是以磷，钙等质分强健脑神经。……

那么《原野》的演出是为××作宣传呢，还是北剧为演出《原野》才刊载××的广告呢？聪明的观众当然不会误会到前者，而且谅解北剧的困难，不得不找一笔广告收入，以平衡收支。不过一个有价值的北剧团的说明书总应该维持自己的尊严，在正文中加入了这样的附告，而破坏了一个东西的完整性，虽然是小事，终它也是遗憾的，而且最少也应该注明“广告”字样，以免使有些观众想起天桥卖大力丸卖药以前的献艺来。

并且由于配置灯光的原故，使两边的观众看不见整个的舞台面，这是非想法克服不可的。

一般的说来，北剧这一次上演《原野》相当的成功，如能克服一些因种种问题而引起的缺点，并以低廉票价作第二次的露演，一定能得到更大收获。

（八月末梢，北京—天津）

原载《国民杂志》1941年第10期

《原野》观后

顾　八

轰传了多少日子的《原野》终于在昨天（廿四日）由北京剧社在长安做首次的公演了。当然，在各方面来说《原野》的演出是不大令人满意的。可是，在这里，先用上了导演的几句话。“……新创的道路必须有人去走，才能够平坦，粗糙的璞玉，必须去琢磨，才能够光润。……”至少在他们的勇气方面，是值得我们佩服和赞扬的。

在以前曹禺的《雷雨》和《日出》——三部曲的头两部——都曾由北剧上演过，大致上总算不错，很引起许多人的好评，可是这一次是失败得厉害了。

首先是仇虎，一个逃犯，曾经被仇人诬害，坐了八年的监狱，是由郭秉君——见演员表——饰的。这出戏里面就属他最努力。头一次演到这样算是不易。可是声音粗而不硬，有点拖泥带水的样子。

金子，无疑地这出戏是被她一个人整个的破坏了。原来的金子是需要妖冶，泼野，魅惑和强悍。金子是一个毫不勉强说走就走说睡觉就睡觉的女子。活动是她的最大的因素。可是这位女士根本没有了解金子的个性，以为她——金子——不过是一个碎嘴子爱打情骂俏的女人，使台下的观众也容易误会她不过是乡下小老妈一流人物而已。说话没有一点力量，始终在背着剧本，假如再有长一点的句子对白多一点的地方，则更显得不堪了。我曾记得蹦蹦戏喜彩莲的班里有一位坤角的道白和这位女士一样，假如不是面容不同，我真有点疑心是由那位坤角来临时客串了。

焦母也很努力，可是对白总嫌不够力量，就是不够狠辣，阴险的劲儿，有时更带着一点北京旗人老太太的慈祥味儿。

演焦大星的有时过瘟，有时过火。

演白傻子和常五伯的两个人到（倒）很会演戏。白傻子念“漆叉卡叉，漆叉卡叉”的时候似乎有点干而且太快，没有火车的味儿，两手上下摇动的动作也不大对。而常五伯则又有点像演文明戏的样子。

最好的就是布景方面，是令人十二分的满意。我相信，为了逼真起见，社中对于布景的支出，一定为数很巨的。

至于音响的效果也很不错，就是一点，小孩的哭声在中间屋子里倒小，而在旁边屋子里反而大，有点不合适。希望以后能够注意。

服装方面，我想焦母如若能穿一件黑色的长褂，或者加一件黑坎肩，一定能使观众对焦母多一种阴的印象。而且仇虎到了焦家以后穿的那件蓝大褂与原来的也不对，并且看上去有点像个厨子。在末一幕的几个景内，金子似乎不应当还是穿得那么完整。

最糟心的，还是台下的观众。大声叫好，鼓掌，说话的声音，小孩的哭声，瓜子声，混成一片比台上还大。并且我旁边有一位太太开演以后好久才来，向这个点头，向那个问好，再坐下叫茶房拿说明，泡茶，那时序幕早已演完而第一幕也已经演了一大半了。她再问旁边的同伴先前演的是什么，又埋怨头里没看着，坐在旁边的我，真是不胜其苦了。

总之，这次北剧的演出在人力方面，已经尽了最大的力量。所差的只是演员个人的天分，或者对于剧中人物个性的误解，再加以是初次公演；以后，我想，慢慢总可以改善的。

八月廿五日晨，逵。

原载《三六九画报》1941 年第 10 卷第 18 期

对于这次“北剧”上演《原野》后说几句外行话

泰　来

自从听到“北剧”决定出演《原野》的日期以后，我就很为他们捏一把汗。出演固然不成问题，然而，以“北剧”经费的困窘与排演时日的短促，而要演到好处，实在不得不令人担心。虽然“北剧”不是职业化的剧团，但是“北剧”确是华北唯一的纯艺术化的业余剧团，无论如何他是不应该仅以剧本为号召，而马马虎虎就来上演的。所以在他们出演的前三天，我还很关心的问石凡：

“行吗？”

老魏笑了笑，用力地拍拍我的肩膀，露出很兴奋的样子对我说：

“看吧，老王！”

好，上演了！见到北区的“北剧”每位社友都是卖着死命的在前台奔忙着，出乎意料之外的一场、两场……一直到最末一场，两昼夜的精神竟能始终一贯的再为着“北剧”苦干。

“行吗？”“看吧，老王！”老王只有万分抱歉地服了你们！

因为我是位不懂话剧的人，可以说根本就是外行。所以这是我的观后感，只有像乡下人听大戏一样，觉得好！不错！能使一个外行人儿认为满意，却实在是件最不容易的事。

我们要知道，这次“北剧”出演《原野》也与以前他们上演《雷雨》《日出》《茶花女》的情形完全不同——

第一，那时他们有充分的准备的时日。

第二，那时导演陈绵先生的身体没有重病，这次陈绵先生正在久病未愈，却是强打精神来导的，所以这次出演的成功，可以说一大半是每位演员的个人技巧的成功！

第三，《原野》一个剧里的灯光，不仅效果，道具较之前几个剧本，最为杂难，这次他们为了种种关系，竟是完全出于自己的设计与制作。

第四，在他们这次出演时，台下的秩序特别肃静，这种观众自动的肃静，自然完全是受到台上的表演成功的影响。

由这次“北剧”出演《原野》的成绩来看，我们很希望他们始终抱着这样的苦干精神，努力下功夫，不只为了“北剧”，同时也是为了古城的剧运。

据说在九月中旬，“北剧”还要将《雷雨》《日出》《原野》三部名著，连续演出，倘若这件消息属实的话，那么，北京剧团在民国30年前的史料上，又增加了值得大笔一书的一页！

凡是看过“北剧”《原野》的读者，我很希望你们能写些忠实的批评文字来，因为我对话剧的批评是一个地道的外行。

原载《三六九画报》1941年第11卷第1期

《原野》观后感

大星友

演出：青艺剧社

地点：孤军营

悲剧是将有价值之主题，拆破给观众看，换句话说：悲剧是应该震撼观众的灵魂与心扉，于是，使观众融化在作家的情感里。因此，他在演出上，却要较喜剧难演的多了。——记得去年，中旅曾几次上演曹禺先生的《原野》，但演出的成绩，并不见得怎样好！而这次青艺剧社在孤军营中已经是第七、八次的献演了。一般说来，每一次献演时，对于一切的舞台技术都有所改进的，可是这次青艺剧社既然不能演的满意，而何况业余的小剧社呢！——这意思，并不是说小剧社绝对的不应该演大戏，可是大都为了业余，时间和训练的不充分，演出的成绩当不见得好。

《原野》是曹禺先生的名著，无论在内容上，技术上，都较之曹禺先生的其他剧作要完美的多呢！它没有《雷雨》中过多的技术，没有《日出》中空洞的希望；所以这戏演出的难，也是当然的：第一，其中的角色难找，仇虎、大星、金子、焦氏都极重要，而尤以焦氏不易。第二，布景、灯光都相当繁重，外景甚多，而又需要换得快，——此次，青艺剧社演出的失败也在于此。因为孤军营中没有良好的灯光设备，所以那种迟钝和不调和的光线，杀死了整个剧作家的效果。现在，撇开了这一点不说。

首先是我感觉到的是本剧的台词，大部分演员都不能背的顺利，这也是青艺所不能演好的一个先决条件；因为，一个演员台词既未背熟，其他的动作和姿态，就难表演的恰到好处。尤以饰大星的蔡红生，他一方面既要听提示，而又要注意自己的动作和姿态，于是他的收获便变得微弱了；本来他是个很会表演的人才，可是这次的演出中，除了台词不熟，动作呆滞外，他还没有把握住剧中人的个性，有许多地方，他是应当柔弱的，但他“第二自我”（演员自己）却时常显露出。同时，脸部的表情，也不够生动。这一方面固然是他本性刚强，而导演没有给他帮助，也是原因。

演的比较可看的是饰仇虎的一角，他本有一副剧本上所合格的脸，加以化装后，将演员自己的容颜改去了一半。可惜他脸上还缺少一条刀痕，这样，才可以和仇虎的个性配起来，成为一个乡村化的被压迫的农民的典型人物。他的缺点是在声音不能送的过远，音调多半是“mp”，同时，音波也太平，如第一幕中，他是应当用“tt”。他以后的演戏，应该纠正这弱点。

白傻子演的不像电影上的小丑化。这是演员的独到处。

常五饰的还不够如乡村中一班游手好闲的寄生虫的典型化。妨碍他技术发挥的是上下场的台步。

金子本身并不是个淫妇,她有血、有肉、他(她)讨厌丈夫,而他(她)所以跟着仇虎到铺满着黄金的天外去,也可说是因为封建的余孽——焦氏所迫的。因此,在序幕中,她是需要演得"苦闷"一点。第一幕要演的"刁滑",第三幕中是开始使观众意识到她底真性,发出演出者与观众心扉中的共鸣和同情。

可是,金子的却(确)演得太泼辣,没有一点使观众同情她是一个被压迫的时代的牺牲者。这也是饰焦氏的演得太柔弱,而使她的演技变更突出了。

至于饰焦氏的,是全剧中演的最失败的一个。焦氏是一个封建的余孽,她虽然瞎了眼,可是她却比别人机警,别人一举一动,虽不能反映在她眼内,但她能够体味到,马上能想出一个应付的方法,不然,她怎么知道虎子回来了呢?怎么又叫仇虎带着金子逃呢?说是"仇宜释,不宜结",然而,一面却又叫常五去报告侦察队呢。——但饰焦氏的非但在动作上不够细琐,语调不够阴沉;并且,还自己常常发笑。

最后,要说到这次演出最大的缺点是在导演,他对于此剧的气氛和高潮,也没有相当把握住。有许多演员的动作是粗劣的,而尤其是地位的调动上,混乱的使观众头痛,既没有一条清楚的线条,而又不知为如(何)一会儿用平均的手法,忽而又变为均匀的手法。我更不懂为什么第二幕中,金子走到桌的右边去,而大星便会情不自禁的也跟上去。同时,在同幕中,金子跪在地上发誓的时候,又和大星,焦氏隔开了一张桌子呢?因了这种种而使观众的视线都受了部分的障碍。演员们当然是更不能发挥他的"第一自我"了。说句老实语,导演对于这戏根本就连剧情都认不清。

但这次青艺因了时间的关系,而只演了序幕和第一幕,据其中社员之一告诉我,说是下星期日还要连下去演第二幕和第三幕。可是我总以为第三幕是更比第一,第二和序幕难演的多了,作者曾亲目说:"……连续的五景。每一变换应以二十秒钟为准,不应该再多,不然,会丢了连续的情绪,并且每一个外景的范围也是极难处理的。……"

的确!尤以第三幕中的两个手法,一个是鼓声,一个是两景用放枪的尾声;显然地,曹禺先生是受了欧尼尔的影响,他无意中借用了欧尼尔在《琼斯皇》一剧中所用的回音。至于那些人形,作者曾再三说明并非是鬼,为了表明这,而利用了第二人花氏在身边。不过,这时的他俩,因变得恐惧和报仇的愉快,使观众心中对于仇虎在前二幕中的刁滑表情都忘了,相反地,逐渐发现他是美的,值得观众高贵的同情。他是重重压迫的真人。

由此,可知在第三幕的演仇虎和金子者,应当要改变前二幕的中态和动作了。

写到这里,确可结束了,顺便也在这儿祝他们能克服这些缺点,而且也永远不要再将演技停留在某一个时期。

原载《美商青年》1941 年第 3 卷第 3 期

关于《蜕变》及其演出

秋　远

好久以前有幸地得到一本《蜕变》来读（这书内地不许卖上海买不到），感动甚深，久思执笔写一介绍文字，而总是没有机会。现在《蜕变》已在上海演出，似乎正是个好机会，那么就来饶舌一下。

曹禺先生是不但会写剧本，而且演得非常出色的一个剧人。几年前在天津，我还是一个中学的学生，在学校里的一个新建立起来的礼堂里看了出《财狂》（即莫里哀之《悭吝人》），使我感动得流泪。我的神经随了曹禺先生（他演那个财狂）的微微地打战的手指而抖动了。这是我平生所看到的最好的一出戏，可惜几年来不曾有看这种戏的幸福了。我最近也看过《愁城记》里投机失败的一位在打战，然而那是作出来的，使我滑稽得要笑。可是曹禺不，他整个溶化到戏里去了。他的情绪，他的举措已经完全和舞台下的他变成两个绝不相关的个体。看戏的人也似乎真接触到一片血肉的人生而不是在看戏。我觉得这样才可以算是演戏，什么时候能让我们再看到出不觉得是在做的戏呢？

《蜕变》是一个宣传剧。作者为了表现，期待，歌颂我们民族在抗战中一种蜕旧变新的气象写了这个剧本。他采取了通俗的题材，通俗的事实，这些事实似乎已经为许多作家所利用在别的体裁（也包括戏剧）来写过了。然而我们的作者把这通常的题材处理得那么紧凑，高潮是那么激动，让我读了几次下泪。一些也不觉得它通俗，繁冗。我爱它！

然而，我在这个四幕剧中（演出成了三幕了），最喜欢的是第一幕。因为这是真实的。后边的几幕虽好，然而是想象中的，略等于梅特灵克的剧本如《青鸟》里的境界。许多善美的事实是凑到一起了。是目的，是未来，然而不是现在。可是第一幕却是活生生的现在。作者的写实手腕，已经达到相当的高峰，在一百页左右的一幕中烘出了活生生的一个腐败的衙门的面目来。这里边充满着人情物理，院长家的小少爷在办公室大战，与院长如夫人有远亲的听差的看不起好吹牛的录事“屁”，况西堂的贤妻送了包子来与大家同吃，办公室晾衣服——这都是活生生的现实，一些没有虚构的痕迹，而处处吐露着讽刺的毒针。这里，我不禁想起莫里哀的喜剧的根源。曹禺的戏比果戈里的讽刺剧还富于人情，也就是富于真实。我觉得这一幕是全剧里的一颗亮晶晶的宝石，一颗镶在王冠上的宝石。

作者用力描写着的那个“屁”，录事孔秋萍，是一个重要的线索。

一开场就是屁出现了，大声大气的喊听差，听差也不大理他。他找签到簿子，小少爷们不知道给弄到那里去了。后来好容易找到，马登科（主任）却已经早在昨夜签好了。他自夸在交通部时怎样怎样。嘲笑忠实的陈司药为“可怜儿”，为争面子，争着与马主任出相等的份子。最后他还扯穿了马主任秦院长的鬼蜮伎俩，没有他许多事提不起头来，而第一幕也不免太沉闷。他可以说是一个活动的脉络。

第一幕是那么仔细地描写着，刻画着。相形之下，我们不能不觉得第二幕的局促了。

也许是演出得草率，使我觉得第二幕非常轻，不像第一幕着笔那么沉重。第二幕的开头是写丁大夫和他的从战场回来的独子的一场对话，流露出亲子之爱来。可惜演丁昌的太“活泼”了，说话太快，没有充分表现出依恋的样子来。连累了丁大夫也不能发挥她的爱抚之情。一段极感人的人性的描摹，竟如浮云一般倏尔浮过，的确是大缺点。而在第三幕，演出时竟勇敢地删掉了近一百页左右的原书，这结果是把丁大夫这人，作者所深刻地描写着的一位伤兵之母，浅薄化了。浮光掠影地一闪，等后来兵士们喊“丁大夫万岁！”“伤兵之母万岁！”时观者不能感动，不能感到何以丁大夫值得士兵如此的爱戴？我看到我旁边有人在笑，记得我初读本剧至此是哭了的。这剧本是被阉割了，无疑的被阉割了。也许这是个放在书桌上读的剧本，演出时要顾及时间的限制而剪裁了，真是这样么？我并不这样想。

现在我想回来看看作者何以能把一个写滥了的题材写得不庸俗？一个平常的题材写得那么激动？

这原因，在我看来，是真实救了它的。真实，被精炼得的真实，艺术地，美丽地表现出来的真实，救了平凡的题材。

丁大夫抚爱丁昌的一段，是最普通不过的母亲对儿子的情感的描写，然而在这样的一个局面之下处理，一个在医院服务的母亲送他十七岁的独子去山西作战，读者是被感动了。

丁大夫后来给她的儿子开刀，她起初是下不去手，一个母亲不忍给她的儿子开刀。后来在不得已的情况之下动手救活了，这是个激动的高潮，然而是那么自然地发展的。

李营长，一个被丁大夫从死神手里救回来的军官，当伤愈回队之前去看丁大夫。他看丁大夫太过劳了。他想要丁大夫到他家去休息。他说：

“那么铁川，铁川主张您该——”

这是多么活动的刻划。军人豪爽的性格活活地钩出了。然而李营长不是幻想的人物，我们能在军队里找出多少的例子来。

现在，我想看看作者所创造出来的几个人物了。

这里有英雄，也有平人。梁专员，丁大夫都是英雄。然而我不爱英雄只爱人，丁大夫是比梁专员人化得多了(可惜在演出里变成莫明其妙的神)，作者的确花了不少力气。然而梁专员的确是太英雄了，虽然作者苦心加入的一段使他人化的描写，他的哥哥投奔他来而被他送回去的故事在演出里被删节了。我知道一定有许多人爱梁专员，然而这是过去公案小说中包公铡陈世美时老百姓喝彩的心理。因为他替大家出了气，改革了腐败的医院。这是一种大团圆型的英雄。

我以为作者所创造的最成功的一个人物，也是我最喜欢的一个人物，一个活人，是那五十一岁久经宦海沧桑的况西堂秘书。

这是一个饱尝世故的老人，（他自称为了“老衙门”），随医院从长江上游迁入内地，预备再干九年，积几个养老钱，退休林下，喝一碗稀粥。处处随和，劝暴躁的“屁”少发脾气，和马主任交涉说摊份子以“两元为度”。在落雨天的办公室里闷闷地吟“国破山河在，城春草木深”。和老妻亲热地开玩笑称呼为“贤妻”！还取笑那多年不戴的破白盔。（可惜在演出里是挺新而白的一顶了）在梁专员问时，世故地不肯多说破院长的阴私。这一切全是这老人的如实的描绘。况西堂的全身似乎都浸入在一个古老而可爱的魂灵里了。像无限好的夕阳，多么真实的人情物理都十分通达的一个老人。就是他那些世故，也都非常天真可爱。这是一个典型，与《华威先生》《差四半车麦秸》同为战后文学作品中不朽的典型。我从衷心里爱他。愿他平安，如果在内地的机关里真有这样的况西堂们存在着！我给他祝福。

小伤兵在后半部戏里，也是个线索。他曾赚过我初读时的热泪。可惜在演出里像神龙一般的见首而不见尾，使我非常惆怅。

演出的人物，以马主任为最好。国语的纯熟（也有时平上混在一起），声音的清楚都好。虽然在回梁专员的话时，做作的太过火，成为恶劣的表演。

秦院长的说白，好像吃了一碗热云吞一般，听不清。

梁公仰太老了。七十多岁的吴稚晖先生怕也没有这么白发飘飘罢。演出平平，一些也看不出卖力来。

李铁川说话像背书，一些没有表达出军人醇厚的性格来。

丁大夫在最后一段的重要的台词里，竟中断了几次。好像不太熟。也许是在表演感动得不能说话的表情，我不大清楚。

夏小姐声音像蚊子，动作像蚱蜢，跳来跳去的。

陈秉忠太年青了，还应当老一些。照剧本上是卅四岁。

韩妈和田奶妈一些也是听不清她们在说什么。舞台经验太差了。

暑假里去听黄佐临先生的演讲。他是主张“民主派”的导演。让演员发挥自己的本能。但是性格的赋与，也应当确定些。上面随便的说了一遍，算是个人对这戏的了解。人物的性格也不见得说得准对。本来一个作品，一首诗，多少人念了会有多少种感兴的，我不过是把所感到的老实说出来罢了。本来只想对原作略加介绍，今竟拉拉扯扯，乱讲一通，真是连自己也想不到的。

卅年十月十二夜

原载《萧萧》1941 年第 2 期

不是剧评

——看过《雷雨》之后（节选）

穆　文

《雷雨》的演出

这次，战干剧团，二十本左右的名剧的连续演出，在中国话剧史上，固然是划时代的创举，而在西安，这个"黄色讣文"样的西安，我个人的对它的估价，是把它当做一个工作，一个替西安剥去黄色外衣的工作。

许多叫苦的朋友们，把西北喊作沙漠，今后看到这沙漠里的绿洲以后，或者可以因为他们得了些慰安，少叹几口无聊的长气吧！

我是在西安停留过相当久的年头。要是不太冒昧的话，我也或者可以说：自己是害着沉重的文艺爱好症！在过去相当久的年头里，始终，始终使我难堪的不耐，便是自己这一病症的无法满足。

单就舞台艺术的欣赏说罢，成千成万的人群，从秦剧院进流出；——而秦剧的主要题材，是近来方口稍稍变移了些的——话剧是仅仅被范围在学校里，从不会被社会"正视"过。当然，像那样"爱美的"，业余的成绩，翻转来，又成为话剧不能逾越学校门限一步的原因。

抗战开始了，五千年所不会有过的，人口及文化的大交流，使得一切的一切，变了，动了，进步了！

西安的戏剧部门，首先是秦剧主题的推进到配合抗战；虽然，我们还不能在今天就断言樊仰由先生的成功合（和）失败，究竟，他的努力，是值得赞美的。他的方向是正确的。

最大的成功者，当然要说到战干剧团。

是它，打破了话剧运动的纪录，在同一个地方，连续不断地，举行几个月的长期演出。是它，把局促在学校大门里的话剧解放出来，贡献给社会，深入到社会，在群众中间，奠定了话剧的基础。是它，使话剧从赠券时代，派票骚扰，进入到"购票入座"的成就。

是它，抗战以来，成为西安许多进步的表现之一，剥掉了这沉闷，郁阴的都市的外衣，并且，撕扯了她那讣文性，使之成为毫不惭赧的，新生的，新中国的后方重镇。

当然，请不要误会，我并没有说：战干剧团的演出，已然收获了标准的绝对的成功！——站在这一观点来讲的时候，不用迟疑也无须忌讳的，它还有很多很多的缺陷，需待着更大更多的努力！而我的话，像上面所说，仅仅在于指出她的功绩，辛勤，和在历史过程中的成就罢了。

数演员

第十次的公演是万家宝先生的《雷雨》。

一月三十日那天，公演的第四日，我在稍后的一个坐位，痴坐了四个多小时。很不愉快的事，那晚偏偏在剧场所在的南院门街，没有电灯这等于“劫杀”了半截公演的效果。但是，但是那场的千人以上的观众，没有一个会在未完场前走出的，当然是可以由之说明了舞台上的成功。

下面，简单的说一说我对几位演员的意见。

这不是批评，根本上我还不会愿意让自己成为个舞台批评家、我也还不会有板起批评家面孔的自信和勇气。这里，仅仅是：一个对舞台技术完全是门外汉的观众，噜嗦几句平凡的观后的直觉罢了。

最满意的是侍萍。

这大概是由于我个人对剧中人侍萍的个性的认识，大致合演员对剧中人的认识相同的缘故吧！——我觉得像侍萍这样的人物，在礼教与“柔驯便是爱情”的信念下，必然的，她是只能“隐泣”而不会痛哭的，她必须忍受一切，不准抵抗一切，怀着惭愧与“不表现的爱”的胸境，俯伏在“命运”的脚下。如果悟会了那故事合(和)剧作的话，大约将会派定她以如下的姿态出现在舞台面的：内心是蕴蓄着永远不灭的不会表现的爱情，态度是接受一切的打击，忍耐终生的牺牲，最初与最后的方法是“命”。服从命！视频的演者，用她的动作，姿态，声音：正刻画在一个这样的“永远驼着悲哀的老妇”的内心与外形，明显地出现在观众的面前。所收获的效果是：她不必哭，而观众却要哭，她没有落泪，而观众却确实在替她落泪。假如可以容许我，说一句在剧评的职责上等于没有说的废话时，确实，侍萍的演员，在舞台技艺上说，实在已然达到“炉火纯青”的成就。

周朴园，这老头儿在出场后的个性是：专严，执拗，绅士。——虽然是少年时候有些荒唐，内心里对那过去的荒唐也并非不负责任(正是他执拗的一种发展)，但是，绅士终于是绅士。

这位演员是大体成功的。无论是苍老，专严，执拗，绅士，几个方面，都从动作，声音，各方面表演得不差，共应当注意的两点，在说明给侍萍汇钱，同最后几场，应当表现其内心与外形，过去与目前：矛盾错综之情绪的时候，使用声音的工夫，稍稍觉得软弱了些。

蘩漪，这位演员在台词，动作，地位，都很圆滑美满，收到很高的效果。在表现剧中人病的一面，尤其成功。——只是就笔者个人的一点私见(也许并不是偏见)来说，演者是稍微过分了一点的来留意那“病”，同一原因，使得剧中人更基本的病症，歇斯特立亚状态下，必然具有的“爱情的猛狠”性，显示得不够了些。

舒适即是寂寞

舒适的时候，即是寂寞的时候。

当你在官能上最感觉舒适的时候，必然的，也即是你心灵上最寂寞的时候。

外在的享受，必是内在的空虚。

武断吗？请你回忆一下罢！仅仅回忆一下就够了，你的良知做证人，你过去的一切，会使你有这样的感悟；也许你现在的生活，还正在使你有这样的感想。

不会忘记罢，朋友们！这是个什么时代？你，我，我们大家，正站在一个怎样的大时代的面前呢？你信仰着，想念着，至少是听他人说起过，这是一个为争取独立自由的新中国的时代！用我们的血，用我们的肉，用我们的力，用我们的汗，用我们的身体灵魂的苦难与奋斗，追求胜利的时代！

那么我们将会得自省的，在炮火后面的我们，我们的生活实状，真是教自己对这当前的时代，神圣的责任，惭愧，低头。

我们太舒适了阿！

你不觉得吗？你说：我们已然比抗战之前节约合（和）降低享受了吗？

是呀，像你所说的并没有错，后方的我们，不过是简单可怜的有个家，有张床，有点米面，有些滚水，一定的时间作工一定的时间休息，不过是这些罢了！还有什么呢？

听我说，你错了！

我们不应该同战前的自己来比量呵！惟一的仅有的标准，也正是应当我们取法仿效的榜样，是我们在火线上，泥壕里的士兵！

他们离开家，虽然是高度的军民合作的情形下，他们也可以得到些温煦的家的感觉，但是，究竟是为了祖国，走出了他个人的家门！他们要睡的时候，坑上可以，竹床可以，稻草堆可以，光的地土上要睡，湿的泥壕里也要睡，他们没有我们一样的自己熟惯了的那张床，他们所吃的呢？仅仅足够果腹罢了；渴的满足是人世间任何一种液体都会用过的，他们没有机会选择；是不是那种饮料对于卫生不太合宜。他们没有什么工作与休息的分别，他们从日出到日落，从白昼到夜晚，过一个整天便是多一个二十四小时，抱着他的枪，抚摩着他的掷弹筒，修理着他们的坦克车，检查着他们的听音器，一些不停地，他们工作，工作，为了祖国的自由独立，分刻不止，无论昼夜的工作着！

我们呢？

我们已然尽了自己最大的与最后的"力"了吗？

我坐在剧场的椅子上，默想着！

我们是太舒适一些罢？遥念着炮火中的战士们，当慰劳他们的许多演剧队等等要是为他们演出《雷雨》的话，恐怕那幕后的雷声，会无需特别去制作，而是可以用我们雄壮的，击溃敌寇的炮声来代替吧？

真的，我们是比他们有着太多的舒适的机会，也就是，每一想念起他们，我们有着太多的良心的负疚！

我用愧赧的目光，巡视了全场的观众，有很多人的内心，作着这样的共鸣吗？在陶醉在这样优美的演出以后，我们不要忘记呀，这是什么时代，我们应当负担什么责任，祖国等候我们作些什么呢？

不是说我们不应当休息，不是说我们不应当领会些艺术的熏陶，更不是说演出的工作没有价值；仅仅是一句话，而且，我知道合（和）相信这是许许多多的观众都能自己提醒自己的一句话：我们可以为了人生而欣赏艺术；我们更其应当为了祖国，跑上应当跑去的岗位，创作每个人的生气勃勃的人生！

用我们每个人的生气勃勃的人生，——也正是艺术的人生——换取祖国的永生！

《雷雨》也有变色的那天

讲到《雷雨》这一剧本的话，真是抱歉得很，我对它是不会有过多大的好感。

我承认《雷雨》是著者很见功力的作品，我承认《雷雨》的出世，使得国内剧本创作的记录前进了一步；但是，我更承认：《雷雨》并不是什么成功的作品。

它最成功的地方，我个人读了剧本以后，看过几次公演以后的感想，觉得最见著者造诣的所在，是结构的技巧。只是，觉得太“技巧”了一点。

虽然说舞台是人生的夸大；“偶然性”也可以用为剧作的基干；但是，假如说，仅仅依靠“偶然性”来支持那剧作结构时，那么，我们将怎样分别于“戏不通，请神仙”呢？太技巧的结果，也许将会大大的失却一件艺术创作所必须具备的一般性典型性，或者是把它叫作本质性。

再则，在《雷雨》，给我的第三个印象是：太眩眼的技巧，太错综的故事，以致于找不到主题在那里，但看见许许多多近乎扰眼的故事，却找不到，（大概是因为，我这样的观者太愚昧的缘故）这一堆故事代表着什么？说明着什么？

尤其是，在今天这时代，我也许是乐观了些，但我仍然愿意相信：像《雷雨》所描写的那样故事，那样家庭，那样的老头和青年：必然的，会为了敌寇侵略炮火的残暴事实，血的洗礼，以及祖国的呼唤，将不再那样沉沦，不再那样醉梦。像那样的一群，已然是些历史的垃圾，会被时代的巨大浪潮，把它冲退到最暗僻的角落里去的。

我承认《雷雨》是有些某种成就的力作！我希望在大时代的面前，会使《雷雨》脱掉旧的颜色。

变的，动的，进步的现实，会把旧的《雷雨》抛弃，每一个不愿为时代遗留下的作者，应当这样用力。万家宝先生，以他往昔的成就为基础，必然会首先满足我们这一企望的！

原载《黄河月刊》（西安）1941 年 2 月 28 日第 2 卷第 1 期

评浙赣剧团《雷雨》演出

吴英年

一九四一年最值得传颂的公演，是玉山浙赣剧团的《雷雨》，是浙赣铁路业余剧人，经过月余的准备和排练，努力与奋斗的演出。成绩方面，虽是业余的创造，却超出许多专门性的戏剧结晶以上。一九四一年的元旦，在东南看不见较大规模的演出，剧坛沉寂声中，《雷雨》的演出，是做了迎接胜利年唯一的巨大的鞭炮。

在这次演出，唯一的收获，以浙赣剧团本身来说，是较往昔任何一次演出进步，而更有意义的是由于这次演出的创造，出现了几个——一群新的、有力的、聪明的、富有天才的演员。

当然在这次演出里也有一向老练的演员参加，像黄煌、高素瑛、欧阳嫡等。他们的成功，是在与以前的演技比较均有惊人的进步。

黄煌饰演鲁贵特点——也是优点，在于从来没有过火的地方。鲁贵若由一般演员演来，很容易趋向于小丑形，在台上卖弄滑稽和一些无意义的表情。而反之，在黄煌却从没有过，他确到好处，一丝没有突然地，而是自然的刻画出鲁贵的个性，在舞台上树立了美的真的艺术形象。此诸任何一幕，尤以他第四幕演得最好，原因是他抓住了这幕应有的气氛。

高素瑛饰鲁妈，第一，她已完全意会到鲁妈的性格，和表演上鲁妈在各场的地位，（这不是舞台上的地位）她能把握到最必要的场面，卖命的演去，这是她理解力成功的显示。第二，她采取声音表情，应是她杰作之一，鲁妈本是悲剧中的主干，在她身上具有所有悲剧的种子。演员表现鲁妈一般的声音表情，易趋向于浮躁，不深刻。颤抖的沉而慈爱的声音，是一般演员未曾采用的，而高却充分的利用它。第二幕看见朴园，第三幕对四凤说话，第四幕最后一段在周萍四凤面前的独白，是高声音表情成功的所在。第三，她已在充分的利用观众的心理，而表演心理情绪最激烈的场面。第三幕鲁大海要杀周萍时，四凤在前跑出，周萍亦逃，鲁妈死力拉住大海的腿。在台上拖了一段距离再爬起来，眼向着天空，茫然无际的，神经错乱了："四凤，孩子，你回来"（剧词大意是如此）接着，她眼一转才向着门狂呼："四凤，孩子，你回来。"这一段表演精彩而能感人，原因在于她连用那一步，由茫无边际的叫再转而向外面叫。这是情绪表演上，观众欣赏原理上，应该如此的。

欧阳嫡饰四凤，她的努力，她的现有成功，应该告慰于她的，已不是她从前的演戏成绩可比了。她有突而速的进步，进步的结晶，就在她饰的四凤的角色上。她动作没有错乱，反之却整齐有序。词句的节奏，分析得很真实。她的最好的表演，是第三幕的单人沉闷徘徊、思索，而进于情感与理智冲动的一场。再而隔窗与周萍对话的声音表情。第四幕她上场，声音很合适，而全身要颤抖，唯有颤抖，才能使那一场更精彩。

要提到的还有这次演出里的新人，首先要说到演饰周萍的陈耀。

第一，他的先天条件，声音和身材，姿态和仪容，是确实合乎年青小生的典型。这不要以为先天条件不足为奇，但多少演员是需要先天条件做助力的。多少演员失败在没有先天条件的助力下，演出里总不能让丑八怪来演出风流妖女吧。

第二，运用他的先天条件创造的表现，在动作上非常匀称。他没有漏洞，也没有太动的地方，他会确当的运用他两双手，从适宜处走出几步苦闷心绪的路，他声音不轻浮而厚，有情感在质里含蓄。诚然他也有不够的地方，但那些都不足以影响他的大体和毁坏他的表演才能。

第三，总之，他是适合于表演的，周萍不过是他初踏上戏剧路的第一站，谁敢担保他不是未来经验丰富的名演员呢？原因仍不在他有健全的先天条件，但他已是初步的运用了他的那些条件，达成戏剧美好的任务。基于他的努力，会展宽他戏剧无限前程。

成功的新人物第二个是饰演蘩漪的章元春，但是她的第一幕演得并不好。原因在她没有技巧突破舞台空气的沉闷。而她成功之点，第一，她把握蘩漪的形象很正确，她使蘩漪博得了人们的同情，她演出的蘩漪是个动人的女性，一般的演员达不到这一点，所以显得她的成绩可贵了。然而这还是指大体上说的。第二，她的表演细节最动人的地方。一、喝药吐药，上楼。二、第二幕起首与周萍对话的声音与表情。三、第四幕跟周朴园的一场最精彩。四、第四幕向周萍那三次恐怖式的、狰狞的、歇斯底里的笑，应该是整个演出的精品。五、她第四幕每次进门的姿态，确当而适合于美的表演。六、她向周萍求诉的那场，是她表演最聚精会神的地方。她创造了如上述的优点。《雷雨》的演出因她而生色不少，她还没有充分而合适地运用她的手呢。因为她的手，在第一二两幕稍显平凡了点。在第四幕，如果再加上手的偶一助力，她将全部获取了美点了。看戏的人，以无限赞美的心，欣赏她的演出。她如果在未来更努力，将成了怎样的一个演员，勉之，再勉之！

成功的新人物之三，是饰周朴园的胡愓。

对于他的感觉，不像其他抗战后，在东南演出《雷雨》里周朴园扮演人一样，他超过他们以上，这是无可讳言。他已抓住演出周朴园形象的大部，这已足使他自己与人们满意了。他的成功处，即在他能抓住这正确的形象，所谓形象是语言、音调、化妆、服装、姿态，都在内的。

对于第四位新人钱利锋，饰大海，说其成功处，唯一的是他适如其分的表达了他应有的情绪。他手的动作若放大一点，不要太突然，就可以弥补他唯一的缺点。在东南，他的成绩超出别的大海之上，他不仅称职，而且演来生色。

这许多新而健美的演员，我虔诚的介绍给剧坛上的每一位朋友，一方面希望他们再飞速的健美起来，那样岂不是东南的实力又强壮了数倍！

最后，谨颂浙赣剧团！再进一步！

原载《浙赣月刊》1941 年第 2 卷第 2 期

《雷雨》观感

徐应翔

《雷雨》是一本好的剧本，曹禺因而成名，几年来在戏剧界占有很高的地位，它报道世家的沉闷的气息，它暴露恋爱的纠葛的情绪，当年中旅在上海演出，轰动了京沪杭一带的人士，自从抗战以来，这一类的戏似乎不被重视了，但是在剧界中的人们始终没有忘怀他们。

在目前闹着剧本荒的时期，也只有搬出这种剧本来调剂一下，只要不是醉生梦死的宣传品，只要不违反抗战的意识，于是重庆方面轰轰烈烈地演出曹禺第二部杰作《日出》，八十六军的八六剧团以《雷雨》作巡回公演，在金华，上饶，衢县等地演出，诸暨县长夏高阳氏在十月事变以前筹备剧场，计划自己导演并主演曹禺第三部杰作《原野》。

同时浙赣剧团第八届演出《雷雨》，倍受观众的欢迎，这次演出的伟大和观众的拥挤，是历届公演所不及的。

这个剧分四幕，第一幕很平淡，只对观众报告一些下三幕的故事，同时衬托出周朴园的威严，第三幕是一个特写，在鲁家是始终不能平静，当大雷雨之夜，颠簸着冲突的火苗，及至第四幕，沉闷的气息压下去，一直压到最后的关头，终于爆炸了，周朴园年青时所造下的罪恶，得着了报应。至于鲁侍萍之来，虽然有点突兀，但天下奇巧的事很多，如果人们肯留心一下，我相信每个人都能够碰到几件的。

报应两个字，我这里未免用得太不适合了，一件罪恶的事，总会破裂而分明的，在周朴园做了罪恶的事情之后，永远闷在心头，于是把家里的人看守起来。看守得很严，然而越是这样事情就越坏，家里的人在一个拘束的环境里，爱情无法向外界发展，因此儿子步上父亲的相仿的后尘，这正是自然的现象。

这次浙赣剧团的演出，大体上都能称职，当第一幕的场面逐渐展开的时候，当周朴园从书房里出来之后，一种威严的情绪由是而生，压住周冲的天真活泼，在使吃药的一刹那，使观众心动，在第二幕鲁妈的出现，带来了许多悲泣的情调，从这一个高潮转变而为另一个高潮，似乎完全操之于饰周朴园的胡惕君和饰侍萍的高素瑛女士这两个成功的演员的手中。

在第三幕中，鲁贵能一变他的态度，实在使人惊奇，见上而恭，见下而凶，黄煌君的鲁贵是成功的，只是他在第四幕中欠刁诈一些，在第一幕里把周家客厅里的香烟取之如已物，而且一枝又一枝，一些也不怕主人看见，这似乎是不顺眼的动作。

全剧中最使人爱的是周冲，他的心纯洁得像一张白纸，蹦蹦跳跳的，是一个有生气的孩子，全剧的空气要是没有他，将会沉闷得不堪设想，饰周冲的是一位正值青年时代的彭师虎君，然而他毕竟能表现出十七岁的人，而且各种姿态，表演得非常的适合，只是在第三幕中他对四凤表白，那一段幻想似的光明的前途的说话，未免有些像一个诗人，我以为，如果他说这一段话的时候，多带一些蹦跳和亲切的情调，也许要更见讨好些哩。

全剧中最使人痛的是四凤，她有情感，她需要周萍，但她却很爱妈，她满腔的苦水，像洪流似的在肚子里暗流，她有不可向妈表白的心事紧紧地啃着她的心，她咽泣、暗叹、处处表示着她的厄运，欧阳嫦女士都能够恰到好处。

蘩漪和周萍是个戏里最不可宽恕的罪人，这两个角色，的确不容易演，饰蘩漪的章元春女士，不仅能够表演出她外表和内心，而且能时时促使观众惊心到她的闺秀的过程上去，至于饰周萍的陈耀君，差不多也有同样的好处，在这家庭里的大少爷是处于何等的地位，他能前不比父亲，后不比弟弟，更不像“见着周萍才活着的女人”，他表演出一个十足的中材典型。

一个自己的骨肉，居然会反对自己的父亲，这在鲁大海自己并不知道这些瓜葛，然而即使知道了，也许他还是如此做的，鲁大海是个粗人，他懂得自己这个环境里的人，应该起来争取生存的，可惜被人卖了，被矿主暗地里下手取巧了，饰鲁大海的钱利锋君，恰是个粗线条的人材，他在冲突的场面，能够尽其粗事，在对母亲的感情和言行，更能尽其孝道。

对于内心的表演，有几位做得很道地，尤其是饰周朴园和鲁侍萍的两位演员，即如鲁侍萍，一见到面，观象都会心跳，一听到她的声音，便要流泪了，她能把剧中人物的感情系结上全场观众的心坎，这实是令人佩服的。

如果要找出一些不妥当的地方，也不是没有，比如四凤的表情还不够悲哀，鲁大海有的地方似乎太文静一些，周萍在第一幕里的手脚欠没处安放，鲁贵一上场就大方地抽烟，蘩漪动作欠单纯，而且笑声不够“狂”和“怪”，以及鲁侍萍的发音不够表演她五十岁左右的老妇等等，但是这些都不大明显，都在隐处，并不妨碍全剧的情调和气味。如果能够好自努力，连这些不害大醇的小疵也改革掉，那么前途更见光明了！

最可惜的便是有几位演员的普通话说得差一些，这我希望各位多多努力，以求大全。

关于布景方面，大体上是很艺术的，在周家，就是这个花园门太小，不够表示一个大家庭而且是结连客厅的花园门。中门外似乎太紊乱一些，外通各处的地方，会使观象的脑海中滞呆。再那鲁贵之家，太偏而阔，如此空气，反感到冷漠，而缺少热闷的意味和小家小室的风度，而且把个方桌摆在地中间，正对着小窗子，使四凤有许多的表情避开观象的眼帘，地位似乎需设法改良。

灯光与剧情很能有机地配合，比如鲁贵说鬼时光线惨淡，等等，但第三幕似乎太亮些，而且地灯太少，天灯太多了，尤其是效果，风雨电，恰到好处，有好几次迷住了观众，害得许多人探询场外面是不是下着大雨，发着雷电，综合了戏剧艺术的合奏，完成了全剧的伟大刺激。

至于化装方面，却能改去本来面目，引得诸暨，金华，上饶一带的剧人三战区吴英年君，中心剧团吴亮君，第七队罗亭君；和艺人张乐平君叶苗君，来非君等都看得心痒痒地，自动来替他们化装，但愿以后他们常常能够联合起来，互相帮助，合作，组成艺术界的坚强的统一阵线。

原载《浙赣月刊》1941年第2卷第1期

关于《北京人》的速写

——为了介绍《北京人》底演出

胡　风

《北京人》底单行本到了，公演又在迫近，我匆匆读了一遍。有一点感想。S君劝我写出来，我也想试一试，题目就叫做《〈北京人〉里面的多余的人和托梦的人》，但在公演之前，无论如何是做不到的了，现在只好拉杂地写几句。

平面地看，《北京人》是对于封建社会的挽歌和对于一种新的生活的向往。然而，在我们的感受上，作者底挽歌是唱得那么凄伤，那么沉痛，我们可以毫不踌躇地说，有些地方是达到了艺术的（我是在它原来的意义上写下这个形容词的）境界，但当他在挽歌当中终于向往了的那“一种新的生活”，却使我们感到飘忽，渺茫，好像是在痛苦底重压下面累透了的人底，一个仅仅为了安慰那痛苦的梦。所以，作者愈是把他底梦染上浓烈的色彩，我们就愈觉得那梦和现实远离，好像是两种不能粘在一起的东西被勉强地缚在一起了。

如果说，新生活是从旧生活底崩溃里面诞生的，在旧生活底崩溃里面要透出新生活底脉络，如果说，现实主义的成分能引出浪漫主义的成分，浪漫主义的成分本是现实主义的成分底开花，那么，现在的这情形到底是由于什么呢？

这当然也应该从作者底整个发展过程上去看的，但现在我们底追求还只能限定在作品本身上面。那么，除了作者自己决不会是那样的，仅仅为了增加舞台面底变化这作用以外，我想有两种可能的解释。

第一，打动了作者的是封建家庭（以及封建社会）底那一幅悲惨的图画，哀挽的心情使他禁不住要歌唱它底崩溃和灭亡，但作者的愿望不能在挽歌里面得到满足，于是在废墟里面创造了一个梦（他自己当然认为是一条出路），使能够不死的人物向那个梦里逃生。

第二，作者原也看清了围绕着这种家庭的更具体的情势和这当中的可能的发展，但为了他底作品能够在读者和观众面前出现，于是只好用一个不说话的梦来代替了许多要跳出来的，复杂的东西。

我们应该同意哪一个解释呢？

但无论是哪一个解释，都关联到作者创作底方法上去。依前一说，那是作者的创作方法被他的题材拖住了。艺术，不但不能是某一个现象底记录，而且也不能是某一个现象底孤立的发展，应该是从全的社会情势上对于它底现实性和可能性的综合的把握和提高。当然，我们不能怀疑作者忘记了这个创作的基点，他所选的一个人物（瑞贞）就说过有一些朋友，且知道“有这么一个地方”，这是他建筑梦的铁骨，然而，我们虽然也要求梦，但我们更要求由现实到梦的道路。如果仅仅是一个梦，那作者就向我们提出了实例：一方面，他只好送出“象征”式的“北京人”和袁氏父女，另一方面，他不得不摆脱了和这种家庭相纠缠着的一些触手，如像这种家庭应有的和封建社会的牵连着的血缘，和新起的资本主义势力（隔壁的“暴发户”）的更复杂的纠葛，以及和无论怎样解释，这事件都是应该发生在抗战前几年的北平的这个有生力量的时代激流的交涉……也许在作者看来，摆脱了这些触手也能或者更能写出那个人生底悲剧性，但我们却以为，在真实性底意义上的悲剧性，只有在和那些触手的更大的具体斗争里面才能够完全地获得。在这个意义上说，作者创造出来的几个性格凸出的活的人物，似乎是枝叶繁茂的，但实际上却还各各经过了被单纯化了的一面。我们底分析是从作者所把握的对象本身出发的。

依后一说，我们当然同情作者底苦恼和他底奋斗，但也依然不能不回到上面所说的创作方法上的问题去。因为，即令在今天的处境下面，作者对于他所把握的对象也可能做到某一限度的发掘和发展，而且，在艺术的要求本身上说，恐怕那发展也只能到某一限度为止的罢。我们底分析原是先就抛弃了所谓“意识”底膨胀这一个有害的要求的。

但无论是由于哪一个原因，作者在这里给与我们的是在灭亡的路上痛苦着的生灵，我相信，在努力的演出里面，演员和观众会要和作者一同叹息，苦恼，低泣，甚至痛哭。然而，在这叹息，苦恼，低泣，甚至痛苦的孽海里面挣扎着的求生的意志和奋斗，还只是寄托在一个梦里，没有能够在“现实社会”这个原野上面冲出一道水光四射的，滚滚的洪流。

一九四一年秋，香港蚂楼。

原载《大公报（香港）》1941年11月29日

评《北京人》及其演出

高　肃

曹禺原著

上海剧艺社演出

看《北京人》我是感到失望的。

在《蜕变》中，曹禺先生显然有了写作的新的立足点，他固然没有了写《雷雨》的只是在“一个模糊的影象的时候，逗起我兴趣的，只是一两段情节，几个人物，一种复杂而又原始的情绪”之下那种的创作法；也没有了《日出》的只指明一个“损不足以奉有余”的社会的丑恶，而以为已尽其责。从《雷雨》到《日出》在暴露那一方面腐烂的没落社会和刻画人物之外，它只有理想中期待着的希望，而这暗示的期待，在正面的夸大和渲染之下，恐怕观众很少会捉摸到理解它的。然而《蜕变》作者在不仅暴露了那未蜕变之前而在没落之中的社会中的一切，更以此作为出发点，它告诉了我们希望的实现，那找到的新的力量在蜕变之后改变了一切。作者不仅遗弃了他所看见所愤懑的腐烂的社会，更找出了更新的有生命跳跃着的新世界“暴露”，“更暴露”，《蜕变》有了较《雷雨》《日出》更高的成就。

但《北京人》无论意识上，题材上，我以为是都有逊于《蜕变》的；虽然《北京人》是《蜕变》后的又一部新作。诚然，《北京人》是悲剧性。在人物的对立，剧情的发展这两点上，《北京人》比起带有浪漫主义色彩而又整严地计划好的悲剧《雷雨》，来得合理、真实。至少《北京人》是客观现实影响了作者的写作；决不是《雷雨》的只是“偶然的心情的冲动”。可是，《北京人》的创作似乎只看见作者在憎恶的心情下所写成的一个使人流泪的悲剧。严格地说，作者的素材是粉饰于那一个大家庭在没落中所纠纷着的凄惨的一连串的事情上，这个腐烂的家庭在崩溃，作者却加重了他们绝望的喊叫呻吟。对于被时代遗弃者，用不到怜悯，然而作者却似乎放进了几分同情，即使他主观上并不如此。在北京人中几乎放进处处都是碰壁、失望、糟糕。就像看见被围于陷阱中的羔羊，宛转徘徊苦痛呻吟的一样。但对于有希望于新潮的人物，作者只在暗示中衬托了出来，那显示是渺小得极些微的。于是在《北京人》中我们看到了一个大家庭在没落，在消沉；看不到另一方面健全的部分。有限的启示，被重量过大的正面描写掩蔽了。

不过，在写作技巧上，曹禺先生并没有失去他独持的风格，对白的俏皮、紧凑，富有含蓄。长长的说白，极容易流入呆板说教的口气；但《北京人》的说白，是非常引人感动的，间歇的得当有力，这是唯一的成功。更可爱的是人物典型的刻画，《北京人》中每个人物差不多都是对立着，突出的。除了第三代的曾霆夫妇，作者并没有把重量较多的分担在他俩身上之外。曾思懿的泼辣阴险，整天为钱打算；曾文清的颓唐，他有希望，但这希望救不了他的命运，他只有残酷的自杀了；江泰的梦想鬼，好说大话，好喊高调，一个在梦幻里追求希望的柔弱者；曾皓，这个迷恋着棺材，死撑着书香门第，放不了名誉家产的顽固者；愫方的沉默寡言，忍住痛苦想活下去的女性；这许多的人物，就在暮气沉沉的大家庭，演出了一个悲剧。对于北京人和人类学者父女的插入，我以为是勉强的，但作者是想把老远以前的北京人，以衬对北京人的子孙的不坦白，虚伪，不爽直，狡诈和怕死又怕生的可怜，而来作为瑞贞愫方出走的一个引线，那也未便深责。但“北京人”这个人物明明是人装成的模特儿，曹禺先生却把他创造为几无情感说话结巴结巴的生硬的样子，我始终想不透这是什么缘故？

也许对剧本的话说得太多，让我们看看《北京人》的演出：

论整个戏的气氛是沉闷的，但演出却很动人，导演者确颇见努力。处理得最好的是第一幕，这幕里有人物的介绍，和夹叙了故事的起始和发展，很可推许的是曾文清和江泰两人的出场之前，音响的效果，已预示了他们两个人的性格情状；这手法是非常之聪明的。演员的上下场，也见清楚。然而每幕的结束，除了第二幕文清的黯然走出时的空气，造得够静穆而紧张外，其余的嫌太松弛，就是戏的最后，那样的闭幕，也是觉得柔弱的。

虽然并无突出的高潮，全剧中几个紧张处，处理得极佳。如曾皓发觉了文清吸烟的失神的状态，文清再度回家时和瑞贞愫方僵持的局面等处，都能控制住空气，这是导演者的成功处。

关于演员的成绩：当以英茵的曾思懿最为出色，她那流利的国语，清楚的读词，切合个性的表情，十足表现了一个会闹意气，泼辣成性，欢喜抓住权柄的妇人。戴耘的陈奶妈演来颇见适合。文清的饰演者，如果表情上更能抓住这个角色的特点而发挥将有更好的表现；事实上，这个角色是难于饰演的，他那情感在内心苦痛与悔恨交织的时候，很难达到满意的程度。对于瑞贞，因了剧作者的并不着意于她，流金的一部分失败，该是可宽恕的。因为一向在丈夫没有爱情，公婆没有惜怜的情形下，她会突然告诉愫方，她交着很多朋友，结果她会出走，任何人看来都会感觉到突兀的吧？失败的该是演愫方的王祺和演文彩的钱樱，两个人面部都没有戏，呆板得很，钱樱的读词也许是喉音的缘故，非常不好听。徐立的江泰，不无小疵，演得似乎过火些，章杰演曾皓尚能使人满意。

但一般的说，《北京人》的演出还是达到水准了的。演员的演技和舞台的技术工作，都帮助了《北京人》演出的成功。然而站在戏剧是艺术，戏剧艺术的某项作用是教育观众这一观点上论，从《北京人》我们得到些什么呢？《北京人》可以说完全暴露了一个“大家庭”，作者固然借北京人来陪衬出这大家庭中人物纠纷上的刻画描摹。如果要把瑞贞等人的出走作为《北京人》的主旨，那真是微弱得可怜！瑞贞是“曾家唯一有清醒的头脑”的人，然而她的性情转变是那么的突兀，匆促，毫不给观众会留下印象或刺激的。除此《北京人》也只是刻画了“没落中的大家庭的种种纠纷和人物的绝望的呼叫而已”。估计《北京人》的价值，总像缺少了种另外的因素，那就是力。

原载上海《知识与生活)》1941 年第 2 卷第 2 期

《雷雨》里的“风波”

——国师星社公演《雷雨》的前后

醒　民

抗战期中，剧本荒已经成了一个大的问题。尽管也有一些有价值的抗战剧出现，但由于写作时间的不充分，在技术上很少能够达到炉火纯青的境地，而且所谓有价值的作品，在数量上也极其有限，因此在近年来，话剧界似乎要摆脱这苦闷的雾园，而有一新趋向的转变。这转变很显然的便是采取抗战以前的剧本来上演。他们并不是有意强调早年的作品，也不是要和现实的生活脱离关系，而是想利用些成熟的有高度化艺术的作品，来作新作品进步的刺激。桂林国防艺术社的出演《雷雨》，及其他各地剧团的出演《西施》，便是个很好的例证。

《雷雨》这剧本，有人批评它太多偶然事件与反封建不彻底或未揭示人生的出路，这也许是它不能辩护的缺点；但这只能怪时代背景仅能使它走到这一步而不能再进，我们实在没有理由来苛责这一点。对《雷雨》，我们应该特别认识作者艺术的表现力，和对写作认真的态度；他提供了创作新剧本的新技巧，使我们并不因他思想上有些停滞而感觉不满意，这是他的成功。他能受到大多数人的欢迎，并非偶然的事，这好像不关现实主义和浪漫主义的现代，而欧洲各国仍欢迎莎士比亚的剧本一样。从这里便可看出艺术工作不是单纯的宣传了。

话剧在中国，是年青的新兴艺术，但在过去也仅能指文化中心的都会而言，在小城市和乡镇里则很难看到它的新芽。自抗战以来，因文化工作者和文化团体的内迁，文化中心渐在一些小乡镇里树了起来，这年青的新兴艺术也就渐渐笑露了。蓝田，在抗战四年的孕育中，变成了全湘文化中心地，但话剧的情形，却非常沉闷，直到今年四月初，才有国立师范学院“星社”出来打破这寂静的空气。

在春去夏来，炎阳快要降临的时节，星社同人把国师所有舞台经验丰富的人才，都延揽了来，准备用《雷雨》这剧本将他们的艺术天才来发挥一下，为了不放弃自我学习的机会并求得效率宏大起见，已排演时就由几个演员组织一个导演团来计划一切，这并不是想尝尝名流派头的“嗣恋”，而是想借这机会能收到一些自我学习的益处。事情是很顺利地进行着，大家都能极坦白极诚恳的批评和接受他人意见，四十天不到的准备，已经出乎预料地纯熟了。舞台的设计，服装的配备，灯光的控制，也都随着演员的台词和步位达到了完善的境地，只等预订日期来临，便贡献出这用全付精力所造成的杰构。

但是天下事实十九未能尽如人意！临到出演的前一天，剧场发生了问题。原来国师自己的大礼堂未曾建筑成功，剧坛就只能借用蓝田镇一家唯一的戏院，并且在半月前即已租借妥当，大概是赠送入场券时欠周到吧？“开罪”了地方上的几位“要人”，他们联合一些其他的势力，临时出来阻拦，宣称《雷雨》这剧本，是违反抗战的，它“提倡乱伦鼓吹罢工”绝对不能上演；经详细解释并反诘后，他们仍坚持这种理由，呵斥戏院的老板不得出租剧场，但因为契约关系，《雷雨》是在预定的日子里终于演出了，这时“要人”之一的××所长一方面平日受够了国师同学轻视的气，另一方面又有背后势力在怂恿，临演的前半小时，他便借维持秩序和保护治安的口实，将剧场用警察和镇公所的所兵团团围住，持枪实弹，如临大敌，把观众一大部分阻隔得不准入场。当时星社的负责人和他提出严重交涉，却不理会，只说“风闻有奸人乘机捣乱，特施紧急戒严”。在那种无理可喻的情势下，只有向未入场的观众道歉并承认入场券“明日继续有效”。空气尽管是紧张的，但职演员和已入场的观众除有些愤怒的表情外，态度始终是安详的。第二天《雷雨》是按计划的开演了。

为了表示周家客厅的堂皇，第一第二和第四幕是用的硬景。第三幕要使得风雨更有声势起见，便用蓝色软景。在原剧本里蘩漪上楼的扶梯原在饭厅里面，从客厅里望不见，一些演员觉得这样使一部分欣赏力较低的观众，难于想像，便决定将扶梯设在客厅的一个角落，使鲁贵和四凤对话及周萍和四凤密谈与后来的双双出走时，蘩漪窥听和突然出现的场面，增加一些实际感和紧张的情绪。这改动自然是冒险的尝试，但结果却得到意外的成功。

在演员中演的最成功的是饰周朴园的凌骥飞和饰蘩漪的谭续娴：周朴园的伪君子的心理和外貌，蘩漪的忧郁，伤感，愤懑的个性和表情，都做到了极佳的地步。饰鲁贵的金重，那一副贪婪卑鄙的样儿，令人捧腹。四凤和周冲是极易“讨好”观众的，饰四凤的周令本更抓住了四凤天真，活泼，热情，悲闷的个性；饰周冲的李杰把自己和周冲融成了一人，当他对四凤诉说他的理想时，观众的心也给他“……海……空……云……白色的帆……”等字句带到那理想的世界里去了。鲁妈是蒋栏饰的，她的面孔慈祥而严肃，她把钟爱女儿，追悔过错和愤恨朴园的心情，都表达了出来。饰大海的刘砥，粗鲁爽直，很能引起观众的同情。最难饰的，任何人也要承认是周萍了，这次李又起抱着一个“不求有功但求无过”的态度来担任这角色，结果他并没有失败，因为他把周萍这复杂型人格里的颓废，享乐和潇洒等态度，给了观众一个深的印象。

效果是大家最担心的而且这次也是最成功的，它不仅配合适当，而且雷，雨，和电光都俨然似真的一样。雷雨是用大小铁球在地板上滚动成声的，当四凤发誓时所用的霹雳，却是用一块长达五尺宽约三尺的铁皮猛力震动而成。把黄豆置于米筛内颠簸起来便成了雨声，檐雨却是用竹筒镂孔灌水制成。电光是极难的，最初曾实验了好几种，结果用镁条却成功了。各种效果都集中在第三幕，所以第三幕是最成功。当蘩漪追踪周萍，立在四凤窗外，看见他们密聚的情形而发出幽怨时，淡蓝色的电光，闪在她疯狂的脸上，淅沥的檐雨从头上淋来，雷声大作，风声狂吼，四凤和周萍在黑暗中紧紧地拥抱着，紧张，恐怖的情景，使观众透不过气来。

灯光若照原来的设计，一定也会成功，只恨那些作对的“要人”们，强迫电灯公司很早就熄了灯，因此全靠煤气灯来支持，变光的时候却未能达到理想的境地。

第二天纠纷起得更大，但终因理由战胜，晚间亦按时演出，观众挤满了剧场的每个角落，还有许多在门外买不着入场券，其热烈的情绪，真难以笔墨形容。推其原因，一方面固由于演员的技艺动人，另一方面也由于观众在追求高度艺术的欣赏。

《雷雨》是演出了，但它的“尾声”却有些令人不快。因为那般地方“要人”老羞成怒的结果，便以“提倡乱伦宣传赤化”的罪名向高级机关告发了。有人很幽默地问他们每天会否读报？因为只要肯看报的人，绝不会不知道不久以前国防艺术社在桂林曾早已公演这个“罪大恶极”的剧本啊！

很希望这次公演的《雷雨》，是一个惊破黑暗的地方势力的一阵雷雨，惊醒了大地！

1941，六，十，寄自国师

原载《学生之友》1941年12月1日第3卷第6期

四一剧社公演《北京人》专页

热望满足之外

非　石

北京人和话剧阔别，日子已经很久了。似乎自从去年五月间，燕京剧团在协和礼堂公演《国民公敌》之后，半年以来，仅仅有不久之前，远从海上而来一个明星剧团，演了几出号称话剧的文明新戏。大体说来，话剧界相当的消沉。四一剧社的成立，自然颇给一般爱好话剧的人，一点新的希望，这种希望是热烈的。

《北京人》的演出，似一只银铃，又像一声晨更的号角，使人惊觉，在古城里的艺术圈内，还有一片尚待开垦的园地，并且告诉人说："有人已经担负起这样的责任来了！"然而歌功颂德的话，不想在这里多说。我们且讨论一下四一剧社这次公演的成绩，算是热望满足之外的闲话，未为不可。

《北京人》是难认识的（借王石子先生语），其所以难认识是在它的复杂综错的心理背景上，文清（曾皓之子）就是一例。心理的表现重于形式表现的时候，这是难于刻画的。演员们在个人的因子、剧中人的心理、表现的言谈举止三者之间，谋求他们的统一，这不是容易事，演《北京人》尤其如此。

饰曾思懿的柳燕女士，在这方面曾下过很大的功夫是可以看得出来的。第一幕里对愫方的称赞，第三幕里和文彩的紧张对词，都表演得恰到好处。不过有些地方说话的声调还欠"刚"，手的动作也没有十二分的留意，大概是因为她的表演过于繁重的缘故。

文清（郑刚风饰）确实表演得像一只受气鬼（袁圆嘴里的"耗子"），不过也许是化装有点毛病，前几次出场，总有和张顺类似的作风，给没读过剧本的观众一点极马虎的印象。（大爷跟听差之间，所差的只是一顶瓜皮帽）。

江泰（屈钟霖饰）自然是最成功的一个。动作自然，声调也合适。美中不足的，依个人的看法，只有一点：就是当他和袁任敢及文清对话的时候，讲到吃，他把北京有名的吃的所在，一一的报出来，然而报得太快了，因此台下人用欣赏《法门寺读状》、《张别古进庙》的同样心情，或竟看做噱头，这是非常可惜的。

文彩给人的印象还未能令人十分满意。她的处境是困难而可怜的。寄人篱下还不算，不体贴人的丈夫又处处叫她丢脸……生活在几重势力的压迫下，她应该有点"可怜相”。而饰文彩的柳叶女士，似乎还不失一位阔家姑娘或者姑奶奶的风度，这恐怕是受了“第一自我”的限制和一部分化装的影响吧？

曾皓（顾嘉恩饰）的化装还好。不过表演和谈话……之间的统一，还未能作到好处。比如说吧，他年岁高了，身子衰弱了，时常喘息咳嗽，每次刚一上台的作风很像，不过在招待袁博士宴上，他给人的印象是很健壮的，对江泰的谈话，教训曾霆的时候，出语都嫌过分流利。老人的谈话自然低沉而缓慢，一则表现“老”，二则为叫人听清，低而快的，每易使观众茫然。又比如他（曾皓）从养心斋内拿着蜡出来，在竹帘之内步法太快，一出门又突然慢下来，也很不合适。自然舞台的装置是应当负点责任的。

愫方和瑞贞都还称职。不过愫方的化装假如能再美一点，举止不要过分拘泥，会有更好的效果。

袁圆（范映饰）是一个杰作。举止，声调，都似乎无可再好。经验和她本来的声调都有关系。

小桂儿不免还有些不必要的动作。乡下孩子进城，到阔家人去，恐怕不敢那么过火张狂的。然而大致靳风君所表演的还不错。

袁博士（张建君饰）“北京人”（崔兰波）也都称职。值得特别一提的是陈奶妈（凌熙饰）：开快车式的训练（一天之内），这样一个表演很不少的角色，她能应付得体，给观众的印象甚佳，这当然是值得称赞的。

灯光有好些疏忽的地方，在观众的眼里，很少有人看出明暗的变换来，有，也是凌乱的。

效果也犯了同样的毛病。第一幕的“冰盏”声，第二幕里的“麵饽饽”声和号角声，都有喧宾夺主之势。最引人误会的是第四幕里杜家死人时的哭声，本来应当是“仿佛”听见人哭声的，而表情的结果，使人不知道是杜家死人还是曾家死人。这自然和剧场的装置也不无关系的。（陈奶妈下台时因失足跌倒，以致第四幕终了时不能上场，不也是因为舞台的毛病而引起不幸吗？）

不过像《北京人》这样一个繁难的剧本，演到十全的好处，是很困难的。四一剧社在短短两个月的时期之内，有这样好的成绩，已经十分难得了。我相信四一剧社会有更光明的前程。批评，对与不对的都在内，不过是一种进一步的热烈期望的表示而已。

《北京人》观后小评

秀　戈

追随着气候由严冬转入了春天的北京话剧气息，开始一点一点地苏醒活跃起来，她——四一剧社——是在四一年产生的，这一株小树，在这大地回春的当儿，慢慢地伸长着，不啻是给予荒芜已久了的剧坛灌溉了几注力量。犯着贫血症的古城话剧命运，早已经感到剧本慌的苦闷，曹禺的第六部作品《北京人》的到来，正当“四一剧社”出生不久，“四一”就大胆地拿她当做处女公演的试金石。

大凡看过《北京人》剧本的读者，都知道曹禺的这一部作品与他最初的三部曲，迥乎有着不同的作风，《雷雨》充满了悲哀与凄惨，《日出》则处处是愁恨和哀怨，《原野》的旷达淋漓，都各有各的特点与奇妙，处处明显地表现曹禺个性的独到。

《北京人》这个剧本，确实是让人难以认识清楚的著作，当我们走马观花的草草读过一遍后，一定说她很轻松，平淡无味。然而这正是她的难点与含意深的地方，除非你细细的读过她，再细心的体味她，以至使你融化于《北京人》里，那你便会看出《北京人》的影子，与作《北京人》含意的轮廓了。有人说如果真想能传出作者的一番用意，非得在“协和礼堂”那样的剧场，观众都得证明是大学毕业生，才合适。这并不是过火的话，事实真是这样。

这出戏中的几个主要角色，差不多都是内在的表情多，而外在的表情少，所以只能由他们的部分动作，看出他们的表情，若不是细心的领略，你会以为他们是太呆板，其中的愫方，文清与瑞贞，都是这样的人物，事实是让他们寂静，沉默，呆板，所以要发挥他们独自的个性，也须要在寂静沉默，呆板里，这里说的呆板，不是过于死呆板，而是不该有过大的动作，那么这又很难了。

由于四一剧社《北京人》的演出，在这里略略的说说角色，做为爱好话剧人们的参考：

曾皓　顾嘉恩君的演剧技术，早已是多数人所知道的，这次扮演将要入木的白毛老头，那该是轻车熟马，很老练的。

曾思懿　是一个三十以上有着王熙凤心肠的中年妇人，在剧中是一个主要角色，除非有舞台经验的人才能演到好处，可是这次初登舞台的柳燕小姐，却能一鸣惊人，真是谁也想象不到的超乎理想，表情的毒，棘，恨，颇召得一般仕女们的诅骂，这足证明她演剧的成功。她将来演剧的发展，是可期待的。相信看过《北京人》的现象(场)，便永远不会忘记这个典型的厉害的少奶奶。

江泰　一个有着变态心理病患者，整日打骂吵闹不休的男子，被屈钟霖君痛快淋漓的表情饰得很相(像)，思懿和江泰都是很成功的。

袁圆　十六岁的一个仍没有脱掉孩子气的女子，由范映小姐来扮演，处处都能表现女孩子的娇气，活泼，天真，活脱脱地找不出一丝不快的造作，这个我们固然称赞她的天才，但是定不能忘掉了她的努力，盼望她仍一贯的干下去，她的前途颇可期待。

愫方　三十岁上下寄人篱下的一个老处女，因了环境的压迫已变成哀静苍白的人了，这个角色很难给人以表情上深刻的印象，因为她多一半是内在的表现，人们眼中所见到的影子，是忧郁的，缄默的，刻画在心灵深处的，这个需要观众去理会，去欣赏。黄宜小姐据说是第一次登舞台，那么演出的成绩已是很可观了。不过她的声带，是阻碍她前进的，可是这次她饰愫方，演得好的地方也许是声带帮了不少忙，因为她的表情，永远是那么悲哀，声音老是带出欲哭的样子，事实是让她那样哀静，缄默。不过她略微表演得有些迟慢，但是苦丧的表情，已遮过了这一层。

曾文清　堕落的一个中年人，不知上进，懦弱，屈服于自己的这位苛毒的太太。被逼着戒了烟而离开家，无路可走又归来，以至于死。他和愫方是同样的命运，环境让他们苦，他们有理想而不能实现。这个相当难演的角色由郑刚风君来扮演很合适，不过被江泰陪衬得不生动了。他也是一个难讨好的重要角色。

曾瑞贞与吴霆　一对结过婚的小夫妇，而知道结婚痛苦的青年孩子，各人有各人的苦痛，瑞贞由王均小姐扮演，吴霆由田剑君来饰，表演得都能暴露出他们的苦痛与他们的期望，在压抑生活下的一对可怜虫，更充分的显出不自由结合的夫妇之苦闷，他们纯熟的伎俩，望去像是已有经验的人。

曾文彩　江泰的夫人，已是三十四岁的人了。表情下虽不该像愫方那样哀静，但是她却也懦弱，憔悴，脸色要比吴（曾）家一般人还苍白，柳叶小姐来扮演这个角色，似乎不太适合，她的身段，声音，面部表情，都与剧中的角色相距得很远，不过她却很纯熟，假如再换个有着愫方模型的人来扮演，相信会给这出悲剧更添生气。

陈奶妈　凌女士扮演，表情与扮相都够，声音欠老。这是一段饰奶妈难以做到火炉纯青的地方。

张顺　张亚晨君很能表现一个仆人的作风。幽默的一两句，颇使剧情更生动更紧凑起来。

小柱儿　靳风君饰，天真活泼的一团乡下风味的傻瓜。都让靳君表现无遗，声音若做到好处，那更是理想了。

袁任敢　研究人类学者的人，年三十八岁，张建君扮像（相）很好。不过身体过高，若能换一位低的人更佳。

北京人　供袁任敢研究人类学的一个模特，由崔兰波君饰的大猩猩，他的粗重而有力的声音“我——们——打——开——跟——我——来”像是疯狂了的狮子在怒吼，使台下的观众大吃一惊，相信这一个伟大的金刚似的“北京人”模特，在这古城里到（倒）难以找到一对儿。

这次“四一”出演的《北京人》，结果成绩相当圆满，想到这个纯粹的艺术的组织，没背景，没财东，凭得一班苦干的演员，演出这样好的成绩，我们不能不佩服他们苦干的精神与刻苦的努力。据说他们没有宽大的社址供他们排演，时时要东跑西跑的借地去排，演员又都是有职业的，在业余的一小部分时间，大家聚到一起来赶排这个难的剧本，更感到困难了。何况是自己导演自己排呢？

《北京人》中有几个场面是需要观众很安静的去欣赏，譬如第三幕的愫方与瑞贞的一大段对话，非常精彩，必须聚精会神的去看去听，那么台下观众的秩序要相当的静才可以，加以愫方凄切的表情与哀戚的声调，都能使现象（场）的心弦共鸣的酸楚颤动起来。

话剧的命运在古城中仍是笼罩着一层雾气，期待着四一剧社能够打破这沉寂的氛围，领导起爱好话剧的人们来推进话剧运动。

演完了《北京人》

柳　燕

擦掉脸上的油彩，换上随身的衣服，所感到的只是满身疲乏，一腔空虚。这场戏凑是凑付下来了，然而，自己的获得是什么？观众的获得又是什么？

在出演的前一日，到(倒)是曾费过整宿的功夫来背台词，只是，忙于职业，累于琐务，迫于时间，实在缺少细心去体会剧中人的一切，更加自己是从未[1]台过一次，从未正式的看过一次剧的。

陈绵博士病了，联合导演团也并没有真负起导演的职务来。因了没有社址，一次正式的排演也没有过。上台了，到(倒)真正可以无尽无休的来发挥自己的表演天才，爱怎么动就怎么动，想怎么表情就怎么表情，但这却难坏了素无舞台经验的人。到了后台，虽有几个人说："倍棒，不错"。可是，这是捧，这是鼓励，实际上如何，自己知道。

演员的好歹，我无从加以批评，本来在台上自顾尚不暇，更何能观察别人的得失。(得当适当意也)只是对于后台的管理，前台的设置，愿意说句话，是表白给观众，也是供献给"四一"。

台面太小了，这是无可讳言的。第一幕的聚餐，第二幕的抬病人，简直使台上的演员，转不开身，无所适从。灯光的配置也欠佳。第二幕的夜景，满台都红了。暗得连演员都几乎对面不辨眉目——至少我有这种感觉，第三幕的黎明，窗上泛出鱼白色，可是这鱼白色一会蓝了，一会又黄了，使人有点莫名其妙是打闪还是云遮月。效果有的喧宾夺主，那是后台地方狭小，无法躲远。也许换个地方，能不致如此。可是第二幕的更声，忽而三响，忽而两响，由一更变成三更，由三更又回到二更。这点是该加点仔细的吧！

再谈到服装：在一个舞台面，本是同一环境里的人物，可是在服饰上几乎会差一个世纪，这不能不算是化妆的失败。曾家那样的玩(顽)固家庭，连正在上中学的孙少爷还都要长袍马褂的，可是竟有电烫其发，穿着很显明 Curve 的袍子的姑奶奶。陈奶妈的半截袖的褂子，也似乎有点太时髦。文清本当是俊逸飘洒的一个，只是衣服太寒酸了，竟使有的观众给误认为张顺。但是，假如这个故事是发生在一九四二年的，那思懿的服装则又未免过老。总之，制定一个时间，使所有的演员的服装，大致能不互相矛盾，这是必要的，我以为。

关于化装：曾皓脸上皱纹太少，不够老，文彩也太年青。几乎和瑞贞是姊妹。文清不够苍白，眉目间缺少秀气。思懿过于白胖，欠点阴坏气在眉宇间。愫方似乎该再美点。不过，这只是在舞台上面近距离给我的感觉，远距离的观众看着是否如此，则不敢定。希望化装家留意一下。

从《北京人》演完后，各报的好评，朋友的口赞，到处一样，这里，我竟这样的大胆说出，本来我是"四一"社员之一，也是《北京人》演员之一，这些话，我们是有则改之，无则加勉。别客气，本来我是以"四一"社员的立场向外界来套客气的，所谓自谦者是。

原载《新进》1942 年第 1 卷第 5 期

① 原文此处拟漏掉一个"上"字。

《北京人》圆满演出

在古城话剧界寂寞得几乎让人窒息了的今日，四一剧社，公演曹禺的名著《北京人》的消息如一晴天霹雳在古城每一个角落落定了，多少人寄予这新崛起的四一剧社以无限期待愿望，在它诞生后短短的期间里，它将它第一次的成绩满意地献给古城里爱好话剧的人们。

这次观众的踊跃可以说是打破了以往一切话剧公演的纪录，因为除去预定的座位以外，临时又加添了许多。新时间八点半，《北京人》第一次隆重地在古城揭幕了，首先由王石子代表四一话剧向观众致词，大略说这样的贡献因为在同人方面都是业余的，故希望爱好话剧的朋友们能予以矫正的机会云云，自然这致词引起了雷样的掌声。

这以后便是《北京人》的开始，在演出上，那紧张的剧情和恰当好处的演员表情始终把观众们的情绪牢牢抓住，《北京人》的效果很多，也是使观众们注意的基本原因，总之，四一剧社这次的公演给观众们十二分的满意，它使观众们始终在那紧张晴朗的空气下满意地看完它。

原载北京《国民杂志》1942 年第 2 卷第 4 期“文化纽丝”专栏

七年来:两顾中旅《雷雨》的比较观

宋　昆

记得我第一次看话剧,还是在十七八岁作孩子的时候;那时不懂得什么叫欣赏艺术,只是读完曹禺先生写的第一部剧本,又适逢中国旅行剧团上演《雷雨》,便约同几位同学一起去观光,目的不过是凑热闹而已! 谁知道,一看竟看高了眼,数年来远之如“鹦鹉”,近之如“影人”如“白云”,在津表演名剧何止数百次之多,却未敢往观一回,年前因为受了朋友力邀去看傅威廉领导下之“影星剧团”《日出》,也未俟日头出来就悄悄地出院……我觉得看话剧不比听杂耍一般的为享乐,挂羊头卖狗肉之流,岂是我们所愿欣赏的!?

正如前面所说,第一次看话剧是中旅的《雷雨》,而说我第二次看话剧仍是中旅的《雷雨》,也未尝不可,虽然两次的距离好像隔了不少年。

是的,两次的距离隔了不少年,中旅剧团也不免人事的变动,今日《雷雨》之演出,其演员与当年相同者,唯唐若青之鲁妈而已,但使我们堪慰的,是阵容方面,不但未见减色,同时唐若青的鲁妈更见老练许多。她的化妆:额前皱纹重重,背略见驼,蓝布衣裤,形色憔悴,正是十足的满怀心事,受尽千难万苦的鲁妈;她的演技:初见四凤时之喜悦,见周朴园之惊慌,见周萍之悲之爱之痛之怜,与周朴园之大段对白,几将酸甜苦辣咸五味同时表达,深刻,动人……而又何怪台下老太太辈泪流满襟!?

有人说全剧当以陈玉麟扮之大海为最出色当行,这话我们不能否认,他的美点乃在不一味的蛮横鲁莽,而能表现出鲁大海是一个孝母嫉恶有血气的汉子;第四幕里他和周萍相持不下的局面,几个粗线条的身段真是美得很。邵华饰周萍,似乎比当年之陶金表情较为深刻,实际上这个角色也比较最难演得恰到好处,只是发音粗裂,殊难令人发生美感,未免减色。王路西扮周冲,憨态十足,但在奉父命劝母喝药,和在四凤家中闻得大海说“你再来,我要打断你的腿”等神情却远不如当年谭汶来得成功,也许是经验的关系吧。

夏多文饰蘩漪,其神情,其眼色,以至其慢吐吐的道白,浑身无力的步伐,均能将春闺含怨,幽郁深思的特质表达无遗,于柔中见刚,于冷淡中见热情,以此角为拿手的赵慧深不能专美于前,只是道白有时感觉到未免太慢些,几声冷笑也近于勉强。林纳之四凤,妙在不像作戏,贵在不惜力气,几场痛哭之逼真,七年前有名艺坛的章曼苹,恐怕也有瞠乎其后,第四幕水中逃奔后,面部之惨白化妆,以及颈领未扣之合乎剧情还都是小焉者。

汤琦之鲁贵是最失败的一个,初露面时,由化妆已可推及,他不像四凤的爸爸,却像四凤的哥哥,五十岁的鲁贵,望之竟如大海一般的年纪。谈到表情,他不但未能将鲁贵的奸巧谄媚滑坏特质表露出来，却形成十足的流氓气。记得姜明常年饰此角，该狠时狠，该滑时滑，神色、举手投足莫不处处有交待，真是一势利小人的化身，果非曹禺写鲁贵有声有色，则汤琦之糟，更不知糟到何等程度了，至于唐槐秋替代戴涯扮周朴园，其表情之老到，还用说吗？

幕后闪光雷声均极逼真，第三幕杂乱，犬吠更增强前台的紧凑，蘩漪由窗外突现时，可惜灯光闪得慢一些，若灯光与蘩漪同时出现，必更生动。

总起来说，中旅《雷雨》今日之演出，和七年前是同样的成功，林纳之四凤成功，陈玉麟之鲁大海成功，唐若青，唐槐秋，夏多文以及道具效果无一不成功，但那最成功的我们却不能不仍推那写原剧本的曹禺先生！

原载于《立言画刊》1942 年第 220 期

四一剧社《北京人》观后感

乔　乔

有人说：在曹禺的笔底下，是不会替一般摸索在黑暗中的苟安者饶恕的。但是，他不是只把黑暗中的一切向人倾诉，他还把更有力的光明部分放在大家的面前。醒醒吧！同胞们！我们的前途，是有光明的！

万家宝的剧作

一般人都说，万家宝（曹禺）剧作的成功，就是成功在他技巧的卓越。

再据多数人对他作品的评价说，他的作品的优点是：

（一）剧中动作多，能使舞台空气浓厚。

（二）台词漂亮，流利，且富诗意。

（三）每一个剧，所表现的思想，都是从故事的发展中，很自然的流露出来，绝对没有主观的色彩。

（四）用（字）较经济，而且对自己的人物都是熟习的写法，所以一个剧更显格外生动和真实。

（五）对于人物的描写，能赋予每一个人物，以各自不同的独特容貌。

但曹禺剧作的缺点，也有人说过：他是近于偶然性的运用，和宿命论的倾向，以及带有虚无主义的气息。

可是他的两部近作，《蜕变》和《北京人》，却抹杀了他的“缺憾”，（《蜕变》，我虽然没有读过它，却听见读过它的朋友说得清楚。）这两部新作是既没有偶然，更没有虚无的气息，我说尤其是《北京人》，与巴金的《家》比较起来，对（离）我们的时代更近，且写实得有力。

关于《北京人》

《北京人》这个剧本，很多人都说：是只宜于“阅读”，而不宜于“排演”，其实并不然，我认为，《北京人》绝对有排演的可能，只不过在观众的分野上，有所不同而已。

“《北京人》这个剧的蕴意，很难使人揣测明了”这句话，我却不以为然，我觉得在观众中，除去像《北京人》里曾思懿那样的家庭主妇（大奶奶之流），以及所受的教育太过于低微者外，他们对于《北京人》这个剧，是一定会有感觉的。

其次关于《北京人》，究竟是“应读”与“应演”？那照我说是着力在剧团演出的成绩

"好"与"坏"了。如果剧团演出的成绩"好",即是"应演"。否即是变形的"应读"。

"四一剧社"的《北京人》

"四一剧社"的《北京人》,是三月二日的晚上,公演于"北京饭店",笔者曾以极静的心情,一直看到最后一幕。

大体上说,"四一"的《北京人》是出于我们意想不到的成功。不过也免不了一些缺点。

曹禺在《北京人》里,是运用着剧中人所说的话,反复的讽刺着北京的旧式家庭,以及痛骂着顽固的礼教,描写着人类的本性是不虚伪,不自私,自由……

顾嘉恩的曾皓。台词尚称熟习,但声调仍觉低微与不苍老。其他如化装不类六十多的老人外,尤以鬓眉忽略了斑白为最。台步也不像老态,虽然台小,和着忌恶大动作。不过片面的说,还算不弱。是一个有望的演员。

郑刚风的曾文清。很像个大烟鬼,可惜声音过于微弱。在第一幕与三幕,脸上的戏过于强求,在第二幕的表情,很值得赞许,但是他最大的缺点,却是没有把对愫方表妹的爱,完全流露出来。虽然他在第二幕对陈奶妈说"喝吧! 一个人能喝酒也是好的",似乎是真切的吐出来了他的愁语。

刘柳燕的曾思懿,尚合乎曹禺所写的个性,那种笑里藏刀,虚伪,自私,都给她演出无遗,唯第三幕中,她似乎较前两幕为松懈,也许是过于累一点了。

屈钟霖的江泰,是全体演员中台词最熟的一个,但可惜他过于做作于表情了,和着声调稍欠活泼与柔和。

柳叶的曾文彩,"没有脸上的表情,即便有时候流露满脸的苦笑,但也类似强求。"大体说来,尚属称职。

田剑的曾霆,和王均的曾瑞贞,都好像在表情上过于懦弱了。尤其是在第三幕,他俩的台词都不太熟习。不过在剧中也并不是不称职,其实曹禺写出的人物,也就是拿到他们俩来象征着在礼教的压迫下,一对典型的可怜虫是那样的苦闷着。

黄宜的愫方,我觉得她在第一二两幕的动作(虽然是没有好多)与表情,似乎是太颓伤和悲观沉默得过火,即便是老处女为了爱的烦恼,而过于静与寡言,但编剧者也不见得理想是如是的。另外她的台词也不太熟习。不过在第三幕将终的一节,尚称可取。苟能努力,前途是可观的。

张亚晨的张顺,十分够味,似乎他在全剧中太爱皱眉了,虽然他处在一个没落家庭里当奴仆,以及他难于侍奉谁好,但依笔者的推想,曹禺所写的人物,他并不见得对主人家的事情,那样关怀,在第一幕中他不是说,"不,您另找别人吧,我每天搪账不必说……"

凌小姐的陈奶妈,声调过于低微,动作好像呆板一点。

靳风的小柱儿,很像一个乡下孩子,但他的大动作太显然了,不过,这算一个有天才的演员。

张建的袁任敢,非常吻合剧中人的身份,声音嘹亮,尤在他对曾皓讲解"北京人"的几句:"这是人类的祖先……那时候的人,要爱就爱,要恨就恨……"实在是沉重感人。

范映的袁圆，“满脸顽皮像，在剧中她是没有一丝安静，成天在家里覆地翻天。”这是万家宝理想的人物，可在范小姐演来，无疑的她是成功了。不过我觉得有的地方，好像还有夸张的地方。

崔兰波的北京人，化装最好，身体魁伟无形衬托出他在剧中的力量，那充满了生命和人类后日无穷的希望，真像都蕴藏在他的内身……

效果——效果中风雨不太像，更声，水车声，小贩的叫卖声，都太近了。但是在“北京饭店”大厅里去演话剧，因为没有前台与后台的分别，这样的毛病，当然也是难以避免的。

布景——或者因为台小的原故，不能尽善尽美。像一个显宦门第的小花厅，虽然家道中落，但多少还有点富丽堂皇的样子？

道具——也好像与布景同理，太将就了。

灯光——成绩还好。不过在北京人的剪演出来以后的月光好像不太像似的。

演出后的感想

“四一剧社”演出的《北京人》，如果曹禺先生能够亲聆一下的话，那也许不会使他失望，我这话好像是过于“捧”，但是凭良心说，一个剧的演出，能够感动人，就算是成功，我既不是话剧内行，更不是与“四一剧社”有什么关系，我只知道我是站在平常观众的立场上，忠实的说，我是受了“感动”的一人。我虽不敢肯定“四一”的《北京人》是成功，不过我从已往的多方面听说，《北京人》是不易演好，那么，以我一个平俗的观众，都受了感动，（这感动还不是片面的）换句话说，“四一”已走近成功的路途了。

原载《吾友》1942 年 2 卷第 22 期

由"四一剧社"的《北京人》公演　评价现阶段的戏剧运动

柳　江

"四一剧社"的《北京人》在"北京饭店"的初次公演总算在兴奋的情绪下如愿以偿的看过了，是的，兴奋的情绪虽然仓促的唤起，但直到经过了相当时期的现在依旧不释，同时一种不可抑止的灵感直由内心中浮现，让我写，让我写出这些灵感，让我完成作为一个爱好戏剧艺术的观众的职责。

在这种情形下，却给我增添了一个莫大的踌躇，这踌躇的理由自觉是能成立的：

现阶段的戏剧运动仍旧在一个毫无端绪的状态下而期待着一些忠实于戏剧艺术的从事者推进走入正规的路途之时，我们为使戏剧运动有着迅快的开展，在同为建立完全的基础的手法下，有关戏剧运动的表现活动我们是需要感情些的夸张同助长的。

可是我自己却又矛盾地想到另一点：在戏剧运动走着迟缓的不足以评定"进走（步）"或"退步"的步调甚至呈示着停滞的状态之时，为求戏剧运动打下坚固的基础，身负推动剧运进展的从事者，亟应在相互的督励的原则下，用严正的态度，来苛求来评定一些共同工作标向的以一些事实同表现，使推动剧运走上正规且身负重大责任的从事者个个成为坚实的工作职员——也就是说促使个个职员或为今始的戏剧干员，那么在停滞中的戏剧运动才会有进步。

为了这二件极端矛盾的心理，确实使我踌躇不决好些时，但最后自己站在戏剧工作一份子的立场上却理智的采取了第二点，用严正的态度来说一说自己的感怀。

一位关心剧运开展的朋友曾对我说："现在的演剧活动，仍旧没有脱出学校演剧的色调。"是的，"由近二年历历可数的几次公演的成果来批判，委实使人感到无论在导演在演技，在装饰的技巧上，都显示着贫弱与可怜，倘我们细心的考察这种成因，固然在物力的限制上也会使演出的水准降低不少，但另外的一个主要原因确实是在戏剧成员本身能力同修养与训练的过分"忽视"同"欠缺"上。

可是"戏剧成员在能力上的诸种欠缺"的这种成因的发觉，并不是不为戏剧成员在时相自省的情形下所感到，而且在数年以前就被人们引为欠缺的事，可是，为什么数年以来在演出的文字的表现上使人见不到进步，收获不到比较完满的效果，"仍旧没有脱出学校演剧型的色调"，这原因在自己觉得很简单，——但也并不简单——那就是：

一、戏剧成员在做法上的错误。

二、戏剧成员在认识上的错误。

三、戏剧成员在态度上的错误。

上述的这三种原由好像也被人引为习见的事情，但这种习见的事，确实在现有的戏剧成员里占去多一半的成分，而形成三大类型的戏剧成员——同时也形成了三大阻滞剧运进展的势力——

受了自己的限制，这话题也只好收束在这里，至于戏剧成员在做法上，在认识上，在态度上的错误是什么，在自己想一定为一些有头脑的有自省能力的戏剧干员所夙知的。

总括一句话来说，“四一剧社”的《北京人》的公演仍旧没有脱出固有的周际，在演出的表现上没有给现阶段的戏剧运动预示一些进步的成分。“没有给现阶段的戏剧运动一个有力的贡献。”

原载《三六九画报》1942年第14卷第3期

《北京人》再度公演，期待一幕严正笔战

云　笙

现在：让我先来放把野火

时间：四月七日，日夜两场，八日夜场《北京人》

地点：中央电影院

剧团：四一剧社二次公演

“四一剧社”公演曹禺所著《北京人》后，一时人口一言，批评文字丛出。惟所谈问题多在戏剧技巧或演员得失等方面，对戏剧背后社会问题的本质，未多

重视且少有涉及。时代巨轮，已将我们载至一个不应是“养心斋”式的生活时期，要再“逐花问柳，养雀听歌”，则必将为此伟大时代所淘汰。但事实上，今日的中国家庭，逃不出这种生活的人依然很多。吃着家庭痛苦，心理上受着压抑人格不得正常发展者，还占着无量数。曹禺的几个戏剧作品，如《雷雨》，如《北京人》，还不是对这个事实作了很深刻的提示？

曹禺个人，将易卜生的戏剧技巧搬到中国戏剧中来，从文学的观点来说，他个人是成功了。我们现在对戏剧“本身”问题，如什么剧情穿插，效果灯光，化妆设计等不拟多和唇舌（如有对这几方面有辩难而引起讨论的文字，自然也是一件极有兴趣的事，笔者俩□颇建议“四一”当局能引起这种讨论），而愿大众多用些思索的，却在戏剧的“本质”问题上。

曹禺的几个戏剧，都牵涉到中国的家族问题上，演来演去，多弄到一个“出走”的局面。家族制度在中国，已不是一日。中国人口尽管众多，生活尽管复杂，国家组织在表面上尽管可以扩大，而家族制度的地位，与夫家族品性的活跃，始终是牢不可破。偌大一个制度，在中国流行了这么久，对我们民族的影响自然很大。不过，这种影响力竟是那一类的？其影响有多么深刻，多么普遍？曹禺戏剧中描写的家，是否可以拿来作中国人“家”的标准？中国家庭中亦竟有痛苦存在吗？那么痛苦促成的责任者在谁？是这个制度呢？是为了个人呢？青年对家庭不满，“出走”就是惟一好的办法吗？我们嚷来嚷去亦竟问题的核心在那里？怎样把这个问题弄清楚，获得一个圆满的结论，这实在是目前我们应当作的事。

其实，这个问题的讨论，已不是一件新鲜玩意儿，不过一般人看戏只为“看戏”，而不是“看戏的本质”，所以对问题的本质讨论也多忽视罢了。事变以前，清华大学的潘光旦，陶

孟和等颇多讨论中国家族制度家族问题等文字，燕京大学的杨开道也曾和洋教授布朗做过辩难。即去年燕大未关门前法学院教授座谈曾也以“家族主义”为题，笔者当时曾列席，其对中国家庭问题讨论，不但中国学者注意而有兴趣，连洋教授也在座上高谈阔论，指出中国家族制度在社会学上研究的价值来。老话重提，好像没有多大意思，许多问题的严重性依然很大，这是大家共认的事实。

摘自《吾友》1942年第2卷第30期

《北京人》演出拾零

张　建

假如有人问我，如果此次四一剧社《北京人》的演出可以算作成功的话，它成功之点何在？我将回答：它的成功在观众。这话怎么讲呢？因为此次在演员中并没有什么新天才的发现，舞台技巧更没有何等新贡献（实际缺陷还很多），曹禺的这个剧本也不能说是比以前那几个更容易抓住观众；我们唯一珍贵的收获就是观众肯于满坑满谷地来看——欣赏注意地看——戏，于是情绪便显得热烈，场面也觉得火炽了。由此可见，话剧本身自有其存在之价值，只要观众肯来维系它。

副社长李云子先生实在是脚踏实际的干戏者，他不演戏，也没有领袖欲，有的只是对于戏剧本身单纯的爱好。出演前他钉布景、涮片子；公演时他蹲在布景后面提词、催场。这种不露面的干戏精神是十足令人心服的。还有应该告诉你：联合导演中张允中便是李云子的笔名。

"北京人"一角在第一幕的化装：原剧本描写为披着兽皮的原始模样，我们本来的设计为穿着树叶而裸露四肢的大部分（第一天临上场前十五分钟才改了计划），但结果为了风化的关系，与观众相见的却是工人裤与撕开的坎肩。呜呼，始祖有灵，是不是要骂我们不肖呢？

第二幕中，"北京人"在大格扇上投射的黑影是名画家梁金氏设计的，肋骨上的穿孔是特别为表现力量。这个剪影与灯光的配置很费一番功夫和研究。第一天开演晚了半个钟头多半是为它耽误的。然而据一般的批评大多认为不十分满意，看起来不像是个身影，却像是个骷髅骨架了。

第二日开场较早（新八时整）观众尚未到齐，因而一时情绪显得冷漠一点。饰"北京人"之崔兰波君在后台大着其急曰："怎么啦？怎么啦？今儿个的喳儿不对呀！"继而铁笙，云子两位先生从前台回到后台语笔者曰："今天内行到的很多，据说昨天看得不甚满意，今天再来细看看。我们可得留点儿神啊！"一时演员莫不惴惴而怀戒心。

大家都知道后台是有提词的，可是万想不到在台上还藏着一个"提示"吧！在哪儿呢？原来是躺在大沙发后面的一位。此君为扮曾皓顾嘉恩之令弟，对提词特有经验，以往曾提过三十多场戏，在此剧中足足蜷卧了四个钟头之久，可说是此次四一公演《北京人》的无名英雄了。

原载《吾友》1942 年第 2 卷第 23 期

写在“四一剧社”《雷雨》演出后

易水寒

不可否认的，在话剧的欣赏上，我是一个“色盲患者”，我不配用“盲人摸象”的俗语和经验来谈话剧，可是终于就像是有什么在指使着我把意识到得（的）感想都聒噪出来。

《雷雨》是含有宿命论的剧本

《雷雨》是曹禺剧作三部曲中的第一部，他也就因为写出《雷雨》而一鸣惊人。在故事的穿插和人物的配衬，都十分真切而感动人。他对某一时期的社会人情之内幕（现在的社会，又何尝不然），可说是揭穿无遗。揶揄、讽刺也极尽微末。

富豪周朴园的家庭，是那样的错综复杂。在一个四口之家，就闹出双重的乱伦事件，而那种出乎寻常的变动，却偏偏恰巧演出在三十年后的周家。且三十年前的周朴园又是那样的阴恶、无情。他蹂躏了侍女，还私生了两个孩子，可是他又弃了她，结果，终究造成了循环报应的谚语。换句话说，曹禺的《雷雨》，确实是含有很浓厚的宿命论的思想，所以我曾几度和朋友谈过，《雷雨》的故事，或者是有真的事实。

关于演《雷雨》剧之我见

由于上面谈到《雷雨》是有很浓厚的宿命论的思想，是故我认为曹禺之写《雷雨》的蕴意是儆人和劝世。那么公演《雷雨》这个剧，在导演，在演员，甚至于从事这个剧的一切人员，都有必须了解这个剧的必要，尤其是每一个演员的个性，应当要适合于剧中人。像周朴园最好是扮成一个饱经世故和劳碌过度的典型富翁，就是他昔日年青时的冒失和狂妄，也应当浮露于他的言表。周蘩漪，主要的是脸上的戏，其次是在她的走路，因为一个年轻妇人失望后的痛苦与悲怨，以及爱之烈焰燃烧在心里，使她阴鸷忧郁，都得显然于她的面孔上，使人们一望而知她是何许人才好。四凤是一个天真的少女，她应该处处做到够上富家子（阔少爷）爱她的程度，虽然她刻下的遭遇使她皱眉，但她多少应该装出一个婢女竟荣幸地被少爷爱的娇气。周萍，是一个使女人醉心的一种男子，因为他受了一个大的刺激，于是他精神颓丧，而终日纵于酒。他憎恶蘩漪，爱四凤，他之所以如此，也就是他的自我安慰，是故他在台上的一切言行，都当示诸人们无边的苦恼。侍萍是一个富有高傲气质的女人，只是经过三十年的颠沛人生，她老了，但那使她难忘的往事，一仍隐灼在她的心中，所以侍萍的戏，是较难得好的，仿佛戏剧家洪深说过：“一个大家户里落魄的妇人，是最难演，不过她不鄙俗，不奸小，静慧的神音，这是浅庸的演技，总应做到一二的。”鲁贵，他是一个富绅家里的男仆，平凡的说，并不难演，可是曹禺这个《雷雨》，却在他的言语行动里，尽量的穿插了讽刺人和揶揄人，以及警惕人的句子，那么鲁贵在剧中的职责，不用分说当然是重要的了。鲁大海，是应当演出一个满蓄着精力的自然人物，他每一个动作，每一句话，几乎都象征着一个壮年男子的本来性格才是。周冲，是一个纯懦弱的少爷人物，他在剧中的一切言行，据我个人的偏见，曹禺把他安插上，无非是给周蘩漪一个陪衬，因为曹禺一向是善于用对剧人较熟悉的写法，来帮助一个剧的生动，但也有人说，周冲在《雷雨》里也是一个相当重要的角色，他不懂得爱，而被人指使着他，引诱着他，去谈爱，去爱对他根本没有爱情的四凤，因而使终日沉沦在幻想里。

话说回来，关于演《雷雨》剧之我见，一定有人会骂我太偏见，过于理想。不过，我呢？我是纯粹站在外行的立场，从心里说出来，我所期望的话。

“四一”的《雷雨》

联合导演是失败的主因

四一剧社这次公演《雷雨》，是标榜着联合导演，演话剧用联合导演，确是他们的创举？也许他们是模仿电影的《家》，——八个导演，四十四位男女明星，藉以号召观众——可是话剧与电影，恰恰相反，它既没有镜头的角度，更没有音乐的配合……它的全部只是一个弧形的舞台，它的本身是没有任何变化的。

全剧中的八个角色，是很鲜有个性适合的人，虽然话剧处此时期是（选角难），但导演人多少是应该对演员要加以指示的。全剧中人的动作，灯的照明，以及声音的高低，几乎是变化得远离了原作者的本意。这些使我们不难看出，对这个剧的演出，是有着多数人的意见，俨然把一个舞台的单纯剧分散得没有了灵魂和系统，再不然所谓联合导演只是一个空头衔，故而八个角色都没有了主司，我行我素，他们各自都是走上了私见的歧途。

有天才的演员，惜乎没有训练

张建的周朴园　我们如果仔细的看去，他并不像一个五十几岁的富家翁，至于服装须眉，与原剧相远，等等，这都是应该归罪于化妆得（的）。不过谈到他个人的演技，我要不客气的说，他只是背熟了台词，而忘却了他将给台下人一些什么观感。在第四幕他直认侍萍为萍儿的生母时的一些对白，好像毫无感动，没有悔痛，没有难堪，那断续苍老的声调，并不能抓住每一个观众的心。更没有做到一个遭逢着所谓报应的老年人悲愤的状态，他只是像在文明戏里扮演一个角色一样的没有修养（恕我这样爽直的说），在一、二两幕，个人也是同感。不过我们要挽回期望的话，张建君的演技，尚属不恶者流。

赵样的周萍　如果他是没有读熟台词，而致他的表情和动作，完全失去了曹禺在《雷雨》里所描写的用意，尚属情有可原。否者，那他在全四幕里，并没有表现出来，他是自始至终的爱四凤，他只会外形的做作，而不懂得内心的表情。例如：第二幕的起始，四凤希望跟他走，他说：“不。”接着他又说：“你看不出来？现在，我怎能带你去？你这不是孩子话吗？”其实周萍之所以说这种话（平凡的看法，他似乎是玩弄了四凤！），仍然是着力在他最后说的：“……哼？我怕，我怕什么？这些年……这些年周家大少爷看上他家里面的女下人，怕什么，我喜欢她。”但在赵君演来，却适得其反，再如第四幕将终时，周萍发觉侍萍是他的生母，四凤是他的妹妹，他惊愕，他悔恨，他猜疑，他之如梦方醒，所以他所发出的声音，恐怖，凄切，战抖，可是赵君竟在这最紧张的一幕，只做到极其浅庸的，无意识的外形戏。

王筠的蘩漪　她不会脸上的戏，但她也知道她所演的角色是需要脸上有戏的，所以她强求，于是她的声调，台步，动作，都随之一转，变成一个荡妇人物，可是蘩漪不是一个荡妇。曹禺在《雷雨》里写出她，无非是对青年妇人失望抱不平，用她安插在剧中，来做时代思想的革命者，那么她应该处处由于悲怨而阴险，为了没有人明白她，而一切走入厌恶，换句话说，饰蘩漪的人是该装到无限苦闷女人的典型。虽然在第三幕，蘩漪跟踪周萍到鲁家，而倒扣上了窗门，显明是一种妒的表现。可是在第一幕，周萍要到矿上去，她曾说：“好得很，什么时候回来？”这更题明她并非专一的与四凤争风吃醋，她的心中是有说不出来的苦哀底，但王小姐却把她演成一个与四凤成为势不两立的人！

范映的四凤　本来服装与化妆都是帮助表情与动作的，范小姐演《雷雨》里的四凤没有在《北京人》里演袁圆的成功，原因即此，其他如台词的不熟和动作的滞涩，都是她失败的原因，我在那天看完全剧之后，曾经问过同去的几个朋友。我说：“我们说个笑话，《雷雨》中的两个年轻女角色蘩漪与四凤，谁是值得爱，但这是在她们的服装与化妆上分析的说。”结果他们都异口同声的说，周蘩漪值得爱，四凤简直是一个十二三的小孩子！由此我们可以想象到四凤的服装太失着了，在原剧里曹禺是这样的形容着四凤：“十七八岁，脸上红润，是个健康的少女，她整个的身体都很发育，手很白很大，走起路来，过于发育的乳房很显明的在衣服底下颤动着，她穿着一件旧的白纺绸上衣，粗山东绸的裤子……”虽然在角色的人选是难能精求适合，但是在化妆与服饰上，我们可以尽量去弥补缺点的。在最后一幕，四凤知道周萍是她同母胞兄时，她怪笑，她看着周萍，凄惨的喊出：“啊，天！”向屋外跑去。可是范小姐只怪叫一声，下台而去，这种表情不但不能感动观众，而且还抹杀了话剧的灵魂。在第三幕，周萍雨夜来会四凤，口哨声起时，四凤拿着煤油灯，在窗前摇曳了一周。可是当时的舞台上，那盏煤油灯，并未曾点着，只是有一支蜡烛在表示是夜里，那么范小姐当时就应该随机应变的来一次举蜡会意的表情，可是终把她举起了那盏没点着的洋灯，这样就是毫无疑意的把话剧演成了文明戏了。再有另外的两幕里的四凤，范小姐演来亦多属个性不合的评语。

顾稼的鲁贵　并没有把原作者写他是用以讽刺人，揶揄人，以及警惕人的蕴意流露出来，在第三幕，鲁大海要拿枪杀他，他惊愕得僵立不动（原剧本是这样写着），可是他却从椅子上滚下来，做起姿势。在第一幕里，他和四凤谈周家半夜闹鬼事，他说：“……轻轻地咳嗽一声，就看见这两个鬼飕一下子分开了……”又做起姿势来，这样虽然博得观众的如雷掌声，但是他自己的艺术前途却断送在那掌声里。因为话剧在舞台上，是最忌恶大动作的（这话是从某行家口中听来的），否者，即是演文明戏。

陈光的鲁侍萍　化妆太年轻，不像一个四十七岁的老妇人，服装可谓得体，但声调毫无苍老的味道，她没有做到她是富有烈性志气的女人底派头和着尝尽人生心(辛)酸的内心与外形的表现。在她再踏进周家的门，一个最容易使她回忆，使她处处眼熟的一切摆饰的屋子(周家的客厅)，她是应当照她说的话："我怕得很，忽然我把三十年前的事一件一件的都想起来啦，已经忘了许多年的人又在我心里转……"可是陈小姐演来是太过于迟疑和呆傻似的。在第三幕，她追问她的女儿四凤，她应当是断续的夹杂着呜咽的声调伤心的说着，在雷与闪的效果帮助之下，她是该把雷雨整个的剧之力，荼炽的去焚烧每一个观众的心。可是陈小姐却很淡然(也许我说得太过)的把这幕了(潦)草结束了。

杨萍子的鲁大海　动作和说话，都十分呆滞，由此我们可以看出杨君对于原剧本根本就没有了解，尤其是对他自己这个角色的使命，没有认清，以致于在他没有戏的时候，他的手足无所安适，神情也像受了拘束一样的不自然。这种现象尤其是在第三幕与第四幕为最明显。

田剑的周冲　比较在四一的《雷雨》中还算成功的一位演员，声调，表情，动作，均尚称可取，他之处于他的那种家庭里，的确，是使他终日皱眉，幻想，沉沦于梦，唯惜于在第四幕他父亲告诉他哥哥，侍萍就是他哥哥的生母时，田君忽略了惊奇的表情。

后台管理

也许是限于非纯话剧舞台的缘故，而致后台难达理想，如第四幕，在雨夜，雷电交加的晚上，鲁家只有一盏暗淡的灯火，虽然原剧本没有提到有无邻居，但是在深夜，况且又是雨天，鲁家的窗外，应当是没有光亮，除电闪的一颤一颤外，窗子始终要黑暗才好。

布景·道具

布景闹了一个笑话，第一、二与第四幕，同是周公馆的客厅，可是第四幕里客厅的外窗由东边竟还移到了西边去，或者也许是换布景时太匆促所致。

道具，大道具桌椅等全四幕里均觉太单纯，在第一、二、四，三幕周公馆的客厅应当一切掩饰要华贵一点(也许为了借用的困难)，可是在第四幕摆在客厅中间的茶儿和椅子好像太靠台边一点，因而致使周萍跪在地上的动作为它所遮盖，坐在后排的人全看不见庐山面目。小道具太少，即以不可少的侍萍早年像片，照理应当有个镜框子，因为那是三十年前的东西了，多少有保存性的，决不能就是一张软片的。

照明·效果

照明，(灯光)这一项我们无法批评，我们只能说："《雷雨》的全剧，是没有得着一点灯光的帮助，换句话说，一向给予话剧增色的灯光，在《雷雨》里是没有的。"

效果，雷声，雨声，闪光，到(倒)是很像，可是我们可以想，在每逢一个亮闪以后，才跟着有轰轰的雷声，但是他一大阵闪(雷)，再来一大阵雷(闪)，结果，雷倒在先，闪在后了。

化妆·服装

化妆这一点好像是没有这一项的专人，所以每一个演员的化妆，均与原剧本不符，或欠缺。至于服装，最明显的是周萍在第一幕里穿长袍，类乎仆役者之流的少爷装饰，多少是走体的。再有周朴园穿的衣鞋，我想一个富翁，绝对应当豪华一点，即便是不能购置，尽量去借，团花的缎子袍，双□的缎子鞋，我认为最合身份，而也最能使观众注目，可是反过来一件蓝色毛葛大褂，皮底便鞋，又像太不称了。

总括起来说

“四一”这次公演《雷雨》，我们在他们的肯干，苦干之下，我们本不应当这样过苛的批评他们，可是处于现下的古城话剧运动复活时代，我们决不能坐视着他们走上歧途，文明戏式的话剧演出，虽然我是一个对话剧的欣赏上的色盲患者，向不敢做盲人摸象的勾当。可是仍然是我说过的话，也不知是什么在指使着我，把意识到的感想都聒噪出来了。

三一(1942)，四，九，写于南齐

原载《吾友》1942 年第 2 卷第 34 期

关于本社演出的《雷雨》，向社会表示并声明数语

四一剧社

我们有勇气接受一切公正善良，用意正当的批评和建议，也更有勇气敝屣任何吹毛求疵，假公报私，别有作用的侮蔑论！假艺术的美名，站在阴谋的背后，以伪君子的面貌来利用人向他的朋友射暗箭，这是人间最卑鄙的行为，真正的青年，必不怕与他为敌！

读过易水寒先生的大论之后，我们本来决定不加任何辩驳，留之看过本社《雷雨》后的观众，去做公正评判。不过没看过本社《雷雨》的人，当不在少，听人一面之词，不免想问问究竟。同时有几点事实，也应该向社会表示表示我们的意见，所以简单写出，刊在下边：

一、导演问题

我们曾经有过意思，聘请社外话剧界名流担任导演，后来我们感觉也可以放弃这种意见，所以我们就毅然将他放弃。我们所以感觉也可以放弃这种意见的原因，说来很简单，就是我们有点不太喜欢崇拜名流。相信名流也是时局和事实造成的。我们不妨试试来造就自己虽是一点野心，但也就决然付之实行。我们看过一个名流导演出来的几个剧团，许多次表演出几乎程度完全不同的戏剧，所以我们就有点相信自己了。联合我们自己几个人的观察和体验，做出一个共同的结论来，然后交给一个人去执行指导。这就是我们所谓联合导演的意思，倒不至于像某君所想蠢得大家乱出主意。这事并不新鲜，不过如被人认为是首创，那么就说首创也十分可以。我们对于一切，倒真有那么点首创而且并不怕说首创的意思！以后也是这样！有名流朋友帮忙，我们固然欢迎。没有，觉着也没什么！

二、演出问题

将一件艺术品磐磨得十全十美再令他与人相见，这固然是一个很好的理想，可是我们相信世上不会有这个事，也不应该有这件事。一切都要在不断的改良和追求中，渐进到完美的境地。对于话剧的演出，我们也持这种见解。话剧现在可以说是和旧剧抢观众，能使他不断改进，不断与观众见面，使观众对话剧常常在接触中就已经达到了一部分演出的目的，也可以说对话剧艺术尽到了一点应尽的责任。若说非到十全十美，灯光布景都达到最高的理想才许与观众相见，则中国的话剧再有五十年恐怕也达不到这种程度。这是艺术与环境科学化的问题。是能不能的问题，不是应不应的问题。假定应该而目前不能，我们

也决不能因为这种不能的应该而废止了可能的行动。在不能的应该上吹毛求疵的人和这种观念是话剧前途的障碍，我们有勇气将他清理。我们只求尽我们的可能，也相信我们的一切都未到应该如何的程度，可是我们绝不因此便不敢演出。因此，我们也就有接纳任何公正批评建议的襟怀，同时，也更有敝屣任何吹毛求疵，假公报私，别有作用之论的勇气。

三、《雷雨》演出问题

此次本社演出《雷雨》有许多缺点，我们绝不否认，可是我们应该很抱歉的说明此次演出《雷雨》，一切倒不都是纯出我们自己的想象和首创。演员中有一大部分是从前北京剧社及育英剧社的朋友，也曾担任过原任角色，布景道具服饰化妆，甚至于舞台动作也差不多完全按照从前陈绵博士导演时的意见。而且我们在国内也曾看见过《雷雨》好些次的上演，并参加过他们上演时的一点讨论。就以这种背景来演《雷雨》，缺乏了创造是我们认为很可惜的事。而对于过去与现在所收不同的评价在我们倒很不大释怀。同时我们很不认为有许多观众抹泪走出会场说："《雷雨》比《北京人》导演得好。"就算我们已经十分对得住原作者曹禺，但至少觉着也并没有什么对不住他的地方。至于演到观众因感动而拍手也算罪状不应该，则我们只有觉得汗颜而缄默了。

四、布景道具灯光问题

四一是成立不到半年的剧社，一切都非常贫弱。既没有什么公司做背景，也没有什么株式会社做后援，更不仰赖什么报社、书局作支柱，夫人名伶作号召。因之因简就陋，能借就借，既不想以空前华丽的布景为广告，作宣传，那么借得不十分周全绮丽也并不感觉寒蠢不好看。我们是在中国，在中国的中央电影院，我们就不期望有什么东宾、西宾、华映、满映的灯光与照明。尽到可能尽到的力量，于愿已足，好歹都是中国货给中国人看，不如人家是实情，没有什么不可见人。

五、了解剧本的问题

四一剧社朋友都是学识简陋经验不丰的青年男女，在社会上也都是籍籍无名没大地位的职业份子。可是倒都还读过一点书，也看过一点戏剧类的东西，更可惜也还有不少受过荒谬的、中国的大学教育，惭愧地做过万家宝曹禺先生的剪烛影伴，同他一道将男扮女登过台献过丑，并亲自看见过他为剧本绞尽脑汁呕心沥血在张鹧春、王文显诸师前商酌角色请求指示的情形，年来也曾稍稍读过他的全部剧本。所以，对于曹先生剧本的了解，虽不敢说万无遗漏，可是总还敢说，尚堪自慰。唯一可惜的是没有受过外国什么会社名导演的指示，才不敢以内行自居。那么对于剧本认识不清的地方也许有，了解剧本的能力倒还不至于全无。演员呢，高中程度的倒有几个，捏造大学毕业文凭冒充资格的人倒还没有。

六、最后一点赘语

青年人总有点修养不足，话说到最后总有点不能平心静气。虽然我们的名誉社长谆谆以此告诫，可是既未到事故圆通的程度，总难能唾面自干，除非这唾沫纯洁，实在有点令人起敬。那么最后再说句青年话：我们有勇气接受一切公正善良，用意正当的批评和建议，也更有勇气敝屣任何吹毛求疵，假公报私，别有作用的侮蔑论！假艺术的美名，站在阴谋的背后，以伪君子的面貌来利用人向他的朋友射暗箭，这是人间最卑鄙的行为，真正的青年，必不怕与他为敌！

最后，再敬告社会：我们接受一切善意的指导和批评，愿意将是非留给全观众来公论，并不因别人阴谋侮蔑而自馁。我们还要演，还要多多的演，还要常常的演！也许仍旧没有名导演，仍旧没有华丽的布景与服装，仍旧没有什么会社的灯光与照明。如果这还被叫做文明戏，我们就甘心当戏子！

原载《吾友》1942年第2卷第36期

读《写在“四一剧社”〈雷雨〉演出后》

张　建

在四月二十一日，《吾友》中“易水寒”君发表了一篇文章：是“站在外行的立场”，为了“不能坐视”“现下的古城话剧运动”“走上歧途”而进的一番“忠言”。这种维护正义的热诚是我们首先应表示感谢与敬意的。

大凡一件艺术品产出后，作者所极端期待的一方面是其他艺术家在理论上和技巧上的严格批判，另一方面是普泛欣赏者所感受到的浑然的印象。易水寒君这篇文章所持的态度，自认是纯粹的站在外行的立场，似乎应当归属于后者。可是在剧本之分析，演技的评论，以及指摘照明、效果、化妆等等他又好像是采取了严格批判的手法。

对于一件艺术品所持的这两种观点的区别是值得我们注意的。因为如果只是意识到的感想，那是极其笼统或不确实的。可是谈到客观的批判，却必须根据相当基础理论与标准的。不幸得很，也许是易水寒君对于这一点认识不太清楚以致采取了骑墙的办法：就是说站在外行的立场，却说了许多内行话，因而我们不得不用较内行的态度来和他商讨一下了。

最使我们大惑不解的是易水寒君开头便承认，自己“在话剧的欣赏上是一个‘色盲患者’”。我想他总知道色盲在心理学和生理学上的意义是指着一种把公认为甲种颜色看成是乙种颜色的病态——换一句话说，就等于我们的成语指鹿为马，混淆黑白。假如易水寒君是借用这个意义的话，那他就等于自承是带（戴）着某种颜色的眼镜来看四一剧社的《雷雨》。请问在视觉上有病态的人配谈什么欣赏？恐怕他所意识到的感想，除去能供给变态心理学家作研究资料以外，再没有其他的意义了。然而我们不妨耐心的慢慢往下领教此公的高论。

关于剧本的理解

易水寒君敢明目张胆地认为“曹禺之写《雷雨》的蕴意是儆人和劝世”。读完了这句话真让我像看文明戏时一样的感到肉麻（因为这使我联想起文以载道和马连良的扶风社），同时我认为这是不可宽恕的对于曹禺先生和一件世界杰作的双重侮辱。在这里，为了尊重读者的程度，我不愿重引一些王尔德和府川白村等氏的艺术论。因为我以为为艺术而艺术与艺术和道德是截然的两回事。这些话已经是平凡而又平凡的常识了。我只想请易水寒君再读一读曹禺在《雷雨》原序中的几段话：“现在回忆起三年前提笔的光景……我并没有显明的意识到我是要匡正、讽刺或攻击些什么。……与《雷雨》俱来的情绪蕴成我对宇宙间许多神秘的事物一种不可言喻的憧憬。……写《雷雨》是一种情感的迫切的需要……所以《雷雨》的降生是一种心情在作祟，一种情感的发酵。说它为宇宙一种隐秘的理解乃是狂妄的夸张。但以他代表个人一时性情的趋止，对那些不可理解的莫名的爱好，在我个人短短的生命中是显明的画成一道阶段。”希望易水寒君把这深远的意境仔细的体验一番，就不会再替曹禺先生加什么儆人和劝世的蕴意了。

其次是对于剧中人物的个性认识，也有许多许多不能与易水寒君表示赞同的地方。第一，就是他（朴园）年青时的冒失和狂妄，也应当浮露于他的言表。显然与原剧本中所描述的（年青时的冒失与狂妄已经为脸上的皱纹所遮盖着，再也寻不着一点痕迹）相连。第二，我们知道四凤是美而面部整个轮廓是很庄重地显露着诚恳（原剧本）却不会想到她应该是李凤姐似的带着一个婢女竟荣幸的被少爷爱着的娇气（易水寒君）。第三，周萍是一个使女人醉心的一种男子尤其荒谬。原剧本明明写的是，但不是一看就使女人醉心的那种男子。我想，按照易水寒君的意思，电影中梅熹所扮的周萍，或者再换上漂亮小生白云那一定最标准了。第四，周冲绝不是一个纯懦弱的少爷人物。他有的是理想、热望与同情。虽然他对于客观的现实没有充分的认识，因而不能做一个克服他的英雄——这在一位十七岁，处境好的青年是很自然的现象，然而却决不能归于懦弱者流的。他并不是被人指使着他，引诱着他去谈爱。请问他爱四凤是他母亲指使的吗？还是出于四凤一方的引诱呢？真是笑话？关于这一点点爱的心理学最好还是让曹禺自己来解释：“他爱的只是爱，一个抽象的观念，这是个渺茫的梦。”据易水寒君的偏见，周冲无非是给周蘩漪一个陪衬。这是真辜负了曹禺先生一番苦心。我们至少应该理解的朴园与大海是代表时代两极端的人物，而周冲却处在调和的中间地位，同时他的确是这烦躁多事的夏天里一个春梦。有了他才衬出《雷雨》的明暗。关于这种戏剧中的气氛问题，我想是易水寒君所不曾梦想得到的吧！

关于演员演技的优劣

我希望能得到一位具有导演经验与才能的人的批评，外行或者浅薄的内行来谈这件事，恐怕是很冒险吧。不过在一些极明显不成问题的地方和因着对于原剧理解不充分而下的评语，我们却也不能坐视其一误再误。

朴园在第四幕指认侍萍为萍儿生母时的一些对白，这里面并没有难堪的成份。我们要了解在他的性格中，始终保留着自恃与倔强。至少是在冲儿惨死以前。请看这种语气：“不要以为你跟四凤同母，觉得脸上不好看，你就忘了人伦天性。”这里面还是充满了自信力，保持着父亲的威严。如果照易水寒君的意思，要做出难堪的样子，那才真正是没有修养了呢！还有此君一再提到报应，一个遭逢着所谓报应的老年人。这种程度只合去欣赏奇冤报和杀子报，他的趣味更低于文明戏。我们只好请他再读一段原剧的序文：“《雷雨》所显示的并不是因果，并不是报应，而是我所觉得的天地间的残忍。”

鲁贵在第三幕被大海吓得从椅子上滚下来的动作，易水寒君认为与原剧不合，我想他不会不知道舞台上的动作不必尽与原剧所注者相同。因为剧作者在创作时不一定能够完善地规划一切舞台上的动作。这种工作是交与了一位导演专家来负责设计的——他所根据的是另一件专门的学识和经验，主要包括对于舞台的应用和显到演出时所产生的力量。这个由椅上滚下的动作，为了表达鲁贵欺软怕硬的神情，据我们自己想来实不算过火。可是不得不告诉易水寒君的：这个动作与以下同被指摘的伴着两个鬼一下子分开了，所做的姿势都是今日古城话剧界某一导演权威所设计的。并且以前中旅的《雷雨》也是这种作风。应该声明的是此次公演说明书上所印的联合导演实是指着《北京人》一剧。至于《雷雨》演员却是受的某一位不愿出名的高明的指导。其次，像舞台上最忌恶大动作都是前所未闻的妙论。如果易水寒君对于以上所指的两种动作或姿势还有怀疑的话。最好请他多请教几位戏剧界先进，笔者是极不愿作坐井观天之论的。

最后关于效果和服装的挑剔我们也不敢完全接受，例加雷在先或闪在先的问题也不必那样神经过敏，因为在那下雨地带所有的闪光不是要完全能从鲁家的窗中能看见的。周萍在第一幕里穿长袍被认为是仆役者流，可是剧本中明明写的是：现在他穿一件藏青的绸袍、西服裤……

现下的古城话剧运动颇有走上复活之路的趋势。我们在欣幸之余是要努力不使它走上歧途。易水寒君的热心与关注，我们应表感激与敬意。可是如果抱着欣赏儆人劝世、报应的趣味，盲人瞎马的来发表一些外行话，那不仅对于剧运没有补充，恐怕还有蒙蔽观众之嫌吧！

三十一(1942)，四，二十二，写于四一剧社

原载《吾友》1942 年第 2 卷第 36 期

再出发的收获

——《蜕变》演出观后感

颜翰彤

任何一次演出的成功都不能侥幸。优秀的剧本，胜任的导演，用功的演员与尽心的舞台工作人员之外，更足以切实保证成功的，首先是全体工作者能够整齐步伐向一个共同的目标行进；其次是合理的工作制度，在民主集中的作风下，尽可能地让每一个工作者发挥自己的创作力；最后是充裕的时间，让每一个工作者从容地研究揣摩。中国万岁剧团的《蜕变》的演出，在某一限度上，正这样的给与我们一种严整明快的印象。

过去，中国万岁剧团曾有着它自己的辉煌的记录。现在，我以为，则是一次继承了往日的成绩，发扬了往日优良传统的再出发。但是，我还不能毫无保留地誉之为一次最大的成功。因为这是再出发的起点，今后的实践将达到更高的水准。所以，我愿意在这里不嫌苛求地陈述若干值得商榷的地方，以就正于参加这次演出的辛劳的工作者诸君。

当《蜕变》全剧在舞台上逐渐展开之际，我们可能体会到导演史东山会怎样精细地设计了每一幕、每一场、每一单位的戏。这是一条经过认真疏浚的河流，它平稳而自然地奔向湖海。如果说似乎缺少了一点什么的话，那缺少的乃是贯穿了全剧表演的神韵。正如一个演剧者虽然以明朗的声调有条有理地说明了自己的主旨，却还没有完全地左右听众的思想和感情。怎样赋予全剧以生动的神韵，有赖于更多的实践的经验。

为了更明显有力地表现剧本的主题，导演曾就原剧略有改删。第一幕去了祝太太这一个人物，不免减弱了况西堂性格的表现，而第四幕中梁公仰所说“一个人对于老妻能这么体贴就是不老……”(大意)也似乎落空。第四幕里丁大夫向士兵们讲话，如果我记得不错的话，似乎比原剧多了一点。无疑的，那是一段很好的台词。问题是以丁大夫那样一个人，会以自己的儿子为“小先生”的科学工作者，在刚刚战胜了自己的懦弱，以最大的勇气为儿子施行手术之后，会不会说出那样的话来？这一段话是不是与前面所有的丁大夫的话完全协和？我的答案是否定的，虽然这一段话有着它的重大意义。

在节奏的把握与氛围的创造方面，导演已经尽可能地体现了剧本的要求。其中，或仍不免有小小的疏失。譬如在三幕的三场，虽然我们看见了一种勃勃的新生气象，看见了工作的紧张与工作者的忠心耿耿，看见了怎样以事在人为的精神克服了“客观条件”的阻挠，却难于清晰地看到那一层一层的逐渐达到这一幕的顶点的发展。譬如第四幕后面，丁大夫进入手术室后，舞台上留有一些等待开刀结果的人，几个护士匆匆出入，却没有充分表现最浊厚的紧张空气，让舞台上的人们与手术室的人们，同全场观众一致地屏住了呼吸，心无旁用的关切着丁昌的生死挣扎。

梁公仰(陶金饰)、丁大夫(舒绣文饰)、况西堂(孙坚白饰)、"伪组织"(章曼苹饰)、马登科(陈天国饰)和梁公祥(戴浩饰)等等,在全体演员中是值得称誉的。特别是陶金,他创造了一个精明、干练、朴实、实事求是、有办法、有正义的"新官吏"的典型。他是那么敏捷地处置了轰炸下的伤兵安全问题,又是那么憨厚天真地帮助护士抬床、洗手、端着手术盘(第二幕)。他是那么有声有色地分配了扑灭疟疾的必要工作,解释了新官吏与旧官吏的分别(第三幕第二场)。但是,在阐释全剧主题,与况西堂讲蝉的蜕变的时候,他恰如前面说及的演说者那样,幽默之处,还该深刻啊。丁大夫是最成功的一个,所不足的,我以为,在于一个医生——一个科学家对于本身的工作与职务的最大的信心的表现,她爱护伤兵,自然,一种天性的母爱是一部分原因,至少,居于同等地位的,还有一种医生的天职在。如果能够更强调这一点,则丁大夫之所以为丁大夫的特征可以更加突出吧。

况西堂、"伪组织"和马登科等等已经是生活在戏里,生活在角色里了。在这个戏里还未能完全做到这一步的,如孔秋萍(江村饰)、陆廉(杨薇饰)和夏齐和(黄晨饰)等等即是。我们分析一下孔秋萍这个角色,不算他过去的修养与经历如何,我们知道,这样的人是怀有一种不自觉的自卑心理的,他自己的地位低下却不甘于寂寞,所以肆意地批评别人,什么都不能使他满意。他要在范兴奎(田烈饰)面前充上司,他要戏弄陈秉忠(钱千里饰)……①

原载 1942 年 12 月 28 日《新华日报》4 版

① 留存的这篇文章未完,故用"……"表示。

漫谈《蜕变》的演出

章　罂

早在九个月以前就听说"中万剧团"要排演曹禺先生的《蜕变》，而且是采取了新的方式来排练的。所有熟悉戏剧界的朋友们都睁着眼睛等待瞧他们的成绩。这确实能给参加演出工作的朋友们很大鼓励。不过，常常会因为希望得久了，也希望得过高，而容易使人感到不足和失望，这样说来，倒也是给他们更重的负担哩。

当我第一次带着兴高采烈的心情去看彩排的时候，心里总还带着一些疑虑：《蜕变》戏虽好，可是却难演得真切；容易演得沉闷，稍为夸张一点呢，又怕要显得过火，特别里面有几个重要人物的处理，是需要花上点时间的。然而当我看完了第三幕之后，我的疑虑都被打消了，我觉得这次演出，比我们所希望的还要好。当我走出剧场时，旁边一位朋友问我："你看演得怎样呀？""好，好极了！能合作得这样好的戏，在重庆还不多见哩。"我除了点头赞赏之外，一时也说不上别的话来。

演上五个钟头的长戏，能够始终如一地抓住观众的情绪，这实在不是易事。那天看《蜕变》可真是没有一个观众抽签先走的，就从这点上看，即可证明这次演出着实是不错的。正如另一批观众的对话上说："他们在北碚的时间并没有白花，他们努力研究学习的精力也没有白费！"只有在实际中才能辨别出谁是用了更大的力量谁得到更多的成绩来。

像《蜕变》里所描写的，这样一些比较严肃的题材，和这样一些正派的人物，虽说其中有不少动人的情节，但他很容易演得乏味的。这次导演就在此处下了最大的工夫，整个气氛都是严肃紧张而又活泼，就连第三幕第二场那段比较单调的戏，也演得很生动，一点也不使观众厌倦。同时有若干处改动得很好，不仅没有丝毫破坏原作的精神，而且把剧本补充得更完整，人物的性格也更完善。比如第三幕梁专员视察回来与丁大夫的对话，字句我记不清楚了，大概意思是说：我们整个国家的机构像一架大机器，每个部门的工作是大机器中的一部分，这些部分都是用皮带牵勒着的，我们自己做好了还不够，因为假如牵勒着我们的另一部分坏了，那么我们也还是不能动，因此我们还得在自己健全了以后去推动其他的部分，使整个大机器都能很顺利地工作。这段话使整个剧本的思想内容更充实，使留在观众中的理想更具体。然而可惜得很，当我第二次看正式公演的时候，这段就没有了。又如第四幕梁专员和况西堂的对话："对年老的妻子仍能这样体贴周到，实在难得呀！"虽然只有这么一句话，可是收效却是很大的，这句话在梁专员的性格上添了非常合理的一笔，就是增加了这个过分严肃的老头儿一点"人情味"。而况西堂可怜可爱的真性也更明显了，这句话加得好，排得好，两个演员演得更好。

如果在导演上还要找点小毛病的话——也许这都是外行话——那就是在某一场面中

情绪还不够严谨，使观众得了相反的效果，在第四幕丁昌病重，正要开刀，全场正是紧张的空气，每个人都对丁大夫抱着无限同情与尊敬的心情。而李营长说话却引起观众哄堂大笑，以至破坏了以上的空气，本来在李营长的性格上看，这样讲话并没有过分，然而对整个情绪都是不合宜的。又如经过士兵们一度热烈要求之后，丁大夫正要对士兵讲话，开始了第一句："诸位朋友……我今天讲不成话……"突然陆葳请她进去看，这是一句要紧的话，在这场戏里是表示丁大夫两种伟大的爱的矛盾，可是在我看第二次的时候却把这段删掉了，还有第二幕丁大夫和丁昌别离的一场，本来，这在剧中是一场最能感动人的，有许多次的演出在这儿都换得观众不少感动伤心的眼泪。可是这次却没有把握得顶好。上述所提的那些算是缺点，也可以说由于各方面演得好，所以就把小疵也给找出来了。

在演员中，也许我也是对孙坚白有点偏爱吧。我觉得他演得好，他把一个奉公守法，想混碗和平饭吃的、多少带点秀才味的小公务员况西堂表演得惟妙惟肖，而且还给予多少天真可爱的粉饰，这正是曹禺先生对人类本性的厚爱；虽然这个老衙门在腐朽的社会中混了几十年，然而把这旧壳蜕掉却仍然是美的。有人说，况西堂这个角色很易讨好观众，所以演员容易取得成功。稍为过火或不够一些就会使他变成个讨厌的老家伙或无关重要的小人物的。记得孙坚白曾在《国家至上》里饰演过张老师，又在《雾重庆》里面饰过纨袴阔少，都在观众中留下很深的印象。我们都希望他将在不断的努力中就踏进"创造角色性格化"的更进一步。

舒绣文、陶金、陈天国都演得很切当。舒绣文不但保存了过去在所有观众中的声誉，而且在她个人的修养上也更进一步。陶金在这次演出中是成功的一个，他能在梁专员的干练严肃之外还加上老年人特有的慈蔼，使原著中的过分理想的人物和现实生活多少有了接触，这显然是很大的成功，而且我觉得他这次成功比他过去所有的成绩都要大。马登科在头尾两大段戏中有了很大距离，然而陈天国却能用一根线把它贯串起来，这也是在角色性格上的一次创造。说到创造角色的性格，这次黄晨饰演夏霁如也称得上有成绩的，这次虽是她在重庆舞台第一次出现，也给观众留下了好的印象。戴浩的梁公祥戏虽少，可是演得好也是不容忽视的。

在这次演出中没有显著成绩的是江村、杨薇、王斑、田琛等，不过，大家都可以理解，他们个人虽没有大成功，然而在整个戏里面所担负的任务他们是完成了的，他们的步伐跟整个剧还是协调的。在这次演出上我们都看得出在演出的过程中，他们都曾经花了不少的时间和精力，他们那样不倦研究不倦工作的精神是深值其他剧人们仿效的，而且就从这次小小实验当中，也证明了"史坦尼斯拉夫斯基"是可以而且应该慢慢在我们中国的剧运中培植起来的。

听说不久以前某剧队在桂林也演出过《蜕变》，虽然他们的物质条件很困难，时间也很仓促，但成绩不坏，有朋友说他们排戏不仅严肃而且认真，他们为了丁大夫开刀的那场戏特别到医院里参观，这虽说不上是体验，但观摩一番总有不少好处，这种精神倒也是值得学习的！不然，天天在狭窄的小圈子里生活，慢慢地就连创造的活力都要全消失了！

原载《新华日报》1942 年 12 月 28 日

露克《雷雨》观后评

洋　滨

陶露萍、霍克家以苦干为主旨组成的露克剧社，确是于津门剧坛奠定了稳固基础，观该社所演各剧，即知名不虚传，此次上演《雷雨》，演出倍极惊人，实堪一记。幕启，周家的客厅里，四凤（霍克家饰）同鲁贵（李保罗饰）汗如雨下的工作，霍伶的四凤，确是出人意料之外，一派天真，足将十八龄的少女，描摹得淋漓尽致，第三幕初会周冲（李飞饰），再会周萍（岳峰饰），真使我见犹怜，最后伊兄鲁大海（董其昌饰）闯进发威，更是我见亦怕，她能以不同的表情，应付裕如，实属难得。李保罗的鲁贵，早有定评，当然是导演手法不凡，尤以第三幕捕蚊捉蚤，以洗练的演技，博得掌动如雷，莫怪皆誉为成功之作，确有惊人之处，唐皓华饰周朴园，亦斫轮老手，驾轻就熟，衬托相当坚强，尤以唐氏气派庄严，口白苍劲亦成功之要项，与鲁妈（陶露萍饰）对白一场，更是棋逢对手，陶伶之鲁妈，此次实为最成功之一，她能以轻熟的演技，将剧中人身份地位刻画得出，第二幕从八百里外饱受风霜之化装，亦相当逼真神化，头扎蓝布包头，身着月色袴褂，一洗往日华贵气，而将一活脱脱的庸妇，摆在周家客厅的沙发上。与周蘩漪（沙砾饰）的对白，确有阶级限制，与周朴园的对白，更是无微不至。追忆三十年前情景，及道破真相时，陶伶能以面部不同的动作，赚得万千观众泪如雨下，而当时陶伶之泪水，亦浸湿衣袖。第三幕逼问四凤与周萍暧昧事，确与唐若青有过之而无不及处，第四幕再入周宅，心中万分悲伤，情绪攒聚心头，最后昏去，全剧陶伶精神始终不懈，实为难能可贵。综观该剧，演员无不称职，布景，灯光，道具，无不焕然一新，尤以效果最为逼真恰当。总之露克的《雷雨》，确是一部代表作，亦群英戏院加强阵容后的开炮红。

原载《新天津画报》1943 年第 12 卷第 13 期

《雷雨》在露克剧团

——陶露萍天才的发现

高　扬

从《雷雨》被曹禺发表后，在这将近十年的过程中，由不同的表演方式，像影片，话剧，文明戏，甚至于评戏，将它深深地传入每一个角落，可是能够真使人感到有灵魂的，除了影片与中旅以外，要算此次露克剧团的演出了。

观了露克剧团演出的《雷雨》，让人感到过分地惊奇，惊奇他们这群青年所有的一股蛮力，苦干的精神，居然在这短短的期间里，将熟悉在每个人心上的故事，大胆的搬出，而使观众们都在拭着泪去细聆，陷入了沉思安静的境界里。我们不得不称赞他们的演技，是具有感人的精巧能力了，因为以前有过比较，像悲剧的竞演，需要经过真情感的洗涤，才能达到理想的成功。他们这次能够将观众溶化在剧情中，便是真感情的炼成，当然够到水准，所以我们应该将它特地提供出来，以便推崇它作为天津话剧的一页光荣纪录。

《雷雨》在露克剧团，才算得到平均的发展，因为他们对于每一个角色的个性，经验，都是非常细心考虑后才来分配，而都能够适合。像李保罗的鲁贵与唐皓华的周朴园，都有过评价，霍克家，沙砾，岳峰等又都聪敏，再加董其昌与李飞的加入，更显生色，所以，《雷雨》才又新生了灵魂，它依然具有感人的能力。在其中最值得表出的是陶露萍的天才的发现，她饰鲁妈，她能将这角色的轮廓描得十分清晰，细腻入微，在做上的几个转身退步，美妙恰好，在对白上，疾徐高低，发音明亮，能将悲哀抑制得更觉有力，确能做到“无声的音乐才是更甜美的”地步。因为鲁妈的痛苦，不是大声哭号所能发泄，而且还要影响剧情，她只是苦在心里，口不能说出，有罪过自己去领受的角色，陶露萍是做到绝妙成功，她真是为鲁妈角色而造设的一个。

我们觉得以前所给她的评价，是显然地过低了，看到她在《雷雨》中的成就，才明白在我们心目中，浮泛出来一位抱有大志的努力艺术运动者，而同时是极富情感，灵聪颖悟，深好文学思想的一位天才女子。因为她能将她的兴奋，热诚，沮丧和悲哀，赤裸裸地献给我们，使我们也同样受到这种感觉，这便是她天赋的创造能力了。

《雷雨》在露克剧团，才算得到平均的发展，又新生了灵魂，陶露萍是剧中的灵感，其余的人是灵感所孕育的生命。在这次演出中，我们清清楚楚地看到，他们的努力进行，已然达到升迁程度，我们希望他们仍本着这一股蛮力，向前开拓，为现代艺术的从事者，光明就在前面，生命在我们，成功也在我们。

原载《新天津画报》1943年第12卷第15期

《日出》之演出

朱 圭

本 本

《日出》是一部不朽的文学作品，无论在那一个地方，无论是在什么时代，总会有追求光明探寻正义的方达生，在黑暗中享受的陈白露，吸吮人血的金八，投机取巧的头等货潘月亭，卑污龌龊的李石清，淫荡的寡妇顾八奶奶，人魔的走狗黑三，牺牲在黑暗社会里的黄省三，小东西，以及面首之流的胡四。《日出》把这些黑暗社会的典型人物放在一起，刻画出社会的阴暗面。

《日出》的意识是说世界是有光明的，但黑暗社会里的人物，是得不到光明的。所以陈白露临死以前说："太阳升起来了，黑暗留在后面，可是太阳不是我们的，我们要睡了。"而方达生却是在日出的时候，离开那个龌龊黑暗的社会，而走向光明。

全剧自始至终是在暴露黑暗社会的丑态，让人们去领略摸索于黑暗中的痛苦，而憧憬日出以后的安步坦途。

从大旅馆的交际花写到窑子里的土妓，这一个对比是说明出卖灵魂和肉体的妇女，虽然前者是虚伪的浪荡，后者是残酷的屠杀，但其内心的痛苦是平衡的。同样的，黄省三的失业，和李石清的撤裁，潘月亭的破产，这个对比尤其深刻，没有黄省三的烘托，不会使观众同情李石清潘月亭。有这个对比之后，使观众知道像人魔一样的潘月亭和李石清也有一天是会和黄省三一样的可怜，一样的可怜得没有人"救救"他们。

这些对比，都是剧作者聪明的技巧，这些技巧的运用，增强剧的主题的发挥，同时更增加观众的兴味，也是《日出》所以能获得观众抓住读者的原因，此外对话的流利，切合剧中人的身份，真是无微不至，也是无疵可指的。

全剧四幕幕景，以第三幕娼妓生活写得最逼真，第四幕潘月亭和李石清的相互倾轧，写得最精彩，而写得最失败的却是方达生，开场时飘然而来，闭场时飘然而去，虽然他是为光明说教而出场，但表现力太薄弱了，很容易为一般观众误会他只是一个呆瓜而已。除此之外，几乎再寻不到什么瑕疵。

总之，《日出》是值得推荐的，因为它接近现实，接[1]社会。

① 原文此处似漏掉一个"近"字。

演　出

新生剧团改组以后，以此戏打泡，演出角色整齐，也相当努力，但疏忽原作的地方也很多。他们以“准话剧”的姿态演出，这一点是值得钦佩的。

原作的开幕时，台上是空场，这是为了使观众猜想第一个出场的是什么人物。但“新生”演出，幕幔拉开，陈白露已出现于舞台，原作闭幕时，台上也是空的，使观众有凄凉之感，但“新生”演出时，陈白露吞服药片以后，立刻闭幕，连方达生的敲门都略去了，这犯了两种毛病，一、减损悲剧情绪，二、观众会猜疑方达生下落不明。

乔治是一个市侩，表现市侩自私最深刻的一段(陈白露向乔治借钱，也略去了，虽然也许为时间关系，但我认为还是保留的好，因为有这一段，一则表现市侩的自私，一则以表明陈白露实在无路可走了。

还有些小技巧，像陈白露端详窗上的霜，胡四为了看另外的女人，而不肯立刻进房，从方达生买报，而知道黄省三投河遇救，以及第二三幕应有的窗外的夯歌，在剧作者写这些动作时，都是有用意的，但也略去了。我觉得这些不忠于原作之处都是不应该的。

演　员

陆露明是被誉为“标准陈白露”的，表情够深刻，尤其应付黑三几个流氓时的演出，最为精彩，但说话没有中气，常常大段的台词，念起来不连贯，在不应该缓气的时候缓气，再有国语不够流利，许多字音不正确。

顾梦鹤的乔治，酒醉的一段偷工减料。第二幕活画出一个市侩来，对顾八奶奶和胡四的渺(藐)视，对方达生的逢迎，向陈白露的求婚，演技十分洗练。

吴纯真的顾八奶奶，妖魔怪样，酸文假醋，使人哭笑不得，演出有些夸大，但并不讨厌，是一个天才演员。

龚家宝演投机取巧卑污龌龊的李石清，恰合身份，对潘经理的前恭后倨，擢升襄理以后的得意忘形，都很成功，潘经理破产以后，反唇相讥，一大段台词一气说下，没有相当训练是不可臻比的。

仇铨的潘经理，派头很好，对白老气横秋，破产以后的内心表情很动人，只是披了白露的衣服见方达生的情形有些尴尬。

翠喜一角很难扮饰，她是一个饱经沧桑的女人，她有深刻的痛苦，有一颗已经破碎了的心，但她也有活下去的勇气。曹禺创造这个典型是要来换取观众们同情的泪，但此次新生剧团的演出，演员以性格的限制未能发挥出剧旨的要求，虽然她已经尽了最大力量来演戏，而且她的化妆太年青，太漂亮，因为她已是一个由头等小班降到三等下处有了一个孩子的妓女，自然应该是人老珠黄了。

无论什么人扮演方达生，总是难讨好，因为剧作者写他写得很模糊，所以冷山饰演也觉得有呆板之感，相反的，黄省三是最容易讨好的，因为他本身都为人同情。所以，饰演也是讨好的，何况他的削瘦身材又是他演黄省三的先决条件呢？不过黄省三是一个三期肺病的人，应当时不时不住的咳嗽，不应当在向李石清说到“我的左肺已经靠不住了”时，才一连气的咳嗽起来。

胡四是一个面首之流，有些娘娘腔，但不能过分像一个姨太太一样的卖弄风情。沈凌饰演这个角色，虽然可以博得一般观众的喝彩，但事实胡四并非女扮男装，或男扮女样。后来他到电影厂去演小生了，却穿着不伦不类的衣服，扭扭捏捏令人太肉麻。最好以“风流小生”为借镜，再稍夸张一些点，我想会恰当一些。

福升（白穆饰）戏很吃力，向穆演来努力而称职。立里饰小东西似乎不大适合她个性，脸上化妆如果忧郁一点，对她也许有帮助。廖丸饰黑三，有些过火。小顺子平平。

大体说起来，演员能平均发展，都可一看。

其　他

全剧只有两堂布景，大饭堂里最好的房间，在结构的比例装饰美上，没有和谐着戏剧的内在精神。道具之惨，无以复加，交际花房里的大沙发陈旧不堪，靠背也许破了洞，用毛毯铺在上面，实在说不过去。第三幕还说得过去。

有一点值得商榷的，白露客厅里的大梳妆台，摆在台口，固然有两三次可以应用到，但究竟妨碍观众视线的时候较多，并且遮住了后面的道具布景，我觉似乎可以把它安置在墙角。

灯光很好，效果也很齐全，只是有时候声音太高，会影响演员的对话。

服装太马虎，无论如何顾八奶奶的一件大衣是应该要的。胡四奇装异服，无论站在什么立场上说，都应该换一身，除非是滑稽戏。

总括的说起来，新生剧团这一次的演出是认真的，努力的，尤其以《日出》来做泡戏，更觉是有意义，因为这社会上《日出》里的人物比从前更多了，几乎到处皆是。

看《日出》，我们应当知道“太阳不是我们的”的危险！

原载《新动向》1943 年第 78 期

《日出》在江安

师　龙

曹禺先生名著《日出》之上演，其与本校有阅者前后凡四次。首次为民二六南京中正堂演出之本校第三届公演，由曹禺先生亲任导演，演员均为第一届同学。第二次为民二六夏第一届同学毕业后，由一部分毕业同学临时以联合剧社名义作旅行无锡公演。演员与学校公演时略有更动，地位则全部依照学校公演，仅由师龙略加整理而已。第三次为廿七年夏，第二届毕业同学假重庆国泰戏院演出，而最近本校此次之演出，则为第四次。

本校教职员（包括附说剧团团员在内），于廿二年一月九日起，假本校剧场进行《日出》新年公演三天，导演由余校长担任，演员则全部由教职员工担任，其热诚尤堪钦佩。演出成绩极佳，可作模范，且后台甚□□□□□工作精□□一般。并将演员表列后：

陈白露——冀淑平　　潘月亭——王家齐　　方达生——温锡莹
张乔治——焦菊隐　　王福升——刘静沅　　小东西——王文清
胡　四——马彦祥　　黑　三——应尚能　　顾八奶奶——夏易初
打　手——（一）施寄寒　（二）贯光涛　（三）萧锡荃
李太太——张远清　　黄省三——陈治策　　翠　喜——林　婧
小顺子——张天璞　　卖报的——蔡　旗　　李石清——张　雁
妓　女——（一）林飞宇　（二）徐敏英　（三）胡季蘋　（四）阎香珍

演期三天，共三场，票价最高者为五十元，共计售票收入一万四千元，除开支外，剩余之五千余元及上演耗四百余元，已由全体教职员同意与曹禺先生之慨助，均作在校同学伙食津贴。

演员中以陈治策先生之表演最令人惊服。陈先生向有老夫子之格，且尝戏谑谓“营养不足，面有菜色”□□□表演黄省三第四幕疯后登场时，竟敞其前胸，赤其双足，上下一身单衣，前后寒风刺骨，而竟毫无畏缩状，专心注意其表演。其工作态度之严肃热诚，诚令人感奋。事后尚研究其表演之反应，索讨观众对其表演之感觉，其工作态度之老当益壮，好学精神之孜孜不倦真可为吾人之模范。王文清女士之“小东西”虽为其身材外型（形）所限，未能在形态上达到佳境，但其声音之清脆，表情之通切，已获取应有之反应，可谓成功之一员。张天璞先生之“小顺子”，戏份不多，但演来恰如其分，稳健老辣。林婧女士为老“翠喜”，士别三日，尚可见出进步，其他如冀淑平女士等，俱见功夫，焦菊隐之“乔治张”仍然不脱“哈姆雷特”的窠臼。戏词非常的音乐化，悦耳则固然，只可惜不大听得懂罢了。

原载《国立戏剧专科学校校友通讯月刊》1943 年第 4 卷第 4 期

《日出》上演的批评
——广大剧社演出
健　坚

六月八日的晚上，带着一颗兴奋的心情，跑到青年馆看广大剧社的《日出》的公演，由七时半一直到十时半，足足有三个钟头左右，观众也有相当多，大约因为这是曹禺继《雷雨》写作的良好剧本，所以这次公演的受人瞩目也是理想中的了。当剧终之后，我很有点感想。

从《日出》的剧本意识上看，的确是比《雷雨》前进得多，所以《日出》继《雷雨》受人重视亦是必然的事。从该剧本骨子里的分析，很清楚知道，里面有三种主要人物：一种是不知不觉的人，如茶房主福升的惯于奉承有钱人之外，对一般弱者是侮辱诱胁……一种是知而不觉的陈白露，对现实的丑态，人群的无耻，她是看清楚了的，但她是个机械主义者，她看渺小了自己，结果，只好杀灭了自己；一种是后知后觉的方达生转变，他太心急了，太热情了，他的眼光太过短小，实在社会上比金八更可恶的东西还有很多，应该要远大一点看才对呢？总之，在社会里，这三种人物都会很容易找到，都很有它底根据的。

其次，透视广大剧社的公演成绩吧，无疑地，这次公演是失败！大约受着时间环境的限制，第三幕是被割了去，同时每一幕剧都删了很多，这是值得讨论的。因为在全剧的态度来看，第三幕是全个剧的高潮，这样的割了去，会不会伤害整个演出的完整，会不会致全剧陷于散漫不实呢？这实在是个很大的问题。而且每一幕都删的没有条理，例如第一幕方达生与陈白露场面竟然全割了去，其他出入场面都没有连贯的交代，所以弄到该剧成了零零碎碎，不伦不类，使观众感到模糊不清。这点，可以说是归于导演处理的没有方法，显然地，导演对于该剧还未清楚的认识，把握得不恰当。其他如场面转换，和演员台步位置都有很多缺漏，总之，以全剧来一个总批评，是失败了。

但是我们不能否认，依然有他的长处，如灯光和布景都得到很好评价。其他如各演员的演技来说，陈白露这角色，可以说是这剧里最难演的，在技巧和表情很难于把握，她是观众注目的标的，剧本灵魂的重要寄托，因为心里（理）的描写多于性格的写实，这样，必须是一个富于经验的才能的演员始可能把握得住的。听说这次广大剧社的演出，亦曾经费了许多拣择，卒之聘请了实验剧团刘燕嫦担任，她能否胜任愉快，能否适合个性呢？曾经得到观众的赞许，但我认为她的表演力量还不够，她似乎只抓住了陈白露的放浪个性的一面，她的忧郁和她潜在的热情和活泼表情，还不能显露出来，还没有充分地发扬出来，而且她的手部和身体姿势缺少了交际女郎的浪漫形式变化，说话的声调亦未够味，欠缺考虑，所以不能得到我们理想中的效果。总括说刘燕嫦这次对于陈白露的个性是没有全部把握得住，她只具有陈白露的外形而没有将陈白露内心的矛盾表现出，但她能演到这个程度已经是很不容易，所以我认为刘君这次演出已经很努力，希望她能够今后继续的奋斗，将来在话剧艺坛上一定会成功的。其次如潘经理演来似乎抓不住商人的个性，架子派头是有的，外部表情也有的，只是演到完结，我还不明白他到底是一个怎么样的商人，这样可以说他是欠缺了内心表情了。实在潘经理是一个狡猾阴险的市侩人物，他一些都做不到。饰方达生的某君，动作似乎生硬一点，但方达生在全剧中是最不易讨好的角色，作者写他也是比较失败的，能演到这地步亦可以原谅的。其他如黄省三的过于做作，王福升的过火，胡四的随便，李太太的生疏……都是这次失败的致命伤，这当然是不能够获观众满意的了。而这次最令观众惊异的是饰李石清的朱焕文君，全剧演员中比较最成功的一个，他将李石清这样的奉承失意，给了观众一个鲜明的轮廓，令观众所感到他不是在演戏，而是真正这样一个人物呈现在面前，所有的动作对话表情等等，完全融他在剧中人的个性中，使人无法指出他是那一部分好，这样一个好的演员，实在应该颂赞的呢！其他如张乔治的嚣张，顾八奶奶的淫荡，小东西的哭，都有独到之处，都有他的优点。

在布景方面，再谈谈吧。三幕是同样的布景，色调很好，整个配置得非常谐和，而且合于一间大酒店的气氛。灯光方面：有时感觉太明朗，与当时的空气不调谐，窗外由黄昏而渐成黑暗，是很好的，但表现日出时稍嫌不够，而且在最后闭幕时，用日出来象征光明的到来，及窗外工人的歌声逐渐提高，这种灯光和效果一些都做不到。其他的效果方面，是相当成功的，鸡叫狗叫都很逼真。

最后，我愿他们不要灰心，失败是成功之母，广大剧社的同志们！努力吧！我们热忱期待着下次演出的进步！

原载《妇女世界》1944 年第 50 期

《家》在桂林的演出

熊佛西

我排演《家》是一件偶然的事。

今年一月间某团体约我导演一出戏，一时找不出合适的剧本，恰巧在报上看到曹禺先生根据巴金先生的小说改编的剧本《家》出版了，我便同一个朋友去访巴金，与他商谈《家》在桂林演出的事情。但次日某团体的主事人听说我要排《家》就向人表示他要导演这个戏。这消息传到我耳朵之后，我便放弃导演《家》的计划，且拟导演这个戏的人也是我的朋友，他排或我排都是一样。在我个人只希望桂林多有几个好戏看，使此间的戏剧空气更浓厚些，至于何人导演与何团体演出，都没有多大关系。

但事隔半年，《家》还未见演出，直到五月十四日，钢鸣、孟超、湘军诸兄光临榴园，说他们和寿昌兄发起的剧社要演出《家》，约我任导演。我当时颇为踌躇：一则是我已和朋友约定五月底到曲江去一趟，届时不能失约；二则是我正在写一个长篇小说，中途不便停止。但他们的请辞很恳切，一定叫我别推却。经再三考虑，我只好勉强承允了。

于是，在五月二十一日那天晚上，我和演员们开始这件艰巨的工作。每晚七时至十时，风雨无阻，我们摒除一切交际应酬的约会，准时到八桂街公所排演。我说这工作艰巨有两个原因：一是因为这剧本过长，人物众多，情节与场面都非常繁杂；二是因为留桂剧人联合演出，是一个临时组织，所有的演员与工作人员几乎全是有职业的，不能集中精力和时间来排这个戏，不但白天排戏不可能，即于晚间排戏而希望人人出席也是很难做到的。因此其中角色屡有调动，甚至有某几个角色曾更三四次之多。幸赖演出委员会诸君子的策划，诸演员与舞台工作同志的精诚合作，终于今日把这个戏搬上了舞台，虽然这次演出的成绩离我们的理想还很远。我们感到排演的时间还不够，从开始到现在，除了每位同志对于这剧本的自修时间不计外，我们在排演上大约费了二百小时。朋友们也许觉得我们花的工夫太多，我们自己却嫌放下去的时间太少，以致这次的演出未能如愿地“磨光”。

我怎样处理这个剧本呢？在未回答这问题之前，我们先应研究《家》的立意安在。无疑的，作者是想在这里暴露大家庭的不合理，想把这个不合理的牢笼摧毁，而另外建立一个新的路向，这个新路向是什么作者没有明显的告诉我们，但在字里行间他给了我们许多暗示：例如觉慧的反抗，以及他最后的走出，淑真的解放，琴小姐与觉民的结合。所以，简单的说来，《家》是一个反封建的剧本。

我便根据这个立场来处理这剧。我要把这个不合理的大家庭的形形色色赤裸裸地暴露出来，把这繁杂的人物的性格与互相的关系很清晰的介绍给观众；我固不忽略黑暗的一面，但我更强调光明的一面，所以对于觉慧这个角色的一切，我丝毫不肯放松。他是这剧里领导光明面的惟一人物，对于淑真的解放，琴小姐和觉民的结合我予以高度的兴奋，对于觉新、瑞珏、梅小姐、鸣凤、婉儿的牺牲，我寄以无限的惋惜与同情。甚至在剧尾对于瑞珏遗下的小生命我也不肯忽略，因为我想唤起观众这样的警惕：第一代是这样的虚伪与守旧，第二代是这样的荒唐与腐化，第三代是这样的被封建势力束缚而至白白的牺牲；可是对于这第四代我们要好好的予以新的教养，寄以新的希望，使他们别再踏上前三代的覆辙！

其次，对于整个的演出我以现实的方法处理，使它朴素而真切，因此在表演方面我极力劝演员们别在动作上加任何"噱头"，在对话上别过分夸张，希望他们依据每个人物的性格与心理过程创造淳厚朴实的表演。布景装饰方面也是如此。我期望他们向观众造成这样一种印象："这不是戏剧的戏剧，而是生活的戏剧。"

原载《文学创作》1943 年 7 月 1 日第 2 卷第 3 期

曹禺的《家》及其演出（节选）

王　筠

巴金的长篇《家》曾经风魔过不少的青年读者，在剧场上有吴天的改编本，在辣斐上演时盛况空前，但与其说是改编与演出的成功，不如说是原著的力量更为妥当。去年，巴金正式请曹禺担任改编工作，以曹禺过去的写剧经验，及与巴金关系之密切，当然非吴天可比。现在此剧脱稿已久，且在内地屡次公演，但在上海的观众至今尚未看到，这真是十分遗憾的事。最近听说金都的上联上演《啼笑因缘》，其中有大段的独白，多少有受《家》中独白的影响，不过《家》中所有的是更为丰满秀逸，因此使我急于想录出一点来介绍于读者和上海的剧人们，虽然只是一枝一节，但也许多少窥见全剧风格的一斑。

……（省略与演出无关的内容）

这本戏中曹禺颇加入不少的创作成分，尤其是在工具上他用诗章形式的独白与婉约动听的对白来传达剧中人的内心波动。慧的一大套近于口号式的呼喊也没有了，格调是力求接近平和深入的文艺气息，处处避免暴力和粗鲁。他强调了觉新和瑞珏的关系。梅的死，珏的死，鸣凤的死宣布了旧制度的死刑，而觉慧的出走，是第一面挑战旗帜。全剧第一场介绍人物，出场者极多而处理极有眉目，毫不纷乱，即如冯乐山，婉儿，鸣凤亦不曾略过。第二场写洞房花烛夜，重心在觉新瑞珏二人身上。前段胡闹，虽有喜剧意味而并不妨碍主题，它显示这批货的无聊下作，暴露了大家庭的丑态，更强调觉新的痛苦与后半二人大段独白情调。这转变并不突然。第二幕第一景重心在慧与鸣凤的爱情。老更夫的恍惚使人有一种忧愁感。鸣凤二次见慧而没有说出真心的痛苦来，格外增强了悲剧的情绪。第二景是一个小高潮，让觉新与珏来收拾这高潮，手腕是非常可爱的。第三景则在梅，觉新，珏三人身上。第三幕重心在高老太爷与陈姨太，克定克安等身上，发展到一个顶点，而第四幕来结束这事。

此戏在西安与重庆曾二度演出，在西安为陕西青年剧社赈灾公演，戴涯导演，闻成绩尚好，惜独白部分念得太沉闷，至（致）逊色不少。独白念得好太不容易，这需要演员的高度修养与发音变化的灵敏。目下中国剧场上的演员似还不多见此种人材。这一点是上演《家》以前应先考虑的。全剧共演五小时，听说还是活动转台呢！

重庆的演出成绩较好，闻由袁俊导演，兹为行文便利起见，将当地友人的来信节录于下，以作为本文之结束。

“……《家》在此间演出，由张瑞芳饰瑞珏，表情细腻。金山饰觉新，英俊过人，虽演技很好，但终不能做到老成持重之态。奚蒙饰克明。虞静子饰鸣凤，年纪太大，尚不及上海之英子。王苹之陈姨太与沙蒙之老太爷极成功。服饰花了不少钱，每人有好几套。第一幕热闹的气氛渲染的不坏。音响不差，但杜鹃声不像。枪声像打板子，难道那时的枪声真是这样的？讨好观众之低级趣味甚多，台下常常有人鼓掌，觉慧揭破冯乐山的秘密时，大家喊打，差点有茶壶飞上去。觉慧由舒强饰演，乱蹦乱跳，太过激派了。

看过戏后发现不少看剧本时不曾发现的缺点来，如觉民与琴二人间之事太忽略。最大缺点在觉新，他所受痛苦来自婚姻不自由，一旦觉得所得的也正是所要的时，痛苦有了治疗。戏里写婚姻痛苦多，对大家庭制度压力的暴露少，不曾读小说仅看演出的观众，对觉新的理解仅是情场失意而非大家庭下之牺牲者，这是材料轻重方面配置失当的缘故……”

原载《杂志》1943 年第 11 卷第 5 期

评曹禺《家》的演出

修　常

朱瑞钧导演

金都同茂演出

一、原作及演出脚本

所谓原作，并非指巴金的小说，而是指曹禺的剧本。对于曹禺的改编工作，本也应该顺便作一批评。这不是三言二语便可以说完，所以在所（这）里率性完全不提，容另文专论之。这要说的是演出脚本与原著不同的地方。这些不同——增或删——是有讨论的必要的。剧本有增删的地方，最可见导演的见解和他的功过。

在这次演出中，删去的地方是比增加的多，在删去的中间，字句对话的删减不谈，有三处较多的删削是重要的。

最容易看出的是第二幕的第二景，这一景是全部删去了，只剩下第三景留着来交代那位梅表姐。其次，是第三幕第二景，这一景也几乎是删去全部，只留下最后短短的一场戏。然而，最重要的删节，我认为是第一幕第二景中觉新和瑞珏二人初见时的一大段对句的独白，旁白和对白。

为了演出的方便，删去原作中若干部份，这也许是没有办法的事；譬如为了时间长短问题等等，我们并不可厚非。然而伤感这一件事本身才不是好事。演《日出》有人删去妓院这一幕，演《原野》则有人把整个第三幕完全删去；这种一删可说把全剧的灵魂全部删去，演出的东西完全和原作者的意义不同了。《家》里面上述这三处删处，固似乎并不若《日出》的妓院场面和《原野》的第三幕那样致命。然而，也是相当致命的。

第二幕第二景的删去导演者大概并未加以好好的考虑，一则这样可以节省许多时间，二则这一景在故事的进行中似乎并不十分必要，然而，要知道，在这以觉新和瑞珏的命运作为全剧线索的剧本中，这一景是很有用处的。觉新和瑞珏那一段海盟山誓的互诉使作为伏笔以提增最后瑞珏死的时候的悲剧空气；正在其时突然闯进来了梅表姐和钱姨妈，都是极重要的戏。

第三幕的第二景，空气是多么阴沉而紧张，这样，老太爷死后和瑞珏的死，才可以真正被观众接受，使观众体味到悲剧的不可免性和残酷。删去了这一大段，老太爷之死似乎太快了一些，有许多话也不及交代，最后瑞珏之死这一股味儿似乎下得太重了。

至于第二幕第二景中一大段诗句的白口的删除则是导演的不可恕的过错。前述二处节删,可说是为了演出时间关系,这一处删除,我找不出任何借口可以代导演者辩护。固然,这一段长长的独白旁白和对白的混合物是不容易处理的,正因为不容易处理,似乎更不宜贸然的删去,而应小心对付之。何况全剧的精笔正蕴藏在这一段诗句中间。在荒淫无耻,混账昏庸闹房以后,紧接了这一段悠长的诗歌,这不但是有着强烈的对比作用,以示这个家的欢乐的不可靠,而且是一服清凉剂,有了这一服药,观众才会换一番口胃来看这剧,从而了解以后发生的许多事情的真实的意义。不幸的,这一次的导演者是鲁莽而又取巧地把它删掉了,这不但是观众的一笔大损失,原作者的心血也全白费在这上面了。

导演者不但删他,也还增加了些。第一幕第一景最后,原作是觉新入室看见钱姨妈而痛苦万状,钱姨妈也楞(愣)住了,说不出话来,幕便开始落下来。落幕是重要的,观众常常记住那一刹,其中也有剧作者的苦心在。然而,导演偏偏不肯让观众把注意力放在这重要的一点上,而用三叩首的热闹打诨冲淡了这一句的斗争点,这不能不说是导演者弄巧成拙,这也许是为了加些"噱头"吧。"噱头"危害了多少智慧,这次《家》的演出亦不能幸免可叹也。

此外,第一幕第二景中陈姨太挑头罩一节,原作中亦不见,加上这一点是热闹的多了,然而并无大用,此当亦是"噱头"之一。至于第二幕第三景(演出中是二景)请钱姨妈乘马车这一穿插到(倒)加的不坏。

其他尚有一二与有些出入之处,重要性较少,不说了。

纵观这些,删或增,处处可见,导演是在避免沉静而求热闹,说得难听一点,是忽视了真的工作而求噱头。求热闹,不冷掉场子,这固然无可非难,噱头之为物,我们已看见许多剧人跌落进去了,为了剧运前途,这是不能不反对的。

二、导演的工作

虽然《家》的演出未能脱去时下恶习,然而我们也不能不说导演者是努力工作着的。有几处理虽未尽善,他对原作却有过一番慎(缜)密的研究,原作的精华虽未充分发扬,但原作的精神大部分是把握住的。

在一幕二景中对觉新和瑞珏二人的处理是失败的,然而二幕一景中却相当成功。二幕二景未演出,因此以后在这二个人物的剧中总不免有些缺憾,但已大体论之,观众的感情有一部分是给抓住了。除去这二个人物以外,其余的重要人物的戏场子中都有更好的成绩。

鸣凤之死一段,处理的相当令人满意。我之说满意,尤偏重于对原作的忠实和提挈原作的性情这一点上。这一景的最后,鸣凤去而复来,这披头散发的鸣凤与其说她是人,不如说她是鬼,实际上原作中却已当她是鬼,观众也不必为了科学信仰而不肯不当她是人。这,导演的处理是好的,他使鸣凤在脸上涂上了油彩,像旧剧中鬼魂出现似的,剧中的效果是完成了。这种化妆固未必是剧作者的原意,也未必能"世界化",然而看惯旧剧的中国观众看来,这里十分动人的。

冯乐山和婉儿的场面，也可算是杰作，这一半固然仗着演冯乐山的演员丁力的演技，导演的功绩也是巨大的。在曹禺的《家》里主角虽是觉新和瑞珏，但代表两种重要势力的老人是冯乐山和钱姨妈两个。将冯乐山凸出的表现出来，强调地处理有关他的戏，这是对的。冯乐山与婉儿两个对话，觉慧的插入干涉，这一大段在原作中动作并未详细注明，演出的成绩却很好。

虽然这许多地方值得人们称赞，也有一二地方不能尽如人意。一幕二景中，大家正在闹房的时候，觉民进来和琴说话，这一插话的地位和时间导演都没有处理好。这原应该大家先把喜娘围起来，冷一下场子，琴也被吸引过来，然后觉民才进来，而琴可以反身迎上去，以争得观众的注意。像导演现在那种处理方法，观众的注意是仍旧放在喜娘等人这一群人上的，难于以给觉民和琴的，假如冷一下场子，而且琴又走几个大步上去迎觉民，观众的注意不成问题是向在这静下的舞台上开始动起来的方面移转了。

觉新的独白我们也不能算他已处理完好，而可以说还差得远呢。这说来太长，而演出脚本又是经过节删的，我们不说吧。

总之，朱导演《家》上面是用过一番心力的，对曹禺的了解亦很用意，但由于技术上的不十分熟练以及对戏剧艺术的了解尚还未达十分高深的境地，在《家》中便零零碎碎地出现了一些不安的地方。至于时下的恶习气在演出中尚不多见，这颇值赞许。《家》的营业虽不十分好，但在挽回颓风这一点上却非全属无功，这一点我们可以确定，并且希望像《家》一流戏的演出渐渐繁荣起来。

三、演员和演技

不记得是那一国那一位名导演说的话，角色分配得妥当与否已将全剧演出成绩决定了一半。这话不一定完全对，但我们可以推知角色分配的重要。罕米尔敦似乎也说过那样的话，角色是不可勉强的，什么人只可以演那一些戏，只有演那些戏才可获得成功。我也相信是这样，演员万能论究竟尚不可能，角色分配是一件极重要的事情。譬如上官云珠之演《七重天》，有识者当在未排戏前便知这必失败无疑；角色分配不但有关演员本身，其影响还可及于全剧。

在《家》中，最使我失望的是鸣凤一角所派非人，沙莉并不是不可演戏，她并且演得很好，然而她演鸣凤却是一件失当的事。莎莉是一个人间的美人，希腊式的美人，而鸣凤却是一个殉运者，因此用莎莉来表现鸣凤，无论莎莉如何用心的演，总不免隔着一层。

丁力的冯乐山是《家》之中成绩最佳的一位，他不但在形态上活画出一个老家伙，作为是一个旧势力伪道学的代表的冯乐山，其精神亦由丁力的演技中表现出来。过火也许有一点，但冯乐山这样的人物本身是一种夸大的标本。

“客串”的吴湄，不坏，这也许因为她从事戏剧的年代久了一些，人生的经验也丰富些，很有许多独到之处。

成问题的是卫禹平的觉慧。论戏，他也演得不坏，他的台词念得很动人，嗓音也响亮，然而他似乎已有一些习气似的。他的手臂老是紧靠在身上，成了一种做作的矜持。觉慧是看不起他的家庭的，然而他的看不起他们的家是出于理智和热情的，并不是一种天然的矜持，卫禹平把他演成那样，好像并不妥当。而问题并不在这一次扮演的不妥，这一次既失败，失败过也便算了，令人担心的是，以后假如卫也像石挥会那样老是把一种腔调带在身上，其前途将不堪设想了。

戴耘的陈姨太也是一种角色分配上的错误，戴的特长，其实并不是陈姨太一流的人物，为了她曾演过陈姨太而特地烦她再演，这是导演的取巧办法，实际上却成为“拙”了。

姜雨的钱姨妈很好，是一个有希望的演员。柯刚的周氏也真。冯喆的觉新谁都可以看出来十分用力，其成就却并不甚高，这恐怕因为觉新这一角色本来难于讨好，导演在独白时处理得不够好，演员便更难得功了。

其他的许多演员每一个都不错，其中婉儿和黄妈尤令人满意。较差的似乎是觉民，琴和梅几个人，但他们的认真和努力还是可嘉的，我望他们善自为之。

四、其他

音响效果甚佳，但灯光却欠佳，这大概是因为灯光设备不行吧。布置道具服装多经过一番细心设计，这是可以看得出的，然而在细心中却仍有许多不完善处，这点表示了工作人员们仍未有完密的组织和合作。

化装极佳，显示出每一个演员都是真工作的，很令人感到愉快。上海的剧坛正需要有一批人认真的苦干一下，这一群虽未挂出苦干的招牌却确实在做一些工作的青年男女，确是令人高兴的，愿他们努力下去。

原载《上海影坛》1944 年第 1 卷第 4 期

曹禺《家》的演出

史蒂华

关于曹禺的《家》的剧本，已有不少人为文介绍批评过了。我想在演出之后在(再)来谈剧本，是略嫌过迟而多余的。读剧是一个印象，而观剧又是一个印象；因此批评一个戏的演出，与批评剧本有同样重要的价值。

看过同茂的《家》，我的第一个印象是太吃力。普通一出戏大约演三个钟头，而《家》竟有五个钟头之久，时间即(既)长，如果戏能紧凑一些倒也无妨，而《家》的演出却很“松懈”。我说“松懈”也许是用错了词儿。他的意思是导演者处理此戏的 Tempo① 太慢。每个角色都沉住气说话，而台下观众也是必沉住气看戏不可。

因此我便感到了，在读剧本时所未曾觉察的一点，曹禺的《家》剧本的结构似乎有些松懈，至少，是通过了同茂的演出，使人有了这样一个印象。比较起来，另一个改编剧本结构是相当紧凑的。

《家》剧本的最大的成功是人物而不是戏。也就是说，曹禺已摆脱了过去技巧至上的浓郁的戏剧性，而全神贯注到人物性格的刻画上来。因此他改编《家》不必顾到原著与戏剧的结构，只是把原著当作素材写出了这第二部的如契诃夫般的人生戏。《家》中的人物都负着可怜的，不幸的命运之暗影，即使是觉醒了的一代又何尝不是如此？不同的是，他们更多苦闷，仿佛被压缩在阴暗的古井中，憧憬着顶上的一块蓝天。而作为曹禺的刻画的重心的是觉新与瑞珏，这两个觉醒一代的不幸者。

演觉新的冯喆与演瑞珏的吴湄，虽不尽人之理想，但也相当用功认真的，冯喆的外形似尚不够有世家子弟的风度，演技不免失之过僵。整天愁眉苦脸，我以为是不能足够反映出觉新的内心的痛苦，至于独白，因为又是诗，故读来往往吃力不讨好的。

顶成功而为大家所一致激赏的是丁力的冯乐山。曹禺这个角色写成一个性变态的虐待狂，丁力演来，在道学的画具后的一付(副)真面目可谓阴险毒辣之至。面部化装的白痴疯更是抓住了特点。在婉儿回家一场，四太太带她去谈心，冯乐山的几声“去罢”真令人心惊肉跳。

莎莉的鸣凤已可决定她今后的命运。我始终觉得这个角色如今上海剧坛总没有适合的人选。她是外形明朗而内心阴郁的角色，光是一付(副)苦楚的可怜相或天真活泼是完全不对的。

① 编者注：意为速度、拍子、发展进度等。

卫禹平的觉慧在动作上还余流着"弄真成假"。简括的说一句是浮躁而不够深刻。

我特别要提出来的是舞台装置。金都的舞台很小，但《家》的装置却未曾给观众有小的感觉。尤其是第三幕那一景，构图与画面，均甚美丽。

总之，同茂演《家》所付的努力与精神，是可佩的，所做收到的效果却是反比例。

原载《太平》1944 年第 3 卷第 1 期

由回忆中谈谈《雷雨》

唐槐秋

“中旅”第一次上演《雷雨》的演员表是这样的：鲁贵…姜明，四凤…章曼萍，鲁大海…曹藻，周冲…谭汶，周蘩漪…赵慧深，周萍…陶金，周朴园…戴涯，鲁侍萍…唐若青，老仆…李景玻。

当我开始排演的时候，管朋友介绍认识了曹禺，这才知道他原来还是一位不到三十岁的青年作家，不禁益加使我敬佩。那时候，他好像在天津“女师”教书，从此以后，我们时常见面，当然也时常谈论一些关系。而他总是那样谦逊地说：自从写完了《雷雨》以后，更感觉到自己的学问粗浅，能力薄弱，恐怕没有再写第二个戏的勇气了！然而自从《雷雨》演出后，却得到了社会一致的好评。有一次他到北京来访我，他对我说，他很想写一个适合于“中旅”演员群上演的戏，不待说，我当然极力鼓励他。果然，不久他的《日出》就脱稿了。大约是我们第三次再到天津演出的时候，他告诉我《日出》中有档写妓女生活的一幕，但因为自己对于此道太少经历，不敢动笔，于是乎我就大告奋勇邀同乐于此道的陈绵博士大逛其肉市，从极高层以至最下层，足足费去十多天的工夫，幸而《日出》第三幕的成绩果然不错，我们总算没有白费，聊慰聊慰。

光阴过得真快！“中旅”以北京为根据地，在不知不觉中已经过了两年，嗣因种种环境上的关系，我们于民国二十五年到了上海。

我在创办“中旅”之前，已经在上海逗了十多年，对于所谓“上海滩”上的情形。虽不敢自夸为“上海通”，可是也不能说是知道得比较多，我以为无论甚么事业，在上海最容易兴起，也最容易没落，所以“中旅”虽然创立于上海，可是第一次公演却在南京，并且我当时也说过，也的确打算过“中旅”不将国内所有可到的地方都到过了以后不到上海。然而理论只是理论，事实还是事实，无论你的理论如何正确，每每会因为环境的逼迫，使你做出与理论不符的事实来；何况当时话剧事极[①]在中国还在萌芽时期，一切的基础全没有打稳，又何有力量来与环境抗争呢！

我既认为上海不是一个容易应付的地方，而当时“中旅”的情形又非到上海不可，我经过了一番踌躇以后，遂将团体交托与老友陈绵博士代领在天津演出，我只身南下，先到南京，应“舞台协会”之约，襄助该会演出《洪水》，《械斗》等剧后，即赴沪开始准备“中旅”南来之各项工作，伺一切获得了相当头绪，“中旅”乃在上海卡尔登举行第一次公演。我当时的

① “极”，应为“业”。

确费了相当的脑筋，在正式公演之前，先演了一场《雷雨》作为招待上海新闻界及各界，而正式公演之第一剧则为《茶花女》，结果成绩相当圆满，卡尔登竟因而毁去影片公司之约，而与“中旅”签订两年之长期合同。在此两年之中，《雷雨》一剧，反复公演约七八次，始终满座，其每一次演出之日期，最多者达三星期，在当时实为破纪录之成绩，嗣后调查，观众中确有看过十次以上者，诚不能不说一出具有相当威力的戏了！

原载《文编周刊》1945 年第 25 期

《蜕变》的第二次演出

林 琛

《蜕变》是曹禺先生战后第一部剧作，也是他唯一以抗战生活做题材的剧本。不但轰动内地，在上海也已早享盛名，尤其值得珍贵的是《蜕变》在上海初次演出的时候，上海已成孤岛，在国军撤离上海四年以后：《蜕变》侥幸逃过检查官们的耳目，而能在妖魔百出魅气四布的环境中演出，这简直是时代的警镜、黑海的灯塔。《蜕变》初次演出是在卡尔登戏院，那时的话剧观众比起现在来，恐怕还不到十分之一，可是《蜕变》曾经十足客满一个月以上，到最后一天依然是客满（另一剧团在兰心也演出过几场）。它的停演并不是因为卖座的跌落，而是因为这戏轰动得太厉害，以致引起敌伪的注目，当这班狗群狐党看了这戏以后，不由的感到触目惊心的难受，于是授命工部局下令禁演了。

现在，抗战胜利了，我们看到了《蜕变》的再度上演，其欢跃与兴奋的情绪，正如在胜利以后看见一位久经战场鬓发皓白的老将军凯旋归来一样。在敌人的魔掌之下，我们看了虽然非常兴奋，但是当幕落以后，我们立刻意识到我们所处环境的恶劣。我看了《蜕变》的初次演出就有这样的感觉，我是兴奋，但不是欣愉，在兴奋里渗有血泪所倾注的愤慨，使我更清晰地认清我自己的责任与更坚定起我们的决心。然而在再度观赏《蜕变》的时候，心情完全两样了，我内心不再觉到受着什么压制，纵情的狂欢与无限的希望在我胸怀里升华起来，它使我更爱我的祖国，更恨那些尸守其位的官僚，更热切的希望新中国早日建成。

第二次演出的《蜕变》，所用台本完全与“苦干”的初次演出相同。曹禺先生的原著本来是四幕，而在这两次的演出中仅演出了三幕。现在的第三幕是原著的第四幕。原著的第三幕是写那个伤兵医院自从经过梁专员的视察以后，已经在积极的加以改革，原来的院长与主任受了撤职查办的处分，院内的主持人另换了一批干练忠诚的人员。医院所在地的城市已变成前线，他们的环境更危险了，他[1]的物质条件更艰难了。这幕里写出了丁大夫是怎样勇敢与镇静地在前线抢救伤兵，院长及职员们是怎样勤奋的工作，怎样回绝他年迈的堂兄为他儿子钻营职位的请托。同时更写出况西堂的进步与孔秋萍的没落。总而言之，这幕是大时代的蜕变过程的写照，它告诉我们那些时代的渣滓是怎样沉淀下去，时代的新血轮是怎样健全的生长起来。这是一个主要的过程，大时代开始蜕变的过程，这是必须的，我们没有理由删除它。在初次演出中所以不演第三幕，是因为环境的关系，如果演了第三幕就必须将抗战的背景明显地搬演到舞台上，在那时期固然不无困难（虽然，同时

① 原文此处似漏掉一个“们”字。

在兰心演的却是第四幕俱全的。），可是在河山光复后胜利在握的现在，再删去第三幕就是不应该的了。因为这样使观众所感觉的不是蜕变而是突变，由腐败到新生，这中间没有过程，本来丁大夫与梁专员两个人物的创造，已感得太理想太神话了，如果再省去这个过程，这两个栋梁人物便不是典型而是超人式的英雄了。我以为这演出是剧团对曹禺先生亏欠的地方，也是我们观众深引为遗憾的一件事。

在演员阵容上说第二次的演出是逊色多了，现在不妨以主要的角色做个对比：

角色	第一次	第二次
况西堂	黄宗江	高笑鸥
孔秋萍	韩　非	刘　龙
马登科	严　俊	蔡　琴
丁大夫	丹　尼	丹　尼
梁专员	石　挥	石　挥
胡医官	张　伐	×　×
女看护	英　子	宝　琪

只要看了这两期的演员表，不用我说当然是第一次演出的齐整，我看了第二次演出，我更深切的感到“合作”是在演戏艺术中的重要。话剧不同于京戏，它不是仅靠一两个“角儿”就可以造成理想的演出。当我看着第二次演出的时候，我就感到第一幕丁大夫向马主任催药，第二幕梁专员训斥马主任，第三幕况西堂应付潦倒的马主任，丁大夫重晤马主任，梁专员与况西堂解说蜕变主题，在这许多场中它比我记忆中的第一次演出失去了吸引的光彩，这原因就是在戏的进行中对方不能密切合作，这当然不能说新的一批演员不愿意合作，而是他们的演技还不够来与丹尼石挥来合作，我的印象是第一次演出比第二次好得多，它的阵容整齐，重要的演员都能创造出典型来，在对戏的时候真是旗鼓相当针锋相对，简直可以说没有一场不紧凑，没有一场不精彩，直到如今想起黄宗江的况西堂，韩非的孔秋萍，严俊的马登科，还是活生生的显现在脑际。

然而在第二次演出中，我必须提出“苦干”演员的工作态度仍是严谨的，在这次演出，我们依旧可以看出他们一贯的作风，认真，严肃，不但在这些“苦干”的老演员身上，就是在一些新演员身上也同样地表现出来，因此可见好的作风是可以传染的。

看完了第二次《蜕变》的演出，我内心的愉快是难以言说的，因为我们已经胜利了，建设新中国的理想更是日渐接近了，然而，环顾四周的人们，是不是都经过了蜕变，沉淀下去的渣滓是不是永远沉淀下去，不再浮起。在一时还找不出确定解答来，不由又蒙上了一片浅薄的忧怅。

原载《人人周刊》1945 年第 5 期

《黑字二十八》观后感

六月中旬，本处职工励进会话剧组演出四幕名剧《黑字二十八》三天，以演出成绩良好，场场满座，本刊收到演出后剧评若干篇，因限篇幅，未能全部刊出，兹选较深刻的一篇发表，以飨爱好话剧诸君。——编者

作　　者

《黑字二十八》是全国戏剧界在重庆为纪念第一届戏剧节公演的剧本，亦可说是全国戏剧工作者第一次合作的产品，剧本本身。似乎用不着多余的啰嗦。可惜为了剧本的主题的繁复，人物众多，总使一般剧团感到满途荆棘而不敢轻易尝试。这次励进会话剧组在人力物力的条件都不易解决的情况下，能够将它搬上舞台，实在不是一件容易的事，而且演出的结果却是那么的"满意""成功"。这怎的不叫人敬佩他们努力合作的精神呢！

在这次演出中，就个人方面说，沈树仁与玛丽是相当的成功，玛丽爱出风头慕虚荣而且多少会带些神经质的小姐，这次凭着黄小姐熟练的技术，给观众愉快的印象，尤其是在第一幕与万进吵嘴一段，和第三幕演述前台灯灭时一段都很适合彻底个性地表现出来，假使苛求一点的话，我觉得黄小姐在追慕与失望的情绪下，往往用统一动作表情，这很容易使人恍惚，张君饰沈树仁，不仅做到了豺狼辈应有的狠刁，在第二、三两幕和丽容对白时，更能流露出内心的痛苦，这着实增进了人物的真实性，不过在第二幕出场时慌张的表情，似乎做得不够。杨与福与瑞姑若不是有丰富舞台经验的演员，是不大容易称职的，这次徐杨二位，能把握住个性，博得观众不少的同情，可说是难得，丽容的举止与身份，告诉我们是个善良的太太，徐小姐的演出，恰到好处，假使国语说得流利的话，给人的注意会更深刻的。范乃正，能刻画出严正固执的个性，俨然有长者风，更应该提出来的，就是梅君一天比一天演得好，疯子，是本剧中最使演员感觉吃力的角色，他的每一个动作应该牢记着自己的身份与任务，表现的技术，是两方面的，动作的自然而轻松，这足能抓住一般观众，导演在整个剧本中的地位虽然不重要，可是顾君的成就使第三幕增色不少，陈虹有许多小动作很自然，可惜的令人有些冷淡的感觉，晓沧有些拘束，孙将军能显出军人的庄严，但亦不失和蔼的风格，耿杰的态度在剧本上说是谦虚冷静的，这次徐君似乎没有塑出他的典型，《黑字二十八》的王喜贵比电灯匠做得更好些，其他饰刘瞪眼，丁明，时昌洪，夏迈进，江云峰，花匠等，各位都能克尽厥职。

在场面方面，假使每个演员都能置身于戏剧的情绪中，关切周遭的气氛，在默场时注

意到自己的身份与动作的话，那么这不仅能使场面紧凑，而对整个剧情的发展亦有绝大的帮助。可是在这次演出中，第一幕除沈树仁做到了这一点外，其余尚似乎嫌不够，或许这就是第一幕散漫的原因吧。第二幕疯子问韦明说"结婚"场，观众能体会到的仅是疯子的"疯"而已，然据作者的愿(原)意，却是用以来强调疯子的机警，而暗示疯子的身份的。此时未能把这原意思显示出来，虽然只是一个小动作，但是却影响到剧情的演变，使后来疯子真面目的出现成为突兀。第三幕都没有充分地把它烘托出来，使这场未臻尽善的原因固很多，可是把这场原剧本删去了一部分，倒是很大的因素，而那些都是不可删去的部分，这一方面不仅冒有对原剧作者不忠实之嫌，另一方面那些都是必要的场面，高潮的前奏，加强高潮的风飚，有了它才使剧情的进展变为缓慢，曲折，而更有力，尤其是孙将军与瑞姑一段对白，本是兴福自首的引导，这次的删去，实使人遗憾！第二，在剧情发展至极点时，不能吸引住观众的注意力；假使在这场能尽量减少在场时演员们不必要的动作的话，那么场面可能会因此而静下来，使观众注意力集中到刘瞪眼高擎的炸弹，这动作，是会分散观众的注意力的，导演对这点似乎忽略了。第四幕是全剧的主题寄托所在，虽然出场人物众多，可是剧作者却把它处理得有条不紊，每每相互地以两三人的插白来介绍复杂的情绪，清楚地给予观众一种起伏的情绪，总观三天演出的结果，第一天疯子与丽容在左台角坐得太久，和梅二人的接场时中间空场亦嫌过长，使观众有单调与冷淡之感，不过以后二天中均已改正，还有沈树仁与王喜贵说着许多许多"是大佐"时的位置，似乎亦有商榷的余地，我觉得两人相向的站着，固然多少使树仁不容易表现出失神的神情，且更会令人怀疑到王喜贵是个太不灵敏的家伙，假使以两人相背地坐在黑箱上来监视着路的两端，或许会比较自然一点，最后我感觉到孙将军与花匠由林君一人饰出，倒很使人怀疑孙将军倒是一个能屈能伸的大丈夫。

关于服装效果与灯光方面，韦明的衣饰应该朴素，始与他的个性相合，不然的话会影响他演出的成绩，疯子第一天翻换服装，不如后二天以同一套旧西装来得合理，效果这次最大失败的是炸弹声不够响亮，在第一、二、三三幕中，假使没人的出场时能做些脚步声，似乎可使场面生动些，尤其是孙将军的出场，可给观众一种肃然起敬的预感。灯光在第四幕中无一变化，亦没强弱之分，不但令人感到平淡，并且减低了场面上应有的色彩，而影响到演出的收获，这也许限于物质条件吧。总之，话剧组以披荆斩棘，勇往直前的毅力完成这次伟大的演出，是值得吾人兴奋的，本处的话剧前途无疑的将因它而会发扬光大，在这里我虔诚地期待着！

附：《黑字二十八》本事（略）

演员表（略）

原载《江西公路》1945年第10卷第6期

观《北京人》[1]演出后

航　来

《北京人》剧本是曹禺的第五部名著，叙述着一个中国旧家庭黑暗的故事，情节的曲折离奇，可媲美《原野》《雷雨》《日出》：将中国旧家庭的矛盾灰黯气氛，很刻骨的描画着，现在聊艺剧团一班爱好话剧的青年将它正式排练上演，事前在本市的各报，曾下了一番宣传功夫，所以在那天的公演的受人注目，这是预料中的了。

冒着刺骨的寒风，跑到青年馆看聊艺剧团第一次的《北京人》的演出，坐三个多钟头看完四幕的话剧，尚使我不感到失望。

导演石灼然的改编颇能忠实于原著，他撷集了全部书的精华，一点也没有遗漏。在这里，有愫方小姐（冯婉华饰）强烈的爱与恨；瑞贞（白英饰）丰富的情感与悱恻的哀痛；老太爷（石灼然饰）顽固的封建头脑；大少奶的毒辣奉承的态度；江泰的不甘下气姑老爷的性格，这样把《北京人》宣示给观众。这是一个如何该唾骂的灰黯氛围，所谓曾家三代的家庭！

在未讨论该剧演出成绩之前，从《北京人》剧本意识上看，可见曹禺的作风已有点改变，趋于朴素及暴露刻骨化，这样便使剧作的理想成分却因之更觉超迈空渺，所以北京人的故事虽然取材于类似于《激流》，但人物的素描与巴金的小说落笔，可以说是各有不同对象的见地；新旧势力对照的软弱，做成《北京人》只足称为揭示旧家庭黑暗的另一面的代表；至于设置"北京人"的饱含哲理，成分虽然可以加深主题的蕴蓄，但是所谓"人性的还原"与"颓垣之塌"，说来固然是有共通的讽刺对象，但只有使该剧本的积极意义显露着高度的不调和。该剧本是在二十六年始连载于香港《大公报》发表，在香港，上海，曾经过排练公演，但据一般人说，都不得到良好效果，这次聊艺剧团的上演，在广州市要算是第一次，结果虽然不能使人满意，但亦可以说尽其所能了。

导演对于该剧的处理虽未见纯熟得法，有很多疏漏，我们会很清楚看到，如应该紧张的场面而至松散松懈，情趣的场面而流于散漫；但其精彩处仍占大部分，这可以说是导演努力成绩的表现，如第二幕的最后场面，老太爷曾皓发见自己儿子仍嗜吸鸦片，怒恨填胸，紧搂着文清而颤巍跪下，一般父爱子的热情正不知激励了多少人；又譬如第四幕，多年的棺木卖给了邻人，曾皓的心痛难忍，狂呼江泰归来，其情真叫人黯然神伤；其他还有很多场面都各有它的独特优处。

① 广州聊艺剧团版，导演石灼然。

其次，我们来透视一下演员个别的成绩吧。

曾皓和大少奶思懿是全剧的灵魂，故事的进展和情感的维系都以他们为转移的中心。石灼然在表现曾皓的身份上是成功而有余的，以内心情绪的侧写来显示出曾皓的顽固性格，调起了观众的同情和悯老心情，这种深刻的演技，我们不能不赞扬的；至于到工于心计，奉迎毒辣的大少奶，李洁莹都能够一一利用小动作和仪态表现出来，这实在相当成功的。

其它如雅尔的姑老太爷，白英的瑞贞，冯婉华的愫方小姐，都有其独特优点。

布景在物质条件极缺乏的现况下不愿苛求，总算是合格；声响效果都很过得去；化妆因为灯光是用煤气灯，不能再有多大的要求，总算找不出很大的毛病。

最后，寄望于聊艺剧团不断的努力，把沉寂的广州话剧蓬勃起来！

原载《妇女世界》1945 年第 52 期

《北京人》的三次演出

凤　子

我参加了三次《北京人》的演出，三次我都演的一个角色——愫方；三次演出，我都失败了。

记得最初一次（一九四一年十一月）是香港“旅港剧人”决定演《北京人》这个新剧目，导演和负责人先后来告诉我：他们公意决定的 cast 是由我演愫方。我虽然对任何角色都有敢于一试的勇气，可是对于《北京人》中这一位值得敬爱的老姑娘，尽管在我读剧本时，曾努力来接近她，但我对她却有一种难以言说的疏远之感。当时我对导演章泯先生坦白地说出了我的意见：我怕将来舞台上我演的愫方会跟剧本中的愫方距离太远，甚至截然不同，因此我想换演戏比较少一点的瑞贞或袁圆。我的意见未被接受，于是，一道无形的紧箍痛苦地箍在我的头上了。

从读剧本到排演，除了研究整个的戏以外，我所有的注意力差不多都放在这个可敬爱的老姑娘的身上。愫方的确太值得人敬爱了，她有伟大的同情心，她忍受着一切痛苦，为了支持一个潦倒了半生，痛苦了半生，为她所爱的人——曾文清——站起来重新做人。她站在一个冷酷自私的老人和一个贪婪狠毒、好用心机的女人之间，每天看脸色过日子。她侍候老人的汤药，做老人寸步不离的拐杖，同时她又得侍候大奶奶的汤药，却又是大奶奶眼中拔不去的钉子。在这样的环境里，她竟能自遣于吟诗作画及喂鸽子的忘我境界。明知自己的将来渺茫，而竟能在现实里涂上一层彩色。这简直是我佛的精神，牺牲自己来超度自己的所爱。用梦来骗自己，而梦终于有破灭的一天，以我的理解，愫方大体是这样的一个人。

在我过去生活的记忆里去搜寻这一类型的女人，确乎很难，经验不能帮助我，模仿没有依据，创造缺少信心，我感到无比的痛苦。

我苦苦地思索着演员与角色之间一切相关联的问题。

我以为，演员应该有勇气尝试任何一种类型的角色，固然有勇气尝试不一定就等于有成功的把握。可是，为什么对愫方我竟连尝试的勇气都没有了呢？

我想——仅仅是这么直觉地想而已——从我所演过的一些戏里的角色来论证，角色的类型，大致分为两大类：

A 内向的型——偏向自然。

B 外向的型——更重做作。

一般的看法，一个演员能做戏名曰“放得开”。事实上“放得开”乃是一个演员起码必具的能力。可是所谓"放得开"，放到什么程度才算"恰到好处"？（"放"，又如何不违反自然？）这问题容易被演员自己所忽略，因此夸张到过火也就成了舞台上易犯的毛病了。

演都会风的小姐太太要放得开，演天真活泼的小姑娘要放得开，演风骚泼辣的女人自然更要放得开。我检讨自己，以过去扮演各种角色的经验来说，"放得开"是我把握得稳的一个表演方法（固然不敢说把握的尺度是否准确），而这方法显然并不能适用于演任何一种类型的角色。对于愫方我以为是内向的型，不容露出一分做作，极力把握自然——"不做戏就是戏"，我的理解也许对，排练起来却非常困难，甚至一言一笑，一举一动，自己都觉得满不对劲。而出现在香港舞台上的愫方却是一个愁眉叹气，苦着脸令人无法同情的中年妇女。服装太旧式，化妆太老，言语动作太缓慢迟钝。想象一下，那是一副什么形象，我把这个人物毁了。

为什么得到这样的结果呢？我想——我又想了！

我过于推敲琢磨这个人物的外形，而我所琢磨，又根本是幻想出来的。

我直接间接从朋友们那里得到许多批评，将所有的批评归纳起来，我明白，我创造的人物距真实远得很。那么应该依据什么来创造这个人物呢？我问自己，我苦于得不到解答。

第二次是一九四二年三月。"旅港剧人协会"[①]在桂林复排《北京人》。

我一方面在省艺术馆排《天国春秋》，一方面又要再度接触一个我害怕的角色愫方。那时我正患着极重的胃病，整日滴水不沾唇。病就像一个催命的阴影，拖得我痛苦不堪，而二度演愫方，却比病更令我痛苦，碍于"道义"，我不能不演。也因为我本性好强，香港演出的失败，创痕尚新，我便硬撑着病，咬牙排练起来。我试着在心里重拟一个草稿，希望把过去的记忆都忘掉，重新创造，重新绘出一个想象中的人物来。我努力到忘了病。我二姐每晚深夜尚守着一盏灯候我回家，在昏黄的灯光下看出她的眼圈常常是红的。我忽视了友爱同温情，我被戏里的角色给缠疯了。

我将依据什么来改造我想象中的形象呢？

我仔细地发掘剧本，试从多方面去接近这个人物。我分析她的环境，体味她的感情，然后再慢慢地说着一句一句她嘴里说出的话，想着一句一句她心里想说的话。我虽无力把这个人物栩栩如生地复活在舞台上，但我至少应负一种介绍的责任，通过我的表演，让观众可以理解这人物的性格和可敬的品德来。

第二次接近愫方，比第一次心境略为愉快一点。

可是以我第二次所演的愫方和我在《天国春秋》中所演的傅善祥相比，显然后者演得比前者较为观众欢迎。可见一个可以"做戏"的角色是容易讨好的（关于古装戏的表演方法以及它的限制和发展，容另篇再谈）。

自然我仍然不满意第二次演的愫方。我也绝未料到第三次（一九四三年三月）在重庆演出仍然是原班人马，因之又是抽身不脱。排戏的时间有限，而又被认为是熟戏，有限时间的排练，对于我，等于又加上一重无情的压迫。

① "旅港剧人协会"是全文，在香港不允许用"协会"的名称，回到桂林才恢复原名。

《北京人》对我虽是个熟戏，但我要尽力忘掉过去我自己所创造的愫方的形象。我要接待她如同接待一个新朋友，当然仅仅同她做朋友是不够的，我还得熟悉她。最后我是这样了解了她的：一个善良女性，在她身上可以发现许多旧时代妇女品德的传统，牺牲自己，而温婉地容忍他人。微笑永远挂在颊边，背着人却是偷弹眼泪，在曾家除了她衷心所爱的文清，瑞贞是她唯一能倾心交谈的朋友。她关心瑞贞这对小夫妻，更关心这对小夫妻的未出世的孩子。她偷偷地为未出世的小生命缝着衣服，那灿烂夺目的小玩意，衬出了一个没有家的老姑娘的心情，她以这来排遣眼前的寂寞。她未尝不知道彩色粉饰不了现实，却还用自己将逝的青春发傻地为他人织上装饰的花朵。她的境遇是最易唤起观众同情的。

我想着，想得太多了！可是我应该怎么样来雕塑出这样一个足以唤起观众同情的人物呢？

我真的第三度感到痛苦了。假如真有所谓灵感的话，我要奉灵感为神，求她降临佑我。

我感谢导演接受了我的要求，答应多抽时间排愫方与瑞贞的戏。我对愫方的把握似乎逐渐充实起来。

“这人物不应该只有一副骨架，要有肌肉，更要赋予灵魂和生命。”我仿佛琢磨到一点什么，但是并不具体。

而排戏的时间仍然是有限的。想尽自己的努力完全重造一个愫方，却为时间所限，也就只好半生不熟地搬上了舞台。我真是再也无能为力了。

看过港、桂、渝三次演出的人，认为我有了进步。

我自己明白，我的失败在于我最初的一点观念，我太着重于外形的揣摩，而所揣摩的外形又是依据于假想的。以此我所创造出来的人物，如果给人一点好印象，也仅仅是抓住了这个“型”而已——在化妆上我不惜尽力扮得老一点。至于服装，因我素来不爱麻烦后台的工作同志，总是有什么穿什么。三次演愫方，三次都穿着大得不称体的衣服。在重庆演出，我才接受友人劝告，少描两道额前和眼角的皱纹。可是服装仍然没有改进。

“像个老姑娘”，是我得到的一句最切实的批评。而我用功揣摩的几段，并未得到预期的效果。例如第一幕里，愫方与瑞贞的一场戏：

> 愫方　不，你小，你不明白，没有家的女人是怎么“过”的，那心头老是“非常地寂寞”，我自小就……哦，瑞贞！你万不要做那样的事，你万不要打掉那孩子……

在文中加的“·”符号，是重读的意思。最初以为这段话要说得感伤，因为照着字面看来，是哀伤自己的成分多，所以“没有家的女人”这六个字的短句连同叹息的气音一块送来。可是整个念起来，强弱未免过明。不知理解错了呢，还是技术应用得不圆熟，听来总感到有点做作。第三次演出时，经过一再琢磨，觉得这段话的处理应该是诚挚地劝人重于感伤自己，因为愫方在这环境里已生活了十年以上，一切都习惯了，即使是有一丝哀感，也必定是轻淡的、轻微的，绝不能过分强调到近于做作。又如第二场中愫方与文清的一段戏：

> 曾文清　愫方！

愫　方　（不觉，正痛苦地望着笼里的鸽子）

曾文清　（没有话说，凄凉地）这，这只鸽子，还在家里。

愫　方　（点头沉痛地）因为它已经不会飞了！

曾文清　（愣一愣）飞——（忽然明白，掩面呜咽）

愫　方　（声音颤抖地）不，不——

曾文清　（依然在哀泣）

愫　方　（略近前一步，一半是安慰，一半是难过的口气）不，不这样，为什么要哭呢，唉！

曾文清　（大惭，扑在沙发上）我为什么要回来呀！为什么要回来呀！明明晓得绝不该回来的，我为什么要回来呀！

愫　方　（哀伤地）飞不动，就回来吧！……

虽然几句简短的对话，依照语气、依据感情都该重读“不”“飞”“回”等字，可是重读的把握却也并不容易。这只是举其一二例而已，许多许多的台词我都下了一番工夫来研究，想在比较之中得到一个准确把握的表演尺度。而这番努力我自知并没有多大收获。

第三幕第一场“天塌了”以前的一段戏，很多人都爱看，我也是如此。但这段戏的台词我说得不够流畅，而愫方这个人物说话却应该像小溪的流水，要说得轻、缓、自然。我没有能够在这方面做到更圆熟的地步，也是使我失败的一种原因。

在银社彩排的那晚上，剧作者看完了彩排，似乎不大同意我们的演出方法。他认为整个的戏的处理，调子太沉滞，这样的演法恐怕提不起观众的兴致来。

彩排以后，每个人都沮丧万分。

导演的处理显然与作者的意见有出入。本来一件艺术品的最好的解释，不必一定是出自作者本人。但一个剧本，究竟只能有一种最好的演出方法。全剧的演出，不是我所要谈的；关于我个人的演技的部分，第一次同第三次（第二次导演不在桂林，由另外的人根据原地位代排的），都曾经和导演及合作的同仁研讨过，大体上，我用的方法，和整个演出的调子是不冲突的。

《北京人》的三次演出，我经历了一个痛苦的试验，试验虽说失败了，但失败所得到的教训却值得自己珍视。我明白我之一再失败，在于我并未能改变方法，我始终抓住了外形，未能做到由深入研究角色来入手。但是我还要固执地认为，除非是天才，发展也还是有它一定的范围同限度。尝试是勇气，失败是教训。我曾经说过：“舞台艺术到底不是在台上表演自己的一种 Show。”我不明白为什么有的朋友们始终觉得我“性格是柔和一路，外形是纤细一流”，因此便认定我天生是愫方这个型，仿佛这类角色一定能胜任。三次演愫方，这经验是使我痛苦的。一个尽了最大的努力的人，不能使自己在创作后得到一点愉快和欢喜，这点痛苦中得来的经验，到底证明一些什么呢？我想要问，但是谁能够答复我呢？

摘自凤子著《舞台漫步》，杂志出版公司 1945 年版

观《雷雨》后

张然萍

《雷雨》对我是个诱惑，与《雷雨》俱来的情绪蕴成我对宇宙间许多的神秘事物一种不可言喻的憧憬。《雷雨》可以说是我的“蛮性的遗留”，我如原始的祖先们对那些不可理解的现象睁大了惊奇的眼，我不能断定《雷雨》的推动是由于神鬼，起于命运或源于哪种显明的力量。情感上《雷雨》所象征的对我是一种神秘的吸引，一种抓牢我心灵的魔。《雷雨》所显示的并不是因果，并不是报应，而是我所觉得天地间的残忍。这些话都是曹禺先生在《雷雨》序中所说的。

这次兰心的演出《雷雨》阵容也很坚强，但与上次在辣斐演出时的阵容，似乎换了几个演员。记得上次饰周朴园的是乔奇，蘩漪是碧云，四凤是莎莉，鲁妈是路珊。而这次的演出，是唐槐秋的朴园，罗菊的蘩漪，沈敏的四凤，沈浩的鲁妈。《雷雨》这戏不知演过多少次，在过去演过的阵容中，和现在的阵容，都公认为上次在辣斐演出的石挥，乔奇，韩非，莎莉，碧云，那班人马演得最为成功。

在这次演出中，石挥的鲁贵，他那演技的精湛，是不用我再来啰唆的介绍。他在舞台上，每一句话，每一分钟的动作表情，都适合剧中人的个性，所以他演的戏都能迎合观众的心理。他所以能使观众认为他演戏技巧的深隽，是他能把戏剧中的“第一自我”与“第二自我”溶合在一起，尽量地发挥他的演技，这是演戏的成功处。所以他颇能使观众认为满意。这次演出沈敏饰四凤，在我观了以后，她所给我的印象，是她演得太枯寂了，她演四凤是不合适的，她没有戏中四凤那少女的心情。演四凤的角色，我觉得只有莎莉或上官云珠二人还可以饰演，沈敏这次的演出，似乎是太冒险了。

罗菊在这次《雷雨》中演蘩漪，个性极合剧中人的性情，忧闷，悲哀，热情。在戏剧中，她要有火焰的热情，悲哀的心情并一颗强悍的心，所以蘩漪在《雷雨》中是个很难演的角色，然而罗菊在这次的戏中演得很有成就，颇使观众称好，她同碧云演蘩漪一样的成功。

张伐在这戏中演大少爷周萍，这角色是最吃重，最难演成功，并且《雷雨》整个的戏都是在他身上爆发出来的。剧中人性格又是很复杂的。曹禺先生说得对，演周萍的角色，小心而不要显得单调，并且更要明了他的性格和同情他，这才能演得成功。现在张伐演周萍是成功了，他的演周萍是恰到好处，尤其是在第四幕中他与罗菊的谈话（是周萍从四凤家里回来，预备上楼收拾东西和到鲁贵进来的时候），言语和表情都演得非常的紧张。张伐和石挥同具有一样的成功处，只差的是他俩所演的角色不同罢了。

在《雷雨》中的八个角色，每个角色都是很重要的，韩非的周冲，沈浩的鲁妈，白穆的大海，唐槐秋的周朴园，演得都很称职，不过我觉得只有唐槐秋在第四幕中四凤与周冲中电触死的时候，似乎演的不大自然，在这种地方看到，我现在觉得乔奇的演朴园，和此唐槐秋演朴园，要来得成功。

原载《波涛》1946 年第 1 卷第 2 期

谈谈《雷雨》的演出

唐槐秋

"中旅"上演《雷雨》有十余年的历史了，演过的地方约有二三十处，演过的次数实在不能记忆了，一般地说起来，得到的成绩都算不错。但是中国的剧运十余年来天天在进展，也可以说十余年来时常在变迁，在这十余年当中许多次《雷雨》的演出，也就因为每一次演出环境的不同，其方式大都不一样，然而我总觉得愈演愈不能使我满意，大约有两个理由造成这种情形，第一因为这个戏演得太多，当上演之前，大家认为是熟戏，不肯去精心准备，这是一种不可饶恕的错误。第二因为这个戏演得愈多，不断地有新的发现，换句话说，就是演出水平也不断地提高，同时我们所祈求的也更加严厉了，所以就更加难以满足了。

此次在南京飞龙阁的演出，虽然得到许多报纸上及许多观众口头上不少的好评，可是，在我还是如上面所述："不能使我满意"，不过既然被我找出不能满意的原因，我相信我们还有勇气来克服我们的弱点，更正我们的错误。

原载《大地》1946 年第 24 期

天鸥上演《蜕变》

张季平

曹　禺　编剧
李清灿　导演

天鸥剧团，在平市有着多次的演出，拥有不少坚持苦撑的戏剧战士，由于他们，在后方多年从事剧运，磨炼得非常坚强，这一次《蜕变》的演出，仍本以往之磨炼精神，经月余之昼夜排演后动员五十人合力演出。该剧为曹禺精心力作，由名剧人李清灿导演，举凡布景，服装，道具都细心的设计过，并邀有平市在野剧人吴环小姐，协力演出，定于九四月日（九月四日）起假灯市口建国东堂上演，其演员阵容如下：

剧中人	饰演人
孔秋萍	陈福增
范兴奎	李　杰
谢宗奋	谢万和
龚小姐	魏　琳
陈秉忠	关成生
伤　兵	李剑辉
况西堂	徐　行
田奶妈	刘永祺
秦院长	张剑尘
况太太	王　素
马登科	孟晓梦
孔太太	卢嘉麟
丁大夫	吴　环
“伪组织”	周　婷
某专员	李清灿
夏小姐	吴　青
丁　昌	陈　方
胡医官	张季平

陆　箴	李明达
小伤兵	高文彬
朱强林	戴进文
护士甲	鲁　林
光行建	马雨舟
徐护士	嘉　麟
梁公祥	见　沉
李铁川	李保仁

原载《时代生活》1946 年第 3 卷第 1 期

《日出》①及其演出

路　萍

一般人写剧评，多半采取“先捧后骂再建议”三种手法，这三种手法“对不对”，这里姑不论。但为了使被批评者过得去及行文的便利，笔者现在亦据此一原则，对“《日出》的现实意义”对“群岛演日出的成败”，提供一些观感不像观感，剧评又不是完全剧评的意见。

《日出》的现实意义

曹禺先生的《日出》，写在“八一三”事变以前，正是帝国主义的魔手，在中国伸张得最有利最深入的时候。当时中国多置办阶级，都依附着帝国主义的魔手，投机、取巧，在都市里过着极奢侈极荒淫的生活。环绕在陈白露身旁的，就是这批寄生虫。《日出》里的潘月亭，他是当时社会千百个投机家中的一个典型人物，他底没落，正暗示着独占势力的抬头。这独占势力是谁，在《日出》里，是不出场的“金八”，在目前的中国，就是所谓官僚资本，所谓“四大家族”。“金八”依附帝国主义的势力生存，现代的官僚资本，也依附着帝国主义而不可一世。

今天的中国社会，谁都知道依然是“金八”们横行的世界。黄省三随处可见，小东西随处可见，陈白露、潘月亭、李石清之流，又何尝不是随处可见。

如果说过去看《日出》，可以使观众明白“金八”是谁，“金八”的背景是谁，那么现在看《日出》，可以使观众明白官僚资本家是谁，官僚资本家的背景又是谁。《日出》的现实意义在此，《日出》的艺术价值也在此。遗憾的，宁波没有股票和公债市场，宁波也不足养活陈白露、潘月亭之流人物的存在，所以宁波人看《日出》，除第三幕外，大有格格不入之感。

看《原野》我们的情感会被牵入到“爱”与“恨”的漩涡中，看《雷雨》，我们会深深体味到封建制度的可怕。这些“牵入”与“体味”还都是在小圈圈里走来走去。惟有看《日出》，不仅使我们认识资本主义、帝国主义、官僚资本、投机家的狰狞面目，而且我们的思想，会生长出“反抗”与“苦命”的怒火。“太阳”是属于劳动人民的，我们的意识，亦会想象得到未来社会的新生。

看戏的崇高目的，在使自己了解人生，了解社会，了解一切必须了解的问题。曹禺先生的每一剧本，都大胆地提出问题，解答问题（虽然有些还不够有力），所以笔者在中国的剧作家中，除夏衍外，对曹先生最偏爱。

① 宁波群岛剧团版。

《日出》演出的成败

此次《日出》扮饰者，一部分是老演员，一部分是新人物。以整个来说，不值该剧团过去公演《原野》与《雷雨》。分开来说，仅有三四位角色可以立在水准以上，其余说得客气一点是“过得去”，说得不客气些是“不够要求”。

刘懋小姐，在宁波会被人称为“南国之星”。她在《日出》里饰“陈白露”，兼饰“翠喜”，份量已重得无可再重，但结果却比不上《原野》里她饰金子，《雷雨》里她饰周蘩漪。也许刘小姐是善于表露富有刺激性的人物，所以饰翠喜比饰白露成功，饰蘩漪比饰翠喜更成功。

陈白露是生活在糜烂的泥土中，憧憬着光明的一个女性。演员更透过陈白露的灵魂而把陈白露活生生地呈现在观众面前，这是谈何容易。有些演员外形足，而内性却不足。有些内性足而外形却不足。唐若青、孙景路、英茵、陆露明、陈畸等，都是演陈白露的能手。其中最成名的是唐若青和英茵，其余据说都有点学生气，脱不了作戏的毛病，刘小姐学生气是没有了，动作熟，姿态美，充分衬托出是一个舞台老手，但这在“做戏”的形象，终还不能完全免除。

方达生在《日出》里，虽不是代表光明，但他是光明的希望，因为朱雄君台词生，所以不仅达不到作者仅有的要求，而且连必须具备的热情、天真，带有诗人一样的稚气亦无法发挥出来。

陈超饰手段毒辣的投机商潘月亭，功架很好表情不够，尤其是第四幕知道做公债失败，他抬手掩住脸，不知道手掩脸是难表达内心痛苦的。

顾八奶奶，在剧本中是一个四十左右的“老妖精”，这次在台上却变成二十多岁的年轻姐妹了。“陈白露可找，顾八奶奶难寻”，一般剧团里演《日出》，最难挑选的人物，就是谁饰顾八奶奶。赵洁在《家》里饰鸣凤，在《黄金万两》里饰徐琪，在《沉渊》里饰赵芝，都是极年轻的一流角色，要她饰既年老又风骚的老妖精，这是一百廿度的大转变，不讨好与难演是不想可知的。演戏原没有奇迹可言，在个性不合等条件下，赵固然已大卖其力，但顾八奶奶应有的一股俗不可耐的妖精气，始终表现得不够有声有色。

李石清是一个想往上爬，而又被摔下来的小人物，他底太太，希冀丈夫及自己挤入上流社会，与大人物之流为伍，所以孩子病在家里死活不管，自己却出来硬陪着太太小姐们打牌。前者江潮饰，发音清晰，圆熟颇称职；后者碧如饰，动作生硬，感情单调，不能令人满意。

东方，宁波的观众说他“做什么像什么”。这次他饰游手好闲的倖男子胡四，予观众的印象也极深刻，“唱、说、做”均能抓住观众的心弦，不平凡而生动，不抽象而真切，东方君当之无愧。文久是新人马之一，舞台经验很丰富，他饰见人是人脸，见鬼是鬼脸的旅馆茶房福升，亦很逼真，惟台词念得太快一点，所以使不少观众听不清楚。

张乔治是一个喜剧式的，调和舞台气氛的人物，本来是陈繁君饰，笔者看到的陈乔治，是导演赵一山饰，也许是代替的缘故，并不怎样凸出。丁田君饰黄省三（并饰小顺子），化装、台词、动作都恰到好处，嗓子低沉，充分地表示出他是一个患严重肺病的可怜虫。他要活不能活，要死又不让他死，工作努力的结果是失业，贫病。丁君演来都深切地感动人。焕哉君饰黑三，架子、化装都可以，惟腰间缺少一根皮鞭子，否则第三幕一定更紧张。

俞敏饰小东西，观众的反响是“小东西不小”。

总之，此次群岛演《日出》，不仅摘去许多台词，而且把卖报的哑巴也删去，这实在是“大不应该”的。

《日出》一共有二个景，第一个景是豪华的大旅馆，色彩尚调和，惟不够富丽。如梳妆台，如沙发。前者太抽象，后者太陈旧，这一点必是限于经费，或且无法借到好的缘故。第二个景是下等妓院，壁纸糊得太整齐些，红纸对联亦太新，房内不够凌乱，不易使观众的情绪完全渗入剧中。

没有电灯的缘故，灯光很失败，最普遍的毛病是太阴沉，日出亦不十分像。服装也不够要求，尤其是白露及潘月亭的衣服，还不够讲究，顾八奶奶的衣服还不够“俗”，张乔治的衣服则不够“挺”。效果是戏剧的第二灵魂，《日出》效果极多，尤其是第三幕，此次仅能说尚可“派司”(pass)而已。

原载《春风》(宁波)1947年新2期

《北京人》观后

——上海市立实验戏剧学校立校三周年纪念　以曹禺名剧《北京人》作演出

容　谷

戏校的戏，演出漏掉不看的不多，看看而较《北京人》更满意的，也是没有。

踏上通四楼小剧场的阔石楼梯，当又吻到一群青年人热烈如芳华似的情绪，我的心在跳，我的心在感激，感激这些位为艺术而忘形的青年伙伴们，在为人类将人类生之过程中可摄取作再现人类眼前的种种爱恨矛盾，不合理，卑琐，罪恶，叫人淌泪，叫人狂笑的丑剧（不外是一些丑剧）去警告，去鞭挞人们的心灵。

而演出的做的又皆那么的逼真，他们的心情的火也无形牵引了我们的心情去共他们的心情一块儿融合着一起，使人感到那么的温暖，那么的可信托，叫人迫切地希望着要有明天、明年、再再明年……

曹禺的剧，它的好，已替他打定在剧坛上不朽，亦替中国戏剧史上划下一道不灭的光芒。他的剧本也是好文学，能够读，读了也同样能够感动了人。

从《雷雨》，《原野》，《日出》，《蜕变》，《家》以及《北京人》上看，他每部一出，都给我们带来无限的惊异，这是作者的收获，自然也是读者的收获，接着便一次接一次的搬演，每次客满，在上海剧运最蓬勃的一个时期，曹禺剧同时被三家剧场演出他三个不同的剧本，我们不由想起了英国莎士比亚的威望来了。曹禺，可称作我们剧坛上的一个鬼才则是无疑的。他的《雷雨》的罗曼蒂克，像是一幅人间丑恶写实的木刻版的《日出》，《原野》的犷悍。如间（向）人们心坎灌注了暖流似的《蜕变》。用抒情手法由《家》的改编，他又表明了对人类的挚爱。而我，偏爱他的《北京人》。

曹禺的笔锋是独具一格的，其剧本所载的质与量，皆沉重非常。《北京人》里十一个人，有十一个人的戏，戏里有十一个人生，曹禺便将十一个不同的人生放在一间屋子里，而那十一个人的真实感，简直随处皆可碰到见到，因为随处皆可碰到见到，放在一起便令人觉得紧张繁重，像是事情发生的非常凑巧，但是纵使如此，《北京人》依然校（较）诸《雷雨》真实，虽然二戏的骨架皆有点相同，但《雷雨》则着重因果循环报应力面，近乎玄妙飘忽，我爱《北京人》理由在此。

故事向着多方面发展，里面明明显显假用一个“北京人”，一个真正纯粹的“北京人种”作反照，道出了人类天赋的劣根性来。曾皓那老爷子的顽固守旧自私和妄尊自大。成了“生命的空壳”的长子文清，他娶了一个连自己也曾切齿咒詈过她，不知是人还是鬼的老婆，曾思懿。思懿确实是个精明强悍多疑自私标准大家庭中的媳妇。同她相反的是文清的妹妹文彩，她懦弱一生受了丈夫一辈子的气，她逆来顺受，一个宿命论者。丈夫曾留过学，似百事通而实半事不能行的人，心直口快，爱发空牢骚，他是曾皓的女婿，他叫江泰。曾皓嫡孙曾霆又可怜如头羔羊，万事不懂而居然由母亲做主结了门亲，居然也快要做起爸爸来了。曾皓便整天做着明年可抱曾孙孙的幻梦。孙媳妇曾瑞贞却已不像这家子般的颓败，她是个赶得上时代，辨得清好恶的女人。她结果没有替曾家抱曾孙孙，且带走一个不姓曾而住在曾家被曾家人用肉体去折磨不够还用情感折磨了她大半辈子的文清的表妹愫方，一个苍白懦怯有情感的不幸女人。一齐走了，跟同住在一个院子的人类研究学者袁家父女，带了北京人原始的热情、坦白、健旺、自由、活泼，挣脱旧的束缚，踏上新的途程。留下了腐朽的让他自己去腐朽去了。

到这里为止，整个戏剧一直被这些不同性格的人物去摆布，人物也在不断被戏里的环境熏陶得痛苦、发狂。整个戏像一个索，愈往下愈缚得紧，被缚的自然是观众的心灵。曹禺的戏皆洋溢着一种浓厚沉重的气氛，和一种色彩，使人沉湎在戏里，使观众像暂时寄上了一种嗜奶似的，就让戏咬啮着人们的心，人们但仍不舍得离开座位。曹禺也就是把握住人的这种劣根性在驾驶着台上的人和台下的人，成了个成功的玩世主义者。

用以证明曹禺的玩世成功，可以拿出他任何一个剧本做比喻。他只应用了一种因果的报应，环的定理（几乎近乎迷信的天理），飘渺的玄想去作戏剧的躯干，再配合了浓厚的罗曼蒂克的穿插情节，加重戏剧的效果。尤其以《雷雨》这不断在因因果果的循环之下，直到放下幕幔时为止，人们便像做了场恶梦，要重新举步踏上人间。

有些佩服曹禺的人，是理智薄弱的人。他们被曹禺的技巧迷惑如被魔术师用烟迷朦了眼，将应真应假的事看作似真似假去了。竟被曹禺玩弄了，迷惑了心窍了。

曹禺的戏，指[①]刻描人与物的细致有力为最成功。他很擅于为人类各阶层的各种罪恶事塑下了各种型的人物去表现，且表现得跃跃欲生。戏剧的需要，可能再把事实渲染得更有色彩的鲜艳，故很可以给未经世事磨练过的人予以怯惧，意志不坚定的或会悲观，稍具胆力的人便会被诱惑，因为曹禺在他几个剧本中虽然已将罪恶者配上应得的恶果，但并无给予由善良的人写出一条去路。试观《北京人》曾瑞贞与愫方的出走，曹禺并没有道出一个有力实际的方向去叫台上人走，去叫台下人走。剧作者普遍患的毛病即可以揭起人类含满臭脓的疮疤，而无法去给疮疤医治。

窝：（闪开）秃子妈，我，我……

甜：（追赶）你不是说你一个脑袋装的都是戏吗？你个乌龟孙！

窝：（大叫）秃子妈，我有……我有好的。

甜：在哪里？

窝：（幽默地）我，我，我正在想！

曹禺似乎已在他的独幕《正在想》中替自己解释了写剧取材立脚的不易了啊！

电影剧本《艳阳天》里面，阴魂不散的去处，牵了他侄女的手，依然茫茫渺渺，患的还是

① “指”字似多余。

“曹禺病”。曹禺说想，想，正在想，还是在想，我们急切地等待曹禺再有新的戏剧想出来。

最后，要说些剧校演出《北京人》的后记了。这不能算批评，仅是看后想起的一丝半迹。

曾思懿是剧中的轴心，剧本上，我们所见的曾思懿是个笑面虎，阴谋毒辣，机警能干的人，我看过孙景路饰的思懿不错，英茵饰的思懿不错，也看过剧校王若波饰的思懿，到底是还在学习，王若波竟把思懿饰得阴笃不够而凶狠有余。面型稍阔，近乎泼了，失去大家庭中夺权的长媳风度，但能得目前如许成绩，已是大不易的事情。曾文清发音够劲，蛮像抽大烟的，演的亦稳，化装及身型皆合适，章志清演出成绩亦善。饰演曾皓的戎德亮，似乎未领略老人家的风格甚深，说话不够老，尤其急躁时便稍露了年青人扮饰的马脚了，第三幕，大病初复原，并未显出苍老龙钟报（抱）困之态，与前一二幕无大异。他发现儿子手中又拿有烟枪，故不由跪下说：“我给你跪下，你是父亲，我是儿子，我请你不要再抽，我给你磕响头，我求你……”因跪下太急切，至影响了整个气氛的酝酿，人们就只觉得这老爷子的可怜，而领悟不到潜伏在老爷子背后很大的一个哲学问题。愫方的饰演者为庄重，是个很合适这类人型的角色，只是在说短简的话时，咬音患有做作捏扭的毛病，反在紧张急促时，说的反像个真的愫方了。曾霆与瑞贞由邹桂华与薛雯君分饰，皆有突然之成就，他听到将做父亲的喜讯而大哭时很感动人。瑞贞在第二幕与愫方的促膝一面流泪一面怨诉一节，瑞贞演得竟真的流下了泪，哭了。

江泰很风趣，颇能领略剧中人性格，老爷子发现文清没走成还在抽烟而中风倒在椅子上时，江泰的醉中与老丈人胡缠一节，令人心跳不止，而忘了怪他好还是怜他好，颇捉得住人心。此外布景是自然的，灯光助了戏的进行很大，效果也清晰，这种光荣的一部应归导演吕复先生所享有。

剧校里颇有些人材，这固然需要有修养的前辈去点导，剧校能有今日的成绩，固然是同学们的热烈向求，一方面还是由导师点导的恳笃。

在此，衷心寄望剧校同学努力，在艺术领域内不日能爆开一朵灿烂的奇葩。

1948 年 12 月 19 日观后

原载《影剧天地》1948 年第 1 卷第 4 期

校庆暨附院成立七周年和《日出》观后

小　丁

……

笔者是三月二日晚间到三圣宫观《日出》，现在以话剧从业员的身份来说上几句：

《日出》是曹禺先生的名著，他写这个剧本时，曾遭受了不少的袭击。这次能在若干条件不够的贵医剧坛演出，是相当不容易的。它能表演深刻，抓住观众心理，也可说贵医剧坛也发出了曙光，有着长足的进步了。

先要感谢导演的麦放明女士，她不怕烦扰，不避风雨，短短的时间里导出了《日出》。得到了成功，内心的愉快是不言而喻。只可惜，限于时间和人力，删去了第三幕，演出一、二、四幕引为遗憾！

曹禺先生曾说过："《日出》的第三幕如被删去，这种挖心的办法，较之斩头截尾还令人难堪。"真的，第三幕是《日出》的心脏，删去了我也替他惋惜！

但，事情已过去了，随他去吧，来谈谈这次的演出。

社会上的一切渣滓，都在整个的《日出》里表露无遗。这次演出的成绩，较上次演出的《野玫瑰》辉煌得多。饰陈白露的马清扬小姐，看她抽香烟时的那股劲，不愧是导演先生的高足；小疵地方也不能说没有，在第一幕刚开始不久，方达生进来的不一会功夫，她叫着："喂，你看！你快来看！"她那时正站在窗前，拉开布幔望着窗外惊喜叫着的时候，达生跑了过去问着："什么？"她说："你看霜！霜！"随手划着窗上的玻璃，谁知不意识地将手捲伸过了玻璃窗去。其次，年龄的过小，也不大适合，但她的善于词令掩饰了她的不足。饰方达生的曾昭荣君，虽未能映出剧中人晶洁的灵魂，但面面做到，较之饰《野玫瑰》之刘云樵神气得多。这次演出，也可说是成功的一个。惟觉他说话的音调似乎粗了一点。

崔绍文君饰的银行经理潘月亭，可谓驾轻就熟。在贵医多次演出中，他给观众留下了深刻的印象，是一个多方面的演员，体会得已够深刻，善表情，演来丝丝入扣。

饰王福升的彭清超大夫，是全剧中顶成功的一人，道地的北平话，一言一语、一举一动都非常的稳重、谨慎、诙谐、机警，确已衬托出剧中人的身份。你看他与黄省三的一段对话，接电话的神气，在窗前自言自语的咒骂打发工人，读账单的情形，不得不使观众赞美他那样的清脆细腻，不拖泥不带水，的确称得上老练呢！

金锡礼君饰的李石清，以一小职员的装模作腔，用狡黠和谄媚的本领，谗佞矜骄，仍掩饰不了他的鄙薄，显得可厌又可悯，也算成功的一个。

顾八奶奶(黄方经小姐饰)的憨态,假做着活泼天真的样儿,痴情于胡四一幕,和叫潘四爷摸摸她的心痛等,演来恰到好处。惟走路姿势欠牛劲,还得改正过来。

李勤举大夫饰的黄省三,表演深刻,说话时声泪俱下,他的谦卑与不自信,观众也有替他洒同情泪的。那一副凄楚可怜的表情,更应难能可贵。

周士大夫饰的黑三很神气,孙继武大夫饰的乔治张也有着独到的地方,李静文小姐饰的李太太还好,刘时冬小姐饰的小东西是成功的。曹守浩君的胡四,稍欠自然,似觉美中不足。

总之,全剧的演员就演戏的技术来讲,均能平均发展,对剧情起伏步调亦能一致。之外,华贵堂皇的饰置,富丽陈设,柔和的灯光,色调的搭配,均能视出全剧的气氛与情调,的确可贵。惟窗外日出一景,似嫌不当①,效果甚好,观众均一致好评,故笔者对这次的演出也表满意。《日出》是成功的。

卅七年三月二十四日于附院

原载《国立贵阳医学院院刊》1948 年复刊第 18 期

① 原文如此,"惟窗外日出一景,似嫌不当",似应加上括号才通。

《日出》演后

青　羊

《日出》是曹禺先生的名著，大剧本之一，不论在哪里上演，欲得美满的成绩是很困难的。假若在演员或观众稍微忽略一点，就很容易不能表达或明了里面的意思。并且《日出》没有《雷雨》《北京人》等剧本容易讨好于观众，而又在一个不是剧团，并且像我们这样繁忙工作的环境下。没有多的舞台经验，再加上时间与物质上的缺乏，要得一个好的效果，成分实在太少了。

然而，《日出》竟于学院十周年庆祝会中演出了。很庆幸的是整个剧结论，没有给我们更大的失望，还该归功于导演的人及全体工作人员。

我是一个刚出茅庐的演员，却很莽撞的接受了一个不太适合于个性的角色，若不是导演先生的热心指导，我会没勇气演下去。的确，太难了！

陈白露是一个饱经世故，风雨摧打，已结婚生过孩子的女人，是舞女非舞女，娼妓不是娼妓的生活下，度过了不少的时光。自然有圆滑的交际手腕及善于词令的条件下，才能单独地住在旅馆中。有光明而不去寻，自甘堕落，以致最后自杀。而我，扮演白露，实在太欠缺了。

出演后，我感觉到我所演出的太不够味，以致，简直就不是《日出》里的白露。白露所有的风骚，善于词令种种，简直就没表现出来，再加上扮相过于年轻，绝不像一个结过婚生过孩子的女子。我绝不会满意我所演的陈白露。

我们的演员都是七拼八凑而成的，时间的仓促，物质的不够条件，我们没有办法得到好的成绩，这是唯一要乞谅于观众的。

最后我要代表我们全体的演员，向我们的导演麦放明先生致谢！

一九四八年三月五日

原载《国立贵阳医学院院刊》1948 年复刊第 18 期

《雷雨》观后

太　璧

上海观众演出公司来台公演的第三个剧本《雷雨》，总公司全体同仁于十二月二十四日夜场往观。归后写此，以抒所感。

几年前看过《日出》剧本，读到“太阳出来了，太阳是美丽的，但是太阳不是我们的”的时候，心弦被拉得紧紧地震动而鸣响起来。接着便看《雷雨》，这个情节离奇而不超脱现实的剧本，更使我感动了。前此，我读过《少年维特的烦恼》，《茶花女》及《黛丝姑娘》，我把维特，玛格丽特和黛丝认定是悲剧的人物。不过，像《雷雨》中的四凤那样脆弱可怜的生命，恐怕是最悲惨也没有的悲剧的悲剧了！因为我这样想，所以剧终时四凤于羞恼绝望而无法解脱自己的状况下，不顾一切地冲出屋外，以致给雷电烧死的时候，我不得不哭了！记得那一回，我真实而衷心地哭了一顿。

过后仔细想一想，我发觉四凤的悲惨结局是命定的：母亲是三十年前周家老爷的“姘妇”（姑且这样说，因为我想不出更恰当的名词），自己的“情人”（也姑且这样说），周家大少爷原来是自己的同母兄弟，事情揭穿的时候，周萍已在她身上种下孽种，这些对于她，真是一声霹雳，美丽的梦瞬息幻灭！在讲求伦理的社会里，这样复杂的矛盾，自然不是一个弱女担当得了。所以，即使她不因偶然触雷致死，以后她必然也会走上母亲的旧路——跳河。因为羞耻的观念使她无法自存，精神上的谴责使她活不下去（一个脆弱的少女在绝望的环境里是休想能活下去的）。那么她所能摸出来的最后王牌，便只有以自杀来求解脱了。

我这个想法一直保留了几年。这回看《雷雨》演出，因有更进一步的感觉，为什么剧作者要让四凤死得这样偶然？让她跳楼或纵海不是更有意义吗？我们知道戏剧应有戏剧性的存在，但绝不能因此忘记了迫真与自然。四凤反正都得死才能了却，那么与其让她偶然死去，就远不及从不得已中求死来得自然与痛快，这样可获得更好的效果。虽然许会因此使戏的气氛更悲惨了，但这是四凤的命运呀！

这次演出，没有序幕与尾声，我觉得导演能这样措置是很好的，因为第四幕收场时，几个主角烧死的烧死了，自杀的自杀了，出走的出走了。一场浩劫，剩下周朴园，鲁妈和蘩漪，三个人在精神上都受了莫大的刺激。蘩漪大早便已有神经质，他和她们的最终命运，是可想像出来的，假如用序幕及尾声再补述一下，不但浪费时间，而且会弄拙了。戏剧是一种艺术的综合，它和诗一样应有含蓄，应有让读者回味和思索的余地。

《雷雨》这次演出，大体说来是成功的，虽然比起《清宫外史》或者稍微逊色，但较之《岳飞》，则有过而无不及。剧本原是经过磨炼的名著，加上演员们诚恳努力的结果，不仅给台湾观众启示了艺术真谛的一面，而且我觉得比起目下流行着粗糙滥制的影片（不管是国产的或外来的）强得多多。

过去两次公演中，我们看见洪纬只演一些不重要的脚色，根本没有表演的机会，大家都不去注意她。这回忽然以娇小玲珑而又脆弱的姿态饰演四凤，她的成就是初料不及的，我觉得她简直是天才，是一个很有希望的演员。虽然她有些地方还不够老练，像第四幕里的哭声，凄惨悲切，观众实在被感动了，但因为太过，所以有点像疲劳轰炸，及至收场，剧情发展到悲惨的最高潮时，反而使人因疲累失去刺激。不过像四凤这样一个情窦初开的少女，以侍役的身份，周旋于周家大二两小爷之间，她的内心是极端矛盾的。要想能表演得恰到好处，实在困难。而且，在第四幕里她知道周家与自己的一切关系时，她的刺激是可怕的，反映出来的感情更难表达，我想除非真有四凤其人，要不然，谁也难演得好了。

《雷雨》中我以为四凤最可爱，因为她年青，天真，但有些人却偏说蘩漪才是可爱！理由是说她有一股诱人的魅力。这样，未免太认真了。这不是很奇怪么？"魅力"是什么东西？难道一个阴险狠毒，只知自私自利，忘记与牺牲别人的幸福，终日抑郁而不近人情的女人，也有可爱的地方么？虽然，蘩漪的苦衷是该同情的，她的固执的勇气也值得佩服，但同情与佩服是一件事，可爱却又是另一件事。

鲁贵出身微贱，终身做人家的仆役，自自然然养就了奴才的性格。阳华凭着他独到的技巧，扮演鲁贵，自然再恰当也没有了。他的儿子鲁大海，粗脚粗手，坦真豪爽，说话时一股牛蛮劲儿，恰能表现出矿工的身份，他是个地道的好人。然而头脑简单，必然地遭人家捉弄。剧终时因羞愤而出走，他可能仍是好人，但也可能被迫走入险途。

人物中最可悯的是鲁妈，她担当了两代的不幸，全剧的悲哀集于她一身！一日之间，使她变成疯子！她一生未曾做错事，但残酷的社会，冥冥中的命运，使她受长期磨折之后，还落得如此下场！崔小萍虽未能演得尽善尽美，但她着实卖力，已做到使观众感动的地步。

周冲的死是无辜的，他莫名其妙地爱上了四凤，又莫名其妙地死去。田广才的演出，有一点使人遗憾的地方，他未能有效地表现出周冲的稚气。第一幕周萍出场的时候，手里拿着一份报纸，衣长衫，文绉的样子一派正经而庄重的书生气，使人怀疑他是来考博士学位的学者，这一点耿震似乎保留着清宫外史里的皇者作风，他没有适当地表演一个纨绔子弟的淫荡性格，一个没有勇气与决心的懦弱者。虽然第二幕以后仍演得很好。周萍的下场是应该的，他糊里糊涂地活着，又糊里糊涂地死去。周萍与周冲，可说是一对天生的难兄难弟。

造成这出悲剧的罪人，自然是周朴园，他是一个昧良心的怪物，专横，暴力，固执而不能克服的魔王。尽管他愿意出更多的钱，尽管他内心确是抱愧终生。但他不愿于事前认错，也不愿对鲁妈负责，他觉得权贵与声誉高于一切，他以为出一点钱便可赎回罪过。但冷酷的现实，从没有放过任何人，当他悔恨的时候，悲惨的定局已无法挽救。

无疑的，《雷雨》是一出家庭悲剧。故事里面穿插着一个生动的镜头：鲁大海代表矿工失败一节，使剧情更趋明朗化。剧作者告诉我们，造成这悲剧的背景，在我们周遭，存着一个错误的社会！

这剧演出还有一些不尽如意的地方，如光线配置不匀，许多紧张的场面，竟使观众看不清演员的脸孔。其次，台词不够响亮，我坐在正座第十排，还不能听得很清楚，有时，更让雷雨的声浪淹没了一切。最后，四凤和周冲惨死的哀号根本没有听见，周萍自杀的枪声也不够响。这些虽是微小细节，却足以影响观众的情绪。不过，这只是人力与物力的问题，在今日，我们能看到这样的话剧，该是难得的了。

原载《台糖通讯》1948 年第 2 卷第 2 期

评剧校演出的三个戏:《家》《大雷雨》《原野》(节选)

景　文

在过去的一段时间内,上海的剧运已到了将无仅有的地步,经常上演的剧院,只剩了“兰心”一处,演出的团体,也很少是正规的剧团,时常难免有“打秋风”式的突击;二在这时候正有一群年青的戏剧工作者,他们沉默地,严肃地,努力着,学习着,在不断的实习演出中追求进步,他们还都是剧校的学生,利用自己的实验小剧场,由周末公演改进为每日经常演出,吸取了虹口一带数千个观众,发挥了他们最大的力量,这力量在现阶段的剧运低潮中,是值得重视的,但好像被一般人士所忽略了。

他们的演出条件自然不够理想,人力物力都比较贫弱简陋,然而他们是在不断认真地干着,在艰苦的环境限制之下,每一次的演出都做到了最大的努力,且每次都有超越的成绩表现,寒假以来,迄今上演了三个戏:《家》,《大雷雨》,《原野》,都还相当可观,现在分别地简略谈谈:

一、《家》(吴天编剧,王长杰导演)

(略)

二、《大雷雨》(奥斯特罗夫斯基编剧,杨村彬导演)

(略)

三、《原野》(曹禺编剧,石来鸿导演)

《原野》既在今天演出,我们对于仇虎的复仇虽然寄予最大的同情,然对他这种个人英雄主义的性格是应该批判的,他凭着强悍的蛮力,单身闯进焦阎王的家里,抱着以取胜的信心,过低估计了敌人——封建势力的力量,关于金子的助力,是在他意料之外的,即使没有金子,他同样要来,同样要做,他最后的毁灭,可说是由自己所造成的,他在最后一场有这样的话:

“我仇虎现在不相信天,也不相信地,只相信弟兄们在一块儿干,才能活下去,一个人拼,只有死的。”

然而这并不是作者的基本意念,这一意念在以前的几幕戏里是看不到的;这一点和前面意见并不矛盾,恰是一个结论,而证明了前者,若导演加以适当的处理,也许会更帮助修正了主题。

常五原是焦阎王的帮凶,是农村里的土棍走狗之流,同样应列为斗争打击的对象,导演过分强调了他的贪酒爱财,成为一个卑鄙无耻的可怜虫,冲淡了他主要的罪恶的一面,减少了观众对他的憎恨。

金子在几个吃重的角色中是表现较弱的一个，她的表演稍嫌紊乱，内心的情绪的反应不够强烈，演员对这个性格未能充分的理解与把握，在演员本身的外形上气质上也存在着相当的距离。

以上所谈的大都是希望改进的地方，自然每一个演出都有着许多成功之处，但不想特别提出来去称赞它，因为赞颂已有的优点，不如谈谈改进的意见来得更有意义，这些意见也可能是不正确的，太过分苛刻的要求，但仍愿把它提出来作为商讨的参考。

新的剧运相信会在不久的将来展开，愿剧校的一群青年戏剧工作者，继续以最大的真诚与努力，创造出更进步的光辉的成就。

原载《影剧杂志》1949 年第 3 期

三、新中国成立至今

（1949年至今）

首都公演话剧《雷雨》

我国“五四”以来优秀剧目之一《雷雨》，自六月三十日起由北京人民艺术剧院在北京剧场演出。这次演出引起首都文艺界的重视。

曹禺的名著《雷雨》，通过两个家庭里发生的故事深刻地抨击了“五四”前后旧中国封建制度的黑暗和资产阶级的罪恶本质，也反映出当时正在成长壮大的我国无产阶级已经拿起矛头对准了斗争对象展开战斗。观众能够在演出中重新认识旧社会的冷酷、残忍和腐朽的精神生活，更显得生活在新社会的幸福，鼓舞人们更勇敢地向旧社会的残余思想进行斗争，建设社会主义社会。

参加此剧演出的演员和导演，从今年二月间就着手进行排演的准备工作。他们访问了经历过“五四”时代的人和接近剧中人物的家庭，并阅读“五四”前后的小说，熟悉当时的社会情景和剧中人物的思想性格。这次演出用的剧本经剧作者曹禺作了部分修改，使演出更加紧凑精练。

原载《人民日报》1954年7月3日

谈《雷雨》[①]的新演出

安 冈

《雷雨》是曹禺同志在一九三三年写成的他的第一个剧本。这部作品自从发表以后，二十年来一直是上演次数最多、演出地区较为广泛、很受观众欢迎的一个话剧剧目。

《雷雨》故事的时代背景是一九二三年前后中国半封建半殖民地社会。在那个历史时代里，中国资产阶级已经登上了历史舞台，在他们的压榨和迫害下，许多人过着痛苦、悲惨的生活。但是，正在成长和壮大起来的中国工人阶级这时也已经拿起武器，对准了斗争的对象，软弱的资产阶级却已预示出必然衰亡、没落的命运。《雷雨》的故事在封建势力和买办资产阶级势力相结合的代表——周朴园的家庭里展开。在这个家庭和围绕在这个家庭周围的若干人物身上，作者反映了当时历史真实的某些方面。作者对生活充满了热情，对善恶有分明的爱憎。他憎恶那些承袭了旧社会罪恶制度的压迫者，同情那些受侮辱受迫害的善良人；他唾弃了奴性十足的旧社会的渣滓，而把希望和光明留给新生的一代。虽然由于作者当时生活和思想上的限制，他对造成这悲剧的根本原因即社会的因素还不能十分清楚地认识到，但是由于作者忠于生活，追求真实，具有强烈的正义感，正如作者自己在这个剧本的序言里说的："隐隐仿佛有一种情感的汹涌的流来推动我，我正在发泄着被压抑的愤懑，毁谤着中国的家庭和社会"，这就决定了他在实际上走上了现实主义的道路。很明显，作者的现实主义创作方法使这作品具有了一个积极的思想主题，那就是对旧中国半封建半殖民地社会罪恶制度的暴露和摧枯拉朽的抨击。所以我们今天上演它仍然有积极的意义。同时作者是熟悉他笔下的人物的，他懂得这些人的思想感情，他剖视着他们的灵魂。这作品在人物性格的刻画、剧情的结构及语言的精炼等方面，都显示出作者具有艺术创造的才华。这作品的动人的魅力把观众或听者紧紧地吸引着。它能够在舞台上延续着这样持久的生命，并不是偶然的。从思想性和艺术性两者来看，应当说，《雷雨》是"五四"以来的优秀剧目之一。

在解放以前多少次《雷雨》的演出中，某些演出也获得过若干成就。可是，一般来说，那种神秘的宿命的色彩一直盘踞在舞台上，没有被清除掉；某些剧团还特别强调了"乱伦"这一点，以此来号召群众。应当指出：把《雷雨》处理成为命运的悲剧或乱伦的悲剧都是极其庸俗的。但是，要把《雷雨》故事的历史真实突出地、正确地表现在舞台上，却只有在今天，只有那些初步以社会主义现实主义武装起来了的艺术家们才能够做到。

① 北京人民艺术剧院，夏淳导演。

今天我们演出《雷雨》，应该赋予它一种新的生命，新的精神，也就是说要对这部作品进行一番“新解释”的工作。

对作品的再解释，应当是在原来剧本的基础上进行的。我们反对把今天人们的思想和观点硬塞到剧中历史上的人物的头脑中去，改变台词和情节，去“提高”他们，或者改动戏的基本结构，把社会矛盾的总爆发——悲剧的结尾一笔勾去，因为这样粗暴的做法只会使人感到不真实，使这剧本成为反历史主义的作品。近年来某些民间职业话剧团体在某些地区上演的“新雷雨”正犯了这样的错误。对剧本再解释的工作要求用科学的观点和方法，审慎地分析和研究剧本所描写的历史现实，然后在舞台上强调某些部分，使原来剧本中不甚明显或隐晦的积极社会意义得到鲜明突出的艺术表现；削弱某些部分，使原来剧本中消极的因素减少，从而使主题思想得到充分的发挥。一句话：要符合并且充分表现历史的真实。当然，这种再解释的工作是有意义的，然而也是不容易的。

最近，北京人民艺术剧院在首都演出的《雷雨》是认真严肃的。可以看出：这次演出作了再解释的尝试，并获得了一定的成就。这次演出基本上扫除了过去舞台上因袭演法的痕迹，没有把这个戏演成单纯的“情节戏”，没有过多的“戏剧性”的卖弄，而是基本上遵循着从生活出发的原则，努力追求生活真实的。导演夏淳同志在这个戏的思想的处理上，作了努力，使这次演出较之过去一般的演出跃进了一步：首先，他竭力避免用宿命论的观点来解释这个戏，这样，那不可抗拒的“命运”，那冥冥之中自有主宰的恐怖和神秘的气氛，在舞台上是比较地澄清了；其次，关于过去一般演出中常常强调的男女关系——“乱伦”，以及其他色情的部分，这次在舞台上也没有作任何津津有味的刻画和描写，应该说，这次演出基本上是从历史的和社会的角度来着手处理的。

鲁大海这个角色，在解放前的一般演出里是不被重视的，常常由一个外形粗壮而实际上不大会演戏的所谓“硬派小生”来担任，他只要用比别人高一些的嗓音来说出自己的台词就行了，给观众的印象往往是：粗野，有些流氓气，甚至被曲解为带有私人仇恨，实行私人报复的个人主义者。这样处理的错误是显而易见的。剧中所写的历史时代，大约是一九二三年，那时，中国共产党已经诞生，中国工人阶级已不是原始的自发斗争的一群人了。现在，我们看到李翔同志饰演的鲁大海跟过去舞台上的是已不同了，演员把他塑造成了一个朴实正派的矿工的形象。他表现出了敢于向黑暗和罪恶斗争的伟大气概；从他的眼睛里，可以看出他对周家这个资产阶级家庭的腐朽生活的鄙视和轻蔑；他在骂周朴园“你发的是绝子绝孙的昧心财”时所显示出来的，主要的不是私仇的发泄，而是工人阶级对残酷地剥削工人的资本家的极大的阶级仇恨！导演在剧中有意识地强调和突出了鲁大海这一人物。这样的处理是符合历史的真实的，把剧本中虽然不甚明显然而原来就包含着的积极意义凸显出来了。

蘩漪在解放前的舞台上常常被歪曲为一个由于生理苦闷而精神失常、歇斯底里的女人；有些演出对这个戏中错综复杂而且离奇的情节的构成，是用了资产阶级学者弗洛伊德的性心理学说来解释的，因此把蘩漪的精神失常放在关键的地位，把《雷雨》演成所谓“乱伦大悲剧”。这是极错误的。这次北京人民艺术剧院的演出中吕恩同志饰演的蘩漪，开始

显露了这个人物的真正面貌：这不是一个精神失常的女人，她虽然带着一种抑郁苦闷的心情，但这是在这个家庭中长期痛苦生活所造成的。尽管她是这个资产阶级家庭的主妇，但作为一个妇女，她是被压迫者，甚至受到了“两代的欺侮”。在十八年痛苦的生活中，她没有屈服，没有被“闷死”，她到现在还有着对生活的热情的追求，并且还敢于向压迫她的人反抗和斗争。这是在那个社会中一个值得同情的女人。自然，这次演出中蘩漪的形象还是有缺陷的（这在后面还要谈到），但不能不说这是一个良好的开始。

上述两个人物的新的处理是很重要的，它显露了人物关系后面的社会内容，让观众清晰地看到了那个时代和那个社会，看到了造成这全部悲剧的并不是鲁妈喊的“命”或四凤叫的“天”，而是那罪恶的社会制度，其代表人物便是那出身于封建阶级的资本家周朴园和他的儿子周萍。这就把《雷雨》的真正的社会性的主题思想表露出来了。

在舞台上，我们还看到了几个比较成功的人物的塑造，这是和导演的设计、演员的刻划分不开的。胡宗温同志饰演的四凤，使人感到是一个天真纯洁的姑娘。观众丝毫没有感到她爱周萍是为了想“向上爬”，有任何不纯的个人打算，而只感到她太年轻，不懂得有钱的少爷是“心地混帐”的，她甚至对周萍说：“我不连累你，要是外面因为我，说你的坏话，那我立刻就走。你——你不要怕。”这种自我牺牲的精神说明她太善良了。她最后的自杀是对黑暗和罪恶的控诉，是善良美丽的灵魂不容于那个丑恶世界的证据。郑榕同志饰演的周朴园，虽然有些地方简单化了些，例如对蘩漪的态度有时不够含蓄，与他的身分不很相称，但总的来说，是一个成功的形象。我们从他身上见到了一个典型的半封建半殖民地时代的中国资本家。他对妻儿的恩威并施，对工人的老奸巨猾，他的丑恶、伪善，都被表现得比较真实。当第四幕中他在凄凉的雨夜感到寂寞时，我们见到了这个人精神上的衰老，和他所代表的这个阶级的即将没落和衰亡。朱琳同志饰演的鲁妈（侍萍），我们见到她在努力追求和捕捉这个几千年来受苦难的中国妇女的庄严形象，半封建半殖民地时代的赵五娘和李三娘的形象。鲁妈虽然还缺少向压迫者直接反抗的因素，但她始终是一个不屈服的被压迫者。演员的表演虽然还缺乏足够的深度，缺乏这个人物所应有的高洁的情操，但是鲁妈对压迫者周朴园的蔑视和高傲的态度，她在惨酷的生活的打击下坚持挣扎的勇气，是比较恰当地被表现出来了的。

但是，有几个人物形象的处理，我们认为，还是值得提出来研究的。

《雷雨》里反面力量的代表者只有两个，一个是周朴园，另一个是周萍。周朴园的丑恶和伪善的面貌，从剧本到演出，都是勾画得比较清楚的。可是人们对周萍的看法却从来就有分歧。我们认为必须把剧本所描写的周萍这一人物作一番分析，以求得对周萍的正确理解，然后才能在演出中创造出周萍的真实形象。

周萍应该是怎样的人呢？他应该是周朴园的影子，正如他自己说的：“我是我父亲的儿子”，是个自私而又懦弱的“大少爷”。他会和他自己的后母有过不正常的爱情关系，但现在封建伦理道德的舆论包围又使他恐惧他和蘩漪的关系被揭穿。第二幕中周朴园责备周萍“你这两年在家里很不规矩”时，周萍误以为他与蘩漪的事被发现了，他当时那种惶恐万状的样子正是他真实心情的泄露。他最后的自杀也不应该理解为对四凤的“殉情”，而应理解为畏罪的结果，因为那时不仅作为摆脱蘩漪的桥梁的四凤已经失去，而且他与蘩漪的关系也已不能再隐瞒了。他对四凤好像有真情实爱，他在对蘩漪、大海、鲁妈和四凤的几次对话中就是这样表白自己的。也许，为了摆脱蘩漪的羁绊，周萍自己主观上确想藉四凤的爱情来“拯救”自己，他主观上不是“玩弄”而是“爱”四凤。但周萍对四凤的“爱”和他对蘩漪的“爱”一样，实质上只是一种本能的冲动而已，这种“爱”的自私和虚伪的性质，剧本中也不是没有暗示的：从前当他需要蘩漪的时候，他曾经说出过十分“热情”的话，可是以后的事实却证明他是虚伪的，那么现在当他需要四凤的时候，他当然可以表示他是如何忠实了！将来，他的阶级出身、那时候社会舆论的压力一定会使他抛弃四凤。周朴园抛弃侍萍就是他的“英雄榜样”！鲁大海对周萍说过：“你可以一面表示你是真心爱她，跟她做出什么不要脸的事都可以，一面你还想着你的家庭，你的董事长爸爸。他们叫你随便就丢掉她，再娶一个门当户对的阔小姐来配你，对不对？”这是正确的预言。周萍的整个精神状态是颓丧的，他的生命是苍白和空虚的。剧作者在剧本的序言里说他是“一颗（棵）弱不禁风的草”，剧本第四幕中鲁大海骂他是“半死的东西”，骂他“活着就错了”，周萍正是这样。虽然他在表面上也可以“真诚地”谈爱情，也可以“理直气壮”地说话，但舞台上应该表现出来的却是他真正的精神面貌，他的阶级本质！

可是过去的很多次演出，却常常从剧本中周萍自己的台词的表面上去理解他，把他表现为真诚的人，把他和四凤联系在一起，把他们当作是受了压迫而牺牲的一对青年男女，使观众同情周萍，忘记他的罪恶。既然他是被压迫者，那么谁是压迫者呢？显然，这样也就不得不把蘩漪从受压迫的地位推向了压迫人的地位，至少把她处理成一个嫉妒和破坏别人爱情的恶毒女人，使这个本来可以受到同情的女性反而受到了憎恶。这样，对周萍的歪曲产生了对蘩漪的歪曲，戏的积极意义就受到了不小的损害。

现在，我们看到了北京人民艺术剧院的演出中的周萍。应该承认，这一角色是难演的，而于是之同志现在饰演的周萍跟过去舞台上的已有了改进。但是，我们觉得这个人的灵魂还不是太虚伪、太令人痛恨的。演员的表演在对待父亲的态度上，是把握得比较恰当的，他表现出了尊敬、服从、谨慎……在父亲面前表示自己预备做继承者的样子。但在对待蘩漪的态度上，演员过多的表现了冷漠和淡然的决绝。而这种态度会使观众觉得周萍好像不是逃避责任，而是决心“悔过自新”，反而是由于蘩漪对他的压力太大了，他才会有这样冷漠和决绝的反应。如果演员能表现出周萍的软硬兼施的手段，他的懦弱、畏罪而又想逃避，不负责任的卑劣品质，同时也表现出他的矛盾和痛苦，那么，他对蘩漪的真实态度就会显示出来了。在对四凤的爱情关系上，演员还是把周萍演得太真实和诚恳了。如果演员能够透过台词的表面，揭示出他的自私和虚伪的根性，把他的爱情的表白表现为一种“少爷式”的冲动，那么，他对四凤的“爱情”的实质也就会显示出来了。周萍在剧中的贯串动作，我们以为应该是“走，逃避开这个自己造成的陷阱”，而我们现在看到的周萍的形象，好像是一个潇洒、有些朝气，想到外面去创立事业、有所作为的样子，他所以要摆脱开这个环境，好像是因为他现在已决心“悔过自新”，而不是逃避责任。这就在一定程度上模糊了周萍的丑恶的本质。

饰演蘩漪的吕恩同志虽然在塑造这个人物的创作中，已经有了良好的开始，可是却还存在着一些不够的地方。她追求周萍的动机是什么呢？显然不是别的，而是要求通过周萍，从那个环境中跳出来。蘩漪说家中房子“闷气”、“发了霉”，这是含有字面以外的深刻意义的：她充满了对环境的憎恶和愤懑。蘩漪要求自由的生活，对于反抗，这就是出现在那个时代里的可爱的、值得同情的性格力量。吕恩同志所创造的蘩漪的形象，已经把她作为一个受压迫的正常女人的抑郁、痛苦的基调显示出来了，可是，我们还很难清晰地看到她在精神上对自由的热烈的追求，因而观众也就不能更深入一步地认识到社会对她的压力。在追求周萍时，征服和占有对方的意味比较浓厚了一些，而她对周萍的精神上的寄托这方面的表现，则被忽略了。因此，蘩漪这个形象也就还没有达到理想的完美的地步。

这两个人物在处理上的不够完美，使观众对他们的爱憎还不能十分分明，这就在一定程度上减低了主题的积极性。

此外，鲁贵的扮演者还不能深入人物的性格，而过多地注意了外形动作，因而这个势利小人的形象就不够深刻了。周冲的表演也还不够真切，没有把这个有着美丽的幻想，但在丑恶的现实面前一次次碰壁直到灭亡的十七岁孩子的生动面貌很好地表现出来。

《雷雨》这个剧本所刻划的人物是相当复杂的，也是有深度的，这一方面给演员在创造人物时提供了厚实的基础，一方面也使演员在创造过程中产生一定的困难，因为要通过人物的复杂性来很好地表现出人物的深度不是容易的事。因此，演出中还有不足之处自然是难免的。虽然如此，我们认为这次演出仍然获得了可喜的成就。

我们庆贺这次《雷雨》的演出。这次演出给这个二十年来一直受到各方面观众欢迎的剧目进行了正确的处理，因而能够比较真实的暴露了“五四”前后中国社会的黑暗面貌，使我们的观众认识到我们的过去，并从而热爱我们的现在和将来。

原载《戏剧报》1954 年第 8 期

《明朗的天》在日本演出的祝词

曹　禺

最近日本进步的话剧界经常演出中国的话剧，这确实是一件十分使我们兴奋的事情。中国的文艺工作者一向对于进步的文艺是十分开心的，尤其在全国解放以后，中国人民因为更开心在斗争中的日本人民的命运，就格外地开心反映日本人民真实生活的文艺作品，日本的进步电影、小说、报道、戏剧、诗歌，已经成为我们中国人民了解当今日本人民的生活桥梁。日本人民争取民主自由的英勇的斗争已经成为我们生活中经常谈起的巨大事件，这样英勇、诚实、富有智慧的人民是永远不会被枪炮和原子弹所吓倒的。

《明朗的天》是在中国人民赶走了帝国主义和蒋匪的反动统治者之后写出的。它描写中国的旧知识分子如何从美帝国主义文化侵略的枷锁中挣脱出来，如何开始觉醒，和自己的人民站在一起，成为一个真正爱国的，富有革命人道主义心肠的中国的科学工作者，著名的新协剧团演出这个戏对于作者是一个很大的鼓励，我相信这个演出将会十分精彩，得到日本观众的同情和拥护。中日两国的文化交流必然会使我们两大民族的关系日趋密切，我们的文艺是永远为真理而斗争的文艺，是为人民的幸福生活而斗争的文艺，它必然有助于我们争取民主自由的伟大事业，它是一个不可征服的力量。

热诚地祝新协剧团为和平民主的戏剧事业有更大的贡献。

热诚地祝进步的日本文艺界为日本人民幸福的生活的英勇斗争有更光辉灿烂的成就。

原载《戏剧报》1955 年第 12 期

谈《明朗的天》中几个演员的创造

左　莱

北京人民艺术剧院上演了话剧《明朗的天》，这是剧作家曹禺在解放后创作的第一部新作品。作者对新生活的热爱和对旧社会的憎恨，使他的作品中充满着对生活的热情和鲜明的政治态度；他所选择的“知识分子改造”的这一题材，是他所熟悉的，这些高级知识分子的灵魂是他能够细致理解、体验的。因此，在作品中，刻画了许多真实的人物性格，揭露了这些人物的内心世界。现在，这一个作品，在观众的面前演出了，得到了观众很大的欢迎。

《明朗的天》通过了医学院中的高级知识分子艰苦的思想改造过程，揭露了美帝国主义对中国的侵略——思想毒害，和显示了党对知识分子团结、改造政策的伟大正确。

几十年以来，美帝国主义者从各种方面来对中国人民进行卑鄙的侵略活动。他们掠夺、杀人，除此之外，他们最阴险的手段之一，就是从思想上进行毒化，以便永远奴化中国人民。他们宣扬资产阶级的人生观，宣扬美国生活方式。这些，在中国知识分子中留下了极坏的影响：许多人充满了亲美、崇美的思想，使他们逐渐忘记了自己的祖国，而走上了奴才的道路。《明朗的天》揭露了这一切：一方面揭露了帝国主义“慈善机关”的内幕，控诉了帝国主义杀人的血腥罪行；更主要的是集中揭露了美帝毒化思想的影响。从而表现了这样的主题思想：胜利了的中国人民，在前进的道路上，是必须的，而且有力量来彻底肃清美帝国主义的思想余毒的。

这个戏让我们记忆起我们过去的生活，回顾了知识分子在风暴的大时代里所走过的道路。让我们记住我们是怎样走过来的，让我们永远记住帝国主义对我国的侵略阴谋。

这个戏真实的展示了思想改造的过程，这是一个艰苦的改造过程。思想斗争是非常复杂细致的，反动思想的影响常常是根深蒂固的顽抗着，我们必须坚决的、长期的进行思想斗争。

这个戏将再一次提醒我们：憎恨自己身上被毒化的思想残余，并且坚决的清除它。

在这个戏里，我们十分欢迎凌士湘等人经过了一个复杂的斗争过程，站到我们人民的斗争行列里来，在我们这个时代，当有力量引导他们从黑暗走向明朗的天。但是，我们绝不原谅他们的错误，同情他们的思想，让我们唾弃那各种各样的资产阶级的生活道路，更热爱我们的生活吧。我们是在明朗的新生活的大道上大踏步前进的。

这个戏，主要是通过了凌士湘、陈洪友、江道宗三种类型的知识分子的思想改造过程揭示出全剧的主题思想的。其中，更集中的以凌士湘的思想改造过程作为全剧发展的主要贯穿线。现在我就来谈谈这次演出中这几个演员的创造吧。

刁光覃同志扮演了凌士湘，他创造了凌士湘一个令人可信的科学家的形象。演员不单是创造了角色的职业特点，更重要的是抓住了凌士湘的思想线索，刻画了一个高级知识分子的内心世界。

凌士湘是一个正直的科学家，他热爱科学、刻苦地工作、忠诚地对待自己的事业。他相信，科学是能够使人类进步的。他是不懂政治、脱离政治的，但他有一颗正直的心：他爱自己的祖国、有强烈的民族自尊心，因此，他要做一个中国的科学家。他不了解现实，但他有一些直接的感觉，他是感觉得到哪些是腐朽、哪些是进步的。他怀着善良的心，对人真挚、诚恳，他总是相信人们也是善良的。因此，有些地方显得很幼稚……刁光覃同志的成功，就是抓住了角色的这些基本特征，有机的处理了角色的贯穿线索，人物形象就显得真实与合乎逻辑。

第一场戏，凌士湘匆匆进来，在这里，演员正确的处理了角色的内在动作线：他焦急地要到里屋办公室去，找教务处长江道宗解决试验上需用的田鼠问题。当陈洪友给他说别的事，当夏鹤飞来介绍自己，凌士湘是心不在焉的应对着他们。他没有真正的听到他们的话，而想着田鼠的事……直到夏鹤飞讲出他有田鼠时，这和他的内在动作结合了起来，才真正的引起了他的注意。之后，他虽然是在被特务侮辱，经历了一次政治风波，心中很不愉快的时候，但当他一拿到了田鼠，仔细的看着这些宝贝，眼睛里焕发着光彩，声音充满着兴奋和喜悦："田鼠……"而忘了其他的一切——这里，就鲜明的刻画了一个科学家对自己科学研究的热爱。

这条线索贯串在全剧，一直在发展着：在第二幕，解放以后，他兴冲冲地跑上来找何昌荃，我们感觉到了他内心愉快、跳跃的节奏，他用极其热烈、兴奋的语气对昌荃说："昌荃，去看！咱们的菌苗……鲜洪的……"流露了抑制不住的喜悦，像生活里对自己知己的朋友讲自己最喜爱的事情……当后来董志书告诉他部里已批准设立动物实验室时，他一下子愣住了，眼睛里充满着惊异的光，直愣愣的注视着董支书……这一刻停顿，使我们充分的感觉到他内心的震动，这就更深刻的表现出了他内心深沉的爱与兴奋。……之后，他兴奋得不知道怎么才好，整个的节奏都改变了，又像是一下子更年青起来，回头看昌荃，又看看支书，他马上走出去拿计划书……最后，他思想斗争胜利，准备走上新生活的道路，临行时，他是那么珍贵的、小心翼翼的提着显微镜，"……这就是我的枪"这对于一个科学工作者正是一个非常准确和生动的定义。这里，凌士湘就像一个战士一样热爱自己的武器，而且，这是第一次真正用自己的武器，凌士湘激动着一个新战士第一次真正参加战斗的感情……

其次，正直、善良也是凌士湘性格中很重要的一方面。由于此，他在解放前才能直感到国民党统治的腐朽，解放后才能充满着旺盛的工作热情，最后，也才能坚持的经过思想斗争，认识了真理。这条线，在角色的发展过程中，演员也清楚的表现出来了。

第一幕，特务抓走了何昌荃，一向不问政治的凌士湘被政治找上头来，他受了一次严

重的冲击。在这样尖锐的情境中,就生动的表现出了他的性格。这场戏,演员成功的刻画了凌士湘政治上的幼稚,同时也表现了他对生活的基本的正义态度:特务要抓他心爱的学生和助手,这在那个社会里本来不是意外的事,但对他来说却是非常意外的,引起了他极大的愤怒,他直接流露了他的感情,在特务的面前毫无顾忌的、大声的说:"这真太不成话了……这还叫什么国家……""……这是什么政府……"他坚决地、理直气壮地对特务们说:"……你们要抓人?到我的实验室里来抓人?我不答应!!"但是谁也不理他说的话……他又对特务用一种解释的、说服的口气说:"……这是治病救人的地方……是科学研究应该受到保护的地方……你们懂不懂?……我们是研究科学的……"他向一个特务——没有血性的人来进行说服,就像是要去说服、请求一只野兽不吃肉一样,这鲜明的刻画出凌士湘是多么的幼稚、可怜。

凌士湘对待自己的思想改造,但许多地方也刻画了他正直的一面:比如当江宗道阴险地说:"……这种时候,要有骨气……"他会严正的驳斥这话:"我觉得并不是什么骨气的问题……"又如在他亲眼见到了美帝的细菌战的罪证,他的心上浮上了一团黑云;当医院发生了志愿军政委的医疗事故,而尤大夫又表现了不负责任、冷酷的态度,他就爆发出了内心的激愤和痛苦,他非常严厉的责斥了尤晓峰……再后来揭穿了贾克逊的真面目,揭穿了江道宗的奴才相,他抑制不住愤怒,喊着叫江道宗滚出去……这都生动的刻画了他那热烈、正直的性格;又如当他发现了美帝扔下的带菌的田鼠,他深切的感到自己的过错,是那么沉痛的责备着自己……

凌士湘善良、诚恳的气质,也有许多细微的刻画,就是观众感到他很亲切可爱。例如在他思想斗争,和自己的爱人争论之后,思想上还顽强的抗拒着,容大夫无言的坐在沙发上,大家僵持着,他看了他一眼,倒了一杯茶,轻轻的放到他面前……何昌荃与他谈话之后,他也拒绝一切,甚至对它引起了一些反感,但在何昌荃要走时,他知道他没吃饭,就塞给他一把饼干……类似这样一些小地方使人感觉到真实的生活气息和丰富的人物色彩。

必须要提到,凌士湘的创造,还显得比较单调,性格的复杂性、思想的矛盾性还没有得到更深入的挖掘。这里,重要的缺点是对他资产阶级的意识还刻画得不深,抗拒改造的顽固性还暴露得不尖锐,对他思想的实质与严重性还鞭打得不够。这里,就感觉到导演与演员对这个角色的处理上,由于对他是深切的同情,也就抹上了一层温情。这个弱点,在剧作中原来也是存在的,而在演出中,导演和演员在这方面并没有能去修改、丰富它。

我想主要从两方面来看这个问题。

首先,在凌士湘的许多资产阶级意识流露的地方,导演和演员没有加以强调,以揭露凌士湘这一方面的思想实质,而却在这些地方轻轻带过,或者是含混不清了。比如,他资产阶级思想体系表现在对科学的看法,在他对何昌荃的谈话里充分的表现了出来:"你到底预备干什么?一个人一生只能选择一条道路,你要好好的想一想,是政治呢?还是科学?你要再这样搞下去,你会退步,退步的!"在这里,他是用自己坚定的观点来教育他的学生,他是坚决相信自己这种观点的,这正是他资产阶级的思想实质,他认为他是走错了路,而要来纠正他、挽救他。因此,他对昌荃是一种"恨铁不成钢"的态度。在这个地方正是无产阶级与资产阶级两种对立思想的不可调和的表现。现在在演出上，过分的强调了他对人的态度诚恳，对学生亲切的感情，因此，在语调上也是温和、耐心说服的，而在他诚挚中却缺少那顽固思想的流露。

这种资产阶级的思想，就必然使他蒙蔽了自己的眼睛，客观上做了帝国主义的帮凶。这一点，突出的表现在他对贾克逊的看法态度上：他十分相信贾克逊，并且处处在替他辩护。当何昌荃提到贾克逊杀人时，他在自己的学生面前都流露出十分不冷静的态度，他对昌荃很不高兴的说："……在科学上我允许一个人大胆怀疑，但是在个人是非上，我不喜欢一个人偏见、主观，失掉了一个科学家应该有的冷静态度……"在这里，首先是他自己已失去了冷静的态度。之后，他和陈洪友的谈话中，也非常坚决的维护着贾克逊："……我现在看他还是个学者……可为什么大家都说他是文化特务呢？难道搞政治就必须要有偏见？……"这正和江宗道讥嘲现实的"现在什么都要恨"的思想是一致的。这都是完全站在与人民相反的另外一个思想立场上的。甚至他在党支书面前也很明确的说："……我对贾克逊并没有什么特殊好感，但是对我来说，他代表了美国的科学。他是学者，他培养人才，他对学术有贡献。我一辈子对科学的认识就跟他一样。"在这些地方，我们应该尖锐的揭露他这种与敌为友的反动思想。但在演出处理上没有强调这些部分，许多地方是含糊的轻轻带过了。有些地方感觉到演员似乎是怕损害了人物的正面形象而不敢加以尖锐的处理，有的甚至把重点摆错了。比如他对支书的一段话中，现在演员鲜明、强调的处理了这一句话："……我对贾克逊并没有什么好感……"就模糊了他实际上对贾克逊崇拜、维护的态度。我以为应该把重点放在后面的。

在凌士湘身上顽固、执拗、抗拒改造的一面，还没有得到应有的、正确的刻画。比如他和陈洪友的谈话中，他是非常激动的呼唤着："天哪！不要管我，不要管我！让我干我自己的吧，我一样地会有贡献的。"这鲜明的暴露了他竭力维护自己、抗拒改造的态度。我想，在这里，他爆发出来的应该是激动、对现实环境的一种对立情绪……刁光覃同志却处理得比较平静，更多的是一种无可奈何的情绪，而不是积极的反抗性的动作。又如二幕二景在和何昌荃、陈亮谈话时，过多的刻画了他作为长者对孩子的关系和态度，而没强调凌士湘的烦躁，没强调他思想上的尖锐斗争。

凌士湘这个人是正直的，在事实的面前，他基本上是能勇于认识真理的。但这个人也并不是就像一个孩子一样的单纯，作为一个饱受资产阶级教育的知识分子，他也必然存在着个人主义患得患失的思想。所以当他知道投下感染鼠疫的田鼠时，他内心是非常不安的，当陈洪友提到这是政治问题时，不可能不引起他内心的恐惧和不安，此时他的心境是十分烦乱。而演出上处理这段戏却太简单，他只是很耿直的说："如果政府、群众这样看我们，那也是应该的！"而放弃了这应该有的内心复杂的矛盾和体验。

其次，我感觉到对凌士湘的思想，正面批判得不够。他周围的人对他的思想错误缺乏一种明确的政治态度。特别是党的领导董支书对他的态度上还缺乏更明确的原则。这就联系到董观山这个角色从剧作到演出创造上的缺点：开始，他对凌士湘的思想改造，就采取了放松的态度。在给他谈了批准设立动物实验所的事之后，凌士湘正式请求不听报告，不开会，并且请他告诉何昌荃不要给他做宣传、讲政治……此时，董支书只是亲切的嘻嘻地笑着。之后，也就当做平常的、可笑的小事过去了。这里，就失去了一个党的工作者的政治敏感，也就看不到对争取、改造知识分子的责任。这种态度，继续表现在当凌士湘思想斗争最尖锐的时候，董观山更多的是对他的安慰甚至迁就，而缺乏真正的批评和帮助。此时，凌士湘开始觉悟了，他需要的是真正的思想帮助。在舞台上，董支书只是着重地来安慰他："……思想改造，首先是自觉！……你当时不愿意讲，那么就不讲嘛，你现在讲了，我们只有高兴，这也并不晚嘛……"安慰，这也是需要的。问题在于安慰过之后，应该是严肃的谈出贾克逊等的罪行，为的是让凌士湘从中严肃的认识、批判自己的思想。像这样的一些话："敌人还没有死心，他们还要找糊涂的人、抱着幻想的人、来破坏我们的国家……"这都是十分严肃的为凌士湘敲起的警钟。现在的演出却处理的比较轻率，缺乏那种严正的思想斗争的态度。

应该指出，凌士湘由于思想上的丧失立场——他虽不是有意的，而客观上却成了美帝罪行的帮凶——这一个错误的事实是严重的，是必须予以严厉批判，指出他这种思想的危害性，指出这种思想可能使他走上背叛祖国的道路。

由于党的正面的教育不够，就使人感到凌士湘的改造更多的是一种自发的觉悟，所揭露与批判的思想还不够深入，因此，在进步的过程中就相对的感觉到，不是非常牢固和有力量的。

张福骈同志出色的创造了江道宗的形象。

江道宗是浸透了资产阶级反动意识的典型的美帝国主义的高级奴才。他不是一般的奴才，是一个高级知识分子，是一个"学贯中西""道貌岸然"的奴才。张福骈同志扮演这个角色，没有去一般化的处理，而是把握了角色的基本思想逻辑，并且是随着事件的变化，而体现出角色的基本性格。他是完全忠心于美国主子贾克逊，并为自己的工作而自豪，而有一种崇高、优越的感觉，这完全是洋奴的本性。

在第一幕，他这种精神是表现在他权势的感觉和叫嚣的得意上：当特务来抓人，他从容地走出来，从容地站定，有身份的说："贾克逊托我代表他。我是江——教务长。……"声音里充满着荣幸、得意、骄傲的情绪。他是缓慢地、温文地尽量地保持住自己的含蓄，而在不自觉中间流露出他的阴险嚣张。当他劝告陈洪友："这个局面完了，但是做学问的人，总不应该放弃希望，你看这几十年的历史，无论怎么变，有一种力量从来没有倒过。"他神秘地笑了笑，又自鸣得意的、用一种高昂的声音说出"那种力量"……这是一副典型的奴才相。解放以后，他仍处处掩饰贾克逊的罪行，这引起了群众对他的攻击，他是毫无所动、在思想上顽固的坚持着自己的阵地，这种思想的顽固性在第三幕第三场中有很深刻的刻画：这里有一段深刻揭发他内心世界的独白："……我一生就有一个理想，我永远把自己当作一座桥，叫旧的通过我变成新的，将那愚蠢自私的通过我变成智慧公正的。多少年来风风雨雨，我是半身插在水里，叫众人的脚踩在我的头上，达到幸福，达到文明的彼岸，而我自己，一无所求……"这段独白也可以从表面的意思处理成竭力的向大家解释自己装出一些可怜相，来获取大家的同情……但演员没从表面的理解这样处理，而是更深的挖掘了江道宗奴才的本质。演员处理这段独白，是非常的真挚、诚恳，充满了无限的感慨，抒发自己内心的热情，流露了对自己理想的无限崇敬与惋惜……这样就生动、深刻的揭露了奴才的思想本质。这是一个整个灵魂都倾倒在资产阶级思想体系里，衷心为资产阶级理想而奋斗的奴才。

张福骈同志正确的处理了他与其他人物之间的关系与态度，就真实的体现了角色狡猾、虚伪的性格。比如，他对凌士湘，是一口一个“士老”，婉转的恭维着他的国际声望；当展开思想斗争史，他总是抓住凌士湘的思想弱点，把凌士湘拉拢在自己一起：“……科学家总是爱真理的，可是，未必大家能谅解这一点。……我也是和你一样……”。演员处理角色的态度，处处对凌士湘表示一种尊敬，表示着自己的诚恳……对陈洪友，就流露出一种上级对下级的态度，对他冷冷的、语气带着轻微的教训的意味，偶尔对他笑一声，也是那自鸣得意的笑……对孙荣等人就更显出自己的身份来，完全是上级的态度来夸奖他几句，来告诫他几句。其他如对护士、工人就是一种不值得理会的态度。比如，他叫工友收拾贾克逊的书，是冷冷地喊着那工友，叫他擦擦手，充分流露了那种卑视的态度……所有这一切，演员是经过了真正的体验，而成为角色的下意识的流露，感觉不到故意去做作，去“表演”对人物的态度。

与对角色内在思想线索挖掘的同时，不可分割的创造了鲜明的外部性格，也是这个角色创造非常成功的地方。比如那一种斯文的动作；那一种拖长的习惯语调；那种眼睛常常望天的自得的神情，那一种从容的举止……这些都生动的体现了自命不凡、高人一等的高级奴才相。在形象的塑造上：戴着一副金丝眼镜，穿着灰色的长袍……一切都显得非常潇洒、温文。这和他的内心世界对比起来，就深刻地揭露了在文明外表下的资产阶级卑鄙的灵魂。

作为剧中主要人物之一的陈洪友，他是代表了知识分子的另一类型，是那一种世故的、患得患失的资产阶级个人主义的典型。这个角色，剧作上描写的虽然还不够鲜明和深刻，但已经做了一些基本的刻画。作者用讽刺的笔在许多地方嘲笑了这人物的缺点。这个角色在许多地方是充满着喜剧性的。演员对待这样角色的创造，越是深入的挖掘角色的本质，严肃的去体验，就越能够嘲讽得更辛辣与尖锐。演员必须要从这个角度来丰富角色，才能使艺术形象更深刻。很可惜的是，胡浩同志没有完成这任务，尽管我们看出了演员在各方面做的努力，但现在角色的创造，基本上是失败的。

胡浩的角色创造的失败，我觉得主要的是演员没有着重的去挖掘角色的内在思想，去真实的进行体验，而是有意或无意的抓取角色形象的外在结果，醉心于剧场里喜剧性的戏剧效果，因此就使得这个人物失掉了它真实的内在线索，使角色几乎成了一个没有思想的偶像。

开始，那是在围城的一片混乱中，他焦急的考虑着自己的去留，心情十分紊乱。刚刚是贾克逊在召开着紧急会议，他还猜不透贾克逊的主意，自己被从会议室叫出来，看见是妻子和舅父……此时，陈洪友的内心节奏不是处在平常的平静的状态，而是处在一种非常不安的内心节奏中，他问：“你们现在叫我是做什么呀!？……”之后，妻子闹着，越使自己不安，内心节奏应该是不断的发展……而胡浩同志却是用非常缓慢的同一的调子处理了这几段台词。这样，一开始就给人一种虚假的印象。这个缺点发展下去，在许多地方都是这样。比如：这之后他坐在躺椅上思索着："共产党也要生病……生病就要找医生……""到美国去能不能开业？……"这些都是很严肃的思索，他的思想在矛盾，他在考虑决定去或留这一件大事……现在感觉不到演员是体验角色的内在活动，只是用一种腔调来说着这台词，而讲到"共产党也生病，找医生"时却夹杂着几声莫名其妙的笑，夸张了这句话的表面的喜剧性，却破坏了这句话的思想的真实性，这样的剧场效果不是深刻的而是虚假的。

追求喜剧戏剧效果的痕迹在以后的许多地方也都表现出来。比如在第二幕第二场，他对容麓章说话，演员用一种特别的声调，强调的、拖长的语调说："……我一定跟他好好谈谈，很自然地——不痛苦地——解下他的——思想包袱。"这就完全歪曲和破坏了它的思想意义。这里，观众是笑了，但却失掉了他们应该得到的东西。这一段话，这是很典型的代表了陈洪友的思想，他对待生活的态度，那一种圆滑、世故、虚伪的应付生活的态度。他的思想就是如此，他说这话是严肃认真的，觉得自己应该这样做，他并不是当个笑话来夸张。他是很严肃、认真地流露了自己对生活的态度，观众正是要嘲笑他这一点。这样观众的笑才是深刻的，有思想内容的，而不是表面的、剧场性的东西换来的。

由于表演上这样一个重大缺点，就从基本上破坏了角色真实的形象。相反的，在有一些地方当演员忘掉了这喜剧效果，注意于思想内容时，就创造了真实的生活片段。如三幕一场，凌木兰报告了志愿军庄政委眼睛发炎……陈洪友作为眼科主任，他感到自己负的责任和自己利害相关，他就急了，大声、焦急地责备着尤晓峰："你知道不知道，他是志愿军，出了问题，群众能答应我们吗，病人能答应我们吗？……"这里，就揭露了他的患得患失、惧怕责任的思想。

从这三个角色的创造中，我们是可以来探索、研究一下在创造角色上的问题。这里，集中的提出了一个问题——如何深入的挖掘人物的复杂的思想线索？

演出的任务是在于把人物的心灵显示给观众，让观众能够从本质上认识这个人物，从而产生对人物的敬爱或憎恶。演员创造的原则也应该善于挖掘角色的内在思想，揭露角色心灵的秘密。史坦尼斯拉夫斯基的"最高任务"的学说就是要求演员能够掌握住角色的思想本质，顺着角色行动的线，挖掘出角色的思想核心。这就不是表面的处理了角色的生活，而是通过许多行动揭示了角色的思想。史坦尼斯拉夫斯基要求演员要创造丰富的角色的"内心独白"，要有哲学意味的思维，就是要演员在角色行动中有真实的内在思想活动，要有复杂的（而不是单调的）内心体验。因此，我们坚决反对那种不从内在思想出发，倾心于表面舞台效果的创作思想。胡浩同志正是犯了这个毛病，造成了虚假的人物形象。胡浩同志在《非这样生活不可》中，成功的扮演了弗兰兹，就是他不是表演"特务"的概念，而是极力隐蔽着自己；不是出场就在脸上画出奸险凶狠的特务像，而是体验他内心的矛盾、痛苦、向往……胡浩同志在这次创造中正是违反了他自己的成功的经验。刁光覃同志集中力量处理了角色的性格特征，而没有能够准确的全面掌握住角色的思想核心，因此这个人物的创造就缺乏思想深度，把人物的内心世界处理得单调，相对的就减弱了人物的真实性。在张福骈同志的创造中，他注意到了这一点，比如第三幕第三场“我把自己当作一座桥……”的那一段“独白”，充分的流露了他人生观念和哲学思想，就给我们留下了非常深刻、生动的印象。

我们是非常欢迎《明朗的天》这个新作品与演出的。当然，我们也希望这个演出在不断的创造中更加完美。作为一个观众和青年的戏剧工作者写下了这些观感和不成熟的意见，希望能得到同志们的指导，和同志们一块来研究。

原载《戏剧报》1955 年第 3 期

忆《雷雨》首次上演

杜　宣

巴金同志在这次去访问苏联前夕，送来一份23年前我们在东京上演曹禺同志《雷雨》的说明书和舞台照给我。这是《雷雨》的首次公演，参加这次公演的，都只是20岁左右的年轻人。展视之后，引起了很多的回忆。这张说明书和舞台照，经过了二十多年，其中包括了整个抗日战争和解放战争的年代。在长期的烽火流亡中，巴金同志居然把它保存到现在，没有遗失，又未被虫蛀鼠伤，真是吉光片羽，弥足珍重。

这张褪了色的淡蓝色的说明书，却把我完全带进了色彩鲜明充满了活力的青春年代里，真是一杯香醇的美酒！

1934年8月间，我们正在茅崎海滨，度完暑假最后一两个礼拜的时候；有天武田泰淳和竹内好两同志，由镰仓来看我们，武田和竹内他们两位都是研究中国现代文学的。武田他带了一本当时我国北方出版的文学季刊（巴金、靳以主编）第三期，上面发表了曹禺的《雷雨》。武田说这个剧本写得很好，知道我是专门研究戏剧的，特意带来给我看。很久没有看到祖国的刊物，十分高兴，首先我就看《雷雨》，一开头我就被吸引住了。记得当时和武田曾有过一些讨论，认为《雷雨》虽然受到欧洲古代命运悲剧和近代易卜生的影响很大，但它是中国的，是我们戏剧创作上的重大收获。

这以后我就常常和一些研究文学戏剧的朋友谈到《雷雨》，但是没有想到在东京上演的事情。大约是1935年二三月间，东京商科大学的邢振铎忽然找到我的住所来，谈起中华留日学生基督教青年会，打算用公演话剧筹募点活动经费，想上演《雷雨》，特来邀请我去担任导演。听到这个消息，我当然很高兴，不过要我来导演这个戏，感到能力不够，恰巧那时吴天、刘汝醴两同志刚来东京，我就去邀请他们两人一道来处理这个戏。

从排演到上演大约经过一个月的样子。舞台设计，布景制作，灯光化妆这些工作，都是请日本朋友帮助的，排戏地点就是在青年会内的礼堂兼室内篮球场，演员则多半是通过青年会的关系从一些平日较活跃的同学中选聘的。

研究剧本时，我们感到太长，所以删去了序幕和尾声。但是还是太长了，第一天上演时，演到第四幕，日本警察因为超过规定的娱乐时间，就当场要我们停演，没有办法，被迫中途闭幕，第二天只有临时又删去了一些戏。

演出地点是选择了当时留日学生比较集中的地区，神田商科大学礼堂，因为它位于一桥附近，所以又称一桥讲堂，观众室休息室设备很好，只是舞台和后台小一些。于1935年

4 月 27 日上演，一共演了三天，虽然没有满座，但盛况是空前的。

当时日本的制度，任何戏剧上演，都要经过警视厅，并且在演出前先送剧本给他们审查，批准后才许演出。《雷雨》没有日文译本，临时乃由邢振铎他们抢着译了出来，去对付警察，后来就以这译稿，请了个日本朋友在日文上作了一些修饰，由东京一家书店出版了。

《雷雨》的演出是后来几年留日学生演剧活动的良好开端，通过这次演出，我们把一些进步的爱好戏剧的同学组织了起来，成立了中华戏剧座谈会，和后来的留日剧人协会，陆续的演出了：果戈理的《巡按》，托尔斯泰原著田汉改编的《复活》，田汉的《洪水》，易卜生的《娜拉》等剧。

1957 年 12 月

摘自《杜宣文集》（第七卷），上海文艺出版社 2004 年版，第 276、277 页

《原野》①观后

梅 阡

《原野》，在曹禺同志的作品中，也许是比较受到冷遇的一个。北京市实验话剧团这次的演出，是解放后初次上演这个剧本，值得重视。

“这本写的是民国初年，北洋军阀混战时期，在农村里发生的一件事情，当时，‘五四’运动和新的潮流还没有开始，共产党还未建立。在农村里，谁有枪，谁就是霸王。农民处在一种万分黑暗、痛苦，想反抗，但又找不到出路的状况中。这大概就是‘原野’中几个人物的时代背景”——这是作者最近谈到有关“原野”的几句话。这对于我们理解这个剧本所反映的特定的历史阶段，是非常重要的。

我们不应完全以今天的要求来评价仇虎这个人物的行动，而怀疑其真实性。他怀着两代的冤仇：父亲被焦阎王活埋，妹妹被贩卖为娼，土地被掠夺，他本人被诬陷入狱。当他越狱归来，又发现阎王的儿子霸占了自己的恋人金子。这般冤仇真是“劈天天也开”！他怀着强烈的反抗的意志，燃烧着复仇的火焰，茫茫中不得出路，于是采取了原始的斗争方式：“以眼还眼，以牙还牙！”但他那狠狠的一击，却没有触动这万恶制度的要害，自己也没有逃出别人的魔掌；小黑子无辜的惨死，更使这个善良的心灵陷入悔恨与惶恐的迷乱之中，这就构成了仇虎的悲剧。在演出中，使我们时刻关心、同情仇虎的命运，而同时也产生由衷的惋惜，引起我们的深思。

北京市实验话剧团的演出是十分严肃的。演员们由于长期的舞台实践，演技上得到相当的锻炼，因而，这次在几个人物形象的塑造上，获得一定的成就。

李明扮演的焦大妈，是很出色的。满头苍苍的白发，一身素净的孝服，腰板挺直，腿脚硬朗，是个生命力强旺的人，成为仇虎的一个有力的敌手。演员首先正确地掌握了这个瞎老婆子的形体自我感觉。她表现得听觉异常灵敏，干硬有如鹰爪的双手，成为她探索周围事物的“触角”。演一个瞎子，最困难的恐怕是和对方的交流，因为不能运用眼睛而受到一定的限制，李明在演技上突破了这一点。她无时无刻不在辨识着周围的动静，谛听着对方的声音，揣摩着对方的意图。演员没有直接去体现她生理上的缺陷，而是掌握了她的警觉、猜测、探索、判断等不间断的心理活动，和她企图弥补自己视觉不足的内在愿望。这一点，贯穿在整个焦大妈的形象中。使我们从她的心理状态上，更相信她是个瞎子，这是演员经过了深刻的体验的结果。正如焦大妈所说：“我并不瞎！”十分合于人物的逻辑。其

① 北京市实验话剧团版。

次，焦大妈是个心如蛇蝎、十分毒辣的女人。如果演员只是概念地去表现“狠毒”，便易于陷入“表演形象”的泥沼。李明是掌握了这个人物行动的强烈的目的，狠毒暴戾是达到这个目的的手段。所以她不但刻划了人物狠毒的一面，也使人物生活在复杂的矛盾之中。她要保护她的儿子焦大星，要解脱这一场灾难。她要把儿子当作“家私”来占有，放在自己的翼卵之下，对他怜悯，对他疼爱，而又恨他是个“废物”！她看金子是个眼中钉，诅咒她死，对她猜疑、凌虐、妒忌，而又有所畏惧，有时不得不含笑地向她哀恳、乞求。但当她用针暗刺金子的木偶那一段戏时，她一面以由衷的虔诚在神像前膜拜默祷，用颤抖的声音呼唤着金子的名字，一面警惕着周围，一针一针狠狠地刺下去。从演员森厉可怖的神色中充分显露了她内心深刻的狠毒，是十分悸动人心的。在第二幕中，她企图说服仇虎，她能拉着仇虎的手，温和地嘘寒问暖，像一个真会体贴别人的“干妈”；但我们看到她在极力地掩饰着内心的仇恨的同时，表现了绝大的抑制与容忍。真是“笑里藏刀”！李明在刻划这个人物上是很有深度的。

刘璐的焦大星演得很朴实，能够给人以一个忠厚、老实、驯顺、懦弱的人物印象。但演员并没有放松这个人物的另外一面，他是焦阎王的儿子。第二幕里，他酒醉归来，怀着匕首，要找仇人寻衅的一场戏，演的很真实而有光彩。他认真地把仇虎当作知己弟兄，嚅嚅地羞于向他透露金子的不贞，向他祈求援助。演员的信念与情感都非常真挚。他狠狠地把匕首插在桌上，从一个怯懦的性格中，借着酒意，迸发出刚愎的火花，把戏剧带入高潮。演员是充分地体验了这个人物的精神状态的。接着下来，他逐渐了然金子所爱的就是仇虎时，他痛苦地要刺杀金子，举起刀来，又下不去手，终于跪在地上，哀婉地乞求一点卑微的怜悯。这一段复杂的、波澜起伏的内心矛盾，他演得清晰而有分寸，十分动人。

陆丽珠的金子的形象，很富有魅力，表演上也很朴实。可惜在掌握人物的泼辣狂野的一面有些不足，在节骨眼上放不大开。我们看得出她心地里爱憎分明，对生活有着热烈的追求，如果在表现上能更豁亮些，动作的节奏再放快些，便会更增加这个人物的色彩了。辛静的仇虎，有着充沛的激情，但有时缺乏必要的控制。他在第二幕和焦大妈的一段戏，表面的镇定和内在的阴沉，有机地结合起来，潜台词是很丰富的，演得也含蓄而有力。白傻子的形象虽然很突出，但演员在创作上恐怕是走了简易的路。他应该是一个神经不健康的白痴；他作的和所想的应该常常不一致，行动迂迟，不大受意志力的支配，演员没有完全深入到这个人物的行为逻辑之中，虽然获得了一些喜剧的效果，在观众的印象中，不能引起对他的怜惜与同情。王刚的表演是不免有些聪明人演傻子之嫌的。在陆丽珠、辛静、王刚的表演上虽然都有些美中不足的地方，但较之他们过去的演出，显示了很大的进步，希望他们作更进一步的努力。

《原野》，不是一杯清汤淡茶，而是一杯浓醇的烈酒；不是一泓清缓的溪水，而是一股奔腾的激流。在曹禺的剧作中，具有其独特的风格；而这次的演出，整个说来，也很有色彩。

原载《北京日报》1957 年 5 月 5 日

《北京人》[①]的演出

冯亦代

曹禺先生写的剧本中，我最喜欢“北京人”。不仅由于剧本中的诗的语言和诗的情调，而且由于剧作者的写作技巧在这个剧本里已经到达圆熟的峰巅；但主要吸引我的，却是剧作者透过剧情，对于生活所表达的强烈鲜明的爱憎。在曾家那间曾经喧赫一时、如今已显灰颓的小花厅里，生活被幽囚着。一代人追忆昔日繁华，眼前只能等候死日的来临；另一代人痛心于少年时的错着，无可奈何地缅想那逝去的岁月和残破的梦境；再一代人则不甘心于死气沉沉的禁锢生活，抱着冲向新天地去的企望。可是生活的羁绊，却使这些可怜虫群集在这间小花厅里。难道生活只限于这黯淡的四壁之中？难道人们就不想迈出一步去呼吸一下清新空气，亲一下人间幸福？不过冲出这一生活的重重障碍却需要无畏的勇气，要明白这一点，却也不是件易事，正如曾霆所说的“这明白是多难哪！”剧作者真替他们感到气愤，他借人类学者袁任敢的话，对于这孱弱的一代人，痛加谴责。袁任敢告诉大家“北京人”曾经如何生活，他说：“这是人类的祖先，这也是人类的希望。那时候的人要爱就爱，要恨就恨，要哭就哭，要喊就喊，不怕死，也不怕生……”对比之下，象小耗子样生活着的人真该愧对祖先！但是剧作者却没有就此失望。让卑怯者烂在土里、霉在屋里，让大勇者跑出这囚笼似的小花厅走向宽广的生活去。他对生活的信心也感染了我们，因此对曾皓、思懿、江泰、文彩之辈我们无所顾惜，而对文清、愫方、瑞贞、曾霆却寄以无限的同情。

这次演出，剧作者对于原作曾加修整。“北京人”的不出场，使故事免于过重的传奇气氛，显示了生活的真实，而一些对话的删节（特别是第一幕的收尾），也使剧情格外紧凑简洁。

从演出里，我们看到了导演对于原作的潜心体会之处。在舞台上，他抓住了气氛的要求，加以适度的渲染。一面是陈腐衰亡所列下的严阵——垂死的挣扎，在无望中寻求希望；一面则是新的一代和新的生活对这座封建堡垒的进攻。他强调了老一代旧生活的执着的固守，也就显出了新的力量更为勇猛，更为犷野。袁圆的出场和她与曾霆的天真嬉戏；思懿对文清的多处进迫；文清与愫方的荡气回肠的情感；愫方说嫁；曾皓中风；江泰的奇峰突起的出外借钱；文清的悄然归来；愫方的梦的破灭，以及最后出走的几场戏，都处理得十分妥贴（帖）。自然，原作的精彩描绘，有助于导演的安排，但导演能够就剧情的进展，加以发挥，可以看见他是下了苦功的。不过，缺陷在于他在处理人物的对比、性格的冲突

① 中央人民广播电台广播剧团版。

和全剧的节奏上。以愫方说嫁一场戏为例，思懿希望愫方能够早日出嫁，可以在眼前少一个感情上的竞争者，曾皓希望愫方留下来点缀他的凄凉老境，江泰看不过这场自私的把戏，正义地撕下了他们的假面具。然而文清呢？导演疏忽了他对愫方的感情矛盾在这场戏中的宣泄，也疏忽了文彩在同情文清、愫方二人关系中应有的反应，这样就减少了冲突上达顶点的力量，也削弱了愫方最后说“我，我没有意思”那句话的悲怆。又如导演为了造成舞台上的气氛，尽量把人物感情压到最低处，却有时忘掉了，加意渲染人物感情的爆发，特别在文清身上，没有很好地安排他对思懿和愫方在不同场面不同接触时的不同感情，因此戏的节奏似乎永远没有音乐上的变调，显得都是幽沉沉的了。

演员中，我们有了个可喜的发现，那就是演愫方的李晓蓝。剧作者笔下的愫方，可说是生活的诗的顶点，美德的结晶。在舞台上她说话不多，却也说话最多。她的话表现在灵活的眼神中，表现在委婉的行动中，甚至表现在她哭泣时的双肩抽动中。如今，不同的时代里很难找到愫方这一型的人物，因此在舞台上出现了一如剧作者笔下所塑造的角色时，我们不得不对这位演员，说出我们的钦慕。我最喜欢她演的愫方和瑞贞叙述自己美梦的那场戏。从她不愿说又不得不说，说了又止不住自己心头的悸动，从无可奈何到真正的喜悦，在她前面就是那条滚滚不息的感情的河流，而突然“天塌了”！就在这一瞬间，她从幻灭的梦里出来，她是另一个愫方了。李晓蓝有力地掌握了这一点，使看戏的人跟她进入梦中，跟她幻灭，跟她新生。据说她曾经长期被积压在一个大剧院里，真令人婉惜。如果四五年来她能有更多的舞台实践，她的才能是该有更多发挥的。梅村的思懿，演出了老一代妇女的狭隘、贪鄙、狠毒。但是她有软弱的一面，那就是她对于生活的恐惧，性格上的乖张，正是她苦恼的说明；忽视了这一点，就只见她的严酷，而不见她的可怜了。演文清的王显，心烦意乱和逆来顺受足够了，却还缺少表白他对生活的依恋，和他那种洒脱倜傥的心情。纪维时演的江泰恰如其分。王昌明的曾皓，则内心的表达还嫌不够。

这出戏是中央人民广播电台广播剧团的初次公演，但从他们演出的认真严肃态度说来，我们是可以寄予更多的期望的。

原载《人民日报》1957 年 4 月 23 日

关于《雷雨》在苏联上演的通信

阿·柯索夫　曹　禺

亲爱的曹禺同志：

我十分荣幸地担任了您的剧本《雷雨》(《台风》)的导演。

我所在的这个剧院，有条件创造出有血有肉、内容充实的演出，而您的剧作质量，更使我们确信这个戏的演出一定会激动我们的观众，一定会取得成绩，并受到欢迎。

参加您的剧本的演出工作的全体演员，都一致珍视这个剧本的演出质量，而且都很愿意努力创造这些鲜明而又富有表现力的角色。

我原以为我能够利用与这个戏的题材有直接关系的某些材料就行了，但到后来，这些材料对我来就却显得不够了。幸而有机会与您通信，这就使我禁不住要提出几个问题来打扰您了。如果能得到您的回答，那末，我将更有信心走上正确地体现剧本的道路。

一、我认为，剧本充满了社会性的内容，因此大海的行动线就反映出一切革命的、进步的事物，它起而代替着正在瓦解、正在毁灭的周朴园的家庭。

二、我认为，剧本包括从 1919 到 1930 年这一历史时期，也就是政治上反动的时期，是对贫困阶级猖獗地剥削和压迫的时期。

三、我以为，《雷雨》这一个剧名，把正在来临的革命风暴从直接的概念扩大成为现实的感觉。这场风暴将要摧毁当时业已形成的社会关系，而周朴园的家庭的瓦解和毁灭，便是中国剥削阶级不可避免的毁灭。

四、我试图这样来说明剧本的思想：在资本主义社会里，社会不平等的现象产生了人类关系的悲剧，并且成为青年一代在道德上走上绝路，以致遭到毁灭的原因。我认为，这样的说明就扩大了剧中事件的意义。

五、根据人物形象的心理发展线索来看，我不太明白，周朴园使自己妻子和全家隔绝，并且向别人宣扬她精神上失常的动机何在。是不是因为他猜到了周萍和蘩漪的关系，想以此来防止可能发生的丑事？

亲爱的曹禺同志，我恳请您对我上面提出的几点发表意见。如果可能的话，也请给我们惠寄一些剧中的老爷、仆人和人民群众的代表人物的照片；它们将能帮助我们极准确地保持剧中生活和服装的民族特色。

如果可能的话，我恳请您尽快地答复我，因为剧院已经开始了工作，您提出的指示、希望、修正和材料都将会大大地推动这个戏的演出工作。

我先向您表示热烈的谢意，并请您原谅我耗费了您的时间。我想要更完善地把您的剧本传达给观众这一热望，可以作为我这样做的理由。您的剧本无疑地将会丰富我院的上演剧目。

紧紧地握您的手，祝您在工作中取得进一步的成就，生活幸福。

请您向你院全体工作人员转致我们剧院的热烈问候。

深深地尊敬您和您卓越的剧作天才的

阿·柯索夫

1958 年 3 月 10 日

亲爱的阿·柯索夫同志：

读到您的信，十分快慰。很感谢您和您的演员们与艺术家们费了很大精神来研究并且准备上演中国剧本《雷雨》。我和我们剧院的同志们都认为这是中苏两国人民深厚友谊的具体表现。我个人尤其感到荣幸。

请允许我答复您提的问题。

我同意您前四个问题的答案。关于这个戏的含义，这个戏发生的时代，以及鲁大海代表的时代精神，我以为您的解释都是对的。

只有第五个问题，我略有不同的看法：

周朴园是由封建家族（大地主）的子弟转化为成功的资本家的。他非常自信，觉得自己十分“正直”，他们的社会也认为他是“仁厚”、“正直”的榜样。他根本不可能猜想他的长子与其后妻有暧昧关系。因为，他那样相信自己的道德和尊严。表面上看他的家庭尽管象死水一样，但在他心目中这滩死水决不会腐臭。他以为别的资本家家庭会有这样的事，他的家庭不会发生这样的事。他从没这样想过，他并没有故意“孤立”他的妻子，但他自从把这位聪明、美丽却有些“叛逆性”的小姐（蘩漪）娶过来的时候，就发现他这个妻子不是他所企望的那样百依百顺的旧式瓶花。他失望了，对她冷淡起来。蘩漪总是有形无形地和他的思想、习惯与为人的方法有抵触的。这是“五四”以及所谓“解放”的资产阶级的女性，任性，傲慢，完全活在爱的情感当中，而这个“爱”是在比她岁数大得很多的周朴园的身上得不到的。蘩漪不大和一般当时的阔太太小姐们来往，是一个“孤芳自赏”的女人。这一点也是周朴园认为乖张的。周朴园并不是故意使周围的人觉得她“不正常”或者“疯狂”。而他确实从心里觉得她是如此。周朴园是一个当时社会上所谓最正直的上层人物，而他自己一点也不知道他内心中是这样可怕的，伪善的。

姑且写了上面的话，但我不敢说是对的。请您留作参考吧。

《雷雨》这个剧本太长，需要大大删减。这个艰巨的工作恐怕要放在导演的身上了。

向你们剧院全体演员与舞台工作者致敬，祝你们的演出成功，并继续获得新的更大的成就。

曹禺

送上一些照片，是北京人民艺术剧院送给你们的。

原载《戏剧报》1958 年第 9 期

《雷雨》在莫斯科演出

波里斯·沃尔金

莫斯科的大街上张贴着许多彩色海报，这些海报告诉人们当前上演中国戏剧的消息。

现在，首都的普式金剧院和中央运输剧院把曹禺的话剧《雷雨》列为他们的上演剧目。

三月八日，中央运输剧院的舞台上首演了曹禺的剧本。这个戏在演出者和观众的心里引起什么样的反应呢？这就是我从剧场里得到的一些观感。

大大地改建后的剧场，可容纳一千五百人，中央运输剧院的观众大厅紧紧地挤满了各种各样的人群。许多中国同志也来看这个戏的首演。

观众手里都拿着戏剧说明书。在说明书的一页上，摘引了不久前在苏联出版的《中国现代戏剧》集子的序文。这篇文章以《我们朋友们的剧作》为题，它给曹禺的作品以很高的评价。文章指出："有力的独到的艺术手段表现出人民必定胜利、资本主义必定崩溃的思想。剧中主要人物的性格有着丰富的心理刻划和鲜明的个性，这就是剧本中特别引人入胜的地方。这里没有与剧情发展无关重要的穿插的人物，每个形象都具有社会人的悲剧性的正剧冲突，他们的个人深刻的命运里，都具有一般的、典型的意义。"

"是演正剧吗？为什么在我们面前有色调欢快的幕布呢？"坐在我前面的人问道，显然他是不熟悉剧本。

的确，为这出戏特别制作出来的幕布上，画着中国苹果树在开花，许多蜜蜂飞绕在花的四周。在不久前，曾获得功勋艺术家这一崇高荣誉的美术家米哈依尔·瓦尔别赫为了鲜明地强调出剧本本身的对比性，决定绘画这个象征幸福的图画。好像戏一开始，在年老的煤矿主周朴园的华丽的住宅里，似乎笼罩着一片寂静和安宁。但这仅仅是开始。

幕布稍稍升向顶棚，构成一种独特的园（圆）顶。这块幕布的另一面和另外一块幕布是黑色的，它的表面似乎刷上一层发亮的黑漆和嵌上珠子。米哈依尔·瓦尔别赫的这一设计象征着周公馆的四周和内部将掀起一场暴风骤雨。

当曹禺知道在莫斯科上演他的剧本后，立即寄来了一封信。这封信先用汉语在扩大器上念，然后用俄语念：

"先进的苏联剧院又一次上演中国的剧本，我很激动。我们看到中苏人民持久的兄弟般的友谊在这里得到了具体的表现。祝你们的工作获得成就。曹禺"

戏里的角色相继地从悬挂在舞台前面的中文横幅标语下和装饰得五彩缤纷的台口出

现，这时，从扩大器传出了声音，简明地介绍着这些角色。

当戏剧开始进行的时候，观众的目光注意台上出现的资产者的家庭内室，这个屋子华美富丽，而又有些粗笨。

观众从一开头就热烈地欢迎这个新的演出。

幕间休息的时候，我到后台去。

戏剧演出者、功勋艺术家、剧院的总导演弗拉基米尔·戈里德费里德在麦克风前报告：

中央运输剧院的演职员以巨大的热情排演了曹禺的优秀的独特的剧本。紧张的情节、对人物心理的深刻描述、鲜明和复杂的形象，都给演员们以真正的艺术上的享受。演员们的任务，是给剧中主人公以舞台生命。我们尽全力揭示剧本中许多艺术上的优点，并希望它在观众中获得很高的评价，剧院的全体工作人员把这个戏的演出看作他们对中苏两国人民友谊的伟大事业的微薄贡献。

扮演周朴园的功勋艺术家阿列克赛·克拉斯诺波里斯基和扮演蘩漪的功勋演员奥里格·库兹涅措娃谈到，顾问周顺元（译音）副教授和苏联科学院汉学院文学文化部主任列夫·埃德林给予戏剧的排演工作以很大的帮助。

值得注意的是，扮演鲁妈的演员里基雅·甘涅西娜谈到，顾问们和导演助理邓止怡的意见，对参加演出的全体人员有很大帮助。甘涅西娜着重谈到，在她的创造道路上第一次遇到这种类型的角色。

参加新演出的演职员感激地回想起他们和北京人民艺术剧院导演欧阳山尊会见的情形。欧阳山尊看了在他来到前就已充分排好的两幕戏，他对这个戏的演出表示十分的满意。

在首演的晚上，剧场里一再爆发出掌声。演出留给观众深刻的印象。戏结束的时候，我们可以听到观众的欢呼声：

“曹禺，好！”

“导演，好！”

“克拉斯诺波里斯基，好！”

“库兹涅措娃，好！”

扮演四凤的演员拉里西·库尔丘莫娃的表演也给人们带来强烈的印象。库尔丘莫娃在莫斯科国立鲁那卡尔斯基戏剧艺术学院的最高班学习。参加这次演出工作的中国青年导演邓止怡也在这个学院学习艺术。青年演员第一次在专业舞台上演出中国的剧本，她扮演的四凤征服了观众。

三月九日，演出结束后，运输剧院的全体人员和前来看戏的中华人民共和国驻苏联特命全权大使刘晓、大使馆的人员以及其他一些中国同志会见了。他们热诚地交谈着。刘晓同志说，演出给他留下很深的印象。大使希望曹禺能抽时间到莫斯科旅行，看这个戏的演出。刘晓同志赞扬这个演出获得了令人愉快的艺术成就后,形象地说道:苏联艺术和苏中友谊这一花朵正在盛开。

北京人民艺术剧院全体同志给中央运输剧院的电报上表达了这样的心意:“我们深信,在你们的舞台上演出《雷雨》将大大地增强中苏人民的兄弟友谊的巩固,将促进我们两国之间和剧院之间的文化交流。”双方都有这样的信念。

游默　节译

原载《戏剧报》1958 年第 9 期

写在《雷雨》[①]演出之前

吴仞之

《雷雨》是“五四”以来话剧优秀传统剧目之一。作者曹禺在二十一岁时写成这个剧本，才华是惊人的，就作品的世界观来说，作者在当时是受到一定的历史限制的，但其进步性是肯定的。作者久有整理《雷雨》的愿望，这实际上也是大家的愿望。一九五五年，北京人艺曾进行过这项工作，有很大的收获。作者在这次演出的基础上曾再度考虑新的修改。

我这次被邀到上海人艺来导演《雷雨》，因此，能较早地看到新改本，有先睹为快之感。据作者附来的信上说，也有人劝他不要改动原作，但是作者要改的愿望依然很坚决。作者并说，外边对《雷雨》曾做过多种修改（包括戏曲的移植和国外的演出），这次可以让我们参考了新的修改本作修改的演出。我听到了很感动。优秀的传统剧目是祖国的财宝，作者的态度已很清楚，作者病着在休养，现在的责任就完全落在我们这个剧组的身上。我担任导演，我懂得我的责任，正如苏联著名导演格·尼·古里也夫说的：“在导演、剧作家以及整个创造集体当中，导演是第一个对演出的思想处理，演出中反映现实的真实性、准确性、深刻性负责任的人，同时他还要对集体思想创造的成长负完全的责任。”说实话，我的心情是郑重的；但是，责无旁贷，我并没有犹豫。

我得到一个启发，话剧的优秀传统节目犹如戏曲的许多优秀传统剧目一样，同一个戏在各省和各种流派中有不同的演出，这些都是今天整旧工作的宝贵资料。自古以来，许多经过千锤百炼的优秀作品，都是经过人们继续不断地在演出中加工的；这从来就是艺术工作者辛勤劳动着的一个方面。这不是个人的工作，这是每个人为祖国的财富在耕耘。

排演《雷雨》的工作，就是在这样的认识与感受下进行的。工作开始后，首先考虑的是：要在整理工作中解决什么问题，达到什么要求。

就我现有的水平，参考过去演出和整理的情况，我提出，现在的整理工作的主要方面，应该是：解决同情谁，憎恨谁的问题，也就是谁是罪人的问题；要使封建压迫与劳资矛盾这两条线不是僵直平行，而能使人感到是交织在一起；要使命运的象征的味道削弱或消失；要使乱伦、恋爱所引起的人物精神变态的状况得到改变，不使剧场性的效果夺去戏剧性的效果，等等。

根据这样的考虑，我们觉得把鲁家四人都理解成为被迫害，引起人们同情的人物，更符合当时的时代背景。鲁大海无疑是中国工人运动初期带有代表性的人物。过去修改曾

① 上海人民艺术剧院版。

把《雷雨》的年代移到一九二三年，并且把鲁大海解释成为党的地下工作者，煤矿工运的领导人。但是，从剧本和鲁大海这个人物的言行看来，我们认为鲁大海虽然有朴实的工人阶级感情，对剥削阶级有本能的仇恨，但以鲁大海等为代表的这次工人运动，是带有自发性的，比起林祥谦来，显然还十分幼稚。因此，我们把这个剧本所写的年代挪到一九二〇年，同北方各地广泛掀起的工人运动有了联系，而不是把鲁大海处理成为党的地下工作者。剧本作者这次修改，也可以看出是从这个出发点来处理鲁大海的。过去，在第二幕和第四幕中，剧本对鲁大海的描写是有一部分妥协和动摇的描写的。例如第二幕中当周朴园把假的复工合同给他看时，鲁大海曾经对这合同由怀疑到相信，认为“有人出卖了他”。这样的认识是模糊的，因为，他是煤矿罢工工人的总代表，复工的合同没有经过他的签字，怎么可能呢？因此，这次修改，把鲁大海的这种模糊认识改掉，处理成为虽然这次工运是带有自发性的，但他的主张、性格是坚定不移的，并当即揭穿了周朴园的阴险面目。第四幕中，关于四凤跟不跟周萍走的问题，原来的剧本中，鲁大海最后还是同意四凤走的。这样处理，对剧情和鲁大海的性格来说，都有损害，这一次也修改过了。

关于鲁妈这个人物，过去有的地方都处理得比较软弱，有很大的宿命论色彩，认为自己的遭遇、不幸都是命中注定的。我们这次演出，把督妈这个人物处理成比较带有反抗性的。因为，鲁妈对周家有三十年的怨仇，从剧本的某些台词中也可以看出这种反抗性，如当周朴园与她碰面一场，她是在控诉着；当她提到大海时，她说：“他现在跟你完完全全是两样的人。”“你不要以为他还会认你做父亲。”最后周朴园给她五千元支票她撕了。所以当她看见女儿四凤今天正在遭受着同她相同的命运时，她是不可能还是“老爷，老爷”这样低声下气地忍受的。因此，这次演出，鲁妈这个人物的性格是比较坚强一些了。最后一幕在处理四凤跟周萍走的问题上，原来她同意要他们“偷偷地走，在黑地里走。”这样心灰意冷，而眼看女儿又在重复着自己的遭遇的描写，是同她仇恨周家、带有反抗性的性格不符合的，这次都改掉了，改成她不同意四凤走，坚决要带回去。这样就更符合鲁妈这个人物的性格。对鲁贵这个人物，我们也作了很大的修改。过去，在许多演出中，鲁贵总是一个否定型的人物，他引起观众的厌恶。其实，鲁贵也是一个应该同情的人物，虽然他带有不少旧社会的习气，但从他的言行中，还是可以看到他对那个罪恶的社会制度的反抗的一面。他被周家辞退后，他把有钱人骂了个痛快，最后他（不觉骄傲起来）说：“哼，明天，我把周家太太大少爷这点老底子给它一个宣布，就连老头这王八蛋也得给我跪下磕头。忘恩负义的东西！他妈的！”他有一张王牌，要到周家算账去。在过去的舞台上，鲁贵总是把四凤当成“摇钱树”，总是希望四凤能同周家大少爷攀上。我觉得，同这个人物的性格是矛盾的，因为如果这样，他为什么还要同四凤活神活现地“说鬼”、向四凤点明太太和大少爷的事呢？因此，我们这次演出，把鲁贵处理成为本质上是好的，对周家也是憎恨的，但在他的身上还有不少旧习气，例如爱钱、嗜赌、吃喝玩乐的人生观等等。对于四凤，这次也有不同的处理。过去一出场总是把四凤演成天真活泼十分可爱，据说这是为了增强后面悲剧性的效果，其实这样处理也是不符合四凤当时的心理状态的，因为她当时的处境是：已有了三个月的身孕，周萍明天要到矿上去，又不带她走；母亲又要来。在这些矛盾中，我觉得四凤在一开场，心情就应该是沉重的，而不能过分地天真活泼。她年轻，不懂事，并且深深地爱着周萍，但对周萍也多少有怀疑，因为鲁贵曾经“说鬼”过，并且周萍又不带她走。

对周家的人物，作者以及我们在这次排演过程中，也有了一些修改。周朴园，他是一个血腥起家的买办资本家，对家庭问题，又带有封建家长式的习性，他的性格的主要方面在于资本家的凶恶面目，在于资本主义的残酷剥削和镇压工人运动。根据作者的描写，周朴园未出场就内白：“我的意思是这么办，没有问题了，很好，再见吧，不送。”这些话在矿上闹事、工人代表到门口的情况下说，显然是有关决定镇压工人罢工的话。并且过了十分钟，他又要去接待第二个客人。他在这时候出场，心理活动主要应该是矿上的事，训斥儿子，叫蘩漪喝药，都是附带碰到的事，他是在作风上表露了封建家长式的习性，外形上不必拿道貌岸然的封建家长的架子。同时，他拿出五千元支票打发鲁妈走的一节，也十足说明了周朴园的资本家面貌。因此，处理、表演周朴园这个人物，应更多着重考虑这些方面。

关于他的伪善的面孔，例如为了纪念鲁侍萍，家庭陈设还按照三十年前的样子，并且窗子老关着，仿佛他对自己的罪恶有忏悔心情，这种表现，人性论的味道较浓，而且，既然鲁侍萍“已经死了”，又是“谁也不知道”，周朴园是不是会有这种做作呢？我们在这次演出中，就不在他的伪善面目上做文章了。至于周萍，他是没有理由会引起人们的同情的，在剧本中就明白写他“总是在跳舞场里鬼混，……喝酒、赌钱、整夜地不回家……”他玩弄女性，对蘩漪，是“后母不像后母，情妇不像情妇”，对四凤是“周家大少爷看上他家里面的女下人，怕什么，我喜欢她”，却又不带她走。这是一个十足的资本家阔少。他在矿上闹事时，要到矿上去，并且动手打鲁大海，也说明他是这个血腥起家的资本家家庭的道地的“卫士”。蘩漪是一个被侮辱和被损害的女人，但她只能引起人们相对的同情，因为在另一面，她又是一个极端的利己主义者，她为了个人的出路，坚决辞退四凤，并且在雷雨交加中，关了四凤家的窗，最后使自己的儿子和他哥哥争四凤，这些行为在观众同情她之余，也不能不引起很大的反感。……

总之，根据我们对修改后剧本的理解和人物的解释，我们在导演处理、剧本删节、演出场面等方面都作了某些必要的修改。

《雷雨》的演出，有个传统的“型”给人印象较深；现在要重作处理，这对艺术创作来说就容易受到束缚，麻烦较多。所以，现在的演出，主要是检验：整理后，是否“通顺”能否被人看得“懂”；同时，对原作的特点，如像故事的悲剧性，艺术结构的紧凑，人物感情的深致复杂而写来却浓烈而练达等等，在删节和处理中是否受到过分的损害。就整理工作来说，这仅仅是第一步。第二步是细致的艺术加工。因此，我们剧组殷切地期望得到对第一步工作检验的意见；同时也欢迎对于艺术加工方面的意见。

原载《解放日报》1959年8月19日

《雷雨》的导演及其他

——看上海人艺的演出

戈　今

上海“人艺”新近上演的《雷雨》，导演好像一位严峻的法官，对演成《雷雨》悲剧的罪魁周朴园及其从犯周萍，提起了公诉。

导演阶级立场鲜明，对于周氏父子表示了无限的愤恨。对于受周氏父子压迫和损害的鲁大海、侍萍、四凤、鲁贵则寄予了无限的同情和热爱。戏紧紧地缠在一起无法解脱的纠纷，就从这里开始。导演操起了明晃晃的锋刀，把存在于人物之间的内在矛盾，一层层剥给观众看。

戏一开始就着重的暴露周家的丑恶。导演要求四凤一上场就心事重重：“有了三个月的身孕，周萍明天要到矿上去，又不带她走，母亲又要来。‘导演的这一着，分量不轻。这不仅是要求演员抓住四凤当时的思想感情来表演，而更主要的是要凸显周家腐烂生活的辐射线，将一个天真女孩子折磨成这个样子了。导演把四凤倒药的地位安排在台右（从观众角度看）长桌的正中，一是为了使演员“亮相”，一是为了表达这样一个意思：“作孽哪，可恶的周家！四凤在受着痛苦的熬煎。”

导演抓住了这一根线，让剧情一步进一步的发展下去：削去了鲁贵向四凤逼钱的戏，是为使鲁贵说“鬼”的戏更突出。当然这些地方与修改了的鲁贵的性格是有机联系着的：要把鲁贵处理得“本质上是好的”人。说“鬼”那场戏排得阴森气氛密布，一开头就把周家死气沉沉的气氛烘托出来了。接着，周冲的上场，就显得是一阵生气，在死气里划出了一道弧光。

蘩漪幽灵似的步入客厅，导演把她处理得像一个善于寻衅的“活鬼”，她给观众的第一个印象：一下楼就七挑眼八挑刺的。好像她在楼上养精蓄锐想好了满肚子的刁钻主意，决心下楼来闹事似的。她的神情虽略带忧郁，却也看不出来是一个被周家窒息得吐不过气来的人，也很难看出是周朴园抑制得才“发疯”的女人。观众可以肯定她没有什么痛苦和哀怨。从她的健康情况看来，用不着吃药。这是令人相信的。这一点是导演对这个任务处理的最得意的一笔。

她和周冲见面的那一场，导演减去了她能表现更多母爱的戏。这倒与修改过的蘩漪的性格相符合。因此，周冲站在她面前，是很多余，周冲的婚姻她并不怎么重视，周冲口中的周萍生活情况，倒是她最关心的。蘩漪既然不在周冲身上寻求安慰、寄托希望，那么，在第四幕她利用周冲做工具，和周萍抢四凤，在蘩漪说来，那就显得合情合理了。

导演尽情的在各个场合里描写蘩漪是一个利己主义者。蘩漪要求周萍带她出走，和因嫉妒萍、凤之间的爱情，到曾家去关窗的那场戏，确实达到了导演的要求和目的。这是蘩漪一切从利己出发的铁证。

蘩漪吃药那场戏，处理得很好，朴园雄踞于舞台右翼，对着坐在左翼一只沙发上的蘩漪，发号施令，恰像一介武夫遥遥地指挥前线作战。不一会他又像赴前线视察阵地似的，走上左壁突出的高台。怦然一声猛关桌盖，威势逼人。当时朴园心中的士卒，就是屏息并立舞台右中地位长桌后面的萍、冲二子。蘩漪不肯听命，朴园发令二子冲锋，哪晓得周冲慢慢地走上去，周萍更是趑趄不前。朴园一声猛吼，周萍斜身插出，迈了个半条腿，做了个半跪姿势，蘩漪在兵临城下的当口，举碗一饮而尽。这一场戏的节奏高，结构紧，是一个十分精彩的回合。

导演一眼窥透周萍的肮脏的灵魂：他有继承父业的雄心，他先就从模仿朴园的腐化生活开始。周萍做了乱伦的事，在蘩漪面前还理直气壮，使人感到他是早就下了决心对蘩漪始乱终弃的。导演要演员在台上把周萍尽量的打扮成一个反面人物，所谓脸谱化，这样就减轻了演员描写周萍复杂、矛盾心理的负担。观众真为四凤担忧：四凤有一天总会被他遗弃的。导演使观众厌恶、痛恨周萍的效果是达到了的。

《雷雨》演出存在这么几个问题：一，鲁周两家的斗争，是阶级斗争的缩影，不是乱伦悲剧。这样解释是正确的。二，把先进工人队伍中的鲁大海的性格刻画得更坚强，让他的斗志更昂扬，继续前进。这样处理也是正确的。上面这两个问题差不多取得一致意见。剩下的问题是，对侍萍思想中宿命论的问题如何看法，如何处理；对周朴园的散发人性论来掩饰他的伪善的丑恶的本质如何看法，如何处理。蘩漪是不是一个彻底的利己主义者；周萍在某些事件上，是不是一个比朴园更坏的东西？现就这几个问题向《雷雨》的导演吴仞之同志请教。

先谈侍萍。宿命论在被压迫着头脑中产生，是因为当时的社会使得他们无法反抗，即使反抗，也往往失败。法律是专为有钱人服务的。侍萍遭受苦难的日子，中国共产党还没有成立。她的反抗必然是消极性的反抗，包括她自杀的行为在内。哀哀无告，就只好听命于命、听命于天。

可以肯定的说，侍萍是坚强的然而也是软弱的。这是侍萍性格里面的一对矛盾。人物的生活面，不断受时间、环境、事物的影响，强性和弱性也就不断的相互对立着，转换着。这是半殖民地半封建社会里的小市民的性格特点。在反抗的同时，会带来妥协动摇。在妥协动摇无法再退让的时候，就会进行反抗。侍萍如果是真正的强者，她一走进周家的门，就会当着蘩漪、周萍等人的面，宣布朴园迫害她的经过。这样一来，《雷雨》就无法演下去了。所以，侍萍走进周家，悲愤、怨恨、痛苦交集，本来想走（弱性——妥协动摇——出来了）。矛盾了一下，好，既然来了，见见冤家也好。我要叫他的良心上难过难过（强性的苗头初露）。她没有立即拔腿而去，还有一个原因，一是缱绻于骨肉之情，她想看看周萍。一是在适当的情况下，要向朴园“倾吐苦楚”。“倾吐苦楚”，在旧社会里，是弱者向强者抗议的武器之一。

可是，这次导演删去了侍萍应该讲的许多话，无异剥夺了她的一部分的控诉权。例如“她现在老了，嫁给一个下等人，又生了个女孩，境况很不好。”“为着自己的孩子（指大海），又嫁过两次……她遇人都不好，老爷想帮一帮她么？”叙述境况不好，就是在谴责朴园把她害到那种田地。认为嫁了两次，也是朴园玩弄她造成的结果。这时侍萍口中的“老爷”无疑是打了引号的。“帮一帮她么？”这词儿饱含血和泪，因为“老爷”迫害她还来不及呢！

至于她说到周萍，她向朴园担保不会去认他。她说她怕给儿子丢脸，她很谅解周萍所处的地位，不容许他承认她那样的母亲。这些话不能单纯地看成侍萍有阶级自卑感，还很重视有钱人的地位（当然，这就暴露了她思想意识的弱点）。另一方面，也是深厚母爱的流露。同时，那句话里，也带有反抗性，她在埋怨朴园，将她和她的儿子的地位弄得如此悬殊，以致骨肉不能团聚。删去了那些话，不但没有加强侍萍的反抗性，在某些地方，却反将侍萍的反抗性削弱了。

侍萍一直矛盾中苦恼着自己，她希望大海见朴园后能够解决罢工问题，同时又怕大海闯祸吃亏。连大海的一支手枪，她都担心的替大海收起来。

《雷雨》作者光辉的笔下塑造的艺术形象，都是富有复杂、矛盾思想感情的人物，而且有高度的深度。要修改是可以的，但人物性格，应该只能越改（补充）越丰富，不应该越改越单薄。

修改后的周朴园面貌更狰狞了，毫无遮盖地干着吃人勾当，在矿上吃工人，在家里吃侍萍、蘩漪以及佣人。他精力旺盛，好像吃人的事业，在他手上正在日益发展之势，毫无衰老颓唐之象。原作将他的面貌写的略带阴暗色彩，不外乎是说在“雷雨”特定环境里，只能产生在墓门边缘挣扎的相当吃力的周朴园。剧情暗示观众，封建势力资产阶级相结合的周家，迟早总要完结的。这是《雷雨》点题的地方。更重要的是牵涉到作者对旧世界的看法和创作态度、方法的问题。作者以“雷雨”为封建势力、资产阶级敲丧钟。而现在这样改，就和作者对立起来了。原作写周朴园纪念侍萍，这正是在暴露他的伪善的一面。有钱人做了坏事总要向教堂或寺院祈祷或捐款的。那是为了要安慰自己的心灵，而不是为了受害的人。更挖深来看，修改了的剧本中删去了朴园在侍萍面前自称矛盾、自画供状的表白，反而掩护了他的伪善面貌。

修改后的周萍的性格，四凤还死心塌地的去爱他，可信性就不很大，因为修改后，四凤也是相当“现实”主义的人物。而在《雷雨》中，剧情又规定四凤非爱周萍不可。这就是一个很大的漏洞。削去了周萍的厌世人生观，他的生之意志既然像修改后的性格那样坚强，那么，他的自杀就毫无根据了。

把蘩漪改成利己主义者，就减轻了朴园的罪过。蘩漪的变态心理明明是周家两代压、逼出来的。这是一个对妇女问题的基本看法问题。对蘩漪这样的女性，在当时社会里还是一个牺牲者吧？

导演想把鲁贵改成一个本质好的人，但他给观众的印象，却看不出本质好在哪里。给鲁贵最好的考验，就是他对大海的罢工采取什么态度。他不仅没有在这件事上助大海一臂之力，反而埋怨大海把他的老根子拔了。诸如此类的例子颇多，不用一一列举。

修改不同于改编。这次演出的剧本没有将鲁大海参加罢工的时间,改在中国共产党成立之前,我想就是承认了特定的时代背景、社会背景,对于剧中所描写的人物思想是有影响的。因此,正面人物的进步倾向性,是会受到一定的限制的。要改,就必须按照历史时间特殊环境中必然会产生什么样的人物的规律来改。创作,当然也是这样。

(按:此文是在《雷雨》前次上演时写的。此次重演,听说对鲁贵的性格又有修改。)

原载《文汇报》1959 年 11 月 24 日

评《雷雨》新的处理

——看上海人民艺术剧院演出后

廖震龙

上海人民艺术剧院这次演出曹禺著名剧本《雷雨》，曾做了些新的修改和处理。《雷雨》是五四以来优秀剧目之一。但由于这个剧本写作时间很早，就作品的思想性来说，也不免受到当时历史的一定局限。因此，自它产生以来，在演出过程中就曾不断地进行修改。解放以后，作者也曾屡次谈到有修改《雷雨》的愿望。1955 年，北京人艺首先做了这项工作，并取得很大成绩。观众对《雷雨》是熟悉的、热爱的，因此也就迫切地希望它能早日臻于完善和观众见面。上海人艺这次又作了修改演出，在一定程度上满足了观众的这种愿望。这次演出，导演和演员都做了很大努力，对剧本做了新的探索和处理，这些努力和尝试是值得重视的。并且取得了很大成绩，应予肯定的评价。

在我看来，这次演出的成绩表现在以下这几个方面：

导演首先抓住解决“同情谁、憎恨谁”[①]这一思想关键，对剧中人物作了深入的阶级的剖析，并环绕着这一思想，赋予戏剧矛盾以新的意义。这个修改的方向是走对的。导演把鲁家四人处理成被迫害被压迫者，以和周家尖锐地对立着，并揭示他们之间矛盾的阶级实质。为了达到这个要求，导演突出了鲁大海和鲁侍萍的斗争性一面，如大海和侍萍最后没有同意四凤跟周萍走，显示周鲁两家不可调和的矛盾，使得阶级斗争的实质更加明朗化了。尤其值得称道的是鲁大海这个人物修改得出色，在第二幕他和周朴园关于罢工斗争的那一场，周朴园用种种讹诈和欺骗的手段来对付他，他丝毫没有动摇（在原剧本中是描写他被欺骗后有动摇的）。当周朴园拿出假电报欺骗他说矿上工人已经复工了，他是那么充满自信，并当场揭露这种欺骗。这样一笔就把鲁大海这个人物的阶级觉悟充分显示出来了；他勇敢、机智、对本阶级自信；并且把他和广大的工人罢工斗争紧紧连结在一起，显示了工人团结的力量，使得剧本的思想更富有战斗性。在舞台调度上，导演让鲁大海那个魁梧的身姿耸立在舞台的中央，周朴园蜷缩在略为阴暗的左角的沙法（发）上，就更增强了这场戏的正面力量的气势。这些都可以看出导演的精心的构思达到了良好的艺术效果。

突出鲁大海罢工斗争这一线索，使得剧本主题就不仅仅在于“暴露”，而是更具有广阔意义了。虽然这一线索在剧中的场次不多，不是它的主线（这个剧本的主线还是“暴露性”的），但一经点染了这几场，就收到画龙点睛之效。这是导演的匠心所在。

其次，这次演出削弱了甚至消除了原剧本中某些“宿命论”和“神秘因素”，使剧本的悲

① 见吴切之：《写在〈雷雨〉演出之前》，《解放日报》，1959 年 8 月 19 日。

剧主题从“乱伦”和周鲁两家矛盾的悲剧升高一层，而具有更广泛更深刻意义的社会和阶级矛盾的悲剧，把“乱伦”这一线索解释为深刻暴露以周家为代表的这个阶级的腐朽和总崩溃，是阶级压迫在精神道德领域中的表现。例如前面提到的把鲁妈的斗争性一面提高了，删除了她对于命运的迷信和过于悲痛的精神状态，在第二幕中她无意遇见了周朴园，更多是愤怒的控诉和伤心的谴责，她没有哭哭啼啼地陷于极度伤感之中，因此当周朴园要用钱来收买她时，她坚决地撕毁了银行支票。这样的处理符合她当时的心理状态，同时也有助于揭露周朴园的罪恶。对于周萍的处理，突出了他丑恶的一面，也有助于导演这一意图的实现。周冲这个人物也处理得比较好，他那种憨直、富有某种正义感、对生活抱着天真幻想的性格，象是在腐朽黑暗世界里面偶然出现的一线微光，也在不自觉地向着他生活的那个阶级提出了抗议：这个阶级不能再维持下去了！

另外，基于导演和演员对人物的解释所作的成功的细节描写也值得提一提。例如第二幕周朴园知道了鲁妈的身分时那种惊慌、心虚，但表面又装得镇静的虚伪丑相充分地刻划出来了。当他一听到鲁妈说出侍萍的情况时，他赶紧环顾一下四周，跑去关了大门，这表现他多么害怕这件事被暴露出去。在第一幕中蘩漪吃药的那一场，导演也有独到的处理。导演把周朴园这时的注意力集中在关于镇压罢工的事情上，因此当他命令蘩漪吃药时，是一面看着手中文件，一面只是漫不经意地向蘩漪周萍等这样一个僵持局面扫了一眼，最后命周冲劝母亲吃药，他就回到左角凸出的那个台阶的书桌上去办他的“公事”了。当周冲劝不了蘩漪吃药时，只听得桌板“砰”的一声，他喝令周萍向蘩漪跪下，气氛突然紧张起来了。这样处理使得这场戏的艺术容量更为广阔，舞台气氛有所起伏。一方面表现周朴园还在狠毒地盘算镇压工人，另一方面又表现他的封建权势在家庭生活中施展威力，这两方面的性格表现在这一场戏中很好地结合了起来。

总之，这次演出，无论在对剧本思想意义的阐释上，或导演的处理上，成绩是很大的。但是，这当中也还存在一些问题。这些问题主要还是由于对剧中人物的不同理解和解释所产生的。这些理解和解释牵涉到如何运用马克思主义的观点来分析过去作品的问题，同时也牵涉到对这个剧本的主题思想、人物的典型意义和形象的表现方法等问题的理解。还必须指出，剧院上演一个具有长久舞台生命的优秀传统剧目，是一个艰巨的工作。因为剧中的故事情节都是观众所熟悉的，人物性格都会以一定的“型”固定在观众的心目中，如果演出不比过去更深刻更丰富，观众就不会满足甚至不予批准。何况对优秀剧本做出修改，尤其象《雷雨》这样的作品，它的结构严密、悲剧性故事性都很强，修改就更不容易。原来的艺术结构和情节安排是为原来的人物性格和主题思想服务的，如果不改动艺术结构和故事情节，而只删除某些对话，就有可能影响艺术结构和人物情节之间的统一；如果要改动整个艺术结构，则又会遇到更多困难。任何一部杰出的作品都以其无限丰富复杂的思想内容和精湛的艺术形式呈现在观众（读者）面前，有时我们不能一下子就深刻理解到那种具有巨大容量的艺术形象的全部复杂化和它所包含的深邃的思想意义，从而做出简单化的修改，把原来人物性格的丰富复杂的个性削弱了，甚至支解了，这就会“得不偿失”。这里我想把个人的一些粗浅意见写出来，以求教于导演和观众。

先谈谈四凤这个人物的处理。这次演出，导演处理和演员表演是把四凤的天真活泼一面削弱了。记得我在前几年看过“上影”演出的《雷雨》，四凤一出场给人的印象是天真活泼、令人可亲可爱的；演员尽量发掘了四凤那种还不懂世故的天真无邪的少女的美，使人觉得她虽是一个“下等人”，可是在这个乌烟瘴气的阴沉沉的周公馆里，她却是一朵健美而可爱的鲜花，可是接着观众就明白，就是这样一个天真无邪的姑娘，由于生活在这样一个绝灭人性和充满罪恶的周公馆里，不知不觉就无辜地被损害了，结果遭到那样惨的悲剧命运。她越是天真无邪，她的行为就越是无辜，她的命运就越是令人同情，悲剧的力量也就越强，暴露周家的罪恶也就越有力，她聪明、热情、有理想，她也和许多少女一样，在第一次被爱情的烈焰燃烧起来的时候，是爱得那样执着和深沉。可是她哪里知道，“少爷”和“下等人”恋爱，由于阶级地位的悬殊，并不能使她得到理想的幸福。她没有去考虑这些，真挚的爱也不允许她去考虑这些，爱就爱着，只要对方不变心。这都是因为她单纯和天真。可是这样纯真的灵魂不是很可爱很美吗？这样的天真不还是应该在生活中存在和取得幸福的权利吗？可是她又哪里知道，生活却是残酷地在捉弄着她，她不知不觉地重蹈了母亲的覆辙，悲剧的历史又在她身上重演了。试看，生活对她的打击是多么惨重，仅仅在一昼夜之间，她经历着世间最残酷的待遇，不等这个弱小的生命来得及清醒一下自己的神智，就遭到了毁灭！强大的悲剧力量也就在这里产生。她是全剧最令人同情的一个人物。她的这种天真的性格完全是根据整个剧本的悲剧主题来要求的。

这次演出中增强了四凤的忧郁、心情沉重的一面，而删除了她的天真活泼的一面。导演吴仞之同志曾说明这样处理的根据是：因为四凤这时已有三个月身孕，周萍明天要到矿上去，又不带她走，母亲又要来，在这些矛盾中，四凤的心情应该是沉重的、而不能过分天真活泼。①

我不认为照前面所说的那种处理是唯一的。一个角色，只要正确理解和抓住性格的“核心”来表现剧本的主题，不同的导演和演员以不同的风格和从不同的角度和重点来表现这个“核心”，不仅是被允许，而且也是应该的。但不能离开剧本主题所要求的性格“核心”。一切不同的处理和表演都应该有助于来说明这个“核心”，以服从主体思想的需要。

那么四凤的性格“核心”是什么呢？我认为根据前面所分析的，通过四凤的悲剧命运控诉了以周家为代表的这个阶级的罪恶和绝灭人性，她的悲剧性越强，则这种控诉就越有利。一切不同的处理和表现都应该有助于体现这一层思想，而不是削弱她的悲剧性。这就是四凤性格的“核心”。如果说四凤不是那末一个天真无邪的人，而是一出场她就充满忧郁和心情沉重，是意识到由于爱情而引起的严重处境而不时地在考虑自己的命运和前途，那末她完全是一个无辜者就会被削弱，她的失足和爱上周萍就并不完全是出于一种天真的对爱情的幻想，而是事先有过深思熟虑的，因此给人的印象她可能就不完全是一个被欺骗被玩弄者了，她最后宁愿割弃母亲而执意要跟周萍走就不会得到人们的“谅解”，因此造成悲剧的责任就从周萍身上转移一部分到她身上，悲剧性也就由此大大地削弱了。如

① 见吴仞之：《写在〈雷雨〉演出之前》。

此看来，四凤性格中的天真活泼却是构成深刻悲剧典型的一个必要因素，是性格“核心”的一个方面，是不能被删除的，否则就会削弱这个人物的悲剧力量。

当然说四凤的性格基本上应该是天真活泼的，也并非说她没有一点心事和忧虑。但这种忧虑也是天真的。同时这种忧虑不会延续太久，只要周萍假意安慰她一下，她就会完全相信而恢复天真，因为她不会考虑得很多，这就是观众为她深深的担着心呵！虽然，我们实在是不忍心她还是那么天真，但又有什么办法呢，生活并不是为她安排的，残酷的生活在这件“不忍心”的事件上涂满血污的记录，该激起我们多少愤怒的感情呵！所以在《雷雨》中，权衡一下把四凤处理得更天真一些，是较处理她过多的忧虑和心事重重更能增强剧本主题的思想力量的。

这次修改最大的是鲁贵这个人物。根据导演吴仞之同志的意图，在这次修改中他是被解释成一个“本质上是好的”，“是一个应该同情的人物”①，因此删掉了在第一幕中向四凤要钱的情节，第三幕中也删掉了表现她和鲁大海尖锐矛盾的一些细节，例如大海拿枪来威胁他等，以及在过去演出的一些恶劣的舞台形象等。但是，这个人物被这样一改，一方面他并没有成为“是一个应该同情的人物”，因为在整个戏剧矛盾的纠葛中，他的一切行动仍然是令人鄙视的；另一方面倒是把他原来那个具有独特的个性的光芒也遮盖了。现在在他身上减少了许多“戏”，因此有许多场戏也就失去光彩和没有意义。例如在第一幕中，他和四凤那一大段对话，在原来剧本中所表现的我觉得他的主要企图还是要从四凤身上捞一些钱，因此他一直不肯让四凤上楼去，而要和她谈“家常”、谈“鬼”，而剧本就通过这样事件把他的性格和他和鲁妈、四凤、大海三人之间的矛盾基本上都揭示出来了。如果他不是向四凤要钱，那末他一直拉住四凤谈“家常”就没有目的性，也即没有隐藏在这件事背后的戏剧冲突。难道他真的就象在做戏似的要让四凤来抢白他几句吗？有人说他如果要把四凤当成摇钱树去攀上周家大少爷，他就不会和四凤说“鬼”的事，提醒她小心，这是把鲁贵看的太简单了些。鲁贵向四凤说“鬼”，提醒她“小心”，告诉鲁妈要来周公馆等等，都是为了让四凤更有力地在周公馆待下去。在鲁贵看来，蘩漪和他的女儿争夺周萍，胳膊扭不过大腿，四凤是要“吃亏”的，只要蘩漪要一下手腕，四凤就不能在周家待下去，甚至波及他也无立足之地。因此他要对女儿“关心”，这是表现他父女之情，也自有其卑鄙的目的。这场戏把父女关系和他们之间的矛盾以及和周家的矛盾都表现得真实可信。接着我们就知道，鲁贵对四凤说“鬼”，并不是要他（她）提防周萍、疏远周萍，而是要她提防蘩漪，他深知蘩漪和周萍的关系是不正当的，他利用蘩漪和周朴园的矛盾来安慰四凤，说他抓“鬼”，叫她不要怕，这就把他这时的所有复杂的内心活动都深刻地揭露出来了，戏剧矛盾继续向前发展，他到底还是不能挽回被辞退的命运（这也是他的悲剧）。但是他并没有从中吸取教训，醒悟过来，他却极力张罗自己和四凤仍能回周家去。因此在第三幕他和鲁妈争夺四凤，就更揭示了他这种难以告人的目的。如果说，鲁贵不想在四凤身上打坏主意——捞些钱，而是有爱护女儿之心，那末他一定要把四凤带到周公馆里来做事就令人难以理解，他

① 见吴仞之：《写在〈雷雨〉演出之前》。

和鲁妈争夺四凤也没有什么意义了，这些“戏”都不能说明什么问题。戏剧冲突赖以存在的性格冲突被抽掉了，“戏”也就不能吸引观众，也就没有“戏”了。而且仅仅删去他向四凤要钱这个情节，也并不能完全改变他的本质，现在他的整个行为仍然是令人鄙视的。看来，作者在《雷雨》中所安排的特定情节是无法使鲁贵成为“本质上是好的”人，否则就只有彻底改造情节（因为情节是性格发展的历史）。

修改的原则应该考虑到这样两点：第一，不修改是否对剧本主题思想有损害；其次，按照我们主观的意图，作品是否提供修改的条件。关系第二个问题前面已说明了。我们再来看看第一个问题。我觉得，原来鲁贵的性格并不会损害剧本的主题思想，相反，把它修改成“本质上是好的”人，在这个剧本中也并不有助于主题思想的突出。我们不能把阶级分析做简单化的理解。象鲁贵这种人，在旧社会的大公馆里做一名当差，他又不是一般的“下等人”，而是上上下下的听差都由他管的。他的经济地位虽然是一个被剥削者，但他的生活状况过的确实和地主差不多，吃、喝、玩、乐、赌，满身沾染了剥削阶级的丑恶习气，这种生活状况养成这种性格，这在当时的现实生活中也不是个别的，有一定的代表性。而且他的性格是比较复杂和矛盾的，他只要能保持住自己的生活，他可以过着卑躬屈膝低声下气的生活，他虽然对旧社会的罪恶有仇恨的一面，但这种仇恨是被庸俗无耻的生活深深地埋葬了的。他的性格中的这种矛盾正反映了他的生活的两面性。他本质已退化成不是好的了。但问题是，他的这种性格应表现为不是他原来具有的，而是剥削阶级的生活在他身上的反映，在这个意义上，鲁贵身上也有一定的悲剧性。因此，这种性格也具有深刻的典型意义。

周萍和蘩漪这两个人物在台词中都没有什么改动，但在导演处理上做了新的解释。周萍在这次演出中更突出了他的卑鄙无耻和极端利己主义行为。据说过去演出是表现他还具有某种令人同情的一面的。如作者曹禺同志在1936年写的一篇序言中也曾经说过“演他的人要设法替他找同情”。这也许自有作者某种用意的。因为造成《雷雨》中整个悲剧责任和罪魁应该集中在周朴园身上，周萍虽然是极端利己主义者，并且打了鲁大海表现他是周朴园的帮凶和甘愿步周朴园的后尘者，但是他也受父亲的家长制的压迫，他也有许多说不出的苦衷，如他和蘩漪对话中屡次说到他活够了，最后当面对父亲说“你不该生我”。这些是否应该理解成他的遭遇似乎并不完全是一个封建大家族中的合法的宠儿和花花公子的遭遇呢？如果他完全是一个花花公子似的流氓，那末他就更可以玩世不恭一些，他就不会离开家，最后也不会自杀。而这样相对的却减轻了周朴园的罪恶责任。

但是周萍到底不是一个值得同情的人物。他的一切行为都是罪恶的，这倒并不是因为他最初和蘩漪、四凤的关系，而是这关系所引起的一切后果，他可以不顾别人死活而只要自己得到安生。这样一个丑恶的灵魂正是封建大家族少爷的典型代表。但是他的坏应该坏在骨子里，而不应该坏在表面。演员不应该过多地表现他外表上的流氓行径和赤裸裸地说出一些无耻的话。他表面上也应该有几分矜持，对待爱情在表面上也似乎有某种“真诚”（否则他不可能赢得四凤那样执着的爱，也不可能使蘩漪那样拼命地把生命寄托于他，他最后也不会带四凤走。他对蘩漪表面上开始也不宜过分露骨地“闹翻”，因为他怕

“闹翻”，事情于他更不利，而只是到了蘩漪“逼”得他不得不起来保护自己的时候才采取露骨的手段。（如果在第二幕，他就和蘩漪彻底“闹翻”，那末到第四幕蘩漪还要苦苦哀求他就会失去行为逻辑的根据。这在原剧本中似乎也是一个漏洞。）当然，这些表面的“真诚”，并不能掩盖它本质的丑恶，他的整个行为就足以证明他表面那种“真诚”的虚伪。这样似乎更符合周萍这个特定人物的性格和剧本所规定的情节，同时也更有力地揭露他丑恶的本质。

蘩漪这次被处理成一个十分自私、阴毒的女人，她老是噙着眼泪在狞笑。她给人的印象不能使人同情，她的某些阴毒的感情甚至叫人产生对周萍的原谅——这个效果就值得考虑了。因为她的行为虽然自私，但她也是一个被侮辱被损害者，在她来说，这些自私的行为也是她反抗的一种手段。因此我们对她有批判也有同情。如果打击的力量过多的集中到她身上，则就会削弱对周家罪恶的揭露。导演将她那种精神失常和歇斯底里的情绪改掉是妥当的，但应该表现她在那个环境中是一个反抗者，也是一个牺牲者，这更有助于反映这个家庭所代表的社会力量是处于“山雨欲来风满楼”的趋向。

周萍和蘩漪这两个人物的艺术分寸掌握得不好，使他们过于脸谱化，就会削减他们复杂的个性，同时也会削减从他们身上反映出来的封建家庭罪恶的杂复的内容，使剧本主题分散了。有一位导演说：《雷雨》的导演所打击的靶子不集中，以相同的力量又要打周朴园，又要打周萍，又要打蘩漪，因此打罪魁周朴园这个靶子的力量就显得不够了。这话是有道理的。蘩漪、周萍的艺术分寸掌握得好，有助于烘托周朴园的罪恶。

最后谈谈周朴园。导演是把他当做买办资产阶级型的人物来处理的，因此就没有更多地从他的封建道德的伪善面貌上做文章[①]，并且删掉了他为了纪念侍萍的一些情节和带有人性论味道的“忏悔”语言（有些删掉或修改是很有必要的，例如在第二幕知道了侍萍之后以及再过去一些版本中第四幕中一些“忏悔”话）。但是我觉得表现周朴园伪善的一些情节不应该删去，因为在剧本的明场所表现的更多的是揭露他的封建兼买办阶级的伪善和丑恶。他是一个封建兼买办的混血儿，这是中国半封建半殖民地社会的特有产物，因此更有典型性。而剧本的主线又是主要通过家庭生活关系来揭露他所代表的那个阶级的腐朽和必然没落，揭露他那个阶级的封建道德伦理的虚伪和精神的堕落。因此表现他的封建道德的伪善，是他性格的一个重要方面。

剥削阶级的统治者都是伪善者，有些是一眼就被看穿的伪善，有些却做得象煞有介事，从灵魂深处渗透出来的。周朴园就是后面这种人。可以说《雷雨》中刻划周朴园主要是环绕着他的伪善性格来创造的，他无论在家庭还是在社会上，都摆着一副道貌岸然的面孔，但是内心却是冷酷残忍，丧尽天良，镇压罢工工人不择手段，在男女关系上曾是一个罪恶的淫棍，并且现在又用冷酷无情的封建权势来窒息一切年青人的生命。他从矿上回来还斥责周萍这两年来“很不老实”，他屡次说他不愿意让他的儿子被人说闲话。如果他不

① 导演对剧中人物的阐释意见，除见前注那篇文章外，有些是在一次上海剧协召开的讨论《雷雨》座谈会上谈的。

是一个极端的伪善者，这些情节就无从解释。不过他的伪善到(倒)并不是“装”的，而真正是这种人的本质表现。他是做了强盗又拜菩萨，做了恶又要寻找精神解脱的伪君子。剧本中刻划周朴园的伪善是富有个性而又典型性的。因此舞台上创造周朴园这个人物也必须抓住他性格的这个“核心”，否则也会削弱他的性格的复杂性和深刻性而流于“浅”。

剧本中描写他为了纪念鲁侍萍，把客厅陈设按照三十年前摆的这样一个特定情节，是刻划他伪善精神真正刺进灵魂深处的重要一笔。不过这个情节原来表现是带有人性论色彩的，这是原剧中的一个弱点，现在改掉是必要的。但是如果要把这整个情节改掉就不妥当了。何况现在又不可能改得彻底，例如鲁妈的照片以及被鲁妈所认出来的那个柜子仍然留着，否则鲁妈和周朴园互相识破的情节就不能发展下去。而现在这两件“三十年前”的东西既不表明有什么用意，人们就会怀疑它为什么刚巧保留在这间房子里？情节发展的偶然性因素更加突出了。所以我的意思倒认为应该这样改动一下：这间房子为了纪念鲁侍萍的所谓“忏悔”心情可以在周朴园没有和鲁侍萍会见之前表示，甚至在第二幕中周朴园和鲁侍萍会见时还没有识破她就是侍萍之前表明他这种“忏悔”心情。可是一当鲁妈问他是否想见见鲁侍萍，他马上说“不用”，这就是当场对自己“忏悔”的一个讽刺。这种“忏悔”的实质是为了遮人耳目。因为这件事并不是“谁也不知道”，前面蘩漪和周萍谈话时就曾揭露过这件事。等到当周朴园识破了鲁侍萍后他就不应该再对鲁说出半句“忏悔”式的话(这次已经删掉是妥当的)，因为这时鲁侍萍的不期出现，于他是一个突然的打击，他以为鲁侍萍的到来是要向他报 30 年前冤仇，他的“老底”马上就会被彻底戳穿，可能他的名誉、身份在这一刹那间就会毁灭，因此他马上露出凶恶面目，辞退了四凤和鲁贵，并用钱收买鲁妈。这些都十足表现出一个资本家兼封建势力代表的丑恶的本质。而接着就是在所谓表示他“忏悔”的房子里发生了他和鲁大海面对面的斗争，并宣布开除鲁大海。事情是发生得这样巧：就是当周朴园知道了鲁妈就是侍萍，鲁大海就是自己亲生的儿子后而采取这一切手段。前后作了强烈的对比，那点所谓“忏悔”的烟幕瞬间化为乌有，并立刻转化到它的反面——彻底的虚伪！在这里，阶级的对立压倒一切，还有什么“忏悔”不“忏悔”！在这里，鲁妈三十年前所流过的血泪，现在重又洒在表示对它“忏悔”的“纪念品”上。这个“纪念品”会勾起人们多少伤心的回忆和愤怒的感情啊！在这里，这个“纪念品”不是周朴园“忏悔”的见证而成为他的罪恶的见证了。从这个情节安排来看，剧作者对于周朴园性格的揭露的确是入木三分而又富于匠心的。

创造反面人物我们要深刻地表现他的狡猾和伪善。生活中的反面人物也并不是一下子就让人看出来的。剧中的好人有时也许会被这种狡猾和伪善所欺骗，但不要让他欺骗观众。如果观众也被欺骗了，那这个作品就成了问题，艺术家的高明之处就在于他比自己作品中的人物站得更高。莎士比亚让亚果欺骗了奥塞罗却欺骗不了作者和观众，奥赛罗因受骗毁灭了，而观众却从奥赛罗的悲剧中受到了教育。这样，艺术作品认识生活的目的也就达到了。

如果把这个特定情节(就是为了纪念鲁侍萍这间房子的陈设)完全改掉，那末在《雷雨》中作者安排了三幕事件都发生在这间房子里的特定环境就会失去它的意义，在好几次人物对话中出现的关于房子的闷热和窗子的关闭就显得和剧情无关。正因为这间房子的安排是表现周朴园的“忏悔心情”的，同时，又安排所有的悲剧事件都在这里发生，因此就具有深刻的象征意义和发人深思的哲学意味。

整理和上演优秀的传统剧目是“推陈出新”，繁荣戏剧艺术的重要任务之一。《雷雨》这次新修改演出，它的成功和不足都会给我们带来经验和启示。同时，我还觉得就是同一《雷雨》，不同导演也可以有不同的风格来处理。吴仞之同志这次导演的《雷雨》中对四凤、蘩漪、周萍这些人物的处理，也还可以“特备一格”，拿到观众中去考验。

1959 年 12 月改于复旦大学

原载《上海戏剧》1960 年第 1 期

漫谈《日出》的新演出[①]

覃　柯

过去我们看到的《日出》演出的结尾，一般都是陈白露吞下十片致命的安眠药，拉拢窗帘，走进卧室，或躺在客厅沙发上，平静地死去。而白杨同志这次所饰演的陈白露，却处理得与众不同。她服下安眠药以后，拿起方达生留在这里的一顶帽子，拿起她曾经给小东西扎过辫子的缎带，还有那位诗人写的一本《日出》，把这三样东西紧紧地贴在胸前。也许是药性发作，也许是心的颤抖，《日出》从她的手中掉到地上，她才小心地将方达生的帽子和小东西的缎带放在睡榻上，带着痛苦的心情，迈开沉重的脚步，走进自己的卧室。当门外传来方达生叫喊"竹均竹均"的声音的时候，我们又看到白露挣扎着从卧室里走出来，她是想再见他一面？还是想跟他走呢？但是，一切都来不及了，我们看见白露没有等方达生进来，又匆促地拖着那已经迟钝的脚步回到卧室里去了。这一场戏鲜明地告诉我们：白露是带着矛盾的心情不平静地死去的。白露的心情自始至终都是不平静的，她带着矛盾出现在舞台上，带着矛盾死去。对《日出》女主人公的这种解释，是这次演出最突出的特点。

有一位《日出》的老观众说，他曾经看到过两种对陈白露的处理，觉得按照那两种中的任何一种解释陈白露都死不了：一种是陈白露完全安于现在的堕落生活，恶习很深，不知羞耻，没有苦闷，那么她为什么要自杀呢？尽管潘月亭破产了，向张乔治借钱又碰了钉子，那她还是可以找第二个"潘月亭"继续混下去，何况还有金八！？另一种是陈白露很有正义感，对现状非常厌恶，对资产阶级的生活方式很鄙视。而她又是那样年青和精力充沛，使人感到她即使不跟着方达生走，将来她也要冲出去的。她不会甘于自杀的。而这次的演出，正是避免了这两方面的缺陷。

自从《日出》演出以来，对于它的主题——揭露和控诉"损不足以奉有余"的剥削制度——的看法，几乎是没有什么分歧的。但对陈白露形象的争论却不少。有一种意见认为陈白露的悲剧性是在于她"既爱生活、但又厌恶生活"，她虽然"憎恶自己所过的那种生活不甘心那样活下去，但是却又跳不出那个丑恶的生活圈子"。因此，陈白露的贯串动作是"玩世不恭，游戏人间，走向慢性自杀"或"追求舒适、享乐、有刺激性的生活"[②]。这就是说，这个人物是不值得同情的，另一种意见则反对把陈白露处理成一个自甘堕落的女人，认为陈白露不是"有翅膀的金丝鸟不想飞，而是折断了翅膀的鹰"。主张强调，陈白露身上

① 上海人民艺术剧院版。
② 欧阳山尊：《〈日出〉的导演分析》，《戏剧论丛》，1957 年第 1 辑。

有着“高贵”的东西，“方达生的突然出现，就像一粒火种，把陈白露埋藏在内心深处的火焰燃烧起来”，“小东西终于没有找到，白露已经觉醒了的灵魂受到了沉重的打击”，“飞，飞不起来，苟活下去，又不可能当竹均复活了的时候，白露多少年来的耻辱，精神上的创伤，就像雷轰电击，高山巨石一齐压倒在她的身上。这时，也只有这个时候陈白露之死才具有真正悲剧的性质。”①这就是说，对陈白露应该主要是同情。上海人民艺术剧院的这次演出，经过导演团和执行导演翟白音以及主要演员白杨等同志的探索，对这人物做了进一步的创造性的解释。瞿白音同志认为，陈白露的悲剧可解释为追求“高尚”的精神生活和追求享乐的物质生活的矛盾，因为这两方面在旧社会中是不可能统一的。陈白露有值得同情的一面，因为她没有剥削人，她是用一个女人最可怜的本钱来换取生活，她对自己这种表面舒适而实际丑恶的生活，不是感到满足而是感到空虚苦闷。她对周围这些魑魅魍魉是反感的，她怀念过去的诗人，而更主要的是她有一定的正义感，表现在她对“小东西事件”的态度上。白杨同志认为，白露与诗人的结合和分离，是她生活中的转折点，剧本中解释与诗人离开的原因是生活“平淡，无聊，厌烦”，这是不大合乎逻辑的。白露与诗人的爱情，应该是少女最纯洁的爱情，他们的分开，“平淡、无聊、厌烦”只是现象，不是本质。否则，白露跑到这里来“寻欢作乐”，那她就是从“根”坏了。现在导演和演员分析他们分离的原因为：穷。小孩子病了，没有钱医治。孩子死了，诗人找自己的出路去了。这种解释是否十分恰当尚可研究，但是我认为这就使人物的脉络通了，把陈白露从“谜”中解放了出来。小东西事件，在舞台上表现了陈白露精神生活的主要方面；一株并不茂盛的树，要庇护另一枝幼苗。但是这行动只是在第一幕是强烈的，到第二幕、第四幕就缺乏了。为了使这个行动鲜明的贯串下去，并加强陈白露本身的矛盾，导演在第二幕中作了一点补充：

陈白露：屋里有一个通向过道的窗户，可要关好，听见了没有？

小东西：嗯。（又跑回屋）

导演在这里增加了一场戏：当小东西正要走进屋去，陈白露发现她的辫子有些凌乱，便唤回她，温柔地让小东西在榻旁一张沙发上坐下，顺手从自己头上解下缎带扎在小东西的辫子上，同时与她谈着话：

陈白露：回来，你坐下，方先生和你说了么？

小东西：我愿意，方先生真是好人，他说带我到乡下去，他说让我念书，将来作一个有用的人，他说你也很（跟）我们一块儿到乡下去，是么？

（陈白露沉默）

小东西：小姐，是真的么？

陈白露：我不知道。（和小东西拥抱）

过去在这一幕中，陈白露的活动主要是跟她所依附的这个环境和包围她的人相周旋。现在我们所看到的白露，既表现了一个交际花适应环境的活动能力，同时也较多地表现了她对小东西的同情和关怀。她怀着母性的温柔抚摸着小东西，她同那些魑魅魍魉在一起

① 陈恭敏：《什么是陈白露悲剧的实质》，《戏剧报》，1957年第5期。

的时候，眯缝着的眼睛里流露着厌倦、玩世不恭的情绪。只有当她和小东西或方达生在一起的时候，她的眼睛才是明亮的，她的痛苦和欢乐才表现得那样单纯。白露给小东西扎的那根缎带，一直贯串到最后；方达生在走廊上拾到那根缎带，证明小东西被劫走了，到第四幕，白露等待着方达生找寻小东西的下落消息的时候，随时抚摸着小东西掉下来的缎带，最后，白露服安眠药后，把缎带放在方达生帽子旁边，让方达生带着缎带——带着在黑暗社会中，女人的悲苦的命运，迎着太阳走出去了。这些补充，加强了原剧本中已经有的，但尚不够突出的陈白露精神生活的线索。

有人认为这次演出，似乎把陈白露过于美化了。我觉得从现在的处理来看，还没有这样的问题。导演和演员固然加强了陈白露的值得同情的一面，但也没有放松对她的批判。的确，从陈白露的整个形象来看，她身上也有很大的否定成分。她一方面精神上很苦闷、空虚，对围绕在她周围的魑魅魍魉有着鄙视和厌恶的情绪，另一方面，她在物质享受方面又要向他们看齐，因而可耻的依附于他们；她一方面很同情小东西，甚至想救她逃出火坑，另一方面，自己又不肯跟方达生走，不相信他所走的道路。因此，她和翠喜不同，翠喜出卖了自己的身体，完全是为了使她自己和一家人不至饿死。而白露出卖自己的身体和灵魂，则是为了追求资产阶级的物质享受，这是不值得同情的。因此，对白露的这一方面不能加以忽视，不然便会产生美化她的效果。这次的演出，对陈白露采取了既有同情又有批判的辩证态度。例如在第一幕中，陈白露对方达生说的一段话，最足以概括她的人生哲学：

> 陈白露：咦，你不要这样看我；你说我不应该这么说话么？咦，我要人养活我，你难道不明白我要舒服，你不明白？我出门要坐汽车，应酬要穿好衣服，我要玩，我要花钱，要花很多很多的钱，你难道听不明白？

过去有的演员在说这一段台词时，来回地走动着，好像她是故意说的气话，又好像因为她曾经受过什么刺激，带着一种歇斯底里的情绪。而白杨同志在处理这段戏的时候，整个身体躺在睡榻上，精神状态是陶醉在自己的享乐思想中。再加上紧接着她那一段听起来似乎理直气壮、振振有词的关于“名誉”的议论，更使我们看到陈白露实质上已经是一个被资产阶级思想和生活方式腐蚀到无力自拔的程度的女性。此外，导演很善于运用舞台调度和道具来表现对陈白露的批判。如一开幕我们就看见舞台的右中有一个舒适的卧榻，榻旁的灯罩下吊着一个洋娃娃，这个洋娃娃象征着女主人公的处境，在许多地方，导演运用了它。如陈白露对方达生说：“我告诉过你，我是卖给这个地方的。”白露走到台灯前，触动一下吊着的娃娃。榻的周围有凳子，这说明有不少的“游”客，经常包围着女主人。第二幕结尾前，导演就让我们看到陈白露半卧在睡榻上，胡四、顾八奶奶、潘月亭、李石清以及其他男女客人围在睡榻周围，陈白露就这样和她的客人们一道在听张乔治说从美国带来的狗，怎样不爱吃中国的牛肉……在舞台的左后角玻璃窗口，放着孤零零的一张凳子，在那窗台上摆着一本《日出》的书。导演虽然也让陈白露带着兴奋的心情，站在这窗口欢呼着“霜”“春天”和“太阳”，但是导演更多的让我们看到她带着寂寞而痛苦的心情望着那与她隔绝的“太阳”和“春天”，她会孤零零地在这里等待方达生寻找小东西的消息。这个舞台的布置，就给观众展示了陈白露的生活基调。

关于陈白露最后为什么要自杀的问题，有的同志会片面强调主要是由于她精神生活的绝望，因此把她在临死前向张乔治借钱的事，解释为：白露已经决定要死了，借钱的目的只是证实自己作为商品有多大的价值[①]。我认为这种解释是缺乏充分根据的。陈白露的自杀，固然有她精神生活矛盾不能解决的因素，而潘月亭的破产，在物质生活上，对她来说不能不是一个沉重的打击。陈白露的经济生活是今天还了八百，明天欠上二千，而她又有着强烈的自尊心，“从来没有跟旁人伸手要过钱”，潘月亭在白露的心目中，还算得上“体面”人物，不等白露开口就给她把债还了，不像张乔治只想揩油，一毛不拔。因此，陈白露的死，虽然也在一定程度上表现了对旧社会的抗议，同时也表现了在资产阶级内部的倾轧中，附庸于倾颓势力方面的陈白露，也跟着覆灭了。这难道不是更加意味深长的歌颂了“日出”吗？

尽管作者在《日出》跋中，表露了对方达生复杂的感情，认为他是个傻子，是个自嘲的对象，想讽刺他，但又不忍。据我了解，一般的演出，都并没有把方达生处理成为一个傻子，更没有把方达生，包括在“太阳不是我们”的“我们”之中，而是让他“昂首迎着太阳的方向”。我想这大概因为大家都有一个共同的看法：在这灰溜溜的舞台上，有一个人在生活的教育下，走向“日出”，岂不更好吗？但是，“如何掌握方达生的思想发展逻辑，不使人误解方达生就是《日出》中的“理想”人物，在一些演出中的处理还是有分歧的，在这次演出中，导演认为方达生和陈白露体现了资产阶级两种不同的对待生活的态度，陈白露想走一条轻便的路，表面上任性、自尊，不依靠他人的道路，而实际上却是走着最悲惨的道路，因为她不得不依附于那些“鬼”。方达生则不同，他不愿和“鬼”混在一起，憎恶他们，他爱窗外劳动者的歌声，他向往着太阳。但是在第一幕中，他还只是“永远在心里头活着”的人，也就是一个逃避现实的人。当时方达生希望陈白露跟他走，嫁给他，企图把人与“鬼”的世界分开。但是通过他在陈白露这里所看到的一切，尤其是小东西的遭遇，他的思想有了发展，他不再要求白露嫁给他，他想“做点事，跟金八们拼一拼”。导演在剧本所提供的基础上发展了方达生的性格。例如第四幕，方达生没有找到小东西，回到旅馆后，跟陈白露的一段谈话，导演增加了一些台词(有重点的词是导演加的)：

方达生：不，不，我不回去，我只是想搬开。

陈白露：你原来不是急着要回去吗？

方达生：我从前的想法是可笑的，这几天来，使我明白了一个重要的道理。

陈白露：什么道理？

方达生：想把人的世界和鬼的世界划一道线，想找一块干净的角落安安静静地生活是不可能的。所以我要在这里多住几天，也许我在这里要做一点事情。

陈白露：你在这里找事做？

方达生：事情自然很多，我也许要跟金八打打交道……

方达生：(忽然)不过，竹均，你为什么不跟我走？这几天来，我们谈了很多过

① 陈恭敏：《什么是陈白露悲剧的实质》，《戏剧报》，1957年第5期。

去的事情，谈到我们当学生时代的美好理想和善良的愿望，这些愿望至今还在燃烧着我，也燃烧着你，竹均，也许你既不肯放弃善良的愿望，又要过享乐的生活，这完全是幻想……

这里所增加的台词，说明黑暗的现实冲垮了方达生“洁身自好”的生活，改变了他逃避现实的生活态度，表现了方达生思想的发展。饰方达生的章非同志的表演，正是细致地体现了这种思想的发展，当他最后迎着阳光走出旅馆的时候，人们对他寄予了希望。

和《日出》作品本身的成就一样，这次的演出，不只塑造了陈白露、方达生的形象，更主要的对剥削制度进行了无情的揭露和鞭挞。如李石清（诸葛明饰）和潘月亭（蒋超饰）之间的搏斗，最后同归于尽；李石清用自己的人生哲学教训黄省三（吴淞饰）的这几场戏，对资本主义的本质揭示得真是入木三分，使人感到惊心动魄。在表现资产阶级内部矛盾的同时，导演更着重地通过艺术处理，紧紧掌握和揭露了被侮辱被损害的人们与剥削者压迫者之间的矛盾。如当李石清被提升为襄理，正在得意忘形的时候，黄省三来哀求李石清，为了孩子的活命，让他再回到大丰银行当录事，用这尚未流尽的血汗，来继续换取每个月的十元二毛五。李石清用刻毒的讽刺和咒骂拒绝了黄省三的请求，黄省三又苦苦地哀求潘月亭，甚至给他下跪。在这场戏的进程中，一连出现几次旅馆茶房托着丰盛的点心，经过黄省三面前，送到欢笑的客厅里，当黄省三被逼得忍无可忍，愤恨之极，要跟潘月亭拼命的时候，潘月亭立刻露出狰狞的面目，对准黄省三的胸口猛击一拳，把他打倒在地上。当黄省三倒下的时候正好有一个茶房端着一盘水果进来，被黄省三一撞，苹果碰翻了，撒在黄省三瘦弱的身上。导演这个细节的创造，对剧本“损不足以奉有余”的主题思想作了鲜明而深刻的强调。给“不足”者与“有余”者作了鲜明的对照。在这里，我感到有必要提一提吴淞同志所塑造的黄省三的形象。黄省三第一次出现的时候，穿着一件褪色的旧薄棉袍，围着一条旧围巾，显得干净利落。虽然他身体瘦弱，脸色苍白，但是精神正常。他到这陌生的“高等社会”里来，有些畏缩，但并没有卑躬屈膝的可怜相。他给我们的印象是一个正常的人。而当他第二次出场时，在对李石清、潘月亭的哀求中，进一步表现他的畏怯和凄苦的笑容。到第四幕我们再看到他时，演出正和剧本中舞台指示一样：“他此时的形象叫人联想到半夜从坟墓里爬出来的僵尸……”这样一个发展过程，比那种让黄省三一上场，就显得十分可怜，外形肮脏，精神恍惚的样子要好得多。因为，这样处理使我们清楚地看到，黄省三是怎样被这吃人的社会逼得一步步精神失常，最后走向毁灭，因此我们的愤怒就更多于怜悯。对此，黄省三全家服毒自杀的消息，原本是翠喜对小东西感叹人生痛苦的时候，从报童在后台的叫卖声中传出来的，这很容易被观众忽略掉。这次演出，导演把它处理在方达生来找小东西的时候，哑巴上场卖报，方达生买了一张，吃惊地读着这段消息，给观众的印象较深，同时使我们感到黄省三的命运和翠喜、小东西及“宝和下处”那些被损害的人们的命运是紧紧的联结在一起的，这让被损害者与压迫者的阵线更鲜明地显现在舞台上。

原载《戏剧报》1959 年第 23 期

北京戏剧界座谈《胆剑篇》

本刊讯 10 月 11 日，北京市文学艺术工作者联合会召开话剧《胆剑篇》座谈会，参加会议的有郭拓、谭霈生、范钧宏、景孤血、段承滨、白珊、徐灵、欧阳山尊、朱漪、罗英、安西、高琛、高文澜、赵戈枫、时弢、傅雪漪等，曹禺、焦菊隐也出席了座谈会。

座谈会上发言的同志，一致认为《胆剑篇》的剧本和演出都富有特色，为历史剧创作提供了许多有益的经验。它既尊重历史事实，又对历史事实有所突破，在情节和人物的处理上有新的创造。戏一开始，吴越两国的不义与正义就表现得很清楚，一下子就把观众抓住了。全剧很多地方采用虚实结合的手法来表现众多的事件和复杂的内外部斗争，也能引起观众丰富的联想。精辟甚至富有哲理的诗一般的语言，则更是剧本的一个优点。全剧塑造了众多的鲜明的人物形象，如勾践、范蠡、文种、伍子胥、苦成、鸟雍等。很多同志认为第一幕伍子胥与范蠡为勾践的生死而引起的冲突，很能突出这两个人物的形象，可惜在演出时删除了；但也有同志认为还是删除的好，因为删除了范蠡的这段戏，就相对地能够突出勾践的形象。

发言的同志还对剧本和演出提出了一些富有启发性的意见。其中包括以下两个问题：一，夫差肯于放勾践回国的根据何在？剧本写了夫差在这一问题上的政治企图，这是好的，但缺乏一个必要的条件，即夫差相信勾践是能臣服他的。二，勾践在复兴越国中到底起了些什么作用？现在看来，苦成的形象有些压倒勾践，勾践显得被动。也有同志认为剧本把越国内部表现得太团结了，把人民表现得太一致拥护发愤图强了，这样勾践在复国的过程中没有遇到更多的困难，第三幕以后戏也就显得平了。

原载《戏剧报》1961 年 Z7 期

《胆剑篇》演出[1]浅谈

凤　子

话剧舞台上，历史题材的创作，为作家、表导演艺术家又开拓了一条广阔的路，作家、艺术家们想象的翅膀，在艺术创作的天地里可以任意翱翔，但如何"古为今用"却还是需要探索的一个课题。

《胆剑篇》是历史剧，"卧薪尝胆"的意义可说是人所熟知的，问题在如何处理这样一个人所熟知的题材。历史剧要不违背历史，就要掌握马克思列宁主义观点来演绎历史。是剧就要有戏，就要要求有人物，有戏剧性的贯串行动。写人物，就要塑造性格，性格必须在矛盾冲突中展开。这本是创作剧本必须掌握的规律。这规律对作家曹禺来说是驾轻就熟的了。我们看《胆剑篇》不但写出了侵略者和被侵略者间的矛盾，写出了侵略者吴国的内部矛盾，和被侵略者的越国内部领导思想和人民群众间的矛盾（还包括人和自然灾害的斗争），更写出了人物的自我矛盾。写矛盾是为了揭示人物的内心世界，展示人物性格，推动戏剧动作发展。《胆剑篇》一开始，矛盾就铺得深而且广，并且在形象的艺术构思上，能将深而且广的矛盾纠缠在一根线上。例如镇越宝剑的运用，镇越宝剑反映了国与国间、也即侵略者和被侵略者间的矛盾，反映了吴国统治阶级内部矛盾，反映了吴王夫差的自我矛盾，它起了一石数鸟的作用。有人将镇越宝剑比之为贯串珍珠的一根根线，有人将镇越宝剑比之为建筑房屋的大梁，这些比喻不一定恰当，但却能看出镇越宝剑出现在《胆剑篇》中的作用。出现在《胆剑篇》中的其他一些细节描写，都可以看出作者构思的光彩和特色，是既有浪漫色彩，又运用得十分严谨。如烧焦了的稻子，"十年生聚，十年教训"的几片竹简和苦胆等。但紧密地结合主题同时又能点出人物性格的莫过于这柄剑的设计了。这柄剑，诚如勾践说的："留在吴国人手里是越国的耻辱，留在越国人手里却成了报仇雪恨、发愤图强的动力。"越国人宁可牺牲生命也要保住它，这柄剑完成了苦成老人坚贞爱国的形象，最后再回到夫差手里时却成了侵略者自我灭亡的武器。从镇越宝剑的设计看出作者在艺术创造上的魄力。要谈《胆剑篇》的艺术成就，需要更细致深入的分析，特别是几个光辉的人物形象的塑造。这里只是概略地谈一谈剧作家曹禺的艺术构思的特色，以及概括这样一个历史题材所独具的心思。

作者敢于正面来写这一历史题材，看出作者的信心和魄力，也看出作者对这一历史题材的看法和态度。第四幕苦成老人向勾践献胆时说："一时强弱在于力，千古胜负在于

① 北京人民艺术剧院版。

理。”这两句是贯串全剧的中心思想，也是作者着笔时的指导思想。这一幕勾践答辩时斥夫差不义不勇的一段话，也反映了这同一思想。要从吴越春秋中取其可服务于今天的，这一指导思想应是启发作者尝试写这一历史题材的动因。

对《胆剑篇》的主题思想的表现，读者和观众兴趣较大，因为作者的艺术构思有其独到的特色，主题的体现不生硬，很自然，人们在艺术欣赏中受到教育，得到启发。这固然由于作者熟悉地掌握应用戏剧艺术的创作规律的结果，同时，也反映出作者对这一主题认识和理解的深度。

剧本创作是舞台艺术的基础，一个成功的剧本如何再创造于舞台，就要依靠表、导演艺术家们的努力了。北京人民艺术剧院演出的《胆剑篇》，引起广泛的兴趣和议论，不是偶然的。北京人艺演出的历史剧，在舞台艺术的创造上是有建树的，郭老的《虎符》《蔡文姬》，田汉同志的《关汉卿》都曾经做过不同的尝试，尽管观众的反映不一，就艺术效果来看也有得有失；不管怎样，作家、艺术家们的心血浇灌了话剧舞台这块园地，丰富了舞台艺术，收获是不应低估的。继郭老的《蔡文姬》之后，北京人艺今天排演了曹禺的《胆剑篇》，在如何创造历史题材的舞台形象这一课题之外，又多了一个如何体现曹禺的风格问题。就风格来说，《胆剑篇》又不完全同于曹禺的其他现实题材的戏。因此。摆在人艺导演、演员面前的问题也就不少。我看了演出，也听到一些议论。有些问题，限于水平，自己一时也得不到答案。作为观众，看了演出，不禁有所感，一个热心的观众，最多看三次戏，但是作家也好，艺术家也好，着手这个题材的艺术形象的创造，却花了多少个昼夜呵！其中甘苦未必是三个半小时艺术欣赏所能体会到的吧。

舞台艺术的再创造，首先在如何理解和体现作者的创作意图，也包括如何理解和体现作者的风格。曹禺早期的几个成功作品，如果说在创作手法上更多是现实主义的，那末，《胆剑篇》多少不同于过去的话，是具有更多的浪漫主义的成分。如果说写实是曹禺的创作特点，那末，《胆剑篇》却是有虚，有实，虚实结合的。在虚实结合这个问题上，就给导演、演员带来了创作上无尽的想象和一定的困惑。人们说，以绘画来比拟曹禺的创作风格，曹禺的作品近似工笔画，从结构到人物都是精雕细琢的，如果这个评语能够成立，那末《胆剑篇》的笔姿应该说更多是写意的了。

有人说，《胆剑篇》的词念起来很象诗，有人说《胆剑篇》是诗剧，这评语应不限于台词，整个戏确实诗意很浓。《胆剑篇》的台词有文有白，文中杂白，在十分典雅的长段对话中，突然出现一两句极为粗俗的对话，如夹杂在夫差对伯嚭请功逢迎的对话中突然出现有王八、泥沙这样的词句，为什么听来并不感到刺耳呢，应该说作者的意图收到了应有的效果，这效果是与演员对人物的深入钻研不可分的。如四幕暗转后勾践有一长段独白，在一段自责中突然出现了“我就是脸皮厚，就是不知痛”的字句。观众不一定都能听真——甚至不可能听懂这几段独白，这没有关系，如果他能听清了其中这两句，对勾践这个人物该时该地的心情是可以全部理解的。老演员刁光覃在语言念白上是花了很大的功夫的，不只是在技术上有很高的修养，更重要的是掌握住勾践这个人物的核心。就在第一幕向夫差抗辩的一段话中，即反映了人物对战争的态度。当夫差当众羞辱勾践为“大禹的末代子孙”时，就培育了勾践后二十年中卧薪尝胆、发愤图强的意志。演员一再重复人物的“大禹的末代子孙”这句痛心疾首的话，深刻地体现了人物的复杂感情，而且有力地感染了观众。这场戏中几段独白抒发了人物的思想感情，也反映了人物性格的发展，这就要求演员既要有技术素养，又要深入钻研角色的内心。这一课题确实给了演员发挥艺术创造上的享受，但也给了演员不少的困难。

整个戏的读词，显然不同于《虎符》《蔡文姬》那样重的朗读味，听来还相当生活化。当然，究竟演的是古人，台词即便有文有白，到底还是文多白少，本身就不够口语，也不可能象现代人那样口语化。这也是演员的苦恼问题之一。有的演员过去演过历史剧，原已掌握的一套表现方法一时摆脱不尽，有的过去虽然未参加历史剧演出，可是在同一剧院，难免受到熏染，无论角色轻重，在念白上仍看得出所受的影响和痕迹。问题解决得比较好的是饰演吴王夫差的童超。夫差只有两场戏，前后距离十五年，两次出场精神面貌也有很大的改变，由于演员掌握住了人物思想行动的动力——要做诸侯的霸主，因此一幕中的读词，听出人物内在的骄矜和自信，而出现在五幕中的夫差，却更多是刚愎自用的了。童超似乎也运用了一点朗诵味，但很柔和，不造作，如“寡人不德”这句话，随口而出，声音响亮，就活现了一个青年得意的君主神态。夫差发展的线索明确。演员创造了一个生动的形象，读词只是表现人物的手段之一，但从童超的表演，说明了必须从人物出发这个问题。读词不论是快慢、高低，朗诵体也好，口语化也好，必须真实地表现人物内在的思想感情活动，否则，即便有技术，结果也是僵化的。

曹禺的戏写得足，感情写得满，读剧本可以给人很大的享受。但是，到了演员手里，怎样准确地来表达那填得满满的感情，可就是相当困难的了。饰演苦成老人的马群应深有体会。苦成是农民还是隐士？表现这个人物应该更多点泥土气息，还是更超脱一点呢？据文种的介绍，他是位乡贤，演员也似乎是从乡贤来着手刻画人物的。作者笔下的苦成是十分理想化的人物，赋予了人物一系列英雄行动，从效果看，苦成却感人不够深，是演员未能很好理解，体现作者的意图呢，还是作者下笔时感情太饱满，感情太挤，弦一开头就定的太高，使得人物无法很好地再现呢？

苦成是作为人民的英雄来塑造的，写苦成同时也写了无霸、鸟雍、黑肩等等人物。比较起来，鸟雍较有特色，因为写出了作为奴隶的憨直而又敢于反抗的性格。有些人物卷在群众中，面目不大清楚，实际也没有篇幅写这样众多的人物。苦成生活斗争在群众之中，而又要使他站的比群众高些，看的比群众远些。作者相当着力写了这个人物的英雄面貌，但毕竟缺少一些细节来描写他的思想感情活动，人物难免先形成一个框框，这可能是作者千虑一失吧。作者满腔热情地要歌颂这一历史题材，歌颂当时的几个历史英雄，为了要解释英雄人物和人民群众的关系，势必要以相当多的笔墨来写群众，要写出群众中的表率人物。写群众，写苦成的用心是可以理解的，问题是不是写的略过一点，略多一点，因而，舞台处理上，演员表演上就难免有累赘、负担的现象。四幕二场，苦成决定牺牲自己，所以心情反而平稳安定，演员这样处理是经过深思熟虑的。但苦成一幕一上场就处在国破家亡、国恨家仇的沉重的感情负担中，演员一直压抑着自己的感情，一直到牺牲的时刻，就造成了一种错觉，似乎感情缺少变化，人物似无发展。拿苍松修竹来比拟这个英雄人物的话，苦成的形象是沉稳有余，挺拔不足的。

导演在探索表现曹禺的风格这一问题，看出是花了许多心思的。从演员和角色的安排，也看出导演的苦心。角色的分配是恰当的，导演考虑的不单是神似，也照顾到形象的塑造。作者笔下的人物性格是有对比的，要突出这对比，就需要借助于形象的对比。郑榕的伍子胥和董行佶的伯嚭这一对人物形象的设计就是一个生动例证。场景和灯光的应用也看出导演对这作品的体现所下的苦心。五幕戏要概括十五年，有春秋四季，有风雪雷雨……从作者的风格谈，这也正是曹禺的艺术构思的特色之一。导演并未拘泥于作者的意图和要求，并未如实地来表现场景和气候，只在衬托人物和主题的地方，丝毫不放松，如四幕暗转后，在苦成和勾践两人大段独白之间，有一颗启明星出现在墨黑的天幕上空，是极富有象征意义的。同场景的设计，苍松、修竹也象征了越国君臣的高风亮节。谈到景、禹庙、石室、竹阁……比较写实的景都未利用，舞台上只有石块、枯松，近似写意的笔法也留给人很深的印象。整个舞台较暗，灯光跟着人物照明，可以很清楚地看到人物的表情。舞台较空旷，大的动作可以发挥自如，如四幕勾践舞剑和群众集体剑舞，表现得极有力。演出对剧本也有一些删节，有的删节是好的，如二幕删去了无霸的戏。为了加强勾践这个人物的主动性，范蠡的某些词给了勾践，对范蠡也并无损失。导演的劳动是增强了演出效果的。

感情过满如果是作者曹禺创作的特色的话，如何使得人物、细节能够较从容地达到预期的效果，在节奏上就需要更多的掌握和控制，需要从容的地方未始不可以明快一些，如四幕二场，苦成和勾践的独白，演员在技术上是花了很大的工夫，导演在调度上也做了很好的安排，可是总难免失之于沉闷。这一场景是从黑夜到黎明，光暗，也必然增加了沉闷的气氛。除了总的节奏之外，演员所设想的人物当时的内心节奏也应有起伏变化。这个戏都是外景，除了一幕是大火，四幕去了大雪的效果，灯光仍还比较亮之外，其他场次总感到阴暗的多，也许是背景要打上幻灯的原故，这气氛也使人感到沉闷。

导演焦菊隐同志处理群众场面是富有经验的。《胆剑篇》中群众场面很多，象集体剑舞，跳神求雨等给演出抹上了一道色彩，很生动。只是这个戏的群众场面过多，过于重复，看来也给导演带来了一定的困难，有无必要，有无可能略为删去一些呢？

人们对北京人艺演出的曹禺新作兴趣大，议论也多，说明大家对这一历史题材有兴趣，因此如何演出是为人们所关注的。人艺在吸收戏曲的传统表演上有过尝试，这次似乎想另辟新路，只是还不大鲜明，读词上看出导演有所要求，只是还不够统一。一个新作，一次新的演出，不可能满足每个人的要求，观众可以直觉地表示喜爱与否，但辛苦劳动获得的成果是应该予以重视的。北京人艺演出的这个戏，除了前面提到的勾践、夫差等角色外，苏民饰演的范蠡、周正饰演的文种是很引人注意的，如范蠡，在第二幕里，这个人物写得具体、贯串，但是人物在这一幕中并没有行动，人物的行动是补叙出来的，看来是实实虚虚。其他几场，着笔并不多，可是人物的出场和行动，却关系着个人的生死，国家的命运。苏民基本上塑造了一个有勇有谋的义士谋臣的形象，这形象在第一幕中，当夫差要杀勾践时，他就一声大喝昂然出现在观众眼前。所以听到范蠡答文种嘱托说：“范蠡既随大王，必保大王归！”我们就感到这个人物是可以信任的。而在第二幕中口述同伯嚭的一场辩论——实际上反映了伯嚭同伍子胥的矛盾，同样取得了观众的信任，其理在此。范蠡不只是个谋臣，而且是位将才，第一幕第四幕，通过他和无霸的联系，写出他指挥武装斗争的战略和战术。苏民对人物的气质和外形的探索花了很大的劳动，也收到了应有的效果。虽然不能说“站着不动，就是智慧”，而人物的智、坚毅的内在东西通过略带点锋芒外露的眼神和形体动作，体现得恰到好处。此外郑榕的伍子胥，董行信的伯嚭，朱旭的鸟雍，徐洗繁的泄皋，狄辛的西村施姑娘等都留给人较深刻的印象，应该感谢导演、演员的创造。美中不足的是，这次演出还未能给人一个比较完整的印象，导演的艺术构思还未能很好完成。艺术的合作是需要时间和过程的，演出一段时间后必然会逐渐充实丰满起来。

《胆剑篇》的演出引起了人们的兴趣和注意，它的不断演出，将会取得更大的成功。

原载《人民日报》1961 年 12 月 9 日

《胆剑篇》[1]断想

端木蕻良

历来就有好多人，取材于古代吴国和越国的斗争故事，编织成为戏剧。不管叫做《浣纱记》也好，《吴越春秋》也好，或是叫《卧薪尝胆》等等的名字，他们的眼光，多半都侧重在西施通过范蠡的教导，对吴国起的作用上面。但是，在《越书》上，却几乎没有提到西施，更多的描述了范蠡的全局观点，大夫文种的高瞻远瞩，越王勾践接纳忠谏，与民更始，发奋图强。越国上下一心，每夜都像睡在荆棘上面，每天都像含着苦胆那样，勤劳地过活。实现"十年生聚、十年教训"的计划，终于赢得了最后胜利。在历史上焕发出一道异采，出现了一个"壮士还家尽锦衣，越女如花满春甸"的场面。并且，给他的后代子孙，留下了多么感人心肺的经验教训。

现在，在话剧《胆剑篇》里面，对于西施这个人物的塑造，是用过一番匠心的。两千多年以来，人民对于西施，通过自己的想象，已经有了一个不可磨灭的形象，完全不写她是不行的。把西施的美丽和她的爱国心交织在一起，从一个柔弱的美质里立刻显示出壮烈的美来，这种企图是好的，它既符合人民传统的想法，也不违反历史的真实。

有一个批评家曾说过："诗如果不再现过去，不展望未来，如果不创造真理，而总是按模型塑造真理，那么，它还有什么用处呢！"

在《胆剑篇》里，对历史人物的塑造上，虽然还不够淋漓尽致，但许多人物、许多情节都是活鲜的。它不仅告诉人怎样地忍辱负重来自力更生，在这里面找到自己的出路，而且，还教导人们，在和平环境里，不要忘记斗争，在最重要的关头，不要丧失警惕，不能放下武器。剧中出现了像泄皋这样貌似老成的人物，就使这个真理，衬托得格外鲜明。

在历史上，在我们土地上，出现灾害性的干旱，是常有的事，记录最早的一次，怕是在商汤时代了。历来他们都是首先祈祷上苍，然后才来尽人事。但是像我们今天遭受了三年多的连续性的普遍的干旱，而仍然能够很快战胜灾荒，在历史上，是破天荒的事迹。这是由于我们的制度优越的缘故，剧里出现了越国为了三年干旱而求雨的场面。来个古今对比，是好的。

不过，现在表现在舞台上的气氛还可以强烈些。古代南方民族祭水，大都用六龙璧，沉到水里。现在，我们还可以看到出土的这种实物呢！剧里不一定出现这种细节，但是，描写当时人们仰望上苍的情形，还是可以多写一两笔的。

---

① 国防文工团版。

国防文工团演出的《胆剑篇》，在整个处理上，都显得浑然一体，都很和谐。因为剧本里，有的地方，是运用了象征手法来进行概括的。倘若处理上，使现实手法和象征手法，不能很巧妙地溶解在一起，就会使剧情的发展受到妨碍。在这方面，导演和演员都用心地作出了可喜的成绩。像对舞台上火光的处理，像对勾践决心报仇雪耻的行动前的大段独白，都处理得十分妥帖。特别是对苦成老人的处理上，使他极富于人情味。他苍老而矫健，激愤而达理，每个小动作都有劳动人民的气质，使人感到他是一个人，而不是一个概念。

不过，在敌人把中年汉子拉下去，他的小女孩要追上去的时候，敌人把小女孩推到这边来，就处理得稍嫌简单。这个小女孩，不应那么轻易地下去，我想，要在京剧里，她这样是下不了场的，因为场面很难处理。怕要来个三拉三扯才行。在这里，倒不一定来个三拉三扯，但如果女孩再上场一次，又强被吴兵拉下，就会更使观众激动，同时，也给西施的出场敲了锣鼓，就更能显出西施卫护小女孩时的义勇的情操来。

此外，勾践知道自己做了吴王的前马，在他接了马鞭时，感情应该急转直下地变为愉快地接受，把愤怒的感情立刻压制下去，甚至使君夫人都误会到他是乐意的，就会使勾践的性格更为丰满。

还有，大禹庙前碑的形式问题，中国最早的碑都是和玉圭的形式一样的，上端是纯尖的，不是方的，还应该有个圆孔。当然这是小节，顺便在此一提。

看了《胆剑篇》的演出，是令人鼓舞的。拉杂地说出一个观众的一些断想，也是一次学习的漫记，希望能换来很多的教益。

1962 年 9 月

原载《云南时报》1962 年 9 月 20 日

地拉那首次上演《雷雨》

新华社地拉那二日电　阿尔巴尼亚首都地拉那人民剧院一日晚首次演出中国话剧《雷雨》。

阿尔巴尼亚劳动党中央政治局委员穆夫蒂乌、阿利雅、科列加，阿尔巴尼亚人民议会主席团主席列希，部长会议副主席、阿中友好协会主席凯莱齐等党和国家领导人出席观看了演出。中国驻阿尔巴尼亚大使罗士高、使馆外交官员和在阿尔巴尼亚的中国专家也应邀观看了演出。

演出前，阿中友协秘书科索瓦致了词。科索瓦指出，上演中国作家曹禺的《雷雨》是阿尔巴尼亚戏剧界的一件大事，它有助于阿尔巴尼亚人民进一步了解中国人民的生活。

科索瓦说，中国戏剧在世界文学上有着巨大的影响。今后阿尔巴尼亚剧院将更多地上演中国戏剧，以进一步增进阿中两国间的友谊。科索瓦最后祝中国社会主义的文艺取得新的胜利。

地拉那人民剧院这次演出《雷雨》，由阿尔巴尼亚著名导演阿哥里导演，扮演鲁妈和周朴园的演员都是阿尔巴尼亚的功勋演员，他们的精彩表演受到观众们的热烈赞赏。

演出结束后，穆夫蒂乌、凯莱齐和罗士高大使走上舞台，向演员和导演祝贺，并和他们摄影留念。

原载《人民日报》1963 年 7 月 5 日

回忆《蜕变》的首次演出

——兼论关于《蜕变》的评价问题

沈蔚德

一、川江上沸腾的爱国热潮

1939年秋冬之际，从四川江安这个小城的江边码头开航出几只小木船，顺流而下。这一段川江，江面不宽，水也比较枯浅，但仍然是湍急地曲折迂回、波涛汹涌的向前流着。一路上，也不乏险滩，什么“筲箕背”呀，“小南海”呀，一到这些地方，江水就会像煮开了的滚水一样沸腾起来。冲击着狼牙般露在水面和暗藏在水底的礁石，发出哗哗震耳的响声。水中还有无数大大小小的漩涡在打转转，转得你头晕目眩。在船工紧张的号子声中，那几只小木船随着流水就象骑在一匹骏马上一般疾驶下去……

这几只小木船上的乘客看起来都是些普通的青年男女，却又带些书呆子气。在狭小的船舱里，他们多半手里拿着个书本本，有的三个一堆，五个一起的围坐着，你一言，我一语，有时平静，有时就激烈地争吵起来。这时又会被一个年纪稍大的人打断，指出这场“争吵”有什么不妥之处，于是这些人又心悦诚服地从头说起，重复一遍。还有的一个人坐在稍远的角落里，忽而沉思默想，忽而指手画脚，脸上时喜时怒，嘴里自言自语，好象着了魔一样。他们好象都沉入另一个比现实还要真实的想象的世界之中，而且沉溺得那样深沉，以至于什么两岸的风光，险滩的波涛，甚至吃喝、睡眠都在意识之外了。这群青年男女究竟是些什么人？他们在干些什么？他们这是到那里去？这就需要从当时的政治背景说起……

七七事变以后，由于党和人民的督促，蒋介石被迫抗战，在民族解放的旗帜下结成了最广泛的抗日民族统一战线。在武汉失守（一九三八年十月）前，正如伟大领袖毛主席所说：由于“日本侵略者的大举进攻和全国人民民族义愤的高涨，使得国民党政府政策的重点还放在反对日本侵略者身上，这样就比较顺利地形成了全国军民抗日战争的高潮，一时出现了生气蓬勃的新气象”。（《论联合政府》）正由于这种高尚的爱国义愤，著名剧作家曹禺同志在一九三九年写出了抗战剧《蜕变》。这个剧本既揭露了国民党反动政府贪污腐朽的官僚统治的行政制度，又提出在抗战中蜕“旧”变“新”，建立“新形式的国家”的对光明未来的良好愿望，这在当时起了鼓舞人民抗战热情的好影响。

当时曹禺同志在国立戏剧专科学校任教，剧本写出后，近水楼台的剧专很自然地争取到“首演权”，并由那时也在剧专任教的张骏祥同志担任导演。至于职演员，则由剧专的部分青年教师和高班同学来担任，其中如蔡松龄同志和我，都已经是教师，但也分别担任了梁专员和丁大夫两个角色。我们这些职业演员那时都还年轻，血气方刚，激于宣传抗战救国的热忱，激于对剧中正面人物的爱和对反面人物的恨，激于对剧作家曹禺同志和导演张骏祥同志辛勤劳动的敬意，大家不约而同，暗下决心，一定要克服一切困难，群策群力，把这个戏演好。

条件确实很艰苦，就拿交通来说吧！剧专的校址在四川的一个小城江安县，地点偏僻，距离重庆相当远，只有一条水路可通。可是在江安城外的沿江轮船码头上，却经常挂着“上下水无消息”的木牌，令人望“江”兴叹。为了尽快把这一出新抗战剧搬上舞台与广大观众见面，在重庆公演的日期早已定下，而戏尚未排练成熟，因此索性雇了几只小木船去重庆，在川江上边赶路、边排戏，这才给江川上游平空增添了一幅小小的奇异的景色，正是“我本无意来入画，谁知竟作画中人！”

我们那几只小木船鱼贯而行，顺流而下，在波涛汹涌的大江中摇摇晃晃，走得很慢也不安全。如果过险滩时撞在礁石上，那薄薄的船板就会象鸭蛋壳似的撞得粉碎。船只每天一早开航，夜晚才陆续停靠码头。船舱很小，走不开地位，面对台词，通过对台词的钻研来体验角色的内心，校正声音表情，并与其他角色进行交流。排练的方法一般是导演先计划今天排那些主要场面，就把其中的演员一早集中到一只船上，到晚上排练完了再各自回到自己的船上去安歇。白天我们对台词的声音与江上的风涛声相应和，夜晚我们躺在舱板上，剧中各种角色的音容笑貌和激烈斗争的场面等种种幻象萦绕脑际，使我们辗转反侧不能立即入睡，而舱板下的淙淙流水声又象是奏着催眠曲来抚慰我们。这种“雨洗面，风梳头，皓月当空作明灯”的水上生活无疑是辛苦的，但我们心中都有一团青春的火焰，一股爱国的热潮，能以战胜一切艰难险阻，勇往直前，吃这一点苦又算得了什么呢？我们就这样坐了好几天的小木船，才到了目的地重庆。

重庆是国民党反动派的“陪都”，那些上层人物依旧过着纸醉金迷、荒淫无耻的生活。劳动人民则除依然被敲骨吸髓地受剥削、受压迫之外，还要被“拉壮丁”，以血肉之躯来抵挡日寇的炮火。在我们党的领导下，重庆进步的文艺界戏剧界活动频繁，努力于抗战宣传，深受人民的欢迎。但那时国民党反动政府表面上还保持着要抗战的假面目，实际上却已经改变了政策，准备卖国投降。因而，剧专虽说是“国立”的，但这次是来演出抗战剧，反动政府十分冷淡，连职演员的住处也不给安排，结果只好住在一家歇了业的浴室里。没有床铺，大家就打地铺，睡在地板上。再说，住处、饭堂和排练场又不在一处，人就只好在这三点之间来回奔跑。我的小女儿那时还是个几个月大的婴儿，因为是自己哺乳，只得托人抱着也到处跟着我转悠。记得洗群同志那时在重庆，经常来看望我们，他一向很风趣，爱说笑话，有一次忽然对我说：“你怎么唱起《女起解》来了？”我不明白，他指着我身后抱在别人手里的小女儿说：“要不然这位崇老伯怎么老押解着你呀？”这句话说得我们大家都大笑不止，但从这里也可以反映出我们那时的生活情况。

生活上的艰苦我们并不在意，我们只是一心一意地扑在排戏上。我们知道只有在艺术上精益求精，把戏演好，才能吸引观众，收到宣传抗战的效果。每个演员都在刻苦钻研自己的角色，一个动作，一句台词从不轻易放过，其中最突出的要算蔡松龄同志。他的工作态度向来严肃认真，十分踏实，我记得他那时老在反复琢磨梁专员说明新式的官吏同一个旧式官僚有什么不同，而且对软弱谨慎、害怕困难的温副院长发火的那一段重要台词："怎么叫不可能？你从上面一时领不来，你该找省内要管理处；省内医药管理处要不来，你该找动员委员会……要！要！要！要我们的蚊帐！卡车！金鸡纳霜！那怕这三件东西你要从地里挖出来，你得完全办到，你才算完！"这一段台词写得好，他也念得好。那种有如传统戏曲中的快板或垛字板的一气呵成、急促有力的节奏，真象一阵"滚雷"在人们耳边轰响，震得人不由得不惊醒振作起来。至今时隔四十年，他那拍案而起、怒目而视、两只有力的大手伸开钢钳似的十指自下而上真象地从地下能挖出无限的宝藏来的神态，恍然如在目前。他当时所塑造的这个带有农民气质的质朴慈祥而又英明果断的新式的官员形象，应该说是相当成功的。梁专员和丁大夫这两个角色同台的戏很多，我们合作得很默契，很愉快，是件很可纪念的事。在《蜕变》以后，直到建国以来，蔡松龄同志还在舞台上和银幕上创造了不少生动的艺术形象，不幸他已在前年去世，实在令人惋惜。

丁大夫在这个戏中也是一个比较重要的角色。她是新民主主义革命时期富有正义感和热爱祖国的进步知识分子和科学工作者的典型。她是个名医，有"着手成春"的技术，又有"救死扶伤"的献身精神。为了抗战救国，她置名利地位和优异的医院条件于脑后，甚至甘愿献出她的独生子和自己的热血和生命。她刚毅率直，嫉恶如仇，对人对己要求都很严格，大有大丈夫气概；但有时却又慈祥温和，从善如流，极容易动感情，象一个慈爱的老妈妈。她是爱憎分明的，这就使她在性格上看来截然不同的两个方面很好的统一起来。我热爱她，敬佩她，觉得从她身上可以看出当时那一整个时代进步的知识分子和科学工作者的面貌来。但我个人要把她这样一个艺术形象正确而完美地在舞台上再现出来，就需要艰苦的努力，而且在必要时，还需要剧作者和导演的帮助。我现在还很清楚地记得两件事。一件是《蜕变》第四幕中丁大夫有一段重要台词。这是她在给自己的儿子丁昌开过刀之后，在阳台上向那些经她治愈即将重返前线的伤兵们所说的一大段感人肺腑的话语。在这段话里丁大夫不仅庄严地发出把自己的独生子献给祖国的誓言，而且激励大家为了神圣的抗战，民族的生存，一定要不惜一切牺牲，战胜敌人，建立"一个自由平等新的形式的国家"！这一段台词情感很激动强烈而又波澜起伏，既是全剧中心思想的所在，又是角色的崇高精神世界的表现。怎样才能说好，字字打入观众的心坎呢？虽然我对角色有自己的理解，对这段台词也有自己的表演设计，但在经过剧作家曹禺同志的帮助以后，我的信心才更坚强了。不用说，他在写这段台词时是经过反复推敲的，而他自己又有丰富的舞台经验和优秀的表演才能，所以他多次来和我共同分析研究其中思路的层次和转折，情感的起伏和变化，声调的抑扬顿挫，字音的轻重快慢，那里宜停顿，那里宜流畅……真是一丝不苟，字字斟酌。有时他还亲自做示范表演，使我获得不少教益。另一件事是导演张骏祥同志对我的帮助。他在排戏的过程中，并不琐琐碎碎随时指出你的缺点，而是在必要时要言不烦地点拨你一下，让你自己去尽力思考和体会。我至今记得，在《蜕变》第三幕中，剧情是，医院来了一个受重伤的李营长急需输血，但恰巧没有合适的血，这时丁大夫说："不要紧，有办法”“我是O型的”。我在说后面这句台词时口气可能稍稍矜持了一些，导演马上指出这句话没有说好，要说得很自然平常。我后来仔细一想，丁大夫为了医治伤兵，日以继夜，不知疲劳，身体已经很虚弱，现在还要为病人输血，这是多么难能可贵的崇高品质啊！但是这只是其他剧中人、观众和一般人的想法，而不是丁大夫这个人物的内心活动。在丁大夫看来，作为一个医生，救死扶伤是她的本分；何况对于这些曾经牺牲自己的血汗的抗战英雄，必要时献出自己的鲜血来挽救他们的生命不是理所当然的吗？只要丁大夫稍微有一点“我做了一件好事”的自我意识，那就有损于她的形象，甚至就失去了丁大夫之所以为丁大夫了。就一个演员来说，在那一瞬间，他就是站在角色之外，而不是生活于角色之中。这真是所谓“失之毫厘，差之千里”。谁说一个不重要的细节、一句简短的台词是可以疏忽的呢。

总之经过不到一个月的紧张排练，戏熟练了，布景也制作就绪，戏院租定了，海报也刷出去了。这时大家稍微松了一口气，立刻又以箭在弦上、枕戈待旦、马上要投入战斗的更紧张的心情等待公演。但是万没有想到这时山城的浓雾忽然一下子遮住了太阳，一阵冰雹几乎把这一朵经过全体人员用心血浇灌的含苞待放的鲜花给摧残得枯萎掉。真是所谓“天有不测风云”吗？不是！这不过是久已乌云密布的政治气候，终于临到我们头上罢了。

二、山城迷雾中的一场风波

我们这群青年当时被爱国热情燃烧着，却不知在1939年，国民党反动政府已经开始“消极抗战，积极防共”，采取了所谓“限制异党活动办法”，对人民的抗战进步活动加以取缔和镇压。伪中宣部对戏剧方面进行剧本和演出的双重审查，企图将进步的戏剧活动扼死在摇篮里。

曹禺同志当时站在革命民主主义立场，在《雷雨》和《日出》中总是痛恨和诅咒那些“损不足以奉有余”的剥削者和压迫者，他毫不妥协地抱着“予及汝偕亡”的势不两立的态度要求彻底推翻那个腐朽黑暗的旧社会。他读过那些在当时认为是“洪水猛兽”的书，同情劳动人民和一切受侮辱受损害的人们，而把光明的希望寄托在工人阶级身上。他相信黑暗终将过去，太阳总要上升，“腐肉挖去，新的细胞会生起来”（《日出》跋）。在《蜕变》中他同样指出我们民族在抗战过程中一定要“蜕掉那一层腐旧的躯壳，新的愉快的生命才能降生”。这种进步思想鼓舞人民，去改革现实，追求光明，与恶势力作斗争。而这又正是国民党反动派所最害怕和最忌讳的，他们对这样一位进步作家，老早就在用“夜猫子眼睛”“无昼无夜耽耽地守在一旁”监视着：对《蜕变》这个抗战剧，他们那猎狗一样的鼻子也早就在胡乱嗅着了。于是这些审查委员会的老爷要审查剧本！审查后提出许多地方必须修改！不然的话，当然，不得上演！

那些审查委员老爷们的狗鼻子，究竟嗅出些什么“不好”的气味呢？例如：第一，剧中第一幕那个乌烟瘴气、贪污腐朽的后方医院为什么要写成是省立（公立）的？这样岂不影射到整个国民党反动政府的官僚行政机构？第二，这个院长的小老婆的外号为什么偏要叫做“伪组织”？难道你们不知道这时汪精卫已在沦陷后的南京组织了投靠日本的汉奸伪政府，而且蒋介石已和他暗中勾结，成了一家子吗？当然这是他们的心里话，不便直说，但是你们只应该心照不宣，而不应该写出来让观众发出会心的一笑呀。第三，丁大夫的儿子丁昌为什么要唱进步歌曲《游击队之歌》而且是随战地服务团到西北去的呀？那不明明是指共产党领导的抗日武装和根据地吗？第四，最后一幕丁大夫在欢送抗战部队伤愈重返前线时挥扬着小伤兵送给她的肚兜为什么偏偏是红色的？凡一切红色不都是赤化的标志吗？……等等。这些地方有的是剧作者确有所指的，有的则是审查委员老爷们神经过敏或无理取闹、有意刁难的，真是令人哭笑不得！要“遵命”改，就会使剧本面目全非，失去作者原意；要不改罢，当然，就会“不得上演”！我们大家都气愤异常，同时才从“抗战宣传是天经地义因而是理直气壮的”天真幻梦中清醒过来，认识了国民党反动政府镇压进步力量、卖国投降的丑恶面目。

我们自排戏以来的那种火一般的热情受到劈头盖脸的一盆冷水的浇灌，一阵刺骨的寒风的猛吹。有的同志灰心了，同时也激怒了，准备“宁为玉碎，不为瓦全”，拼着戏不演，也不能改动。有的同志则认为应该跟他们据理直争，运用曲折的斗争艺术，在必要情况下作某些让步，以争取上演达到宣传抗战的目的。经过学校当局和他们交涉，并征求剧作家的同意，结果剧本最主要地改了两个地方：一是将“省立伤兵医院”改成“受公家津贴的私人开的医院”；二是不提“伪组织”这个外号，在演出时一面嘴里说成“这个”，一面用动作——一手竖起小指来表示她是秦院长的小老婆。为了这样的改动，可苦了导演和演员们。因为谁都知道，台词和动作都已排练纯熟，一旦又要改动有多么吃力。例如，头一个地方，演员说“省立伤兵医院”多么顺口，现在改成疙里疙瘩的长句子“受公家津贴的私人开的医院”又是多么的累赘和拗口！第二个地方同样如此，说“伪组织”政治讽刺意味多么深长，声音又很干脆利索；现在改成一面嘴里说着“这个”，一面手上还得比划，伸出小指，在表演上既嫌繁琐，又缩小了这个外号的社会意义。除了这一些技术上的困难之外，何况我们心里还憋着气，思想上还有抵触呢！为了这样的改动，只得又重新排练了好几次。然后审查老爷又发下命令，光审查了剧本不算，还要审查演出，要不然怎么叫“双重审查”呢？

我永远忘不了那天审查《蜕变》演出的奇特情景；一间空空如也的大屋子，一面靠墙前放了一张长条木桌，上面简单的放着一些茶杯、烟灰缸之类的东西。长桌后面坐着委员老爷们，有的似笑非笑带着一副油腔滑调的样子，有的则板着脸装出一副假正经的神情，戴着眼镜的则从眼镜边骨碌骨碌地斜着眼看人。在我们的眼光中，他们一概都是当时女同学们最爱用来骂人的话：“死相”！长桌前一大块空地就是我们演出的地方。尽管他们搭着“三堂会审”的架子，但是演员们却一点也不卖账。我们决定什么也不给他们看，没有布景，没穿服装，也没有化装。空地上用几张桌椅、台阶和一些简单的道具搬搬弄弄，就算舞台。演出开始后，我们脸上也毫无表情，只是上场、下场和走走地位，背背台词罢了。天啦！谁看见过这样的戏呀！非但不是彩排，也不算总排，没有戏的气氛，没有戏的情绪，更谈不上什么艺术的想象和情感的交流……有的只是一颗颗充满了气氛和反抗的怒火的心！

我想我们这种消极抵抗的办法，审查委员老爷们是觉察了的，于是他们渐渐打呵欠了，你看看我，我看看你，变得呆头呆脑起来，有时忍不住下意识地咂咂嘴，仿佛吃了什么苦药似的。然而他们也无可奈何，因为我们这种斗争是合法的。回想起来，我们这次演出的本身就是绝妙的一出讽刺剧。

《蜕变》终于首次在重庆公演了，经受住风霜之后的花朵是会更鲜艳的，它受到广大观众的热烈欢迎。这首先是由于它符合时代的要求，鼓舞了人民抗战救国的热情。其次，它是曹禺同志继《雷雨》《日出》《原野》之后写的一个新戏，也是一个思想性艺术性都较高的好戏。再加上张骏祥同志这样一个好导演的艺术再创造，更使这戏生色不少。至于演员，除少数青年教师外，主要是由剧专高班同学，不同于专业剧团的演员，但是由于抗战热情高涨，态度严肃认真，博得了广大观众的好评。其后，不少专业剧团陆续演出《蜕变》，都获得了巨大的成功。这个抗战剧完成了它的历史任务。

《蜕变》自演出和出版后，直到建国以来，戏剧界和现代文学史家，曾不断有所评论。可能由于不熟悉当时情况以及作者原意，不少人对《蜕变》的评价并不符合实际。作为一个知情人，我想提出一些不同的意见。

三、《蜕变》给人以"希望""勇气"

许多评论家和文学史家对于《蜕变》是怎样评价的呢？他们对《蜕变》的主题思想都是肯定的，肯定它表现了作者"对旧势力的憎恨和光明的向往"；他"对'新的生命'的颂扬和支持"以及"对于'旧的恶的'暴露和掊击"，当然这是对的。但又有人说，《蜕变》的比较成功之处仅仅在于它"对于'旧的恶的'暴露和掊击"，甚至于连这点也做得不够，因为"剧本中对于这个后方医院的黑暗情况的暴露"，"没有联系到国民党反动派全部政府机构的糜烂情况"，"而是把它当作一个偶然的个别的丑恶现象来加以处理"。（《中国新文学史初稿》下卷 166—167 页）我以为这种批评不很公平，而且忽视了文艺创作的典型化原则。文艺作品反映生活需要集中概括集中而加以典型化，因而可以通过个别以见一般，以部分代表全体。一个"省立"的后方医院正是整个国民党反动统治腐朽的行政机构的一部分，也是它的一个缩影。上文已经说过，这是连国民党反动派的审查老爷们的狗鼻子也能嗅出来的，因而在《蜕变》首演时，一定要修改成"受公家津贴的私人开的医院"。（这种改动的痕迹在一九四一年一月文化生活出版社出版的《蜕变》剧本中完全可以看出。例如在第三及第七页的人物及时间表和第十一页的第一幕舞台说明中提到的都是"省立医院"。还有第一百页丁大夫对话中"我想省立的几个医院，恐怕也只有你们这个是最特殊的了"。这些地方都说的是"省立医院"。但是在第二十五页孔秋平对话中却说："就是私人办的医院，既然得了公家的补助，也得象个样儿呀。"第五十七页秦院长的对话中也说："我这个医院，既然奉命收容伤兵，也算是公立的。"此等处看起来好象前后矛盾，其原因就在此。）

其次，这些评论文章几乎都指出作者"对于'新生的生命'的描绘和讴歌"是没有现实基础的，因为剧本中所创造的作为"新的生命"的两个代表人物是没有现实基础的。第一个人物，是丁大夫，有人说"丁大夫是一个毫无缺点的完全的新人，她的心无时无刻不在伤兵身上，读者或观众自然敬爱这样的人物，希望她能够得到成功"（《中国新文学史稿》下册

155 页）。有人又说丁大夫不是一个“对客观现实有正确认识”的“爱国英雄”“敢于战斗的无畏的勇士”，她“仅仅是一个含辛茹苦的寡母，一个爱护伤兵的仁慈的女性，一个孤零零的女性”，因此她是“不足以作为人们学习的对象和模范的”（以上均见《中国新文学史初稿》）。我们究竟应该怎样看待丁大夫这样一个人物呢？首先，我以为作者创作这样一个对祖国有献身精神的爱国的知识分子，对伤兵如此尽心医治，忠于自己的职守的大夫，应该是值得我们敬爱和“学习”的。但作者的原意是否要把它写成一个“毫无缺点”的什么“爱国英雄”呢？我以为不是。她看不惯这个腐败的医院，工作处处掣肘也曾感到灰心失望，想一走了之；以后是受到儿子和梁专员的鼓舞才又振作起来，决定坚持下去。直到最后一幕，那一长段在阳台上向重返前线的伤兵们所说的话中，她还谈到，在五分钟前她曾有一个做母亲的私心，想等儿子的伤好了，再也不许他到前线。是什么才使她改变了这个想法的呢？是因为有这些伤愈又重返前线的士兵在她旁边，是他们的“榜样”，他们的“力量”才纠正了她的错误。因此她认为这些“牺牲血汗”，一次再次的抛妻别母，为着民族的生存，艰苦奋斗的人才是她所“崇拜的英雄”。很清楚，这也说明作者没有当丁大夫是个什么“完美无缺”的新人和“英雄”，她只是个在民族解放斗争的实践中不断改造自己思想的爱国的知识分子。然而这也正是她的性格上平凡而又不平凡的所在，这使她成为一个有血有肉的人，而不是理想化了的“神”。这个人物究竟有无“现实基础”呢？我认为是有的。我听说这个人物在生活中的原型是作者所认识的天津的一位女名医。当然作者写的也决不是真人真事，而是经过艺术概括和典型化的。当抗战一开始，多少爱国的知识分子、文化人和科学家都抛弃了自己的一切，或投笔从戎，奔赴前线，或留在后方，积极从事抗战工作，难道这样的人还少了吗？另外，我在上文也初步分析过，丁大夫在性格上有她对同志的无限热爱的一面，无论是她对自己死去的丈夫和在前线受伤的儿子，以及敬梁专员如父，爱伤兵如子，但这都是建筑在救死扶伤，志同道合，有抗战救国的“共同的大理想”的基础上的。因而绝不能把她看作“是一个含辛茹苦的寡母，一个爱护伤兵的仁慈的女性”，而且她更不是“一个孤零零的女性”，她受着医院的陈秉忠、谢宗奋、陆葳、夏霁如等公务和医护人员以及成百上千伤员的爱戴，为什么是“孤零零”的？她坚强刚毅、嫉恶如仇，在飞扬跋扈如马登科、泼辣凶恶如“伪组织”等邪恶势力的面前，她真算得是个“敢于战斗的无畏的勇士”。如果一定要把“女性”二字当作柔弱的代词，那她总得算是大有“男子气概”了吧！

第二个人物是梁专员。许多评论文章认为创造这个人物更缺乏现实基础的。“这种贤明的官吏在当时的国统区是不可能存在的”，胡风更是胡说什么“这位梁专员，虽然带着形象的面貌，但与其说他是一个性格，还不如说它是一个权力底化身”。（《在混乱里面》：《〈蜕变〉一解》）我觉得这样来看问题也是不符合历史真实和有意贬低典型形象的重大意义的。抗战初期，由于当时是在民族解放旗帜下结成的广泛的抗日统一战线，许多共产党员也在国统区工作。就曹禺同志来说，他在天津南开中学读书时期就接触过共产党人。抗日战争爆发后，他在国立剧专自南京迁往长沙，一九三七年冬他在那里听过无产阶级老革命家徐特立同志的报告，心情极为激动。一九三八年他在重庆见过敬爱的周恩来副主席，受到深刻的教育和极大的鼓舞。我们党所领导的八路军和新四军以及抗日根据地各级干部的英雄气概和崇高品质，当时在报刊上和口头上广泛流传。曹禺同志当时虽未参加党所领导的革命工作，但他深信只有共产党人才能领导中国人民完成抗日救国的伟大使命，因此他以当时所掌握的共产党领导干部的某些特征作为依据，塑造了梁专员这个进步的“新官吏”的形象。我这样认为是否有根据呢？我觉得是有的。

试看，《蜕变》中所描写的梁专员，在性格上有哪些显著的高尚品质和优良的工作作风呢？那就是：他的艰苦朴素（身穿破旧军服，象个乡下佬），平易近人（丁大夫第一次看见他，以为是个普通的老头儿，要他帮着抬伤兵），重调查研究，依靠进步力量（他来时先在医院暗地观察了三天，特别注意要找丁大夫谈话），办事认真严肃（龚静仪：听说他“办事不但认真，而且暴躁异常”。况西堂：“听说他毫无嗜好，性情非常严肃”），善于做思想工作，教育人，团结人（如对于丁大夫，文副院长等人的帮助），善于洞察事物的本质，能抓住主要矛盾，以“快刀斩乱麻”的方式迅速而彻底的改革客观现实，解决问题（如在短期内彻底改革了这个腐败万分的医院），尤其是他和“勤务兵”朱强林的关系（你我相称，一桌吃饭，一个炕上睡觉，“一点也不象个官”），充分体现了共产党人和共产党所领导的抗日武装中“官兵一致，上下一致”、只有分工不同、没有贵贱之分的优良传统。从以上这些分析看来，我们可以说梁专员同样是作者从现实生活中概括集中而创造出来的活生生的艺术形象，决不是什么全属虚构的概念化的“一个权力的化身”。

曹禺同志不但塑造了具有共产党干部的某些特征和气势的梁专员，并以《蜕变》为名，暗示只有在共产党的领导下才能使半封建半殖民地的中国蜕“旧”变“新”。当然，梁专员并非共产党干部的化身，但是在腐败的国民党政府机构中决不会出现这样进步的“新官吏”，而就曹禺同志的世界观和创作方法来说，更不能为国民党的贪官污吏涂脂抹粉，这是我们当时所熟知的事实。

因此，我以为《蜕变》的成功之处并不仅仅在于它“对于‘旧的恶的’暴露和掊击”，固然它对这方面的揭露，是非常辛辣和尖锐的；而也在于它“对‘新的生命’的颂扬和支持”。正象巴金同志在《蜕变》的《后记》中所说，看后使人产生一种力量，“想找个机会不自私地献出”自己“微少的精力”；而且使我们“看到大的希望”，“得着大的勇气”。我以为正是这点在当时鼓舞了人民群众的抗战热情。它不仅坚定了人民抗战必胜的信念，树立起建立新式国家的理想，而且暗示出未来的光明是在党所领导的青年人所向往的抗日根据地和挥舞着红旗前进的抗日武装身上。国民党的审查委员老爷们对这个剧本之所以百般挑剔和刁难，不正说明了这个问题吗？

当然，《蜕变》也存在着缺点。首先，由于作者身在黑暗的国统区，“这块‘自由土’又仿佛是不准人有舌头的”，他在写《日出》时，“不能使那象征着光明的人们出来”，只好“硬闭在背后”。我觉得《蜕变》同样如此，作者有许多地方不便明言，要靠观众和读者根据当时的历史背景去体会。但也正因如此，显得隐晦，以致梁专员这个“贤明的官吏”竟被误解为是在歌颂国民党官僚，说成是“对于丑恶现实的无意的粉饰”（《中国新文学史初稿》），这当然不是作者原意之所在。

其次，作者把剧名定为“蜕变”，借昆虫的蜕掉旧壳、生长新体为象征来表明“我们民族在抗战中一种蜕‘旧’变‘新’的气象”。但“蜕变”只是一种自然规律，有的生物和昆虫如野生的蛇和家养的蚕，虽然每次借蜕掉皮壳而生长，但本质不变，蛇仍是蛇，蚕仍是蚕，不过由小变大而已。而且这种变化，顺其自然，便会形成，不须人力。而我们人类社会的由旧变新却必须经过暴力革命，经过激烈的阶级斗争，发生本质的变化。这正反映了作者没有掌握马克思主义的世界观，缺乏阶级斗争观点。

第三，正因为如此，剧中关于医院的迅速变化：由腐败而健全，由光明而黑暗，以至军事上的节节胜利，捷报频传，虽然对观众起了鼓舞和兴奋作用，却都似乎来得太容易、太顺利。政治的清明和旧势力的消灭也似乎来得太快，象梁专员、丁大夫这样贤明、正直的人，在当时竟没有遇到什么阻力，没有经过一番十分尖锐和反复较量的斗争，没有给根深蒂固的恶势力排挤出去，恐怕也是不太可能的。因此，有的评论文章说“那时人人都有点过分乐观”，“作者的看法实在过于天真”，这点批评是很中肯的。

《蜕变》虽有上述缺点，但仍是作者继《雷雨》《日出》之后一部值得重视的剧作，它在思想上和艺术上都有新的因素。这是一个没有任何神秘色彩、没有爱情故事，而紧密联系实际、为现实斗争服务的剧作。此外，在艺术风格上由浓冽沉郁一变而为明朗流畅，在艺术技巧上也有一些独创之处，值得我们去研究、学习。

《蜕变》首次演出已是四十年前的事。作为一个知情人，我追叙《蜕变》首次演出时的情况，并提出关于这部剧作的一些看法，我想对于还在研究曹禺同志的创作道路和艺术经验的同志们，可能不无一点参考价值吧！

原载《新文学史料》1978年第1期

北京人艺演出曹禺新作《王昭君》

张慧贤

据新华社北京八月一日电　新华社记者张慧贤报道：一个为人们所不熟悉的新王昭君出现在首都舞台上，引起观众极大的兴趣。著名剧作家曹禺的新编话剧《王昭君》，近日由北京人民艺术剧院在京首次公演。

王昭君的故事发生在汉朝元帝时候。剧中的王昭君，是一位胸怀大志，以胡、汉两民族和睦团结为重，排除大汉族主义者和民族分裂主义者的阻挠，自愿和亲的巾帼英雄。

这出戏的导演梅阡、苏民对剧本进行了认真的研究，在构思上独具匠心。王昭君的扮演者狄辛，以前曾在曹禺的《雷雨》《日出》《胆剑篇》等剧中扮演过女主角。

原载《人民日报》1979年8月2日

昭君形象的艺术再现

狄　辛

我们的戏《王昭君》就要上演了，我的心情不很平静。观众将看到的是一出新创作和演出的历史剧，而它却是经历了十多年坎坷不平的道路，才出现在舞台上的。

大家知道，《王昭君》是周总理点的题目。他以其渊博的知识和真知灼见，提出了重新塑造符合历史真实的王昭君形象的设想。总理又是极其知人善任，把这个任务交给了曹禺同志。老作家曹禺毕竟是才华丰富的戏剧大师，他勤奋地翻阅了大量史料，在祖国边疆地区走访了很多地方、很多人，经过苦心的推敲、琢磨，掌握了史实中的昭君真面目，结构成这部剧作。这是凝结了他很多心血和精巧构思的。

“文化大革命”前的几年，作家已经写成了两幕戏。在这两幕中，王昭君立志请行，冒死唱出“长相知”，陈述了汉胡和好的深意……。这层层笔墨，就已把王昭君开始勾画出来了。而且，他对后几幕的美妙设想也已构思成熟，像出现昭君搬来玉人阏氏石像这绝妙场面，不仅激动着作家，也吸引了我，使我产生再现昭君的愿望。

但是，写作和演出这部戏，也是需要勇气和毅力的。千百年的积习实在太深了。昭君出塞的故事，千百年来流传甚广，在一些人中，哀怨之音犹如在耳。而新的王昭君却是一个有胆识、为民族和好“虽九死其犹未悔”的少女。这么鲜明的改变，很可能会有人难于接受。这不要紧，非议之说也或会袭来，但毕竟还是应该这样塑造她呵！已是今天这时代了，是什么道理非要因循那被歪曲了的旧意，一成不变方觉妥帖呢？

当然，对史对文持不同见解，发展争鸣，这是大好事，会更有力地推动创造真实鲜明的形象。

可是，我们的兄弟民族人民，对王昭君在民族团结、文化交流上的巨大作用，给予极高的评价和深厚怀念，为她造墓立碑。千百年来流传在兄弟民族中的有关昭君的美好传说，是由他们的深情凝结而成的。人们把王昭君看成了英雄，她也确是真正的英雄，她的这一勇敢行为，带来了半个多世纪的和睦安宁。一位古代平凡少女做出如此不平凡的业绩，怎能不令人尊敬！

我接受创造和再现王昭君这个人物的任务，心情不免有些激动。一方面，由于要扭转千百年“汉宫怨”旧意，创造新鲜真实的昭君形象，感到身上的担子很重；同时也不由得想到这十几年的风风雨雨。由于林彪、“四人帮”的破坏，文艺界遭遇一场大灾难，曹禺同志被迫搁笔，北京人艺也被践踏得不成样子。而今，终于从这场浩劫中解放出来，《王昭君》

也终于写成了，演出了。然而，过去经常到人艺来指导我们的敬爱的周总理却不能再到剧院来，亲自看看我们的演出，给我们指点还有哪些不妥和不足之处。此情此景，怎能不使人激动、难过！

我们的创作还只是个开始，我将在观众的检验和帮助下，进一步雕琢自己的人物创作，使这个戏在促进民族团结上起更积极的作用，以不辜负总理的遗愿。

原载《中国民族》1979 年第 2 期

还它一个笑盈盈的王昭君

——谈曹禺同志新作《王昭君》的创作及其演出

张 锲

曹禺同志新作五幕历史剧《王昭君》，去年十一月于《人民文学》发表之后，在国内外引起了广泛的反响。最近，北京人民艺术剧院又在人们的殷切期待中，把它搬上舞台，同首都观众正式见面。

《王昭君》这个戏，是曹禺同志接受敬爱的周恩来同志生前的嘱托，为了促进我国各民族的团结和民族之间的文化交流，经十数年之久才完成的一部剧作。它使历史真实和艺术真实浑成一体，为王昭君恢复了本来面目，擦去两千年来人们强洒在昭君脸上的那些哭哭啼啼的眼泪，塑造了一个有胆有识、勇于为民族团结作出贡献的、笑盈盈的王昭君的艺术形象。它是我国各民族大团结的一曲颂歌，是一幅色彩艳丽的历史画卷，也是曹禺同志在新长征途中献给党和人民的一份厚礼。

一

我国是一个多民族的国家，在形成这个民族大家庭的历史过程中，不少人为此作出过贡献，王昭君就是其中的一个。

昭君和亲的史实，见于《汉书·元帝纪》和《汉书·匈奴传》及《后汉书·南匈奴传》。从史书的记载中，可以看出当时的汉王朝和匈奴之间，经过一百多年时松时紧、不断爆发的流血战争之后，已经进入了一个新的历史时期。同汉朝一向友好的匈奴呼韩邪单于在汉王朝的帮助下，平定了内乱，统一了南北匈奴，汉匈和好已成为必然趋势。因此，在竟宁元年(公元前三十三年)，呼韩邪单于再次入朝时，“单于自言愿婿汉氏以自亲”，元帝就“以后宫良家子王嫱字昭君赐单于。单于欢喜，上书愿保塞上谷以西至敦煌，传之无穷，请罢边备塞吏卒，以休天子人民。”(见《汉书·匈奴传》)史书上还具体记载了昭君在和亲中的表现，说她自“请掖庭令求行”，在呼韩邪的临辞大会上，“昭君丰容靓饰，光明汉宫，顾影徘徊，竦动左右。帝见大惊，意欲留之，而难于失信……”(见《后汉书·南匈奴传》)其后五六十年内，汉匈之间果然出现了一个“边城宴(晚)闭，牛羊布野”的和平、安定的局面。

对于这些史实，史学界过去一直是没有什么置疑的。但是，由于各种原因，在历来的许多文艺作品和汉族民间传说中，却大都把昭君和亲这段汉匈两族关系史上的佳话，当做汉民族的屈辱：把分明是自愿请行、高高兴兴承担了和亲这个重要使命的王昭君，描绘成为一个泪流满面、凄凄惨惨戚戚的汉宫怨女。根据远不完整的统计，现存的有关王昭君的诗歌，约有六百多首。有关王昭君的戏剧，有剧目可查的至少也有二十多种。这些留传下来的“昭君诗”“昭君戏”以及其他文艺作品，在思想内容上有优劣之分，在艺术水平上也有高下之别。但是，他们所写的王昭君，却绝大多数都是一副悲悲切切的委屈相！即使是一些在我国文学史上很有影响的大诗人、大戏剧家，也不例外。“昭君拂玉鞍，上马啼红颜。”(李白)写王昭君似乎总离不开要流眼泪。“雁北飞，人北望，抛闪煞明妃也汉君王。小单于把盏呀剌剌唱，青草畔有收酪牛，黑河边有扇尾羊，她只是思故乡。”(马致远)写昭君在匈奴的情景就更为凄凉。“一去紫台连朔漠，独留青冢向黄昏”，“千载琵琶作胡语，分明怨恨曲中论。”(杜甫)王昭君不光在活着时极端痛苦，死了也还遗恨无穷！就连具有独到见解的王安石，虽然替昭君说了些公道话：“汉恩自浅胡自深，人生乐在相知心。”可是，他的笔下也还是少不了“明妃初出汉宫时，泪湿春风鬓脚垂”之类的句子。

当然，在王昭君出现后的一、两千年历史中，也不乏对王昭君及其行为的意义有所理解的文人。但这只是一个小小的支流，并不能从根本上恢复和使人们端正对王昭君的认识。文学艺术作品中的王昭君，距离历史真实越来越远了！

敬爱的周总理运用历史唯物主义的观点，以他渊博的历史知识，对王昭君做了充分的肯定。他在一九六〇年以前，就向曹禺同志建议：快写一个王昭君的新剧本。并且指示：我们不要大汉族主义，不要妄自尊大；要提倡汉族妇女嫁给少数民族。在此之后，史学界和文艺界的同志曾纷纷发表文章。著名史学家翦伯赞同志更明确提出：“应该替王昭君擦掉眼泪，让她以一个积极人物出现于舞台，为我们的时代服务。”这个任务，现在才由曹禺同志大体完成。

读《王昭君》的剧本，看《王昭君》的演出，那个在我们许多人的童年时代就深深刻印在脑子中的哭哭啼啼的王昭君，已经不复存在；一个在历史真实的基础上进行了艺术加工的，笑盈盈的“丰容靓饰”，不仅“光明汉宫”，也使胡地增辉的王昭君，终于出现在社会主义新文艺的舞台上。

曹禺同志六十年代初就开始构思这个剧本，由于林彪、“四人帮”一伙的干扰、迫害，他被迫搁笔。粉碎“四人帮”之后，他才又重新拿起笔来。为了写好这个剧本，他仔细研究了有关史料和前人的大量作品，并且不辞劳累，两次前往内蒙古、新疆进行访问，终于完成了这个历史剧。他这种饱满的政治热情，敢于向千百年习惯势力挑战的革命精神，是值得我们文艺工作者认真学习的。

二

历史剧应该忠于历史，但它同时还应该是“剧”。这就要求它必须通过艺术手段，塑造出鲜明的人物形象，使读者和观众受到感染。在这些方面《王昭君》的创作及其演出，也做出了可贵的努力。

全剧大致可分为两部分：一、二幕写王昭君在汉宫内是怎样自愿走向出塞和亲的道路的，后三幕则是写她到达匈奴的龙廷之后所经历的斗争生活。剧本通过一些颇具匠心的情节安排，使王昭君始终处于矛盾之中，一波未平，一波又起，把王昭君以及她的一些同时代人，栩栩如生地展现在我们面前。

剧本第一幕写王昭君向掖庭令请行之后，面临着两条生活道路的选择，终于放弃了汉宫“美人”的封号，接下了“可为单于阏氏备选”的圣旨。当时摆在昭君面前的矛盾是很尖锐的。曹禺同志并不忙着去写这种思想矛盾的具体过程，却似乎用了些闲笔，先让两个宫女在闷极无聊中，怀着羞慕的心情偷看了匈奴大单于进宫的仪仗；然后，又让昭君的姑母女官姜夫人，对昭君进行了一番“德言工容”的陈腐的教诲；接着，再着力刻划了一个长锁深宫、疯疯癫癫、堪称为“德言工容”的典范的孙美人的形象：她每天梳妆打扮、等待皇帝召幸已经等了四十多年，头发全等白了，最后虽然等到了宣召，却是要她去为早就死去的先皇殉葬；而她却又并不知晓，临上车时竟因过度欢喜断了气。孙美人的悲惨下场，使王昭君更坚定了奉诏和亲，脱离后宫苦海，去为汉匈两族友好做出贡献的决心，闲笔不闲，它用烘云托月的方法，令人信服地写出了王昭君思想发展的脉络。

王昭君觐见汉元帝和呼韩邪单于的一场戏，使人们对昭君留下了更为深刻的印象。剧本和演出都先用极度夸张的手法，渲染了王昭君的美。当这个“淡淡装，天然样”的汉家姑娘，应命上殿仰视天子时，竟出现了“满朝上下，变成了庙里的泥胎”，“听不见一声咳嗽，只有一个女人的眼睛，在发着光彩”的情景。当汉元帝要她唱一支由元帝自度的曲子时，她竟敢抗命拒唱，改唱了一个流行民间、“侮慢圣听”的情歌《长相知》。这一惊人的行动，一下子就突现出一个纯真、倔强、具有独立人格和反抗精神的不同凡响的人物性格来。而当她侃侃而谈，说出了“长相知，才能不相疑；不相疑，才能长相知”这番汉匈和好的道理之后，人们也就由表及里，进一步看出了她的胸襟、抱负和才干来。这一笔，是意外之笔；也是着力刻划人物的画龙点睛之笔。

受到人们普遍称赞的还有呼韩邪单于和王昭君在月夜草原上会见的那场戏。昭君到了匈奴的龙廷之后，她和呼韩邪于之间的爱情，分别受到了坚持大汉族主义的汉朝送亲侯王龙和在匈奴内部坚持民族分裂、心怀叵测的左大将温敦的种种阻挠、破坏。两人都满腹心思，出现在夜色溶溶、月光如水的草原上，从各自对着呼韩邪单于的前妻玉人阏氏的玉石塑像，倾吐出心里想说的话，到相互倾吐，再发展到逐步解除疑虑，加深了爱情。这场戏，情景交融，丝丝入扣，编、导、演等方面，都有着较为出色的创造。

一出好戏，不光要剧本好，还要参加演出的所有各方面人员的通力合作。从演出效果的实践看，北京人艺参与《王昭君》演出的许多同志的严肃认真态度，是值得称道的。

三

历史是现实的一面镜子。任何民族都不能割断自己的历史。我国有着灿烂、悠久的历史遗产。毛泽东同志、周恩来同志和其他一些老一辈革命家，一向关心提倡编写优秀历史剧，用以丰富人民群众的历史知识，增强我们对祖国和民族的爱，并且从中汲取有益的经验和教训。《王昭君》这出戏，一扫历代文人的偏见，还昭君以本来面目，热情地讴歌了这个曾经为民族团结做出过杰出贡献的历史人物，生动地再现了我国各民族之间世世代代和睦相处、团结进步的历史本质。它不仅对于激励正在新长征道路上阔步前进的我国各族人民，继续发扬光大团结友好的历史传统，为在我国实现四个现代化而共同奋斗，将起到积极的作用；而且在历史剧的创作如何贯彻“古为今用”的原则，使其更好地为现实服务方面，也为我们提供了许多有益的经验。

在创作题材问题上，林彪、“四人帮”一伙设置过许多禁区。从六十年代初曾经鼓噪一时的“大写十三年”开始，历史剧的创作就受到了特别严重的摧残。现在，这种现象刚刚开始有些改变，文艺创作才只是出现了个初步繁荣的景象，有的人又或明或暗地散布了一些危言耸听的忧虑，仿佛在大力提倡现代题材创作的同时，提倡一下历史剧的创作，文艺界便会天下大乱，毒草丛生。那些人把文艺作品应该首先注意反映现实和历史剧的创作形而上学地对立了起来，狭隘地、片面地将文艺为政治服务，理解成只是配合当前的中心工作，把首先当成全部，把第一当成唯一。依着他们的意思，文艺创作的路子势必越走越窄。上下几千年，纵横几万里的无限广阔的创作天地，就将重又被压挤在二三十年内，甚至一二年内。这种沉痛的教训，我们记忆犹新，人民群众再也不能允许任何人妄图让我们重蹈覆辙了！

“昭君自有千秋在，胡汉和亲识见高。”（董必武同志诗）曹禺同志新作《王昭君》，是粉碎“四人帮”后我国艺苑内迎风怒放的一朵新花。愿历史剧的花朵越开越多，越开越盛，为我们社会主义文艺的百花园增添异彩！

原载《人民日报》1979 年 8 月 27 日第 3 版

记"《日出》首次演出特刊"

刘乃崇

在《新文学史料》第二辑上，凤子同志在《回忆阿英同志》一文中曾记述着："一九三七年春，……我刚在上海演出了曹禺的新作《日出》。从复旦毕业，原在复旦剧社参加演出过话剧的同学们组织了一个业余爱美剧团'戏剧工作社'……我在《日出》中饰演陈白露一角……"

一九三七年戏剧工作社在上海演出曹禺的《日出》，是这个戏的首次演出。我多年来保存着一本当时的"演出特刊"。读到凤子的文章后，我检出这本"演出特刊"，拿给凤子看，她却从未见到过，因以赠之。

这本"演出特刊"，三十二开本，除封皮外共有二十页，内容是很丰富的，是一个很有意义的历史资料。从"演出特刊"上知道，这个戏的导演是欧阳予倩，演出时间是一九三七年二月二日至五日，演出地点是上海卡尔登大戏院。在"演出特刊"上刊登着这个戏的剧照及导演与演职员合影共十幅。除《日出》的本事和演职员表以外，还有导演欧阳予倩的文章、演员们（演陈白露的凤子、演方达生的丁伯骏、演黄省三的公孙旻和演小东西的苏菱）的文章和文艺界对《日出》剧本的评介文章的摘录（其中有茅盾、叶圣陶、沈从文、巴金、章靳以、黎烈文、陈荒煤、李蕤、王朔和北平燕京大学西洋文学系主任英国人谢迪克的文章）。

从这些文字里，可知欧阳予倩当时回到上海，连续排演了四个戏，其中两个是曹禺的剧本《雷雨》和《日出》，还有一个是《欲魔》（欧阳予倩改编），另外一个就不知道了。《雷雨》演出时，因为剧本太长，"除删去'序幕'和'尾声'外，还节减了一些对话，收场的地方，也有点更动。"这次《日出》的演出，也因为剧本太长，又因为第三幕"奇峰突起，演起来却不容易与其他的三幕相调和"，而且"南边人装北边窑子不容易像"，"不得不将第三幕割爱"了。

原载《新文学史料》1980年第1期

《北京人》导演杂记

蔡　骧

一、“诗”与“戏”

我极爱《北京人》，认定这出戏是剧作家曹禺最成熟的作品。一九五六年夏，当我终于得到排演机会，兴致勃勃地去向曹禺师请求同意时，他却劝我放弃这个打算。他说：《北京人》是出“关门戏”。

“《北京人》是出‘关门戏’？！”我觉得不太有把握了。但我仍坚持要排，他只好同意。此后几天我不断思索如何避免这种可怕的后果，不由得想起多年前曹禺师的一席话。

一九四三年冬天，某个夜晚，在重庆。我从剧场后台陪曹禺师回家。当时我正热心于契诃夫，写了个带“契诃夫味儿”的剧本，话题便落在“契诃夫风格”上。曹禺师给我浇了点冷水，劝我“不要学契诃夫”。他说中国人看戏的习惯是“有头有尾”，他认为莎士比亚比契诃夫更易于被中国观众接受。当时我脑子正发热，哪肯放弃我的爱好！十五年后，面对《北京人》演出的成败，我不能不考虑一下中国观众的“习惯”了。

“《北京人》有点契诃夫味。”这是我的看法。这出戏通篇笼罩在诗一样的意境中，剧本第一页对曾家花厅所作的那番描述，就是一幅意境深远的油画。戏未开始，那发自蓝天白云中的泠泠鸽哨声，已把读者带入三十年代初的“北京曾家”。以后的戏更象抒情诗一样，沁人心脾。这气息，我在契诃夫的剧本中是闻到过的。

但是，仔细思索，《北京人》和《樱桃园》究竟不同。别的不说，那味道的浓淡便大有区别。我重读了《雷雨》和《日出》，回忆起那些令人窒息的戏剧场面，如蘩漪吃药、四凤说誓、周萍与四凤会面、周朴园令周萍认生母以及黄省三哀告、小东西自缢、李石清与潘月亭生死搏斗、陈白露自杀……等。再读《北京人》，觉得其中也不乏如此浓烈的场面，如瑞贞哭诉、愫方说嫁、文清与愫方夜会、曾皓中风、愫方信念破灭与出走、文清服毒等等。看来，《北京人》的味道不淡，只不过它表达的方式比较含蓄。尖锐的矛盾冲突“埋藏”在不那么尖锐的日常生活中，再加上封建礼教掩盖了人物的真情实感，给表现带来了困难。

曹禺是戏剧大师。他的戏剧风格可以用几句话概括，即：交织谨严的生活逻辑，轮廓清晰的人物形象，紧张尖锐的戏剧冲突和真实生动、耐人寻味的台词。“抒情”也是曹禺风格的一部分。《雷雨》《日出》《家》……都有许多动人的抒情场面，《北京人》则是作者的最高成就，整出戏像诗！“诗”“戏”交融、浑然一体。《北京人》是“诗”又是“戏”。在我写导演计划以前，有点偏向于“诗”，很想把它这种“诗味儿”排出来。后来，我在《导演计划》中这样提醒自己：

“……不应该因为《北京人》一剧有新的特点，就放弃或者忽视作者固有的风格。从第一幕起，就应该让它在正确的节奏上进行。作者在开幕时已拉满了弓，箭在弦上，一触即发。如果忽略了这一点(即没有使每个角色的内心处在拉满弓状态)，那么必将失去这出戏的内在力量。但另一方面，又不能忽略它的诗一样的抒情调子。要在那些压得人透不过气的矛盾冲突中，突出作者有意安排的微笑的场面、大笑的场面、欢快的场面，充满幽默与讽刺的场面，以及沁人肺腑的抒情场面……使全剧在节奏上有多种变化。”

这些想法对于后来的排演，确实起了作用。我时常警惕自己，不要偏到这边或偏到那边。

二、诗魂、愫方

愫方是个复杂的艺术典型，是在封建束缚下成长起来的、中国式的善良妇女的化身。她温柔、纯洁、真诚、富于同情心，多才多艺、情操高尚、吃苦耐劳勇敢、肯于自我牺牲、优美……读完剧本，掩卷舒怀，这些潜台词便源源而出。也许可以这样说：愫方是曹禺历来创造的最成功、最优美的典型。没有愫方，《北京人》将失去光彩。如果说《北京人》是诗，那么这首诗的灵魂是愫方。

愫方在《北京人》中有什么意义呢？

我觉得，作者在理性上，在《北京人》中提出并暗示了一组“新人”的形象，其中包括反抗性很强的瑞贞，无拘无束的袁圆，脚踏实地的袁任敢，还有并未出场的瑞贞的同学们以及吸引瑞贞投奔光明的革命者。但从感情上说，作者捧出的理想人物是愫方。愫方在生活中的态度很难为现代人所苟同，她知恩报恩、守本分、不强取、有高尚的道德情操。她还“以德报怨”“逆来顺受”。后来更在这种自我道德完成中悟出了要“把好的送给别人，坏的留给自己”的人生哲学。所有这些，你都难于加以肯定或否定。你不能不承认，即使你不同意她的生活态度，却不能不赞扬她的善良品质。作者在三幕一景的戏中，含泪把愫方推到理想的峰巅，然后在“天塌了”的情节中使她的幻想破灭。她“出走”了。很显然，“破灭”了的是愫方对封建制度的错误认识，被否定的是愫方性格中的消极因素，而不是“理想”本身。愫方是带着她业已升华了的形象出走的！作者有意让瑞贞做愫方形象的补充。她拉了她一把，一道出走，上了火车。

《北京人》演出后，周总理风趣地说：“愫方到解放区是个很好的保育员。”(我们听到这句话都笑了。)作者后来又补充说：“她也可能穿上了军装”。是的，我要说的正是这句话。愫方在革命队伍中，不论干什么，都将发出热和光。她的情操与品质和革命的要求一致。她是金子！

我如此喜爱愫方的品质，把她说成是《北京人》的“灵魂”，不知是不是“过”了？不过我不想回避这个问题，导演《北京人》时，我的目标之一，就是尽力把愫方的“美”显示出来。我相信这样做是对的：观众都确实爱愫方。

三、人物—主题

一九三九年，在剧校听曹禺师上“编剧”课。他给我们读剧本，古今中外都有，读读讲讲，插入许多分析。谈到“主题”时，他说，有些戏，人物即主题。

这话给我的印象极深。我从中悟到的含义是：有些戏的“主题”，无法抽象为简单的概念。

排《北京人》时，这句话的含义扩大了。我感到，必须把握住人物，充分地揭示出形象本身是如何在生活中存在的，才能透彻地表达作品的主题思想。袁任敢、袁圆、瑞贞、愫方，这几个活人的品质显然不是几个简单的概念所能表达得了的！观众不仅可以从他们身上感知时代的力量，得出“反封建束缚，争取自由的斗争必然胜利”的结论，还可以从她（他）们的品质中吸取营养。

江泰、文清、文彩，不仅可以使观众感知封建罪恶的后果——制造出大批“废物”，还可以使观众思索出路在哪里。

曾皓是封建制度的化身。这个形象有助于说明封建制度的腐朽和残忍。从人到物，从生命到灵魂，都在它掌握之下。它还有一付伪善的面孔和一套“家规家法”，用以维持其统治。至于思懿，则是封建社会的既得利益者。她是那个制度的产物：自私、贪婪。观众看了他们，便知道腐朽的封建制度必然崩溃。生动的形象比抽象的概念更有说服力。如果我们不致力于在舞台上塑造有血有肉的人物形象，或者表现得不准确，那会怎么样呢？

四、“真坏”与“可怜”

一九五七年春，《北京人》初上舞台，观众对思懿和曾皓的评论是：思懿“真坏”，曾皓“可怜”。这评论颇使人苦恼，演员问我：“我们分析主题，说曾皓是罪魁祸首，观众却说他‘可怜’，这怎么办？”我很不安。这场戏确实没排好，以致曾皓弄“假”成“真”，引起观众同情。

后来，我们花很大功夫分析“潜台词”，研究如何表达曾皓伪装下的“坏”。对第二幕的“重点戏”，做了如下改动：

（1）加强愫方被“奴役”的形象，——愫方被迫给曾皓捶腿时，在强调她疲倦的同时增加一个头晕几至昏倒的动作。

（2）强调曾皓的多疑、做假。增加一系列对愫方表示怀疑，装病，窥测愫方反应的动作。

（3）加强愫方受迫害的形象。愫方精神受到压制时产生恐惧，步步后退到沙发后边哭泣，大哭时更退至舞台深部。

（4）强调曾皓迫害愫方的手段：他不顾愫方的哀求，面对观众，一句重似一句地把他准备好了的话说尽，直到“达到目的”了，才转用“温和”的语气。

经过这样处理，观众的印象变了。作者本来对这场戏不满意，后来看戏时却说：“真坏，这老东西真坏！”剧场中也时常听见“真坏”的评论。

这例子说明，导演阐述主题的方法只有一个，就是通过形象。人物应该成为导演注意的中心。

五、找“潜台词”

上一段所说，实际上是如何把曾皓的“潜台词”和愫方的“潜台词”化为一系列可见的动作，表达给观众。如今回过头来想：为什么这次表达出来了，过去表达不出来？有两方面的原因：一方面，过去虽然找到了“潜台词”，却没有找到突出“潜台词”的手段。另一方面，有些“潜台词”找的不够准确，以致只能做一般化表演。例如，曾皓要愫方给他捶腿，过去我们说他的腿疼，有几分装的，也有几分真的，他经常如此。这次，根据“议婚”这个特殊情况，我们认为曾皓今天“装腿疼”，有明确的目的性，他想说的是“你要嫁人，姨父就活不成啦！”他一边装一边注意愫方的反应，发现愫方动作缓慢，便用自己给自己捶腿的方式，强迫愫方给他捶腿。愫方白天累了一天，昨天又一夜没睡，十分疲劳。她有心事，不想捶腿，因此动作迟慢。曾皓却疑心她不想伺候他了：她想嫁人！于是他急于打消愫方嫁人的念头，一反常态，残酷地恐吓她……

当我们找准了这些“潜台词”时，便产生一系列目的性明确的动作。可以说，“潜台词”和“动作”互为因果。“潜台词”产生动作，“动作”又刺激“潜台词”，用导演的眼光看，找“潜台词”是关键，像《北京人》这样一出戏，找“潜台词”更是关键，找不准“潜台词”，戏就“死”了。

六、“点石成金”的魔杖

《北京人》第三幕，在愫方向瑞贞倾诉心曲以前，我们增加了一段戏“愫方掸画”，目的是让观众对愫方此刻的精神状态有个认识——音乐声中，愫方发现袁圆送还的鸽子，想起了文清：文清离家已经一个多月，她答允替他守着这个家。鸽子勾起她的心事，墙上的墨竹和文清的题字又使她念及往事，于是，她拿起掸子，在怀念的心情中掸掉画上的灰尘……这段戏演出效果极好。观众从愫方的动作和神态中了解了她的思想感情和处境。

接着瑞贞上场，开始《北京人》中最感人的“倾诉”场面，这场戏是“高潮”，是“转折点”。瑞贞拉愫姨和她一起出去，愫姨却不肯离开这个家。在步步深入的谈话中，作者细心地写出了这两个辈分不同，思想方法不同的妇女的精神状态。多么美的灵魂！多么纯洁的思想！多么勇敢的人啊！这场戏以极为抒情的调子感动着观众，孕育着矛盾，直到文清“鬼魂”般出现，“天塌了”！情节才急转直下。

为这场戏，我们过去曾付出极大劳动，但“潜台词”仍未挖尽。这次重排，在瑞贞上场的一刹那，找到了更准确的“潜台词”。

瑞贞上场时，看见愫姨掸画的神情，刹那间，她明白了愫姨的心情和思想，停了一下，才同情地喊：“愫姨！”愫方从“梦”中惊醒，折回身，十分惜别地向瑞贞说：“你来了！”（惜别！她怕瑞贞走。）

瑞贞察觉到愫姨的悲哀，问：“你看见我搁在你屋里那封长信了吗？”（她想知道这封信的效果，观察她。）

愫方点头：“嗯。”（她不能离开这个家。瑞贞虽然说的对，她却不能跟她一起去。）

瑞贞说:"你不怪我?"(我不肯留下来,也许伤了你的心?)

"不!"(我知道你应该走!)

瑞贞一边思考如何劝她离开这个牢,一边放下箱子;

愫方凄然地跟着她:"真的要走了吗?"(你走了,留下我一个人。)

瑞贞说:"嗯。"(抬头观察愫方。)

"别走吧!"(并不是劝止,只是舍不得。)

"愫姨,你还劝我忍下去?"(待在这个吞噬了我们的青春、生命和一切的家里!)

想到自己将孤零零忍受折磨,愫方的心乱了,她困难地说:"我知道,人总该有忍不下去的时候!"她的眼泪和悲痛一起涌上来,声音直抖。

"那么,你呢?"瑞贞察觉出愫姨的感情波动,追问着。

"不谈吧,瑞贞。"愫方的眼泪夺眶而出了,她连忙避开瑞贞……

请注意,写在这里的并不是字面上的分析,而是排演场上的真实情况。这段戏极好地说明了"潜台词"的魔力。

"潜台词",很可能就是神话里"点石成金"的魔杖。我这样想。

七、四十五秒

《北京人》最后一幕,当墙倒屋塌,死的死了,走的走了,台上已空无一人时,有四十五秒钟"没有演员"的戏。此时舞台全暗,音乐声中,窗外曙色初露,雄鸡报晓,火车长鸣,一线朝阳映照在窗棂上,天亮了。这个"特写"具有象征性。首场演出时,我曾担心观众坐不住,后来放心了。《北京人》演了大约二百五十场,观众都安静地看完这个"特写",很少有人离场。

为什么要把幕落在这个"特写"以后?因为,这是作者写戏时留下的"潜台词",我们必须把幕落在出走的人身上,为出走的人祝福。这四十五秒钟只占全剧演出时间的二百分之一,但它很重要。

也许,这是《北京人》中最重要的一句"潜台词"。

原载《人民戏剧》1980 年第 5 期

喜看《北京人》

冯亦代

我喜欢曹禺的戏，特别是《北京人》。这戏里的情调，宛如李后主那首“帘外雨潺潺，春意阑珊，罗衾不耐五更寒，梦里不知身是客，一晌贪欢”的词。戏里的人物生活在那样一个时代里，有的怀旧伤逝，有的消极沉沦，有的随波逐流，有的挣扎求生；但都被笼罩在一种凄凉而无可奈何的气氛里。剧作者一面给没落的社会唱挽歌，一面却又憧憬于未来的光明，虽说这个未来是那么朦胧，可毕竟寄托着一线希冀——终有一日争得如“北京人”所过的那种自由生活。而曹禺的生花妙笔，我总感到他写出来的不仅是文字的记录，而是用血泪描绘的一首现实生活的诗。

我所以恋恋于《北京人》，还因为它勾起了我一腔思古之幽情。因为我的童年就属于那个时代，而且也生活在一个没落式微的家庭里，就有把棺材在每年夏天漆几道的祖父，爱哼几句诗词、从小就抽大烟的三姑夫，一生潦倒每天要喝几盅、酒后撒泼的四姑夫，有如曾思懿那样行径的二姑奶奶，也有哀怨一生如愫方那样的表姐，还有一个想方设法要逃出这个樊笼的我自己。另外，则在舞台上大幕落下、曲终人散时，使我想起了那些曾经演过这出戏，而创造了使观众不能忘怀的角色的演员，有已经离开人世的江村、李畏、舒绣文、蓝马，也有还在戏剧圈子里生活的凤子、耿震、吕恩、戴浩等人。我记得自己坐在观众席里和他们同样体会到剧中人物的心情，为他们精湛的演技，会心地笑过，也流过泪。

但是，最使我不能忘记的，则是一九五七年中央广播剧团的那台戏。我以一个偶然的机会去看了一次，从导演到每个演员，都是不见经传的年轻人，但是他们一丝不苟的认真态度，他们在台上充满生活气息的风姿，使我深深感动。于是我写了一篇表达我的感受的文章，为这几位被埋没了的人才说了几句公道话，特别是演愫方的李晓兰同志。

最近在开第四次文代会期间，有天邵燕祥同志告诉我广播剧团（现在的全名是“中央广播电视剧团）正在再次上演《北京人》，而且是五七年的原班人马。我说我真愿再去看看这出戏，不，再去看看那些曾经深深打动过我心弦的已经不再年轻的演员们。我和他们固然素昧平生，却又好象是多年不见的知心老友似的。文代会结束的次日，我得到李晓兰同志的电话，她邀我去看他们的演出。

我是怀着一腔复杂的心情去推开化装间的那扇门的：是重见亲人的喜悦，还是重逢故友的惆怅？是年轻时“泡”后台的欢乐情绪，还是“少年子弟江湖老，红粉佳人白了头”的怀旧心情？我说不清，道不明。总之，当我握着李晓兰和其他同志伸出来的手时，我的喉间堵的慌。

大幕拉开了，天空里传来了嘹亮的鸽哨，屋子里静幽幽的，过了一会，曾思懿和张顺上场了……这一切是那么熟悉，又那么陌生。童年的回忆和舞台上的剧情进展，在我心里交织成一张网，一张旧社会里没落家庭所常见的网；剧作者、导演和演员们一下子就把我捕获进这张网里。我觉得自己既是坐在观众席里的一个，又是舞台上角色里的一个。

是什么使我落入这样境界的呢？是导演和演员们。二十二年了，每个人经历了又一段生活的道路，坎坷不平的小道和平坦舒展的大道磨炼了他们，使他们对生活有更多的感受，对角色有更多的理解，他们不只是在演戏，而是在重现生活的真实。难能可贵的是他们二十二年来并没有疏漏生活中的点滴，相反是使每人所演的角色，更多一层生活所赋予的光泽。演愫方的李晓兰在一腔幽怨中增加了坚毅，演曾思懿的梅村在阴险中更多了人情，王显的曾文清对生活给他开的玩笑增加了无可奈何的抗衡，计维时的江泰在平淡中显出他的愤懑，还有余琳所演袁圆的天真，赵丽平所演瑞贞的决心，如此等等。当瑞贞说出“天塌了”，而愫方回身看到悄然归来的曾文清时，舞台照明映出李晓兰颊上流下的斑斑泪痕，但这是对梦的幻灭，又是对希望的憧憬；从绝望走向光明，这对观众是个多么大的启示；不要甘于做失偶的“孤独者”，而要做个敢说敢笑的“北京人”。这是曹禺的匠心安排，但使人信服这一安排的，则是导演和演员对艺术的精诚。

大幕落下，观众散尽，我又回到舞台上祝贺演出的成功。余琳说她今年四十二岁了，但她留给我的印象，却是活泼天真的袁圆。真是时光虽逝，艺术长青。

当我在冷落的街头彳亍时，我心里默默地感谢艺术家们给我的美的享受，也默默地感谢剧作者给我对人生的启示。重看《北京人》使我在生活里更走前了一步。

原载《人民日报》1980 年 1 月 31 日

话剧《北京人》在纽约上演记

余志恒　袁　瑾

三月二十五日，纽约一家剧场的舞台上出现了一个中国古老的小客厅。小客厅正中挂着中国国画，右边挂着中国书法条幅，小圆桌上的大花瓶里插着盛开的菊花。左边有一个小书斋，门上用篆书写着三个中国字："养心斋"。

这是旧中国的一个没落的封建士大夫家庭的一角，它是中国著名剧作家曹禺的名剧《北京人》中的一幕。

这出戏的演出是由哥伦比亚大学戏剧研究中心和美中艺术交流中心联合举办的，由经验丰富的老导演肯特·保罗导演。小剧场挤满了观众，正在美国访问的曹禺也坐在剧场里欣赏美国艺术家用英文表演他在一九四〇年写的这部戏剧。

参加演出的美国艺术家，用他们精湛的艺术技巧比较完美地表现了作品的意境，演来维妙维肖，扣人心弦。剧场内时而鸦雀无声，时而哄堂大笑，时而发出一片叹息。

艺术语言增进了中美两国人民的了解，使两国人民更加接近。正如一位热情的观众所说的，曹禺先生象契诃夫一样，对人物的刻画很深，幽默感人。我原来以为中国与美国文化之间有一条鸿沟。当我看完这个戏后，使我惊奇的是，中国的话剧是容易懂的，故事是那么感人，我很喜欢看。我觉得今天我们和中国人民是这么近。

导演肯特·保罗为了导演好《北京人》这出戏，曾对中国的历史和文化进行了深入的研究，他说："在我导演这出戏之前，我感到中国是那么遥远，天涯海角，对中国的了解是那么狭窄。可是，在导演这出戏之后，我感到，我开始了解了中国，了解了中国人民是怎样的人民，他们为什么会有今天。"剧本的译者卢·莱斯利告诉我们："《北京人》的艺术水平很高，使人很感动。在这出戏中，曹禺先生对旧中国的鞭笞非常辛辣有力，给人极为深刻的印象。它以精练的语言，淋漓尽致地表达了剧中人物的性格、思想、感情、特点。"两年前同曹禺在北京相识的美国大剧作家阿瑟·米勒对曹禺的这部作品推崇备至，把它称为"感人肺腑和引人入迷的悲剧"。曾经访问过中国的美国朋友詹姆斯·利普顿今晚在剧场里看到曹禺非常高兴，他紧紧握着曹禺的手说："今天使我终于见到了你，很高兴，真是名不虚传。你是一位伟大的剧作家。你的话剧《北京人》对美国观众来说，是十分感人的。尤其使我感到惊奇的是，你在三十岁时就写出这样一部非凡的话剧，今天仍然很有价值。无论说什么语言，无论在哪个国家演出，人们都能看得懂。我希望在美国能看到更多的中国戏剧。"

演出结束时，全场起立，长时间鼓掌，祝贺演出成功。七十高龄的曹禺在掌声中健步走上舞台，向演员们热烈祝贺。三十四年前曾经访问过美国的曹禺激动地说："演出好极了，演员、导演、舞台设计，以及所有有关的朋友都非常严肃、热情地演出这个戏。这次演出表达了美国人民对中国人民的深厚友谊，是美中文化交流的成果之一。"这时台上台下又一次长时间地热烈鼓掌。

《北京人》将在纽约连续上演两周。曹禺的名著《雷雨》和《日出》早已在美国上演过了。美国的艺术家们准备不久以后再次演出《日出》。我们预祝中美两国的艺术交流之花开得更鲜艳。（新华社纽约三月二十七日电）

原载《人民日报》1980年3月29日

自己费力找到真理

——1981年2月17日在北京人艺《日出》剧组的谈话

曹　禺

最近我正在看爱克曼辑录的《歌德谈话录》。其中有这样一段对话：爱克曼对歌德说，莱辛虽然对著名雕塑拉奥孔研究有素，但是在他的名著《拉奥孔，或论绘画与诗的界限》中，“他不马上得出结论，总是先带着我们用哲学方式去巡视各种意见、反对意见和疑问，然后才让我们达到一种大致可靠的结论。我们体会到的毋宁是他自己在进行思考和搜索，而不是拿出能启发我们思考、使我们具有创造力的那种重大观点和重大真理。”歌德对他说，“你说得对，莱辛自己有一次就说过，假如上帝把真理交给他，他会谢绝这份礼物，宁愿自己费力去把它找到。”我们搞艺术的人，都要记住莱辛这句话。在艺术创造中，只想图现成，必将一事无成，演戏也是这个道理。即使有人告诉你怎么演戏，怎么导戏，说得再高明，也是人家的。这些可以借鉴，但你想得到的东西，终究要自己费力地去把它找到。

经常有同志要我谈谈自己的剧作，这对我往往是个难以胜任的题目。因为我写作的时候，总是感性的形象思维的东西多，逻辑思维少，所以要我分析自己的作品，有时讲不出一个所以然来。现在研究、分析我作品的著作、文章较多，这些同志搞的是学术研究，各有心得，可供参考。搞导演的同志必须记住莱辛的话，要自己费力地去找到你要寻求的东西，这样的演出，才有自己的创造性。

要了解那个社会，才能演好《日出》

《日出》中写的人物，我见过很多，但又并不是具体写某一个人。往往这个人的某一部分，那个人的某一部分启发着我，写着，写着，某个时候又忽然想起另一个人来了。这些人有的是亲戚，有的是朋友，或者是我父亲这一辈的人。但是写作时决不是照猫画虎，而是通过这个人的眼睛，那个人的鼻子，另一个人的声音笑貌，逐渐孕育出一个个剧中的人物。所以我的戏有一个特点，就是剧中的时间不是很具体的，只是划定一个大致的年代。不象不久前离开我们的敬爱的茅盾同志，他的《子夜》概括的生活面非常广阔，而且时间、地点非常具体。《日出》这个戏写于1934年，剧情发生的时间也就差不多在这个年代。《雷雨》中的时间则是“五四运动”前后这一时期。

写《日出》时，我才24岁，对社会科学根本不懂。虽然那时我也曾努力想读《资本论》，但是一章都没有看完，因为我确实看不懂。对于共产党也不甚了了，《新青年》我看过，北平当时有个《晨报》，报上记载李大钊同志英勇就义的情景，给我印象极深，使我明白世界上有这样为宣传真理而置性命于不顾的伟大人物，我感到这种人真是了不起。当时我不知道共产党人是什么样子，其实他们就在我身边。我中学时有个同学叫郭中鉴，是个革命者，平时沉默寡言，说起话来，有条有理，功课很好，经常为同学们补习功课，是我们的班长。后来被北洋军阀抓走，受尽酷刑，在法庭上侃侃而谈，义不受侮，举起手铐掷在军法官的头上，不久被杀害，这个同学给我的印象极深。我在高中时还有一个同学叫管亚强，我们同住一室，经常在一起聊天，他现在已是老革命干部了。解放后，他告诉我那时他就是“C.Y.”。至于鲁迅先生的作品，我很早就看了，总之，那时我知道世界上存在一种追求光明的人，都是些好人，但是究竟是怎么一回事，当时并不明白。

当时我四周更多的人，就是《雷雨》《日出》中那些人，对于这些人我太熟悉了。对于那个社会，今天年纪轻一点的同志们知道得太少，但是对于那个黑暗、复杂的社会不了解，要演好《日出》是很难的。我希望年轻同志看看当时或更早一点的报纸、杂志、画刊，鲁迅、茅盾、巴金的小说，左联青年作家描写旧社会的诗歌、小说、戏剧与报告文学，还有清末的谴责小说《二十年目睹之怪现状》《官场现形记》等。从那里你们会知道人可以复杂到什么程度，你会大吃一惊，人与人可以有天渊之别；有些人根本不是人，是畜牲，是禽兽。这些作品所反映的社会，与《日出》所反映的，自然不完全一样，但是将会有助你了解当时社会的黑暗。

不过有一点要注意，在刚才列举的文艺作品中，那些清末的谴责小说里，只有黑暗，没有光明。这一方面是作者对腐败的清末政府十分失望，他们眼里的国家好象一艘即将沉没的大船。《日出》不是这样，这个戏一方面揭露生活十分腐败，社会极其黑暗。另一方面，在这个戏里，我希望能写出赋有强烈生命力的东西。这种想法大约表现在《日出》所写的，是一个极矛盾的世界。戏里写的是黑暗的社会，我没有把光明写出来，但是黑暗已经到头了。在这个黑暗世界里，人跟人纠缠着，搏斗着，唯一的希望，就是把这帮脑满肠肥的东西早点打倒。至于如何把这批家伙打下去，我当时还认识不到，所以在这个戏里没有一个真正新兴力量的代表。方达生并不是这样的人物，他只是在渺茫中摸索着。也许陈白露爱过的那个诗人是这样的人，可是他寻找光明去了，在戏中没有出场。

我动笔写这个戏时，头一个要表现的观念，就是陈白露说的那句话：“太阳要出来，黑暗留在后面，但是太阳不是我们的，我们要睡了。”这个“我们”，不是今天的人，也不是那时的革命者，而是指要被打倒的人们，其中也包括陈白露在内。陈白露不是不想追求光明，但她没有成功，最后堕落下去了。

但是我对社会的新生力量寄予着很大希望，这表现在全剧最后的“夯歌”中。夯歌的歌词是我创作的，它代表一种新型人物，这就是工人。演出中，一定要谱出一曲好的、真正的夯歌，不一定用刊在剧本中的曲谱。这个夯歌要非常响亮、非常快乐、非常有劲，充满着向前的力量。有的演出，闹够了，哭够了，乐也乐够了，胡四等人洋相也出够了，陈白露也自杀了，唯独对这“夯歌”不注意。这样的结束，是欠缺的，不完全的。不把夯歌的意境和内在含义表达出来，这个戏等于白演。我总希望，戏的结尾出现一种浩浩荡荡、气势无穷的雄壮声音，震动我们的灵魂，告诉人们，旧的终于死去，新的必然来临。

我写这个戏时，怀着“时日曷丧，予及汝偕亡”的决绝心情。我痛恨那个人吃人的社会，希望它早日被消灭。尽管我想了一些办法，那时剧场的各种禁令与限制是很多的，我想说的话不能尽情写出来。我心中的话只有一句；必须打倒这个吃人的社会。我希望通过演出，强烈地把我要说的这句话表达出来。如果演出时，仅觉得这个戏挺好玩，散场，大家哈哈一笑，青年们甚至学学张乔治、胡四那副德行，这就适得其反了。

目前个别青年的思想状况有些糊涂，对四项基本原则不够理解。他们不知道自己的祖国有过多么黑暗的过去，好人如何受罪，坏人坏到什么程度。如果这个戏演得深刻、真实的话，那会有助于他们热爱今天，热爱社会主义。这是我对今天演出这个戏的期望。我希望参与演出的所有同志都怀着这样的责任感。

我们在讨论创作理论时，常提到“真实的生活”和“生活的真实”问题。我以为要写出“真实的生活”还不是最难的，你熟悉某一点，就能写出某一点真实的生活。但是要写出“生活的真实”，你就必需懂得全局，写出社会的本质，让人全面地认识生活、理解社会。演戏也是这样，能演出局部的生活的真实，并不难。但是要通过演出，把作者对社会的认识和态度，以及倾注在作品中的热烈的爱憎，深刻地表达出来，这比局部地再现真实的生活要更难一些。如果演《日出》，把某种人演得很象，使人去欣赏甚至学习那些坏东西，而不去想过去的残酷与黑暗，这个“戏”就大可不演。不要让青年人看完戏后，受那些恶毒、庸俗、残暴的影响。这个戏不是教人学坏的，而是要人懂得憎恶黑暗和邪恶，追求光明和美好。只有演出真实的人物，演出人物灵魂深处的东西，才能使观众的兴趣不停留在对生活的表面现象上。就怕演得既不真实，而又夸张，不去挖掘人物的灵魂，而专在表面的丑化上下功夫，那人家就要怀疑你究竟有多少艺术修养了。艺术上真正动人的力量都来自严肃的创造，演《日出》是为寓教育于娱乐，不是为了娱乐自己，也不是单纯为了娱乐人。请大家记住这一点。

陈白露——必须懂得她，才能演好她

《日出》里陈白露是个关键人物，有了她，才有戏里的一切。假如没有这么一个美丽漂亮的女人，戏里其他人物根本拢不到一块儿来，她在戏中具有贯串作用。她是个交际花，她才二十三岁，时尔象是久经风尘，时尔象是单纯的少女；时尔玩世不恭，时尔满腔正义；时尔放纵任性，时尔感伤厌世。这一切在戏里都是明显的。要演好这个人物，关键不在于这些外露的东西演得够不够，而是要把她的复杂性、内心的矛盾，内在的“苦痛”演出来。否则，只能说演出是失败的。我常说陈白露是很难演好的，指的就是这个人物有它的深度。人们对她可能同情，也可能蔑视，但是演员必须懂得这个人，才能演好这个人。

陈白露算得上是个知识分子，文化程度不是太低的。她年纪虽轻，可是对黑暗的社会已经看得比较明白。她对那个社会感到可恨、可憎、可厌，但又摆脱不开那个社会。她没有决心象她爱过的诗人那样，为理想而斗争，最后只有堕落。她不甘心，她憎恶现实，又憧憬美好的过去，她在矛盾的夹缝里活着。她象是懦弱，但她毕竟坚强，她有值得同情的一面，有胆大斗狠的一面，对她来说，生命有时是火热的。方达生对她的感情，拉着她倾向光明，但是终于拉不动，她消失在黑暗中了，她是个绝望了的好人。陈白露的这一部分往往是演不出来的，这一部分演不出来，这个人物就不大对头，就不丰满。这不能光怪演员，因为对她的这一部分我写得不多。演员要演出她内心里的这一部分，必须真正懂得她。方达生是了解陈白露的，他对陈白露说："我知道你嘴头上硬，故意说着谎，叫人相信你快乐；可是你眼神儿软，你的眼睛不住你的恐慌，你的忧疑、不满。竹均，一个人可以欺骗别人，但欺骗不了自己，你这样会把你闷死。"方达生是从她的眼睛里看到她内心的矛盾和痛苦。我希望演陈白露的演员要有这样高明的演技，可以使人看到人物的心灵！

陈白露，我说过，是在矛盾的夹缝里讨生活。她曾经热切地追求自己的理想，可是她过不了清贫的日子，也没有追求光明的顽强意志，最后绝望了，只有死去。自杀也需点决心，用安眠药求死，并不是人们所想象的那样，在睡梦中不知不觉地死了。我听说在垂危之前，还是意识到自己即将殒灭，人有求生的本能，她还会有痛苦的挣扎，但是一切都来不及了。陈白露死的时候，年轻，漂亮，在那个社会有这点"本钱"，还是能苟活的，所以她不是被债逼死的。她是在极度的矛盾中不能自拔，她追求着她的理想的生活，这就是她的生命支撑。她的死并不表现她是懦弱的。

陈白露自杀前独白："生得不算太难看吧。人不算太老吧！这么——年轻，这么——美。"她怜惜自己，终于决心死去。她内心里是讲不出口的屈辱，痛苦。

在第四幕，在很安静的气氛里，她独自喝醉了酒，流着泪，她不愿让任何人看见她流泪。我记得她拿一块手绢盖在脸上，眼泪在手绢里流，把手绢都弄湿了。她象掉在黑洞洞的深井里，再也爬不出来，这无底的深渊，就是罪恶的社会。当然，她的一生，她自己也要负责任。天下的事情是两面的，造成她悲剧一生，一是罪恶的社会环境，再就是她自己。尽管她的行为在过去的"正人君子"们眼中看来，是非常可耻的，但她最后恨透这罪恶的旧社会，她是那个社会的殉葬品。

陈白露有值得怜悯的一面，有值得同情的一面，但是塑造这个人物形象，不要生硬地给她身上贴金，要搞得自然一些。

方达生——一个诚恳、认真的书呆子

方达生在戏里也是个重要人物，是比较难演的。要塑造好这个人物，首先要挑选合适的好演员。他确实是个书呆子，但不能仅表现他的呆气，他诚恳，认真，他寻找光明。结尾，他说要跟金八斗一斗，要为那些受欺侮的人做点事情。他还在摸索走向光明的道路，开始有点觉悟。作者确是希望他终究会找到出路，找到光明，找到志同道合的朋友。他在旅馆里待了几天，并没有白费光阴，他在这里见到了不少"世面"，使他对旧社会的黑暗了解得多了。

在戏里，方达生出场的机会很少。第四幕方达生与陈白露谈话，这段戏很重要，似乎是在叙家常，谈别人，讲过去，论现在，方达生还说出了自己往后的打算，这些都是他们两人的心里话。只有在这里，才透露出他们之间的感情的真切。气氛是安静的，观众应该看得有兴味。

顾八奶奶、张乔治、胡四、潘经理及其他——不能怎么丑，就怎么演

《雷雨》《日出》《原野》都写得浓。戏一浓，表演就容易过火。我希望演员多在真实、自然上，下功夫。要把人物的灵魂挖掘出来。这是演好《日出》的关键问题。

《日出》中丑恶的人物颇集中。演这些人，不要一味夸张，演成闹剧，而要演得准确。确实演出那个社会中的那种人物，并不容易。如顾八奶奶吧，这是半殖民地、半封建社会的产物，而不是资本主义社会的产物。要从这一点找准人物的感觉，就不那么容易。这个人物，我是亲眼见过的，演她不要大加夸张，演这个女人，要掌握分寸，需要很高的演技，更要有修养。我看过一些舞台上的顾八奶奶，大多数是怎么丑，怎么俗气，怎么恶心，就怎么演。这样演，就不是顾八奶奶这个人了。对本子上已经写得很足的人物，表演一定要讲究真实，要演得不多不少，恰到好处。我在美国看到一个地方演《日出》，扮演顾八奶奶的演员是一个美国人，长得很好看，上妆后也不是俗不可耐，令人讨厌，我倒觉得她演得真象顾八奶奶。她并不是怎么恶心，就怎么演，而是通过几个紧要的地方，几种神态，把这个丑恶人物的感觉传达出来。

对潘经理、张乔治、胡四等人，都要注意，不可在表面的丑化上，下功夫，而要准确地演出人物来。潘经理是个搞投机的金融资本家，这些人对发展国计民生毫无好处，不是我们所指的民族资本家。这个人很坏，但是这不等于在舞台上就要演得丑得要死。一个好演员要把俗的东西，演得不俗，要有着化腐朽为神奇、把石头变黄金的本领。

张乔治这个人物也不好演，尤其是他喝醉酒那场戏难演。这是这出戏里第一个出现的丑恶人物，不仅让大家看到那个社会的“上等货色”、称为“博士”的人是什么样的货色，更重要的是通过他的出现，让人看到陈白露的处境与地位。这样恶浊的人物可以任意出入她的房间，在床上呕吐，方达生才更加厌恶说：“我不明白你为什么跟这种东西来往？”陈白露却轻描淡写，“他口袋里有几个钱。”这一句话，说出了她的屈辱和轻贱地位。要把这种关系、地位和陈白露内心的矛盾表现出来，这段戏才有意义，否则，只剩下醉汉撒疯，就没有什么意思。如果这场戏弄不好，可以把它删掉。

翠喜这个人物，真正要演好她。卖淫是人类历史上最古老的“职业”之一，在旧社会这是公开的合法的“职业”。扮演这个身在三等妓院，过着非人的生活，却有着金子般的心的妇女，演员既要放得开，又要揭示她的心灵美，才能塑造“这一个”真实的艺术形象。

至于潘经理与李石清的狗咬狗，应该是比较好处理的戏，只要注意让他们“咬”得很真实就行。

黄省三这个人，我写得比较多些。这个人不好演，在于他的戏没有多大变化。这样“一条道走到黑”的角色，并不比陈白露好演。

几句题外话

我希望我们的话剧演员，一定要下功夫说好台词。不少演员也讲究念词的抑扬顿挫，但就是不能把话清楚地送到最后一排。有的演员嗓门挺大，但是咬字不清，声音越大，字

越不清。过去英国有个得过“爵位”的大演员，他的天资很坏，声音细弱，还有点女腔。后来他却以读词著称于世，他说他成功的秘诀，是注意最后一排观众能否听得清。后来他的台词本领达到看上去毫不吃力，而声音送得很远，念得十分清楚。当时是没有扩音器的，我们中国确实也有不少这样好的话剧演员，过去，他们也是没有扩音器可借助。我希望每个话剧演员都练就这种本领。

我还希望灯光照明，一定要让观众看清演员的脸。演员的眼睛是最传神的，照明的同志除了创造气氛之外，一定要让人看清演员的表情和眼睛，否则导演、演员忙乎半天，全等于白干。

仿佛话说完了，还是忘了提醒一句。方才的话仅是一个写戏的人单方的解释，很多评论家常有符合实际的独到见地。事实上，评论家挖掘得深，他们的见解与剖析，经常说得透切、正确，比作者自以为是的思路，高明得多。作者与广大的读者和观众往往需要评论家的指点、引导，才能正确理解一部作品，即便那作品是自己写的。因此，你们——导演、演员、舞台艺术家们——不要把我的话当作“金科玉律”。你们叫我来，我作为北京人艺的一个干部，有义务来，向你们絮叨一顿。其实，原不需要如此。我希望你们听听、想想，只能当作一家之言。重要的是听许多文艺专家与观众的话。他们比较客观，对全局常有恰如其分的估计，而我容易偏爱。

此外，《日出》太长，需要适当的删节，甚至动“大手术”，整段整节地割舍。如何做得恰到好处，这就看导演的体会、才能与决心了。

原载《人民戏剧》1981 年第 3 期

曹禺观看我院演出《家》

兆

八一年十一月十三日晚上，著名戏剧家、话剧《家》的改编者曹禺兴致勃勃地来我院观看《家》的演出。这个戏是我院话剧表演系 1977 级学生的一个毕业演出剧目。

演出结束后，曹禺在院负责同志陪同下高兴地走上舞台，同全体演员和舞台工作人员见面、握手，表示祝贺。曹禺赞扬说："你们的戏搞得很好，主题鲜明，节奏感强，特别是第一幕的两场戏很难演。'婚礼''洞房'搞得不好就会像'文明戏'，你们没有'文明戏'的味道，闹与静处理得相当好。"孙浩然副院长介绍说："他们都是毕业班的学生。"曹禺接着说："那真不简单。每个人都演得是那么一回事"。这时，导演之一叶涛说："我和陈茂村老师在排这个戏的时候，对戏作了较多的删节。"曹禺说："应该删。我还有个想法，你们以后是否能再搞一个带休息一共二个半小时的演出本。我主张大胆地删。当然，关键在于删的'本事'。高老太爷死后，陈姨太逼瑞珏出去生孩子一段，过去的有些演出都把它删了，你们没有删，这是对的。这段戏很重要，不能删。"此外，他还认为这个戏的舞台布景搞得也很好。

最后，曹禺还与参加演出的全体师生合影留念。

原载《戏剧艺术》1982 年第 1 期

记江安国立戏剧专科学校教师演出《日出》

冯　维　程乐天

粉碎“四人帮”后，曹禺同志的《日出》又被许多剧院上演了，它使我们联想起四十年前的冬天江安国立戏剧专科学校的《日出》演出。

这次演出，导演、演员大都是国内著名的戏剧家，除了扮演方达生的温锡莹一人是同学外，余者都是当时剧校的教职工。四十年过去了，老师们的表演，一直萦回在我们脑际。其中有一部分老师已离开了人世，为了表示对他们的崇敬和怀念，特将此次演出节目单记录下来，望能为话剧史工作者参考。

导演团：余上沅　焦菊隐　马彦祥　陈鲤庭　章泯等

总导演：余上沅

执行导演：余上沅　焦菊隐

演员表：

陈白露——冀淑平	潘月亭——王家齐
黄省三——陈治策	小顺子——张天璞（张真）
方达生——温锡莹	张乔治——焦菊隐
黑　三——应尚能	胡　四——马彦祥
李石清——张　雁	顾八奶奶——夏易初
王福生——刘静沅	翠　喜——林婧
李太太——林斐宇	打　手——余师龙、郭兰田

妓　女——方老师（教务员）、胡老师（女生管理员）

小东西——王××（教务员）

原载《戏剧报》1983 年第 3 期

追　忆

张　真

看了冯维、程乐天两同志的文章，恍然记起了四十年前有这么一场演出。记得当时春节临近，为了筹点钱给同学们过年添点菜，江安国立剧专的教师们发起举行《日出》的演出，地点即在剧专校内。当时剧专占据江安县孔庙作为临时校址，戏台就搭在大成殿的前面。没有电灯，用的是汽灯。

导演和演员表，冯、程二位所记是不错的。记得排演时余上沅校长坐在台前竹圈椅上指挥，许多老师本是本校毕业生，余上沅的学生，他自然是指挥如意。

《日出》是个熟戏，排演了不多几次就上演了。可是在台上还是演得严丝合缝，十分配合。陈治策演戏很认真，为了实践斯坦尼的表演体系，他演黄省三发疯那一段戏，每一场换一个演法。有一次竟光着一双脚，手里高举一只破鞋上场，目光呆滞，大家十分欣赏。因为老师们都在台上，后台就全由学生管理。没有职务的同学都挤在前台两廊和后面看老师们的排演，剧场挤得满满的，气氛炽烈。记得声乐家应尚能扮演黑三，他从没演过戏，又是大块头，排戏时在台上左转右转，推之不动，躲之不开，观众不禁笑起来。此戏因为都是老师演出，老师中年轻者少，所以把教务处几位女职员，都扮成妓女去“见客”。节目单中所指方先生，可能是方匀，她是在法国学画的，胖胖的身体，对人和和气气，对同学们很关心。扮演小东西的，是教务处刻印讲义的王文琦，二十多岁，四川人，身体单薄，每场演下来，总抱怨说被黑三打在背上怪疼的。台上打人，本应是虚张声势，可应尚能却攥紧拳头真打，观众看不到黑三的凶相，小东西可有些吃不消。焦菊隐是研究斯坦尼的，演起张乔治，“帅”劲很足，但有时也不免露出“教授”的派头。当时焦菊隐住在西门内武举人文家，与陈瘦竹、沈蔚德夫妇对门而居。焦的房外小巷就是一个屠宰场，每逢集日，清晨四点就宰猪，惊人睡梦。他在饭桌上幽默地说，吵得睡不着，就躺在床上听猪叫，渐渐听出猪也有不同的性格。有的内向，嘶叫声低沉愠怒，哀鸣不已；有的开朗，大喊大叫，一刀下来，顿时就无声无息了，听者都哈哈大笑。虽是玩笑，也可见此老喜欢研究各种性格表现的职业习惯。

张雁的李石清，演得朴素沉着，他善于以不露锋芒的朴素演技，刻画人物内心活动。《月亮湾的笑声》中姜冒富的成功，不是偶然的。那时，他与冀淑平、夏易初、林婧、林斐宇等都是“校友剧团”的演员。冀淑平当时已是校友剧团的“头牌”，演陈白露，自然是当行出色。校友剧团都是剧专历届毕业生组成的，时常沿长江作巡回演出。听说一次去叙府演出时，竟有当地国民党某大军官，要出二百两烟土的代价，把她扣住，不让回去，吓的大家落荒而逃。那时吃这碗戏饭的艰难，是现在想象不出的。林婧的翠喜，演得十分泼辣，后来她好像不大演戏了，可能是改行了吧。林斐宇是泰国华侨，抗战胜利后回泰国去了，这是剧专散布到外国去的戏剧种子。余师龙、郭兰田都是剧专毕业生，留校教表演课的。一九五〇或一九五一年我在中央戏剧学院，郭兰田也从南京调来了，他很聪明，但长期酗酒不能自拔，终死于肝硬化，是很可惜的。那个女生管理员胡老师我一点记不起来了。

这次演出的时间，是阴历腊八前数日，阳历一九四三年一月八日至十一日。除一场是彩排外，公演实际是三场。当时教员、学生的生活都极清苦。有一次吃饭时，有个学生数了数分到自己的一份菜，只有可怜的二十八根黄豆芽，她气得哭了。国民党当局就是用这点微不足道的“贷金”，凌虐莘莘学子的。还记得一次，在教师的伙房里，房梁上发现一条四五尺长大蛇，学生上房捉，晚餐时就收集教务处发给同学们的灯油（每人三钱）烹蛇为食。所以这次教师组织起来为同学们凑点过年的加餐费，实在是相濡以沫。在国民党当时的“刮民”政策下，许多学生身体很坏，有的甚至因病辍学，老师也是一样。这次尽管著名戏剧家登台献技，也没筹出多少钱来，但患难相助的情谊是使全校师生都觉得很温暖的。这场演出，如今已经四十年了。许多那时的校友，多已物故。回忆当年谈笑，恍如目前，令人深深怀念。

回忆忽惊四十年，相濡往事记辛酸。
而今大地春风浩，桃李纷纷遍剧坛。

原载《戏剧报》1983 年第 3 期

关于《北京人》的写作和首次演出的时间

李希有

《北京人》是著名的戏剧家曹禺的代表作之一，国内外研讨文章甚多，但关于它的写作和首次演出时间，却有几种不同说法。如钱谷融同志的《曹禺和他的剧作》（载《上海师范大学学报》一九七九年第三期）、甘竞存同志的《曹禺的创作道路》（载《南京师院学报》一九七八年第三期）、朱青同志的《漫谈曹禺的剧佐》（载《文学书籍评论丛刊》一九五九年第五辑）以及山东师院中文系一九六〇年编的《曹禺研究资料汇编·曹禺著译年表》等，均认为《北京人》写于一九四一年，而另有一些文章，则认为《北京人》写于一九四〇年。国外尚有人介绍外国专家的意见，认为"《北京人》于一九四〇年在中国首次演出"（见《读书》一九八〇年第六期）。一出剧的写成到演出，是需要一段时间的，按此说，《北京人》的写成和发表似应早于一四〇年。

弄清一部作品的完成时间，对探索作者的创作动机和准确评价作品，有着很大的意义。为此，我们就《北京人》的写作和首次演出时间，查阅了一些资料，并请教了一些当年与曹禺共过事的同志。

曹禺的学生方瑄德曾撰文说："大概一九四〇年的深秋，在四川江安靠近旧城墙边上的一幢房子里，曹禺写作了《北京人》，那时候，……我们整天生活在一起，他把《北京人》剧本，写好一段读一段给我们听……"（见《戏剧报》一九五七年第十三期：《看〈北京人〉忆旧感新》）。这一段文字较为真切翔实，它告诉我们，《北京人》是写于一九四〇年深秋，而不是一九四一年。深秋时节作者尚在一段段地写，因此当年上演亦不大可能。

为进一步证实这一问题，我们又专门请教了话剧《北京人》老导演蔡骧同志，他也是曹禺的学生，当年与曹禺过往甚密。蔡骧同志告诉我们说："《北京人》是一九四一年出版的，写作时间是一九四〇年。当时作者在四川江安，据我所知，作者酝酿此剧的时间还要早，甚至在《蜕变》以前。"提到初版本，蔡骧同志来函说：当时作者曾赠我一本，时间正是一九四一年底。剧本是重庆印的，纸张不好，颜色发黑。

关于该剧的初次演出，蔡骧同志说：此剧初演在一九四一年，由重庆"中央青年剧社"演出，张骏祥导演，张瑞芳、耿震等都参加了这次演出，演文清的是江村。

综上，我们认为，《北京人》是曹禺一九四〇年深秋在四川江安写成的，一九四一年十二月由文化生活出版社出版；一九四一年，由重庆"中央青年剧社"首次演出。

原载《鞍山师范学院学报》1983 年第 1 期

第九个角色

——《雷雨》导演札记

丁小平

《雷雨》是我国著名戏剧家曹禺的第一部力作，也是我国话剧运动史上的一部杰出的现实主义悲剧。半个多世纪以来，它誉满中外，这朵奇葩一直散发着诱人的芳香，成为许多专业或业余剧团的保留剧目，深受广大观众的喜爱。

1982 年，我承担了重排话剧《雷雨》的导演任务，这是天津人艺话剧团第四次公演此剧了，前几次都是出自另一位导演之手，此次复排是依样画葫芦，还是另辟新路？我是考虑再三的。原因很简单，《雷雨》这部戏，无论是对它的解释还是演出形式的处理，几十年来好象已经形成定论，虽然没有人说有个什么“样板”，但你如果想超越某些规范，那是要冒着失败的风险的。

事实上，自从《雷雨》问世以来，就没有停止过争论。曹禺同志在《〈雷雨〉序》中不就谈到过，“我没有批评的冷静头脑，诚实也不容许我使用诡巧的言辞狡黠地袒护自己的作品，所以在这里，一个天赐的表白的机会，我知道我不会说出什么！这一年来批评《雷雨》的文章确实吓住了我，它们似乎刺痛了我的自卑意识，令我深切地感触自己的无能”。[①] 在以后的演出中，有关《雷雨》的解释，和人物的导演处理，那更是仁者见仁，智者见智了。解放前的情况，我不甚清楚，单就建国以后来说，北京人民艺术剧院夏淳同志导演的《雷雨》，堪称传统佳作；然而，上海戏剧学院已故校长朱端钧教授导演的《雷雨》，则以其独到见地，重新做了解释和处理，他认为《雷雨》是批判现实主义的作品，反映了阶级斗争，写了工人运动，写了劳工与资产者之间的矛盾冲突，力求将命运悲剧与社会悲剧统一起来[②]这种独具一格的处理，曾经赢得了不少同行的赞赏。但粉碎“四人帮”之后，无论在上海公演还是在中央电视台转播，却引起了不同的反响与争论。早在 1958 年，上海人民艺术剧院演出由吴仞之教授导演的《雷雨》，则是将主题放在道德观念方面，把主题思想归结为资产阶级与劳动人民的道德观念的矛盾冲突。他认为《雷雨》描写的不是家庭悲剧，因而蘩漪不能放在主线上，也不能让人同情。这次演出，在当时的上海也引起了一场不大不小的争鸣。[③]

此外，全国许多剧团都曾公演过《雷雨》，也不尽相同，但总的来看，出入不管多大，却都一致认为《雷雨》是现实主义剧作，因而在演出形式的处理上是写实的。

---

① 《〈雷雨〉序》，文化生活出版社 1936 年版。

② 见上海戏剧学院所编内部参考资料。

③ 戈今：《〈雷雨〉的导演及其他——看上海人民艺术剧院的演出》，《文汇报》，1959 年 11 月 24 日。

我认为《雷雨》是现实主义的，但有其自身的特色，它吸取了批判现实主义的精华，又继承了“五四”新文化的思想传统，是一部富有强烈的命运色彩，深刻的社会内容，反映旧时代的家庭悲剧。如果我们将曹禺同志的剧作放在世界戏剧文学的历史潮流中来研究，就不难发现曹禺同志对易卜生与奥尼尔的借鉴，尤其是深受奥尼尔戏剧美学和戏剧技法的影响。因此，导演《雷雨》不应忽视现代戏剧，特别是表现主义，象征着主义对它的影响。通过对曹禺与奥尼尔剧作的比较分析，我逐渐领悟到将要排演的《雷雨》之新意所在。

从哪里入手？

在《〈日出〉跋》中有这样一段话：

“我常纳闷，何以我每次写戏总把主要的人物漏掉，《雷雨》里原有第九个角色，而且是最重要的，我没有写进去，那就是‘雷雨’的一名好汉；他几乎总是在场，他手下操纵其余的八个傀儡，而我总不能明显地添上这个人，于是导演们也仿佛忘掉他”①

第九个角色，立刻成为我这次探索求新的一把钥匙。

在《〈雷雨〉序》中，作者还有这样许多话：

“雷雨对我是个诱惑，与雷雨俱来的情绪蕴成我对宇宙间许多神秘的事物一种不可言喻的憧憬……”

“情感上雷雨所象征的对我是一种神秘的吸引，一种抓牢我心灵的魔。雷雨所显示的，并不是报应，而是我所觉得的天地间的‘残忍’……”

“在雷雨里，宇宙正象一口残酷的井，落在里面，怎样呼号也难逃脱这黑暗的坑。”

“要如电如雷地轰轰地烧一场，中间不容易有一条折衷的路。”

“写雷雨是一种情感的迫切的需要，我念起人类是怎样可怜的动物……仿佛是自己来主宰自己的命运，而时常不是自己来主宰着。受着自己——情感的或理解的——捉弄。”

“极端和矛盾是雷雨蒸热的雾围里两种自然的基调，剧情的调整多半以它们为转移。”②

作者以周、鲁两家编织成的矛盾，象一个细胞，深刻地揭示了中国这个半封建半殖民地社会的某些侧面，以他特有的审美视角，展示了畸形的封建买办阶级的家庭罪恶，那残酷的阶级压迫，无情的家长专制，使人窒息，但它所激起的如雷似电的生命之火，又预示着雷暴将至，显现出那吃人的旧世界必然崩溃的趋势。

象征与隐喻在全剧中是十分突出的，大幕一拉开就不断地提到了天气。

> 四　凤：爸，你少说闲话吧！天气这样闷热，回头多半下雨。
>
> ……
>
> 周蘩漪：（不经意地）哦——哦，怎么，楼下也这样闷热。
>
> 鲁四凤：对了，闷得很，一早乌云就遮满了天，也许今儿个会下一场大雨。
>
> 周蘩漪：换一把大一点的团扇，我简直有点喘不过气来。

---

① 曹禺：《〈日出〉跋》，文化生活出版社 1947 年版。

② 以上四段引文均见《〈雷雨〉序》，文化生活出版社 1936 年版。

……

周冲：……怎么这屋子这样热？

周蘩漪：大概是窗户没有开。

周　冲：我来开。

鲁四凤：老爷说过不叫开，说外面比屋里热。

周蘩漪：不，打开，他在外头一去就是两年不回家，这屋子里的死气他是不知道的。

在第二幕结尾：

周蘩漪：（冷笑）小心，小心！你不要把一个失望的女人逼得太很了，她是什么事都做得出来的。

周　萍：我已经打算好了。

周蘩漪：好！你去吧！小心，现在（望窗外，自语）

风暴就要起来了！

可见，雷雨绝不是作者纯客观地对现实的复制，而是作者激情爆发的表现，内在情绪的戏剧化。作者把他对时代的感受与自然界的雷雨形象交织起来，结晶为雷雨的艺术形象——也就是他命名的第九个角色，来象征社会的风雷和人世间的倾轧。雷雨是剧名，实质上乃是主题、冲突、整个戏的气氛、进行的速度与节奏的总的艺术概括。

我将第九个角色——号称"雷雨"的好汉确定为全剧的演出形象，藉它来显示宇宙里斗争的残忍与冷酷，藉它来象征破坏旧世界的威慑力量。

如何实现我的构想呢？我感到用写实的手法来表达如此丰富的内涵是很困难的，必须寻找到一种与以上特点相适应的演出形式。

作者曾经这样说道："写《雷雨》我不能如旧戏里用一个一手执铁钉，一手举巨锤青面红发的雷公，象征着雷雨中渺茫不可知的神秘，那是技巧上的不允许。"①

为了塑造这个不出场的第九个角色——这个象征性的角色，我必须突破传统观念的束缚，大胆地吸收现代派戏剧的新方法、新技巧；为了使全剧雷雨般的热情和雷雨的形象浑然一体，形成一个完美的情景交融的诗意境界，我们调动了各种手段，要象音乐一样，多声、多层次地来表现"雷雨"，为观众提供尽可能多的新鲜的、富有感染力的视听享受。

那么，究竟怎样让雷雨这名好汉粉墨登场呢？

过去《雷雨》的传统演出形式是三面墙，带屋顶，封闭式的——写实布景，虽然具有特定的真实感，但是，它将广阔的天际挡住了，观众只能从狭小的窗口和门洞中窥视天空，雷公失去了登场表演的舞台空间。因此，我要求舞台美术设计打破三面墙，要让观众看到整个天空，为表现雷雨提供最有利的条件。在设计思想上，我不要求表现逼真的环境，而要求突出地表现在雷雨中压抑、郁闷和窒息气氛中活动的人，而且要着重表现人的内在精神世界和情绪色彩，强调象征与隐喻。于是，我们采用了以下的演出形式：

① 曹禺：《〈日出〉跋》，文化生活出版社 1947 年版。

一、斜平台与框架结构，用白色的线条勾出高大建筑物的轮廓，墙是透空的，它可以见到墙外的一切，广阔无垠的天空，深渊莫测的周公馆。

景是虚的，道具虽实但应用较少，将空间最大限度地留给了演员，以使他们突出在舞台上，而不致为繁多的景物所湮没。

二、空黑背景，恰似一个黑洞，如同宇宙象一口残酷的井，落在里面，任你怎样呼号，也难逃脱这黑暗的坑。

三、尼龙纸绳幕：雷授之于听觉，靠音响；云雨闪电授之于视觉，则靠形象。投影屏幕是必不可少的，然而，选择什么样的材质，才能获得最佳效果呢？经过试验，我们在黑色天幕前边，增加两道尼龙纸绳幕，用光影造成时隐时现，似雨似闪的气象，再配之以夸张的立体流动音响，加强了雷雨交加般的紧张而激烈的抒情格调。

音乐·内心独白·意识流

为了揭示三个女主人公的心灵世界和感情波澜，展示其痛苦压抑的内心矛盾，我为她们构思安排了三个梦：鲁妈逝去的梦，四凤的恶梦，蘩漪的破碎的梦。在处理上较剧本有所延伸，我想将她们的内心世界“外化”，目的是让观众自己去理解、去思索，从而增强对于她们的同情。

鲁妈在第二幕中逝去的梦：鲁妈刚刚在周家客厅里同自己的女儿见面，欢快之余，她忽然发现了她熟悉的家具，紧闭的窗户，直到看见自己年轻时的照片，她昏过去了。在四凤下去给她取水时，追光紧随鲁妈和音乐伴奏的声象同步出现，花瓶里一束梅花，与屏幕上粉红色的花瓣，交相辉映。她追忆起往事，抚摸着那陪伴她度过青春的梳妆台，慢慢走到沙发面前。这时，突然响起了婴儿啼哭的画外音，这时，闪灼耀动的粉色花瓣在屏幕上突然凝固，顿时变成了冷若冰霜的雪花，飘落下来，她的噩运又降临了……她摇了摇头，冷笑了一声，回到残酷的现实世界中来。

四凤在第三幕里的恶梦：四凤向鲁妈发誓不再见周家的人之后，时至夜深人静，四凤正处于极度困惑与痛苦中。她捻小灯芯，伏案抽泣。这时古老的座钟敲响了十一下，四凤猛然抬头，透过墙壁发现周萍的身影，象触电似的惊觉到他的来临。爱的渴望和生的欲求，使她冲破已向母亲发过的誓约，急忙奔向窗口，这时刺眼的闪电，仿佛看透了她心中的隐秘，她害怕地拉紧了窗户，严厉的雷声阵阵轰鸣，似乎震碎了这位少女的心，她醒悟到自己违背了誓言，不由得跪下祈求天神宽恕。但爱情之火又在胸中燃烧起来，四凤仰天哭泣，不知所措。这时一列火车从房前擦过……她的心被碾得粉碎。霎时，周萍的口哨声响起来，她刚一萌发会见周萍的念头，雷公又在发怒、闪电就象蘩漪的眼睛在狞视着。她再次屈服了，但哨声愈来愈响，她起身奔向母亲那边谛听动静，此时电闪雷鸣交相大作，她仿佛听见母亲严厉的斥责，看到母亲悲伤的泪光，四凤的心软了下来。然而，魔哨似的哨声重新鼓起她的勇气，把她推向窗前。又一声霹雳，又一个闪电，地上倏忽一阵闪亮好象云层间眨动着的一双双眼睛，由小变大，向四凤协迫而来；她真的支持不住了，但爱情的哨声压倒了一切，她使尽平生最大的气力，终于在恐惧与狂乱中同周萍相会。

这段戏没有台词，主要靠演员的表演，以及闪电、雷鸣、火车声和哨声等等声光效果，来揭示四凤的内心冲突，表现了爱情的诱惑与违誓的恐惧之间的反复搏斗。

当四凤听到窗外的周萍将要离去时，她茫然若失，不顾一切地推开窗户，宇宙象一个黑暗的坑，似乎要把她吞没，她悲痛欲绝，爱情的主题音乐，象山洪从四凤的心底暴发出来，周萍的突然出现，又使她惊恐万分。黑暗中，两道追光抓住这对不幸的情人，雷声与音乐伴奏声交织一起，表现了爱的欲望与现实的残忍在折磨这可怜的灵魂。即便是如此残忍而恐怖的“爱情”，对她也是悭吝的，惊雷一声，蓝光耀眼，蘩漪象幽灵一般出现在窗前，阴鸷的双眼喷射着忌妒的火焰。这时，黑洞与闪电强烈的对比，使阴森恐怖的气氛更加令人毛骨耸然。曹禺潜心创造的第九个角色，在这个雷雨之夜得到了有声有色的表现。

第四幕蘩漪破碎的梦：周萍与蘩漪终于决裂了，他把蘩漪狠狠推倒在地上，舞台全黑，追光跟随蘩漪，她绝望了，一阵歇斯底里地狂笑，爱情的主题音乐响起，黑色天幕的一角，徐徐泛起玫瑰色的斑痕。爱情的追忆在她的心底泛起，在客厅里到处传来周萍的声音：“我爱你！”“我恨我的父亲！”蘩漪努力地在寻找，在扑捉，希望重新拾起这破猝的梦。忽然，她发现在左边的黑洞里有一个光斑，她扑将过去，光斑消失，传来了周萍的尖叫声：“我叫你死！”她又发现在右边的黑洞里也有一个光斑，紧扑过去，只听得周朴园严厉的吼声：“神经病！”她呆滞了，周围传来父子交替的呵斥声；同时屏幕色调变成了绛紫，频频出现错乱交织的花纹，蘩漪这个最具有“雷雨”性格的女性，被周家父子逼疯了，精神上的摧残使她无力地倒在地上。音乐、图象、画外音停止，周围环境空空荡荡，她慢慢地站立起来，头脑里一片空白。

这样，就把蘩漪复杂的内心体验受欺骗的愤懑、被遗弃的痛苦、嫉妒的怒火、报复的渴望，形象生动地展现在观众面前。

可能是因为长度的限制，我还没有见过《雷雨》在演出时有序幕和尾声的，但推测起来，作者的用意还是很清楚的，《序》中提到过，曾想用它（指“序幕”“尾声”——笔者注）来生发“希腊悲剧的一部分功能，导引观众的情绪入于更宽阔的沉思的海……”“因为事理变动太吓人，里面那些隐秘不可知的东西，对于现在一般聪明的观众情感上也仿佛不易明瞭，我乃罩上一层纱，那序幕和尾声的纱幕便给了所谓‘欣赏的距离’”①

有鉴于此，我们就在首尾安排了“空镜头”。

开场：在沉重压抑似哀乐般的音乐中，大幕慢慢拉开，台上一片漆黑。稍倾，弦乐响起缓慢的节奏，黑洞里只见一个精致的鸟笼泛着银光，两只可怜的玉鸟在跳动，和着乐声发出一声声哀鸣，接着百页窗的彩色玻璃上，闪灼着夏日的光斑；白色的框架隐约可见，一阵阵蝉声打破了周公馆阴森可怖，死一般的沉寂。黑色天幕上投下几股光束，黑里透红，造成低气压、暴雨将至的气氛。这一层层的变化，引导观众沉下心来等待，观赏舞台上将要发生的一切。

全剧的结尾作了比较重要的删节，我没有如原剧本那样一个一个地交待每个人物的

① 曹禺：《〈雷雨〉序》。

结局，而是着力渲染雷雨的最高任务——“时日曷丧，予及汝偕亡”，让第九个角色大显身手。

蓝光划破太空，霹雳震撼环宇，一声惨叫，四凤触电，周冲跟随，“宇宙”夺走了两个年轻人的生命。顿时，周公馆被黑暗笼罩着。星星鬼火在地狱般的公馆里游动，那是惊慌失措的仆人们，提着马灯，举着蜡烛，从四面八方涌来，向主人报告这不幸的消息。嚎啕与哭泣声连成一片，烛光摇曳的影子照亮了周朴园恐惧的脸。教堂的钟声在夜空中回荡，人们在黑暗中消失了。乐声起，脸色惨白的周萍站在舞台中央，他走到小桌前，平静地拿出手枪跑下。外边传来周朴园呼喊“萍儿”的声音，他踉跄地跑上，一声清脆的枪声，一阵闪电惊雷，他最后的一点希望泯灭了。周朴园这个自认为能够主宰一切的人，也消失在黑暗之中，舞台上空无一人，大雨倾盆，雷电交加，十几束顶光交替闪动，白色的框架和闪光的绳幕融为一体，罪恶的周公馆在电闪雷鸣之中，荡然无存。只有“雷雨”这个没出场的第九个角色在大发雷霆，施展它的威严！

一个较长的时间停顿，幕徐徐闭上……

——“是想送看戏的人们回家，带着一种哀静的心情，低着头，沉思地，念着这些在情热，在梦想，在计算里煎熬着的人们……”①

摘自南开学报编辑部编《曹禺戏剧研究集刊》南开大学出版社 1987 年版，第 198—207 页

① 曹禺：《〈雷雨〉序》。

《雷雨》演出[①]得失谈

夏康达

为了让“雷雨”出场，导演决定把“四堵墙”都推倒，布景改用框架结构，没有门和墙，只保留了与剧情密切相关的窗户和几件必要的家具；不追求逼真的环境，而是突出在气氛中活动的人物，因此尽量减少实景给演员以活动的空间。帷幕拉开，天幕一片漆黑，给人以雷雨前的压抑感，台前方的周公馆则如处于一个不见底的黑洞之中。第三场四凤向侍萍起誓之后，钟敲十一下，台上闪过周萍的身影（可以视为四凤心中出现的形象），四凤走向窗口，这时一个闪电划破天幕，“雷雨”的气势和威力，比只从一个小窗口里所能看到的，确实要强烈得多。“雷雨”的出现把戏剧推向高潮，也预示着悲剧的降临。第四场，四凤触电，一声惨叫，台上漆黑，仆人上来报告死讯，几支烛光晃动，周公馆宛如一个地狱。全剧在电闪雷鸣中结束，布景均淹没于黑暗之中，人们仿佛看到了周公馆在这强大的“雷雨”威慑下走向崩溃。曹禺还说过，“《雷雨》所显示的，并不是因果，并不是报应，而是我所觉得的天地间的残忍（这种自然的‘冷酷’，四凤与周冲的遭际最足以代表。他们的死亡，自己并无过咎）。”剧终时让“雷雨”控制舞台，我想是符合剧作家的创作思想的。这样强烈的舞台气氛，也使原作中多少具有的一种迷惘的思绪，被更为坚定和明朗的思想感情所取代，“雷雨”似乎具有了更进一层的象征意义，它要轰毁这一切，也要洗刷这一切。显然，导演在这里是注入了我们今天的时代观念的。这就带来了一个时代感的问题，对这次演出有些不同的看法，这个问题是分歧的一个焦点。

演出任何一部传统的经典性剧作，都不免会带有演出当时的时代特点，这里包括导演对剧本的理解和新的舞台技术的运用。天津人艺演出的《雷雨》带有某种程度当代戏剧的特色，我认为这正是其成功之处。问题在于，是否因此而冲淡了剧本原有的时代色彩及所应该具有的舞台气氛。从这一点来看，天津人艺的演出是不无缺憾的。例如周公馆的客厅，由于墙壁拆除，家具减少，显得比较空荡，剧本规定的令人窒息的闷热气氛表现不足。现在的演出加快节奏，不使人感到过于沉闷，有利于吸引青年观众，但减弱了那种窒息感。剧本内在的“雷雨”氛围就难以表达得淋漓尽致，虽然让观众看到了有形的“雷雨”，恐仍不足以使之得到弥补。或许可以借助于演员的表演，通过剧中人物把窒息感传达给观众，这就对演员提出了更高的要求。但从目前的演出看，这个方面似还注意不够。

为了让观众听到人物的心声，天津人艺的演出调动了音乐、灯光等多种手段来表达人

① 丁小平版。

物复杂的内心活动。导演设计了几个梦。第一幕侍萍见到自己相片时的“失去的梦”，第三幕四凤向母亲发誓后又见到周萍时的“恶梦”，第四幕蘩漪彻底绝望时的“破碎的梦”，这都是三个女主人公内心斗争最剧烈的时刻，导演用音乐和灯光来强化演员的表演，赋予人物的心理活动以形象的外壳，使人物命运的重大转折得到有声有色的表现。这几个梦，还表现了人物内心活动的丰富层次，例如四凤的“恶梦”，上面已经提到四凤跑向窗口，一个闪电，她赶忙关窗，跪下，这时传来火车轰鸣声，好象在她的心上碾过。又传来周萍的口哨，这是爱的诱惑。四凤以为周萍走了，音乐声起，她又推开窗户，外面一片黑暗。这时的音乐是表现爱情的旋律，与雷声形成矛盾。人物内心的痛苦、矛盾，刻画得十分细腻。多种手段的运用增强了演出的感染力。但由于技术方面的原因，音响、音色都还欠佳，影响了音乐的效果。有些效果又失之过时，如侍萍“失去的梦”中出现婴孩的哭声，蘩漪“破碎的梦”中重复周萍“你去死”的画外音，这些手法虽然与当时人物的心理活动相符，但未免有点图解的味道，且也为电影中所常用，显得浅了，与《雷雨》深沉含蓄的格调不甚吻合。

天津人艺演出《雷雨》的新尝试，应该说是有得有失。但实践证明，广大观众对于这一新颖的导演构思，还是能够接受的。不仅受到青年观众的欢迎，许多老观众也表示赞赏。尽管演出还有这样那样的缺点和不足，但天津人艺演出《雷雨》这样的名著，仍敢于大胆创新，这种艺术胆识是很可贵的。

原载《戏剧报》1983 年第 5 期

北京人艺明起公演名剧《家》

任　皓

最近，北京人艺在话剧名著《家》的排演中，选用了一批青年演员担任主要角色，在导演蓝天野的指导下，现已完成排练任务，自四月一日起正式公演。

话剧《家》是著名剧作家曹禺根据巴金的同名小说改编的。由于剧本对人物复杂内心世界有着细腻而动人的展示，多年来，这个戏不仅是全国各剧团竞相上演的优秀剧目，也是培养锻炼演员的理想范本。这次，北京人艺为保证演出质量，选派了许多经验丰富的老、中年演员扮演配角。通过这次演出，观众将看到北京人艺舞台上脱颖而出的一代新人。

原载《人民日报》1984 年 3 月 31 日

美国人演《家》

肖 纪

不久前，中央电视台播放了由北京人艺著名演员英若诚导演、美国密苏里大学演出的中国话剧《家》，引起了观众浓厚的兴趣。由中国导演执导、外国演员演出中国名剧，这还是不多见的。

最近几年，英若诚有机会几次出国，他发觉西方对中国话剧运动自“五四”以来的历程和成就所知甚少，就产生了要把中国话剧介绍到西方去的强烈愿望。1982 年 8 月，当他应邀到美国密苏里大学戏剧系讲学时，决定亲自导演该系学生排演曹禺根据巴金名著改编的话剧《家》。

《家》的演员大部分是在大学表演系毕业，经过几年舞台实践后又回到大学学习深造的研究生，除了学习，还要谋生。扮演觉新的弗里茨每天要到剧院的票房卖四个小时的票；饰演瑞珏的莫瑞，是“百老汇”的演员，边演戏，边学习；鸣凤的扮演者阿尔布莱特，每次排完戏后还要赶到夜餐部当服务员……这些年青演员工作虽忙，排戏条件也较差，但每次排练都很认真。排练中有克定自打嘴巴一场戏，扮演克定的演员每次打自己的嘴巴都不马虎。英若诚不忍心，对他说排戏时不必真打，演员为了整台排演效果，还是认真坚持，一丝不苟。

外国人演中国话剧，要演出中国味，这种效果，仅靠外型模仿是达不到的。刚开始排鸣凤与觉慧那场戏时，两个演员一上场，没几句话就开始搂搂抱抱……。看来，要使八十年代的美国青年演员理解旧中国的人物和人与人之间的关系，还真得下一番功夫哩！

在排得很紧的日程表里，英若诚挤出了一个星期的时间，给演员们讲解中国的历史和文化。剧中有句台词是：“宁可食无肉，不可居无竹”。为使演员理解这句话的含义，英若诚从竹讲到“雅俗”，带领演员们到当地博物馆中国馆参观，结合陈列的实物，从孔夫子讲到鸦片战争、“五四”运动。一个星期中演员们收获很大，他们称作是接受了一次“中国文化的洗礼”。

不到两个月的时间，《家》在当地表演艺术中心公演了，连演七场，场场客满，观众反应十分热烈。后来，这个话剧又搬上荧屏。这个戏参加了美国全国大学戏剧会演，英若诚荣获导演奖，饰演瑞珏和梅表妹的演员获得表演奖。

过去，美国观众从银幕上看到的中国人的形象，大多是愚昧落后的形象。《家》的上演，使他们对中国有了了解。有的观众说：“《家》的演出使美国人深刻地理解了二十年代的中国社会，这是理解后来发生的伟大的中国革命的钥匙。”

原载《人民日报》1984 年 4 月 14 日

话剧《原野》观后

朱汉生

最近，中国青年艺术剧院将曹禺的话剧《原野》搬上了舞台，这使人们感到很大的兴趣。

导演张奇虹根据新的时代的审美要求，把握住原剧作的精神实质，对剧本进行了颇具匠心的剪裁，借形象塑造之力，对原作做出了一些新的艺术解释。

《原野》通过仇虎复仇的故事，展示出了在民国初年地主和农民的矛盾。当时还没有共产党的领导，地主和农民的矛盾虽然异常尖锐，但在强大的黑暗势力面前，农民个人的自发反抗不能不以失败告终。仇虎与花金子的命运诚然是悲惨的，但他们敢于向封建势力大胆挑战，敢于执着地追求美好生活，却不能不使人们为之感动。

于关节处见功夫。导演把第三幕的结尾挪到了序幕之中，情节未变，结构上这一动，艺术效果却迥然不同。

我们看到仇虎跳车而逃，来到林子中寻找父亲的坟墓。他自然会想起全家两代的"似海深仇"：焦阎王杀了他的老父，害死了他的弱妹，打残了他的大腿，强占了他家的田产。人间世道是如此黑暗，仇虎去哪里寻找天理公道？只有到那"天网恢恢，疏而不漏"的阴间去。于是幻觉中显现了阴曹地府，阎罗判官。岂料阴间阳世一个样，依旧是焦阎王当道。仇虎终于明白了，他要反抗，要复仇……这一切都完全符合仇虎的认识水平和思想逻辑，也给他后来的所作所为做了必要的铺垫。

舞台演出中，导演去掉了小黑子这一角色，而让大星误杀于焦母手中，这个巧妙的"掉包"，不仅保持了戏剧冲突的尖锐性，突出了焦母的阴险毒辣，也使情节更为洗练集中。原剧里大星是被仇虎杀死的，虽然这符合仇虎那父债子还的思想方式，毕竟多多少少有损于仇虎的形象。现代的观众是非观念分明，崇尚理性，杀死一个无辜的窝囊废，即使这是血债累累、应该千刀万剐的焦阎王的儿子，我们也会感到反感。其实，在原剧中就连仇虎本人也感到良心不安，违反他那农民的善良天性，所以才会在沉重的心理压力下精神错乱。看来，这样的处理是值得称道的。

剧终时，仇虎不是自杀，而是被侦缉队打死，这也改得好，可以突出仇虎的叛逆性格和反抗精神。仇虎形象是引人注目的。这个放牛娃出身的朴实农民，受尽人间种种磨难，却显出顽强的生命力，他粗犷、强悍，爱憎分明，又深沉机警。

导演还根据剧情的提示，增加了仇虎与金子定情的一场戏，具有强烈的抒情气氛，这既表现了这一对恋人纯真美好的感情，也使他们后来的悲剧更加扣人心弦，赢得观众的同情。

《原野》一剧的演员阵容很强。不论是焦母、焦大星，还是常五、白傻子，在舞台上都是有血有肉、活灵活现的人物。特别是宋洁扮演的金子和杜振清扮演的仇虎，有几场戏演得十分精彩。他们善于把人物的心理活动外化为一连串动作性很强的细节。例如：金子问仇虎："你要我不要？"仇虎说不要。金子暴怒，用力捶打他的胸膛，后来又迫使他给自己捡花、戴上，最后她狂热忘情地拥抱仇虎，忘掉了周围的一切。这场戏时间不长，心灵变化的跨度却很大，把几种截然不同的感情和谐地熔铸于一身，难度是很大的。青年演员宋洁却把这个变化过程展现得惟妙惟肖。她所塑造的金子泼辣、热情、骄憨、任性……却又不失于放荡轻佻，没有一点脂粉气。这是一个敢做敢为、勇于追求的坚强女性。相形之下，杜振清扮演的仇虎，前半场似嫌紧张，若能松弛一些就更吸引人了。

仇虎和花金子的悲剧在今天的现实生活中是不会重演了。可是这场悲剧在舞台上的再现却给我们以美感享受。这出悲剧显然带有痛苦和忧郁的色彩，然而它又以深刻的生活哲理，浪漫主义的诗情和英勇的格调，启动着人们的心弦。

原载《人民日报》1984 年 4 月 23 日第 7 版

在北京看《原野》

荣海兰

我在纽约大学学的是电影，而我更爱舞台，演过戏，也导过戏。由于深感我的血液中流动着的是中华民族的血，所以我深爱中国的一切。

一次在纽约东方书局觅中文书时，发现了曹禺的剧本《原野》，当时就爱不释手，购得此书连读数遍，兴奋难以自己。

《原野》有血，有泪，有深情。剧中人物那变型的脸，在黑暗世界里呐喊、呼唤的嘶哑的声音，似是陌生遥远，又却是那样亲切近心，使我激动，使我落泪……。我曾想："无生命的纸上已如此动人，在有生命的舞台上更将如何呢?"

真希望有朝一日能将它搬上异国舞台，告诉他们：中国戏剧中的人物也有自己的灵魂与精神、意象和形态，也有自己独特的个性和精湛的语言!

两年多前，得有机会到台湾去拍戏，我想打听一下《原野》在那里的演出情况，但人们告诉我这出戏是禁演的，虽然台湾戏剧界的朋友们无不想把它搬上舞台。有个职业演员满怀希望地对我说："假如你要排《原野》，我愿自出旅费去纽约参加你的排练及演出。"

今年 5 月底至上海，偶然翻阅英文版的《中国日报》，看到北京青艺正上演《原野》的报道，我几乎不敢相信，两年多来这颗可望而不可即的远方之星将要呈现我面前。我与几位由美同来的戏剧界朋友立即改变原计划，风尘仆仆地赶到北京，终于看到了日思梦想的《原野》。整个演出是那么紧张、感人，从头到尾将我们的心紧紧揪住了。更令人兴奋的是，剧作家曹禺先生与我们同观演出。散戏后，我们邀请曹禺先生、导演、演员等同聚建国饭店，祝贺演出成功。这些朋友虽刚认识，却因共同爱好而显出无比的相亲。我们谈着，笑着，直到深夜。

曹禺的《原野》本来就具有浪漫主义和悲剧精神，为了表现原作的神韵，导演手法、演出方式及舞台设计也有创新，脱离了旧套。它既表现了原作"好黑的世界啊!"的历史背景，又赋与了它当今的时代精神。看得出，导演张奇虹是将《原野》整个地"吞"了下去，潜心消化，仔细推敲，二度创作，整出戏朴实不喧，纯而不失其原作风韵。比如，导演将越狱回乡、身怀两代血海深仇的仇虎在坟地哭爹，极度悲痛晕倒后出现在阴曹地府控诉冤枉的幻觉搬在序幕中，这强有力的开场立刻把观众带入了剧情。此外，导演将焦母误杀小黑子改为亲子大星被误杀，既洗练又一针见血。如此的安排，使仇虎幸无涉入血债，更为人所同情，这是符合原作中曹禺要让观众给予仇虎"高贵的同情"的意图的。

我认为这几个变动更扣动了观众的心弦，增强了人物的贯穿性及全剧的连续性。

宋洁和殷新把金子演的活泼炽热，这个向黑暗世界挑战的强悍女子，这个敢爱敢恨不屈服命运的可爱女子，这个向往“黄金铺地”理想世界的纯情女子，真使我们倾倒。

仇虎，导演没将他设计成丑八怪或渲染他的土匪气，他是个真实诚恳淳朴的劳动者，时代的牺牲者。杜振清饰演的仇虎，潇洒、诚实、可信。

曹禺先生的《原野》是对导演的挑战，也许今后中国将会另有一位艺术的注解者排出另一风貌的《原野》。

原载《人民日报》1984 年 8 月 25 日

观众仍然爱看《家》

——观上海人艺《家》演出有感

纪　申

我第一次看到舞台上演出的《家》，还是四十多年前的事了。那是 1943 年夏秋之交，应云卫率领中华剧艺社赴成都演出此剧，导演是已故的贺孟斧，演员为白杨，耿镇诸位，全是当时影、剧坛上的名人。演出给我留下极为深刻的印象，至今犹未能忘。1944 年夏初又在桂林西南剧展会上看到了剧宣四队演出的这个戏。至于张瑞芳同志饰演的瑞珏，迟到五十年代才在上海饱了眼福。张在舞台上的形象和嗓音之美，我个人觉得是超过她在银幕之上的。万没料到八十年代的春天，竟在上海舞台上又看到这个《家》的演出。同一剧本，却又另具新意。往事如烟，心潮起伏，不禁浮想联翩矣。

上海人艺为了赴日演出，选此名剧，是经过一番选择与思考的。中日文化交流源远久长，同处东方，易于了解，我想此剧定会受到日本人民欢迎的。再说小说《家》作者巴金、剧作家曹禺在日本读者中也不陌生，这是个有利的因素。这次改编人、总导演黄佐临同样是闻名遐迩的专家，必然叫座。

为了适应国外情况，佐临同志把四个小时的长戏压缩到了两个半钟头，既保持了原剧作的精华，又不失小说的意旨，而风格独具。毕竟名家，出手不凡，使我折服。序幕之始：红光灿丽，梅花盛开，梅芬翩然起舞与觉新嬉戏于林中，互吐深情。之后，梅芬隐没林间，觉新怅然独坐，吹箫述怀……猛然鞭炮爆鸣人声嘈杂，大锣乍响，新娘花轿即到，惊破了觉新梦想，使他面临着严酷的现实。这一增添颇富诗情画意，又带罗曼蒂克的气息，还为剧情的展开作了有力的启示，与原剧情调密切吻合。再看觉慧手提皮箱"搏斗"于风雪中的尾声，正是进阶瑞珏死于郊乡之后，两相呼应，既展现了年青一代的胜利，且暗示前途之坎坷未可乐观也。这都是改编者的巧思，可贵的再创造。曹剧之享名，佳处亦在此处也。记得最早改编小说为剧的该是吴天同志吧。

剧本虽经斧削，脉络仍然分明，故事依旧完整，有的场次处理简洁明快，交待清晰，这确非易事。比如第五场"寿终正寝"，高老太爷因子克定姘居妓女，败坏家声，孙儿觉民又敢于违命逃婚，气得步出花园，即以脑充血而病逝。进阶换场全家麻衣素缟，陈姨太宣扬"血光之灾"，把矛盾浓缩化，集中在一起，正是导演高名手法。难怪老作家师陀兄对我讲："戏我看了，改得不错，好比一手散文诗，我相信日本人民会欢迎它的。"

佐临同志是有自己的设想与构思的。在《导演的话》中他就这样说："觉慧是五四运动中的理想人物，原作者巴金抓住这个理想人物进行创作，《激流》三部曲写的就是觉慧，编剧曹禺却把《家》改成‘一部女人的戏’，主角是瑞珏。……我们的主角是‘五四’时代的《新青年》读者群像，除觉新、觉民、觉慧外，还要包括瑞珏、梅芬、鸣凤、婉儿，甚至包括最小的淑贞，她要从‘王大娘又长又臭的裹脚布’中解放出来，不也是青年的主要成员之一吗？”还说：“我们《家》的演出是在八十年代的中期。那么八十年代的主角是谁呢？我的回答是：青年——青年一代。青年们是‘四化’的支柱，时代的命运寄在他们身上。”的确小说《家》主要在表现觉慧的反抗性，暴露旧社会、旧制度的不合理，借以证明封建社会已面临必然的崩溃。觉慧的形象成了二十年代反封建的典型人物，鼓舞着旧社会的青年学子大胆地叛离宗法礼教，走向社会，寻求革命的道路。剧本《家》虽然主要写的是女人，而这些善良、聪明、诚挚、勇敢的女人却被吃人的礼教、旧习刁俗迫害致死，又怎能不激起人们的愤懑与同情？同样使人憎恨旧社会、旧制度。时代变了，旧的已经一去不复返了，佐临同志要赋予演出以新的涵义，把“群像”作为主角，借旧社会青年们的悲惨遭遇，艰苦“搏斗”，以激励新时代的主人为“四化”而献身，甘做伟大时代的中流砥柱。这用意多深啊！

英若诚同志在为美国学生排演这个《家》时，删去部分线索，把人物也简化了一些，走了便道。佐临同志仅仅在故事和情节上做压缩，特意要突出群像，在有限的时间和空间内，无形中就给演出带来了较大的困难。要体现他这一意图。不得不依赖演员的全力以赴了，特别是像琴、觉民、淑贞这样出场不多、戏又少的角色。不过前辈京剧名家肖长华老先生的“一台无二戏”的教导，是可以大大借鉴的。好演员哪怕一抬手一抬脚，或只言片语，也有助剧情的发展，交流内心，起烘托、扶持的作用。

戏表现的是二十年代的旧生活，而要适应八十年代的观众，佐临同志引用“不识庐山真面目，只缘身在此山中”的诗句来做比拟。他说写二十年代生活的《家》，好比庐山，如果我们完全置身于这座山里，当然难以看清它的面目。因此我们必须站在另一个山头——八十年代的‘山’上来看看二十年代的‘庐山’，但是我看到的还应该是‘庐山’，而不是别的‘山’。这对演员（特别是年轻的主要演员）的要求是高的。而我从报上刊载的《演员语丝》中，看到演员们对自己扮演的角色是有自己的理解和设想的，又在舞台上看到他们实现自己设想的进一步努力，深为感动。年轻演员肩负着重任，都取得了较好的成绩。原剧洞房独白和鸣凤月下读词两场都是极富诗情意境的，台词又是那么的美，最好不做删削，念来既有顿挫又富感情。熟能生巧，我相信他（她）们会越演越好的。

舞台处理也是这次演出的一个特色：帷幕未起整个舞台就告诉观众这是《家》中高公馆的大门。两旁是大石狮，金色大铜环悬垂帷幕中央，幕的左右上方更映出两个身着盔铠的门神。如果把这两幅神像放大到顶天立地的地位那就更能显出它的气魄了，并与大门环相配称：一乘大红花轿鸣锣开道自观众池座步上舞台，更给人以新鲜感，外国观众看来会倍觉稀奇，突出了东方色彩。

整个戏的演出后部略显松弛，似乎交代戏、过场戏多了一些，好戏出不来，最后未能掀起应有的高潮，这该是美中不足，抑或是我的吹毛求疵了吧。

记得那天晚上我赴剧场看戏，竟有人前来索买余票，使我为之一惊，这是近年来“话剧危机”中演出所出现的罕见现象。首先说明《家》的演出是成功的，受到观众欢迎的。这一信息同时还说明只要戏好，不怕什么“危机”。艺术本身有它自己的规律，最怕千篇一律。黄柯同志在《艺术观之变异》一文中有这样的话：“像《雷雨》这样的戏，五十年代的今天搬上银幕，不是也很有艺术魅力么？今天的青年演员演那样的戏仍然觉得很‘过瘾’，这证明艺术只要实现了本身把握方式的完整性，则不在乎这艺术观是原有的还是新鲜的。同样，这次《家》的演出突破“危机”，不又是一个例证？

巴金同志 1982 年 9 月为《家》的世界语译本写序时说过这样的话：“像高家那样的四世同堂的封建大家庭，在中国似乎已经绝迹，但封建社会的流毒还像污泥浊水积在我们的院内墙角，需要我们不懈的努力和不屈的斗争，才能把它们扫除干净。”小平同志早在 1980 年 8 月政治局扩大会议上的讲话中提到了思想战线上继续清除封建残余的任务，当前出现的各种不正之风，不就有封建残余？我看《家》的演出之受欢迎，不单是它具有艺术魅力，有它的艺术完整性；同时也另具现实意义。看来《家》并没有过时。

目前《家》剧组正入川巡回演出二月，征求意见，精益求精，实现更带川味，突出时代特点。让我们预祝他们将来赴日演出时，取得更大的成功吧。

1985 年 4 月 5 日于沪

原载《戏剧报》1985 年第 5 期

时间与实践的审视

——写在《原野》演出两周年

张奇虹

至今年5月，中国青年艺术剧院《原野》一剧演出整两周年。两年来，这出戏在北京、外地以及深圳和香港等处先后演了约一百四十场，受到国内外广大观众的喜爱和称赞。1984年6月，美国奥尼尔戏剧中心主席乔治·怀特看戏后说：我从西欧去苏联，最后来到中国，一路上看了许多戏，你们的《原野》是一出最好的戏。你们把小黑子这个“活道具”取消得好，我在北京也曾看过保留小黑子的演出，相比之下，你们这样处理好。去年9月，苏联戏剧家代表团观看《原野》时，苏联人民艺术家乌里扬诺夫认为“看到了非常好的话剧艺术”。他十分激动地称赞：“青年艺术剧院了不起，伟大的青艺！”今年2月，《原野》，应邀参加香港艺术节，艺术节协会主席邵逸夫一连看了两遍。他在向演出团祝贺时说：“这是有中国特色的第一流的演出，是高水平的艺术。”4月，曹禺在上海第三次观看了这出戏，他觉得比起两年前又有了改进和提高。他高兴地对大家说：“真是不错，我看，没什么可挑剔的了。”

两年来时间与实践的审视，检验了青艺《原野》的演出。曹禺同志的这番话将勉励我们精益求精，使这出戏长久地保留下来。在这里，我们首先要感谢这位卓越的剧作家。是他，赐予了优秀的剧本，是他，自始至终关心并支持着我们在排演上的创新和探索。

比起《雷雨》和《日出》来，曹禺的《原野》是一部演出较少，颇有争议的作品。那么，怎样才能挖掘出这部著名悲剧的深刻内涵，赋予它新的舞台生命呢？这不仅是一项棘手的任务，还涉及到对于名著可否作一定的增删或改动的问题。两年前，当我蓄手进行该戏的导演舞台构思时，不禁想起了苏联莫斯科艺术剧院的奠基人之丹钦柯。他在谈到怎样上演莎士比亚戏剧时，曾特别提出：“我们从古老的戏剧和剧作中接受那一切对我们有用的东西，而扬弃那些不需要的东西。”①。这一观点与国内外某些理论家所坚持的对名著“只删不改”的原则迥然不同。这并不奇怪。因为丹钦柯是导演，他是从舞台艺术的角度，而不是单从文学的角度来考虑这个问题。因为导演不是“搬运工人”，他在自己的二度创作中，既要力求忠于原作，又不能一切照搬。这是导演职责所赋予他工作上的一种权利。两年前，按照自己的导演构思和设想，我对《原野》剧本作了一些删节、调整和改动。其目的是为了让今天的观众能够接受舞台上所发生的事件，从而真正理解这部著名悲剧的主旨，并感受其美质。排练前，我专程拜见了曹禺老师。对剧本的删改，他表示欣然同意。后来

① 见《论聂米罗维奇·丹钦柯方法》中译本，中国戏剧出版社1985年版，第29页。

看全剧排练时，他十分风趣地说："导演的改动改得很好，假如又有人说剧本改得不一样了，这样挑剔，那个时候你就说，我早就跟那个老家伙商量了，老家伙赞同!"

青艺的演出，将原来的三幕五场改为两幕，增加了序幕和尾声。其中一处重要的改动，是将原著中焦母误杀孙儿小黑子，改为误杀儿子焦大星，而不是由仇虎杀他。《戏剧报》1984 年第七期刊登晏学的《〈原野〉删改得失谈》(下称《得失》)一文，不同意这一改动，认为是"损害了仇虎的'本相'，使他既不'仇'又不'虎'了"。其理由是仇虎"经历了'被逼疯了'的内心折磨在'阴告'(即仇虎杀了焦大星后神志恍惚，迷路于黑林子中时出现了阎罗王、判官、牛头马面、小鬼等幻觉形象)之后，他才合乎逻辑地否定了自己的个人复仇，走向新的觉醒"。下面我想就这个问题谈谈自己的一点看法，以就正于晏学同志。

青艺的舞台脚本保留与加重了原作中仇虎欲杀焦大星时的内心矛盾。"父债子还"的封建复仇思想与正直、善良的人性在仇虎内心产生了强烈的撞击，"杀? 还是不杀?"他犹豫不决。最后，当他挣脱了金子的阻拦，决意动手时，焦母的突然出现又使他未及下手。我所进行的这一较大改动，不仅想剔除长期以来笼罩在仇虎身上"情杀"之嫌的云翳；也试图用"新鲜的，今天的"(果戈理语)眼光看待这部名著，再现其中的美质。对仇虎这样的人物，我并不陌生。在战争的年月里，我接触过不少这类受尽欺压，并同命运进行抗争的农民。依据生活，可以更准确地揭示仇虎的性格。他为报两代人的血海深仇，无疑要杀死焦大星，这是符合他的思想感情和逻辑的。但是，仇虎的最终目的，作为这个人物行动的最高任务，乃是对光明的追求，对自由的向往——和金子逃出黑林子。他虽然有时茫然，但还是要向那"金子铺的路上迈进"。全剧贯串着火车行进的声音，也暗示出这样的寓意。难道仇虎在被焦阎王活埋了父亲，害死了妹妹，霸占了田产，自己也无辜被下狱八年之后，为了报仇杀死了焦大星，仅仅因为被杀者是好人，就会由痛苦、悔恨而变成了疯子?《得失》一文中的这种说法不仅难以令人置信，而且也不符合仇虎的性格，这样才是"既不，'仇'，也不'虎'了"。依据生活来看仇虎的性格，他为了报仇，岂止杀死一个焦大星。就是除掉焦氏，烧掉房子，他也不会致疯。这种逻辑之所以站不住脚，是因为它违背了社会发展的规律和马克思主义的阶级斗争观点。

另外，关于仇虎的"觉醒"，我也不能苟同《得失》一文的解释。凡是看过《原野》或读过剧本的人都知道，全剧结束前仇虎的觉醒，是在他经历了一场力量悬殊的较量之后，认识到光靠自己单枪匹马与"好黑的世界"搏斗，终归是要失败的。于是，他才叮嘱金子去找他的好弟兄。"告诉他们，现在仇虎不信天，不信地，就相信弟兄们要一块儿跟他们拼，准能活。一个人拼就会死，叫他们别怕势力，别怕难。告诉他们，我们现在要拼得出去，有一天我们的子孙会起来的。"(原作三幕五景)这样清醒的头脑、壮丽的思想，怎么会是"在'阴告'之后，他才能合乎逻辑地否定了自己的个人复仇，走向新的觉醒"呢? 难道一个疯人会有这样清醒的思维，会说出这样光辉的语言吗? 仇虎的觉醒，按照《原野》剧本中描写的，是仇虎一家两代人流血的教训所致，这也正是无数苦难的中国农民从血的教训中所得到的一种代价昂贵的启示。从两年来演出实践的检验看，没有杀害无辜者的仇虎的悲剧，赢得了人们的深刻的同情。这同剧作家在剧本舞台提示中所写的"在黑黑的原野里，我们寻不出他(仇虎)一丝的'丑'情。反之，逐渐发现他是美的，值得人的高贵的同情"的解释完

全吻合，丝毫没有“损害”人物的“本相”。

这出戏固有的神秘和浪漫色彩，驱使我将原来仅在第三幕第四景中仇虎杀死焦大星后出现的“阴告”幻觉，扩展为连贯的艺术语言，让它在序幕、尾声和其他场景多次出现，使全剧从头至尾贯穿着现实与回忆、幻觉、想象的交替闪回。试以序幕为例。远方黑云蔽天，地面昏昏暗暗，野草丛中露出孤零零的几座坟茔。刹那间，火车汽笛的一声长啸，划破沉寂的夜空，震醒沉睡的大地。随之一个衣衫褴褛、戴着锁链，拖着沉重脚步的大汉从土坡上滚了下来，他奋力站起，急切地在坟茔中寻找着什么。倏然，他呆在那里不动了。面对一座坟范跪下磕了三个头。这时，压抑八年的悲痛之情，终于象一股冲破堤闸的洪流，猛烈地宣泄出来。他嚎啕着，哭喊着：“爹呀，你死得好惨呐，虎子回来了！我给你报仇来了！”一阵寒风吹过，空旷的原野上传来了仇虎父亲隐隐约约的呼唤声：“虎子，给爹报仇呵！”神情恍惚的仇虎抬起头来四处寻觅，仿佛看见父亲的亡魂在坟茔间徘徊。他正欲追去，亡魂消失；接着他似乎又看见了屈死的妹子，渐渐隐没在黑林子的深处。仇虎悲痛欲绝，晕倒在地。舞台上出现“阴告”幻觉。（将原剧三幕四景杀死焦大星后出现的“阴告”幻觉，转到了序幕。）

这样处理的根据，是原剧本所提示的仇虎下狱八年越狱返乡这一特定的规定情境。在这种异常复杂又极端强烈的复仇心理的驱使下，仇虎脑海中闪现出上述幻觉，是符合人物的思维逻辑和心理状态的。为了否定这种艺术处理，《得失》一文硬说幻觉的出现，是“叫仇虎在十分清醒的情况下‘白日见鬼’”。该文作者对仇虎此时此刻的心理状态不作具体分析，甚至将剧情发生在深夜也说成了白天，至少是缺乏探讨问题所应有的严谨的态度。

在两年来的舞台实践中，我们肯定了一些做法和尝试，同时也否定了一些欠妥之处。如《得失》一文曾提到过的将仇虎的自杀改成他杀的问题，虽非出自我本意，但这样的改动是不恰当的。这次在赴港参加艺术节前，按原作恢复了。总之，我们既要重视戏剧界专家的意见，也要尊重观众的感情。没有专家、同行的评说，舞台艺术便会固步自封，得不到观众的支持，戏剧演出也将失去审美的主体。

导演将任何一部名作搬上舞台时，首先遇到的一个问题就是剧本太长，必须“减肥”。而每当删减剧本或人物时，又总不免要对本子进行一些改动，否则剧情不连贯，令人费解。只消从观众的角度加以考虑，删节与改动都是难以避免的。此外，任何一部经典著作，即使是莎士比亚的剧本，都不可能是完美无缺的，其中往往瑕瑜互见。导演在将剧本搬上舞台时扬其所长，避其所短，乃是理当之事。如果将《得失》一文中主张的“只删不改”作为一条戒律，那只能意味着一切照搬。对待经典名著的这种态度，不仅限制了导演在创作上的探索，于戏剧艺术的发展也毫无裨益。

青艺演出《原野》是一种探索性的艺术实践。这条道路刚走过两年，我们的探索并未就此止步，更未结束。

原载《戏剧报》1986 年第 8 期

北京人艺上演曹禺名剧《蜕变》

刘章春

为纪念抗日战争五十周年，北京人艺于 1 月 23 日起上演曹禺名剧《蜕变》。这部作品曾于四十年代在重庆首演过。该剧通过对留守在后方医院中一群行政人员的生动描写，鲜明地刻画了处于抗战时期的知识分子的不同命运。

原载《人民日报》1987 年 1 月 24 日

《雷雨》在日本首次演出与翻译出版情况

崔任夫

关于曹禺的《雷雨》首次在日本演出与翻译出版情况，在田本相同志所著《曹禺剧作论》中，据杜宣同志的回忆文章《忆〈雷雨〉首次上演》在国内又一次作了较简要的介绍。这是个较新鲜而令人感兴趣的问题，然而，在杜宣同志的文章中，由于排版与校对的疏漏，把一位日本友人的名字弄错了。文章中提到的向杜宣同志推荐《雷雨》的两位研究中国现代文学的日本专家“武田泰淳和竹内为”，其中“竹内为”系“竹内好”之误。就此，当时曾写信给田本相同志，他回信表示，希望找机会加以纠正。去年《曹禺剧作论》再版时，对此已经作了订正。

一九八二年，曾在黑龙江大学日语系任教的日本专家大石智良夫妇，当时正在中国进修中国文学，听我讲授现代文学史。接触中，据手头掌握的资料与线索，向大石先生提出，希望他回国后，就《雷雨》首次在日本上演与翻译出版情况，帮助搜集一些有关资料，大石夫妇十分热心，回国后转托他的朋友、研究曹禺的专家饭冢容，于一九八四年寄来了部分影印件。

这里，结合在国内留意到的有关资料，对与此有关的一些问题，作一简要介绍。

一、演出的具体时间、地点

杜宣同志在文章中说：“于一九三五年四月二十七日上演，一共演出了三天。”

据所见资料看，实际是先后演出两次，共五场。

《杂文》第一号（一九三五年五月十五日东京出版）载文介绍《雷雨》首次在日本公演中说：“时间是四月廿七、廿八、廿九三日，地点在神田一ツ桥讲堂。是由吴天、刘汝醴、杜宣导演。”有趣的是《雷雨》日译本最后（288 页）附有“初演记录”，对演出时间、地点有明确记载：“中华话剧局同好会第一次公演，一九三五年四月廿七、廿八、廿九日，于东京神田一桥讲堂。”看来首次公演的准确时间与地点是没有问题了。

至于第二次的两场演出，在过去的资料中虽有提及，然而没有说清准确时间与地点。如《雷雨》在东京首次演出后，剧团收到一位未署名的观众来信，信中开头说：“闻尔等又决（定）于本月中旬再次公演《雷雨》”（《杂文》第二号一九三五年七月十五日东京出版）。足见第一次公演后，又准备作第二次公演，但演没演成，本月中旬是哪月，再次公演是在哪一天，演几场？都没有查到原始材料。一九八〇年颜一烟写的《中华留日戏剧协会简记》

(《上海戏剧》一九八〇年第五期)一文,其中对《雷雨》当时在日本先后两次演出时间,作了准确证实:"中华同学新剧公演会首次公演是曹禺的《雷雨》。在一九三五年四月廿七、廿八、廿九和五月十一、十二日,共演了五场。"这一回忆对上述原始材料不仅是验证,并且作了具体的补充,"十一、十二日"恰是"中旬"。看来后一次的两场演出时间,是不会错了。

关于演出地点,所见资料没有矛盾,都是"东京神田一桥讲堂",且有原始"初演记录"为证,是不会有误的。

二、演出团体与导演

关于演出团体,所见资料中的提法颇错杂。《剧作论》引杜宣回忆说,《雷雨》首次公演"把一些进步的爱好戏剧留日学生组织起来,并成立了中华戏剧座谈会和后来的留日剧人协会"。在颜一烟的回忆文章中,则说"中华同学新剧公演会"首次公演了《雷雨》。并说:"中华同学新剧公演会",后来同"中华国际戏剧协会"并"中国戏剧座谈会"于一九三六年春联合组成了"中华留日戏剧协会"。而"初演记录"中印的却是"中华话剧同好会第一次公演"这样,首次公演的团体,就出现了两个名称:"中华话剧同好会,"与"中华同学新剧公演会","初演记录"是演出当时作为说明印发的,对演出团体的名字肯定不会弄错。那么"中华同学新剧公演会"这一名字又是怎回事呢?《雷雨》译者之一,也是当年协助演出者之一影山三郎所写《翻译〈雷雨〉的经过》(日本《悲剧与喜剧》1981 年 9 期 82—86 页)一文中,解答了这一疑点。他说:"'中华话剧同好会'在留学生中也被称为'中华同学新剧'。"这个"中华同学新剧"无疑就是颜一烟文章中说的"中华同学新剧公演会"了。原来两个名称,实为同一个团体。

至于导演者,"初演记录"虽然没有记载,但载《杂文》第一、二期宁和吴天介绍《雷雨》在东京上演的两篇文章中,与杜宣同志文章所说完全是一致的,即由吴天、刘汝醴、杜宣导演。

三、参加演出的人员

当年参加演出者,因时间已过去半个多世纪,似乎难以弄清了。如一九七九年《新文学史料》第二辑,林焕平同志在悼念郭沫若的文章中提到:"左联东京支盟的戏剧工作者,曾在东京演出《雷雨》,由凤子担任女主角,饰演蘩漪,得到日本左翼老戏剧家秋田雨雀等大力支持。"(《新文学史料》第二辑一九七九年二月 29 页)接着凤子本人则申明说:林文"提到东京演出的《雷雨》,由凤子担任女主角,饰演蘩漪,林焕平同志显然是记错了。东京演出《雷雨》我未参加"(《新文学史料》第三辑一九七九年五月 297 页)。那么,谁是东京首次公演《雷雨》时的蘩漪扮演者呢?值得惊喜的是,五十年前《雷雨》首次在东京公演时的"初演记录"竟附印在初版日文译本的最后一页上,因此得以完好保存下来。面对列有全部扮演者名单的影印件,很佩服出版者的细心。现抄录如下,其中健在的当会对《雷雨》在东京初演及中国话剧在日本的情况,提供更珍贵的史料。

初演记录

周朴园——贯秉文	老　仆——佟功熙
周蘩漪——陈倩君	下男甲——石子琪
周　萍——邢振铎	下男乙——徐仁熙
周　冲——邢振乾	下男丙——王毅之
鲁　贵——王威治	尼　甲——张春媛
鲁侍萍——乔俊英	尼　乙——张二媛
鲁大海——吴玉良	姊　　——张贤媛
鲁四凤——龙瑞茜	弟　　——张光弟

中华话剧同好会　　第一回公演
一九三五年四月廿七、廿八、廿九日
于东京神田一桥讲堂
舞台写真摄影　王任之

以上是就所见资料对《雷雨》在东京首次上演的有关情况，作的简要归纳与说明。

还要多说几句的是，在搜集上述材料中，发现报刊上谈到《雷雨》在国内首次上演情况也存在一些差误之处，就便澄清如下：

郭华同志在《人物传记》第二期回忆赵慧深一文中说："在我国，谁是第一个在名剧《雷雨》中演蘩漪的演员呢？一九三四年夏，中国旅行剧团在天津新新剧场首次公演了曹禺刚刚写成的《雷雨》，二十岁的赵慧深在剧中饰演蘩漪。"

其中"一九三四年夏"，"首次公演《雷雨》"实属误记。真如此，《雷雨》首次被搬上舞台则不是在日本而是在国内了，为此，又详查了天津《大公报》。据载：中国旅行剧团在天津新新剧场（电影院）首次上演《雷雨》并非在"一九三四年夏"，而是在"一九三五年十月"，具体演出时间是十二、十三、十四、十七、十九、廿一日共六场，较在日本东京首演时间晚近半年。在查阅中还发现，在国内首次把《雷雨》搬上舞台的，也不是中国旅行剧团，而是天津市立师范学校（今天津师专前身）的"孤松剧团"。演出时间是一九三五年八月十七、十八日。除在本校大礼堂演出两场外，又在当月为救济水灾演出数场。导演是南开中学的吕仰平老师，排演中，还请当时在天津河北女子师范学院（今天津美术学院）任教的曹禺同志前往指导。当时，邢振铎从日本临时回国正在天津，并会见了曹禺和部分扮演者，座谈中邢振铎介绍了《雷雨》在东京的演出情况，还就《雷雨》的翻译问题，征求了曹禺的意见。

四、关于翻译与出版

《雷雨》的日文本实为影山三郎与邢振铎合译，一九三六年二月六日由三上於菟吉、长谷川时雨创办的サィレン（汽笛）社出版发行。布面装帧，共 287 页。卷头附有作者近照，并附有最初上演的舞台照片四张。前面有秋田雨雀、郭沫若写的序和曹禺一九三六年一月十五日写的“作者自序”，时间在国内《雷雨》单行本的序言之前。书后，邢振铎和影山三郎分别写了译者后记。日译本最后内页上端，在サィレン社的圆图章上面，分别印有“影山”“邢振铎”两印，前者为方形黑体行书，后者为圆形小篆。书后在译者一栏，列的是影山三郎、邢振铎的名字。八十年代，影山三郎以《翻译〈雷雨〉的时候》为题，专门写了与邢振铎合译《雷雨》的回顾文章，生动地描述了翻译、出版《雷雨》的详细经过。

此文刊于(日本)《悲剧与喜剧》1981 年 9 期第 82—86 页。

原载《戏剧文学》1987 年第 8 期

可悲的也是可笑的

——人艺重演《北京人》观后

田本相

在曹禺的剧作中,《北京人》是他写得最成功但也是最难演的一出戏。建国后,敢于问津的剧团屈指可数。如今,观众的欣赏趣味更多样化了,剧院也更重视票房价值,决心把它再次搬上舞台,真是谈何容易?但是,北京人民艺术剧院在建院35周年时,却迎难而上,并敢于让年轻演员来挑大梁,这是独具胆识的。自然旁观者未免捏上一把汗,而演出效果却出人意料,他们基本成功了!

说《北京人》难演,是因为它不象《雷雨》,没有什么逗人兴味的情节;它也不象《日出》,没有那么热闹的穿插和火爆的场面。它的戏是比较内在的,就象生活那样自然地行进。评论家都认为此剧颇有契诃夫戏剧的味道,诗意隽永,弄不好,就会演得十分沉闷板滞,观众看不下去。

《北京人》把生活呈现在你的面前,却是足够令人追索回味的了。一切都好象是平常的,而一切又都是那么深刻的。曾家的生活是够令人窒息的,就象那棺材发出一种腐朽的气息。一群废物,一群活死人、死活人在那里叹息、烦懊、争吵,就象我们在以往的生活中看到的那样,一切都是可悲的可叹的,而一切又都是可笑的。可悲的也是可笑的,可笑的也是可悲的,好象悲剧和喜剧在这里划不出一个界限。而生活的复杂性却异常惊人地被刻划出来。于是学术界关于此剧是悲剧、是喜剧还是悲喜剧有着至今仍未休止的争论,这恐怕也在给导演给演员出着难题。

我以为夏淳同志在导演此剧中,对剧本的理解和处理上是有独到之处的,他把戏的重音放在“新生力量的成长是历史的必然”上,放在年轻人的痛苦和觉醒上。这既尊重原作,又努力同今天的观众靠拢。一切剧作都是写给特定时代的并具有这一时代道德标准和艺术标准的观众看的,把写于抗日战争时代的《北京人》给今天的观众看,就要贴近今天观众的心理。在演出进行中,不时传来观众的笑声。这笑声不是故意制造的,而是在强烈的生活对比中发生的。一是剧中生活所展示的新生一代和腐朽一代的对比,一是剧中生活同今天生活的对比,就让观众感到它的可笑了。正如马克思说的:“现代的 ancicnriglmé(旧制度)不过是真正的主角已经死去的那种世界制度的丑角。”历史的进程已经把那些废物变成令人可笑的丑角,使他们只能扮演丑角的角色。导演对这种喜剧性的把握和强调,就使观众笑着同过去诀别。当然,不仅止于笑,而在笑声中产生种种思索,对现实对历史对自我的思索。谁也不愿意扮演历史的丑角,但这却不是以人们的意志为转移的。可悲的却是可笑的，就包括了一个深刻的历史的哲学的命题在里边。

扮演曾皓的张瞳同志，是唯一的一位老演员，他的演出给人留下深刻的印象，他越是严肃地表演出曾皓的悲怆可怜相便越是突现了曾皓的丑角心象。一台青年演员的表演也是基本成功的，尽管他们的表演尚须锤炼，但能支撑起这样一台难演的戏，也足以使人感到欣慰。她（他）们将由此走向更成熟的艺术境界。

顺便谈到，我以为让一些连四合院都没见过没住过的年轻演员来演《北京人》，其意义和影响，还不在于今天赢得了多少观众。当人艺建院40周年、50周年时再排演这出戏，那深远影响就会更明显表现出来。

原载《人民日报》1987年7月27日

也谈《北京人》的演出形式

思　一

李健鸣同志在看了北京人艺最近演出的《北京人》之后，问曹禺先生“同不同意用另外一种形式来演《北京人》曹禺先生没有正面表态，只说“这个问题可以讨论”。我以为这就够了，因为曹禺先生自己在艺术上早就是锐意求新的探求者。他 23 岁写《雷雨》，仅隔一年，就不满足于《雷雨》那种“太象戏”的技巧，而“用多少生活的零碎来阐明一个概念”的戏剧结构写《日出》。《北京人》则象一首优美的散文诗。这样一个不拘一格，从不肯故步自封的戏剧家，是不会用固定不变的形式和手法去限制导、表演的创造性的。

事实上，在曹禺戏剧久演不衰的几十年中，并不是靠一种理解、一种形式沿袭下来的。就以《北京人》为例，早在四十多年前，就出现过“风格化”的演出形式。戏剧中曾老太爷牢牢地把愫方拴在身边的心理与行为，也不都解释为自私和虚伪，有的人用弗洛伊德的学说来作解释和处理。当然，多数演出采用了与剧作风格协调的现实主义手法，但是不同的导演也还是有不同的解释和处理，即便同一个导演也不是反复炒自己的冷饭。比如夏淳同志的这台演出就突出“新生力量的成长是历史的必然”。我还可以举一个曾经很精彩地导演过《北京人》的蔡骧同志作例子。他 1957、1962、1979 年三度执导该剧，1979 年那次，比前两次更着意增加明快、诗意、抒情、明亮的调子和韵味。

颇有意思的是，曹禺先生一直坚持认为《北京人》是喜剧，他在近期对法国演出《北京人》所提三点希望中，其中有一点就是“要演成喜剧”。但我所看过的几台《北京人》的演出，没有一台是真正按喜剧来处理的，而是按悲喜剧处理的居多。我想，知子莫若父，曹禺先生说自己的宠儿《北京人》是喜剧，自有他精辟的见地和道理，而导演们处理成悲喜剧或正剧＋喜剧，也都经过郑重斟酌而后定，都有他们的理解和道理。这中间，只有高低精粗之别，不存在不尊重的问题，也不存在由于太尊重而不敢越雷池一步的问题。

以上是想说明，从《北京人》演出史来看，其实并不是一成不变的自我重复或者互相重复。从理论上说，导演建立在剧本基础上的二度创造不仅允许，而且应该提倡和鼓励。李健鸣同志从剧中江泰的一段台词引申，认为“完全可以作为解释全剧的最好依据：一群形形色色的寄生虫无力冲破封建牢笼，他们既是受害者，值得同情，在一定程度上又带有封建家庭的烙印，值得批判”，并由此设想另一种导演处理。我以为这种理解原本就是《北京人》的题中之义（不是全部），若有导演愿意这么处理，原无不可。当然，最后的成败得失另当别论。只要具有思想与艺术、内容与形式的完整性与统一性，只要演的还是《北京人》

“而不是其他，用什么手法形式处理都可尝试、探索。而这些尝试与探索的成功系数多半决定于导演、演员本身的思想、学识、艺术的功力。特别是名剧，由于其思想与艺术成就所达到的高度与其在戏剧史上的地位，无形之中，它本身就是一把评价演出的标尺，观众是要以剧本的价值来度量演出的高下的。因此主体意识、当代意识再强的导演，也不可为所欲为，掉以轻心。真正好的、有创造性的演出乃是剧作与导演二度创作在整体或局部的同一性的升华。

但是我也不以为随着时代的变迁，曾经名噪一时的演出形式就一定非要立马作相应变化不可。任何一种成熟的艺术形式，包括创作方法，都有相对的稳定性。特别是经过社会实践和历史考验的著名演出，它们是集中一代巨匠的才华结晶而成，代表一个时期的艺术高峰，这样的演出有着历史的生命力。戏曲流派可以通过师承授受相传上百年，就是依仗于此。以话剧而论，《茶馆》、《伊索》等著名演出，几十年后，不是依然观者如潮吗。当然戏剧演出是作为活体演出保留在舞台上的，著名的演出是通过一代著名艺术家而得到体现的。但是人会老化，戏要重排，后人面对前人创造的艺术高峰，应该有志超越它，而不是躲开它。这样，艺术才能扎扎实实地发展，才能人才辈出。如果因为现在的年轻演员不理解那个时代和人物，演不到那个份儿上，就另图捷径，那不是“不为也”乃“不能也”。只有通过努力化“不能“为“能”，这才能长进，才有提高。这就是为什么演名著、复排著名演出是培养青年演员的极好课堂的道理。北京人艺演这台《北京人》，就有锻炼青年演员的用意。这台演出中一些演员演得不错，有些显然火候不到，功力欠缺。人们对演出所不满足者，盖源出于此，倒不一定是演出形式不新之故。这是两码事。

原载《戏剧报》1987 年第 10 期

从《雷雨》的演出史看《雷雨》

孔庆东

一部文学作品的效果才是它的存在。

——列奥·洛文达尔

《雷雨》在中国大地上一亮相，就有如惊雷瀑布，转瞬之间便征服了观众的心。《雷雨》以它杰出的构造和雄强的艺术魅力，不仅一再显示了自身的存在，更重要的是显示了中国话剧的存在。从哲学角度来讲，“存在”是一个过程，是一种飞逝，是一条历史的射线。《雷雨》就在这条历史的单行道上奔跑了半个多世纪。有多少人演过它，有多少人看过它，已然无法做出准确的统计，但是，它的效果存在着。考察这效果，能够使我们洞悉《雷雨》在这半个多世纪里是怎样存在的。从《雷雨》的怎样存在也许还会使我们稍稍体会到一点这半个多世纪是怎样存在的。

所谓文学作品的效果，即是指它的接受史。作为一部话剧，它的接受史毫无疑问要以它的演出史为主。根据接受美学的观点，纯粹的案头剧本，已经丧失了戏剧的体裁意义，只能看作是一种“戏剧体”的小说。离开了导演和演员，离开了舞台和观众，戏剧就没有存在的价值和意义了。这种观点尽管还可商榷，但是，研究一部话剧的接受史，无疑应该把导演、演员、观众作为主要的接受客体。至于评论家，则应该视为观众中的一部分、具有一定权威性见解的一部分。曾在《雷雨》中扮演过周冲的董行佶说：“我认为作家的理解，代替不了演员的理解。”[①]其实作家、演员、观众的理解都是不可相互替代的，一部剧作就是在交叉钩连的理解框架上建立起自己的接受史大厦的。在这个接受过程中，演出者成了关键部分。他们一方面直接面对作者、面对剧本原作，对剧本进行“原始接受”，另一方面又直接面对观众，把“原始接受”之后的理解加以再创作，把这再创作的成品呈现给观众。因此可以说，一部话剧的接受史是以它的演出作为里程标记的。

《雷雨》首次登台，是 1935 年 4 月，距离它发表在《文学季刊》一卷三期上的 1934 年 7 月，已然过了大半年。当时，日本有两位关注中国文坛的青年学者武田泰淳和竹内好，他们读过剧本后，深为感动，便去找到中国留日学生杜宣。在讨论中一致认为《雷雨》“是戏剧创作上的巨大收获”，决定把它搬上舞台。于是，1935 年 4 月 27 日、28 日、29 日，《雷雨》以中华话剧同好会的名义，在东京神田一桥讲堂首次与世人见面，导演是吴天、刘汝醴、杜宣。

① 《一场春梦》，《〈雷雨〉的舞台艺术》。

《雷雨》首演的具体情况，我们所知甚少。但1935年2月号的《杂文》在刊登了曹禺《〈雷雨〉的写作》时有一段编者按很值得注意："就这回在东京演出情形上看，观众的印象却似乎完全与作者的本意相距太远了。我们从演出上所感受到的，是对于现实的一个极好的暴露，对于没落者一个极好的讽刺。"

作者的本意与观众的印象不一致，这本是寻常之事，但如果"相距太远"，那就必有不寻常之理了。那么，在追踪《雷雨》演出史的第一个驿站，我们不妨先探究一下作者的本意大略是什么。

曹禺本人多次阐述、回答过创作《雷雨》的意图。在不同的时代、不同的场合，他的话是不尽一致的，甚至有时还出现矛盾。我认为最有说服力的、最能保证学术研究科学性的材料应当是作者在当时的解释。

在《雷雨》首演前，吴天，杜宣等人致信曹禺，说由于剧本太长，"把序幕和尾声不得已删去了，真是不得已的事情。"曹禺的回信就是那篇登在《杂文》上的《〈雷雨〉的写作》。在这里，曹禺第一次说明了他写的是什么：

"我写的是一首诗，一首叙事诗……这诗不一定是美丽的，但是必须给读诗的一个不断的新的感觉。这固然有些实际的东西在内（如罢工……等），但决非一个社会问题剧……在许多幻想不能叫实际的观众接受的时候……我的方法乃不能不推溯这件事，推，推到非常辽远的时候，叫观众如听神话似的，听故事似的，来看我这个剧，所以我不得已用了序幕和尾声"。

在此，曹禺十分明确地表示了他写的不是一个社会问题剧，不是陈望道在《文学小辞典》中定义为"以社会上种种问题为题材的戏剧"①的那种问题剧。曹禺强调他写的是诗，他要叫观众接受诗的幻想，为此便需要一定的审美距离，所以才用了序幕和尾声，说"不得已"等于说是"必须"，非用不可。可是，在《雷雨》的第一次演出中，序幕和尾声就被删掉了。从那以后，它们就成了不准出生的婴儿，没有一个剧团把它们搬上舞台，甚至在后来出版的剧本中都不存在了，直到最近的《曹禺文集》才按原来的面貌收进了它们。曹禺对一首一尾的被割弃，在1936年的《雷雨》序中表示了更大的遗憾和惋惜。

"《雷雨》有许多令人疑惑的地方，但最显明的莫如首尾的序幕与尾声。聪明的批评者多置之不提，这样便省略了多少引不到归结的争执。……在此我只想提出序幕和尾声的用意，简单地说，是想送看戏的人们回家，带着一种哀静的心情。低着头，沉思地，念着这些在情热，在梦想，在计算里煎熬着的人们。荡漾在他们的心里应该是水似的悲哀，流不尽的；而不是惶惑的，恐怖的，回念着《雷雨》像一场噩梦，死亡，惨痛如一支钳子似的夹住人的心灵，喘不出一口气来。《雷雨》……有些太紧张……以第四幕为最。我不愿这样戛然而止，我要流荡在人们中间还有诗样的情怀。序幕与尾声在这种用意下，仿佛有希腊悲剧Chorus一部分的功能，导引观众的情绪入于更宽阔的沉思的海。"

可以看出，曹禺是多么深情地眷恋着他那流产的序幕和尾声。他强调序幕和尾声的

① 《觉悟》1921年。

净化功能，这明显是受朱光潜美学思想的影响，企望由欣赏的距离带来心灵的净化，砍掉头尾等于砍掉了曹禺的美学风格。他对导演们武断地掐头去尾表示了不满，并希望能按原来的样子演出《雷雨》。其次，曹禺希望造成的美学效果是“哀静”，不使观众单独去恨某一个人物。所以，对待周朴园的态度也是衡量演出效果与作者原意差距的重要标志之一，序幕与尾声的存留，是关系到是否体现作者原意，关系到《雷雨》根本性质的问题，而决不是演出时间长短的技术性问题。正像曹禺在《日出》跋中再次埋怨的那样，删去序幕和尾声就仿佛删去了《日出》的第三幕，全剧的性质顿时变化。曹禺说如果要删《日出》的话，他宁肯“砍掉其余的三幕”，也要保存他最贴心的第三幕。其实，对于《雷雨》的一序一尾，他的心情又何尝不如此呢？可以说，经过导演们买椟还珠式的删去序幕和尾声之后所演出的《雷雨》，已经完全是另外一部《雷雨》了。

首先，戏剧的结构发生了根本变化。原来的结构是回顾式、宝盒式或者简单说是天方夜谭式。四幕主戏盛放在头尾之间，故事的结局已定，只是要人们回顾一下梦境。就好像《枕中记》里主人公在小客栈入睡又在小客栈醒来，虽然故事的主干是回顾他荣华富贵的梦境，但戏剧的主题是超越这个子结构、落实在母结构上的。《雷雨》删去了序幕和尾声也就是删去了母结构，类似于叙事学上把第三人称转变成第一人称。

其次，戏剧的美学效果发生了根本变化。删去头尾后，故事与观众的距离消失了。观众一开幕便置身于周公馆，四幕主戏直接呈现于观众面前，情感的雷电径直倾泻在观众的心头，没有巴赫的吟唱，只有贝多芬的怒吼，使人忘了这是演戏，忘记了生者死者都并不在此，强迫观众身临其境，去认同台上的角色，与剧中人一块痛苦、挣扎、恐饰。净化变成了征服。

最后，由于结构和美学效果的变化，作者的原意就根本无法实现了。曹禺的原意是要写叙事诗，写蘩漪的魔力、周冲的憧憬、侍萍的绝望、朴园的忏悔，可观众只看到了叙事，没有诗；曹禺的原意是要给人以辽远的幻想，故事发生在十年以前的又三十年前，可观众偏偏捉住了实际的社会问题而连哭带骂；曹禺的原意是要表现整个宇宙的“残酷”，所有的人都逃不脱罪恶的深渊，观众却说“雷雨”象征了资产阶级的崩溃……①

我们不必把作者的原意探究得过于条分缕析，反正它是出自一股原始的艺术冲动，要表现一种隐秘的、复杂的人类对宇宙的情感。重要的不在于这情感究竟如何定义，而是这情感一开始就遭到了误解并从此慢慢枯萎。

这样的误解并不是演出者有意要跟作者作对，也不会仅仅是由于剧本太长，而是演出者面对剧本所作出的一种本能的选择的结果。从《雷雨》以后的演出实践来看，演出者和观众都接受了这样的选择。

所以，读《雷雨》剧本与看《雷雨》演出有时会得出完全不同的结论。李广田读过《雷雨》后觉得其中的人物“简直没有办法来判决他们的是非，当然这里并不是没有是非的存在，不过我们是被另一种东西给破除了是非观念，于是不论他们是犯罪的，是无罪的，都赢

① 白宁：《〈雷雨〉在东京公演》，《杂文》创刊号，1935年5月15日。

到我们的同情”。他并由此判断《日出》不如《雷雨》。[1] 李蕤认为“在《雷雨》里，我们被作者引上一座高塔。……掩上书，适才有血有肉的人都渐小渐远地消失在我们再也望不到的远处……”[2]

而郭沫若观后说：“全剧几乎都蒙罩着一片浓厚的旧式道德的氛围气，而缺乏积极性。就是最积极的一个人格如鲁大海，日后也不免要阴消下去。作者如要受人批评，最易被人注意到的怕就是这些地方吧。”[3]郭沫若从社会悲剧角度来看《雷雨》，当然是取其所好。但他指出《雷雨》日后要被人从何处批评，是相当准确和富有洞见的。这是一个善于把握时代风云的弄潮儿对《雷雨》的具有代表性的评价。

鲁迅 1936 年 4 月向埃德加·斯诺介绍中国作家时说：“最好的戏剧家有郭沫若、田汉、洪深和一个新出现的左翼戏剧家曹禺。”鲁迅把曹禺看成“左翼”，而当时曹禺只发表了一部《雷雨》，可见鲁迅也是从社会问题的角度来看待《雷雨》的。

当时的另几位文坛魁斗如巴金、茅盾、沈从文也都是戴了社会问题的眼镜去看《雷雨》的。[4] 可见，《雷雨》主题意义的社会化是整个中国社会本能选择的结果，《雷雨》命中注定就要这样被演、这样被看。这只小船一旦从曹禺手中抛入社会的激流，它怎样漂泊、怎样沉浮，就再也不能完全依据作者的什么本意，而要参考上演它的那个时空的本意了。

《雷雨》在国内的首次演出，据目前公开发表的记载，是 1935 年 8 月天津市立师范学校孤松剧团在学校大礼堂进行的。1935 年 8 月 31 日，天津《大公报》发表刘西渭的《雷雨》。这篇学术价值较高的文章虽主要是根据剧本写的，但从中也可看出一点对这次演出的评价。刘西渭首先就指出：“在中国，几乎一切是反常的。举个眼前的例，剧本便要先发表，而后——还不见得有人上演。万一上演，十九把好剧本演个稀糟。《雷雨》便是这样一个例。”刘文第一次提出了《雷雨》的“命运”问题，并领会到作者让周朴园活下来是因为“从一个哲学观点来看，活着的人并不是快乐的人；越清醒，越痛苦，倒是死了的人，疯了的人，比较无忧无虑，了却此生债务。”刘西渭深刻体会到了作者的原意是对周朴园有相当的同情，但他同时指出“观众却没有十分亲切地感至”。可见，孤松剧团的演出效果是使观众并不同情周朴园这个活着的清醒者，是使观众产生比较明显的爱憎的。演出次日，《大公报》发表的冯椒《〈雷雨〉的预演》(下)认为：“这剧本不单是告诉你一个家庭的故事，它潜在的有一个问题，‘婚姻制度’的问题，婚姻如何才能成一个健全的形式？……”《大公报》随后发表的白梅《〈雷雨〉批判》认为剧作“对于社会婚姻和伦理制度都表示着不满，而实行反抗”。这些评论充分说明了《雷雨》是以社会问题剧的面目出现在中国舞台上的。

这一时期，上海复旦剧社也演出了《雷雨》。一系列学生剧团的演出，逐渐扩大了《雷雨》的影响。这些演出的水平虽然有限，但为以后高质量的职业演出做了有益的铺垫。

---

① 李广田：《我更爱〈雷雨〉》，《大公报》，1936 年 12 月 27 日。

② 同上，李蕤：《从〈雷雨〉到〈日出〉》。

③ 郭沫若：《关于曹禺的〈雷雨〉》，(日本东京)《东流》月刊，1936 年 4 月 1 日 2 卷 4 期。

④ 参见 1936 年 12 月 27 日《大公报》集体评《日出》的一组文章。

第一个上演《雷雨》的职业剧团是中国旅行剧团。“中旅”成立于1933年11月的上海，后来成为全国一流水平的职业话剧团，这与《雷雨》一剧是有着密切关系的。是“中旅”首排并且首演《雷雨》的，“中旅把《雷雨》带遍大江南北，从三十年代一直演到解放初，到处受宠，使《雷雨》名扬四海。同时，《雷雨》也培养和锻炼了一大批中旅的艺术家，像唐槐秋、唐若青、陶金、赵慧深、章曼苹……《雷雨》成了中旅上座率最高、历演不衰的看家戏。中旅的演出，代表了三四十年代《雷雨》演出的权威水平，中旅的《雷雨》成为以后全国各剧团演出的蓝本，所以，中旅在《雷雨》演出史上占有十分重要的地位。考察中旅的演出就可以起到纲举目张的作用。

1935年春，中旅征得在清华大学的曹禺的同意，首排《雷雨》。可刚排完第一幕，就下来了禁演令，罪名是“乱伦”。三次请求公演，均被北平当局驳回。据陶金的回忆，“国民党说我们这出戏有伤风化，儿子跟后娘偷情不会有好影响，少爷和丫头恋爱同样很糟，于是这出戏被认为是有害的。一个星期后，警察抓走了八个演员，我是其中之一。我们被戴上手铐脚镣，并遭到拷打，他们逼着我们跪下，打我们，要我们承认是共产党。”①从这段话可以看出，国民党当局说他们“有伤风化”不过是个借口，怀疑他们有共产党思想才是真的。否则当时有那么多“有伤风化”的剧在上演，何以偏偏要拷打他们。可见，国民党当局作为一个特殊的接受群体，他们也认为《雷雨》首先是一个社会问题剧。后来，抗战期间，国民党中央宣传部向各地下达的文件上说：“曹禺所著《雷雨》剧本，不独思想上背乎时代精神，而情节上尤有碍于社会风化。此种悲剧，自非我抗战时期所需要，即应暂禁上演。”②这里明显是假装强调情节的毛病，实际上害怕他们所认为的“思想”。统治阶级的看法，尤其是他们的压制必然从反面激励人们更着重从社会问题角度来演这个剧、来看这个剧。时代一步步把《雷雨》造成了一部真正的社会剧。也许这正符合了戏剧的生存法则。

1935年10月13日，中旅第三次赴天津期间在天津新新影戏院公演了《雷雨》，这是职业剧团第一次上演此剧。观众反应热烈，演员们则觉得借此发泄了郁积在心中的苦闷。③

1936年2月5日，中旅第四次赴天津的次日，再次公演《雷雨》。《雷雨》在天津的成功给中旅带来巨大声誉，连同其他几出拿手戏，使中旅一跃独执全国话剧界的牛耳，从一个四处流浪、朝不保夕的艺术家团体，变成了一个到处受欢迎、受赞誉的红剧团。

1936年5月，中旅在上海公演《雷雨》，全城轰动，连演了三个月，场场客满，正如茅盾赠曹禺诗中所说“当年海上惊雷雨”。④ 观众连夜排队，甚至有人从外地赶来观看。曹聚仁在《文坛五十年续编·戏剧的新阶段》中说《雷雨》与“各阶层小市民发生关联，从老妪到少女，都在替这群不幸的孩子们流泪”。这里所说的“这群不幸的孩子们”显然是不包括周朴园的，可见《雷雨》在观众中的效果还是使人为死者而痛心疾首，而不是“哀静”。

1936年五六月份，中旅曾从上海去南京演过《雷雨》，演出的样式与同期在上海应是相

① 引自马韦·克劳特《戏剧家曹禺》，《人物》，1981年第四期。

② 转自田本相：《曹禺传》，第295页。

③ 参见洪忠煌：《中国旅行剧团史话》，《中国话剧史料集》第一辑，第153页。

④ 《人民日报》，1979年1月28日。

同的。当时田汉在《暴风雨中的南京艺坛一瞥》中对《雷雨》提出了批评。他首先认为《雷雨》提出了许多社会问题，如大家庭的罪恶问题、青年男女的性道德问题、劳资纠纷问题等，然后指责作者把这些问题归于“不可抗拒的命运”，而不归于人物性格和时代背景。田汉主张应把《雷雨》修改成社会悲剧，他指责中旅的演出是“无批判的演出”。当时与田汉意见不同的是石三友的《关于〈雷雨〉的杂感》，他同意田汉说的《雷雨》的“积极精神不够”，但强调《雷雨》已完全尽了暴露的能事。实际上二人都是认为《雷雨》是“暴露文学”。另外则还有人痛斥《雷雨》的怨毒与不平，认为煽动性太厉害了。①

在中旅离开南京后，曹禺、马彦祥、戴涯等人发起的中国戏剧学会也于 1936 年秋公演了《雷雨》，曹禺亲自扮演周朴园。从现在的剧照上看，是有着一双明亮而又灼灼逼人的大眼睛，一副精明刚毅又十分内向的表情，薄而轻的眼镜，浓而黑的胡须，脸上同时写着软弱和坚强……大概曹禺自己最能体会这个爱不得、恨不得的周朴园了。

1936 年 10 月，中旅赴汉口演出《雷雨》。到 1939 年底，中旅共赴汉口三次，使《雷雨》在武汉产生了巨大影响，以至于武汉沦陷后，一批汉奸文人组织的武汉青年剧团也把《雷雨》列为重要剧目。比如 1942 年 4 月，中日文化一协会第一次代表大会在武汉召开，该团专场演出了《雷雨》，招待大会的代表。② 这个剧团的宗旨是“以艺术的手段，来促进和平建国运动及建设东亚之新秩序”。该团多次获得“宣扬和平”“和运先导”的奖旗。它把《雷雨》列为重要剧目，起码说明日伪统治当局并未像国民党当局那样害怕《雷雨》。

抗战期间，中旅多次演出《雷雨》，主要是作为一种老字号的保留剧目，由于是在日伪统治环境下演出，并无什么新意。

抗战结束后，1947 年的春节，中旅在南京飞龙阁上演过一段《雷雨》。直到 1949 年 9 月，北平解放后，唐槐秋召集部分故人，来到北平，以中旅名义在长安大戏院公演《雷雨》，这是全国解放前最后一次演出。

总结中旅的演出，有如下几个特点：

一、结构上没有序幕和尾声。这一点从历次演出的演员表上很容易得到证明。中旅之前的演出都是这样，中旅的做法更成为一种蓝本。

二、在人物与情节的关系上，更重视情节。这是剧团的商业性质所决定。特别是后来，演员的表演已经程式化，全靠技巧而缺乏激情了。这使观众关注“事”更甚于关注“人”。③

三、在人物形象塑造上，既有道德评价，也有社会评价。所以，遭到了批评界的两面夹击。有的攻击它有伤风化，有的则批评它社会意义不够明显。在周朴园的形象上，是以否定为主调，同时含有一定的同情。蘩漪和周萍的形象则以同情为主。④

这些特点使《雷雨》以社会问题剧的面貌在观众中留下了难以磨灭的印痕。批评界自

① 石三友：《金陵野史》，江苏人民出版社。

② 谈雯：《武汉话剧史话》，《中国话剧史料集》第一辑，第 240 页。

③ 见黄芝冈：《〈雷雨〉到〈日出〉》，《曹禺研究专集》，第 555 页。

④ 参见洪忠煌：《中国旅行剧团史话》。

从周扬的《论〈雷雨〉和〈日出〉》问世以后，认为《雷雨》是反封建的杰作就几乎成了不刊之论。

《雷雨》之所以被画成了这副脸谱，除去社会文化心理这只看不见的铁手外，当然也有它自身的潜在的转化机制。吕荧在1944年《曹禺的道路》一文中做过颇为详细的分析，他说："由于人物的真实，由于观众的虚渺，悲剧《雷雨》不是作为神秘剧，而是作为社会剧被欢迎了。"吕荧比较清醒地意识到作者的原意并不是"暴露大家庭的罪恶"，而是要显示宇宙主宰的"残忍"。不过吕荧认为剧作可取之处仍在于它社会意义的一面，认为此乃曹禺"向现实踏出的最初的一步"。曹聚仁认为"曹禺在雷雨中的人类，都是有血有肉的活生生的人"，比如"周朴园的专横，蘩漪的苦痛，周萍的软弱，周冲的天真，鲁贵的卑鄙，鲁大海的刚强，鲁妈的悲惨经历，作者都通过了精炼的带动作性的对话，有很细腻真实的描写。观众由爱与死的纠葛中，自然也可以体会到他们的社会性质"。所以，"在演出上，观众却不感觉雷雨的神秘，而是把它当作社会剧来欢迎了的"。①

确实，《雷雨》在主观创作意图上虽然是要写诗，但一旦进入具体的创作过程，曹禺就不可能摆脱他作为一个"社会人"所具有的种种现实情感和价值判断。曹禺在寂寞的童年里饱看了封建大家庭的罪恶，所以当他动笔来写"宇宙"的罪恶的时候，就不自觉地把抽象的观念外化为具有社会意义的艺术符号体系了。这个体系正是《雷雨》能够被当作社会问题剧来看待的内在原因。

除了中旅，还有许许多多剧团上演过《雷雨》，其中值得注意的是，1942年初，焦菊隐在桂林为国防艺术社导演了《雷雨》。焦氏认为《雷雨》"从外形上讲，编剧技巧，全属于假古典主义"，而从内容上讲，则"发现它是属于自然主义，尤其是左拉创始的生物体系的自然主义的产品"。焦氏即是"站在自然主义的立场来排《雷雨》的"。他自称是"为了反封建的目的而上演《雷雨》"。他对于全剧的理解和介绍重在两点，一是"要强调社会的遗传性"，企图阐明"封建家庭之应当立予摧毁"，所以，他"不特别加强周朴园的悔悟"，并且"把周萍排成颓废的人物，因为若不那样会使他们得到观众的同情的"。二是尽量减少宿命的色彩，"把宿命的归纳变成封建家庭崩溃的必然性之显示"。可以看出，焦菊隐的导演观是带有明显的社会学气息的，实际上已经举起了反封建的大旗。不过，焦菊隐导演的这次《雷雨》，演出上失败了。② 原因可能是他一心要赶上时代，而此时却未免太超前了。因为反封建并不是1942年的中国的主导时代精神。他的设想在新中国成立以后得到了实现。

国统区演出的《雷雨》基本唯中旅马首是瞻。解放区《雷雨》上演得相对较少，如西北战地服务团、延安青年艺术剧院都在1941年演过《雷雨》。可是在强调文艺大众化的浪潮中，上演中外名剧被认为是脱离大众，③《雷雨》显然是不适合解放区的一般观众的。《雷雨》的黄金时代是20世纪30年代，到了40年代，无论在解放区、国统区抑或沦陷区，由于

① 曹聚仁：《文坛五十年续编》，香港新文化出版社，第290页。

② 焦菊隐：《关于〈雷雨〉》，《焦菊隐文集》第二卷。

③ 参见胡可：《关于解放区的话剧》，《中国话剧史料集》第一辑。

它被人们指定的反封建的意义与时代精神有所脱节，时代要求的是反帝、救亡和民族的独立、解放，所以，它自然就不大卖座了。

中华人民共和国成立前上演的《雷雨》，基本上是依照文化生活出版社1936年的版本。当时曹禺毫不掩饰他的“原意”，并且他的“原意”也不难为评论家们所了解，但正如杨晦在《曹禺论》中指出的：“我们所要求的，正跟曹禺的‘用意’相反。我们不要‘一种哀静的心情’，不要什么‘欣赏的距离’。我们所要求的，是对于现实的认识与了解，是要作者指示给我们：这个悲剧的问题在哪里，这个悲剧在我们现实生活里的意义和影响，并且希望得到作者的指示，我们要怎样才能解决这个悲剧的问题。”杨晦的观点如此鲜明有力，这是一个巨大群体的声音在轰响。看来《雷雨》命中注定要被当作社会问题剧来看待、来要求，因为它毕竟诞生在这样一个充满种种社会问题、充满种种现实苦难的国度。无论是人民、政府还是艺术界，都没有雅兴去听它那神圣的巴赫音乐。《雷雨》成功了，但它是作为一部社会剧成功的。说不上这是它的幸还是不幸。

《雷雨》的演出史，以中华人民共和国成立为界碑，分成了鲜明的两个阶段。

《雷雨》在中华人民共和国成立后的演出有两点需要把握：

一、演出的范围大大扩展了，演出者以北京人民艺术剧院和上海的几个剧团为主。北京人艺1954年、1959年、1976年、1989年四次排演《雷雨》，《雷雨》成为北京人艺的骨干剧目之一。这与中华人民共和国成立前中旅与《雷雨》的关系十分酷似。

二、演出不像中华人民共和国成立前那样具有连续性。20世纪50年代中期、50年代末至60年代初期、70年代末至80年代初期及最近80年代末的演出，每次都展现出新的风貌。在整个“文革”期间及其前后，《雷雨》则从舞台上消失了十几年。

下面以北京人艺的演出为主纲，粗略描述一下中华人民共和国成立后一些较为重要的《雷雨》演出。

第一次是1954年2月19日上海电影制片厂演员剧团在大众剧院上演的，赵丹导演，基本上沿袭中旅的风格。这是中华人民共和国成立后《雷雨》演出的开端，又是中华人民共和国成立前《雷雨》演出模式的最后告别。

1953年，全国第二次“文代会”后，北京人艺决定选排一个“五四”以来的优秀剧目。经过讨论决定首先排演《雷雨》，导演夏淳。从那以后，北京人艺演出的《雷雨》，都是夏淳导演，这使得北京人艺的《雷雨》具有了演出风格上的连续性。夏淳还曾于1988年2月赴新加坡为新加坡实践话剧团担任《雷雨》导演。①

夏淳接受导演任务后面临的第一个问题是，当时戏剧界公认中旅的演出是最标准的楷模，而夏淳“不想落入前人窠臼，而且认为现在再演《雷雨》一定不能停留在三十年代的水平上”。② 当时的时代要求也不允许重复中旅的娱乐性为主的演出样式。

夏淳根据自己的生活经历认为蘩漪“实在是并没有病的，她也不疯，她不应该是病态

① 北京人艺1989年《雷雨》演出戏单。

② 夏淳：《生活为我释疑》，《〈雷雨〉的舞台艺术》。

的”。周朴园则“虽然去德国留过学，现在是煤矿的董事长，可是他无论如何不是洋场中人，他不是洋奴思想很重的人”。夏淳“甚至觉得他是熟读了《曾文正公家书》，并以之来教诲子孙，且立为庭训以正家风的人”。①

夏淳还认为“《雷雨》不是一个以阶级斗争为题材的剧本。但是，它鲜明地刻画出以鲁大海为代表的中国工人阶级和以周朴园为代表的民族资产阶级之间的矛盾。阶级斗争虽然或隐或现地影响着剧中的每一个人物，但是从全剧看，它只能处在时代背景的位置上，不能成为贯穿全剧的动作线”。②

应该说，夏淳的这一认识是符合剧本实际的，这是一种很自觉的现实主义态度。但正像焦菊隐所说：“导演没有自己，他生在哪一个时代、哪一个环境，他就得顺着那一个时代、那一个环境的要求，给那一时代、那一环境一个满足、一个预示。”③

夏淳没能摆脱这个规律。在1954年排戏之初，他们就想在阶级斗争上做文章，突出反抗与觉悟，并把人物分成左、中、右三派。假如第一次就这样演出，那么以后真是不可想象。须知，这是中华人民共和国成立后第一次正式排演“五四”以来的重要剧作，这不是一般的艺术演出，而是政治演出，所以，《雷雨》是要听号令的。《雷雨》刚开始排演不久，周恩来就十分关心。他说，你们怎么理解这个戏的主题呢？要知道这个戏的主题是反封建。④

周恩来高屋建瓴的一句话为《雷雨》定下了调子。周的话与中华人民共和国成立前周扬的评价连成一体，决定了《雷雨》在人们心目中的价值和意义。周扬的那篇文章也是这次排演的主要参考资料之一。⑤

早年领导过工运的彭真也通过分析鲁大海所处的时代，指出“他们进行的还是经济斗争”。⑥ 这就更加否定了剧组的“阶级斗争”说。在排演中，人艺总导演焦菊隐几次亲临指导，他指出，“朴园这个人的感情是有冲突的”，鼓励演员“大胆地演一个资本家的感情”，他要求戏里最主要的东西是“生命，新鲜的、活泼的生命”。⑦ 这与他1941年导演《雷雨》时的思想是一脉相承的，都是为了突出封建制度对生命的残杀。

于是，《雷雨》便以“反封建”的面目出现在中华人民共和国的舞台上。由于当时“左”的干扰并不明显，而主要是剧组成员的“庸人自扰”，所以，经过主题思想的确定，加上剧组演员“生活的基础比较扎实，同时在导、表演方面坚持不违背生活的真实，不违背人的自身的逻辑”，⑧这次演出获得了圆满成功。它比中旅的演出突出了主题，从重情节转向了重人物，是严格的现实主义之作。

---

① 夏淳：《生活为我释疑》，《〈雷雨〉的舞台艺术》。

② 夏淳：《生活为我释疑》，《〈雷雨〉的舞台艺术》。

③ 焦菊隐：《关于〈雷雨〉》，《焦菊隐文集》第二卷。

④ 参见《周恩来论文艺》，人民文学出版社1979年2月版。（编者加）

⑤ 周扬：《论〈雷雨〉和〈日出〉——并对黄芝冈先生的批评的批评》，原载《光明》1937年2卷8期。（编者加）

⑥ 原文未注明出处。

⑦ 焦菊隐：《看〈雷雨〉二幕连排后的谈话》（一），《焦菊隐文集》第三卷。

⑧ 夏淳：《生活为我释疑》，《〈雷雨〉的舞台艺术》。

北京人艺以后几年都是本着这次排练演出的。

1959年,北京人艺第二次排演《雷雨》,这次所排的《雷雨》一直演到60年代初。与上一次相比,《雷雨》发生了较大的变化。郑榕(饰周朴园)在《我认识周朴园的过程》中回忆道:“由于左倾思想的影响,阶级斗争的弦越绷越紧,只想加强表现阶级本质,别的方面全不顾了。”例如周朴园和鲁侍萍相认的一段台词是这样处理的:

“谁指使你来的?”(要怒目相对,似乎要追出其幕后的指使人。)

“我看过去的事不必再提了吧。”(要面孔冰冷,唯恐对方藕断丝连。)

“好,好,好,那么,你现在要什么?”(已经一刀两断,泾渭分明,视同路人了!)

周朴园与鲁大海见面一段的处理,“更是作为两个敌对阶级的代表人物在进行一场你死我活的斗争,丝毫也不能有什么父子之情”,周朴园的形象“剩下来的只不过是一具‘虚伪’加‘残暴’的躯壳而已”。①

扮演鲁大海的李翔60年代初应上海《文汇报》之约,以《深题浅探》为题写过一篇表演札记,他认为:“作为当时罢工工人代表的鲁大海,不仅要在一定程度上反映我国工人阶级的某些素质;也要展现其在一定历史条件下和个人经历所形成的时代特征及个性特点。”②这段话说明在当时的演出的指导思想上,鲁大海是被当作一个时代的工人阶级典型来处理的。

这样的处理自有其时代的缘由。

1958年3月8日,《雷雨》在苏联莫斯科中央运输剧院上演。导演阿·柯索夫在致曹禺的信中提出了五点看法,认为剧本的思想是“在资本主义社会里,社会不平等的现象产生了人类关系的悲剧,并且成为青年一代在道德上走上绝路,以致遭到毁灭的原因”。他认为剧本反映的是“对贫困阶级猖獗地剥削和压迫的时期”,《雷雨》象征着“中国剥削阶级不可避免的毁灭”,鲁大海的行动“反映出一切革命的,进步的事物,崛起而代替着正在瓦解,正在毁灭的周朴园的家庭”。对这四点看法,曹禺表示完全同意,只在第五点上,曹禺认为周朴园“是一个当时社会上所谓最正直的上层人物,而他自己一点也不知道他内心中是这样可怕的,伪善的”。③

1959年6月,曹禺再一次修改《雷雨》,④突出了鲁大海的反抗性。例如第三幕中鲁大海要去拉车一段,增加了这样的台词:“我们要闹出个名堂来。妈,不要看他们这么霸道,周家这种人的江山是坐不稳的。”第四幕中周朴园叫人去追鲁大海时说的“我丢了一个儿子,不能再丢第二个了”则被删掉了。

这次修改过的本子由上海人民艺术剧院于1959年8月中旬公演,导演吴仞之。吴仞之把《雷雨》的主题思想“归结为资产阶级与劳动人民的道德观念的矛盾冲突”。他认为:“《雷雨》描写的不是家庭悲剧,因为蘩漪不能放在主线上,也不能让人同情”。这次演出,

① 见《〈雷雨〉的舞台艺术》第242、243页。
② 李翔:《浅探而已》,《〈雷雨〉的舞台艺术》。
③ 《关于〈雷雨〉在苏联上演的通信》,《曹禺论创作》。
④ 曹禺曾于1951年对《雷雨》大量修改,但并未上演过这个修改本。

引起了一场“不大不小的争鸣”。[1] 因为导演立志要“解决同情谁、憎恨谁的问题”，“把鲁家四人都理解成为被迫害，引起人们同情的人们”，所以鲁贵被解释成一个“本质上是好的”“值得同情的人物”，周萍被解释成“十足的资本家阔少”[2]，而蘩漪则被“处理得像一个善于寻衅的‘活鬼’”，“一个十分自私、阴毒的女人”。[3] 这样的处理在学术界遇到了本能的反弹。不过，在当时的形势下，还是有许多人表示了支持和妥协。有的学者称赞曹禺的修改使“鲁大海和侍萍对周朴园的仇恨愈来愈深，斗争还将继续发展”。[4]

曹禺对《雷雨》的几番修改，正应了他自己后来所说：“一个作家总逃不脱时代精神的影响，或者是反映了时代精神，或者是反对时代精神。”曹禺认为“跟着时代前进的就是进步的”。[5] 这一次京沪两地风格相近的演出使《雷雨》又一次小心翼翼地做了时代的“宠儿”。

历史到了“文革”，《雷雨》再也睡不住宠儿的摇篮了。曹禺被打成牛鬼蛇神，《雷雨》自然成了他最大的罪状。吴祖光保存下来一份1968年北京师范学院革命委员会《文艺革命》编辑部编辑的“打倒反动作家曹禺”专号。目录中有两篇专批《雷雨》的：

响的什么雷？下的什么雨？——批判反动剧本《雷雨》……红卫江

中国赫鲁晓夫与《雷雨》……多奇志

在另一篇《打倒反动作家曹禺》的文章中，《雷雨》被痛斥为“极力宣扬阶级调和、阶级投降，鼓吹资产阶级人性论，大肆诬蔑中国共产党领导的工人运动”。[6]

看来，如果硬说《雷雨》表现了阶级斗争，连那些帮派文艺路线的执行者都是不予承认的。给《雷雨》扣上一顶顶政治帽子尽管荒唐可笑，但一语道破《雷雨》表现的是“人性”，还是很有眼力的！美国接受美学大师R·C·霍拉勃说：“一方面文学可以满足特定社会集团的心理需要，另一方面它却危及社会秩序。”[7]也许，一部作品到了真正为社会所不容的时候，才会显露出它最本质的锋芒，也就是它的生命所在。拥有这一生命，《雷雨》虽然从剧坛上消失了十几年，但它不会死去。

粉碎“四人帮”后，随着思想解放的浪潮，现代文学研究界和戏剧界涌起了一股“曹禺热”。上海戏剧学院推出了朱端钧导演的《雷雨》。朱端钧认为：“《雷雨》是批判现实主义的作品，反映了阶级斗争，写了工人运动，写了劳工与资产者之间的矛盾冲突。”他“力求将命运悲剧与社会悲剧统一起来”。朱端钧导演的《雷雨》无论在上海公演还是在中央电视台转播，都引起了不同的反响和争论。[8] 这次演出既带着“文革”前的旧模式，又含着一点突破的努力，可以视作《雷雨》演出史新阶段即将到来的一个信号。

---

① 丁小平：《第九个角色》，南开大学出版社《曹剧研究集刊》。

② 《写在〈雷雨〉演出之前》，参见潘克明：《曹禺研究五十年》。

③ 《写在〈雷雨〉演出之前》，参见潘克明：《曹禺研究五十年》。

④ 陈瘦竹、沈蔚德：《论〈雷雨〉和〈日出〉的结构艺术》，《文学评论》，1960年第5期。

⑤ 《简谈〈雷雨〉》，《收获》，1979年2期。

⑥ 见田本相：《曹禺传》第三十一章。

⑦ 《接受美学与接受理论》，辽宁人民出版社，第327、328页。

⑧ 丁小平：《第九个角色》，南开大学出版社《曹剧研究集刊》。

1979 年 2 月，北京人艺第三次排演了《雷雨》。导演夏淳说："从整体的处理上看自然一如既往，但……我们力求在以下两个问题上有更明确、更深刻的体现：一，还剧本以本来面目（主要指时代气息、对人物的解释和某几段戏的处理）；二，更鲜明、更准确地掌握和表现戏的主题。"①这两点中后者是关键。

夏淳又一次抓住了反封建这个主题，不过这一次他把反封建具体到了反家长制上。这既有夏淳本人的深切体会，也与当时的时代精神不谋而合。

夏淳认为："我们说《雷雨》是一部伟大的现实主义作品，就是因为它通过一个家庭概括了旧中国的一个社会、一个时代。……家长制这个东西直到今天，还相当顽固地影响着我们的家庭、社会，甚至国家。《雷雨》的现实性和深刻性就在这里。"②

抓住了这个主题，戏中的关键人物自然是周朴园了。夏淳强调他"一家之长"的身份，确定他为"一个出身于封建大家族的资产阶级，是一个封建主义的卫道者，是一个封建家长专制的典型"。③

在指导思想上突出反对家长制的同时，在具体演出中，仍然坚持了人艺的现实主义传统。如扮演周朴园的郑榕在第一幕中把出场前的心理准备设计为"回家团聚"，而不是"耍威风"。在与周萍、周冲的关系上，强调了父爱的一面；在与侍萍相认时，强调了真诚的一面。其他角色也从各自的角度力图表现出这一反封建的主题。如饰演周萍的苏民认为周萍是一种 20 年代的"彷徨型的、苦闷的、软弱的青年"，"当初他对蘩漪的同情，不但是真的，而且在他特有的那种感情冲动之下，当时的反封建思想还可能表现得十分激烈"，周萍一方面是个具有"民主思想倾向的知识分子"，另一方面又具有自私、怯懦、不负责任的特性，从这复杂的两重性中，刻画出封建专制制度的吃人本质。④

1979 年与 1954 年两次排演的共同点是强化反封建的主题。1954 年着重于社会学意义上以至阶级对立意义上的反封建，所以排演初期在阶级斗争上大做文章，并且影响到后来终于出笼了以阶级斗争方式处理的《雷雨》。1979 年的排演一方面把反封建具体到批判家长制上，另一方面有意无意冲淡了阶级对立意味，强调人物性格之间的对立。由于北京人艺良好的艺术传统，演员们读过原始剧本，参阅了以前历次演出的资料，结合自身的生活体验，并做了大量的案头工作和小品，所以不论主题如何变换，基本上都能做到真实细腻，有血有肉，保证了现实主义的风格和数百场演出的成功。

夏淳执导的《雷雨》，形成了鲜明的"人艺风格"。如果说中华人民共和国成立前的《雷雨》演出是中旅一统天下，那么解放后的几十年间则是北京人艺独步一时。

然而 1982 年，《雷雨》演出史上出现了一个"异端"。这一年，天津人艺话剧团第四次公演《雷雨》，导演丁小平。

丁小平深入研究了曹禺的《雷雨》序、《日出》跋等资料后，认为《雷雨》的统帅应该是第

---

① 夏淳：《生活为我释疑》，《〈雷雨〉的舞台艺术》。

② 夏淳：《生活为我释疑》，《〈雷雨〉的舞台艺术》。

③ 夏淳：《生活为我释疑》，《〈雷雨〉的舞台艺术》。

④ 苏民：《周萍的"如实我说"》，《〈雷雨〉的舞台艺术》。

九个角色，即“雷雨”。“我将第九个角色——号称‘雷雨’的好汉确定为全剧的演出形象，藉它来显示宇宙里斗争的残忍与冷酷，籍它来象征破坏旧世界的威慑力量。”①

丁小平在承认《雷雨》是现实主义的基础上，着重强调剧本的表现主义、象征主义色彩。他大胆突破传统《雷雨》演法的束缚，果敢运用了现代派戏剧的手法、技巧。在舞台布置上采用斜平台与框架结构，用空黑的背景来象征宇宙象一口残酷的井。在演出中安排了三个梦：鲁妈逝去的梦，四凤的恶梦，蘩漪的破碎的梦。并且，为了造成曹禺所期望的“欣赏距离”，在首尾安排了“空镜头”来代替序幕和尾声，用沉寂郁闷的空场开头，以雷雨交加中消失所有布景结尾，“是想送看戏的人们回家，带着一种哀静的心情……”②

丁小平是罕见的力图最大限度贴近作者原意的导演。曹禺在《雷雨》序中谈到序幕和尾声的存留与否时说“能与不能总要看有否一位了解的导演精巧地搬到台上”，“这个问题需要一个好的导演用番功夫来解决”。丁小平的现代派技巧充分体现了他用心的精巧，他确实下了一番细致的功夫来烧出《雷雨》的真味儿。然而这次创新的演出并没有获得一致好评。看来《雷雨》注定要背叛主人的原意，真的不是人力所能挽回的。

《雷雨》从国内演到国外，早已数不清演过多少场。1989 年 10 月至 11 月，为纪念《雷雨》发表五十五周年，北京人艺第四度排演《雷雨》，导演仍是夏淳。他出人意料地更新了全班人马，启用大批年青演员，并且在整个演出面貌上，都让观众感到焕然一新。

周朴园历来都是身穿长袍马褂上台，以显示他浓重的封建色彩，连 1984 年上影摄制的影片中也是如此。而这次由顾威扮演的周朴园却西装革履。导演显然有意强调他留学德国的经历，有意强调他西化的一面，强调他本身内部与封建色彩对立的一面。他的性格，在阴冷的基调上融入“温情脉脉”的色素。周朴园从未这么富于人情味儿，这么不使人切齿痛恨，从未让人非但不把罪恶归于其一身，反而却对他产生一丝怜悯以至同情。

蘩漪的形象更强调了她的抑郁和苦闷，而少了些阴鸷和乖戾，这样做的效果是“减弱着观众对蘩漪的厌恶感，使人们在同情之中，不由得增添了一丝爱怜”。③

夏淳充分调动多年导演《雷雨》的艺术积淀，参照了各种学术的非学术的见解，反复琢磨剧本，深思熟虑以后，产生了崭新的独特的诠释。

这次演出更体现出角色之间的共性而不是外在的命运对立，强调出各个角色共同的痛苦、共同的良心和共同的劣根性，淡化了人物的社会身份和道德评价，更加深掘到内心底层，表现出他们灵魂上的自我搏斗。夏淳说他力图将人物之间感情最真实和最本质的一面再现出来，使这出戏更具震撼力。④ 他的努力观众普遍感觉到了。这次的《雷雨》虽没有运用什么新式技巧，但以饱经沧桑的体会，用非常精辟的现实主义达到了现代主义尚未达到的效果。除了没有序幕尾声外，在很大程度上与作者的原意有所契合。阶级斗争的气味自是一洗无余，社会悲剧的意味也不是那么绝对和肯定。它基本做到了让人们在一

① 丁小平：《第九个角色》，南开大学出版社《曹剧研究集刊》。
② 丁小平：《第九个角色》，南开大学出版社《曹剧研究集刊》。
③ 田珍颖：《重排〈雷雨〉有新意》，《北京晚报》，1989 年 11 月 10 日。
④ 《北京人艺再演名剧〈雷雨〉》。

个更其广阔的背景上去思考“谁之罪”。

当然，这次演出也必有时代氛围的光与影，但这就需要历史再前行一段里程，才能回头看清了。

《雷雨》的经久不衰，证明了它是一部伟大的戏剧。焦菊隐说：“每个伟大的剧本都有它的超时间性与超空间性，同时，很矛盾地，它又有它的时间性与空间性。”①《雷雨》就正是这样一部同时具有时空性和超时空性的“伟大剧本”。曹禺创作时，“并没有想到要上演”，“是在写一首诗”，他是从超时空的角度来写的，所以并不关心时代特色、社会环境、阶级成分，甚至细节上还有差错。他写的是宇宙间的残酷，是整个人间的苦难，这有助于《雷雨》具有永远挖掘不尽的潜力，有助于《雷雨》可以跨越时空，历久弥新。但另一方面，当实际演出时，又必然会体现出它具体的时空性。焦菊隐说：“在时间与空间变易的时候，上演早一时代的剧本，必然发现它的不现实性。……但导演能给剧本一个时代的新生命是现在新剧坛公认的权利。”②《雷雨》每一次重新粉墨登场，都被导演演员赋予了新的生命，它都按照那个时代的要求，在作者的原意和剧本框架上有所增减和误读。正是有了时空性，才有了各个时代对《雷雨》的不同解释。海德格尔在《存在与时间》中写道：“我们之所以将某事解释为某事，其解释基点建立在先有（Vorhade）、先见（Vorsicht）与先概念（Vorgriff）之上，解释决不是一种对显现于我们面前事物的、没有先决因素的领悟。”③所谓先决因素，就是社会接受群体对作品的过滤。越是伟大的作品，社会就越要芟除其危害部分，夸大其有益部分。国民党禁演《雷雨》、“文革”期间批判《雷雨》就证明了这一点。

本文以上沿着《雷雨》的演出史架设了十几处观测点。归纳起来可以看出，严格按照曹禺原意演出的根本没有。在东京首演之前，曾经试图按照原作排演过。从演员表可以看出是排过序幕和尾声的，这是唯一的一次。另一次企图实现作者原意的是 1982 年天津人艺丁小平导演的《雷雨》，可惜，这样的尝试，在中国社会里并不受欢迎。

第二种不被欢迎的处理方式即是把《雷雨》当作阶级斗争的活教材。譬如 1959 年京沪两地的演出以及粉碎“四人帮”后上海戏剧学院的演出。这说明过于违背作品的本意也是不得人心的。

除去这两种不受欢迎的处理方式外，《雷雨》受欢迎的处理方式主要有两种。一种是中华人民共和国成立前中旅的“唯艺术”型。它重视情节上的扣人心弦和戏剧冲突的悲剧效果，重视演员个人技能的发挥，也兼顾作品的思想内容，所以，它征服并造就了整整一代中国的话剧观众。西北战地服务团的一次演出，农民冒雪来看。④ 其实《雷雨》的思想内涵农民何曾关心，他们要看的还是“戏”，是情节。

另一种大受欢迎的方式是中华人民共和国成立后以北京人艺为代表的“反封建”型。它以 1954 年首演和 1979 年重演形成两次高潮。应该注意到，在这两个时期，《雷雨》都是

① 焦菊隐：《关于〈雷雨〉》，《焦菊隐文集》第二卷。
② 焦菊隐：《关于〈雷雨〉》，《焦菊隐文集》第二卷。
③ 参见三联书店《存在与时间》，第 184 页。
④ 田本相，张靖：《曹禺年谱》，第 58 页。

作为第一个传统经典话剧被上演的。上演它起到了“用典”的效果，而它所担负的意识形态任务都是反封建、解放思想。由此可见反封建是我国社会的一项多么漫长而艰巨的事业。

较具独特意味儿的是1989年北京人艺第四次排演的《雷雨》。这次成功的演出在《雷雨》演出史上的地位须由后人来界定了，但它肯定也是时代发展的产物。这又一次证明了接受美学大师姚斯的论断：“艺术作品的本质建立在其历史性上，亦即建立在从它不断与大众对话产生的效果上；艺术与社会之间的关系只能在问题与答案的辩证关系上加以把握。”①

《雷雨》与我们社会的辩证关系已然有了一个相当丰富的历史，这个历史还会开动着自己的铺路机，继续延伸下去。

原载《文学评论》1991年第1期

① 姚斯：《审美经验小辨》，转引自《接受美学与接受理论》，第355页。

《雷雨》演出①的“新面目”

田本相

一出“没有鲁大海的《雷雨》”，由中国青年艺术剧院推上舞台。年轻的导演王晓鹰，在他的导师徐晓钟指导下，对《雷雨》作了重新阐释，进行了一次大胆而成功的尝试，使《雷雨》演出有了一个新面目。

50多年前，曹禺就期待《雷雨》有个演出的“新面目”。那时，他对中国留学生在日本东京首演《雷雨》因篇幅较长删去《序幕》和《尾声》，就坦率地表示了疑义。他给吴天、杜宣的信中说，“我写的是一首诗，一首叙事诗……但决非一个社会问题剧。”他说，《序幕》和《尾声》的构思，是想“叫观众如听神话似的，听故事似的，来看我这个剧”“在尾声内回到一个更古老、更幽静的境界内的”。稍后，在《雷雨·序》中，再一次强调它的作用说：“我不愿这样戛然而止，我要流荡在人们中间还有诗样的情怀。《序幕》和《尾声》在这种用意下，仿佛有希腊悲剧 cnorus 一部分功能，导引观众的情绪入于更宽阔的沉思的海。”看来，《序幕》和《尾声》的取舍，不仅是篇幅长度问题，而是关涉到作者的一个根本的美学企图，即《雷雨》的诗的、非社会问题剧的美学特性。因此，曹禺说：“这个问题需要一位好的导演用番功夫来解决，也许有一天《雷雨》会有个新面目，经过一次合宜的删改。”

将近60年过去了，《雷雨》经演不衰，但它基本上是作为一部社会问题剧而演出的，直到“文革”前，还没有发现包括《序幕》和《尾声》的演出。《雷雨》的演出史，充分说明一部剧作的观众接受和社会接受的制约性，孔庆东的《〈雷雨〉的演出史看〈雷雨〉》（《文学评论》1991年第1期），十分详细地描述和论评了这段历史。1982年丁小平执导的《雷雨》，较早地开始了探索。在现实主义基础上实现原作的表现主义、象征主义色彩，把“雷雨”作为统帅的第9个角色，“藉它来显示宇宙里的残忍与冷酷，藉它来象征破坏世界的威慑力量”。她设置了《序幕》和《尾声》，但未按照原本恢复，而是以雷雨即来的抑郁沉闷的空场作为《序幕》，以在雷电交加中撤走全部布景作为《尾声》，形成所谓“欣赏距离”。王晓鹰此次导演《雷雨》，似乎从曹禺那里得到更多的启悟，不但富有创意地恢复了序幕和尾声，更大胆地删去鲁大海，按照“决非一个社会问题剧”的思路，赋予《雷雨》演出以新面目。

从演出来看，导演的重新阐释是成功的，或者说比较成功的。在国外，对经典剧目进行“重新阐释”已蔚然成风；在国内，还处于起步阶段。如林兆华导演的《北京人》《哈姆雷特》等，在“重新尝试”上做了有益的尝试。但怎样进行导演的“重新阐释”才是成功的，也

① 王晓鹰导演版。

许应该有一个理论假定的衡度。"重新阐释"的一个前提，是对原作的尊重，它应是对本文原意或作者意图的重新发现和开掘，强调和提炼，领悟和升华。导演或删或加或改，都不应脱离、违背本文的原有之意和应有之意。也就是说，经过导演重新诠释的本文意义陈述同作者的意义陈述之间，应有着心领神会的有机联系，诸如题旨、基调、人物、意境和舞台氛围的有机联系。"重新阐释"不是任意的、轻率的艺术行为，否则，则会导致对原作的歪曲。以此来衡量此次《雷雨》演出，我以为其可贵之处，尽管删去鲁大海，但却是严肃的，经过一番反复考虑的，特别是同原作的意义陈述上有着精神的沟通，在复归作者的美学意图作了开掘。但这并不是一次原作的复原，导演所构筑的《雷雨》的艺术世界，是一个自圆其说，具有导演主体创造意识的意义结构。

导演在"决非一个社会问题剧"的思路上，对《雷雨》的整体结构、意境、氛围的呈现上是颇具有艺术匠心的。它恢复了《序幕》和《尾声》，但没有按原本恢复。而是启用了鲁贵，由这个唯一在《雷雨》中不是"在情感的泥坑中打着滚"的人物来回溯那久已逝去的悲剧，并把第一幕中"闹鬼"的情节糅入序幕的"交代"，确实是巧妙而"合宜的删改"。在尾声中，鲁贵饱含沧桑的悲凉小调，反复出现的周冲"海风……白云……帆船"的名词，在悲怆中奏出了对未来、对希望的幻想曲，是颇具创造性的。与此配合，舞台布景一改现实主义风格，倾力创造富有象征的舞台意象。环绕演区所使用的黑色软材料，台前堆集的旧钟、台后凹进的洞窖，好像是一口难以逃脱的井，也像是古老的废墟，形成一种强烈的围合感、崩溃感。这些，都有助于恢复《雷雨》非社会问题剧的诗意结构和氛围。那么，从整个演出所提供出来的，就不只是对中国家庭和社会的愤懑和毁谤，而使观众陷入更广阔的联想和沉思。

对人物及其纠集着复杂血缘关系的矛盾冲突，导演同样按照非社会问题剧的思路，淡化或弱化其社会性内涵。删去鲁大海，显然就淡化阶级对立的背景和冲突，对周朴园，则强调了对侍萍爱情的真诚和怀恋。保留着侍萍的昔日习惯，重逢后给侍萍钱，都不再是虚伪，而是出自悔恨，对一生所犯的错误的弥补。当最后悲剧发生时，他对命运的慨叹，也就是必然的了。导演把周朴园作为一个人，作为亲历爱情悲剧的人来对待的，而不再把他作为悲剧的渊薮和元凶。对蘩漪则减弱她的阴鸷嫉恨的色彩，她对四凤的威慑减弱了，而对她和周萍的乱伦关系，则增强其令人同情和理解的方面。而周萍对四凤，则不再是一个阔少爷对青春少女的玩弄，而是对真挚爱情的追求，正如他父亲周朴园老年对侍萍一样，是在重演他父亲的故事。当导演把这些人物纠葛的社会性内涵淡化后，似乎这一切也都是自圆其说的，即按照合乎人性人情的逻辑作为处理这些人物及其关系的依据。

有所得也必有所失。删掉鲁大海也带来值得探讨的问题。鲁大海的形象，曾被一些评论家认为写得简单而粗暴，不够成功。但是，这个人物并不是曹禺根据某种理论强加进去的，他在《雷雨》的整体结构中是一个不易松动和拆除的有机部分。特别是他和周朴园、周萍的戏，展示着那种命运巧合中不以人们意志为转移的命运的残酷性和必然性，是包蕴着深刻的社会内涵、人生内涵和人性内涵的。而抛去鲁大海，无疑是削弱了减却了戏的魅力。特别是周朴园，由于没有鲁大海，就使原有戏剧冲突张力消失了，自然也影响了周朴园性格的完整性。在周朴园开除鲁大海这个有力的戏剧动作中，深刻地揭示着周朴园“这一个”典型的丰富性和复杂性，也可以说是人性的丰富性复杂性。人性是文学所醉心探索的对象，但是对人性的探索并不见得同人性的社会性内涵的揭示是矛盾的。倘若全然用所谓纯粹人性去诠释周朴园，剔除其社会性内涵，则有可能导致另外一种人性的简单化的理解。抽掉鲁大海，也使全剧的背景失去某种具体的规定性；而缺乏具体规定性的情景，不但使鲁大海也有可能使其他人物在模糊的环境中失去其戏剧动作的动因。而这些，是值得研究的。

无论如何，此次《雷雨》的演出，在力图突破将近 60 年现实主义演出模式上跨进了一大步，它使人们看出一部经典著作演出的种种可能性，它的意义超过其自身，而给导演的创造以新的启示。此次演出所提出的学术课题，已经引起戏剧界的探讨兴趣，它的学术价值和学术意义，也将在《雷雨》演出史上留下珍贵的一页。

原载《中国戏剧》1993 年第 6 期

表演系 94 进修班演出《北京人》座谈摘要

刘淑欣

表演 94 进修班是为了适应在改革形势下，短平快地培养表演人才一年结业的实验班。经过一个多月的无实物基础训练，一个半月排练了两轮名著片断，四个多月后推出了两台曹禺的名著《雷雨》《北京人》。教学吸收了西方以作业量带动教学的模式，让学生“够”名著的水平。这将为培养影视演员开辟一条新路。

进修班于 1995 年 1 月至 3 月多场演出了《雷雨》《北京人》之后，两次邀请了话剧界、评论界、艺术教育界的导演、专家几十人来座谈，对教学和演出提出宝贵意见。现将发言摘要如下。

对《北京人》舞台演出的评论

陈顺：(中国青年艺术剧院著名导演)

看戏前有一种思维模式，觉得电影学院演话剧不会太理想，但我看后非常兴奋，这个戏很清新、很使我吃惊。这批学员才学了四个多月演出很出色，三个小时的戏，我一点也没有觉得长，特别流畅、自然、真诚与质朴。

以前我多次看过话剧《北京人》都没有看明白，我这次看明白这个戏了。看得出林洪桐老师在教学和排戏上很注重人物的心理表现，注重通过对规定情境、人物关系的展示，去表达作者的思想内涵。特别是《北京人》在开掘人物心灵和灵魂上下功夫，所以表达了曹禺的思想是清晰的。

余林：(著名戏剧评论家)

我看戏时努力观察这些演员如何理解角色，他们演出了那个时代的历史感，没有今天的痕迹，这是了不得的。他们在四个月中把基本的东西掌握住了，而且表达的水平不低。

张奇虹：(中国青年艺术剧院著名导演)

我没想到看完戏给我的冲击很大，像瑞贞、愫方、思懿的形象、语言还不断留在我的心里。愫方演得真挚、全身心地投入，如果没有内心独白是站不住的。愫方和瑞贞那场“听号角”的戏非常好，有光彩，有魅力，十分感人，演员非常投入。

童道明：(著名戏剧评论家、中科院外研所研究员)

北京电影学院表演系 94 进修班演出《北京人》，想不到他们演得这样好。我以前看过两次《北京人》，看到第三幕时，总觉得“凄凉又甜蜜”的味儿不够醇厚，想不到这次看了进修班的演出，从中感受到了一种心灵的震颤与升华。当扮演愫方的朱敏怡眼里涌着泪花，说出了那段台词时，眼前这块舞台顿时好像成了一块纤尘不染的净土。这样的舞台体验现在已经难得碰到了。更让我惊异的是这位扮演愫方的朱敏怡是第一次登台演戏。

罗艺军：（电影评论家、电影评论学会会长）

一批来自全国各地不同行业的学员，在不过四个多月的时间就演出了这样高难度的剧目，并臻至如此高度水平，确实难能可贵。对原著意蕴的把握和阐释很见光彩。

王培：（中国青年艺术剧院著名导演、演员）

看完这台戏，我很兴奋，受到两点启迪：导演是真心实意地想把原作的基本精神与思想内涵传达给观众，演员也真心实意地在剧中规定情景中真挚地去体味，正是这极佳的正确创作思想与创作心态，才使这台演出产生了极大的艺术魅力！在导演总体艺术构思下，全剧排得十分流畅，张弛有度、跌宕起伏，使观众在极真实中去观察人物的行为、去咀嚼人物的语言、去悟原著的灵魂所在，这也许就是许多同志此次看明白了《北京人》的缘故吧！

李玉茹：（京剧表演艺术家，曹禺夫人）

我今天看了你们的戏很激动，是一次艺术享受，导演非常忠实于原著，把曹禺原著内涵表现出来了，演得使我很感动，戏好，很吸引人。

林阴宇：（中国青年艺术剧院导演）

电影学院在培养演员方面有一个特点，通过今天的演出也可以看出来，人物内心描绘、刻画相当细腻，很容易出激情，演愫方、文清、老太爷、瑞贞的演员表演使人看了很舒服。

我希望今后电影学院表演系培养演员更应注重台词与形体方面的训练，在这两方面加强些。

康洪兴：（话剧研究所研究员）

有三方面大体上要进一步掌握的：一、潜台词，二、带戏上场，三、刻画人物性格复杂性、丰富性及多侧面弱了些。

用排演经典名著培训演员

陈颙：（中国青年艺术剧院著名导演）

应该承认名著是培养人的，话剧是表演艺术的摇篮。

余林：（著名戏剧评论家）

从整体看这个教学剧目选得非常恰当，用这样的戏来培养演员，不管是什么演员，不管是本科还是进修班都是有利的。

童道明：（著名戏剧评论家）

“演员是天生的”这是戏剧大师斯坦尼斯拉夫斯基的观点，但是这位大师同样认为，先天的演员也需要后天的雕琢。《北京人》《雷雨》的演出成功，这说明让学生及早接触经典戏剧名著的指导方针是对的。

天生的演员是块玉，经典戏剧就是砥砺璞玉的器，借助永恒的经典戏剧开启演员的天性，有可能使潜质的优秀演员一下子放出奇光异彩。

罗艺军：（著名电影评论家、电影评论学会会长）

我首先赞赏对剧目的选择，我觉得林洪桐老师选择这样一个高品位的精品名著来锻炼学生是独具慧眼。选择心理任务这么重的剧本对导演、演员都是一个很好的锻炼和实力的体现。

张建钟：（中国青年艺术剧院艺术室主任、一级编辑）

选择名著进行教学是正确的，对学生的成长非常有利。《北京人》是曹禺剧作里比较难解释，表演难度也较高的作品，比较曹禺别的剧作，更少得到精湛的演出。看了你们的演出，使我看懂了曹禺这部剧作的涵意。表现出现实主义的创作态度："诅咒昨天是为了珍惜今天，走向明天。"

张奇虹：（中国青年艺术剧院著名导演）

我非常佩服你们改革的浓缩教学，我们原来有一些苏联的教学方法，其中有陈旧的东西。你们把陈旧繁琐的压缩四年到一年，达到高水平，这是改革的路，我今天看了非常兴奋。教学改革好，高强度、高难度的教学才能适应今天改革的形势需要，才能出现高水平的演出。

钟艺兵：（《文艺报》编审）

按照以往的教学安排，表演系的学生排一台大戏，大概要在入学两年之后，进修班入学四个月后，就在这样的重头大戏中通过实践来领会他们所学到的理论，一展他们的才华，这的确是一个解放思想、重视实践的好办法！

王人殷：（《电影艺术》主编、电影评论家）

电影学院表演系开办了从社会上直接招收学员的影视表演一年制的进修班，这个尝试极有意义，它突破了几十年一贯的表演教学模式，为挖掘、培养表演人才拓宽了领域。

张清：

据我所知，林洪桐、刘诗兵、戈文义三位老师凭着对培养影视人才的热忱，大胆改革了过去教学的模式，采用高强度、高负荷、高难度的大作业量带动教学，用名著来训练学生。

我看到了希望，老师们正在做一个很了不起的表演艺术的希望工程。

因此这台演出是一种新的表演现象，严格地说也是新的教学现象，这些现象值得我们话剧界、表演界、影视界共同重视！

1995 年 3 月 15 日

原载《北京电影学院学报》1995 年第 1 期

演名著是提高表演水平的必经之途

——电影学院表演进修班演出《北京人》

余　思

阳春三月，电影学院表演系进修班演出的《北京人》，颇引起戏剧、电影、文学界的注目。许多平时对演出相当“挑眼”的行家纷至沓来、络绎不绝前往观看，并且召开过两次高规格的座谈会，一次是有马惠田、陈颙、余林、张奇虹、童道明、钟艺兵、罗义军、王人殷、王培、张建钟、王得后、钱理群，王信、张清等专家、教授参加的研讨会。3 月 13 日电影学院、艺术研究院话剧研究所及《中国戏剧》杂志社联合召开《北京人》演出研讨会。田本相、李玉茹(并代表曹禺先生)、林洪桐、林荫宇、谭霈生、王宏韬、杨景辉、林克欢、戴光晰、马德波、周小鸥、康洪兴、黄维钧等相继与会。大家对电影学院采取演出名著舞台剧来培养学生的文化素养，提高表演水平和创造艺术形象的能力，以及对这台戏取得的成就给以高度评价。

电影学院这个进修班的特殊性，也是引起大家关注的原因之一。这个班是社会各阶层对表演艺术痴迷的中青年所组成，其中除部分影视、话剧界的学子外，还有来自舞蹈界、戏剧界、歌唱界、武术界、商界，其中有经理、模特、空姐、电视节目主持人及外国留学生。年龄跨度是从 17 岁到 41 岁，他们一部分是为了提高专业素养，一部分则是出于对表演艺术的迷恋，经考试筛选后自费到这个进修班来学习的。这批来自大众却对高雅艺术执着追求的青年是崇尚真艺术、纯艺术的真挚而热忱的学子。针对他们的特点，负责这个班教育的林洪桐、刘诗兵、戈文义三位老师采用高负荷、高强度、高难度、大作业量的教育方法，通过演名著舞台剧使学生们较快、较扎实地懂得表演艺术。学生们经过艰苦努力，通过演《北京人》感受多种人生，体验和实践了对不同性格人物的塑造。看过这台舞台剧的人都感到喜出望外，因为一批没有上过台，多数是业余的学生把这部难度很大、人物心理内涵很深的戏演得相当流畅、自然、质朴而真诚。大家一致肯定，学生们取得这样的成绩，是因为导演林洪桐教授在教学与排练中注重通过人物的心理、行为，通过正确的规定情景与人物关系的展示，以揭示剧作的内涵与诗意，特别在开掘人物心灵上下功夫，而不做其他的表面文章。

原载《中国戏剧》1995 年第 5 期

试论《日出》舞台指示的特色

洪　维

作为剧本的戏剧文学说到底是门语言艺术。不过，戏剧与小说、散文、诗歌等在语言的运用上又有所不同。剧作家一般不能借助记述、抒情、议论去展开情节，完成剧本的创作。因为剧本本质上是写对话的艺术，对话是剧本的主体部分。然而，除对话外，剧本的有机构成部分还包括舞台指示，而舞台指示则是具有记述抒情、议论功能的。文笔优美、感情丰富的舞台指示不但能帮助导演与演员理解剧情与人物，还能增强剧本的可读性。这方面的实例，曹禺的《日出》则是最典型了。

《日出》是曹禺继《雷雨》后创作的又一现实主义优秀剧作。它的展示面已从《雷雨》的家庭悲剧扩大到“损不足而奉有余”的社会悲剧。在结构的安排上则提出了“用多少人生的零碎来阐明一个观念”的“试探一次新路”[①]的课题。于是我们便看到了《日出》的对话所形成的结果“人像展览式”的，舞台指示的文字比重及写作方式与《雷雨》又有不同。而这一切都是紧扣一个目标进行的，这个目标就是作家在《〈日出·跋〉附注》中所说的：“果若读完了《日出》，有人肯愤然地疑问一下：为什么有许多人要过这种‘鬼’似的生活呢？难道这世界必须这样维持下去吗？什么原因造成这禽兽世界？是不是这局面应该改造或者根本推翻呢？如果真的有人肯这样问两次，那已经是超过了作者的奢望。”下面我们就来看看《日出》的舞台指示是如何为达到这个目标服务的。

一、给舞台形象以社会定位

《日出》所反映的社会悲剧是通过众多的“有余者”与“不足者”的形象体现出来的。把这群人物从生活中一个个带进舞台的不是锣鼓，也不是西皮导板，而是作家苦心孤诣插入的一段段舞台指示。这些舞台指示对人物的介绍不是脸谱化、速写式的，而是个性化、具体化的。通过作家对人物的由表及里的三分幽默的介绍，读者的头脑中便会浮现出一个个鲜活的面容，这些面容不难使人联想到社会中一类人的形象，并从中透视出他们所处的社会位置，他们所过的“鬼”似的生活也在这些介绍中透露出来。例如对黄省三这个生活困顿的银行小职员的出场介绍，舞台指示是通过对他的“惭愧和惶恐的神气”“乞怜的眼睛四面张望”，“凄惨”的笑、“很低”的声音的描写和对他的“非常神经质而胆小”“谦卑，不自信”的个性介绍，让人们了解他的“忧虑、劳碌”的卑微的社会地位。对翠喜这个下层社会的妓女的出场介绍，作家似乎更注意在舞台指示中写她的怪里怪气的打扮，如“满脸涂粉”“前额一块块地故意掐成的紫痕，

① 见《〈日出〉·跋》。

排列整齐如一串花瓣，两个太阳穴，更红紫得吓人”。而开首一句“翠喜大约三十岁左右，已经是为人欺凌蹂躏到几乎完全麻木的动物”，则清晰地点明了她特殊的社会地位。人们对她“鬼”似的打扮与“鬼”似的生活自然会关注与思索。

如果说曹禺是以“哀其不幸”的口吻介绍黄省三与翠喜这类“不足者”的话，那么，对大丰银行经理潘月亭与富孀顾八奶这类“有余者”的出场介绍则是用一种嘲讽的口吻。作家笔下的潘月亭是“一块庞然大物”，他“头发已经斑白，行动很迟缓，然而见着白露，他的年纪、举动态度就突然来得如他自己的儿子一般年轻，而他最小的少爷已经二十出头了”。一个肠肥脑满，荒淫无耻的“有余者”形象跃然纸上。作家笔下的顾八奶是个“俗不可耐的胖女人”，她“叫人想起一层衣服所包裹的除了肉和粗恶以外，不知还有些什么……于是嘴、眼睛、鼻子挤在一起，笑，笑，以致于笑得令人想哭、想呕吐、想去自杀……前年据她自己说她才三十，而今年忽然地二十八了……于是，她在男人面前益发地‘天真’起来、故作多情、肉麻无聊的又一都市富人形象展示于读者面前。还有那些油头粉面、游手好闲的市侩胡四，油腔滑调、招摇撞骗的洋奴张乔治，奴才加狗才的役福升，流氓如鹰犬的打手黑三，还有那“狡翳”“卑猥”的李石清，他们所扮演的社会角色与畸形的人格，我们都可从舞台指示中得以领悟。他们所过的另一种“鬼”似的生活在舞台指示中也得到了体现。因此，我们说《日出》的舞台指示介绍人物出场部分的文字起到了协调人物与主题的关系的作用，它是剧本“人像展览式”结构尝试的实际需要，也是作者希翼读者了解剧本主题并“奢望”读者发出“为什么有许多人要过这种‘鬼’的生活呢”的疑问的戏剧表达方式之一。

二、对戏剧场景作现实批判

曹禺读过易卜生的作品，并有自己的独特见解。易卜生对曹禺的影响主要是在艺术技巧上的。易卜生善写精彩的场面，善于运用象征的手段。在曹禺的《日出》的舞台指示部分我们也能看到易卜生这些手法的影子。但曹禺又有自己的独创，那就是赋予戏剧场景以现实的批判的内容，然而又不乏诗意的追求。

《日出》虽分作四幕，但场景仅两处。第一、二、四幕均为陈白露所住的大旅馆的华丽的休息室，第三幕则为翠喜和小东西所住的那个三等妓院的肮脏角落。表面看去两个场景截然不同，形成了鲜明的对比，但实际上同是罪恶社会被污辱与损害的女性出卖肉体的场所，只不过嫖客的社会身份不同而已。对于这两处场景的介绍，作者在舞台指示中似乎很不怜惜笔墨。除了介绍舞台布置道具安置与音响、气氛效果外，还出现了许多感情色彩强烈的议论性文字。如第一幕中“屋内一切陈设俱是畸形的，现代式的：生硬而肤浅，刺激人的好奇心性，但并不给人舒适之感……一切丑恶和凌乱还藏在黑暗里”，第三幕中的“……这一条胡同蚂蚁窝似的住满了所谓‘人类的渣滓’，他们都在饥饿线上奋斗着，与其他瘪着肚皮的人们不同的地方是别的可以苦眉悉眼地空着肚子，她们却必须笑着气读这些文字，人们就可以认识到那豪华旅馆与“宝和下处”均为黑暗之地，并产生“难道这世界必须这样维持下去吗”的疑问。所以说，作者在舞台指示上的不厌其烦实际上是为了借题发挥，是为了借此鞭笞黑暗的社会现实。在当时情况下，这实在是一种高明的手法。

《日出》的舞台指示介绍场景部分对现实社会的批判不仅表现在对黑暗的暴露与抨击

上，而且还表现在光明未来的象征性的追求上。

“天快黑了，由窗户望出，外面反映着一片夕阳，屋内暗淡，几乎需要燃起灯才能看得清楚。窗外很整齐地传进来小工们打地基的桩歌……这声音几乎一直在这一幕从头到尾，如一群含着愤怒的冤魂，抑郁暗塞地哼着，充满了警戒和恐吓。他们用一种原始的语言来唱出他们的忧郁、痛苦、悲哀和奋斗中的严肃。……因为用字来表达他们的思想和感情是笨拙而不可能的事。”在这段第二幕的舞台指示里，作家用打桩工的夯歌作为戏的音响背景，为的是寄寓自己对葬送“黑暗”的社会力量的希望。但这些希望都是以象征性的事物在舞台上出现的方式存在的。还有第一幕中的几声鸡鸣和低沉的汽笛、第四幕中渐渐由窗户透进来的晨光与吱吱的雀声都富有诗意地给人一种黑暗定将结束，光明将会来临的心理舒展感。这种舒展感是哲理性的，它是由作者的审美理想决定的，同时又是作家对黑暗现实社会的无声的诅咒。在最后出现的舞台场景里，作家则是用了更富激情的文笔，用亮丽的文字极富动感地点明了剧本的主题：

> ［由外面射进来的满屋的太阳，窗外一切都亮得耀眼。
>
> ［砸夯的工人们高亢而洪壮地合唱着轴歌，
>
> （即“出日东来，满天大红！要想得吃饭，可得做工！”）沉重的石硪一下一下落在土里，那声音传到观众的耳朵里是一个大生命浩浩荡荡地向前进，向前进，洋洋溢溢地充满了宇宙。
>
> （屋内渐渐暗淡，窗外更光明起来。）
>
> ——幕徐落——

在这段舞台指示里难道我们不能感受到作家对现实社会的强烈批判吗？最后一句场景描写的潜台词下就是“我又看见一片新天地，因为先前的天地已经过去了”[①]吗。

总之，《日出》的舞台指示中的场景描写部分不仅仅是为了剧本中人物的活动制造一个典型的小环境，它另有揭露黑暗的现实社会大环境，渴望光明的诗意的象征意义，体现了作家高超的艺术概括力。

三、把表演动作当生活再现

《日出》展示的是一段“人生的零碎”，这些舞台人物的零碎的悲剧又构成了整个社会悲剧图画。为了画好这幅色彩对比强烈的图画，作家在线条部分作了加强。《日出》的舞台指示有几处是重点写人物无声的动作表演的，这些部分表现了作家对人物命运的关怀与强调，对整个剧本的结构起着加固作用。全剧中作家主要强化了小东西、黄省三和陈白露三个人物的自杀，并以三人不正常的死亡去刺激读者与观众发出“什么原因造成这禽兽世界”“是不是这局面应该改造或者根本推翻呢”的责问。对于这三个人的自杀，作家在舞台指示中用了较多笔墨，但在表现手法上却互不相同。写小东西因不愿受辱以一根麻绳结束自己生命，用的是明示手法；写黄省三毒死全家又跳河自尽是通过卖报的哑巴的指指划划的舞台动作间接点出的；写陈白露的吞安眠药自杀的动作虽也是在舞台上完成的，但

① 见《日出》第一幕前引文（《启示录》第二十一章）。

却写得很含蓄。在这些写表演动作的舞台指示里，我们看到了作家对人物命运的社会安排的痛切与怜悯。因为作家是在看到现实社会的一出出揪心的人间悲剧后才愤然操笔的，所以这几个人物不得不死。而作家对他们命运的痛切与怜悯之情无奈只能通过另外方式加以表达了。于是我们看到了小东西自杀时的“向那根麻绳套跪下，深深地磕了三个头，立起。叹了一口气，爬上椅子，将头颈伸进套里，把椅子踢倒——那样小，那样柔弱一个可怜的小生命便悬在那门框下面”这样的饱含感情的文字。作家把生活中的“上吊”搬到了舞台上，但又对它做了艺术的处理，小东西的死比现实生活中人物的死更强烈地撼动人心。作家在结尾处写出陈白露自杀的那段文字，除了让陈比小东西这个被卖到下等妓院的少女死得体面、死得洋气外，则同样用含蓄的笔调在舞台指示的表演动作部分写了她玉消香沉之际的孤影自怜。作家通过对其照镜叹息、数小糖似的数安眠药、悄然泪下这些留恋生的动作描写，使人物更接近生活原型。要是我们把这段文字与第一幕里介绍陈白露那段文字联系起来看，还能发觉这两组文字有着严密的结构联系，结尾部分印证着开头那段介绍。沦落风尘的陈白露是个曾经有过美好追求的人物。“她爱生活，她也厌恶生活”，因为“生活对于她是一串习惯的桎梏”，所以她终于“像寓言中那习惯于金丝笼的鸟，已失掉在自由树林里盘旋的能力和兴趣，又回到自己的丑恶的生活圈子里”。她曾“等待着有一天幸运会来叩她的门，她能意外地得到一笔财富，使她能独立地生活着”。结果“有一天她所等待的叩门声突然在深夜响了，她走去打开门，发现那来客，是那穿着黑衣服的，不声不响地走进来”，于是她便在黎明日出之际拉上帘幕，念着“太阳升起来了，黑暗留在后面。但是太阳不是我们的，我们要睡了”，“毫无留恋”地跟着死亡去了。现实生活中的陈白露与舞台上的陈白露只能是这样的命运，留下的只有作家的惋惜与对社会的愤懑了。作家之所以把陈白露自杀那段表动作的舞台指示写得那样抒情的原因我们也就在第一幕中找到了。

契诃夫曾说：“最优秀的作家都是现实主义的，按照生活的本来面目描写生活，不过由于每一行都像浸透汁水似的浸透了目标感，您除了看见目前生活的本来面目以外就还感觉到生活应该是什么样子，这一点就迷住了您。”[①]《日出》的舞台指示部分就浸透着作家那种再现现实生活，激发人们对现实作出强烈的批判的目标感，而读了其中几处的重写人物悲剧性的死亡的动作部分的舞台指示，不但让人感到在腐朽社会中生活的这些人物他们的命运本来就是这个样子，而且使人对他们悲剧的命运以及对造成他们悲剧命运的社会感到心底流泪、眼睛冒火，进而会握紧拳头……

《日出》舞台指示部分是曹禺的生花之笔，它那小说般的人物介绍与环境描写，诗歌般的象征与抒情，散文般的节奏与意蕴形成了剧本的一个特色。它调节着剧本的叙事节奏，表达了作者崇高的审美理想，是戏剧结构与戏剧语言安排的自然需要。它使剧本不但耐读，而且经得起演。我们在盛赞《日出》成功时，不该忽视其舞台指示部分的这些特色。

原载《宁波师院学报》1996 年第 1 期

① 见契诃夫：《文艺理论译丛》，1958 年第 2 期，第 176 页。

传统与现实对话　经典和现代结合

——导演任鸣谈新版《日出》

童古丽珂

2000年9月24日是中国戏剧大师、北京人民艺术剧院老院长曹禺先生诞辰九十周年的日子。为此北京人艺特举办了"曹禺经典剧作展",排演了《雷雨》《日出》和《原野》。其中,《雷雨》是20世纪50年代夏淳导演的原版,此次由顾威指导复排,保持了几十年前的原汁原味,观众从中感受到传统作品的魅力。由李六乙导演的《原野》是小剧场戏,也是北京人艺首次排演《原野》,这个"2000年实验演出本",比较强调现代感和实验性,观众对此争议很大,褒贬不一。《日出》曾在50年代和80年代分别由欧阳山尊、刁光覃导演过,这次由任鸣导演的新版《日出》,在继承传统的同时,融入了现代手法,使经典作品焕发出新的光彩,受到观众的好评。

日前记者采访了《日出》的导演、北京人艺副院长任鸣,他就经典剧作的继承和发展问题谈了自己的看法。

新角度诠释《日出》让观众走近经典

《日出》是曹禺先生1936年创作的,以30年代为背景,其商品经济背景比较容易与现代的生活挂上钩,也比较适合从现代的角度来解释。因此新版《日出》在整体解释、舞台演出样式和处理手法上与过去写实的版本有很大不同,无论戏剧观还是美学观都有新的表现,更多地融入了现代的因素。这种现代感能够让观众更直接、更方便地理解经典;同时显示出曹禺先生的作品是能够跨越时间和空间的,是有生命力的。

过去在解释《日出》时主要围绕着阶级斗争,而这次在突出人物性格命运和人的生存状态的同时,把经济的因素强调出来。在今天的时代,从商品的、经济的角度解释这个戏,观众能更深刻地理解商品社会里人与人之间的关系。

在该剧的艺术设计中,使用了一些现代表现手法,比如舞台、布景和音乐等方面,既表现出了经典剧的古典美,也表现出了现代美。一开场,陈白露出入的交际舞厅变成了"迪厅";第一、二、四幕的大饭店布景类似现在的五星级酒店,金碧辉煌,第三幕又回到30年代灰暗的妓院,都由旋转舞台交替变换;剧中出现了"嗨""帅哥"之类的新词儿和口语化的对白;英文歌曲、遥控电视和笔记本电脑……这些手法的运用拓展了时间和空间,表现出历史和现实的对话。

任鸣说,之所以重新诠释《日出》、调动这么多现代手段,就是为了让人们面对经典时,不再像光顾古董店一样远远地欣赏，而是身临其境走到剧情中，产生共鸣。

首先必须是曹禺的然后才能是现代的

戏剧历史上，莎士比亚、契诃夫等人的很多经典作品都有不同版本，每次改编的效果不尽相同。在这次新排《日出》时，特别注意了继承和发展的问题。任鸣说，必须继承传统、忠实于原著，曹禺是第一位的、第二才是现代的。我们是为了纪念曹禺先生才重排此剧，如果面目全非了，就失去了意义。

新版《日出》不但保留了原著中的全部人物和主要台词，只是在语言上略加修饰、比较口语化，甚至连场序都丝毫没有改变。特别在表现人物方面，新版《日出》和过去一样，规规矩矩、认认真真地塑造人物，使每个人物都真正打动观众的心。

改编经典剧，不能无视经典，更不能以损害经典为代价，只表现艺术家个人的艺术感受。从一定意义上说，一部传世的经典作品是一个民族文化的结晶，它属于人民。我们的艺术家有责任成为经典作品的承传者，而新版《日出》的成功之处，就在于它以尊重经典为前提、用传统和现代相结合的手法，让更多的现代人理解接受了它，使这一部几十年前的作品跨越时空，来到现代生活中，显示出曹禺作品的长久生命力。

原载《人民日报》2000 年 9 月 23 日

《雷雨》[1]：引人进入更宽阔的海

刘丁香

今年是梅花奖20周年纪念。中国戏剧家协会组织了一系列的节目来庆贺，其中之一就是重新排演曹禺的经典剧《雷雨》。新版《雷雨》的总导演徐晓钟先生今年75岁，套一件蓝色短夹克，清俊的带着岁月痕迹的脸，一双平和睿智的眼睛，一头灰白的头发，描述剧情时抑扬的声调，挥舞的手，都是那么的精神，在排练现场徐导演接受了我的采访。

用诗情抹布擦拭过的现实主义

新版《雷雨》与以前人艺版的话剧《雷雨》有很大的不同，徐导特以“诗化”二字予以强调。以前，人艺版的《雷雨》是严谨的写实主义，它在观众心中已经成为经典。徐导称：人艺的戏演得好，台词多好啊，人物真实极了，逻辑准确极了，真挚极了。人们从中获得了营养和艺术享受。徐老说，经过人生的体验，新时期以来的审美经验的体验，对曹禺的作品进行再读解，深刻感受到其文学魅力在于其浓郁的文学诗情，渗透了美学中的美。《雷雨》还有我们去感受、体验、破译的余地。故此，新版《雷雨》可以深化，在情感、意境、哲思上深化，更多地表现曹禺的诗情。曹禺在他的一封私人信件中就提到过，他把《雷雨》“做一篇诗看，一个故事读”。徐老则称之为“灵魂是诗的，形式是散文诗的，或者说散文诗是曹禺传递诗情的戏剧结构和呈现上的特点”，因此，“过于严谨的现实主义或者写实主义表现不一定能表达其诗情及哲思的魅力力度的”，“但也不能理解为抽象的艺术”，所以新版的《雷雨》要通过“具体化的性格、人物、行动、冲突和细节来传递诗情，而决非抽象化”。

达到这种诗情的手法，除了台词，还要通过导演的语汇来完成。徐老说，剧中将采用放大、扩张人物的心理时空，用声音回音、形象叠映等形式来表现，通过对人物心灵潜意识的开掘，外化人物的感受，实现主观的外化，外化诗化象征。徐老给我们举了几个例子。比如形象叠映。在第三幕有这样一段戏：蘩漪要周萍留下，周萍拒绝了，这里有蘩漪的一段心理独白，它的最后部分是这样处理的：“什么我都预备好了，来吧，恨我的人（周朴园的形象闪现一次），来吧，叫我失望的人（周萍的形象闪现一次），来吧，叫我嫉妒的人（四凤的形象闪现一次），都来吧，我在等候你们，来吧，恨我的人，叫我失望的人，叫我嫉妒的人（这里周朴园、周萍、四凤依次短速闪现一次，然后，加速节奏，好几个周朴园、周萍、四凤闪现）。

徐老说这种诗化的现实主义手法还要求演员们的诗情。演员要同情、赞美、歌颂一切

① 梅花版，徐晓钟导演。

反对封建思想和封建伦理道德的人们，无论他是幼稚的，带着封建的灰尘也罢，要把他们当作黑暗中的一线光明，看作我们苦难的兄弟姐妹，以此来揣摩、理解角色，要心中怀有诗情。而剧本本身“也要我们歌唱、舒展，要导演演员们飞翔”。

“序幕”“尾声”首次搬上舞台

话剧《雷雨》从 1934 年上演至今，演出几千场，但“序幕”和“尾声”部分从未搬上舞台。新版《雷雨》将“序幕”和“尾声”搬上舞台，而对中间的四幕中交代情节的戏进行了一些删节。

徐老在解释为什么把这两部分搬上舞台时用曹禺本人的话说，“‘序幕’‘尾声’的用意就是送看戏的人回家，带着一种哀静的心情，低着头，沉思地，念着这些在情热、在梦想、在计算里煎熬着的人们。荡漾在他们的心里应该是水似的悲哀，流不尽的；而不是惶惑的，恐怖的，回念着《雷雨》像一场噩梦，死亡，惨痛如一只钳子似地夹住人的心灵，喘不出一口气来”，“我要荡漾在人们中间还有诗样的情怀，‘序幕’与‘尾声’在这种用意下，仿佛有希腊悲剧合唱部分的功能，导引观众的情绪入于更宽阔的沉思的海”。所有的故事发生在同一个地方，可以表现出物是人非的内心的颤抖，同一个环境因岁月的流失而使命运延续呈现：竟然是这样的。它们经由具象传诸观感，传递其思情和哲思，徐老这样说。

几番岁月几幕戏

新版《雷雨》的新点之一在于，剧中的同一个角色由好几个演员扮演，比如剧中就有三个周萍三个鲁妈、四个四凤，老中青三代演员同台演出同一部戏。他们中包括一度甚至两度三度获得过梅花奖的演员，有的是影视话剧双栖，还有仍在校的戏剧系大学生。这些演员来自全国各个剧院，他们各有不同的背景，不同的演艺风格和理论，导演演员们希望能碰撞出火花。整个话剧分成序言、尾声及四幕共五部分。

徐老说，由于时间短，可能会有一些遗憾。“让观众去评价吧。我们大家只要认真对待了，就问心无愧了。”

原载《人民日报（海外版）》2003 年 4 月 7 日

七十年来头一遭

——看新版《雷雨》的演出[1]

黄维钧

庆祝中国戏剧梅花奖创办 20 周年盛大系列演出活动的开幕戏是《雷雨》。这是一场庆典性演出，广泛的参与性和展示性是这台《雷雨》的特色。有 23 位历届梅花奖获奖演员参与演出，每一个角色都有 2～4 位演员分场演出，拼接而成。另外还邀请了新中国成立后《雷雨》的第一代老演员（郑榕和狄辛）以及中央戏剧学院的年轻学子参与演出，从而使这台戏具有继往开来的象征性。排《雷雨》这样一出难度大、要求高的话剧，一共只给了 12 天时间，而获奖演员中只有两位过去演过《雷雨》，其余都是“生平头一遭”；除了案头工作时间，“落地”排练、合成只用了三天；采用四位导演每人排一幕的“分进合击”方式排练。以如此方式短促突击排出来的《雷雨》肯定难掩其粗疏与匆忙，也难以尽显各有所长的诸位获奖演员的“英雄本色”。但是，我要说的是这台戏虽然仓促，却是 70 年（《雷雨》写成于 1933 年）来所未见，是一台肯定空前、可能绝后的具有学术性和探索性的演出。

《雷雨》是新中国上演的第一部“五四”以来优秀剧目，由曹禺先生任院长的北京人艺首演于 1954 年。从此以后一发不可收拾，一直演到今天。但是以往的演出都删掉了原作中的“序幕”和“尾声”，以至于后来刊行的《雷雨》单行本都干脆去头掐尾。这样做的理由，通常的说法是因为原作篇幅太长，正文尚且删不过来，哪还有余力顾及头尾。但是从审美把握上来探讨，这“序幕”和“尾声”对《雷雨》有着特殊的意义，有没有这一头一尾曹禺先生也是很在意的。

《雷雨》写成于 1933 年，发表于 1934 年，1936 年出单行本时，曹禺先生有一篇自我表白的序。他说在《雷雨》中设置“序幕”和“尾声”的用意，“简单地说是想送看戏的人们回家，带着一种哀静的心情，低着头，沉思地念着这些在情感，在梦想，在计算里煎熬着的人们。荡漾在他们的心里应该是水似的悲哀，流不尽的；而不是惶惑的，恐怖的，回念着《雷雨》像一场噩梦，死亡，惨痛如一只钳子似的夹住人们的心灵，喘不出一口气来。《雷雨》诚如有一位朋友说，有些太紧张（这并不是一句恭维的话），而我想以第四幕为最。我不愿这样戛然而止，我流荡于人们中间还有诗样的情怀。‘序幕’与‘尾声’在这种用意下，仿佛有希腊悲剧 chorus（合唱队）一部分的功能，导引观众的情绪入于更宽阔的沉思的海。”

曹禺先生是把《雷雨》当作一篇诗来写的，他希望观众看完戏引发诗一样的情怀，审美的终极效果不是强刺激所带来的惊吓恐怖和窒息，而是在哀静中的沉思、同情和怜悯。而

① 梅花版。

要产生这样的效果，需要对死了三个人、疯了两个人的恐怖的“雷雨”之夜进行间离。所以才设置这个“序幕”和“尾声”，藉此让观众产生欣赏的距离，把“一件错综复杂的罪恶推到时间上非常辽远的处所”。然而曹禺先生知道，要在演出实践中保留着“序幕”和“尾声”是很难实现的，但他并不甘心，所以他宣称能否保留着序幕和尾声，“总要看有否一位了解的导演精巧地搬到台上。这是个冒险的尝试，需要导演的聪明来帮忙。实际上困难和取巧的地方一定也很多，我愿意将来有个机会来实验”。70 年岁月流逝，曹禺先生一直没有得到实验的机会。今天，可以告慰先生在天之灵，他的宿愿在纪念梅花奖 20 周年纪念活动中实现了。对曹禺先生了解、尊敬并怀着深情的这台《雷雨》的总导演徐晓钟和导演组的郦子柏、鲍黔明、陈大林、陈联、夏波、王绍军各位先生，第一次推出了有序幕有尾声的全本《雷雨》的演出。他们这样做不是猎奇，不是复古，也不仅仅出于纪念，而是对这部剧诗的演出风格、对《雷雨》的原创审美理想进行着具有学术性的探求和艺术展现上的新的尝试。

“序幕”和“尾声”的内容其实很简单：两个少年姐弟在医院与妈妈走散，在寻找过程中，邂逅老态龙钟的周朴园到医院来看望已经疯了的蘩漪和鲁侍萍，通过讲故事的方式，回叙十年前雷雨之夜发生的可怕的事情。这一来剧情由眼前发生时一下子推到十年前的过去发生时。十年时空的间离，改变了观众的心理距离、情感距离和审美距离，也影响着整个演出的叙事风格，观众由强刺激所造成的震惊、恐惧、窒息导向哀静状态下的回味和沉思。这般效果没有这“序”和“尾”是难以产生的。另外，由于“序”和“尾”中写了周朴园十年来对这两个疯了的女人的关心，把周朴园这个具有封建和资本主义双重性的人物置于具有复杂人性的状态。他与蘩漪、鲁侍萍的人物关系也不能以压迫和被压迫简单地一言以蔽之。这正是不惜花三个多小时作全本《雷雨》学术性演出的意义所在。这也是一种提示：我们对《雷雨》的认识并没有终结，值得探讨，澄清的东西还很多。

这台恢复了序幕和尾声的《雷雨》的演出，还有一个我事先未充分意识到的审美效应。序幕和尾声中的两个孩子由两位得梅花奖的优秀儿童剧演员扮演，他们塑造的可爱的人物形象、漂亮的色彩、活泼的身姿、清纯的童声，他们的奔走跑跳、一笑一哭、一急一抚、一问一答都散发着鲜活生命的蓬勃朝气，与剧中那些枯败、衰朽的生命形成鲜明的反差。这也是原本《雷雨》的题中之义，曹禺先生早就把这股清新之气，把这新生命的象征，伏笔于这一对姐弟的形态描摹之中了。演出把文本中的生命信息化作生动的形象，进一步开拓了这首剧诗的审美意境。

这台《雷雨》的另一番新颖感是导演采用写实与写意相结合的手法，把“表现”的东西融进现实主义的作品里。《雷雨》被称作是诗化现实主义之作，人物复杂、细腻的心理活动，台词背后的丰富潜台词以及人物包裹得很严实的内心情感的起伏，使这个戏又有心理现实主义作品的特色。据我以往看戏的体会，这出戏的演出容易让观众产生平缓、沉闷甚至费解之感，时至今日，这个问题将更突出，在演出处理中吸纳表现的成分有助于表现力和观赏性的加强，演出语汇的丰富，也有助于观众对人物的理解。除了对雷声、雨声、闪电、灯光、转台、景物等的表现性强化运用外，导演对表演也运用了写实与写意，再现与表现相结合的手法。这是这台戏在表演上的创意，它使演出呈现别样的风采。

如第一场里，蘩漪认为自己没病，不肯喝药，周朴园认为她有病，坚持要她喝，这是曹禺先生在剧本尚未成形前就已经酝酿于心的必需场面，许多内心活动、性格冲突、意志较量都隐含在生活化的看似普通的台词背后，如何把内在的东西演示出来，让观众不仅明白而且心动，进入审美状态，这是导演要苦心经营之处。这场戏人物心理动作不仅解析得很准确，而且过程展示得细腻、有层次、鲜明而生动。开始时二人的对峙演得内敛而有分寸，并不剑拔弩张，蘩漪先是隐忍，后来几近恳求："留着晚上喝还不成吗?"家长制权威惯了的周朴园认为她不该讳疾忌医，说一不二，二人的冷对峙渐渐成为意志的较量。周朴园最后命令大儿子周萍前去跪求后母蘩漪喝药。周萍与后母是一对私通的男女，一个如何跪得下去，一个如何承受得了，所以周朴园一声令下之时，一向顺从的周萍本能地、抗拒地扬高声音叫了声："爸爸你!?"当周朴园以更加严厉的口气再次下令后，终究是父亲的儿子，生性懦怯的周萍只好移步向前。此时他内心该涌动着多少屈辱和痛苦，蘩漪也被这突然一击弄得手足无措。此时，这些尽在不言中的情愫被"表现"所外化：转台慢慢向右转动，周萍艰难举步，放大尺寸，放慢动作，这样的处理延缓了时间的流程，外化了、放大了、强化了人物的心理动作和情感起伏，也给了观众欣赏的滞留时间。待他来到蘩漪跟前，将跪未跪之时，无以自处的蘩漪再也不能忍受这样的心灵折磨，一个大调度：她从台左横穿舞台奔向台右高高的楼梯(她的房间在楼上)，奔到楼梯半道上，才难以自控地哭出声来，直到进入房中(没入后景)，通过音响，静场中"久久地"传来她经过放大了的强化了的喷薄着屈辱和愤恨的痛哭之声。观众在又一次审美滞留中回味着领悟着人物心灵的战栗和情感的蹂躏。在剧本上这段戏不过寥寥几句看似平常的短语对白，却由导演和演员们导出、演出了这样丰富、精彩、新颖的戏，这是再现与表现相结合产生的魅力。

我还觉得导演们刻意引导、要求演员们加强表演的表现力，比如周朴园对周萍的生活不检点深为不满，在强使蘩漪喝药闹得很不愉快以后，他又教训周萍一番，说他"对不起自己"，"对不起母亲"，"我在外边的时候，你这两年来在家里很不规矩"。周萍以为父亲洞察自己与后母乱伦之事，感到大祸降临，眼露惊惧，浑身紧绷，后来听到父亲责备他常深夜不归，饮酒无度，并不知道那件要他命的丑事，立即神归原位，全身松了下来。演员(濮存昕)这里的表演有点夸张，这并不是演技走板，而是有意为之，是要把人物的心理动作清晰地传达出来。观众果然在此处心领神会，轻笑出声。一般演到此处，剧场并无这等反应。这种表演是与强调再现生活真实，要求没有一点表演痕迹的表演是不一样的。这使我想起焦菊隐先生的高论："戏是演给观众看的"，不仅要让观众看明白，还要观众喜欢。"表现"的表演大概正立足于此。

在第二幕，蘩漪与周萍谈崩了，蘩漪唯一的寄托周萍已经移爱四凤，决意离家出走。在鲁妈即将上场之时，原本《雷雨》中有段台词："热极了，闷极了，这里真是再也不能住的。我希望我今天变成火山的口，热烈烈地冒一次，什么都烧个干净，当时我就再掉进冰川里，冻成死灰，一生只热热地烧一次，也就算够了。我过去的是完了，希望大概也是死了的。哼，什么都预备好了，来吧，恨我的人，来吧，叫我失望的人，叫我忌妒的人，都来吧，我在等候着你们。"！再后来出版的演出本里，被删成一句话："热急了，闷极了，这日子真过不下去了。”这次演出为删节剧本大费心思的导演们竟把原来的那段台词找了回来，并加以独到的处理，使我觉得非常新鲜，并且丰富了对人物的理解。蘩漪是曹禺先生最喜欢的人物之一，对她寄予着深厚的同情和怜悯。可她也是个易招误解的人物，行为诸多冷峻，怪诞，甚至阴狠，而这段台词是她在剧中极少的一处自我倾诉和剖白，这段台词也使她雷雨般的性格毕露，为以后最终酿成悲剧做了暗示和铺垫。导演着意为这段独白做了诗化处理。在通过灯光营造的心理时空氛围中，蘩漪打开了心扉，以吟诵的方式倾诉着心声，宣泄着绝望和最后的拼死一搏。这段戏的处理，给了人物以一抹抒情之美，增加了观众对她的亲和力和同情心。

以上只是举个例说明这台新版《雷雨》演出导演构想及处理上的新意，及其学术性、探索性的价值与意义。使我感触特深的是，像《雷雨》这样半个多世纪以来连演不衰的经典剧目，似乎已经耳熟能详，演出也规范可循，而实际上从文本探究、理论开掘到二度创造依然大有开拓的余地，有的相当重大的创作问题至今仍然未曾顾及或浅尝辄止。所以这台跃出 70 年时光层面，不期而至，渺然不再的新版《雷雨》的演出在启示着我们，学无止境，艺无止境。

这台戏中，参演的梅花奖得主竟有 23 位之多。他们有的是声名赫赫的大腕级著名表演艺术家，有的知名度不及大腕，但也个个是实力出众的优秀舞台剧演员；多数是话剧演员，也有部分儿童剧演员和戏剧演员，他们以极大的热忱，严肃认真的创作态度，来自全国各地，心无旁骛地投入突击排演。有的放弃影、视合同前来参演，有的克服工作和生活上的许多困难，以顽强的毅力，在 12 天中废寝忘食的无报酬工作，他们的高风亮节令人感佩。北京人艺一位协助工作的老演员对我说起排练，对梅花奖演员们的道德风尚和敬业精神赞赏有加。从艺术上说，匆忙突击，一人一幕（至多二幕），“前不着村后不着店”，话剧演员从来没经过这个，但不管什么时候上场，一上去就得是这个人物，这也是一种实力的检验，功力的显示。戏剧戏曲形容演出的整体性用“一棵菜”，我看这台众星闪烁的《雷雨》的演出是一篮花，繁星点点，倒也绚烂。每个演员个性不同，气质、形体有别，文化也有差异，连地域性都能感觉出来，同演一个人物，却有不同色彩，都往曹禺先生的文学形象那里靠拢。戏若这样演，也有一番别样光景在心头。别忘了这是一场热热闹闹，广泛参与，广泛展示的庆典演出。

原载《中国戏剧》2003 年第 5 期

新版《雷雨》演出的意义

邹　红

值中国戏剧梅花奖创建 20 周年之际，由中国戏剧家协会承办、中央戏剧学院名誉院长徐晓钟教授任总导演、23 位梅花奖获得者联袂演出了我国现代著名剧作家曹禺先生的代表作《雷雨》，这无疑具有特殊的意义。依我之见，这场演出的特殊意义主要表现在以下三个方面。

首先，这是自《雷雨》问世以来不多见的全本演出之一。我们知道，《雷雨》自 1934 年 7 月发表后，很快就成为中国话剧舞台上历演不衰的经典剧目，然而，从 1935 年 4 月《雷雨》在日本东京首次演出，直到 20 世纪 90 年代，几乎没有哪一位导演、哪一家剧团演出过全本《雷雨》。(1992 年国家青年艺术剧院王晓鹰导演的《雷雨》，有经过改编后的序幕和尾声。序幕由一老仆人出面讲故事，然而整个演出删去了鲁大海这个人物，因而不能称之为全本。)而且，尽管早在《雷雨》首演的当时，曹禺就明确表示了对删去序幕和尾声的不满，并特意撰文阐述了序幕和尾声之于全剧的重要性。在《雷雨·序》中，曹禺这样写道：序幕和尾声的设置，是想“把一件错综复杂的罪恶推到时间上非常辽远的处所”，造成一种“所谓的‘欣赏的距离’”；“是想送看戏的人们回家，带着一种哀静的心情”。曹禺认为，序幕和尾声能否保留，关键在于是否“有一位了解的导演精巧地搬到舞台上。这个冒险的尝试，需要导演的聪明来帮忙。实际上的困难和取巧的地方一定也很多，我愿意将来有个机会来实验”。[①] 但后来的演出者们还是不约而同地延续了首演时的处理，始终未能将序幕与尾声搬上舞台。而所以如此，固然有技术方面的原因，即全本演出耗时太多，不过更重要的应该说还在于演出者的观念，在于当时乃至后来社会需求决定了演出者的取舍。所以，和曹禺希望给观众一种距离感、宣泄感的创作初衷不同，后来的演出者大多更倾向于将《雷雨》当作一部情节剧，一部社会问题剧，更愿意突出乃至强化《雷雨》那种强烈的悲剧效果。这样一种处理，实际上已经使《雷雨》发生了重大的改变，成为另一部《雷雨》。将《雷雨》的序幕和尾声删除，不仅改变了原作的戏剧结构、审美效果，也改变了曹禺原本的主题意蕴。应该说，在舞台上恢复曹禺《雷雨》的原貌，既是曹禺本人多年来的愿望，也是中国当代话剧人的职责所在。正是在此意义上，我认为此次演出全本《雷雨》不失为一次有益的尝试。

其次，我们注意到，与以往大多数演出者较为关注剧本的情节性和外部冲突不同，此次演出似乎更倾向于发掘《雷雨》中所蕴含的心理剧因素，而有意识地淡化了情节冲突。

① 《曹禺文集》，中国戏剧出版社 1988 年版，第 220、221 页。

与某些剧团的处理不同，这场演出恢复了以往为着剧情紧凑而删去的若干台词。比较典型的如第二幕中蘩漪的一段独白：“热极了，闷极了，这里真是再也不能住的。我希望我今天变成火山的口，热烈烈地冒一次，什么我都烧个干净，那时我就再掉在冰川里，冻成死灰，一生只热烈地烧一次，也就算够了。我过去的是完了，希望大概也是死了的。哼，什么我都预备好了，来吧，恨我的人，来吧，叫我失望的人，叫我嫉妒的人，都来吧，我在等候着你们。”①显然，从戏剧情节的发展来看，类似这样的独白起了一种延缓甚至中断的作用，因而被注重情节的演出者割舍；但从揭示人物内心来看，这类独白又具有独特的价值，是人物内在心理活动的直接呈现，完全删去难免造成缺憾。再如第四幕中蘩漪看到周萍要带四凤出走而无法阻止时一段对话也与此相似：“胡说！我没有病，我没有病，我神经上没有一点病。你们不要以为我说胡话。（揩着泪，哀痛地）我忍了多少年了，我在这个死地方，监狱似的周公馆，陪着一个阎王十八年了，我的心并没有死；你的父亲只叫我生了冲儿，然而我的心，我这个人还是我的。（指萍）就只有他才要了我整个的人，可是他现在不要我了，又不要我了……”

“（失了母性，喊着）我没有孩子，我没有丈夫，我没有家，我什么都没有，我只要你说：我——我是你的。”②我想如果从剧本的角度来分析人物性格，相信很少有人会忽略这些台词，因为它直接呈现了蘩漪性格的一个相当重要的方面，用曹禺的话说，蘩漪“是一柄犀利的刀，她愈爱的，她愈要划着深深的创痕”。③ 然而，这些台词与人们愿意接受的那个蘩漪有较大的反差，人们更愿意在舞台上看到一个令人同情的蘩漪，而不是一个完全丧失理性、歇斯底里的女人。应该说，恢复这些台词，不仅有助于更好地展示人物性格和深化主题，同时也是对原作的尊重，对历史的尊重。而从实际的演出效果来看，上述类似台词的增补，使得原作的心理色彩得以彰显，再加上导演徐晓钟擅长的激情化处理，从而形成了本次演出的一个重要特色。与以往的一些演出相比，本场演出显然有意尽可能贴近曹禺原作，尽可能不止于外在的紧张与热闹。

第三，这次演出从导表演的角度来讲，也是颇具特色的。从导演来看，由徐晓钟院长担任总视导演，序幕、尾声及四幕戏分别由导演组 6 位导演提纲，齐头并进，各自排演，最后合成。这固然因为时间紧、任务重的原因而不得不然，但在短短的 12 天内，将来自全国各地不同剧团的、基本上从未在一起合作配戏的 23 位梅花奖演员组合在一起，将《雷雨》这部重头戏搬上话剧舞台，这在中国话剧史上也称得上绝无仅有了。而从表演来看，这次演出一改以往话剧舞台一人饰演一个角色的传统做法，而分别由若干位演员共同饰演同一个角色，这应该说是一个很有创意的构想。虽说此种演出方式在戏曲中并不鲜见，但在话剧中的确颇有新意。这不仅是因为展示历届梅花奖得主精湛演技的需要，让观众们在有限舞台时空内能一睹众多名家的风采，还因为《雷雨》历来被看作是训练、考验演员的最

① 《曹禺文集》，中国戏剧出版社 1988 年版，第 81、82 页。
② 《曹禺文集》，中国戏剧出版社 1988 年版，第 196、197 页。
③ 《曹禺文集》，中国戏剧出版社 1988 年版，第 216 页。

适宜的剧本。《雷雨》中的每个角色都需要演员具备相当的艺术功底，需要有当众孤独的本领和与对手配合的能力，因此，选择《雷雨》作为历届梅花奖得主同台献技的剧本，可谓一石数鸟，具有多重意味：既展示了我国当代戏剧舞台人才济济、百花斗妍的可喜局面，又可缅怀、告慰老一辈戏剧家的在天之灵，还可丰富话剧的演出形式，给观众以别开生面的艺术享受。舞台上三个周萍（濮存昕、康爱石、陈希光），三个蘩漪（肖雄、高侠、夏君），三个周朴园（王卫国、魏积安、宋国锋），三个鲁侍萍（张九妹、刘美华、王丽云）等等，演员们不同的理解，不同的表现，不同的风格，争奇斗艳，各展风采。特别应该提到的是在序幕中荣誉出演的北京人艺老一代艺术家郑榕和狄辛，他们以其炉火纯青的演技赢得了观众一致的称誉。

当然也还有不尽如人意之处。毕竟演员来自全国各地，排演时间又十分短促，所以有不少创作构思未能完全得到体现，也是在所难免的。但问题的关键并不在此，这场演出除了以上所说意义之外，还有一些值得思考的问题。纯粹从学术角度来看，这场演出在诠释《雷雨》意蕴方面并不是十分成功，与曹禺的创作构想仍有一定的距离。譬如说序幕与尾声所应该承载的距离感作用并不明显，未能如曹禺所愿使观众“带着一种哀静的心情”回家；又譬如说，恢复的那些独白固然有助于展示蘩漪的内心，但曹禺心目中蘩漪的“可爱”却因此不复存在；再譬如说，不同演员在同一剧中饰演同一角色能给观众以新鲜感，可同时也破坏了《雷雨》作为一部写实性话剧所要求的真实感；此外，由于演员自身年龄、形体方面的差异，戏曲和话剧在表演技巧上的差异，也会给演出带来一些缺憾，这在周萍、鲁妈身上尤为明显。

但无论如何，这毕竟是中国戏剧界的一次难得的盛会，也是《雷雨》演出史上一次独具特色的演出。

原载《当代戏剧》2003 年第 3 期

关于全新解读版《雷雨》演出文本的阐述

王延松

一、关于重新建立《雷雨》经典故事的多面体

我要重新建立《雷雨》经典故事的多面体，决定新的戏剧元素的配置，目的就是要把《雷雨》从既有的意识形态目的论的话语中解脱出来，能够在美学意义上注入更加现代主义的视觉和听觉的设计。我把这个创作过程界定为：全新解读《雷雨》，创新演出文本。

全新解读《雷雨》，创新演出文本，用富有创意的视觉和听觉的设计跨越戏剧表面的裂缝，传递出语言无法传达的内在张力，使《雷雨》经典故事的多面体变得更加激动人心，这就是我们的方向。

全新解读《雷雨》，创新演出文本，从重新解读《雷雨》的故事主线开始。

重新解读《雷雨》的故事主线，我这样表述：是《雷雨》中，一个男人和先后两个女人情爱故事的循环再现。请注意，这个“循环再现”的故事主线是“情爱”，并不是我们以往挂在嘴边的“乱伦”。

一个男人和先后两个女人情爱故事的“循环再现”，就是指周朴园、侍萍、蘩漪的情爱关系以及周萍、蘩漪、四凤的情爱关系。因此，就会有一个新的主题线索：人为什么要这样彼此爱着？无论是境遇还是内心，都要有足够的故事多面体展开这一个完整的悲情主题。

沿着这样的《雷雨》的故事主线，透视其中人性的作为，我们会发现《雷雨》中角色特有的精神困扰和情感迷失，大多是通过情爱与伦理的内心冲突完成的。情爱与伦理是完全对立的两个混战的世界，并且这种混战过去有，现在有，将来也不会停止。因此，《雷雨》中“循环再现”的悲情故事，不是出于什么“反封建”“暴露大家庭的罪恶”或“社会问题剧”的目的性和主题性。人类原本一直难以逃离的情爱与伦理两个混战的世界，始终是人性为之恒久征战的“泥沼”。且看《雷雨》中的情爱——犹如一群野性脱缰的“羸马”，如何深沉地陷落在死亡的泥沼里。

我的方法是：将人性的困扰和迷失经历残酷的考验，先把它们打入深渊，然后引导到顶端。全新的解读，就像一个装有化学试剂的试管，将《雷雨》中角色“人性的作为”投放进去煅烧，最终必将产生新的结晶。

青年曹禺在《雷雨》上演两年后的 1936 年曾说：“序幕和尾声的用意，简单地说，是想送看戏的人们回家，带着一种哀静的心情。低着头，沉思地，念着这些在情热、在梦想、在

计算里煎熬着的人们，荡漾在他们心里应该是水似的悲哀，流不尽的；而不是惶惑的，恐怖的……，导引观众的情绪入于更宽阔的沉思的海”，他说：“我写的是一首诗，一首叙事诗，这不一定是美丽的，但是必须给读诗的一个不断的新的感觉。”这就是曹禺大师早年所说的“诗样的情怀”。从某种意义来说，全新解读的《雷雨》就是从解读青年曹禺开始，从解读曹禺作品的现代性开始。其实，作为一种方法论，“全新解读”是一个相对的概念，目的正如曹禺早在1936年所期待的：“也许有一天《雷雨》会有个新面目”。

我想说，七十年过去了，全新解读的《雷雨》给我的预期是：在悲剧精神方面更像一出古希腊的戏剧，而在导演综合手段的控制上则完全是一出现代主义的戏剧。

二、关于《雷雨》视觉文本和听觉文本

巴金说：“《雷雨》是一部不但可以演，也可以读的作品。”的确，除去曹禺先生为读者的方便，用了很多的篇幅释述每个人物的性格外，读者会在大量的舞台景物、声像的描绘中产生真切的联想。你似乎能看见这些人就是这样生活在舞台上。

但是，创造全新《雷雨》演出文本，不是复制阅读者的一般经验。我认为，除去导演重新解读、删改文学文本而外，创新《雷雨》演出文本还将包括视觉文本和听觉文本的创造。

A.关于听觉文本设计

戏剧的音乐，首先要考虑音乐的特性以及与对白的关联性。旋律深情又有感染力，要与《雷雨》的一些特定情境融合在一起，不仅要基于音乐以及歌词的内容，还要基于的是对现代观众审美热情的唤起。

依据剧本“开幕时，外面远处有钟声。教堂内合唱颂主歌同大风琴声”的提示，我想，用唱诗班引入巴赫音乐的“复调”结构，一步一步地引导观众进入到《雷雨》“循环再现”的复杂故事。用“复调”的语言结构，将悲悯的主题在不间断地、多声部的“循环再现”中迸发出难以控制的情绪力量，然后，“使观众的感情又恢复到古井似的平静，但平静是丰富的，如秋日的静野，不吹一丝风的草原……”（曹禺的话）。我认为，这是创造听觉文本时候，要寻找到的总体感觉。

请注意，听觉文本以音乐语言为主体，在叙述、推动戏剧发展的过程中，仍需要找到恰当的诗意的文学内容作依托。为此，我找到曹禺先生中学时代写的一首诗：

> 不久长，不久长，乌黑的深夜隐伏，黑矮的精灵儿恍恍，你追逐在我身后，啾啾在我身旁。啊，父啊，不久我将冷硬硬地睡在衰草里。我的灵儿永在，深林间为你歌唱。不久长，不久长，莫再弹我的幽咽的琴弦，莫再空掷我将尽的晨光。从此我将踏着黄湿的徘徊小路。啊，父啊，我要寻一室深壑暗涧作我的墓房。我的灵儿永在，深林间为你歌唱。

曹禺青年时代的苦闷，通过“衰草”和“墓房”，就这样成为了《雷雨》悲凉的象征意向。我想，将唱诗班以剧中人的身份带入《雷雨》的故事现场，舞台上的歌唱者成为强有力“雷雨之声”的一部分，成为创新《雷雨》演出文本不可替代的角色。

我认为，没有什么能取代这种叙述性的舞台语言所带来的诗意的神秘气息。

B.关于视觉文本设计

我们想象《雷雨》的视觉效果时，主导图像就是悲情的循环。“不久长”的诗意和神秘，确立了听觉文本的象征意味，而在视觉上，如何扩展这种诗意的神秘氛围，在于如何表现情爱、死亡、重生的戏剧主题。

《雷雨》之残酷，在于展开这些人性当中的挣扎！透过“死亡”，看见“重生”，正是我们看《雷雨》的眼光。

《雷雨》之美在于残酷之美，在视觉上，就是反差之美，残缺之美。

视觉的“反”，是一种能量的积累，犹如“台风的中心是宁静的”。

视觉的“缺”，是一种清新的丰富，因为“五色使人目盲”。

关于空间的功能，曹禺在《雷雨》序幕中这样开场：景，一间宽大的客厅，在某教堂附设医院内。接下来我们发现这座教堂附设的医院，就是周朴园九年前卖给附近教堂的周家的老房子。也就是说，我们可以解读为：这是一种功能与意味双重复合的空间。

关于置景，请注意这老房子里很多的门窗以及各种的帷幔：屋中有通往外面的笨重的门，门前垂着深紫色的帷幔；右边有一扇门，通着现在的病房，这门前也挂着深紫的绒幔，幔角拖在地上；靠中间门的右面，墙凹进去如一神像的壁龛。壁龛的上面的大半部分满嵌着细狭而高长的法国窗户，每棱角一扇长窗，这前面整个地遮上一面有褶纹的厚绒垂幔，拉拢了，壁龛完全被遮盖，看不见窗户也透不进阳光。

我认为，整体看上去，屋内富丽的局部陈设以及屋外花园的藤萝架，这一切仿佛记忆着过去了的凄美景象。

很明显，这种功能与意味双重复合的演出空间，给足了我们重新解读《雷雨》的风格化视觉设计的要求。我决定不再用传统的写实手法来设计《雷雨》。我要在全新《雷雨》一开始，透过视觉的《雷雨》，把观众从旧版的模式中解脱出来，令人信服地完成想象的跨越。是什么设计能帮助我们完成视觉《雷雨》的整体风格呢？观众在接受了一个创意的暗示或提示之后，也就接受了戏剧表现的方式，并按这个方式欣赏接下来的戏剧内容。

我期待观众这样看《雷雨》的演出，观众不仅被故事感动，更被故事的讲述方式深深地吸引。《雷雨》视觉的全新设计，将在整体上为故事的讲述方式创造空间的便利。

三、关于《雷雨》人物形象的结构性调整

《雷雨》人物形象的个体魅力，已经被无数次地证实过了。曹禺后来谈到他对《雷雨》的序幕和尾声并不太满意，甚至《雷雨》太像戏了，也成为他自己很认同的观点。但是，曹禺强调以“悲悯的心情”来观察《雷雨》中的人，他希望把出现在《雷雨》的这些混战在情爱“泥沼”中的人，尽量地推得远一些来观照。他说“我的方法仍不能不把这件事推溯，推，推到非常辽远的时候，叫观众如听神话似的，听故事似的，来看我这个剧。”我想，曹禺早年的这种审美期待，正是我们今天在《雷雨》人物形象的结构性调整上的作为。

因此，我们要在已经确立的故事主线中寻找方法。一个男人和先后两个女人情爱故事的“循环再现”，使得我可以大大削弱鲁贵在《雷雨》中的穿插作用，甚至可以完全杜绝第三幕鲁贵家在视觉上的存在，因为这种场景的出现有悖于我重新解读《雷雨》的美学观。我所以反复强调视觉文本和听觉文本的设计，就是为了找到更加便利的叙事方式，使出现在《雷雨》中的人性状态，获得一种诗意叙述的自由。

于是，这屋子那一天夜里连男带女死过的三个人，周萍、周冲、四凤率先出场了。

且看，四凤在重蹈着侍萍三十年前的覆辙，无论是对于四凤还是对于侍萍来说，这种命运的循环真是太残酷了。

再看，四凤与周冲的死亡遭际，他们自己并无过咎。而那个儿子鲁大海的悲剧在于他甚至不知道自己是谁。

还有，更具现代意义的蘩漪性格的魅惑。说蘩漪是雷雨中的魅惑精灵，就是把这种性格残酷的一面给柔化了，人们想更多看到她的可爱之处。曹禺说：“她的生命交织着最残酷的爱和最不忍的恨”，这使我想到有人把悲剧称作“人在失败中的伟大”。

全新解读《雷雨》的悲剧性，在于冲突的双方都尽最大的努力来对抗，并最终通过两败俱伤或者一起灭亡的方式来改变原有的关系。蘩漪性格的魅惑力，使她成为一个男人和先后两个女人情爱故事“循环再现”的交叉点，从而引爆出“雷雨”般的悲情。

一个男人和先后两个女人情爱故事的“循环再现”，我们按照这样的解读把周朴园和周萍两个男人的父子关系当作一个完整人格来解析的时候，就会发现其中的秘密。这秘密正如别林斯基在谈到悲剧时说：“如果主人公战胜了心灵的自然爱好而有利于道德法则，那么，幸福就永别了，生命的欢乐和魅力也永别了！他变成了行尸走肉……主人公如果遵循了心灵的自然爱好，那么他被自己认为是一个罪犯，成了良心的牺牲品。”因此，周朴园也并非是罪魁祸首，而是这个世界原本出的毛病。在序幕和尾声中，周朴园守候着一个疯子和一个痴呆患者，都是他爱过的。他到底在守候着什么？可能不仅仅是残酷的结局。

最后，我让痴呆的侍萍静静地复述着她心头永远的痛：人心靠不住，并不是说人坏，我是恨人性太软弱，太容易变了。

全新解读《雷雨》，创新演出文本，只因为我们要唤起人的悲悯之心：透过“死亡”，看见“重生”。

当我们胸有成竹地建立起这些设想的时候，会感到一种艺术创造的快乐，从中，我们看见了曹禺大师，看见了自己的美学观。

也许，我们将随着对过往经典戏剧的重新解读，而进入一个新的戏剧时代。

以下为全新解读版《雷雨》的研讨会纪要。

张仲年（上海戏剧学院教授）：非常感谢各位专家来参加今天的全新解读版《雷雨》学术研讨会。

去年我院开始策划纪念中国话剧一百年的演出剧目。决定一手抓原创剧目，一手重排经典剧目。在实际运作中发现原创剧目虽征集了不少，但没有令人满意的。原创必须有一个逐步培育的过程，于是把重点放到经典剧目的选择上来。希望年初以经典开始，下半年上演一个原创剧目。

此时，我们在天津观摩了天津人艺演出的王延松导演的全新解读版《原野》。这部戏获得了北京专家的好评和观众的欢迎。王延松是我院导演系校友、金狮奖获得者，当年曾以音乐剧《搭错车》创造全国巡演一千余场纪录。我们约他来沪，希望他能为学院排一个戏。王延松提出他已经取得曹禺先生女儿万方的同意，准备导演全新解读版《雷雨》。

《雷雨》是中国话剧经典之首，上演的次数不计其数。前不久叶惠贤制作过明星版，取得很大成功，我们走一个完全不同的方向。导演说，他要还原曹禺年轻时的现代主义情怀，并把几十年来《雷雨》演出的形式加以全新的改变。而这种改变来自曹禺原作，绝不是后人随意的颠覆或解构。我们审看了导演改写的演出工作本和导演阐述。决定投排。

为了慎重起见，导演把演出本与导演阐述征求了万方和曹禺专家田本相等人的意见，他们在审看以后，表示同意并支持排演。我们相信王延松在上海戏剧学院能够实现自己的意图。

我院正在酝酿成立青年剧院，就把这部戏作为第一个剧目。因为学院的人力资源有一定的局限，同时为了搞出高质量的作品，我们决定采用文教结合的方法，即学生、老师和著名校友结合成立剧组。我们聘请了话剧中心的张名煜、徐幸、宋忆宁和上影的佟瑞欣担任主角，同时我们特邀上海音乐学院音乐剧系的金复载以及师生加盟。

所以这是以上海戏剧学院为主体，联合话剧中心和上音优秀资源的一次合作。

我们从去年 11 月中旬建组，认真进行了多方面的探索。主创人员尤其是演员们极为认真，克服了许多困难，徐幸还为此推掉了两部电视剧，倾全力打磨蘩漪形象，张名煜有病在身，但依然热情洋溢创造角色。宋忆宁演鲁妈，用心用情，创造了一个完全不同于她以往饰演的人物。佟瑞欣勇于突破自己，他饰演的周萍具有鲜明的个性。可喜的是我院三年级学生以青春纯情演出了四凤、周冲的美。舞台设计大气大胆，剧中首次运用了管风琴现场伴奏的歌队，使演出样式焕然一新。

全新解读版《雷雨》引起观众的兴趣，尽管兰心大戏院地段不太理想，但出票情况比想象的好些，媒体也表示出很大的关注，北京好几家报刊专程来沪看戏采访。由于种种原因，我们第一轮只演出四场，在听取各个方面意见进行修排之后，该剧将在话剧百年纪念活动高潮阶段再度演出。

田本相（中国艺术研究院话剧研究所研究员）：上海戏剧学院在话剧百年之际，排演《雷雨》非常有胆识。在当下话剧这么萎缩的情况下，排演这个经典剧目有很重要的意义，会带动整个创作一种风气——导演的风气。

我一直期待着这次的演出有所突破。从某种意义上说，《雷雨》比王延松之前排的《原野》更进了一步。我感觉到它是曹禺的但又不完全是曹禺的，曹禺先生在《雷雨》的序当中期待《雷雨》有一个演出的新面目，但这个新面目是什么样子的，我们不清楚。这次《雷雨》有所突破，导演按照曹禺原来的意思排演：我是在写一首诗，我这不是一个社会问题剧。

我们多年来演出的模式基本上是社会问题剧延续下来的。包括在前年,北京带有序幕和尾声的《雷雨》演出,不能说加了序幕和尾声就是所谓全新的解读,问题还是在于有没有更完整地去理解。

《雷雨》这部剧作在曹禺所有作品中,是在他创作状态最活跃的时期所创作的,也是他对人生、甚至对人的存在、对人类命运的思考最活跃的时候。所以,《雷雨》看起来是极其封闭的,但其实非常博大。这一次导演很好地抓住了这点,打破了问题剧的模式,把它当成了诗来做。例如舞台的背景感觉非常好,整个舞台的布景是写实的但又不是写实的。这是符合曹禺先生原意的。在曹禺先生创作《雷雨》之前,他经常出入教堂的,他很苦闷,他在寻找人生的一些东西。他并不信教,现在我们有些的研究者把基督教文化和曹禺紧紧地捆绑起来,我是不赞成的,但曹禺先生的确有那么一种感觉。现在的布景把教堂呈现出来以后,增加了这个戏非常重要的感觉:一种宗教感。这不是那种信仰的宗教感,而是戏剧性的宗教感、神秘感。我认为戏剧天然地就要求神秘,神秘对这个戏是非常重要的。到了尾声,看到一丝蓝天,真是太漂亮了,给人很多想象的空间,又有一种苍穹的感觉。曹禺先生非常喜欢听交响乐,我在《曹禺传》里特别提到。《雷雨》的结构就是交响乐,它的序幕、尾声,它的起、承、转、合都是这样的一种结构。

这个戏剧的布景有个很大的特点。《雷雨》中的周公馆就是个黑暗的井,谁也逃脱不出去。因此布景的感觉是非常的封闭,但是和辽阔的苍穹结合起来后,带来一个非常丰富的联想,把一些象征性的东西放到原来那种不可打破的现实主义的戏剧中,布景起了很大的作用。这些都是我个人的感受。

可以说第三幕是个神来之笔。当初最早和导演在讨论的时候,他要删改这个剧本,我猜想他要从剧本的腰部开刀。删改得非常好,把鲁贵说闹鬼这些戏都集中到这一场戏中来,使得这幕非常的集中。鲁贵诉说的闹鬼和真正的闹鬼,还有周萍和四凤的闹鬼,一直到鲁大海出来看见周萍说真是见鬼了,实与虚之间的东西体现得很好。这一幕中那个移动的窗户就像幽灵一般,把整个戏点燃起来。他保留了原来剧本中精彩的部分,又增加了这样一些东西。在某种意义上深化了曹禺先生所描述的意境,而导演的创造也就此体现出来。曹禺的确是个大师,他的经典作品中本身的东西,甚至是一句话、一个提示都给导演的再创造提供了潜力。

我对演员的表演非常满意,特别是蘩漪和周萍。在某种意义上说,这是新时期(当然《雷雨》的演出我不一定都看过)我看过的表演最好的,演员徐幸的确抓住了蘩漪的某些特点。当时徐幸到北京演《晚安妈妈》时我看了,我就觉得北京再也找不到这样的女演员了。一般演蘩漪的演员往往演得让人不感到同情,而徐幸演得很好。曹禺先生在《雷雨》序中提过周萍的笑是怪怪的,佟瑞欣就演出来这种怪怪的味道来了。我觉得这次演出最大的特点就是导演和演员都追寻着曹禺先生的期望去做。

最后,我想谈谈我们上海戏剧学院做这出戏的意义。我感觉现在做戏,很多是导演的功力不够,文学的功底、甚至可以说文化修养的功底不够,这是一代人的状态所带来的。戏剧教育担负着一个重要的战略性作用,话剧要想走出困境,多吸引观众来看,不能总指望外在的因素。只能从我们自身去考虑如何提升话剧艺术的魅力，吸引人走进剧场。编剧弱、剧本不好是其中的一个问题，导演再瞎折腾会使得问题更严重。上海戏剧学院这次策划演出经典剧作，会带动整个创作的一种风气，即导演风气。1936 年，《雷雨》到上海来演出，那时候演出带了两台戏来：一是《茶花女》，二是《雷雨》。《茶花女》在凡尔登大戏院演了七场，非常成功。《雷雨》作为原创剧，第二个演，也获得了成功。当时和凡尔登的合同是倒三七开，那时他们还看不起原创剧目，但是当第一轮演出结束后，重新鉴定合同，这次是正三七比例，最后演出了三个月之久。从 1936 年 5 月 9 日一直演到了 8 月 9 日，场场爆满，这是记录在案的。所以茅盾先生曾诗赞："当年海上惊《雷雨》!"，这次我套用茅盾先生的诗："今朝上海《雷雨》惊!"

曹树钧(上海戏剧学院教授)：1937 年在南京，中国戏剧协会演出的《雷雨》，和我们现在看到的一些版本不一样。它是曹禺亲自参演的，他自己演的是周朴园。我听老一辈同志说那时南京演出的《雷雨》，看到最后对周朴园产生了一种怜悯的感情，这让我觉得很意外。后来看过当时演蘩漪的演员写的回忆录，当时曹禺演的周朴园在最后周冲触电死后去找周萍，呼喊："萍儿，萍儿……"都是用气声喊出的。他感觉非常恐怖，已经死了一个儿子，又要失掉一个儿子，这使当时的观众都很同情他。这就给我们一个启示，曹禺写《雷雨》力图体现一个悲悯的主题。但是 1937 年正是阶级斗争、民族斗争非常尖锐的年代，所以那种主题都被忽视掉了。现在我看了王导的《雷雨》，这个版本的《雷雨》也只有在今天这个时代才会演，在那个时代是不可能有的。所以，《雷雨》的演出是和社会思考、社会环境联系在一起的。我们现在的社会比较宽松，可以有各种各样的实验，所以，我觉得这一版的《雷雨》是更接近曹禺先生原意的。曹禺先生后来曾多次讲过，《雷雨》这个戏不能搞得非常实，现实主义不是那么实的。我现在感觉《雷雨》这个剧本基本上是现实主义，但是它不光是现实主义，它还有很多现代主义的因素。这一点正是我们以前的演出所忽略的。这次王延松执导的《雷雨》非常明显地把以前我们所忽略的剧本中的现代主义因素给开掘了出来，做了大量的探索。

首先，是观念改变了。对《雷雨》的演出从严格的现实主义创作方法中摆脱出来，注入了很多现代主义元素。我觉得这是一个很大的突破。那么这个现代主义表现在什么地方呢？它不是从我们传统的社会学的观点来解读《雷雨》，而是对人性、对人类命运的思考。这是现代主义很大的一个特点：站在整个人类的角度来看问题。所以导演大胆地加入了合唱队，另外加入很多强调、揭示人物心理的要素。这个戏对周朴园、周萍是带有同情的，从人性的角度，从人类来看待这个悲剧。这个悲剧不是简单的个人的性格上的问题，这是个很大的突破点。

虽然，这一版的《雷雨》在观念上有了很大的突破，但是同时又保留了原作的精华，这一点也是难能可贵的。现在我们的很多导演都想有所突破，但是有的导演在这条路上走得太快。比如我看过北京李六乙版本的《原野》录像，该版《原野》在北京遭到很多批评，我在看过录像后对他还是能够理解的。他在焦大妈和仇虎两人对白那段，让后面背景展现了森林大火，是想表现仇虎内心的怒火中烧。但是普通观众是很难理解的，了解不到导演意图。这个导演要追求现代主义的表演方法，但是他走得太远，脱离了中国广大观众的欣赏水平。我并不是要否定这样的尝试，本身导演就明确了是“实验小剧场”，既然是实验，就应当允许有失误。我觉得这个导演的意图是好的，他想在导演创作上有所突破，但是他走得太前。我认为任何经典，包括莎士比亚、曹禺的作品，都可以有各种各样的演法。我们有北京人艺的演出，但我们不希望所有的演出都和北京人艺的演出一样，这样的话导演艺术还有什么发展呢？所以我觉得应该是鼓励经典作品的多样化演绎，而这次王延松导演的《雷雨》就是个多样化的演绎。

该剧表演上也非常地成功。《雷雨》的演出我看过五、六十遍了。在这一版本中，第四幕中蘩漪控诉的一段，我都禁不住落泪，演员徐幸很有激情。而且在我的印象中，徐幸都是出演一些柔弱的妇女形象，而在这出戏中她完全是另外一种气质、性格，并且把感情完全灌输在这个角色中。蘩漪这种十八年的压抑，把这个高潮戏表现得非常到位。还有宋忆宁演的鲁妈也是非常不错的。话剧中心请来的几位演员，把人物的精神都保留了下来，使得整出戏能够立住。

导演在场次的处理中大胆地做了很多删减。第三幕差不多只演了一刻钟左右，只保留原剧本中两个场面。一个是“起誓”段落，一个是“关窗”段落，但这两个场面却很重要。虽然删掉了很多，但是精华部分保留了下来，这也是很成功的一处。

同时我觉得这出戏还存在一些不足，我提出来供导演参考。这个戏的布景有好的一面，比如它能显示出很压抑，但还不够空灵，太实。就像我刚才说的，《雷雨》是带有一种现代主义元素，它是表现人的内心。曹禺先生后来曾反复说过，这出戏中还有第九个角色，就是“雷雨”，现在的布景很满，遮挡住了雷雨，无法看见。现在是在第三幕时，雷声才开始出现，而雷声和雨声应该是贯穿全剧的，是非常重要的一个元素。它的象征是多义性的，既是一种神秘力量的象征，又是邪恶势力的象征，而在某些地方，它又是反抗力量的象征。所以雷雨这个音响效果是非常重要的，是要引起观众的想象。如果以后可能的话，是不是可能把后面的背景让出来，让观众看到天空、闪电、雷、雨。现在太满了，把观众的想象余地给封闭了，表现主义的成分弱了。

说鬼的这一场原来是在第一幕的，现在放到了第三幕中，我觉得这段戏太实。原来是靠鲁贵的嘴说出来的，让观众想象。现在演出来了，缺少了观众自己对鬼的联想；鲁贵这个角色不应该太注重外在的手法，而应该是内心的刻画。曹禺先生在《雷雨》的序中特别讲到，不要把鲁贵演成一个头上长疤，身后长尾巴这样一个小丑。任何一个人物，哪怕是个次要角色，他都是注重他内心的刻画。现在这个演员外在刻画过多，内在刻画不够。

合唱队的加入使观众更好地理解戏的深远意义，促使人们思考人生，思考整个的社会。生和死是人生最重要的两个主题，曹禺先生也是这样一个想法，但同时还存在一个问题：这个合唱队和戏本身是什么关系。这一点从观众的视角看，还不是很妥帖。作为研究者我们知道曹禺先生在这出戏中安排把周公馆作为了教会医院，并且他年轻时代也经常出入教堂。但是作为普通观众，他如何能把两者联想起来，如何能使两者的内在联系更加紧密些，这个可以再斟酌。让观众也能通过合唱队进行人生的思考，这也许是导演需要进一步考虑的。

端木复(《解放日报》资深记者):我这些年里也看过二十多遍、七八个版本的《雷雨》了,也和曹禺先生本人谈过很多次《雷雨》的问题。他是一位非常宽容,也是胸怀非常博大的前辈,他对他作品的改编都抱以宽容和支持的态度。他认为每一部作品出来都是别人的再创作,他说:“这已经不归我了,所以他们怎么弄那是他们自己负责。”这是曹禺先生自己和我说的话。所以对《雷雨》的解读,应该有多样性,另外,由于时代和环境,我们对经典作品的认识也有局限性。过去我们搞社会问题剧,因为是阶级斗争时代的需求,所以那时比较强调大师这方面的东西。这几年大家都在重新解读《雷雨》,重新认识大师,都对经典有自己的一些看法。我觉得这是个非常好的事情,就说明整个社会环境越来越宽松了,所以才会有了王延松导演的现代版《原野》《雷雨》。整个的感觉就是新,新在哪里呢?

第一,导演在对原作的删节上有自己的看法。对第三幕的处理是非常大胆的,砍掉了非常多的内容,在内容安排上都重新做了,有自己的思想在里面。包括第三幕里面说鬼的故事,把真鬼假鬼合在一起,搞得非常紧凑也非常有意味,我挺喜欢第三幕这样的处理方法。整个演出特别是首尾、合唱队加上去,让一种神秘的氛围、灵魂的对话、生与死的共同在场来营造戏剧环境。有人觉得这种宗教色彩会不会带来一些问题,我是绝对没有这种感觉。现代人的认识也已经不是这样子的,这种处理都是很棒的。应该说相对过去我们的创作,在走出思想的禁锢这方面是迈出了非常大的一步,这一点是我觉得非常可喜可贺的。另外,开始听到消息时我就觉得搞《雷雨》很难,因为约定俗成的东西很多,经典的印象太深。如果你搞不好,情愿搞个新戏也不要去弄经典作品。“全新解读”四个字写下来很方便,但要真正从人物、舞美上做出来,在二度创作上太困难了。看了戏觉得整个舞美很新,把实和虚结合得很舒服,跳进跳出,戏剧的间离,整个处理很有意味。整个戏我觉得处理得非常好。

最让我感到高兴的是演员的表演。这些角色在大家的头脑中都有了定势,里面的主要演员可以说都不负重任,特别是徐幸的表演我没想到,超出我对她的理解。因为基本上她的戏我都看,包括宋忆宁和张名煜老师在话剧中心的演出我几乎场场都看,但这次的演出看到了不同的他们,也看到了《雷雨》中全新的人物,宋忆宁的鲁妈也给人焕然一新的感觉。张名煜老师扮演的周朴园刚看还觉得不大舒服,但是越看越觉得像周朴园,是一个新的周朴园。他有自己对角色的理解,而且从头到尾,他对角色的控制和把握都是在这个性格里面的,非常准确。两个年轻演员也让人非常兴奋,把四凤和周冲的那种清纯演到了位,包括周萍也很出色,因为周萍压不住这台戏也就走远了。他的很多处理至少对他的表演是有很大突破的。唯一我觉得不太满意的就是鲁贵的演出过于脸谱化了,他靠的是外部动作。按照曹禺先生自己解释的,他的人物没有一个是需要脸谱化的。这部戏有些地方我还是觉得不够连贯,另外舞美灯光上暗的地方太长了,如果没有最后尾声中天幕打开这种昏暗,我就觉得实在太闷了。

宋宝珍(中国艺术研究院话剧研究所研究员):《雷雨》原作很长,加上序幕和尾声大约有 8 万字,在今天的观众看来有时会产生繁琐、拖沓之感,对于艺术构成中的各元素而言,如果不是必需的,那就一定是多余的。

经由王延松删削、整理后的《雷雨》剧本,加上了序幕、尾声只有 3.4 万字,演出长度为

2 小时零 5 分钟。而凝缩、提升原剧的悲剧意味，其动力来自于导演对曹禺原剧的尊重、对其内在精神价值的开掘以及对现有学术研究的吸纳。

王延松说，“《雷雨》也许不是现代主义的作品，但其所体现的思想是很现代的。”新版《雷雨》打破原剧的叙事模式，对戏剧情节进行必要的解构，保留剧作核心部分的点与面，进行富有创意的重新整合，使之呈现出蒙太奇般富有新意的拼接效果。戏剧开始时，大段过场戏被删去，唱诗班以弥撒曲似的调子，吟唱青年曹禺的诗，“不久长”的感伤和生命的凄凉，自然地弥漫在剧场里。原本是舞台提示的文字，变成了花园中周萍对乱伦的恐惧与悔恨的内心独白。紧接着喝药一场戏，表现了周朴园的霸气和上场人之间扭曲的情感关系。王延松在《雷雨》中发现了有意味的形式，即悲剧的“循环再现”；侍萍再次走进周家，发现自己的悲剧在女儿身上重演，周萍先后与两个不该爱的人相爱，戏中的“闹鬼”场面也两次现形，等等。《雷雨》写的是天，是命，是自然的法则，是生命自省中人类的渺小、人性的局限和存在的困窘。对于人心与人性的关注与思考，在新版《雷雨》的导演构思和舞台呈现中表现得十分突出。新版《雷雨》中，出现过三次的侍萍的独白成为解读全剧的钥匙：“人心靠不住，因为人性太软弱”。

新版《雷雨》打破了意识形态目的论的传统的解读方式，也不再以所谓阶级的意识来解释人物关系。曹禺式的对宇宙间的“残酷”的认知和对人类处境的“悲悯”情怀，在新的演出中被体现出来，序幕和尾声的加入，有意识地要把观众的情绪，带入曹禺所说的“更广阔的沉思的海”。新版《雷雨》中的每一个人物，都被导演涂上了悲悯的色彩，他们自身无法超越命定的悲哀，因此也更接近青年曹禺在创作中所追求的原初的诗意。且不说四凤、周冲自己并无过错的死亡，便是周朴园自身，他那自以为“最有秩序的家庭”却包藏着最可怕的乱伦，他不仅失去所有的儿子，连曾经爱过和不那么相爱的两任妻子，也成为压在他晚年生命里的巨大磐石。侍萍是悲哀的，她承受着不断被弃的命运，心目中最在意的爱人、儿女，却造成她不断生离死别的悲剧。蘩漪是悲剧“循环再现”中的焦点人物，她最残酷的爱和最不忍的恨，点化出一团熊熊的野火，在烧毁了一切的同时也毁灭了自己。即便是鲁大海，导演的戏剧视野里也表现着他存在的悲哀：他不仅被自己的同盟者所出卖，而且始终不明白自己是谁，从哪里来。正是基于这样的理解，新版《雷雨》的悲剧性呈现，不是限于一时一地的现实性的局部人生，而是着意表现带有宗教般情绪的、对于人类终极价值的更广阔的反思。“《雷雨》的故事也许是讲死亡的，但其主题是讲重生的。”向死而生，生生不已，也是一种人类的本能。

怎样打破《雷雨》演出中渐趋僵化的模式，给观众带来心灵的冲击和观赏的魅力，是王延松反复思考的问题。在其导演的《雷雨》第三幕中，周家和鲁家的场景并现于舞台中，过去、现在、想象的时空交织，多角度、多视点地呈现着富有魔力的戏剧情景。在鲁家，回到自己家中的四凤，刚在母亲面前发誓不见周家人，父亲便向她讲述了周家“闹鬼”的真相。此时舞台后方的半天空里，幽幽地显出了周萍和蘩漪相拥的背影，他们“闹鬼”的窗子，仿佛是旷野中的鬼火，在四凤的视觉中透出恐惧和惊悚的光影。紧接着这扇窗子像鬼魂一样，游荡在舞台的天幕上，猛的一下子掉落在四凤的面前，那仿佛是她心灵深处生命绝望的断裂声。一道炸雷过后，周萍出现在窗前，在他迈过窗棂的一刹那，闪电中出现了蘩漪阴毒的面容。而在这些戏剧动作发生时，舞台的一角，孤独的周朴园始终默默地呆坐着。很多看过该戏的人惊叹这扇窗子是导演的神来之笔，因为它点化了这场戏的魔力。此时的“窗子”不再是一个实有的物象，而是一个恐怖的影像，一个具有象征意味、纠缠着复杂心理意绪和丰富想象的戏剧意象。这出戏一开始就表达着“闷”的氛围，孕育着人物命运的“雷雨”，因此“窗”要不要打开，打开了要不要关上，就不仅仅是一个戏剧动作的交代，而带有了人物情绪的外化色彩。第三幕中凸现的窗子，与整部戏剧的氛围与寓意形成一种内在的默契，强化了戏中人不自知的鬼魅般人生的象征寓意。戏剧结尾时，唱诗班的歌声响起，剧中人的死亡，不是作为情节再现在舞台上，而作为侍萍和蘩漪心灵深处永久的剧痛，不时地幻化出死亡的尖叫和痛苦的轰鸣。当舞台上方的穹顶现出亮光时，三个死去的年轻人出现在空中最顶端，而这时唱诗班的身影在中间承上启下，他们的脚下是现实中三位老人的悲剧人生。也许有人要说导演所表现的宗教意味过浓，但是只要人类对自己的终极价值保持追问的兴趣和哲学的省思，其心理感觉中的诗意就必然地带有某种超脱的憧憬和升华的可能。

新版《雷雨》的演出，也许透露着这样的讯息：对于经典的尊重和解读，不仅可以施展导演的才华和创造力，而且有可能为当代剧场带来新奇的艺术魅力。

曹路生（上海戏剧学院教授）：演出很符合我对《雷雨》的解读，我一直在想曹禺为什么会在 23 岁就写出《雷雨》。他就凭借着他年轻的激情，好像一泻千里般地写出了这样一部经典作品，以后再也不可能重复。他受了古希腊悲剧和奥尼尔的影响，实际上就是一个命运的主题。所以我很喜欢导演这样的解读，这里并没有好人与坏人，都是一群可怜的人。我很赞同“悲悯”二字，悲悯所有的人类，里面所有的人全部都是可悲、可怜的。无论是高高在上的老爷，还是地位低下的仆人，他们都逃不开命运的安排。雷雨是大自然，是天，是命运，是上帝。而我们人类是可怜的，渺小的，无论我们是高贵的人还是卑贱的人，无论是睿智的人还是愚笨的人，我们都逃脱不出宿命。因为导演有这样一个立意，所以肯定是要把原作拆掉，这是一种“解构”和“重构”。我觉得导演很聪明，把原作中主要的点全部保留，把其他的部分拆掉。像网一样留了许多空，其实就是留了心灵的窗户，命运的窗户。以前的《雷雨》给人的感觉太满，无法呼吸，也许以前观赏会觉得这样很过瘾，但是对于现在的观众来说，审美发生变化，会觉得太满。如何让观众看到人物内心情感的抒发是很重要的。剧本提供的独白中有些是演员和观众直接交流，有些则是和头顶上的天、上帝交流，用现在这种手法（比如歌队的加入）重构是很好的。戏剧的空间应该是情感的空间和音乐紧密结合在一起并弥漫在剧场中，才会使我们的心灵得到震动。当音乐声起来时，观众的感受神经马上绷起。我最喜欢导演的两处“神来之笔”，一是飞来的窗户，还有就是结尾时的天窗。我认为那就是命运之窗，是无论如何也逃离不掉的。

原载《戏剧艺术》2003 年第 5 期

北京人艺第三代《雷雨》出场

杨 静

经过四个月的潜心排练，北京人艺第三代《雷雨》终于浮出水面，7 月 22 日起将在首都剧场上演。

今年是曹禺先生《雷雨》剧本发表 70 周年，北京人艺演出《雷雨》50 周年，为纪念这部经典名剧半个多世纪的历程，北京人艺从今年 2 月份开始建组重排《雷雨》。

这次重排的第三代《雷雨》，启用了由该院中青年演员领衔的全新阵容，导演仍由第二代《雷雨》中的导演之一、周朴园的扮演者顾威担纲。在《天下第一楼》中担任主角的杨立新这次依然扮演剧中男主角周朴园，优秀青年演员王斑扮演周萍，实力派演员夏立言和王大年将分别扮演鲁侍萍和鲁贵。人艺最年轻的一代演员白荟、徐白晓和孙大川将分别扮演四凤、周冲和鲁大海，剧中重要人物蘩漪这个角色仍继续由第二代中有出色表现的龚丽君扮演。

近日该剧在排练厅连排后，新老三代"《雷雨》人"促膝而坐。第一代"周朴园"郑榕、"周萍"苏民、"四凤"胡宗温等老艺术家充分肯定了第三代《雷雨》，并为年轻演员们指导表演技巧。苏民提到，对这样一部"磨人"的戏，就需要演员多下功夫，深刻体会人物内心，把这部经典名剧吃透。据导演顾威介绍，此次重排《雷雨》的时间比较长，目的就是给演员更充分的时间研究体验，因为作为人艺的"看家戏"，不管什么时候、由谁来演，《雷雨》都要保持高水准。这一次的复排演出对于导演和演员都是一次极大的挑战。观众对这部戏已经很熟悉了，许多观众甚至能够将其中的台词背下来，不少院团对这部戏也进行了多次诠释。但这次人艺起用优秀的青年演员，以一个全新的《雷雨》展示在观众面前，旨在将人艺的优秀传统传承下去，同时还要吸引更多的年轻观众，让他们感受中国经典剧目的魅力。

据悉，为了配合这次演出，人艺还将举办一系列纪念活动，包括北京人艺戏剧博物馆为《雷雨》演出而设的专题展览，北京人艺摄制的电视专题片将于 7 月中旬在北京电视台播出，人民文学出版社将增印曹禺先生最早发表的《雷雨》剧本，举行专家研讨会等，此外北京人艺第一代《雷雨》中周朴园的扮演者、老艺术家郑榕将在首都剧场艺术家画廊举办个人书画展览。

原载《人民日报》2004 年 7 月 9 日

从演出史看《原野》的接受

光明明

《原野》自1937年4月连载于《文丛》杂志起，便受到许多评论者的非议，甚至被断言为"曹禺最失败的一部作品"①。但就是这样一部"失败"的剧作，60多年来却长演不衰，显现出非凡的艺术魅力。作为一部话剧，《原野》的接受史无疑要以演出史为主。对其接受的一般过程我们可以作如下的描述：演出者在舞台上对于剧本的诠释，一方面受制于时代的专门的或业余的评论者的接受状况，并体现着这种状况；另一方面，又有着作为一个普通的接受个体对于剧本的再创造。他们的表演直接传达给观众，从而激发起观众对于剧本的接受。在这评论者、演出者（包含导演等）、观众（广义上也包含评论者）所组成的接受之链中，演出者处于一种节点的地位。因而，从剧本演出历史去考察其接受史，应是最为有效的可行的办法。因此，本文将结合评论者以及观众对于剧本（或演出）的反应，对《原野》演出史（包括改编）进行梳理，期于能勾勒出其60多年来接受的客观面貌来。

一、新中国成立前的演出与改编

1937年8月7—14日，《原野》由上海业余实验剧团在卡尔登大戏院进行首次公演，导演兼舞台监督应云卫，主要演员有赵曙、魏鹤龄、舒绣文、英茵等。关于这次演出的具体情况，极少有文字的记录。几天后，淞沪抗战爆发，演出被迫停止，未能在当时的文艺界引起太大的反响。

新中国成立前另外一次较为重要的演出是1939年8月14—24日昆明国防剧社在新滇剧院的公演，导演正是曹禺本人，舞台设计闻一多、雷杰元，主要演员有凤子、汪雨等。这次排演中，曹禺将导演的重心放在"如何把人物的复杂心态表演出来，着眼于人物内心世界的刻画"，尤其要求以"细腻而真实的表演"揭示有着复杂内心矛盾的仇虎的"深层意识"。闻一多在舞台的布景设计上，采取"虚实结合"，"并运用了某些抽象的画法，在灯光下形成焦点透视，把大森林的阴森而恐怖的神秘气氛表现出来"，以便能更好地表现"人物的潜意识"，这曾使曹禺"赞赏不已"。1983年5月，曹禺在给蒋牧从的信中曾谈到了《原野》："《原野》是讲人与人的极爱和极恨的感情，它是抒发一个青年作者情感的一首诗"，对

① 杨晦：《曹禺论》，见王兴平、刘思久、陆文璧：《曹禺研究专集》（上），海峡文艺出版社1985年版，第362页。

于演出的意见则是:“美工是否那样写实(整个剧不要太写实)? 可否‘虚’一点? 留给人想象。”①从这点来看,这次演出或许正是曹禺在舞台上真正还原《原野》“非写实”、抒发自己内心的“诗”的一次努力。这次演出获得了成功。观众冒雨前来观看,场场满座。

除此之外,中国旅行剧团、国防艺术社、戏剧工作社等大大小小十几家剧团或剧社等演出过《原野》,1941 年还曾被易名为《森林恩仇记》由上海中国联合影业公司搬上银幕。

《原野》发表、演出后,评论很少,而且大多持批判态度,其中较有分量的一篇是南卓发表的。该文批评作品的现实性不够,并且对外国剧本模仿得太多,使一些细节脱离了中国特定现实的逻辑,这些缺点导致了思想上的“不太清晰”,既有“虚无主义的倾向”,又有“集团的意识”,“似乎又是象征命运束缚着人”②。40 年代两篇重要的曹禺论——吕荧的《曹禺的道路》、杨晦的《曹禺论》也论及了《原野》。前者认为《原野》的主题在于“人与命运的抗争”,它“仍然没有脱离观念的思维的领域”,“是一个纯观念的剧”,相对而言,他对《北京人》的评价较高,因为这个戏“是作者向现实踏入较深的一步”③。而杨晦的文章则几乎是以题材是否反映社会的迫切问题来判定作品意义的,他批评曹禺的前三部剧作里“闻不到一点战争的血腥,看不到一点国家民族的危机,以及整个民族的耻辱”,相反却肯定了反映抗战现实的《蜕变》④。不难看出,上述评论者强调的是作品对于现实的意义,从这种先在的视野出发,他们认定《原野》是一部失败的作品。《原野》当然也不乏赞赏者。郁达夫在观看了排演之后,指出《原野》是一部“带有象征意义的问题剧”,它“明确地提出一个问题,指示我们一条道路”,认为这样“才有深刻的印象,使永铭在读者和观众的心头”,“其价值自然远在《雷雨》《日出》的两剧之上”⑤。尽管郁达夫高度评价了《原野》,但仍然是将其作为“问题剧”来接受的,他与上述批评者的意见似乎是南辕北辙,出发点却是一样的。

尽管在评论界得不到太多的赏识,但这部剧却受到了观众的喜爱,唐说:“几年以来,大江南北,多少剧团演过《原野》,多少人读过《原野》……正因为《原野》是百看不厌的剧本”,但在谈到这部剧作受人喜爱的原因时又说:“这个剧本里有‘戏’,群众看起来过瘾,这个剧本里有生活,顾盼左右,仿佛就在身边,让人看起来恐惧和欢喜。”⑥这段话向我们透露了普通的观众对于《原野》的接受角度。在中国古典戏曲的熏陶中成长的观众在观赏话剧这种舶来品时,恐怕首先关注的还是“戏”,是戏剧的“本事”,是里面能让人觉得“过瘾”的情节、鲜明的人物以及尖锐的矛盾冲突。至于作者试图要在剧中表现的“诗”“情感”则被摒弃到了接受之外。

---

① 田本相:《曹禺传》,北京十月文艺出版社 1988 年版,第 255、256、464、465 页。

② 南卓:《评曹禺的〈原野〉》,《文艺阵地》,1938 年第 1 卷第 5 期,第 143—145 页。

③ 杨晦:《曹禺论》,见王兴平、刘思久、陆文璧:《曹禺研究专集》(上),海峡文艺出版社 1985 年版,第 295、297、299、301 页。

④ 杨晦:《曹禺论》,见王兴平、刘思久、陆文璧:《曹禺研究专集》(上),海峡文艺出版社 1985 年版,第 339,340 页。

⑤ 田本相,胡叔和:《曹禺研究资料》(上、下),中国戏剧出版社 1991 年版,第 890 页。

⑥ 田本相,胡叔和:《曹禺研究资料》(上、下),中国戏剧出版社 1991 年版,第 894 页。

当然，因为时代的关系，它又不可能仅作为娱乐被接受，评论界与演出者们对剧作的接受也必然渗透进来。1948 年清华剧艺社演出《原野》就是一个明显的例子。他们改动了原剧本，“强调仇虎、金子和焦家的阶级对立，借以加强社会意义，反映出学生们的革命情绪和激进思想”①。而一位佚名观众在看了演出之后，认为“它可以催促那些甘愿在敌人铁蹄下苟且偷生，以致屈膝投降的人反省自新”②。《原野》中所要试图表现的“诗”被接受为一个“农民对于土豪地主复仇”③的故事或一种民族的反抗精神。至于充满恐惧、神秘但或许又最能体现作者本意的第三幕中的二、三、四场景在演出时被删掉的也居多④。这与《雷雨》诞生后被作为一个社会问题剧而被删掉序幕和尾声正有着惊人的一致。

对新中国成立前《原野》的接受状况作一下总览，可以看出，尽管评论者在对剧作精神内涵上的认识上有不少精彩的见解，但他们还是更多地纠缠于从社会学意义出发对《原野》作价值评判，而较少作剧作本体的研究。而在舞台上，则大多突出剧作的社会意义，突出对于时代的效用，淡化了剧作的表现色彩。这些因素直接导致了作为“诗”的《原野》被观众作社会学意义上的误读。

二、新中国成立后的演出及改编

新中国成立后到“文革”前，批评家们对《原野》所作的否定评判，使这部剧作几乎被人遗忘，不仅三十多年未能再版，演出也仅有一次(1957 年北京实验话剧团)。到了 20 世纪 80 年代，这种情况得到了改变。1981 年《原野》被改编成电影，由凌子改编并执导，杨在葆、刘晓庆分别饰演仇虎、花金子。在电影中，金子被处理成了主角，“突出了她炽热的追求个性解放以及对幸福生活的向往。”⑤导演曾撰文谈到了自己对《原野》的认识：“它反映了中国封建社会里渴望新生与自由的人们不甘于被环境所吞噬，因而奋起抗争的经历，尽管精神上蒙有封建迷信的灰尘，又找不到真正的出路，但他们至死都不曾向封建势力屈服。”⑥它能给人以这样的启示：“要反抗封建的旧社会，要像仇虎那样不妥协的拿起枪！”⑦钱理群曾这样评价该片的执导思想：“电影《原野》的编导仍然从社会学的角度去阐释《原野》的主题，她强调的是《原野》争取个性解放的人道主义的反封建精神”⑧，这种分析是很中肯的。导演的处理与观众的回应也是一致的，有人观后如是评价电影：“它真实地再现了旧中国封建势力对穷苦农民的残酷迫害，揭示了农民群众与地主阶级之间不可调和的

① 葛一虹：《中国话剧通史》，文化艺术出版社 1990 年版，第 277 页。

② 潘克明：《曹禺研究五十年》，天津教育出版社 1987 年版，第 78 页。

③ 杨晦：《曹禺论》，见王兴平、刘思久、陆文璧：《曹禺研究专集》(上)，海峡文艺出版社 1985 年版，第 363 页。

④ 杨晦：《曹禺论》，见王兴平、刘思久、陆文璧：《曹禺研究专集》(上)，海峡文艺出版社 1985 年版，第 347 页。

⑤ 曹明：《风风雨雨话〈原野〉纪念曹禺九十诞辰》，《文教资料》，2000 年第 5 期。

⑥ 凌子：《反封建的长诗》，《萌芽增刊》，1982 年第 2 期。

⑦ 凌子：《〈原野〉随想》，《文汇》，1982 年第 7 期。

⑧ 钱理群：《大小舞台之间——曹禺戏剧新论》，浙江文艺出版社 1994 年版，第 382 页。

尖锐对立。”①

1983年6月1日起，四川人民艺术剧院演出《原野》。导演彭光华，主要演员有：翁显樵、晓欣、程敏天等。曹禺在获悉四川人民艺术剧院将要排演《原野》时，终于打破了《原野》发表以来对这部剧作的沉默，谈到了创作《原野》的初衷：“《原野》是讲人与人的极爱和极恨的感情，它是抒发一个青年作者情感的一首诗（当时我才26岁，十分幼稚！）。它没有那样多的政治思想，尽管我写时是有许多历史事实与今人一些经历、见闻作根据才写的。不要用今日的许多尺度来限制这个戏。它受不了，它要闷死的。”②在这封信中，曹禺对以反封建（或阶级复仇）主题去诠释剧本并以此为依据对剧作进行价值判断的做法含蓄地表示了抗议，从《雷雨》到《原野》，他一再申明自己写的是“诗”。然而，作者本人的辩白还并不能立即转变人们习惯性的看法，这个过程需要时间。

1984年3月15日，中国青年艺术剧院演出《原野》。导演张奇虹，主要演员有杜振清、宋洁、殷新等。演出对原剧本作了删改，将原来的三幕五场改为两幕，增加了序幕和尾声。最大的改动是将焦母误杀小黑子改为误杀大星，据导演的说法，这样改“为的是不致仇虎杀害焦大星，让他赢得观众的更多同情”③。另外，还将仇虎的自杀改为他杀，把原本第三幕中的“阴告”提到序幕。这样删改据说得到了曹禺的首肯④。张奇虹强调自己的改动是遵循了现实的逻辑与人物性格的逻辑，关于仇虎的改动是“想剔除长期以来笼罩在仇虎身上‘情杀’之嫌的云翳”，因为仇虎的“自杀”不符合人物本身的性格，“违背了社会发展的规律和马克思主义的阶级斗争观点”。而对于“阴告”处理的根据，“是原剧本所提示的仇虎下狱八年后越狱返乡这一特定的规定情境。在这种异常复杂又极端强烈的复仇心理的驱使下，仇虎脑海中闪现出上述幻觉，是符合人物的思维逻辑和心理状态的”⑤。

依据导演的解释并结合演出的实际来看，青艺的《原野》演出无疑是以现实主义的创作原则为主导思想的。剧本的改编使原本中模糊的背景一一实化了。其后果是直接突出了其时代性，并以此为根据，对不符合当时现实逻辑的人物行为进行了调整，而剧本的反封建反压迫的时代主题也在这次改动中被突出。原剧中“固有的神秘和浪漫色彩”也被削弱了，整个剧作写实化了。从总体上说，这次演出还没有脱离新中国成立前对于《原野》的普遍认识。

同年，辽宁人民艺术剧院、太原市话剧团、中央戏剧学院也曾先后演出过《原野》，但囿于时代整体接受状况的限制，这几次演出并没有能突破青艺版所达到的水平。此外，在20世纪80年代，《原野》还分别由上海长宁沪剧团和中国歌剧舞剧院改编成沪剧和歌剧上演。

在这一时期，评论界开始对《原野》进行重新认识。开风气之先的是华忱之，他肯定了

---

① 于昕：《叛逆者的歌评电影剧本〈原野〉》，《中外电影丛刊》，1983年第1期。

② 田本相：《曹禺传》，北京十月文艺出版社1988年版，第464页。

③ 胡承伟：《走过了半个世纪的《原野》——访赴港前夕的导演张奇虹》，《深圳特区报》，1986年2月1日。

④ 陈珏：《访曹禺》，《文汇报》，1984年3月15日。

⑤ 张奇虹：《时间与时间的审视——写在〈原野〉演出两周年》，《戏剧报》，1986年第8期。

这个戏“是一部具有深厚思想内容的反映农村现实的悲剧”，“在艺术处理上，也有不少新颖独特的创造”①。此后，学术界发表了一系列探讨《原野》的论文。如田本相《〈原野〉论》、胡润森《〈原野〉简论》、唐《我爱〈原野〉》、潘克明《〈原野〉和表现主义》、朱栋霖《论〈原野〉》等等。这些文章主要是从社会学的角度出发肯定了《原野》对农民在封建豪绅地主统治下悲惨命运的表现—这与演出的情况是基本一致的。另外，有些学者还对剧作中的“非现实性”进行了肯定，认为《原野》是现实主义与表现主义的结合，剧中的表现主义因素是“以不同方式，沿不同途径通向了《原野》的主题，深化了它的表现内容，增强了它谴责现实的力量”②。这种重新认识的倾向在90年代得到了进一步的展开。

到90年代，评论界对《原野》的看法进一步多元化，也进一步深化，对其思想内涵、艺术得失都不再局限于以往的社会学乃至阶级论阐释。如田本相认为《原野》是探索着“人的灵魂的秘密”，是“诗与现实的融合”③；孙庆升认为仇虎的内心矛盾“可以概括为人性与野性的冲突”，“曹禺通过仇虎的复仇悲剧，升华为人类命运的思考”④；邹红则认为“仇虎身上体现了作家对原始生命力、对生命本能的疑惑，体现了作家对道德原则的肯定”⑤，等等。曹禺曾说《原野》是抒发自己情感的“一首诗”，它“写的是人情，是人与人之间的关系，爱和仇非常强烈”⑥。这种自况正在逐渐为人所理解。

多元的视角带来了在舞台上对以往阐释与演出模式的突破，这尤其体现在90年代后的几次演出中。1990年，曹禺的故乡：湖北潜江市荆州花鼓戏剧团将其改编为花鼓戏《原野情仇》演出，编剧胡应明，导演丁素华、余笑予，主要演员胡新中、李春华等。这次演出有了一些探索与突破。编剧与导演曾说这次演出是“依托于原著中那种悲天悯人的情怀，来观照人类自身的困境与命运，来展现人物灵魂深处的自我挣扎和情感矛盾”⑦，并有意“淡化社会性冲突”，“着重在人性、人格的真、善、美上张扬”⑧。这与80年代初的几次演出主旨已经有了较大的变化。此外，在1990年1997年，《原野》还分别被甘肃京剧团和重庆市川剧院改编为京剧《原野》和川剧《金子》演出。

从20世纪30年代到同世纪末，话剧舞台上的《原野》逐渐形成了一套比较固定的写实主义演出模式。它以苏俄斯坦尼斯拉夫斯基演剧体系为蓝本。将《原野》首次搬上舞台的

① 华忱之：《论曹禺解放前的创作道路》，见田本相、胡叔和：《曹禺研究资料》（上下），中国戏剧出版社1991年版，第367、368页。

② 田本相、胡叔和：《曹禺研究资料》（上下），中国戏剧出版社1991年版，第919页。

③ 田本相：《曹禺的现实主义戏剧艺术及其地位和影响》，见田本相、刘家鸣：《中外学者论曹禺》，南开大学出版社1992年版，第13、14页。

④ 田本相：《曹禺的现实主义戏剧艺术及其地位和影响》，见田本相、刘家鸣：《中外学者论曹禺》，南开大学出版社1992年版，第262、263页。

⑤ 田本相：《曹禺的现实主义戏剧艺术及其地位和影响》，见田本相、刘家鸣：《中外学者论曹禺》，南开大学出版社1992年版，第137页。

⑥ 高瑜：《沉睡中的唤醒——曹禺谈〈原野〉》，《北京艺术》，1982年第8期。

⑦ 胡应明：《解读·摄神·重构——浅谈荆州花鼓戏〈原野情仇〉的改编》，《中国戏剧》，1997年第4期。

⑧ 丁素华：《名著与花鼓戏〈原野情仇〉导演构思》，《中国戏剧》，1997年第11期。

上海实验剧团的前身“上海业余剧人协会”就曾将它“定为剧团的艺术方向”[1]。这种演剧体系在艺术本体论上坚持“通过艺术的真实，表现生活本质及其发展方向的真实”[2]。在表演上则强调对角色的“性格的体验”，“不必处处拘泥于角色性格上的逻辑”，但“一举一动莫不与那逻辑相暗合”[3]。这种演剧体系的出现有着现实主义文艺思想背景，适应于写实的社会剧的演出，但用它来表现曹禺的几部难以以“写实剧”来标签的剧作时就发生了重大的偏差。正如钱理群所指出的那样，这种演剧体系“限制了曹禺戏剧生命的多元化的呈现与发展”，曹禺剧作中，“得到较为完美的舞台体现的，仅是现实主义，写实性（部分写意），舞台幻觉……这一方面，而曹禺戏剧中的表现主义，写意性与舞台假定性……这些方面却没有得到应有的体现”[4]。多少年来导演们一直是这样去处理《原野》的，努力使剧中的情境与人物符合当时的现实。青艺版将第三幕的“阴告”提前以减轻剧作的神秘色彩与表现因素便是一个很明显的例子。《原野》的接受被规定在“现实主义的艺术”的范围之内。

对这一接受模式进行大胆突破的是2000年北京人民艺术剧院演出的《原野》。导演李六乙，舞美设计罗江涛，灯光设计张秋春，主要演员有胡军、夏力新、杨青等。这是一次颇具实验色彩的演出。引人注目的是舞美设计与人物动作完全颠覆了以往的演出，显出强烈的荒诞色彩：黑色的草长满舞台，白色的鸽子自由地走动；一侧墙壁上悬挂着八九台彩电，反复播放1981年电影《原野》和美国影片《阿甘正传》的片段；大星、仇虎、常五、傻子从舞台中央的马桶里捞出几听可乐，围坐成一圈，说起了与剧情无关的话……一切都背离了观众对《原野》的预想。根据导演李六乙的解释，他在《原野》中找到了“几种人特别本质的存在状态”，如“人的尴尬、困境，物质对人的占有等”[5]。因此他“特意加强了对人永远也走不出一种怪圈、人永远也逃脱不掉社会的压力、命运压力这种轮回的表现”[6]。而舞台上的各种现代工业品的介入，是试图“表现后工业时代物质生活的混乱与占有”，隐喻现代人生活的虚幻[7]。

这次先锋的演出招致了更大的争议。普通的观众直呼看不懂，评论界也较多批评。田本相认为它不仅解构了原作中沉郁的、阴森的“原野”景象与耐人寻味的戏剧故事，而且也背离了原剧人性历经磨难终于恢复本真的主题[8]。孙洁认为对《原野》的解构是“专制的行径”，“对作者权利的压制达到了极至（致）”，成了一次“与作者无关的语言游戏’”，“败坏了观、演双方的精神契约，从而构成了‘剧场欺诈’”。可以看出，批评者不满之处在于导演

① 郑君里：《角色的诞生》，中国电影出版社1981年版，第8页。

② 焦菊隐：《向斯坦尼斯拉夫斯基学习》，见《焦菊隐文集（第三卷）》，文化艺术出版社1988年版，第185页。

③ 郑君里：《角色的诞生》，中国电影出版社1981年版，第32、34、166页。

④ 钱理群：《大小舞台之间——曹禺戏剧新论》，浙江文艺出版社1994年版，第237、238页。

⑤ 桂杰、李六乙：《他们都没读懂曹禺》，《中国青年报》，2000年8月30日。

⑥ 田本相：《也谈新版〈原野〉和〈日出〉》，《中国戏剧》，2000年第11期。

⑦ 卢燕：《我的柔情你也许不懂：李六乙拆解〈原野〉》，《北京青年报》，2000年9月20日。

⑧ 田本相：《也谈新版〈原野〉和〈日出〉》，《中国戏剧》，2000年第11期。

对原作结构、情境的任意肢解，以致出现对原作精神内涵的背离。

众声哗然中也有零星的赞赏与宽容。童道明认为新版《原野》虽然解构了《原野》的剧本，但没有阉割原剧的精神，因为导演还是要表现曹禺在剧中试图表现的内涵，即"人在追求自由的过程中遭遇的苦难与困惑"，并呼吁尊重年轻人的对剧本的全新诠释①。日本濑户宏副教授认为就舞台气氛来说演出与原作基本一致，在主题上，认为"现代人看不见障碍，但走不到目的地，一直在迷茫状态中生存，和仇虎他们一样。这也许就是《原野》的现代性"，从这个意义上讲，"李六乙导演的《原野》还是能向观众传达曹禺《原野》的基本内容和精神的"②。

实验演出的是非姑且不去评说，单就这次演出来说，它是对以往演出模式一次富有意义的突破。以往常常以社会学的观点甚至阶级论去解释作品，舞台设计和人物表现上力求真实，力求反映"时代的本质"，这曾引起了曹禺的不满，抱怨排演不应该如此写实，新版的《原野》是以"非写实"的面目出现的，舞台设计抽象大胆，并摒弃了先前被突出了的戏剧故事，将重心转向人物的心理真实，这种"真实"是否更贴近了曹禺的本意，我们不得而知，但既然面对曹禺戏剧中的"表现主义"方面没有得到应有体现的批评，如此尝试一下又何妨呢？

在以上对《原野》演出史的回顾中，其基本的接受模式事实上已经呈现。一种模式突出了《原野》的现实意义。在表现形式上则力求遵循原作，强调对角色的体验，真实再现人物的性格，并重视情节上的扣人心弦，以适应于普通观众的欣赏习惯与审美水平。它是以青艺的演出为代表。另一种则将《原野》理解为带有表现色彩的剧作，演出不注重外在的真实，主题理解上超越了剧本当时的时代性更具形而上色彩，并注重个人的创造，拆解戏剧的故事性，强调将自己对生活的感受传达给观众，对观众有着更高的要求。它以人艺的演出为代表。就接受历史、影响来说，前者无疑在《原野》60 多年的接受史中占据了主导型的地位。《原野》的这种接受状况从某种程度上来说，正折射出了中国半个多世纪以来的社会思想变迁的面貌。

原载《沈阳师范大学学报》2004 年第 3 期

① 童道明：《他们有他们的视野看〈原野〉〈日出〉》，《中国戏剧》，2000 年第 11 期。

② 濑户宏：《试谈实验戏剧〈原野〉》，《中国戏剧》，2001 年第 1 期。

从《家》的演出史看《家》

孙巧蕾

一

对于话剧《家》的演出史，理论界探讨的非常少。而考察一部话剧的接受史，首先必须界定接受史的含义。孔庆东认为“作为一部话剧，它的接受史毫无疑问要以它的演出史为主”，而“研究一部话剧的接受史，无疑应该把导演、演员、观众作为主要的客体”①。钱理群的专著《大小舞台之间——曹禺戏剧新论》把剧作放在了更广阔的接受背景中，包括演出过程和研究过程。可以说在一定程度上，研究者是作品的最大的知音。但是，作为话剧来说，演员导演的二度创作，观众的反应当然也是很重要的甚至是更重要的。所以在这里笔者试图通过《家》问世几十年来的演出史，来考察《家》的接受情况。

《家》问世几十年了，演出版本可谓形形色色。因为《家》的身后站着两个巨人，所以虽然是话剧《家》的接受史，但其既绕不开巴金，也更绕不开曹禺，作为改编的作品，《家》的存在是很独特的，有一些评论，一方面肯定了《家》的成就；一方面又因为《家》是改编作品，而往往不对其作出过多的评价，比如杨晦的《曹禺论》。有一些演出，凭借的本是曹禺的剧本，但又往往是借着对巴金老人的崇敬而开始排演的，比如 1984 年黄佐临的版本，契机是纪念巴金诞辰 80 周年；1999 年陈明正的版本正逢巴老 95 岁诞辰，巴老当时刚刚荣膺了上海市文化艺术杰出贡献奖，陈明正正好是这个大奖的评委之一，这时排演《家》正好是对巴金的华诞和获奖所表示的最好纪念和祝贺；2003 年上海艺术节被称为“明星版”的版本，契机是纪念巴金老人 100 年诞辰。

二

首演版本是中国艺术剧社的《家》，1943 年在重庆公演。导演是章泯，由金山和张瑞芳主演。凌琯如饰钱梅芬，舒强饰觉慧，沙蒙饰高老太爷。据说曹禺是专门为张瑞芳写的瑞珏，指名要张瑞芳演。当时的演出可谓盛况不衰，连续演出 2 个多月。张瑞芳是瑞珏的第一个代言人，也是非常重要的代言人。由于洞房那一场大段优美的独白，张瑞芳跟曹禺讲：“你这样弄，人家都要觉得旧式结婚很美的。”②从这里可以推断，戏本来的目的是反映

① 孔庆东:《从〈雷雨〉演出史看〈雷雨〉》,《文学评论》,1991 年第 1 期。

② 刘净植:《张瑞芳、孙道临和巴金的〈家〉》,《北京青年报》,2003 年 11 月 25 日。

“旧式结婚”的“不美”，也就是封建婚姻制度对于青年人的戕害。而从实际效果来看，曹禺对于洞房一场的美丽创造却起了“反效果”，这种反效果一直影响到今天，天津人艺2003年版的《家》中，觉慧揶揄他的大哥说：“看来听从爷爷的安排也不错啊。”这应该是导演许瑞生自己读过曹禺剧本后的感觉。

1943年8月初，《家》由留桂剧人协会在桂林公演，导演是田汉和熊佛西。熊佛西在《〈家〉在桂林的演出》①中的解释是，《家》是一个反封建的剧本，我要把这个不合理的大家庭的形形色色赤裸裸地暴露出来，不忽略黑暗的一面，更强调光明的一面。所以对关于觉慧的戏一点都不放松，对于淑贞的解放、觉民和琴的结合都给予了高度的重视。对于觉新、瑞珏、梅、鸣凤、婉儿的牺牲，给予了无限的惋惜和同情。对于结尾时瑞珏生下的小孩子也不肯忽视，第一代虚伪守旧，第二代荒唐腐化，第三代白白地牺牲了，而刚出生的第四代必须给予好好的教养，对他们寄予希望。演出的方式是现实主义的，不要演员随便在动作上加任何噱头，对话也不要夸张，布景装饰也是这样。要对观众造成这样的印象：这不是戏剧的戏剧，这是生活的戏剧。但是演出的结果并不太合乎他们的理想，留桂剧人协会是个临时机构，所有人都有另外的职业，白天排练根本不可能，晚上排练也不能保证所有人都出席，排练的时间很少。虽然如此，但是从熊佛西对于这部戏的“演出理想”的描述中，可以看到导演对于主题的理解仍然是反封建的。至于对于“光明”和新生一代（第四代）的无限关注，可以看出熊佛西等人的对于未来的“理想化”的期待。

1943年10月8日，中华剧艺社的《家》在成都演出。社长是应云卫，导演是贺孟斧，瑞珏是白杨演的，梅是李恩琪演的，觉新是耿震演的，据说这个人的台词很讲究，素有“金嗓子”之称。这一版演员的创作热情很高，剧本少，就抄剧本。导演“很注意戏的地方色彩和生活气息”，道具不够就借人家刚结婚的用品，有些道具还是巴金的弟弟借给剧组的。李恩琪回忆当年的演出，对一些细节的处理还是很得意的。梅的第一次出场，导演安排梅退着上场。在前面，梅已经被提到了许多次了，观众早就盼望着看到她了，但是刚一出场，观众还没看清楚，舞台就转暗了。具体的舞台调度是这样的：“梅慢慢地从门外退着把雨伞合上，一边凝视着门外，外面在下雨，开始触景伤情，但是又不能太露声色，转身看见觉新的床，含羞地把头低下去，由于内心过分激动，突然感到不适，一边转身缓缓地往台右的圆桌边走，一边轻轻地咳嗽起来，左手从右衣腋下抽出手帕，抚住胸口，同时走到桌边，弯腰把伞靠在凳子边上，想坐下休息一会，这时灯暗转灭”②。这种处理给人以“千呼万唤始出来，犹抱琵琶半遮面”的感觉。导演告诉李恩琪，虽然整出戏都是悲调，但是不要轻易哭，有时候你流了很多泪，但是观众不一定感动，欲哭无声，想哭无泪的时候观众反而更容易感动。导演处理人物性格时，“非常强调多样化、多色彩”。比如梅，她善良温存，有逆来顺受的一面，也有“性格上倔强的瞬间”。例如：“梅要走了，她站在桌子后面，凄然地凝望着觉新，有一种不久人世的预感。这时，钱姨妈和陈姨太叫梅走，钱姨妈回头叫‘梅芬’，陈姨

① 熊佛西：《〈家〉在桂林的演出》，《文学创作》，1943年第2卷第3期。
② 李恩琪：《寄语〈家〉里的亲人》，《上海戏剧》，1985年第3期。

太叫‘梅姑娘’，但是导演反而处理梅坐下了，微微皱了一些眉头，稍稍带着一点不耐烦，缓慢地说：‘就来了！’一边反而缓慢地坐在旁边的凳上。‘梅’这个瞬间，表现除了一阵莫名的反击之情，直到钱姨妈走出中门，梅才慢慢站起来”，向表哥表嫂告别，对于梅的这种“倔强瞬间”的处理，不仅丰富了人物的表现力，使得人物形象更加丰满，而且使人们会不由得追问：这种“莫名的反击”所为何来呢？

1982 年 8 月，英若诚应“斯诺基金会”之邀，赴美为埃德加·斯诺的母校密苏里大学戏剧系的研究生讲授中国戏剧。当时讲授的是表演课，英若诚决定排演由他翻译的话剧《家》。当时难度很大，那些美国学生从未到过中国，而《家》又是中国味儿十足的经典之作，非常民族化，这种时代和文化观念造成的差异在排演过程中闹出了很多笑话，第一次排练觉慧和鸣凤的戏，演员说，这不就是谈恋爱嘛，两人就搂搂抱抱上下场；老爷坐在场上，见到丫头来，不由自主地站起来，以示对女士的尊重；他们不理解为什么冯乐山和高老太爷到一起就要谈诗论文，不懂什么是“宁可使食无肉，不可使居无竹”，不知道什么是“封建”……为了缩短这种距离，英若诚每天花八个小时给演员讲剧本的历史背景，以及人与人之间的关系，讲了一个星期，还带着学生到堪萨斯城博物馆的中国厅，那里收藏着中国的文物资料，英若诚给学生讲国画、书法甚至明代的泥塑观音，观音本身就带有中国女性的柔媚、端庄，就这样将中国的传统观念传达到这些学生的头脑中。话剧《家》在堪萨斯城上演时，受到美国观众的强烈欢迎，很多人感动得留下眼泪。拍成电视片后，美国电视台半年之内连续播放了四次，这是很少见的。

英若诚对于剧本作了删节，将觉民、琴和钱姨妈删掉了，对于觉新的处理也有所不同，因为这是在给 20 世纪 80 年代的美国人演出，多少还是在这个角色里加上了一点斗争性，不像原来那么软弱，鸣凤也不像一般演员所表现得那样乖巧甜美，而是一个说话不那么甜、个性强、心比天高但是却没有读书机会的姑娘。而且，英若诚不大注意形似问题，主要讲究精神和气质上的接近，他认为单纯追求形似引起的那种猎奇心理反而会使观众不入戏。扮演瑞珏和梅的演员还获得了全美大学会演的表演奖。表演中，有的戏挖得很深。英若诚举了个例子，他问瑞珏和梅是什么关系，这两个演员说，两个女人争一个男人，表面上看，两个人都在让，而且让得很真诚，但内心深处又都希望在觉新的心里占有一席之地，梅要告别的时候，觉新挽留她多住几天，梅抬起头来用异样的眼光看着觉新说：“可也住了十多天了。”演员的表演一下子让人读到了潜台词：“我来了这么多天了，你也没好好搭理过我啊。”①

1984 年 4 月，英若诚所作《从在美国排演〈家〉想到的》一文发表。文中说，《家》在密苏里州堪萨斯城的演出获得很大成果，“《家》的演出使美国人深刻理解了 20 年代的中国社会，这是理解后来发生的伟大的中国革命的钥匙”②。

中央电视台《人物述林》为英若诚作《他为祖国争得荣誉》时曾经有一个副产品，那就

① 王育生：《美国演员是怎样排练〈家〉的：访戏剧家英若诚》，《戏剧报》，1984 年第 5 期。
② 英若诚：《从在美国排演〈家〉想到的》，《北京日报》，1984 年 4 月 3 日。

是由上海电影译制厂为美国密苏里大学戏剧系的研究生演出的中国话剧《家》配音,《家》是个中国剧本,如果不是由美国人所演,配音演员绝少有这样的机会过一把戏剧瘾。当时,上海译制厂很多退了休的老演员都要求回厂参加配音工作,哪怕是为台词不多的四姨太、五姨太配音都行,这足以说明《家》本身的魅力。

至于为什么会选择《家》,英若诚的回答是:第一,"就这点水活这点泥,班上二十多个人一半是女生";第二,"深刻反映了中国人的生活,接触到中国几千年的封建制度",是"两位大师的完美合作"[①]。

1984 年,上海话剧中心为纪念巴金诞辰 80 周年排演话剧《家》,这一版本集合了上海人艺的众多老演员,著名戏剧家黄佐临任总导演,乔奇饰演高老太爷,许承先饰演觉新,陈奇饰演陈姨太,奚美娟饰演婉儿,宋忆宁饰演鸣凤。张瑞芳、孙道临任表演顾问,导演将要演四个多小时的四幕戏,删改为两个多小时六场。黄佐临将重点放在了年轻一代身上,强调年轻一代为着自己的生的权力抗争、搏斗。所以执行导演想把淑贞裹小脚的戏删掉,但是黄佐临坚决不同意。黄佐临强调的是"写意戏剧观",既是写意的,又是现实主义的。第六场瑞珏之死,按舞台常规是把瑞珏的床斜对着观众,但是黄佐临觉得这不符合规定情境,是一种舞台腔。琢磨了一会儿,意识到刘四姐有一句台词:"哎呀,这屋子好潮,直滴答水",这就有办法了,先把床按生活中那样放正,等刘四姐说了那句台词,眼睛看一下屋梁上积雪漏进来的水珠,示意黄妈一起把床挪一下,搬到观众需要的位置。既解决了生活的合理性,又照顾到了观众的舞台需要[②],1985 年 9 月,上海人民艺术剧院在日本东京阳光城剧院演出了《家》,十天演了十场。据组织演出的日本朋友说,"在日本举行访问公演的外国剧目,多半在东京只能公演两三天即转移到外地,因为只有这样才能维持满座;在东京能够连续演满十场,保持盛况不衰的,大概只有两年前的《茶馆》和这次的《家》"。[③]《家》的艺术魅力吸引了日本观众,得到日本戏剧界同行的好评。日本戏剧评论家野村桥说:"它所以给人以深刻的感动,是因为从中可以呼吸到充满苦难的中国近代历史的气息。"他说:"现实主义是艺术本来的道路,但在日本新剧中却越来越少见了。在这个时候,中国话剧的到来,给人一种新鲜感。"

为什么在这个时候演出《家》呢?扮演觉慧的叶千荣谈到,"偏偏就是发生在当代,极端的个人迷信能够持续十年之久","我们终于认识到,几十年过去了,我们还得反封建"[④]。我们知道了,这一版的演出有着强烈的时代召唤,在十年的动乱之后,伴随着思想解放的潮流,反观历史,这些艺术家做出了自己的发问和思考。20 世纪 80 年代前期,人们最为向往的、强烈渴望复活的主要是"五四"时期提倡科学与民主的启蒙精神,而这一追求,恰恰与"觉慧"当年的追求不谋而合,而时间已经过去了六十多年,这意味着什么,意味着"觉慧又变成了觉新"。所以,在黄佐临的版本中,他加上了让觉慧"顶着狂风暴雨搏斗着走"的

① 英若诚:《从在美国排演〈家〉想到的》,《北京日报》,1984 年 4 月 3 日。

② 刘同标:《学艺杂记》,《上海戏剧》,1985 年第 3 期。

③ 田本相:《曹禺传》,北京十月文艺出版社 1988 年版。

④ 叶千荣:《觉慧会不会变成觉新——谈今天为什么演〈家〉》,《上海戏剧》,1985 年第 3 期。

情节，为什么让觉慧这么艰难地走，因为这正是当时 80 几岁的黄佐临等这一代人所感受到的艰难。

1999 年，由陈明正、安振吉导演，陆毅所在的上海戏剧学院 95 级表演系的毕业大戏排演了《家》，陆毅与鲍蕾分演觉新和梅，薛佳凝饰演鸣凤。“时隔几十年，再次排演这出戏，必须挖掘和寻找到一些新的思想和内涵。还有，时代变了，观众的审美习惯和欣赏要求也在改变，原来近四个小时的戏太长了。要适当做一些删节压缩，但大框架不变：从大的时代背景来展示一个封建家族的衰亡和崩溃，尽管是一出震撼人心的大悲剧，但不能把戏处理得太灰暗，太凄惨，要让观众看到新生一代的崛起和觉醒。比如句中的梅、瑞珏、鸣凤，在与生命的搏斗中，不时闪耀出人世间最可宝贵的品格、禀性和高尚的爱情。他们热烈地追求爱情，但同时又用于为爱献身，觉慧更是封建家族叛逆者的典型，其思想和行为犹如熊熊烈火，焚烧这行将崩溃的封建家庭……还要挖掘戏里的闪光的哲理，比如鸣凤死后，觉慧跪在湖边，情不自禁地叨念：‘怎么湖水还这么平静……’”[1]一开场，导演加了觉新在梅林中独自吹箫的戏，表达了内心的忧伤和酸楚；洞房一场，箫声时时穿插，觉新欲哭无泪的感情表达得淋漓尽致；鸣凤投湖用了明场处理，因为导演要求舞美增加了湖畔这一外景，并将觉慧与鸣凤的月下谈情安排于此，所以鸣凤最后的投湖特别震撼人心。这之后，又增加了觉慧在湖畔听到鸣凤呼喊他的幻觉，进而痛不欲生的情节，对于觉慧和鸣凤之间的感情有了新的表现。由于这一版的《家》“很富有创造性，1999 年两次进京演出。9 月份在国庆 50 周年献礼演出，在进京献礼的 77 台剧目中，受欢迎程度及上座率均居前五名。最后一场演出中，远道而来的大学生们只得坐在台阶上看戏”[2]。

2003 年 11 月，巴金老人百年诞辰，《家》再次被搬上舞台，上海艺术节上，川剧、沪剧、话剧、越剧四台《家》不期而遇。

话剧《家》采用了曹禺的剧本，导演陈薪伊说：“对巴金的解读和理解，加之对曹禺的解读和理解，正是这出话剧和其他戏的最大的不同。”陈薪伊表示，此剧想说的是：“青春是美丽的，有的人年轻，但已经失去了青春，有的人死了，却美丽常驻。”由于这出戏是为庆贺巴金的百岁诞辰而排演的，而《家》本身就带有自传性质，因此演出变成了对青年巴金的追思之旅，在巴金的自述中展开，在巴金的自述中落幕，首尾改动较大。舞台上屋顶形状的大幕是照着巴金在成都老家的原样打制的，在三个多小时的演出中始终沉甸甸地压着观众的视线，成为标志性的符号。陈薪伊在节目单上写着：“许多年前我曾到过巴金的故乡成都……到通顺街口的时候我回眸一望，却看见一个硕大的屋顶——像堵着人的心似的堵着人的眼。当时我想，我若有机会排《家》，一定要把这让人心堵的大屋顶作为《家》的象征……”导演陈薪伊还特地找来巴金年轻时代最喜爱的一张英文老唱片 *sunny boy*，旋律温暖热情，为整台话剧增添了许多青春色泽，动听的旋律五次响起，穿插于“送唱片”“鸣凤

① 张工、陈明正：《高掌“海源戏剧”大旗》，《上海文化报》，1999 年 2 月 26 日。

② 曹树钧：《姹紫嫣红，争奇斗艳——从三台〈家〉的演出说起》，《中国文化报》，2003 年 9 月 23 日。

之死”“觉民逃婚”“觉慧出走”“觉慧与觉新团圆”五场戏。① 以往版本的话剧《家》，大多演到高老太爷、瑞珏去世就结束，但这一版演出，增加了觉慧逃出监狱后将到上海寻找新生活等充满理想主义的情节。

这台话剧被称为“明星版”，“王诗槐的‘觉新’沉郁多情，奚美娟的‘瑞珏’善解人意，凯丽的‘梅’欲语还休，京剧演员关栋天的一口戏腔把纨绔‘五叔’”演得格外出彩”。为了忠实于巴金和曹禺，这一版《家》的演出长达3个多小时。试演之后，有观众提出节奏过于缓慢，恐怕现在的年轻人不会喜欢，但导演坚持认为，“这次借给巴老祝寿的机会排这出话剧，是一次文学的洗礼，是一次重温经典的过程。所以就是急躁不得，需要耐心”②。

三

《家》是很民族化的作品，是不是可以这样说，相对于《雷雨》《日出》《原野》等作品，《家》是较少被误读的一部作品？《家》通常被处理成反封建的戏，演出方式也往往是现实主义的，无论是20世纪40年代的几个版本，还是新时期以来的几个版本，无不是如此，但是每个版本的表现方式、表现技巧、舞台调度、导演关注的侧重点都有所不同。演出往往呼应着时代的诉求，解放前的版本反对封建婚姻制度、对于“光明”有无比的期待，演出与时代的脉搏共同跳动，剧中人物和命运离开历史并不久远，“表达”和“抗争”对于当时的人们来说是迫切的，演出的风格往往激烈、热情而又不失生活化；解放后的《家》经过时间的洗礼，已然成为人们重温经典、了解历史、以史为鉴的范本，离开历史已经很远了，“表达”和“抗争”退而居其次，“体味”人生的艰难和时间的流逝以及由此带来的甜蜜、惆怅和无奈开始浮出水面，时间的沉淀使得演出风格更加沉静而又诗意化。

原载《北京工业大学学报》2005年第2期

① 孙丽苹、冯源：《久违了的文学洗礼——明星荟萃的巴金之〈家〉》，http://news.sohu.com/2003/11/17/78/news215697867.shtml.

② 孙丽苹、冯源：《久违了的文学洗礼——明星荟萃的巴金之〈家〉》，http://news.sohu.com/2003/11/17/78/news215697867.shtml.

受礼遇的“弟子”:曹禺在纽约

吴　戈

一、曹禺的两度访美与《北京人》在美国

1946年,曹禺和老舍就曾经应美国国务院邀请赴美讲学,他们是乘坐美国海军的运输舰去的。和梅兰芳访问美国时的情形相似,他们经过两周的航行,抵达美国本土的地点是同一个城市——西雅图。然后开始由西向东的观光讲学旅程:洛杉矶、新墨西哥州、科罗拉多州、芝加哥、华盛顿、纽约……他和老舍在耶鲁大学、哥伦比亚大学、芝加哥大学、华盛顿大学参观、座谈和讲座,描述古老中国的新变化,介绍中国现代文学、艺术的发展,让美国人了解正在转型的中国。由于曹禺少年时代就阅读美国的《剧场月刊》和《剧场艺术月刊》,在那次访问美国期间,还设法与前一本杂志的主编见了面,并且与在纽约的美国其他作家、剧作家见面交往。《剧场月刊》撰文介绍《雷雨》时,曹禺为刊物还题过字。[1]

1953年,《北京人》在纽约西城第54街121号的工作室剧场(Studio Theatre)演出过。翻译者是曹禺1946年在美国讲学期间认识的一个美国人瑞金纳尔德·劳伦斯(Reginald Lawarence)。[2]

接下来的60、70年代,美国研究者研究中国话剧和一些台湾留学生写博士论文,或专题研究、或作为重要内容,曹禺都是中国话剧成熟和民族化特征的最好例子。像夏志清、刘绍铭、胡耀恒对曹禺研究的英文表述,不管观点如何,中国人评价中国人,美国学者总是要作为重要参考的。另外,斯喀特教授就以曹禺的出现作为中国话剧建设探索试验期的结束的标志:“新的戏剧艺术的探索试验在20世纪30年代趋于成熟,它以一个年轻的戏剧家新星闪烁般的升起为标志,中国现代戏剧新纪元的希望也随之而起。这个年轻的戏剧家就是携《雷雨》而来的曹禺。”[3]

1977年,美国泛亚轮演剧场(The Pan Asian Repertory Theatre)就排演过曹禺的成名作《雷雨》。

显然,断断续续中,曹禺戏剧艺术的信息,美国戏剧界还是有所了解的。1978年10月

① 参见田本相、刘一军:《苦闷的灵魂——曹禺访谈录》,江苏教育出版社2001年1月版,第122页;田本相:《曹禺评传》,重庆出版社1993年11月版,第211页。

② 根据夏志清《曹禺访问哥大纪实兼评〈北京人〉》,《明报月刊·曹禺特辑》(香港),1980年,第57页。

③ A.C.Scot, The Theatre in Asia, published by Macmilam Publishing Company. Inc. New York. 1973. p.169.

阿瑟·米勒访问中国的时候，与曹禺和在北京的戏剧家如夏衍、金山、夏淳、于是之、英若诚、耿震、郑振瑶等人会过面。1980 年曹禺、英若诚这次访问，其实也是半官方性质的回访，但是由学术机构操作。邀请由设在哥伦比亚大学的“美、中艺术交流中心”发出，项目主持人是哥伦比亚大学艺术学院副院长、音乐作曲教授周文中先生。为着配合这次访问活动，美国方面排演了《北京人》、《日出》，在曹禺与英若诚访问期间上演。对于剧作家来说，这是一份厚礼；就中、美戏剧交流而言，这是一页纪念。

1980 年 3 月 25 日晚开始，《北京人》的演出，在哥伦比亚大学师范学院的霍瑞斯·曼剧场(HoraceMan Theatre)进行，这段时间，《日出》同时在外外百

老汇的辣妈妈剧场(La-mama Theatre)演出，稍后《日出》在曹禺和英若诚访问印第安纳大学时又在该大学剧场演出过。除了导演肯特·鲍尔(Kent Paul)和舞美设计坤廷·托马斯(Quentin Thomas)外，从剧作翻译莱斯列·罗到演职人员，《北京人》的制作群体都是亚洲人，来自中国不同地区、日本和韩国，像一个亚洲军团。这种演出阵势，倒真的有点东方表达的意味。演员是哥伦比亚大学的亚洲留学生，还有不少是从辣妈妈剧场借来的。这更像是一次学术活动，演出的意义，在于向美国观众介绍传统中国戏剧以外但已经成为中国文化的另一种戏剧样式——移植成功的中国话剧。这在中国对外界重新开放的时候，也许可以看作是对西方世界发出的一个文化信号。“建议那些以为中国舞台就是京剧、芭蕾舞

《白毛女》和灵巧的翻筋斗的美国人，去看看《北京人》，一部由中国领衔剧作家曹禺写的剧。”①报道强调了影响曹禺戏剧创作的西方背景，诸如尤金·奥尼尔和易卜生。演出和观摩、讲座和讨论，按照预定计划有条不紊地、学术化地进行。1980 年 3 月 29 日的《纽约时报》(*The New York Times*)第 12 版在显要位置发出了理查德·F·谢帕德(Richard F. Shepard)《桥头眺望——在两种文化之间》(*A View From a Bridge Between Two Culture*)的文章，报纸配发了曹禺和阿瑟·米勒比肩并坐，投入地交谈的照片。开篇就说：“哥伦比亚大学，星期四晚上，东方和西方相会。”②记者的观察角度非常有趣，觉得曹禺和米勒站在一起，一个瘦高，一个矮壮；发言时，米勒照着事先准备好的稿子念，章法严密，语词流畅，曹禺一会儿英语，一会儿汉语，忽停忽续，自然随意。但是，两个剧作家，“他们身上都留有作为思想者和政见不同者的战斗疤痕，他们都受到了来自政府的恐吓，但他们都挺住了，克服了艰难时世。”③

二、夏志清眼中的曹禺及其代表作

文章报道的应该是头天在哥伦比亚大学国际事务学校的弗兰克·阿尔特斯嘎尔会议厅(Frank Altschul Auditorium)举行的学术讲座情况。米勒主持，曹禺讲座的主题是“现

① The Peking Man',a Drama From China,by Richard F .Shepard,in The New York Times,C10,Friday,March28,1980.

② The New York Times,C12,Saturday,March 29,1980.

③ The New York Times,C12,Saturday,March 29,1980.

代中国戏剧”。礼堂的四百多个座位全占满了，参加者很踊跃，亚洲听众、西方听众混杂，亚洲观众中，许多人来自北京或中国其他地方，老早就是“曹禺戏剧迷”。事隔多年，在美国听到曹禺的讲座，欣欣然的情绪和热忱的心态是可以想见的。主持人是哥伦比亚大学的艺术学院副院长周文中先生，开场白后就由米勒演讲，然后是曹禺简短地概述中国戏剧的历史、话剧的发生和发展、中国两千余个专业戏剧团体、上百万甚至一亿观众、每年两百余部作品的关于中国戏剧现状讲话。米勒的讲话言简意赅，强调中美戏剧交流的重要性，认为艺术往往跨越国家、文字的限制。[1] 谈到具体问题，他变得语锋犀利，他说：“在看待东方的态度上，我们的教育系统所做的那么多事几乎是完全失败的。我们几乎被那些关于中国实际生活的宣传引导蒙住了。”“他们与我们之间的不同，也许并不比他们自己人之间的不同、我们自己人之间的不同大。事实上，我这么说也许是因为，从纽约到我们的整个国家，到处遍布着各种各样的难于理解的奇奇怪怪的人。”[2]谈到曹禺的创作，米勒在他读过的作品中，尤其对《雷雨》“精彩的结构”十分欣赏。他解释说：“我想，这是得之欧洲、俄国、美国传统的承传，尤其是尤金·奥尼尔的承传。”[3]

无论阿瑟·米勒，还是报纸的记者，都提到了西方话剧尤其是奥尼尔对曹禺的影响。1980 年 4 月 3 日，哥伦比亚大学教授夏志清主持讨论会，据他描述，是在他工作的肯德堂(Kent Hal)举行的，他说：“我有时发问，非常不客气，如问他父亲有没有姨太太，家里有几个人抽鸦片，但这种‘逼供’的方法，的确见效，曹禺打开了话盒子，讲了不少真话……”[4]夏教授在谈到《北京人》的场面处理时，提出一个自己认为很有力的处理设想：“《北京人》里最重要的象征是棺材，我觉得就把它放在小客厅上，每幕都给观众看到，所收到的戏剧效果岂不更强？曹禺不以为然，他说一则不雅观，二则象征性的物件不断有人在戏台上讲起就够了。虽然如此说，《北京人》里其他的象征物件——鸽子、剪纸、‘北京人’、黑影、鸦片烟枪，倒是时常在舞台上出现的。”[5]夏教授显然也对曹禺的解释不以为然，但就旁观者看，无论从东方戏剧美学观念出发还是用西方现实主义真实性、生活逻辑来判断，曹禺显然要比夏教授内行懂戏得多。就座谈会内容看，夏教授对曹禺发问的“不客气”，其实是有原因的。他以为曹禺戏剧没有多少自己的创造，充其量也就是拾西方人的牙慧，夏教授也不愿听有关政治生活、思想意识的内容。他对曹禺创作的定位是：“大家都知道，曹禺写他的早期名剧，受奥尼尔、易卜生、契诃夫，以及希腊悲剧家的影响最大。”[6]尽管曹禺声言没有看过，但他还是断言，曹禺创作《日出》时美国电影《大饭店》正在上演，“当年中国洋派大学生没有不看的”，推断曹禺在清华读书，是洋派大学生，“想来好莱坞影片看了不少，无形中可

① The New York Times，C12，Saturday，March 29，1980.

② The New York Times，C12，Saturday，March 29，1980.

③ The New York Times，C12，Saturday，March 29，1980.

④ 夏志清：《曹禺访问哥大纪实兼评〈北京人〉》，《明报月刊·曹禺特辑》(香港)，1980 年，第 60 页。

⑤ 夏志清：《曹禺访问哥大纪实兼评〈北京人〉》，《明报月刊·曹禺特辑》(香港)，1980 年，第 64、65 页。

⑥ 夏志清：《曹禺访问哥大纪实兼评〈北京人〉》，《明报月刊·曹禺特辑》(香港)，1980 年，第 60 页。

能受了些影响”。①

从夏志清教授记述的字里行间看，曹禺先生那天的讲座讲得十分被动，而且疲倦，甚至出现过“有些急了”的时候，这不禁使我想起 1946 年曹禺访美时的一次茶话会的争执。那是在美国著名小说家赛珍珠欢迎中国作家的茶话会上，争执发生在曹禺和林语堂之间，焦点是文学艺术的价值趋向问题，曹禺强调“社会意义”，林语堂当然讲的是闲适、风土和趣味。其实，分歧来自“道不同，不相与谋”，各自丢开也就算了。

这一次没有争执，背后的原因却是相似的。但“有些急了”，起因是追问曹禺的《日出》是否受过美国电影《大饭店》的影响，这就加入了文化创造的评价和成绩定位的意味了。曹禺多次说过，自己想不起来创作下笔前特别地追念着谁。他强调过，“我是我自己——一个渺小的自己”。如果细心分析他的作品和他在序、跋中的自我剖白，联系他的创作实际，完全会同意：他的作品，是他心底呕出来的生命感受和现实中酵变出来的情感内容，是他对民族戏剧的创造性文化成果。

三、在“影响研究”中模糊化的曹禺

以上情形实际上反映了西方文化中心主义者的态度（包括受了西方这种态度影响的偏颇观点）与要求公正客观地评价自己的创造这二者之间的不快与不适。

关于曹禺与西方的关系，从曹禺以他独特的姿态登上中国戏剧舞台以来，就一直是研究者们思考的一个焦点问题。当时，在美国这个“点”和曹禺这个“剧作家”身上，折射出来的中西文化交流和关系构成就显得尤其意味深长。从不同角度，究竟研究者如何来看待这种交流的情况和关系，就由夏志清教授在这次讨论会上提了出来，这是个在一次座谈会上无法展开，但在跨文化研究当中势必要展开、实际上已经在不断展开的问题。摆在曹禺面前强迫他接受的隐含论题是：中、美戏剧交流中，中国领衔现代戏剧家曹禺受美国剧作家和美国电影影响而创作了其代表性作品。

国内在 20 世纪 30 年代末期就有人提出，曹禺受西方戏剧文化和西方剧作家的影响，南卓的《评曹禺的〈原野〉》和栾星的《〈雷雨〉与希腊悲剧精神》定下了基调。到了 20 世纪 50—70 年代，主要是一些华裔研究者加强了这种研究比较，美国华裔学者夏志清、刘绍铭可以算是代表。到 20 世纪 80—90 年代，中国大陆学者对此问题的全面铺开，那就数不胜数了。受影响，模仿，抄袭到窃取，从一两部戏扩大达全部，判断语词也在升级。结果是，上自古希腊，下到美国戏剧，中间是莎士比亚，稍晚是易卜生、契诃夫等人，研究者们说“希腊悲剧的命运观”影响曹禺的，说《美狄亚》《希波吕托斯》影响《雷雨》的；从陈白露、蘩漪、花金子、愫方、瑞贞身上的“娜拉精神”看见易卜生的，从蘩漪身上同时看到埃及艳后（莎士比亚戏剧《安东尼与克莉奥佩屈拉》）、美狄亚、希波吕托斯（欧里庇得斯的同名戏剧）、斯多克芒（易卜生《人民公敌》）的，从《雷雨》看到易卜生的《群鬼》、奥尼尔的《榆树下的欲望》和奥斯特洛夫斯基的《大雷雨》的，从《原野》看出《大雷雨》和奥尼尔的《琼斯皇》《悲悼》《天边

① 夏志清：《曹禺访问哥大纪实兼评〈北京人〉》，《明报月刊・曹禺特辑》（香港），1980 年，第 60 页。

外》的，从《北京人》看出《毛猿》的，从《日出》看出霍普特曼的《沉钟》的、看到小仲马的《茶花女》的，从曹禺剧作中处处看到基督教精神影响的……曹禺创作被研究者“研究”成了一个戏剧文化的“国际拼盘”。

没错，洪深的《赵阎王》、曹禺的《原野》黑森林奔逃一节，与奥尼尔的《琼斯皇》之间确实有可以深入分析的空间。但《原野》从复仇故事的家庭恩仇载体、鬼神意识和善恶观念的渲染、婆媳冲突文学母题的复现等方面，体现的恰恰是浓郁的民族色彩和曹禺剧作特别突出的强烈的动作性。属于民族自己最根本的特征，往往没有得到更多的注意，比较研究就停留在发现“秘密”、揭示“影响”的表层了。我不想在这里进行比较研究，也无意去展开奥尼尔戏剧与曹禺戏剧之间的“大胆假设，小心求证”，我只想指出：当各种背景的学者满世界为曹禺寻找“影响来源”的时候，是否就将这样的跨文化研究引向了谬误的境地？既然，可以从古至今在不同文化中为曹禺找到这么些“像这像那”的祖师爷，就证明曹禺谁都不像。我们的研究者有没有想过一个文化学研究当中会常常碰到的问题：许多毫不相干、了无联系的民族，会有许多情感范式、神话原型、风俗习惯惊人地相似乃至相同。这是人类发展经历的许多相似、相同生命活动，相同或相近的生活内容、情感方式决定的。那么，表现这些活动和内容的文学艺术就会常常有惊人的相似性。我们无视这种最大的可能性和前提，开展轻率比附和简单比较，其实在很大程度上是受到了考察文化交流时预设前提的影响：西方影响东方。按照这样的推理，去进行“设想”和“求证”研究，可能就越走越远离真理。

问题是，作为西方文化之“舶来品”的中国话剧一定是西方作家的“模仿品”吗？不会有人首肯这个等式，但实际生活中一些研究者在对待中国现代剧作家的态度上，就是这么做的。就像对中国话剧与西方戏剧的关系的考察，首先确定的是影响与被影响的关系，然后看影响怎样发生、在哪些方面发生。思想方法十分简单，结果就令人难于接受：称赞你，那是因为你对西方大师模仿得像；批评你，那时因为你是西方大师拙劣的学步者或“勉强的弟子”。前提定下来了，中国剧作家就成了翻不出“西方影响”这个“如来佛手心”的“孙悟空”。

在美国留学又教书的刘绍铭就称曹禺为“契诃夫和奥尼尔的勉强的弟子”(the reluctant disciple of Chekhov and O'Neil).①他是持“模仿论”的观点来评价曹禺的。对于《日出》，与夏志清从美国电影找影响的意见不同，他在《从比较文学的观点去看〈日出〉》中认为：“作为效仿柴霍甫的戏路而写成的实验剧本看，《日出》写得坏得可以。因为，除了动机以外，该剧没有一点和柴氏相像的地方。”②

刘绍铭在与曹禺会面前十五年，在印第安纳大学念比较文学博士课程，博士论文就是以曹禺为个案来进行比较文学研究的。1980 年，也就在印地安纳大学见到曹禺，看了《日出》的演出后，他又这样表态：“1966 年写成英文的《曹禺论》，论点失诸持平，也就是没有兼

① Ts'ao Yü, the Reluctant Disciple of Chekhov and O'Neill, by Joseph Shiu-ming Lau, unpublished dissertation, Indiana University, 1966. pp. 81-90

② 引自田本相、胡叔和：《曹禺研究资料》，中国戏剧出版社 1991 年 12 月版，第 794 页。

顾到这几点客观原因。”他说的客观原因有两点，一是曹禺写剧本时才23岁，年轻；最紧要的一点是“他的作品，与易、契、奥诸人比起来，虽然失色，但在中国话剧史上，他实在是一代宗师”。他从曹禺作品的生命力认识到应该修正观点，但前提是在西方文化面前“次一等”的价值定位：“我首先向曹禺招供，如果我今天重写《曹禺论》，我对他剧作的评价，会高许多。我对《雷雨》和《日出》二剧批评得极不客气，理由不外是那时我刚念完比较文学的课程，眼中尽是希腊悲剧以来的西方戏剧大师。而把曹禺作品与易卜生、契诃夫和奥尼尔等人，平放着来看，那曹禺自然吃亏些。”①这种理由，只能从西方文化优胜论对一个西方文化学习者心灵的“价值格式化”效应去理解，就像电脑硬件对软件旧信息的消除以使之适应自己的工作环境要求一样，不需要理由。否则，刘绍铭所谓作者年轻、“平放着来看”，就“自然吃亏些”的理由，没有学理逻辑。

四、“曹禺在纽约”余思

当然，无论外国评论家还是华裔学者，对曹禺的剧本创造，也还是有热情赞颂与持平论述的。

就《日出》而言，在1936年12月27日的《大公报》上有过一个英国人评价：“《日出》在我所见到的中国戏剧中是最有力的一部。它可以毫无愧色地与易卜生和高尔斯华绥的社会剧的杰作并肩而立。”②1972年，中国台湾胡耀恒教授在美国印地安纳大学所写的博士论文出版，他以十章的篇幅逐一讨论曹禺作品，加上绪论和结论两章，对曹禺创作整体做了更深入的研究。最后援引了一些西方研究者观点，也有作者的思考，指出：奥尼尔、契诃夫、易卜生的影响通过民族生活内容主体和人物形象“深入地体现为中国传统的东西”。他的结论是：“根据批评家和文学史家的充分研究认证，曹禺在现代中国文学史上的地位是确信无疑的；因为西方世界对中国增长的兴趣，曹禺将会获得更多的国际性关注，同样也将会享有那些伟大的西方戏剧家一样名声。”③他的看法较他的学长们有很大的进步。

但问题在于，同样接受西方教育，有人能够学习别人强壮了自己，尤其从异质文化的参照系里更好地反观自己，认清价值，获得更好的发展；有人在学习过程中，越学越“卑”从中来，以西方价值置换了自己民族文化的价值，结果是自己文化的放弃。在曹禺研究和评价中，历来能够折射出这两种中国知识分子的文化心态。而且，不难发现，否定自己的文化，我们民族往往表现得比外国人更坚决和更彻底，言辞和行为都更过分，更没有冷静的学术心态和透彻的价值眼光。

问题还在于，曹禺作为中国现代戏剧发展史上民族文化承前启后、文化交流传播上汇融发展的历史条件下极其有典型意义的一个杰出剧作家，如何对他正确评价与客观定位，实际上关涉到世界文化交流和传播过程当中自己民族的价值态度与文化立场问题。

---

① 刘绍铭：《君自故乡来——曹禺会见记》，《明报月刊·曹禺特辑》（香港）1980年，第71页。

② 谢迪克：《一个异邦人的意见》，见田本相、胡叔和编《曹禺研究资料》，中国戏剧出版社1991年版，第725页。

③ Ts'ao Yû, by John Y.H.Hu, published by Indiana University, New York, 1972.p.149.

曹禺应该不会想象得到，他访问美国会再次遭遇这个问题。早在1946年下半年曹禺和老舍访问美国期间，根据柳亚子先生的公子柳无忌教授记载，曹禺在一篇文章中谈到中国话剧与西方戏剧的关系，“中国戏剧的目的应该是反映出纷乱时代的中国人民的思想和生活。对于西方舞台，我们的新戏剧一定既不当应声虫，也不做模仿者。易卜生和西方其他戏剧大师都不再是偶像，我们正在寻找真正的剧作家，情感真挚、眼光洞察、从中国自己的土壤里成长起来的剧作家，这些剧作家的创作将能够折射我们民族的灵魂。”①

曹禺的出现，在当时中国文坛上引起了不小的惊喜。那种语言艺术的魅力、那种成熟的结构、那种血肉丰满的人物、那种强有力的戏剧动作、那种热郁躁动的情感、那种诗意的理想和情愫、那种深厚的民族文化内容、那种生动的社会生活表现……新文化运动的新剧建设经历了艰辛的开拓与曲折的探索，终于接受了“雷雨”交加的成人洗礼。曹禺之所以被看作是中国现代戏剧成熟的标志，绝不是因为他把西方模仿得最像，而是他纯熟地运用话剧这种“舶来品”生动地表现了中国的社会生活和民族的生命意识。他的出现，当时中国文艺界感觉“就像是我们的时代突然来了一位摄魂者”。但是，这么一个有民族文化自觉意识与时代艺术创造精神的剧作家，长期以来被不容分辩地定位为他自己明确反对的“模仿者”，而且是“次一等”的模仿者，“勉强的弟子”！

曹禺与奥尼尔和曹禺与西方的关系结构，一定程度上是中国与西方关系的隐喻。西方人乐于承认曹禺是中国现代戏剧最伟大、最有影响的剧作家，但也乐于接受“影响论”的笼统说法；曹禺是中国话剧成熟的标志，他对中国话剧的意义，与奥尼尔对美国戏剧的意义相似。他是中国剧作家当中作品生命力最强，在中国和亚洲、欧美影响最大的剧作家，这一点几乎是可以达成共识的。但是，对这样一个确立了中国现代戏剧地位的杰出人物，我们在研究他的时候，无视他的对话剧民族化所做出的伟大贡献，将中国和亚洲广大观众喜爱、用作品滋润过几代人的心灵与情感的这位剧作家拿去“排座儿”定位，自动“降低档次”置于别国艺术家之下，中国艺术自然也就退而居其次。这都是我们民族自己做的，自觉自愿地“谦卑居下”，是殖民语境和后殖民语境中一部分被文化殖民和心灵殖民了的殖民地、半殖民地文化人的“发言姿态”，是帝国主义殖民成功的最大、最持久的成果。当时国内外普遍舆论所导致的结果是，连阿瑟·米勒也笼统地接受了这种观点，以至于认为，曹禺20世纪30年代访问美国，迷恋上了奥尼尔戏剧，接着就写出了那几部有影响的剧作。②

曹禺到美国，不是去朝觐奥尼尔，也不是去顶礼西方文化。这一点，他1946年初次访问美国的时候就十分清楚。他说中国在寻找自己民族的新的剧作家，事实上，他自己就是一位在民族土壤里成长起来的、创作能够折射民族灵魂的剧作家。著名戏剧史家田本相先生说得好：“如果没有偏见，真正客观地把曹禺放到近代世界戏剧史和中国话剧史的发展中，即使是把他的作品与易卜生、契诃夫、奥尼尔等人的作品加以比较，也会对曹禺及其

① Cited from Ts'ao Yü, by John Y. H. Hu, published by Indiana University, New York, 1972. pp. 23-24.

② 参见 Salesman in Beijing, by Arthur Miller, published by The Viking Press in 1984, U.S.A., p. vi.

剧作做出更加客观而公正的评价，也会看到他对中国话剧乃至世界戏剧所做的历史贡献。曹禺是属于中国的，他的戏剧也属于世界。”①

曹禺在深厚的中国传统文化土壤上长大，精神禀赋、情感内容和生命活动表达方式都是中国社会历史条件所框定的，自然，对西方文化，他也学习，也可以模仿，但最终是创造。成熟的他，作为中国现代话剧成熟标志的他，是富于民族文化精神和中国社会内容的诗意创造。曹禺在纽约，就像置身于一个“规定情境”当中，再次检验了人们在近、现代世界文化语境里是如何思考和辨析文化交流成果与民族艺术存在状态的。曹禺，一个在中、西文化交流中成长起来的剧作家，他承载了太多太沉重的文化话题。

原载《戏剧艺术》2006 年第 6 期

① 田本相、刘一军：《曹禺评传》，重庆出版社 1993 年 11 月版，第 301 页。

新版《日出》[①]：以新方式诠释经典

苗　春

大幕启处，舞台变成一个半倾半开的、巨大的鸟笼子，并且拥有别致的、在鸟笼子外围盘旋的“腰线”：从舞台右侧底部逐渐盘旋上升到左侧舞台高处的一长段楼梯，演出空间于是骤然立体化、扩大化，由一层变成了多层，演员们可以在楼梯半中腰上下场或者表演，也可以在舞台最高处回忆往事、俯视众生。这个别致的舞台设计，应该是曹禺经典话剧《日出》诞生以来所没有过的，“鸟笼”也画龙点睛地象征了陈白露的身份和处境。总政话剧团推出的新版《日出》，目前正在国家大剧院上演。导演王延松称，此次排演是“对《日出》的新解读、新样式、新叙述”，其“新”，首先就会让观众从舞台设计上感受到。

熟悉《日出》的人都知道，该剧共有四幕，其中一、二、四幕是陈白露在豪华旅馆的住处，第三幕是三等妓院，这两个反差颇大的舞台布景，对历来所有的《日出》剧组都是一种挑战。新版《日出》在豪华旅馆与三等妓院的变换，巧妙地利用了帷幔、盖布和灯光。可以说，新版《日出》的舞台设计一方面简洁而具有现代时尚色彩，甚至有点小剧场话剧的感觉，与过去舞台布景的写实、繁复截然不同，另一方面又有效拓展、立体化了舞台表现的空间，具有西方先锋话剧色彩。

王延松认为，对经典的新解读是一种时代的审美需求。当然，重排《日出》有很大的难度，首先是原著剧本多达9.4万字，必须找到新的角度才能成功地压缩。为此他花费了一年的时间，最后从曹禺先生的《日出》序言受到启发，把原著删减到3万余字，而且仍然比较忠实于原著。新版《日出》完全从陈白露的角度讲述故事、贯穿人物，开场就是陈白露的死，整部戏既是一个关于众生复杂人性的故事，也是一个关于陈白露心灵的故事，而且忽而关注人性、忽而关注心灵，大开大合，然后再度走向陈白露的死亡。也有人把这种改编称为“洗牌”，即：并不修改、增加原著的情节、台词，而是将原著中的一些段落进行重新编排，编排的主线是陈白露的精神历程和心灵独白，突出她向往日出、向往美好的一面。这个版本就成为原著的一种浓缩和抽紧。显而易见，新版《日出》里陈白露的戏份特别多，占据绝对的主导地位，而且内心戏极为突出，富于跳跃性。这对陈白露的饰演者陈数提出了更高的要求。凭借在电视剧《暗算》《新上海滩》《相思树》中的出色表演，陈数近年来声誉鹊起。然而，历来陈白露的扮演者都是话剧舞台上的翘楚，陈数是否能够与她的杰出前辈们比肩呢？王延松对此给予肯定。“陈数天性聪慧，特别能理解新版《日出》‘原创性’的一

---

① 总政话剧团，王延松导演。

面，导起来不累。话剧这门综合艺术需要各方面的积累，她恰好符合了这些要求。也许陈数在表演手段上还没有那么丰富、完美，但是她的文学素养救了她。而且每一次彩排和每一次演出，她都在不断地进步。”

值得一提的是，著名小品演员郭达一洗以往的喜剧色彩，成功饰演了商人潘月亭。此外，饰演李石卿的翟万臣、饰演方达生的靳东以及配角胡四、顾八奶奶、翠喜的扮演者，都非常胜任角色，十分难得。

据悉，该剧在国家大剧院的演出结束后，还将在全国进行50场巡演。

原载《人民日报（海外版）》2008年5月12日

曹禺剧作审美现代性的舞台展示

——观总政话剧团演出的《日出》

田本相　宋宝珍

继成功地导演了曹禺先生的剧作《原野》和《雷雨》之后，王延松以其对经典的严肃态度导演了先生的另一部剧作《日出》。该剧由解放军总政话剧团出品，在落成不久的国家大剧院首演，受到观众和专家的热烈欢迎和称赞，人们认为只有这样的演出才可以和这么气派的剧院相匹配。自此，作为导演王延松也完成了自己的宏愿，即透过现代的审美视角，在重新解读、诠释的基础上，将曹禺先生早期创作的三部经典剧作全部搬上了舞台。

早在 1939 年末，毛主席就曾指示延安鲁艺戏剧系，让他们集中好的演员，把《日出》演一演。果然，在 1940 年的元旦演出中，《日出》连演八场，观众近万。这样一个反映都市纸醉金迷的堕落生活中一个女性悲剧的戏，缘何能打动革命根据地的人民？这说明一个真正意义上的悲剧，它关乎到生命价值和精神的存在等普泛的社会启迪意义，这也是优秀艺术作品的品格所系。总政话剧团团长孟冰同志不以题材论胜负，而以价值为要义，推出了《日出》这样的话剧，我们不得不佩服其胆识和魄力，并且也要向剧组表达深深的敬意。

《日出》的演出本，在王延松的重新解读中，对原剧的篇幅做了压缩，突出了陈白露走不出黑暗现实和精神地狱的悲剧。在“损不足以奉有余”的旧中国，戏剧透过陈白露个体生命的毁灭，反映了旧的社会机体彻底腐烂的肌理。由于曹禺对现实的揭示是如此深刻，我们以往习惯性地将其视为现实主义剧作家，可当我们深入解剖其剧作的精神内涵时，又不得不承认，曹禺是难能可贵的具有现代意识的现代主义剧作家。正因如此，他的剧作才会常演常新，显现出不竭的艺术魅力。王延松导演对《日出》的“新解读、新样式、新叙述”，的确有着他不可抹杀的再创造，而这一切都来自对于曹禺原作的审美现代性的发掘及舞台展示。

在现代，除了鲁迅，很少人像曹禺这样具有现代性的焦虑。他所面对的 20 世纪 30 年代的中国社会，特别是像天津、上海这样的大城市，一度的畸形繁荣的资本主义，造就了浮华喧嚣、灯红酒绿的表象，而其背后是一个极为残酷的禽兽世界。金钱的统治，物欲的横流，一切都被扭曲，一些都被颠倒。曹禺对于此种现实的焦虑所达到的紧张程度，简直像自身患了一场瘟疫，使他陷入“无尽的残酷的失望”之中。“一件件不公平的血腥事实，利刃似的刺了我的心，逼成我按捺不下的愤怒。有时我也想，为哪一个呢？是哪一群人叫我这样呢？这些失眠的夜晚困兽似的在一间笼子大的屋子里踱过来，拖过去，睁着一双布满了红丝的眼睛绝望地愣着神，看着低压在头上黑的屋顶，窗外昏黑的天空，四周漆黑的世界，一切都似乎埋进了坟墓，没有一丝动静。我绝望地嘶嘎着，那时候我愿意一切都毁灭了吧，我觉得宇宙似乎缩成昏黑的一团，压得我喘不出一口气，湿漉漉的，粘腻腻的是我紧紧抓着一把泥土的黑手。我划起洋火，我惊愕地看见了血。乌黑的拇指被那瓷像的碎片划成一道沟血，一滴一滴快意的血缓缓地流出来。”[①]他在拷问自己，拷问着生命，这种焦虑本身就是“残酷的”，之所以残酷，就在于他发现这个社会对于人的迫害，不仅是物质的，而且是精神的：一个现代化的城市，并没有给人带来福音，而是精神的沉沦和堕落。曹禺痛切感到这种资本社会的精神癌症。他的感觉绝对是现代的，正是从这里诞生着曹禺戏剧的审美现代性。

王延松的新解读，就在于他从研读剧本中，也从他个人的内心感受中，发现《日出》展示的物欲横流中，对于人的精神的摧残和迫害。于此，他又发现同当代“现代化的进程不仅没有解决反而更加尖锐化的时代病痛”的相似点。[②] 他的新叙述、新样式，正是从这样的“新解读”中衍化出来的。

我们很欣赏他在《日出》中确立的新的叙述方式，那的确显示了导演对剧作的认知能力。自《原野》开始，一路走来，王延松把导演的创作功力，放到对剧本的钻研上，从原作中发现新意。乍看起来这是很笨的方法，但是，却是一条具有创意地演出经典的必由之路。在王延松导演的《日出》中，陈白露不但是事件的亲历者，而且是叙述者、观察者，甚至是思索者。这并非导演所强加的，而是从剧作的意味中引申生发的。

《日出》的审美现代性集中表现在陈白露这一个典型形象上。她作为现代都市的摩登女郎，被曹禺发现。这应该是中国舞台上第一个本土交际花形象，一个具有现代资本象征的人物。曹禺要写的就是一个纯情少女是怎样走向高级卖淫道路的，又是怎样走向毁灭的。在陈白露的遭际中，曹禺处处展现的是受到“五四”思潮影响的知识女性走上社会而最后无路可走的精神痛苦和精神悲剧。她是清醒的，她清醒地意识到自己的堕落，深深地懂得自己陷于泥潭而不能自拔。意识到的痛苦，显然是一种残酷的痛苦。正因为她是清醒的，她才能够成为一个叙述者；一个能够自觉到痛苦者，也可能成为生活的观察者和思索者。

高级的卖淫生活，对陈白露说来既是套在头上的枷锁，又是腐蚀她灵魂的鸦片。她既身受这种卖淫生活的侮辱迫害，饱尝被出卖的痛苦，又受到卖淫生活的毒害，陷入腐朽生活的桎梏。被侮辱和被腐蚀的灵魂都是来自一个罪恶的根源，即那个罪恶的卖淫制度。

“太阳升起来了，黑暗留在后面，但太阳不是我们的，我们要睡了。”这是陈白露喜欢的诗，也是曹禺对于现代性悲剧的发现。那个罪恶的金钱社会是怎样在精神上逼迫她，使她

① 曹禺：《日出·跋》，《曹禺全集》第1卷，第381、382页。

② 王延松：《〈日出〉导演手记》。

陷入极度的痛苦，又是怎样腐蚀着她，使她陷入不可解决的精神矛盾之中，最终导致她精神崩溃而绝望地自杀。恩格斯曾说，卖淫制度“使妇女中间不幸成为受害者的人堕落”。在这里，不幸的妇女处于既是受害者又是被腐蚀的堕落者的双重的矛盾地位。正是这种双重的属性，在很大程度上造成了陈白露复杂而深刻的精神矛盾。它展现了现代都市文明的精神“吞噬之力”，一种可怕的残酷的杀人的力量：它禁绝人们的希望，摧残人们的灵魂，腐蚀人们的意志，把人的美好的心灵杀死，这是最残忍的了。

当陈白露作为一个叙述者，自然使这个原来残酷的悲剧产生间离的效果，引发观众的思考，从而缩短了这部20世纪30年代的戏同当下的时间距离，把它同观众拉近了，让观众去思索当代的种种现象：现代化，所带来并非都是欢乐和幸福。

如果说《日出》的原作，饱含着曹禺激越的情感和那种“时日曷丧，予及汝偕亡”的决绝，决定着《日出》的风格是激情迸发，那么由于王延松版《日出》叙述方式的改变，全剧的演出风格就转化为一种凝重沉静的格调。与其说是陈白露把你带进《日出》的世界，不如说是导演将观众引进一个深思的境界。这倒是曹禺先生在创作《日出》时最初所追求的艺术境界。

叙述方式的变化，在某种角度上看，也是结构上的更新。《日出》原作争论最多的是关于第三幕，有人以为它是一个“孤立的存在”，主要人物陈白露在这一幕不见了。当年欧阳予倩先生导演《日出》，将第三幕割舍了，曹禺竭力为之辩护。他以为不演这一幕就等于把《日出》的心脏挖去，但是，主要人物没有贯穿下来，毕竟带来遗憾。在新版里，王延松表现出对经典的艺术真诚，他采取目前的方式，使陈白露出现在第三幕。虽然她没有直接参加到剧情中来，但是，在时空交错中，她的三次出现，不仅暗示着她同翠喜是一样的命运，一样在出卖着自己，一样的悲惨；也更使她意识到宝和下处和她住的大饭店，同样是“地狱”；而小东西惨死，加剧着她内心的矛盾和人生抉择的果断。这就丰富了陈白露内心世界。

最为难得的是，压缩后的《日出》演出相当完整。在这里每个演员都完成了自己的角色任务，尤其是演惯了军旅戏剧的演员，在舞台上演绎着另外的人生世相，能够达到这样的程度，只有对之大加称赞了。

陈白露是一个十分难演的角色，但是我们非常欣喜地发现陈数这个年轻的演员所展示的魅力，这是多年来我们看到的最好的陈白露的舞台形象。曹禺先生曾让田本相看过日本的内山鹑导演的《日出》中陈白露的舞台照片，他说，陈白露就应当这么年轻，这么漂亮，而我们的演陈白露的演员都显得年龄过大了。陈数是这么年轻，在舞台上是这么漂亮；而最为难得的是她对于陈白露复杂而深刻的心理矛盾把握得相当准确，特别是她的舞台动作分寸感，拿捏得十分到位。陈白露性格的复杂性，很容易在表演上产生破裂：如果过多展现其腐烂生活的一面，可能就演得风尘味十足，轻浮庸俗；相反，如果没有演出她“卖”过的生活印记，那就看不出她的被腐蚀被损害的极度痛苦。在陈数的表演中，显然内蓄着她对艺术的刻苦追求；而这些却是当前女性演员最最难得的。我们期待她有广阔的艺术发展，我们的舞台需要真正的女性表演艺术家。就像当年的张瑞芳、白杨、舒绣文那样。

《日出》看来是很写实的，但是《日出》的诗意渗透在血迹斑斑和金钱污秽的现实之中，却使它有了审美的现代性。曹禺在这里探索的是一个罪恶的世界，甚至是禁域。无论是陈白露的豪华的客厅，还是翠喜的宝和下处，都成为他精神冒险的地方。他像波德莱尔一样，在污秽中发现“一颗金子般的心”，在“华丽的首饰中，恐怖熠熠生辉”。而他更发现了“太阳升起来了，黑暗留在后面，但是太阳不是我们的，我们要睡了”。这是一个生命的悖论，一个社会的悖论，也是一个现代性的悖论。单是这样的一个诗意的发现，即非现实主义所能概括了的，也足以使曹禺的戏剧诗胜过那些巨幅的写实画面。

原载《中国戏剧》2008 年第 7 期

敬畏经典

——写在《日出》重排之际

任　鸣

在我排过的六十多部作品中，《日出》是唯一一部排过四次的戏。好的作品可以用任何形式来解读：我曾经用传统和现代相结合的手法呈现《日出》；这次在纪念曹禺诞辰 100 周年之际复排，我的原则是最大限度地尊重原作，最大限度地呈现原作。具体来说，台词我一点不动，做到百分之百地使用曹禺的语言；作品的主题、舞台的样式、人物的塑造，都力求还原曹禺笔下的时代；不仅演员要有时代感，景的处理以及音乐使用上也以古典风貌为主。

为什么要坚持对原作的忠实？以音乐来打个比方。无论是卡拉扬，还是小泽征尔，当他们指挥乐队演奏贝多芬的乐曲时，不会更改任何一个音符，否则就不是贝多芬的音乐；但是不同的指挥却可以对贝多芬有不同的解释。对待戏剧经典，我认为应秉持同样的原则，这种尊重首先从尊重台词开始。这次复排《日出》，主要是抓演员的台词，抓演员对人物的塑造。我相信曹禺作品本身的魅力，以尊重原作的心态来排，作品会更扎实，作为保留剧目的价值更大。

有人认为忠实原作，会束缚自己的创作，我的看法恰好相反。经典作品之所以成为经典，正因为它可供后人挖掘和阐释之处无穷无尽；创作的自由也不在于形式的新旧，而在于二度创作者对原著中人性的挖掘与表现是不是深刻。不同的版本之间关键的区别，就在于对主题、对人物的挖掘是不是更深刻，把握的是不是更准确。在艺术的世界里，不是越当代就越高级，艺术的新旧不代表水准的高低，就好像今人写诗未必比李白写得好。站在导演的角度，我不排斥任何其他的版本，我只是在努力吸收好的东西，然后拿出我们自己的观点和个性。

那么，今天为什么要复排曹禺的作品？不仅为了纪念曹禺。二十多年来，我在国内外四次排演《日出》，我曾看过小学生排演《日出》片段，看过小县城的影城里贴出“今天下午上演《雷雨》第二幕”的广告，他笔下的陈白露、周朴园包括胡四、小东西这些人物都没有因为时代变迁而被湮没。曹禺作品对人性挖掘得深刻，并具有无穷的批判现实主义精神，这是曹禺作品跨越时空的原因——而这两点，都为今天的戏剧创作所匮乏，这也是在今天复排曹禺经典的现实针对性所在。

没有曹禺，没有焦菊隐等老一辈艺术大家，就不会有今天的北京人艺。人艺的戏，要有人艺的风格，缺少具有特色的剧院，将是中国话剧的悲哀。对我来说，对人艺作品的继承非常重要，与此同时一定要在继承的基础上去发展和创新，这样才能使人艺的精神、人艺的戏剧风格与时代吻合，不断前进；我们需要不断有能够准确诠释曹禺、老舍、郭沫若等经典作品的年轻演员。所以在这次复排《日出》时，演员阵容上一半是梁丹妮、王刚这样的老演员，一半是谷智鑫等年轻演员，并且为陈好主演的陈白露配了B制和C制，以培养年轻人。

今年是曹禺诞辰百年，我们还会迎来北京人艺的百年华诞，希望那时的观众还能够领略到《茶馆》《天下第一楼》的魅力，还有优秀的演员能够诠释《雷雨》《蔡文姬》等经典，同时还能有优秀的新作。而在这些保留剧目中，我希望也有《日出》，抱着这种精神，怀着这种期待复排《日出》，期望它成为有价值的保留版。

原载《人民日报》2010年8月5日

新世纪10年曹禺剧作的舞台呈现

宋宝珍

时光荏苒，转眼我们已经走过了21世纪最初的10年。10年中，曹禺创作于20世纪三四十年代的经典剧作《雷雨》《日出》《原野》《北京人》等，就演出范围和上演次数而言，依然是中国舞台艺术经久不衰的热点，目前，一些新创的剧目还难以与之比肩。特别是2010年适逢曹禺诞辰100周年，入秋以来，上海、天津、北京、香港、潜江等地，陆续举办了一系列有关曹禺的纪念演出与学术研讨活动，说不完的曹禺，演不尽的曹禺戏剧，已经成为人们的共识。

一

在新世纪10年中，有关曹禺经典剧作的演出一直绵延不断，依演出势头来看，可依稀辨出曾经出现过三次“潮涌”：第一次是以纪念曹禺诞辰90年（2000年）为契机，以北京人民艺术剧院的纪念演出为龙头，延续达四五年之久的曹禺剧作演出热；第二次是以纪念曹禺逝世10周年（2006年）和纪念中国话剧100年（2007年）为契机，形成对曹禺剧作的新解读、新阐释以及舞台呈现的新热潮；第三次则以纪念曹禺诞辰100年（2010年）为契机，各地纷纷演出曹禺戏剧，在传统与现代之间，人们孜孜不倦地发掘曹禺经典剧作的深刻意义。10年中，若依演出团队、演出场次排序，首先是《雷雨》，其次是《原野》，再次是《日出》《北京人》。

2000年8—10月，为纪念曹禺诞辰90周年，北京人民艺术剧院以不同的舞台演出风格，演出《雷雨》6场、《日出》19场、《原野》30场。其中《雷雨》遵循了传统的现实主义戏剧风格，中规中矩地诠释了其鲜明主题；《日出》将20世纪30年代的故事背景，挪移到2000年，展现了当代都市生活喧嚣与斑斓的图景；《原野》则完全打破了原作的结构模式，以导演的新解读，整合起具有玄奥意象和探索意味的小剧场戏剧。这三部话剧的出现，开启了此后人们解读和演出曹禺剧作的三种模式。一时间，经典剧作的演出如何继承传统、开拓创新，成为戏剧评论的话语中心，并引起社会关注和争议。

此后，曹禺的经典剧作在当代舞台不断表现出历久弥新的文化价值和永不衰竭的艺术魅力。

2002年5月，北京人民艺术剧院为庆祝建院50周年，在首都剧场多次演出《雷雨》，该剧还曾赴昆明、重庆等地巡演。

2003 年 4 月，为庆祝中国戏剧梅花奖创办 20 周年，各地得奖演员在首都剧场集体演出了由徐晓钟导演的话剧《雷雨》。同年 11 月，由叶惠贤策划、陈薪伊导演、汇集影视剧明星的“明星版”话剧《雷雨》在上海首演，随后又在广州、深圳、成都、北京、天津等地巡演。

2004 年 10 月，由万方编剧、金湘作曲、李稻川导演、被称为是“震撼西方舞台的第一部中国歌剧”的《原野》，在北京世纪剧院上演。同年 11 月 28 日至 12 月 3 日，湖北潜江举办“曹禺文化周”，邀请北京人艺的话剧《雷雨》、湖北实验花鼓剧团根据曹禺的《原野》改编的花鼓戏《原野情仇》现场展演。

2005 年 4 月，北京人艺的《雷雨》赴上海大剧院演出 2 场。同年 12 月 2—3 日，北京舞蹈学院青年舞蹈团在北京大学百年纪念讲堂演出根据曹禺的同名剧作改编的舞剧《原野》。次年 1 月，该剧在“第三届北京舞蹈季”重演，受到舞蹈家贾作光的好评，该剧被誉为是舞蹈美学追求中的“可喜成绩”。

2006 年 1 月 12—13 日，经过 3 年的筹备、创作和修改，由吴贻弓改编、作词并导演的音乐剧《日出》，在上海大剧院公演。同年 2 月，由王延松导演、天津人艺的《原野》在津首演。5 月，台湾戏剧界为纪念曹禺逝世 10 周年，特邀北京人艺的话剧《雷雨》赴台演出，由谢晋导演、台北新剧团演出的京剧《原野》也同时上演。5 月，重庆川剧院改编的川剧《金子》，赴法国、瑞士等地巡演。9 月，天津人艺在津演出了由丁小平导演复排的话剧《雷雨》。10 月，天津人艺的话剧《原野》，参加“第 13 届中日韩戏剧节”，于首尔艺术中心剧场演出 2 场。11 月，北京人艺的话剧《雷雨》，参加由中日共同主办、在日本东京开幕的“中国文化节”，在四季剧团的“秋剧场”演出 3 场。12 月，北京人艺和天津人艺在首都剧场进行联合公演，演出了北京人艺的《雷雨》《北京人》和天津人艺的《日出》《原野》。这年年底，改编自《雷雨》、由张艺谋导演的电影《满城尽带黄金甲》举行全球首映仪式，遗憾的是，曹禺的经典悲剧《雷雨》，在电影中被置换成了一个香艳的宫廷情欲与权力之争的俗套故事。

2007 年是曹禺戏剧演出频繁的一年。1 月，上海戏剧学院师生在兰心大戏院演出了由王延松导演的《雷雨》。2 月，江西省话剧团在南昌演出《雷雨》。5 月，香港话剧团为纪念中国话剧百年，由田本相指导、毛俊辉导演、选取《原野》《北京人》《日出》片段，以《万家之宝》为总标题，以独特的构思和不同的表现手法，演出了曹禺话剧“折子戏”。6 月，北京人艺的话剧《北京人》参加“21 届新加坡艺术节”，演出于新加坡滨海艺术中心。7 月，北京人艺在首都剧场为《雷雨》演出 500 场举办了简朴的庆祝仪式，这是剧院自 1954 年 6 月 30 日首演《雷雨》以来所创造的新的演出纪录。8 月，山东省话剧团在济南历山剧院演出了《雷雨》和《原野》。10 月，由谢晋导演、台北新剧团的京剧《原野》，在北京保利剧场演出。

2008 年 3 月 27—31 日，北京人艺的话剧《雷雨》在落成不久的国家大剧院演出。同年，该剧参加在南京举行的“第 31 届世界戏剧节”，于 10 月 26、27 日在南京紫金大戏院演出。

2009 年 11 月 20—22 日，由王延松导演、天津人艺的《原野》，在台北新舞台上演，观众购票踊跃，场场爆满。台北的文化主管以及诸多专家学者胡耀恒、黄美序等纷纷到场观看。首场演出结束后，热情的观众与主创人员举行了座谈，观众对演出予以高度评价。

次年1月6—17日，该剧在国家大剧院小剧场又连演11场。

2010年也是曹禺戏剧连演不断的一年。5月14—16日，由苏州评弹剧团演出的中篇弹词《雷雨》在北京长安大戏院演出；9月28日，该剧在梅兰芳大剧院再度上演；11月又进行了南京大学的校园演出。6月2—4日，以“相约世博”的名义，上海歌剧院在上海大剧院演出歌剧《雷雨》，该剧对话剧情节做了必要的浓缩，使悲剧张力更加突出。导演查明哲表示，要让戏剧节奏随着音乐的翅膀飞得更远，展现曹禺戏剧的写意与诗化。9月12—13日，由曹其敬导演、上海沪剧团改编的沪剧《日出》在上海逸夫舞台演出，10月24日，该剧赴北京长安大戏院演出。9月16日（美国当地时间）晚，沈阳师范大学英文版《原野》，在位于美国马萨诸塞州北汉普顿市的史密斯女子学院首次公演获得成功，此次演出的版本，在王延松导演的《原野》的基础上创作而成，美国史密斯女子学院戏剧系主任艾伦担任导演。

曹禺是北京人艺的老院长，为了纪念他的戏剧功绩，北京人艺在9月连续推出了曹禺的4部经典剧目，就此揭开了北京地区纪念演出活动的帷幕。9月7—19日，由任鸣导演、北京人艺的《日出》在首都剧场演出12场。9月10—16日，由李六乙导演、北京人艺的《北京人》在国家大剧院演出6场。9月24日至10月7日，由顾威、陈薪伊各自导演，北京人艺的《原野》《雷雨》分别在国家大剧院和首都剧场上演，各演出14场。北京人艺的4台曹禺大戏在纪念活动中，累计演出46场，票房总计1046万。

10月，香港的曹禺纪念演出活动也集中展开，10月8、9两日，香港影视剧团的《曹禺——一个世纪的声音》演出于西湾河文娱中心，14—17日，北京人艺的《北京人》演出于葵青剧场，22—24日，香港戏剧协会的《正在想》演出于元朗剧院，26—28日，众剧场的《日出》演出于香港文化中心。

在内地，年末的曹禺戏剧演出仍在持续进行，11月27日至12月8日，由高杰导演、大连话剧团演出的《雷雨》在北京世贸天阶大隐剧院演出16场。此前，自5月10日起，此剧已在大连连演26场。这个戏将曹禺的《雷雨·序》当成是解读这部悲剧的钥匙，截取其中有深意的句子，由分饰不同角色的演员现场念白，形成《雷雨》的演出序幕，并为扣人心弦的悲剧气氛进行铺垫。舞台的灯光在演出中起到重要作用，它强化了人物内心，营造了戏剧效果。12月8日，易立明根据曹禺的《雷雨》改编的《阅读雷雨》在首都剧场上演。

此外，中国各地艺术院校、大中学校学生也在参与、促动着曹禺戏剧的不断上演，此处恕不赘谈。

二

新世纪以来，曹禺经典剧作《雷雨》几乎每年都有不同区域、不同剧团的演出。《雷雨》的舞台风貌一般是比较中规中矩而较少争议的。各演出版本之间的最大不同，往往不是风格上的迥异，而是要不要序幕和尾声，抑或是更偏重于表现意象诗性，还是更注重于阐述世态人情。这一方面应当归因于研究者和观众对《雷雨》的解读所达成的共识，另一方面也要归因于自20世纪30年代中国旅行剧团演出该剧大获全胜之后，后人创造的演出形态，实际上无法超脱文本和传统的规定情境。

自1954年始，北京人艺曾经有过夏淳导演的第一版《雷雨》，2000年顾威导演的第二版《雷雨》。2004年2月4日北京人艺的《雷雨》重新建组，由顾威担任复排导演，在延续原有的创作风格的基础上，更换年轻演员，让舞台演出呈现新的面貌。主要演员有杨立新、龚丽君、夏立言、白荟等，人称第三版《雷雨》。由于受到演出时间的限制，仍然舍弃了原剧本的序幕和尾声。此剧在剧本解读上，力图揭示悲剧人物的内在心灵和悲剧的不可避免性；在演出风格上，沿袭着北京人艺传统的现实主义特色，注重细腻、真实、生动、准确地塑造人物形象。复排导演顾威表示，第一版《雷雨》以阶级斗争为指导，第二版《雷雨》仍停留在社会问题剧的层面，而第三版则试图凸显人性主题。这一版中，演员的实际年龄比较接近原著所规定的角色年龄，周萍与四凤的爱情也显得更具真实可感性。杨立新扮演的周朴园，不再像以往那样阴冷可怖，对于蘩漪的态度，他多了些无奈与伤感之情。这一版《雷雨》将蘩漪作为悲剧的主人公，将她放置在悲剧的核心地位。

这一版的《雷雨》还强化了不出场的"戏剧主人公"——雷雨，从第一幕开始，周公馆的压抑、沉闷的气氛中，已经孕育了一种天幕低垂、四野云集的阴郁气息，随着悲剧情境的展示，闷雷从远天滚过，蓄势待发，闪电忽隐忽现，撕开暗夜的黑幕，直至四凤在自己家中向母亲发誓，炸雷当空劈下，暴雨倾盆而泻……可以说，雷雨不仅构成了戏剧的自然环境，渲染了人物的心境，是心理情绪的外化，而且对于人物命运具有强烈的象征。第三版《雷雨》所呈现的电闪、雷鸣、雨声，被观众认为是几版《雷雨》中最好的音效。

2003年4月3—6日，为庆祝中国戏剧梅花奖创办20周年，各地得奖演员在首都剧场集体演出了由徐晓钟导演的话剧《雷雨》。"梅花版"《雷雨》在首都剧场连演4场，布景于写实中融入写意性，恢复了原剧的序幕与尾声，演出在破落的、颓败的灰色屋宇中进行。这场演出"最大的亮点是明星们各显风采，周朴园、蘩漪、周萍、鲁侍萍的扮演者各有三组，王卫国、魏积安、宋国锋的'周朴园'都很到位，尤其是久演小品的魏积安让人看到了演正剧的功力。三个蘩漪也很出色，特别是肖雄，冷艳中透出哀怨的气质，与人物身份十分吻合"。[①] 实际上，由于演员来自不同剧种、区域，排练时间短暂，演员之间难以形成默契，表演风格不够统一，很难实现演出效果的完整、和谐、一致。多个演员扮演同一角色是新奇、大胆的尝试，但是也容易形成观众欣赏情绪的破碎与支离。在笔者观看的那场演出中，魏积安扮演的周朴园一上场，就引发了观众的笑声，应该说这决不是角色所应当达到的效果。这与其说是要以新的演出法诠释曹禺的《雷雨》，毋宁说是为了总览尖子演员的个人魅力。

2003年11月，明星版话剧《雷雨》在上海首演，本剧由潘虹饰蘩漪，达式常饰周朴园，顾永菲饰侍萍，濮存昕饰周萍，田海蓉饰四凤，雷恪生饰鲁贵，蔡国庆饰周冲，演员阵容不可谓不强大，因此也给人们带来了比较强烈的心理预期。据投资人透露，演出实现了比较好的经济效益。这无疑是话剧投身流行文化的某种尝试。在明星版《雷雨》里扮演周萍的濮存昕说，"能够成为《雷雨》的一员是我极大的幸福"，"但我斗胆进言，《雷雨》还没有演

① 苏丽萍：《"梅花版"〈雷雨〉观者如潮》，《光明日报》，2003年4月7日。

完，我们还有很多层面没有进入；曹禺先生对《雷雨》的期待也还没有圆满，我们应当还他一个心愿”。① 明星版《雷雨》的导演陈薪伊，也可以说是中国当代的明星导演，经她导演的很多戏剧获得过政府大奖。她自称带着悲悯的心情读《雷雨》，想要打破观众对《雷雨》的既定观感，力图在命运悲剧的背后发现新的东西。

梅花版《雷雨》与明星版《雷雨》，在艺术表现和审美取向上有相似特点，即试图以演员个体表演实力提升演出的社会影响力，以明星群体效应强化市场效益。然而，明星话剧也不容盲目乐观，它除了具有梅花版《雷雨》演出中演员配合不够默契的遗憾外，还出现了舞台布景过大、舞台调度不够协调等问题。

2001 年 1 月，王延松导演的新版《雷雨》在兰心大戏院上演，该剧组集合了毕业于上海戏剧学院的一批优秀演员：张名煜饰演周朴园，徐幸饰演蘩漪，宋忆宁饰演鲁侍萍，佟瑞欣饰演周萍。演出时布景高达 12 米，预设为 3 层，象征着人间、死境和重生的情境。写实的家具、窗子、楼梯与写意的景片、直入云霄的穹顶，在亦实亦虚、亦真亦幻的氛围中，创造出舞台意象的奇异和魅力，增强了戏剧的诗化意味。唱诗班不时地加入表演，吟诵着曹禺早期的诗篇，对表演起到了烘托和间离的双重效用。《雷雨》的悲剧性呈现，不是限于一时一地的现实性的局部人生，而是着意表现带有宗教般情绪的、对于人类终极价值的更广阔的沉思。为了给观众带来心灵的冲击和观赏的魅力，王延松在《雷雨》第三幕中，让周家和鲁家的场景并现于舞台中，过去、现在、想象的时空交织，多角度、多视点地呈现着富有魔力的戏剧情景。

《雷雨》的魅力，感召着人们不断地进行新的解读、新的诠释，当它被逐渐剥去社会学意义上的故事外壳之后，人们对其深邃的内涵和人性的隐秘依然充满着好奇，这也是不断有新的演出版本出现的原因之一。

三

《原野》是一部颇多争议的曹禺剧作，正因为如此，它昭示人们以各自不同的舞台形式诠释它的真义。笔者认为，《原野》确实不是一个简单的复仇剧，因为剧中表现的生命形态，包含了自然人性中只可意会的复杂内涵；便是那种阴郁惨烈的悲剧氛围，也包含着不可言说的生命质感。因此当人们排演了故事层面的《原野》时，总会感到意犹未尽；而当人们费力捕捉它的精神内核时，又会失掉其丰富可感的形象内涵。这是排演《原野》时迎面遇到的两难困境。

2000 年，李六乙以“先锋戏剧”的导演方式，为北京人艺排演了小剧场话剧《原野》，该剧由胡军、夏力薪主演。这也是 20 世纪八九十年代“先锋戏剧”发展的余绪。在一片商业化、流行化的时潮中，李六乙致力于探索现代人“迷路了”之后的自我困境，这种艺术取向值得肯定。但是由于演出严重背离原著，又引发了很多争议。

该剧的舞台充满了源自导演灵感的意象符号：舞台半空中，高高低低地悬挂着十几台

① 桂杰：《京城降下 500 场〈雷雨〉》，《中国青年报》，2007 年 7 月 16 日。

电视机，演出中，这些电视屏幕上不断出现火山喷发、野兽迅跑、原野苍茫、同名电影情节等富有视觉冲击力的形象画面。塑胶做的荒草遮盖着地皮，舞台的一侧，一个超大的席梦思床垫横陈地上，一袭红裙的金子在其上木然闲坐。舞台的另一侧，是几个装了些线装书、布娃娃的书架，几只鸽子在架旁踱步。此外，还有破自行车、泛着金属光泽的冰箱等。台上正对观众的地方，是一个抽水马桶，在演出中，还出现了穿着休闲装的常五掀开马桶拿出可乐喝的情景。

2006 年 2 月，王延松为天津人艺导演的《原野》在津首演，剧中，臧倩饰金子，孙飞饰仇虎，李淑敏饰焦母，张闻铭饰大兴，孟春江饰常五。

作为导演，王延松尊重原作，在《导演阐述》中，他一再申明，“我只删改不篡改，我不加一个字。因为，曹禺的对白足够我用。”在演出本里，他把 8.5 万多字的《原野》删成不到 4 万字，压缩后的《原野》，剧中人的性格更显极端，他们的行为方式更显奇异，戏剧情境追求超越现实的极致的美。当然，压缩之后的剧本并非没有遗憾，其第三幕显得比较仓促，仇虎内心的恐惧和迷狂无法充分展现。

为了表现原野丰富的意象和深远的意境，王延松摒弃了再现式布景，侧幕和天幕上用垂挂的锈色铁纱网隔离、分层，沉重和浑茫感便油然而生。道具减少到一把椅子和两个条凳，演出时舞台上添加了九个奇特形象，导演称它们是“陶俑类形象”，对应着剧中人，它们脸如面具，行为诡异，具有陶俑古朴、粗粝的质感，显露原始、苍凉的气息。戏剧开场时，它们似乎是一群原野上的游魂，带着窃喜等待着即将发生的悲剧。随着悲剧情节的递进，它们时而作为剧中人的影子或灵魂，参与剧情，道出剧中人心底的隐秘；时而又跳出情节之外，像道具一样散布在焦家的门厅，在光线的变化下若隐若现，仿佛是无处不在的鬼影。“陶俑类形象”是导演王延松的舞台创举，这一创举无疑有利于表现人物深藏在内部的灵魂，强化审美意识中的生命意味。

2010 年 9 月 24 日，是曹禺诞辰的正日子，这一天，北京人艺的《原野》在国家大剧院正式与观众见面。导演陈薪伊坦言，她以前并不喜欢曹禺的《原野》，认为这个剧有些别扭，其他演出版本的舞台形象也比较丑陋。接到北京人艺的邀请后，她开始为执导这个戏做了半年的案头准备，她认为曹禺的《原野》充满诗情画意，是一首美的毁灭的挽歌。

《原野》有所谓的“豪华阵容”，胡军饰演仇虎，徐帆饰演金子，濮存昕饰演大星，吕中饰演焦老太婆。胡军曾经在 2000 年实验版的《原野》中扮演过仇虎，他承认那一次的演出带给他不快，“我在剧中饰演仇虎，但对这个角色并不认同，因为我根本都不懂自己在演什么。演员都不懂，观众能懂吗？可那时流行的风气就是观众越看不懂，越显得你高深。戏剧和影视最大的不同就是观演关系不同，戏剧一定要给观众一些什么。如果观众看不懂，这种戏演下去还有什么意思？”[①]从此他疏离话剧舞台达十年之久。

这一次的《原野》演出，舞台上出现了高处的斜坡与低洼的村落，围绕着它们的是绵延不尽的芦苇，在演出中还增加了大量的音乐成分。演员在芦苇丛中表演，动作幅度和嗓门

① 牛春梅：《新版〈原野〉欲现原著“美丽风景”》，《北京日报》，2010 年 8 月 10 日。

都很大，原来是导演要求用吼的方式去演绎一个有质感的农村故事。“青衣”徐帆这次扮演泼野、魅惑的农村小媳妇，她与仇虎青梅竹马，后来却嫁给了濮存昕扮演的窝窝囊囊的大星，吕中扮演的瞎老太婆忌恨着金子。金子遇到仇虎，她死也要跟他走，而仇恨却将仇虎的人性逼向了偏执之境。为了突出戏剧的美，导演摒弃了黑森林阴森可怖的意象，转而以浪漫的唯美的芦苇呈现原野的苍茫；甚至也抛弃了仇虎杀人后在林子里遇到的牛头马面等，转而以一个哀怨的、凄美的女鬼形象（即被逼死的仇虎妹妹的鬼魂），前来纠缠仇虎不安宁的灵魂；甚至也抛弃了侦缉队的追捕与瞎老太婆的叫魂声，仇虎自杀了，完全是一种自我义气的放纵。这是一台悦目的戏，上座率达到百分之百，但是也引发了一些争议。“满台的芦苇，使人物的动作和语言几乎淹没在芦苇里，损失了话剧艺术的特性和魅力，所有人物，几乎都不得不过度地喊话；再有是大量的音乐，也在损失话剧的魅力。尤其是那首牛头马面的歌，全然摈弃原有的民间小调，再行创造出来的是一首不能符合剧情的歌唱。”①多一种样式演《原野》总是好的，而经典的阐释总是伴随各种争议。看来，挖掘经典既需要勇气，更需要功力。

四

自20世纪90年代以来，随着世界经济一体化的加剧，文化流行化趋势明显。在戏剧界，人们希望能找到经典剧作与当代文化融合的契合点。早在1997年，任鸣受新加坡艺联剧团之邀，就曾经为他们导演过《日出》；2000年他再次为北京人艺执导《日出》，正显露出这样的意图。

在新的《日出》演出文本中，导演任鸣在追求“好懂、好看、好卖”的前提下，原剧的结构、情节、台词基本未动，只是把戏剧故事发生的背景挪移到了2000年。主要演员有：郑天玮、顾威、冯远征、张万昆、王刚等。导演对于陈白露悲剧的原因做了这样的解释：一为人性，二为人的精神状态，三为经济关系对人的直接影响。而第三点才是他重新演绎《日出》的立意之点。与以往演出所强调的陈白露的精神悲剧不同，这一次的演出更多地强调剧中人物与现实生活的关联、比附，以及经济压力对人物命运的彻底改变。交际花陈白露有类现代酒店的坐台女，潘月亭有类一夜暴富却头脑空疏的现代大款，李石清有类狡诈机敏、精于算计、手提电脑的现代白领，方达生则成为一个懵懂傲世却又彷徨苦闷的时代青年，而走投无路的黄省三仿佛是潦倒愁苦的下岗职工。

戏剧一开场，展现在观众面前的是一幅“现代迪厅”情景，四个身穿黑色紧身衣的舞女，在节奏感强烈的音乐伴奏下，在台前跳着性感而狂躁的舞蹈。在她们身后，陈白露的肢体享受地随着音乐飘摇。第一、二、四幕的布景，呈现出现代大饭店的奢华和俗艳。英文歌曲、遥控电视充当了陈白露生活空间的现代符号。只是戏剧演到第三幕，场景转成下等妓院——宝和下处时，这个2000年版的《日出》遇到了解决不了的难题，因为在当代生活中找不到那样的情景。因此，导演不得不利用旋转舞台，把布景和剧情再拉回到20世

① 田本相：《新排〈原野〉：解读与创新的偏离》，《文艺报》，2010年11月8日。

纪30年代。

2005年,应天津人艺邀请,任鸣为其导演了"原汁原味"的《日出》,该剧当年10月在津演出,张艳秋饰陈白露,王世文饰潘月亭,甘雨饰李石清,刘景范饰王福升,李阳饰方达生。在观众眼里,这个向原初剧本回归的演出,更有可圈可点之处。如果观众细心,还是会发现,这一版的《日出》在结尾处增加了一点内容,即黑三带着打手上场,宣布陈白露即将属于金八,这在原初剧本中是不存在的。陈白露清醒的自觉的死更具艺术表现的诗意,而为经济所迫、为流氓所逼死去,显然更带社会控诉性。

2010年9月,任鸣第四次导演2010年版的《日出》,情节比起原作虽略有删节,但表现方式遵循了现实主义的创作方法。舞台上,大饭店的景物富丽堂皇,陈设带有现代气息。影视明星陈好加盟饰演陈白露,为此她还推掉了一些影视剧的邀请,让这个戏颇有票房号召力。总的来讲,这个陈白露娇嗲有魅力,但是心理层次似乎还不够分明,因此形象气质就显得过度单纯,欠缺沧桑感。而陈白露是一个出没于风尘场中,很有社会阅历、自我迷恋,必要时也撒泼耍横的复杂女性,这需要演员张弛有度、收放自如的功力。梁丹妮在剧中一人分饰顾八奶奶和翠喜,演出了前者的习惯了的俗态,也演出了后者的麻木了的悲哀。本剧结尾处,陈白露自杀后,她的卧榻从乐池缓缓升起,让观众能够近距离目睹这位明星的风采,也让她的悲剧意味慢慢地延宕开来。

2007—2008年,由王延松重新解读和演绎、总政话剧团演出的《日出》,先后在八一剧场和国家大剧院演出。在王延松的新版本里,陈数扮演的陈白露一开始就已经服药自杀:她慵懒的身体倒卧在榻上,灵魂慢慢地苏醒。王延松用倒叙的方式来排演《日出》。他把舞台处理成一个很大的鸟笼,这个鸟笼就象征着陈白露压抑的生存处境,而他在叙述的方式上是有些突破的,有一些他个人的解读。而陈白露则由影视明星陈数饰演,她曾经在《新上海滩》中饰演过交际花,形象漂亮,人也年轻,所以在外在形象上更接近陈白露。自从《日出》剧本出版后,人们一直有争议,认为"宝和下处"小东西的那一场戏和陈白露的命运关联不紧密,而在总政话剧团的《日出》演出中,陈白露期待着得到小东西的下落,方达生在各种下等妓院里寻找小东西,然后不时回来向陈白露汇报他寻找的情况,所以,陈白露虽然没有亲身去那些地方,但是她对小东西悲惨的、不可知的命运已经有所预知,所以她最后的自杀就有了比较充分的心理依据。

在曹禺剧作中,《北京人》是一台深刻隽永却有演出难度的戏。2006年,李六乙为北京人艺导演了大剧场话剧《北京人》,2010年又在国家大剧院和香港葵青剧场演出。就演出形态来讲,该剧追求一种人物心理的细腻与象征意象的诗意,倾斜的舞台上,是写实的曾家老屋,在昏暗的灯光下,显得破败、萧索、苍黄。除了袁家父女,剧中人身着色彩暗淡、下摆宽大的长袍,站立时整个身形成A字形,有一种沉郁、凝重、板滞的造型感,与戏剧情境彼此呼应,使得舞台的形象画面很有质感。

这个戏依然显示了李六乙的导演个性,他想要打破体现派表演的固有模式,让演员在舞台上的行动多一些表现性。沉郁的氛围、缓慢的节奏、失衡的状态,都充满象征色彩。当戏剧演到杜家的人抬走曾家老太爷的棺材时,整个舞台台面向着观众呈45°倾斜,给观众带来的视觉冲击是强烈而震撼的。这个戏演出之后，得到了一些专家的肯定。

从以上不甚完备的演出记录中可以看出，曹禺的经典剧作依然是支撑当代中国话剧舞台的台柱。在不断出现的舞台演绎中，在艺术形式上，有传统方式的恪守，有先锋形式的探索，也有流行因素的介入；在美学趣味上，既有追根究底、寻找其核心价值的努力，也有消解崇高、抹平深度的后现代尝试。我们深信，曹禺的经典剧作会不断地演下去，因为人们总是能够从中发现取之不尽的宝藏和永不消逝的魅力。

原载《中国戏剧》2010 年第 12 期

《雷雨》中国话剧舞台永恒的经典

禾 佳　谭 丁　高 斌

2010 年 9 月 24 日是我国著名戏剧家曹禺先生百年诞辰纪念日，今年也是他的著作《雷雨》问世 76 周年。1933 年《雷雨》剧本完稿于清华园时，曹禺先生年仅 23 岁。1934 年，是巴金先生偶然发现并亲自编校，将剧本刊登在《文学季刊》上。《雷雨》自问世至今，以其现实主义精神和文学魅力，在国内外久演不衰，不仅深深打动了一代又一代的观众，还培育了几代戏剧艺术家，被称为中国戏剧成熟的标志，成为中国话剧舞台永恒的经典。

在纪念曹禺先生百年诞辰之际，本刊记者专访了新中国第一版话剧《雷雨》的几位主演朱琳、郑榕、苏民以及重排《雷雨》的导演顾威，和艺术家们一起追忆排演《雷雨》台前幕后的感受，怀念曹禺先生。

朱琳：曹禺帮助我正确理解和体会剧中人物的性格

叩开朱琳女士的家门，她依然风度翩翩、谈笑风生，告诉我们今年是她米寿之年(88 岁)，谈及曹禺先生，她深情地说：我跟曹禺还真是有缘。

新中国成立前我曾经演过《日出》中的陈白露，但没和曹禺先生接触。1954 年北京人艺排练《雷雨》我演鲁侍萍，得到了曹禺院长很大的帮助。刚开始排练的时候，我越是体会人物，越觉得对鲁妈这个人物不能理解。我认为她和周朴园完全是两个阶级，周朴园曾经抛弃她，鲁妈应该十分恨他并立刻离开他家。但剧中的鲁妈却没有走，似乎还有许多留恋，这一点我无论如何也想不通，简直演不下去。记得那天我感冒了，曹禺先生来看我，拿个小板凳坐在我床前，给我讲起鲁侍萍和周朴园。他告诉我鲁侍萍除了周朴园，没有爱过第二个人，一个人第一次的爱是一生也忘不了的。他还说：在她和周朴园碰面的小屋里，那么多家具都是她很熟悉的，柜子上还摆着她唯一的一张照片，鲁妈就是想要弄清楚周朴园为什么要这么做。另外，这个家中还有她离别了二十多年的大儿子周萍，一个母亲是非常渴望看看自己的孩子的，种种原因使得鲁妈想走却走不了……就这样，在曹禺先生的帮助下，我才逐步对这个人物的性格和内心世界有了正确的理解和体会，逐渐控制和把握住了人物的感情。

一天晚上，周恩来总理和邓大姐到剧院观看《雷雨》。想不到第二天邓大姐特地给我打了电话：“总理发现你有一句重要的台词没说，忘了还是怎么了？”邓大姐讲的是当周萍与鲁大海发生冲突时，鲁侍萍悲愤交加地说："你是萍……凭什么打我的儿子？"有几次演出，我一说这句话观众就乐，就干脆不说了。总理希望我还是说出这句台词，但要说得不让观众笑。反复琢磨之后，我做了小小的修改，以停顿片刻来表示矛盾的内心，再说时观众不笑了。我很佩服总理对曹禺原著的理解。

同曹禺先生接触，我们发现他手上随时都有一个小本子，凡是觉得用得着的他都记下来。有一次苏联专家来给我们排演高尔基的剧作，他就一边讲解一边看戏，还拿着原文剧本对照，我们演了二十场，他来看了二十天。我问他："您干吗要看二十天的戏，有这么好看呀？"他笑着说："朱琳小姐，你知道吗，我学好俄文要研究俄罗斯文学，要学习高尔基的编剧，他是个大作家，你看他的剧本在两个小时之内把整个俄罗斯都写进去了，了不起！《雷雨》我却要用四个钟头！"最令我们感动的就是曹禺同志的这种虚心学习精神。

郑榕：我从 30 岁到 70 岁都在琢磨如何演好周朴园

87 岁的郑榕先生，演了几十年周朴园。谈到曹禺，他十分兴奋地说：我打小就受曹禺戏剧的影响，一生演过他的八个戏。我对《雷雨》中周朴园这个人物的认识和创造，经历了漫长而曲折的过程。

1954 年《雷雨》建组时，我被选中演周朴园。当时我们最大的顾虑是在"人性论"上，怕犯"人性论"的错误。周恩来总理当时给了大家一个重要的提醒：这个戏是反封建主义的。但是在"左"的思想影响下，《雷雨》当时还是走了一大段弯路。主要问题是，一上去就先搞阶级分析，不是从感性上去找人物，而是从理性上先定性每个人。周朴园作为反面一号，绝对要以批判为主，这也是当时那个时代背景所决定的。

当年我们排演《雷雨》，是下了很大功夫的。为了熟悉那个时代的生活，我们用了几个月的时间去体验生活、讲故事、做小品……还搜集了不少旧照片、旧画报，阅读了一些有关的中外小说，选了不少古诗词来诵读。但是由于太想突出说明谁是《雷雨》中的罪人，导致了表演上的概念化，这让曹禺先生也十分痛苦。记得一次排练，我用肢体语言努力表现周朴园的人物内心，曹禺看得实在受不了，跑上舞台对我说："快，快，快停，我实在受不了。"在之后的很长时间里，我一直对自己演的周朴园不甚满意。1979 年，《雷雨》再度整理上演，我才逐步有了枯木逢春的感觉。有这么一件往事，让我重新认识了《雷雨》。读中学时偶然认识一个女生，我们经常见面达两年之久，还给她写过三封信。后来，一次去天津演出，便托人送她两张戏票。她是和爱人一块来看戏的，我在远处观看竟完全不能辨认，已和过去判若两人……这件事给我一个启发：以前我演和鲁侍萍相认这段戏，总是不相信人面对面会认不出来，便故意不看对方，造成表演上的虚假。后来我决定改变处理，表演也更真实了。

我这一生从 30 岁开始演周朴园，演到了 70 多岁，演了 300 多场，前 200 多场我自己都不满意。1996 年曹禺逝世，我在院刊上写了篇题为《一份未能完成的答卷》的文章，忏悔自己多年没演好周朴园。1997 年曹禺先生逝世一周年的时候，又要演《雷雨》，我抓住这次难得的机会做了最后的努力，终于找到了周朴园的思想核心：第一幕他踌躇满志仿佛自己可以主宰人们的命运，这不过是个表象，剧中一天的遭遇让他发出了："我忽然悟到做人不容易——太不容易了……"的哀叹，这才是他的真实写照，原来一个人什么也主宰不了，包括命运。这次演出，我真正体验到了演员"短瞬间的真实投入"的最高享受，开始只想演3场，没想到一口气演了19场，获得了极大的成功。

当年曹禺出国讲学，强调的重点就是文艺的现实社会意义，他认为文艺不仅是为了娱乐解闷，这一观点至今仍具有指导意义。最近胡锦涛总书记明确提出要"抵制庸俗、低俗、媚俗之风"，我觉得很有现实意义。

苏民：剧本的强大生命力是《雷雨》长演不衰的根本原因

听说我们要来采访，刚刚出院的苏民先生在他的书房里特意写了一份提纲，打开话匣子，年已84岁的老先生依然声若洪钟。

1952年北京人艺建院时，曹禺42岁，我才26岁。曹禺院长十分平易近人，剧院上下都称呼他曹禺同志，大家都以能和他谈话、聊天而自豪。那时，在我们中间流传着很多曹禺先生的名言。例如：什么是深刻？曹禺同志说："不论什么事，深进去再刻几下，就是深刻。"他的剧本就是深刻，在讲到位时还要再说几句。又如，什么叫情节？他解释道："出乎意料之外，合乎情理之中，这就是戏剧情节，这样的情节，观众才爱看。"他的话都是从生活中提炼出来的，简单又概括。我们的开窍与进步，与院长的培养、口传心授是分不开的。他常来剧院看戏，除了陪客人，总是聚精会神地坐在台口的舞台监督旁边。一次演《蔡文姬》，我问他："曹禺同志，您怎么天天来看戏？"他盯着我说："我在看郭老怎么写汉朝同南匈奴的关系。"他那时正在写《王昭君》，他毫无隐晦地直抒胸臆让我很受感动，他看戏也是在学习和创作！他的心血始终在剧场、观众、人物、生活之中，正如他所说："戏剧是我的生命，剧院也是我的生命。"

北京人艺是新中国成立后全国第一个上演《雷雨》的剧院。当时社会提倡演现代戏，就是解放区来的戏，工农兵的戏。"五四"以来的优秀剧目算不算现代戏？我们请示了北京市委和中央后得到批准，1954年剧院排演《雷雨》在全国引起轰动，当时是于是之同志演周萍。

1959年国庆十周年前夕，我被选中演周萍，那时已33岁了。我是封建的老式家庭少爷出身，比较能够体会周萍所处封建家庭的氛围和感受。曹禺同志提出要用"几根简单的线条，勾画出一个清楚的轮廓"。我对周萍这个人物的认识，没有简单地把他当成反面人物，塑造的周萍不是玩世不恭的少爷，而是一个接受新思潮的青年。他是矿大的毕业生，经过了"五四"运动洗礼很想有所作为，但在心底又压着与后母关系的阴影不能自拔，他是一个性格上很复杂的人。周萍有讲民主的一面，他不轻视下人，可以跟鲁贵开玩笑，喜欢四凤的单纯，他不是少爷玩丫头，他的冲动有他的社会原因。但他不敢对蘩漪负责，他和四凤的关系揭开后，再也不敢面对这个家庭，看到父亲给他的手枪后自杀也是冲动的结果。能把这些演清楚，是曹禺所希望的。曹禺先生说过，演周萍，首先要设法给人物找同情。我努力让观众明白，剧中反映的一切罪恶，都是那个该诅咒的腐朽社会制度造成的。

《雷雨》长演不衰，功劳在曹禺先生剧本的强大生命力。《雷雨》是中国话剧达到成熟阶段的第一部戏，其故事情节的严密、语言的生活化都是以前剧本所无法比拟的。甚至在今天，对于《雷雨》剧本的整理也只能是压缩，却无法进行改动。一部《雷雨》，培育了几代话剧人，无论是观众，还是剧作家、导演、演员，都在成长的过程中受过《雷雨》的恩惠，这就是经典之所以成为经典的魅力。

顾威：继承和发扬曹禺戏剧精神遗产我们责无旁贷

顾威先生年逾七旬，1989 年开始在《雷雨》中演周朴园，1997 年以来一直担任《雷雨》的复排和重排导演。我们到剧场采访，谈及曹禺先生，他滔滔不绝。

我走上戏剧道路与曹禺大师密切相关。记得 1956 年我初中毕业时，偶然得到一张话剧票，在北京人艺看了第一版《雷雨》，我被深深地震撼了。《雷雨》的人物、故事、布景、音效彻底征服了我，有时甚至激动得后脊梁阵阵发麻，这种艺术的神奇乃至心灵冲击，是我从未体验过的，真正是振聋发聩。由此我开始了对话剧艺术的憧憬，以至后来报考了中央戏剧学院表演系，走上专业话剧事业的道路。在大学学习四年认真研读了曹禺院长的剧作，但很少接触到他。在 1963 年的毕业典礼上曹禺院长告诫我们："毕业出去到了剧团，要准备踏踏实实跑五年龙套，把心气养正，不要好高骛远，要清白做人，认真演戏。"院长当时还讲了些什么，已经想不起来了，但这个忠告却始终牢记。47 年了，这是我从事戏剧艺术工作的座右铭。

改革开放以后，剧院于 1979 年恢复了《雷雨》演出。1989 年夏淳导演新排《雷雨》，以龚丽君、郑天玮、濮存昕、吴刚等中青年演员为主，派我演周朴园，并说是得到曹禺院长的认定，我受宠若惊。这版《雷雨》上演后广受好评，大家都期盼着院长能来看戏，终于有一天曹禺院长来看戏了，还在贵宾室会见剧组全体演员，和每位演员握手后，他说："感谢大家很好地接过了班，演得很好，没走样，魂儿保住了，味道也对，这对你们来说非常不易，你们出色地延续了北京人艺《雷雨》的生命！"然后还招呼大家一起合影。那版《雷雨》被称之为第二版《雷雨》，从此，我演了 15 年周朴园，今生足矣！

1996 年夏淳导演去世后，由我担任复排《雷雨》的导演。1997 年、2000 年、2002 年共复排三次。在 2004 年，适逢《雷雨》诞生 70 年和北京人艺首演《雷雨》50 年，剧院决定由我导演重排第三版《雷雨》，启用杨立新、夏立言、王斑、白荟等新一代演员。这是一次重排，不仅绝大多数演员换了，舞台美术也稳中求变，导演解释更需与时俱进挖掘剧本本意。回顾 20 世纪 50 年代排演的《雷雨》，曾受到"阶级斗争论"的干扰；80 年代的《雷雨》，在对周朴园等人物阐释上有重要突破，但总体上还是囿于"社会问题剧"；这次我们明确了重排《雷雨》的最高任务是人性的挣扎与呼号。由于蘩漪是全剧几乎所有矛盾冲突的始作俑者和推动者，我们确定了第一主角应是蘩漪，这是新版《雷雨》的新意所在。排练用时 4 个多月，目的只有一个：保证质量。台词阶段就花了一个月时间，力争做到曹禺院长对台词的要求："听得见，听得清楚，听得明白，好听。"这一版《雷雨》的演出获得了巨大成功，龚丽君的出色表演也获得各界肯定。有前辈誉为这是最接近曹禺原著精神的演出，这是曹禺大师作品的深刻隽永和时代进步使然。

从结识《雷雨》到主演和导演《雷雨》，可以说《雷雨》伴随我一生的戏剧道路，这是我的幸运。曹禺是中国话剧的奠基人之一，曹禺的剧作是北京人艺的基石，继承和发扬曹禺戏剧精神遗产我们责无旁贷！为纪念曹禺大师诞辰一百周年，新版《雷雨》还将再度公演，一定会得到新一代观众的喜爱。曹禺作品的生命力是不朽的！

原载《前线》2010 年第 9 期

人物塑造与时代重构

——论北京人艺舞台上《雷雨》中的主角

熊　美

曹禺，作为20世纪中国戏剧舞台上耸立的一座高峰，代表了中国现代戏剧所能达到的艺术高度，特别是《雷雨》《日出》《原野》《北京人》的相继发表，使其成为20世纪中国最受观众欢迎，最受评论界注目，最被导演青睐的剧作家。关于曹禺先生及其剧作的研究成果汗牛充栋，笔者在此就不一一赘述了。本文仅以北京人民艺术剧院舞台上不同时期排演的三个版本的《雷雨》为研究对象，通过不同历史阶段《雷雨》舞台呈现的变化与发展，着重探讨周朴园、蘩漪这两个主要人物的塑造与时代重构，解读北京人民艺术剧院三个《雷雨》版本的导演在不同历史时期的导演立意与美学追求。

一、北京人艺舞台上三个版本《雷雨》的排演概述

《雷雨》作为曹禺先生的代表作已发表70多年了，同样，作为奠定北京人艺现实主义风格的《雷雨》的演出也走过了半个多世纪，它不仅仅是北京人艺舞台上的代表作，也是我国戏剧舞台上的经典之作。曹禺先生的《雷雨》在北京人艺的舞台上的演出经历了半个多世纪的变迁，三次排演。1953年11月27日，北京人艺响应全国第二次文代会关于上演“五四”以来优秀剧目的号召，决定排演曹禺先生的《雷雨》，由夏淳导演，这被称之为北京人艺演出的第一版《雷雨》。1989年，北京人艺又一次复排《雷雨》，导演依然是夏淳，这被称之为北京人艺演出的第二版《雷雨》。2004年，北京人艺重新建组，再一次重排《雷雨》，由顾威任复排导演，这被称之为北京人艺演出的第三版《雷雨》。

从1954年的第一次排演到2004年的第三次重排。北京人艺每一版《雷雨》的演出既保持了其现实主义传统和演剧风格，同时，又在多次的排演中不断深化对原著美学精神的认识，在人物的塑造与时代的重构中，体现了新的时代精神和观众变化的审美诉求。

北京人艺舞台上三个版本《雷雨》的排演简表

演出时间	导演	主要演员
1954年6月	夏淳	①郑榕（饰周朴园）②狄辛（饰蘩漪，1954年）、吕恩（饰蘩漪，1959年）③于是之（饰周萍，1954年）、苏民（饰周萍，1959年）④胡宗温（饰四凤）⑤朱琳（饰侍萍）
1989年10月	夏淳	①顾威（饰周朴园）②龚丽君（饰蘩漪）③濮存昕（饰周萍）④郑天玮（饰四凤）⑤朱琳（饰侍萍）
2004年7月	夏淳 顾威（复排）	①龚丽君（饰蘩漪）②杨立新（饰周朴园）③王斑（饰周萍）④白荟（饰四凤）⑤夏立言（饰侍萍）

就《雷雨》剧作文本而言，现在共有五个版本。每个版本之间都有一些或大或小的变化，其中改动较大的是 1951 年开明书店出版的《曹禺选集》中的《雷雨》，剧中几个主要人物的思想和行动改变较大，反而使原本较真实的人物少了几分可信。1954 年，人民文学出版社印行的《曹禺剧本选》中的《雷雨》基本上保持了原来的面貌。1959 年 9 月中国戏剧出版社印行《雷雨》第二版时，剧作家又删去了不少人物介绍。关于《雷雨》五个版本之间的修改与变动，廖立先生在《谈曹禺对〈雷雨〉的修改》一文中作了比较翔实的梳理。但不管是剧作家主动的修改，还是舞台演出的被动调整，文本改变的多是一些可有可无的删加，不变的却是主要的人物和情节。在中外戏剧史上，不乏剧作家对自己的剧本进行多次修改的先例，但一个剧本在已公开出版、演出且大获成功的前提下，还多次修改剧本，且最终可以说是又回到原初的例子，恐独属曹禺先生。这恐怕是用严谨的创作态度和完美的艺术追求难以解释清楚的。一方面可以说是反映了曹禺先生对《雷雨》的偏爱，另一方面可能更多地表现了曹禺先生内心情感的纠结。关于《雷雨》的创作意图和主题，年轻时的曹禺就反复地强调："写《雷雨》是一种情感的迫切需要"；"《雷雨》的降生，是一种心情在作祟，一种情感的发酵"。"总之，一种急迫的情感的积郁，使我执笔写了《雷雨》"。也许可以这么说，《雷雨》不仅是曹禺先生复杂情感与内心世界最为真切的表达，"而是要表现自己内心的激情，但是，这一激情并不是源于一己的私人情感与现实情怀，而是一种既超越于当下，也超越于个人的普遍情感"。[①] 剧中所展现的人物命运及人性挣扎是曹禺先生一生无法释怀的内心情感，这也许就是曹禺先生多次修改剧本而最终又无法割舍的原因吧！曹禺先生的《雷雨》在最初发表时曾有序幕和尾声，但北京人艺在排演《雷雨》时，基于演出时间的考虑，三个版本的舞台演出都采用了去掉序幕和尾声的剧作文本。

为了更好地为塑造人物服务，《雷雨》在舞台设计上，三个版本的舞台布景都力求逼真地再现周朴园家真实的空间环境，采用的都是封闭的三面墙式的传统布景，几乎没有太大的变化。在舞台二度创作时，三个版本的演出都强调忠实于原著，真实地再现原著的精神，规规矩矩地排演经典。在演出风格上，三个版本都坚持以现实主义风格为主导，继承北京人艺现实主义演剧学派的美学传统。从《雷雨》不同历史时期三个版本排演的这些看似延续的相同的追求背后，我们也清醒地看到，由于北京人艺三次排演《雷雨》的时代背景不同，导演的立意变化所带来的三个版本的不同之处，特别是在剧本主角的变化和人物的塑造上。

二、北京人艺舞台上三个版本《雷雨》的历史描述

《雷雨》作为曹禺先生上演最多的剧作，在各地的舞台上，曾以不同的舞台形式无数次演绎过。在众多演出中，曹禺先生担任过院长的北京人艺的演出被公认为是最权威、最具影响力的版本。

北京人艺的《雷雨》从 1954 年 6 月首演始，历经三次大的排演，半个多世纪的演出。

① 丁涛：《戏剧三人行》，厦门大学出版社 2009 年版，第 173 页。

1953 年 11 月 27 日，北京人艺响应全国第二次文代会关于上演“五四”以来优秀剧目的号召，决定排演《雷雨》，由夏淳导演。关于第一版《雷雨》的排演，导演夏淳在一次关于《雷雨》的采访中说道：“50 年代初排这部戏，我们下足了功夫。当时是新中国成立不久，好多大资本家的家里我们都去访问过，为的是看他们怎么生活。”[①]由此不难看出，解放初期，在以阶级斗争为纲的时代背景下，北京人艺这一版《雷雨》的排演必然会受到时代的影响，着重强调剧作反封建的主题，因此，周朴园被确立为《雷雨》中的主角，也是头号反面人物。这样的主题立意和人物定位只能使这一版的排演朝着阶级斗争论的方向发展，至于这是否偏离了曹禺先生的本意，这已经不重要了。强调剧作“反封建”的主题，以阶级分析的方法来解读人物，把剧中人物分成了截然不同的正面人物和反面人物。周朴园虽被作为剧中的主角，但其封建官僚资本家的人物定位，使其性格特征更多呈现的是一种概念化、脸谱化的东西，少对其作为人的复杂性的认识与解读。在这一版里，周朴园作为封建专制的象征，他与代表工人阶级的鲁大海之间的矛盾成为全剧表现的最高矛盾冲突。演员在舞台上致力于创造生活，致力于最大限度地诠释人物性格特征与精神世界，表现周朴园作为封建资本家残酷、专制的一面。目的在于让观众看清，周朴园作为资本家的代表，他对工人的残酷镇压，对妻子的漠视无情，对儿子的严厉冷淡。剧中的周朴园被赋予了鲜明的阶级特性，也就是黑暗的封建制度的象征，并成为这一象征寓意的“恶”的代表。观众透过演员所塑造的周朴园这个人物，仿佛看见了普天下资本家的影子。当然，郑榕先生在扮演周朴园这一角色时并没有简单地把周朴园演成一个十恶不赦的资本家、骗子，而是在一种严厉到不近人情的冷酷中，充分地表现了周朴园作为资本家的单一的性格特点，更多激起的是观众的仇恨与愤怒。由于受特定时代的影响，这一版本中的周朴园的人物形象，可以说是形象、简单，多概念化、脸谱化的夸张，人物形象出现了较大的扭曲，并没有能够很好地表现人物丰富的内心情感和心理世界。

1989 年，北京人艺复排《雷雨》，导演仍是夏淳先生。这一次的复排距离第一版排演的时间过了 35 年，中国社会已发生了翻天覆地的变化，无论是时代的精神还是观众的审美都对《雷雨》的排演提出了新的要求。因此，夏淳导演在重排时，可以说是在修正自我的基础上，重新思考了《雷雨》的主题思想和社会意义，以期以一个更广泛的视角来重新审视《雷雨》。在改革开放的大背景下，这一版的《雷雨》以周朴园家的封建大家庭为背景，强调对封建专制思想的反抗，可以说是一出中国版的家庭社会问题剧。在这一版里，周朴园依然是剧中的主角，只不过是从第一版中的资本家变成了封建专制大家庭中的一家之长。他扮演的是一家之主的角色，凌驾于家中所有人之上，以自己的意志控制着别人。由于周朴园定位的改变，这一版中的主要矛盾集中在周朴园与家中各色人等，特别是与蘩漪之间的矛盾冲突上。应该说，这一版中的周朴园无论是作为资本家，还是作为一家之主都是一个塑造得很独特的艺术典型。“一个浸透着封建思想的资本家，最深刻反映出中国的资产阶级和封建文化意识形态的深刻联系。这点，是新文学作品中还少有人发现的一个方

① 夏淳：《剧坛漫谈》，中国文联出版公司 1985 年版。

面”[1]。周朴园虽接受过西方教育，但作为一个民族资本家，在他的家庭里，他最重视的就是所谓的“秩序”。作为封建大家庭的家长，夏淳先生并没有把他等同于《家》中的高老太爷，而是按照人物性格独有的逻辑，展现周朴园“不觉虚伪的虚伪，不觉自私的自私”的独特形象。因而，我们在舞台看到，他把家里的一切都保持着原样，以此虔诚地纪念着侍萍。及至侍萍出现在眼前时，他却陡然的变脸。在周朴园双重的性格反差中，强化了他性格的多面性与复杂性。顾威先生精彩的表演提升了周朴园这一人物形象的性格内涵和文化品位，突破了前一版中人物性格单一的局限，增强了人物的真实性与可信度。综观全剧，与前一版中的周朴园相比，这一版中的周朴园不仅仅是封建社会冷酷的资本家，他还是一个封建大家庭的家长，他也有作为一个“人”内心的矛盾与复杂的情感。从人物形象而言，无论是他的虚伪，还是他的自私，都真实可信地打上了历史的痕迹和性格的烙印。观众清楚地看到，周朴园虽不是剧中挑事的、制造矛盾的人，却是剧中所有人悲剧的真正的制造者，他自身也充满了悲剧性。“周朴园不是悲剧的制造者，他也是被戕害者，他与侍萍同样是万恶的封建势力的牺牲品。这才是《雷雨》一剧真正揭示的意蕴所在”[2]。这一版本中的周朴园，应该说是突破了第一版中阶级分析的人物定位法，逐步接近了人物性格本色。但由于过多地强调了家庭问题剧的社会教育意义和讽刺效果，在周朴园复杂性格和人性深度的挖掘上尚存一定的上升空间。

2004年2月，为纪念曹禺先生《雷雨》剧本发表70周年和北京人艺上演《雷雨》50周年，北京人艺第三次排演《雷雨》，这一次的导演是第二版《雷雨》中周朴园的扮演者顾威先生。作为北京人艺的老演员，顾威先生可以说是目睹了北京人艺舞台上《雷雨》半个世纪的演出历史。作为导演，他认为“经典应该原原本本被保存下来”。这里所说的“原原本本”不仅仅是指对曹禺先生剧作的尊重，也包含了对北京人艺现实主义传统的继承。基于这样的思想，第三版排演时的导演署名，顾威坚持依然是夏淳先生，自己只是重排导演。第三版整个演出完全沿用了第二版的舞台布景。舞台上依然是一间由老式却气派的桌椅，吊灯组成的客厅，与第二版《雷雨》中的布景一模一样，获得了“原汁原味”的一致认可。如果仅从尊重原著和继承北京人艺现实主义艺术传统而言，这样的评价应该说是恰如其分的，但是，当我们从导演构思和剧作立意来关注和审视《雷雨》第三版的舞台演出时，我们会发现，第三版的变化是最大的。

三、关于北京人艺舞台上第三版《雷雨》的思考

关于第三版《雷雨》中的这些变化，徐晓钟先生在《〈雷雨〉正在走向新时代——观北京人艺第三代〈雷雨〉演出》一文中谈道：“《雷雨》第三代的出现让观众看到了这部伟大剧作舞台演出绽放的一组表演艺术家新面孔”，“他们努力按照作家的要求，也借鉴了前两代演员为人们熟知的舞台形象，结合自己对原著的解读，自己的创作个性各有自己的侧重呈

① 田本相：《曹禺传》，北京十月文艺出版社1988年版，第13页。
② 丁涛：《戏剧三人行》，厦门大学出版社2009年版，第173页。

现”,“舞台上出现的人物形象,对观众来讲既是熟悉的,也是陌生的”。应该说,对于第三次排演《雷雨》,北京人艺是慎之又慎的。据说,这一版《雷雨》的排演,结合着曹禺研究专家、学者的学术报告排练了5个多月中,排演工作严肃而认真,演出之后也得到了专家、学者们一致的认可。至于第三版的演出在多大程度上体现了曹禺先生剧作的本意,这显然不应成为一个绝对的评价标准。因为《雷雨》作为一部不朽的经典,其深刻的内涵,独具魅力的人物以及对人物命运等终极问题的思考,使其在不同时代皆能抵达人类心灵,引发观众当下的思考与启示。剧作中诗化的现实主义精神和表现美学特征的文学魅力给予了不同时代的舞台艺术家们许多创造的灵感与诗情,不同的诠释和舞台呈现使《雷雨》常演常新,成为中国戏剧舞台上一道亮丽的风景。

北京人艺第三版《雷雨》的最大变化在于重新确立了剧作的主角,将蘩漪扶正了。戏剧艺术的对象是人,观众关心的是剧中人物的遭遇、命运。可以说,曹禺先生在他的一系列戏剧创作中关注最多的是人,而时代和社会在他的创作中更多是人物生活的背景。在曹禺的艺术世界里,他的剧作大多建构在以人为中心的历史与生命的双重空间之中,他把悲剧的根深深扎根在中国历史和社会的土壤里,通过对人物的刻画去打量和审视这个世界对人自我发展、自我实现的痼疾所在,从而对传统的封建道德给予决绝的批判和全新的审视。他曾经说过:“作为一个戏剧创作人员,多年来我倾心于人物,我觉得写戏主要是写‘人’;用心思就是用在如何刻画人物这个问题上。而刻画人物,重要的又在于揭示人物的内心世界——思想和感情,人物的动作、发展、结局,都是来源于这一点。”

2004年4月23日,顾威携剧组抵达上海参加北京人艺话剧周的演出,在接受《外滩画报》记者刘莉芳采访时,就如何处理经典和创新的关系时说道:“我也并不甘心一点突破都没有,首先就是人性的挣扎和呼号,这体现在蘩漪的身上。我这一版把蘩漪扶正了,主角不是周朴园,而是蘩漪。”由于时间和空间的制约,在结构剧本时,剧作家都会把较多的笔墨集中在主要人物身上,让他在剧作结构中承载更多的思想情感。因此,谁是剧中主要人物,这不是一个简单的问题,而是关系到作品思想立意和艺术追求的根本问题。关于谁是《雷雨》中的主角,学界有诸多不同的看法,但就北京人艺三个版本的《雷雨》而言,毫无疑问,第一、二版中的主角是周朴园,第三版的主角是蘩漪。在《雷雨》不同版本的主角的确立与变更中,体现了导演在不同历史时期对原著主题意蕴和美学精神的不同理解与追求。

在《雷雨》中,曹禺先生最早想出,也感到最真切的是蘩漪。关于蘩漪这一人物形象的创造既有生活的原型,也有剧作家的艺术想象,但无不包含着剧作家自己强烈的情感。曹禺先生自己曾说:“在《雷雨》里的八个人物,我最早提出的,并且比较觉得亲切的是蘩漪。我算不清我亲眼看见多少蘩漪。当然他们不是蘩漪,她们多半没有她勇敢。在遭遇这样不幸的女人里,蘩漪自然是值得赞美的。她有火炽的热情,一颗强悍的心,她敢于冲破一切的桎梏,做一次困兽犹斗,虽然依旧落在火坑里。情热烧疯了她的心,然而不是更值得人的怜悯与尊敬的么?”从以上曹禺先生对蘩漪的描述中,第三版《雷雨》将蘩漪作为剧中的主角,让她在剧作结构中承载着最重要的意义,应该说是最接近剧作家本意的。“第三版将蘩漪作为悲剧的主人公,将她放置在悲剧的核心地位,这是有其合理依据的。这样一个形象，不仅最早引发了曹禺的戏剧创作热情，而且在这个人物身上，也倾注了剧作家最大的同情和艺术的灵性”[①]。蘩漪成为《雷雨》的主角，带来了全剧结构重心的变化和全新的关注视角。蘩漪虽只是周公馆中的一个禁闭者，但从全剧矛盾冲突的展开、发展来看，蘩漪才是剧中真正挑事的、制造矛盾的人。蘩漪无疑应是《雷雨》的主角。

如果说第二版中的蘩漪主要展现的是她压抑的沉郁和神经质的疯狂，正如蘩漪在第二幕中的独白：“热极了，闷极了，这里真是再也不能住了。我希望我今天变成火山上的口，热烈地冒一次，什么我都烧个干净，那时我就再掉在冰川里，冻成死灰，一生只热热地烧一次也就算够了。”蘩漪极端的性格，丧失理智的报复，使观众对其更多的是厌恶而少同情和怜悯，这与曹禺先生对蘩漪饱含深情的初衷可能还是有一定距离的。在曹禺先生的剧作中，蘩漪是具有反抗意识的女性人物，她就是典型的“雷雨”型反抗者。她的反抗性表现在于即使把自己置身于“情妇不像情妇，母亲不像母亲”的尴尬地位，也要追求个人的爱情自由。在第三版中，蘩漪扶正成了剧中主角，她与周朴园的关系，她与周萍的乱伦以及她自身的悲剧，无不渗透着人性的挣扎与呼号。蘩漪人性的挣扎与抗争，使其突破了第一版中受屈辱的被压迫者、第二版中为争取自身爱情的反抗者的局限，在时代的重构中，蘩漪的形象具有现代意义。蘩漪的身上倾注了剧作家全部的生命激情，她就是“雷雨”的化身。在第三版《雷雨》中，蘩漪的饰演者龚丽君以平抑的语调和内敛的表演着重展现了蘩漪的内心苦楚和倔强，更多地展现了这个“火山口”迸发前的压抑。把蘩漪的乖戾与激情，阴鸷与果敢表现得张弛有度，把蘩漪“雷雨”的性格和郁热的情感纠结处理得浑然一体，给人一种美的享受和长久的回味。

四、结语

关于经典的改编与重演，一直是评论界争论不休的话题。“在中国现代文学研究领域里，曹禺可以说是一个充满传奇性和戏剧性的研究对象了。他承受过太多的责难和挑剔，也引起过太多的论争和辨析，但这正显示着他的戏剧世界里艺术景观的复杂性和丰富性”[②]。曹禺先生的《雷雨》作为中国话剧的经典之作，为影视剧的改编和二度创作提供了剧作限定之外的无数种可能，戏剧、电影、电视等不同的艺术形式都对《雷雨》表达了热切的关注，其间的成败得失一直是评论界关注的焦点。就北京人艺排演的三个版本的《雷雨》而言，从导演的确立、演员的选择、艺术风格的传承都保持了相对的稳定和延续，从而使北京人艺版的《雷雨》在尊重原著、尊重经典、彰显剧院风格等方面，获得了专家、学者和评论界一致的好评。除此之外，北京人艺不同历史时期三个版本《雷雨》的排演，在尊重经典的前提下，保留其内在的精华成分，不断挖掘其精神价值和艺术魅力的示范效应，为我们今后经典的改编、排演提供了另一种有益的启示。

原载《云南艺术学院学报》2010年第4期

① 宋宝珍：《曹禺剧作的当代诠释与舞台呈现》，《绍兴文理学院学报》，2008年第3期。
② 吴戈：《剧坛沉思录》，中国文联出版社2001年版，第62页。

《原野》[①]:洗练的悲歌

徐　馨

前不久,由话剧导演陈薪伊和北京人艺合作的《原野》在首都剧场上演。和曹禺其他几部作品相比,北京人艺上演《原野》的次数少了一些。或许是这个原因,在首都剧场首演的那一天,场内几乎座无虚席。

"远处天际外逐渐裂成一张血湖似的破口,张着嘴,泼出幽暗的赭红……"远远看去,舞台上好像长满了野草,一条斜插向天外的小路被暮色笼罩。这几乎被填满了的,却又显得空旷的舞台,虽然舍弃了原作序幕中的秋蝉、野塘、铁轨、老屋,但表现出了曹禺用笔点染的气氛。这时,画外音响起,"我喜欢人,我爱人……我感到人是多么需要理解,又是多么难以理解。"似乎在以直白的方式告诉观众剧作家的情感。

短暂的寂静之后,舞台上方的小路上出现两个人物:仇虎和白傻子。二人简短的对白交代了焦家近况。很快,观众的视线被吸引到舞台下方的表演区:金子、焦大星、焦母陆续登场。十分钟的戏,不仅主要人物悉数亮相,而且交待清楚了人物个性和彼此的矛盾——这既依赖原著的功力,也是演员的出色表演使然。

这一版《原野》比较尊重原著:只做了剧本和次要人物的删节。这种删节,让两个半小时的演出得以紧紧围绕着四个主要人物展开,全剧的场景不过焦家屋内和苍茫的原野两处。可以说,曹禺在原作中对复杂人性的探索在舞台上得到浓缩式的展示。不过,个别地方则有简单图解原著的遗憾。

虽然音乐本身及音乐的运用有遗憾之处,但全剧基本完成了表现原著精神的任务。导表演灯光舞美,在这个有机的创作集体中,几个主要演员的表演仍旧可以说是此剧最大的亮点。比如,濮存昕扮演的焦大星。对比原作中这个人物的魁梧粗糙,濮存昕从外形上略显单薄儒雅,但重要的是他表现出了这个人物的善良、懦弱,及其经历的内心挣扎,而且这一切都在一种看似放松自然的表演中完成。年过七旬的演员吕中饰演焦母,同样举重若轻。不过坐在我身边的观众,则认为她为了表现人性的复杂,而削弱了焦母的"狠"。相比之下,胡军饰演的仇虎虽形象鲜明,但层次略显单薄。徐帆饰演的金子,是场上最出彩的一个。徐帆对这个人物多变的性格、瞬息万变的内心世界,拿捏得恰到好处。当全剧结束,看着她由衷地笑着给台下热情的观众鞠躬,我心里由衷地为这样一个"大青衣"复归话剧舞台感到高兴。

原载《人民日报》2011年4月7日

① 北京人民艺术剧院,陈薪伊导演。

北京人艺演出《雷雨》遭笑场引发的思考

高　音

北京，如火的7月，为学生演出的公益专场，北京人民艺术剧院遭遇沸沸扬扬的《雷雨》笑场事件。主演杨立新在自己7月25日的微博中写道："原以为这样一个发生在上世纪20年代的惨烈的悲剧，会打动这些生活在幸福中的今天的学子们。令人惊诧的是随着台上剧情的发展，人物关系渐渐暴露，舞台下爆发出阵阵欢快的笑声。台上进入了角色的演员们非常的不适应，努力调整表演的幅度仍然有很多台词被笑声淹没……"殊不知杨立新的这段"微词"引发了网络关于此次《雷雨》演出的大规模的热议。

平心而论，《雷雨》的演出和由此衍生的一套表演方法当然是中国话剧艺术中的经典，也曾是孕育中国话剧表演人才和队伍建设的实验场，这是历史的结论，我们在此无须论证。但是，一场舞台演出如果得不到观众的肯定，无法牵动观众的思想和情绪，表演者与台下的观众无法形成交流和互动，就不能算作是一场成功的演出。演出所希望达到的最高任务只好夭折在这个对台上台下都备受煎熬的时空。作为戏剧工作者，我们需抛开情感因素，客观地分析90后的青年学生对传统表演方式的排斥背后揭示出的种种问题。

"长演不衰"的《雷雨》已然形成了一个封闭的演出系统。在不断地重复演出中，身在其中的角色扮演者在这些久远年代的人物身上到底投入了多少激情，做了多少功课、花了多大力气只有天知道。20世纪80年代，中国的戏剧人和戏剧观众通过两本薄薄的册子《迈向质朴戏剧》《空的空间》认识了蜚声世界剧坛的格洛托夫斯基和彼得·布鲁克。两个人源自不同的传统，但都在自己的理论和实践中简化舞台、突出表演。尤其热衷于表演的方法论，在表演艺术领域进行革新实验。彼得·布鲁克写道："我们既需要舞台上有一批人，也需要一群看戏的观众——而挤满人的舞台上各个人则把他们最亲切的真话奉献给簇集在台下的观众中的每一个人从而达到和他们分享共同的经验。"①

《雷雨》笑场事件的尴尬，提醒着我们专业的舞台创作者。舞台演出是一组台上台下对立统一的辩证关系，90后的孩子们就是未来剧场的受众的主体，观众的在场和反应直接影响演出的品质与成败。在逐渐展开的新的现实面前，在随着戏剧历史进程表演观念不断变化的今天，为谁表演、如何表演才真正能完成舞台表演的最高任务，这是摆在舞台创

① 《迈向质朴戏剧（序）》，中国戏剧出版社1984年版，第3、4页。

作者面前迫在眉睫的现实。

从历史发展的观点来看，表演方法随着时代的变迁，文化地域的区隔和限制必然会发生变异和更新。斯坦尼斯拉夫斯基对旧俄夸张做作歇斯底里的表演深恶痛绝，也严重质疑法国哥特兰的表现派技巧。正因如此，“斯坦尼斯拉夫斯基所探求的则是能使艺术更全面地接近生活和更富有舞台表现力的新的手段。”[①]新时期以来，北京人民艺术剧院的话剧表演曾经在于是之等大家推动下被定义为“北京人艺演剧学派”，这个学派有两个根源，一个是斯坦尼，一个是焦菊隐。一个是西方模仿美学传统，一个是东方演剧传统的激发。《茶馆》应该是这个学派的扛鼎之作。我们常说传统是一种文化资源，在当下思想活跃左冲右突的今天，北京人民艺术剧院背靠传统，日子比其他的剧院要好过得多。但是话又说回来，剧院是一个最具社会性的艺术空间，无视社会的思潮、剧场外的风雨，只靠重复排演名剧实在很难发掘出一个国家剧院所应具备的厚积薄发、吐故纳新的原创力。莎士比亚的重生并非莎士比亚不朽，而是无数从事舞台艺术的有识之士对莎士比亚的当代阐释丰富和延续了莎士比亚的生命。我们很难想象一个当代活生生的莎剧舞台演出会照搬或者沿用几个世纪以前的舞台表演与舞台设计。关于僵化的莎士比亚演出，多次成功排演莎剧的彼得·布鲁克有这样一段记叙：“我们观看优秀的演员演出莎士比亚的戏剧，他们的表演似乎无懈可击，他们生气勃勃，光彩夺目，剧中有音乐伴奏，每个人的穿着打扮都与最佳古典戏剧中所要求的一模一样。但私下里，我们却感到这种演出无聊得出奇，在心里不是埋怨莎士比亚，就是埋怨这样的戏剧，甚至埋怨我们自己。”[②]缘自西方模仿美学传统的中国话剧不是传统戏曲，它在表演上还不具备彻底的形式主义，它在中国的生命力就在于与现实的互动关系，在于它的现代性。有意思的是，我发现只在抗战时期大后方短暂排过《雷雨》的焦菊隐 1941 年的一篇《关于雷雨》的旧文倒是极有现实针对性，穿越般地提出了不乏当下借鉴的观点与方法。焦先生认为每个“伟大的剧本”都有它的超时间性与超空间性，同时，很矛盾地，它又有它的时间性与空间性。在时间与空间变易的时候，上演早一时代的剧本，必然发现它的不现实性。在这种困难下，只有两种方法可以采用：一是扬弃一切文学遗产，一是希求给早期剧本一个时代的解释。焦先生写道：“导演能给剧本一个时代的新生命是现在新剧坛公认的权利。不过导演没有自己，他生在哪一个时代、哪一个环境，他就得顺着那一个时代、那一个环境的要求，给那一时代、那一环境一个满足，一个预示。”[③]

忘了哪位大师说的，演员的表演给有意义的文字加上生命直觉。金山、于是之、董行佶这样的演员通过对剧作家剧本的表演，能够在舞台上准确地找到人物的行为动作，体现

① 《斯坦尼斯拉夫斯基与布莱希特》，北京大学出版社 1986 年版，第 7 页。
② 《空的空间》，中国戏剧出版社 1988 年版，第 4 页。
③ 《关于雷雨》，《焦菊隐文集》第 2 卷，北京文化艺术出版社 1988 年版。

民族性格，把一个原本存在于纸上的人物刻画得生气勃勃。从屈原到大律师施洋，从程疯子到王利发，从胡四到周冲，在他们那个时代演员就是舞台艺术的代言人，就是剧作家与观众之间的中介人。据郑榕老师讲，北京人艺演剧学派的创始人焦菊隐对于是之这个能充分体现他的表演观的演员，真是宠爱有加。林兆华与演员林连昆、濮存昕、何冰的合作史就是一部在变动的戏剧观引导下的表演流变史。学表演出身的导演林兆华，其戏剧观跟表演的关系总是融洽而紧张。《我知道光在哪里》是濮存昕与童道明关于表演的对话录，就所谓表演术语从“跳进跳出”到“牵线木偶”都有具体细致的记录。濮存昕认为林兆华在舞台形式上，有一个强烈的愿望，就是把舞台的调度、舞台的表演空间，从具体的受限制的环境中解放出来。① 在纪念小剧场30年人艺实验剧场由何冰、濮存昕合作的《论烟草有害》和《天鹅之死》两台小戏里，观演之间的确产生了一种心领神会的快感。

不同的戏剧演出现象互相渗透构成戏剧演出运动的历史。我们注意到当下主流剧院之外的多种多样的戏剧表演形式，多半是体制外戏剧从业者和爱好者的自发的不成形的和不成熟的表演，生猛而粗糙。虽然这些剧场新生代有些基本的表演技术还没有过关，演员还缺乏专业的台词传送技能，还不会经济地利用自己的声音。但是，他们对观演关系的自觉却是大大超过体制内很多专业人士。并且我们欣喜地注意到“化身角色”和“有所保留”，这个传统剧场表演的两种倾向也凸显在剧场新生代的演出实践中。《驴得水》中张一曼的扮演者任素汐在两个自我中表现得游刃有余，不可多得。

目前戏剧演出仍旧是以导演为中心，导演依据个人的意图和观点在居场内指点江山。整个演剧生态缺乏的是对表演的强调和关怀，演员的主体性几乎被埋没。在如此已然习以为常的演出模式中，偶尔会冒出一两个强悍的演员，他们用对角色高度的责任感和对表演艺术的狂热迷恋顽强地在舞台上再生表演的空间。在冠名孟京辉导演作品的《两只狗的生活意见》，我们发现了两个天才的喜剧演员刘晓晔和陈明昊，在他们的即兴表演中看到了表演的生动性和对抗陈规俗套的愿望。在人艺的《窝头会馆》，我们看见了北平小市民苑国钟背后的何冰的悲与欢；在国家话剧院演出的《伏生》中，我们享受侯岩松对角色的用心、甚至看到焦先生“心象说”的重影。《四世同堂》钱诗人陈明昊让观众眼前一亮，还有那个在孟京辉舞台上演《活着》的黄渤……在这个飞速运转的时代，虽说可能再也不会有什么演员像上世纪50年代演出《万尼亚舅舅》的金山，为一个角色的塑造写出一本书来。但是在这些表演者的舞台上，我们看到了演员心理力量和形体力量的结合过程，舞台动作被激活，我们见证了一个角色的诞生。

我们身处的剧场时代，资本无所不在，甚至决定表演的地位与表演者的成败。刘晓庆主演的《风华绝代》把导演田沁鑫心甘情愿挤到了舞台的背面。一个被张艺谋用过的陈旧题材“山楂树之恋”因为有“春晚”明星从未接触过戏剧表演的小彩旗的加入，送上国家大

① 《我知道光在哪里》，北京十月文艺出版社2008年版，第112页。

剧院的舞台；更不要说在全国巡回演出的赖声川各种明星版本的《暗恋桃花源》让表演走进市场，效益丰厚，娱乐大众，这无可厚非。但是剧场新生代邵泽辉有一句话说得特别好，“我们无法避免市场化，但要反抗这种资本的世界观。”①我们期待表演时代的来临，我们渴望与另外一种表演发生关系，如谢克纳的前辈格洛托夫斯基所期望的：“我们是要穿过我们的藩篱，逾越我们的限制，填补我们的空虚。彻底实现我们的抱负。这不是一种条件，而是一种过程，在这一过程中，我们身上黑暗的东西逐渐变成了透明的东西”。②

原载《中国戏剧》2014 年第 8 期

① 《当下的戏剧生态与我们的文化选择》，《艺术评论》，2010 年第 5 期。

② 《迈向质朴戏剧》，中国戏剧出版社 1984 年版，第 12 页。

年轻观众看《雷雨》为何哄堂大笑

郑　娜

中国话剧史上"悲到让人无从流泪无从释然"的悲剧《雷雨》，向来被视为中国戏剧的经典之作，也是北京人艺的一道金字招牌。对于曹禺先生的剧本加上人艺演员的表演功力，向来少有挑剔之声。然而，最近北京人艺在面向大中学生进行该剧的"公益场"演出时，却引起学生们的"哄堂大笑贯穿全剧"。

"公益场"变成"爆笑场"，让饰演"周朴园"的杨立新——这位一向温和儒雅的人艺老演员也发火了。当晚谢幕后，他在后台对该剧导演顾威表示"这戏没法演了"。第二天在微博上连发 5 篇微博，讲述了当天演出的现场状况，字里行间充满着愤怒与失望。

"原以为这样一个发生在上世纪 20 年代的惨烈的悲剧，会打动这些生活在幸福中的今天的学子。令人惊诧的是随着台上剧情的发展，人物关系渐渐暴露，舞台下爆发出阵阵欢快的笑声。台上进入了角色的演员们非常的不适应，努力调整表演的幅度仍然有很多台词被笑声淹没。"

"蘩漪和大少爷周萍的乱伦关系；四凤怀了大少爷的孩子 3 个月了；周冲跑到四凤家里表示爱慕……乃至于周朴园向周萍明确指出：'不要以为你同四凤同母你就忘了人伦天性'，彻底揭开了兄妹乱伦的残酷事实的时候，台下仍然是笑声阵阵。"

5 条微博一发，立刻引发强烈反响。有人怒责年轻观众缺乏文化修养，亵渎经典。有人认为，观众之所以笑，应该从演员和剧本来找原因，也许是舞台僵化的表演、台词的语境都已经和时代有了"代沟"。两种观点交锋，各有各的道理，愈演愈烈，最后竟然演变成一场喧腾的大讨论。

有一种说法认为，因为《雷雨》与现实生活有较大差异，其故事的背景是民国时期，与现代社会背景脱节；其人物是资本家和仆人、工人，与普通百姓身份差异极大，由此不易被当下的大中学生接受。对此，笔者不敢苟同。

事实上，由于选段进入中学课本，《雷雨》剧本常年来一直是最为普及的中文作品之一。不论中学生还是大学生，对《雷雨》故事的背景是耳熟能详的。在熟稔剧情、明知其是个悲剧的情况下，还哄堂大笑，这恐怕不简单是经典与社会脱节的问题。如果因为时代背景、人物身份与当代有差异，就没法欣赏经典，那么莎士比亚盛行了几百年的经典作品不可能今天还如此受欢迎。

那么是年轻人的艺术修养不够？正如前所言，国内学生，尤其是北京的学生对《雷雨》

并不陌生，在学校里基本都学习过、赏析过。再说到那天的公益场，能到公益点排长队买票、不惧酷暑跑到剧场看戏的，大多是热情而淳朴的戏剧爱好者，甚至是戏迷，绝不是图便宜又素质低的学生。如果这样的学生没能接受舞台呈现出来的作品，也许说明的问题是——北京人艺对《雷雨》的表现方式需要反思。

当晚看过话剧的观众“Smiley_Li”在微博留言称，在他看来，观众的哄笑是由于表演之滑稽。另一位观众“jldirac”说：“我认为笑的原因主要集中在过去的剧本或者说台词，放在今天有些额外的意思。有的句式和词的用法，通过舞台的夸张，显得很不自然。但是不能认为学生们不严肃，不知好歹。”

实际上不只是观众，某剧评人在看完此版《雷雨》后也表示失望：“创作者们一面没有给观众留出想象和思考的空间，另一面却在毫无节制地拿出一堆堆无用的表演‘手段’来强迫观众进入他们的戏剧情境。四凤的小碎步、抑扬顿挫到夸张的语调、捶胸顿足的使劲儿、‘让天上的雷劈了我吧’这句念白时故意喊劈的嗓子……都并不能帮助观众更好地理解人物，反而会在台下莫名出戏。”

从某种意义上说，话剧《雷雨》遭遇笑场并不是坏事。经典应该有自信，观众也应该有底气。年轻观众的审美阐释若能使不同时代的经典获得一种全新的定位，这何尝不是经典的价值所在。

原载《人民日报(海外版)》2014 年 8 月 8 日

《雷雨》演出笑场折射出什么

安　琦

最近，北京人艺在公益演出话剧《雷雨》时，屡屡发生观众哄堂大笑，引起广泛关注。该剧主演，著名话剧演员杨立新在微博中表达的沮丧情绪促进了事件进一步发酵。论者意见不一，有些人对青年观众艺术修养的缺失表示痛心，但也有很多人认为是由于《雷雨》的故事环境过于久远出现的文化代沟所致。

在这一事件中，有几个关键词值得关注，一是演出的话剧是经典巅峰之作的《雷雨》，二是演出过程“多次哄堂大笑”，三是观众为“大中学生”。这三个关键词放在一起，颇值得思考。

《雷雨》的故事情节发生于上世纪20年代，所展示的是一幕人生、家庭和伦理的悲剧，是命运对人残忍的作弄。这不仅仅是一个悲剧故事，同时也是对旧制度和丑恶人性的批判。看这样的话剧，应该凝眉蹙目，心灵饱受冲击，灵魂备受煎熬。

但就是这样的一幕经典话剧，演出过程“多次哄堂大笑”，而观众为“大中学生”。这恰好在说明一个问题，目前的青少年的情感表达是坦率的，而他们对《雷雨》所表达的伦理观和价值理念已经很少有认同感了。

出现这种现象的原因有很多，但笔者并不认为是由于青少年的文化修养缺失所致。所谓文化修养“是对人文文化、科技文化中的部分学科有了解、研究、分析、掌握的技能，可以独立思考、剖析、总结并进行自我判断的一种能力”。而现在的年轻人大多生长于优越环境，可以说经多见广，在阅读、信息等方面超越过去任何一个时代，在文化修养方面不能说不全面，至于文化代沟是否存在也值得商榷。笔者认为，之所以出现笑场现象，主要是目前青少年在家庭伦理观和价值取向上出现了问题，简言之就是存在价值观代沟。

改革开放30多年来，我们的经济发展水平与日俱进，生活水平空前提升，但我们不得不看到，与之同时，整个社会的价值取向正发生惊人的变化，传统的价值观正受到挑战，“一切向钱看，只要有钱什么都可以干，只要能成功，什么都可以不顾”的思维方式大行其道，导致家庭伦理观的异化。看看现在的文艺界，大量成功男性走马灯似的更换夫人，拥有或明或暗的情人；有的名人嫖娼、吸毒被抓反而名声大噪，并有人以此为炒作的手段；近期纷纷落马的贪官，几乎人人都有数量可观的情妇；再看看现在的影视作品，津津乐道于婚外情、乐道于情节暴露、乐道于老少恋，他们正在宣传一种庸俗的婚恋伦理和价值观……在这样的社会氛围之下，我们的青少年会产生什么样的价值取向、产生什么样的家庭伦理观，可想而知。

话剧《雷雨》在演出过程出现的笑场现象，其实正折射出目前的一种社会现实，就是社会的价值取向发生了某种退化，正严重影响一代青少年。如果说代沟果真存在的话，应该体现在不同时代的人的生活方式上，但道德观不应该有代沟，几千年来我们中国人在基本道德观上的价值取向是不应该随着时间的推移而发生改变的。比如，对“礼、义、廉、耻”的内涵认识，对“真、善、美”的理解等，不应随着时间的推移而改变。话剧《雷雨》中所揭示的对不伦之恋的悲愤、对丑恶人性的批判、对社会不公的声讨等方面应该具有恒久的普适性，不应因时间和地点而转移。

话剧《雷雨》在演出过程出现的笑场现象，也是在一个关键的时候，给我们整个社会敲响了警钟，价值取向的异化正严重危及我们这个社会的健康发展，危及青少年的健康成长，现在该是我们警醒的时候了。经济固然要发展，但同时也要重视健康价值观的培养。为此，全社会所有有识之士都应该旗帜鲜明地弘扬健康的价值观，批判一切丑陋的价值观和行为，让过去几十年中被扭曲的一些传统道德观重新回到这个社会的应有位置。

原载《联合时报》2014 年 8 月 29 日第 4 版

《雷雨》的戏剧意象与舞台呈现

——新世纪以来曹禺剧作《雷雨》的演出

宋宝珍

新世纪以来，曹禺著名剧作《雷雨》几乎每年都有不同区域、不同剧团的演出。有人甚至说，“中国话剧100年来，如果只选一部戏作为代表，非《雷雨》莫属。”[①]10年前，《雷雨》的舞台风貌一般是比较中规中矩而较少争议的，各演出版本之间的最大不同，往往不是风格上的迥异，而是要不要序幕和尾声，抑或是更偏重于表现意象诗性，还是更注重于阐述世态人情。这一方面应当归因于研究者和观众对《雷雨》的解读所达成的共识，另一方面也要归因于自20世纪30年代中国旅行剧团演出该剧大获全胜之后，后人创造的演出形态，实际上无法超脱文本和传统的规定情境。然而，近两年来，对于《雷雨》的实验性演出已经出现，这或许是人们觉得，按照传统的现实主义戏剧的解读、阐释与呈现，已经难以贡献艺术的新质，但是对于原作的拆解和变形是否就是今后《雷雨》演出的一般状态？这还需放眼望之，静观其变。

一

早在20世纪50年代，北京人艺曾经排演过《雷雨》，导演夏淳，郑榕饰周朴园、朱琳饰侍萍、胡宗温饰四凤，吕恩（1954年）、狄辛（1959年）饰蘩漪，于是之（1954年）、苏民（1959年）饰周萍。这被称为是北京人艺演出的第一版《雷雨》。2000年9月，为纪念曹禺诞辰90周年，北京人艺重演《雷雨》（1979年、1989年曾演出过），导演依然是夏淳，主要演员有郑榕、顾威、朱琳、周铁贞、韩善续、濮存昕、郑天玮、龚丽君，这被称为是北京人艺演出的第二版《雷雨》。2004年2月4日北京人艺的《雷雨》重新建组，由顾威担任复排导演，在延续原有的创作风格的基础上，更换年轻演员，让舞台演出呈现新的面貌。主要演员有杨立新、龚丽君、夏立言、王大年、王斑、白荟、徐晓白、孙大川等。由于受到演出时间的限制，仍然舍弃了曹禺原剧的序幕和尾声。

复排导演顾威表示，第一版《雷雨》以阶级斗争为指导，第二版《雷雨》仍停留在社会问题剧的层面，而第三版则试图凸显人性主题。这一版中，演员的实际年龄比较接近原著所规定的角色年龄，周萍与四凤的爱情也更富真情实感。杨立新扮演的周朴园，不再像以往那样阴冷可怖，对于蘩漪的态度，他多了些无奈与伤感。

周朴园到底是一个传统的封建家长，还是一个现代的资本家，换言之，他的封建的家

① 王磊：《“海上惊雷雨”引起共鸣》，上海《文汇报》，2007年6月7日。

族权威意识更多，还是现代资本家攫取性的冷酷更多，对此学术界是存在争议的。第一版郑榕扮演的周朴园，自始至终身穿长衫，比较贴近那个时代社会绅士的惯常装扮；而第二版顾威扮演的周朴园，在“喝药”一场戏中身穿西装，在与侍萍相认的一场戏中，则长衫在身，以服装的亦中亦西，显示在新旧杂陈的时代，其思想、意识、观念亦旧亦新的特点。第三版也延续着这样的服装造型。

《雷雨》具有“神秘”与“恐惧”的戏剧氛围，这种“神秘”与“恐惧”最典型的意象，首先是闹鬼，其次是死亡，再者便是雷雨。蘩漪与周萍、周萍与四凤双重乱伦的故事，总是显得十分诡异，或者说太像戏，“闹鬼”的真相过早地明朗化，就会把悬念解开，就会影响戏剧张力；而一味地模糊掩盖，又形不成四凤隐约感到的来自蘩漪的猜疑、妒忌和敌意。

死亡意象在《雷雨》中，也是十分鲜明的：无辜的周冲、四凤之死，无奈的周萍之死、蘩漪之疯、侍萍之痴，也许都不过是悲剧故事的表层，而真正的悲剧性来自于人对自我选择的被限定性的反抗，以及反抗的无意识所造成的对他者的冲撞，在反抗的合理性与冲撞的无理性之间，形成了不可避免、不可逆转的毁灭结局。

这一版《雷雨》将蘩漪作为悲剧的主人公，将她放置在悲剧的核心地位，是有其合理依据的。蘩漪这样一个形象，不仅最早引发了曹禺的戏剧创作热情，而且在这个人物身上，也倾注了剧作家最大的同情和艺术的灵性。她阴鸷而果敢，哀静而乖戾。封闭而阴冷的家庭压抑了她的活力和个性，把她生命的热情扭曲成带有破坏性的偏执，悲剧虽不只因她而起，但她显然加剧了悲剧的进程。

观看《雷雨》的观众不会有被安抚的快感，相反，却要饱受感官的惊悚与心灵的悸动，这也许正是李欧梵所言曹禺戏剧“感情表达上的那种令人心惊欲碎的力量”①使然。

在纪念中国话剧百年之际，在人民大会堂举行的座谈会上，万方曾经讲过，她曾经问她的父亲曹禺：您写的剧本为什么叫《雷雨》？曹禺回答：雷，代表着天上轰轰隆隆的声音，警醒芸芸众生；雨，代表来自天国的洪水，把大地冲个干净。这一版的《雷雨》除了依然沿用写实性布景之外，还强化了不出场的“戏剧主人公”——雷雨。由此可见，从第一幕开始，周公馆的压抑、沉闷的气氛中，已经孕育了一种天幕低垂、四野云黑的阴郁气息，随着悲剧情境的展示，闷雷从远天滚过，蓄势待发，闪电忽隐忽现，撕开暗夜的帷幕，直至四凤在自己家中向母亲发誓，炸雷当空劈下，暴雨倾盆而泄……可以说，雷雨不仅构成了戏剧的自然环境，渲染了人物的心境，是心理情绪的外化，而且对于人物命运具有强烈的象征作用。第三版《雷雨》所呈现的电闪、雷鸣、雨声，被观众认为是几版《雷雨》中最好的音效。

2002 年 5 月，北京人民艺术剧院为庆祝建院 50 周年，在首都剧场多次演出《雷雨》，该剧还曾赴昆明、重庆等地巡演。2005 年 4 月，北京人艺的《雷雨》赴上海演出。2007 年 7 月 7 日，北京人艺在首都剧场为《雷雨》演出 500 场举办了简朴的庆祝仪式，这是该剧院自 1954 年 6 月 30 日首演《雷雨》以来所创造的新的演出纪录。

曾经 100 多次扮演过周萍的濮存昕说，“能够成为《雷雨》的一员是我极大的幸福”，

① 李欧梵：《现代性的追求》，三联书店 2001 年版，第 301 页。

"但我斗胆进言,《雷雨》还没有演完,我们还有很多层面没有进入;曹禺先生对《雷雨》的期待也还没有圆满,我们应当还他一个心愿。"[①]真可谓说不完的曹禺,演不尽的《雷雨》!

也许正因为如此,《雷雨》不断出现不同导演、演员的不同演绎。这使得曹禺剧作在当代舞台不断表现出历久弥新的文化价值和永不衰竭的艺术魅力。

二

2003年4月,为庆祝中国戏剧家协会"梅花奖"创办20周年,各地得奖演员汇集于北京首都剧场,演出了由徐晓钟导演的话剧《雷雨》。

这次演出,还原了曹禺原作的序幕和尾声,大幕一拉开,已经是一座被改造成了教会医院的周公馆,时光流转,墙皮剥落、陈设暗淡,房内破败不堪,由于终场不换景,那些迷离如春梦——噩梦般的剧情依然在破败的布景前进行,这显然表现了周家的颓败,但似乎忽略了颓败的过程;纪念的性质决定了演出的独特方式,有评论说,这场演出"最大的亮点是明星们各显风采,周朴园、蘩漪、周萍、鲁侍萍的扮演者各有三组,王卫国、魏积安、宋国锋的周朴园都很到位,尤其是久演小品的魏积安,让人看到了演正剧的功力。三个蘩漪也很出色,特别是萧雄,冷艳中透出哀怨的气质,与人物身份十分吻合。"[②]实际上,由于演员来自不同剧种、区域,排练时间短暂,演员之间难以形成默契,表演风格不够统一,很难实现演出效果的完整、和谐、一致。多个演员扮演同一角色是新奇、大胆的尝试,但是也容易形成观众欣赏情绪的破碎与支离。在笔者观看的那场演出中,魏积安扮演的周朴园一上场,就引发了观众的笑声,应该说这绝不是角色所应当达到的效果,而是人们对于一个喜剧小品演员,忽然变身为悲剧中的人物所形成的反差感,让观众对于剧情产生了跳脱感。

同年11月,由叶惠贤策划、陈薪伊导演、汇集影视剧明星的"明星版"话剧《雷雨》在上海首演,随后又在广州、深圳、成都、北京、天津等地巡演。

在艺术表现和审美取向上,两剧有其相似特点,即试图以演员个体表演实力提升演出的社会影响力,以明星群体效应强化市场效益。明星版《雷雨》的导演陈薪伊,也可以说是中国当代的明星导演,经她导演的很多戏剧获得过政府大奖。她自称带着悲悯的心情读《雷雨》,她的理解是,"宇宙并没有一个智慧的上帝或主宰,大约应是本剧的主旨。"[③]在《雷雨·序》里,曹禺自己曾解释,"《雷雨》所显示的,并不是因果,并不是报应,而是宇宙里斗争的'残忍'和'冷酷'。在这斗争的背后或有一个主宰来使用它的管辖。"他还说这个意念"太大,太复杂"以致自己无法表达。[④] 这说明,曹禺想要探寻的是一个关乎人类存在的悬而未决的命题。陈薪伊想要打破观众对《雷雨》的既定观感,力图在命运悲剧的背后发现新的东西,但是如果《雷雨》的剧情,仅仅在于表现命运的不可知,这又似乎低估了曹禺对

① 桂杰:《京城降下500场〈雷雨〉》,《中国青年报》,2007年7月16日。网址:http://zqb.cyol.com/ontent2007-07/6ontent1826841hm,查询时间:2013/06/25。

② 苏丽萍:《"梅花版"〈雷雨〉观者如潮》,《光明日报》,2003年4月7日。

③ 见明星版《雷雨》演出说明书。

④ 曹禺:《雷雨·序》,收于《曹禺全集》(第1卷),花山文艺出版社1996年版,第7页。

人性剖析的深刻性所显现的人学意义，以及整个剧情所呈现的社会学的文化价值。

"明星版"《雷雨》由潘虹饰蘩漪，达式常饰周朴园，顾永菲饰侍萍，濮存昕饰周萍，田海蓉饰四凤，雷恪生饰鲁贵，蔡国庆饰周冲，演员阵容不可谓不强大，因此也给人们带来了比较强烈的心理预期。据投资人透露，演出实现了比较好的经济效益。这无疑是话剧投身流行文化的某种尝试。有媒体人士称"借助明星的号召力，为话剧舞台吸引新的观众，怎么说也是一件好事。多元化的发展会催生一些艺术和商业结合得好的品种，而这其中又往往会产生反哺整个行业的资源，这对一个舞台艺术品种的生存无疑具有重要的意义。"①然而，明星话剧也不容盲目乐观，它除了具有"梅花版"《雷雨》演出中演员配合不够默契的遗憾外，还出现了舞台布景过大、舞台调度不够协调、《演出说明书》剧情介绍出错等问题。

对于明星的话剧演出，我们既不必忧虑，也不必过喜，因为这不过是宛若时装发布会一样的流行旋风，虽比较容易形成社会关注热点，但大体都难以凝聚，难以延续。

2004 年 11 月 28 日—12 月 3 日，湖北潜江举办"曹禺文化周"，对曹禺戏剧进行学术研讨，并邀请北京人艺的话剧《雷雨》、湖北试验花鼓剧团根据曹禺的《原野》改编的花鼓戏《原野情仇》现场展演。

三

《雷雨》是一部长剧，文本字数 7.9 万多字。据南京国立剧专原来的学生、电影《三毛流浪记》的导演严恭回忆，在国立剧专时期，曹禺曾经因为不满杜宣他们在日本演出《雷雨》时删除了序幕和尾声，决定在自己导演此剧时要谨遵文本，原文照演，由他自己来扮演周朴园，结果整部戏剧演下来，居然长达 5 个半小时。因此，曹禺自己也希望真懂他的戏的导演，能做一番精心的删改。

2007 年是中国话剧的百年诞辰，《雷雨》的演出在这一年出现了新的解读与阐释。因为原作很长，在导演《雷雨》时，王延松将《雷雨》缩减至 3.5 万字。2007 年 1 月该剧演出于上海兰心大剧院。

《雷雨》表现的是生命自省中人类的渺小、人性的局限和存在的困窘。在形象的具象画面之外，是抽象的天、命与自然的法则，导演王延松在原作中发现了有意味的形式，即悲剧的"循环再现"：侍萍再次走进周家，发现自己的悲剧在女儿身上重演，周萍先后与两个不该爱的人相爱，戏中的"闹鬼"场面也两次现形，等等。对于人心与人性的关注与思考，在导演构思和舞台呈现中表现得十分突出。新版《雷雨》中，出现过三次的侍萍的独白，成为解读全剧的钥匙："人心靠不住，因为人性太软弱"。以此为基点，导演创设了富有表现力的舞台形象画面。旧时观众所习惯的情节的逐渐推进、人物关系的细致交待，起承转合的层层铺垫，在今天的观众看来有时会产生繁琐、拖沓之感，因此应当被更简捷、更有概括力冲击力的表现方式所代替。

这一版的《雷雨》演出，实际上是以新的方式展现了序幕和尾声，将教会医院所特有的

① 赵忱：《明星话剧喜与忧》，《中国文化报》，2007 年 4 月 27 日。

宗教意味，以及世事无常、人生悲凉之感，借助歌队的吟唱表现出来，强化了悲剧气息和悲悯情怀。

该剧组集合了毕业于上海戏剧学院的一批优秀演员：张名煜饰演周朴园，徐幸饰演蘩漪，宋忆宁饰演鲁侍萍，佟瑞欣饰演周萍。演出时布景高达 12 米，预设为三层，象征着人间、死境和重生的情境。写实的家具、窗子、楼梯与写意的景片、直入云霄的穹顶，在亦实亦虚、亦真亦幻的氛围中，创造出舞台意象的奇异和魅力，增强了戏剧的诗化意味。唱诗班不时地加入表演，吟诵着曹禺早期的诗篇，对表演起到了烘托和间离的双重效用。《雷雨》的悲剧性呈现，不是限于一时一地的现实性的局部人生，而是着意表现带有宗教般情绪的、对于人类终极价值的更广阔的沉思。为了给观众带来心灵的冲击和观赏的魅力，王延松在其导演的《雷雨》第三幕中，让周家和鲁家的场景并现于舞台中，过去、现在、想象的时空交织，多角度、多视点的呈现着富有魔力的戏剧情景。在鲁家，回到自己家中的四凤，刚在母亲面前发誓不见周家的人，父亲便向她讲述了周家"闹鬼"的真相，此时舞台后方的半天空里，幽幽地显出了周萍和蘩漪相拥的背影，他们"闹鬼"的窗子，仿佛是旷野中的鬼火，在四凤的视觉中透出恐惧和惊悚的光影。紧接着这扇窗子像鬼魂一样，游荡在舞台的天幕上，猛的一下子掉落在四凤的面前，那仿佛是她心灵深处恐惧的轰鸣。一道炸雷过后，周萍出现在窗前，在他迈过窗棂的一刹那，闪电中出现了蘩漪阴毒的面容。而在这些戏剧动作发生时，舞台的一角，孤独的周朴园始终默然呆坐。

四

2010 年，正值中国现代戏剧家曹禺诞辰百年。9 月 14 日，上海文联和上海剧协等单位以"经典与当代"为题，召开纪念曹禺百年座谈会，探讨曹禺的戏剧思想和美学精神。9 月 22 日下午至 26 日，南开大学和北京人民艺术剧院，在津京两地举行"纪念曹禺诞辰 100 周年国际学术研讨会"。9 月 24 日，由文化部和中国文联举行的"纪念曹禺百年座谈会"在人民大会堂举行。

2010 年也是曹禺戏剧连演不断的一年。5 月 14 日至 16 日，由苏州评弹剧团演出的中篇弹词《雷雨》在北京长安大戏院演出；9 月 28 日，该剧在梅兰芳大剧院再度上演；11 月又进行了南京大学的校园演出。6 月 2 日至 4 日，以"相约世博"的名义，上海歌剧院在上海大剧院演出歌剧《雷雨》，该剧对话剧情节做了必要的浓缩，使悲剧张力更加突出。导演查明哲表示，要让戏剧节奏随着音乐的翅膀飞得更远，展现曹禺的写意与诗化。

2010 年 10 月 25 日至 29 日，在曹禺的原籍——湖北潜江举办的"曹禺戏剧周"如期进行。11 月 27 日至 12 月 8 日，由高杰导演、大连话剧团演出的《雷雨》在北京世贸天阶大影剧院演出 16 场。此前，自 5 月 10 日起，此剧已在大连连演 26 场。这个戏将曹禺的《雷雨·序》当成是解读这部悲剧的钥匙，截取其中有深意的句子，由分饰不同角色的演员现场念白，形成《雷雨》的演出序幕，并为扣人心弦的悲剧气氛进行铺垫。舞台的追光和光影的变化在演出中起到重要作用，它强化了人物情态，营造了戏剧效果，但是作为音效的雷雨却被导演忽视，甚至于在剧中深隐于天际，这不免令观众感到惋惜。12 月 8 日，易立明

根据曹禺的《雷雨》改编的《阅读雷雨》在首都剧场上演，本剧以现代的剧场效果，表现“雷雨”的氛围和意蕴。

2012年7月，青年导演王翀编导的《雷雨2.0》在木马剧场上演，它的台词来源于曹禺原著，但是完全改换了语境。王翀从当代立场审视《雷雨》所表现的两性关系，表现男人与女人之间的纠缠、撞击、忧虑与伤痛。剧中女人，蘩漪、侍萍、四凤，还有现代女性，由两位女演员扮演。男人只一位，一体多面地呈现懵懂周冲、落魄周萍、家长朴园，还有现代男性。演区中心空置，场上放置20世纪90年代家具用品，大屏幕直面观众。在多个演区中，三台摄像机和一部照相机跟踪拍摄，影像直现于屏幕。多重镜像交织、互映；演员不说台词，采用幕后拟音，大提琴和钢琴乐音由电声传送，现场演出与直播影像交叠、拼接，形成亦真亦幻、亦虚亦实、散点式、碎片化的镜像人生。7月25日，《雷雨2.0》演后座谈，交流得还比较热烈，也有观众抱怨看不明白，不知所云，并与导演发生了小争执，他们都想准确地表达自己，但是却找不到彼此认同的话语。我觉得大部分观众在看稀奇，没有完全弄懂此剧的本意。座谈会后，我跟王翀交谈了一会儿，我说你受到拉康的镜像理论的影响，要在舞台上制造多重交织的镜像。他说，老师，您看明白了！我其实也不是很明白，他到底是有意识地实验舞台镜像表达，还是仅仅凭着艺术感觉打到哪指到哪。王翀导演的戏剧，不大顾忌大众和票房，却一直执意探索影像与表演的结合。他作品的背后，有后现代观念和80后时代意识的支撑。这个戏提供了舞台的新意念和新语汇，就实验戏剧的观点看，值得注意和反省。

2013年8月，福建人民艺术剧院的小剧场戏剧《雷雨》以解构、实验的面貌出现，剧中人穿着现代的戏服，舞台两侧摆着八面大小不一的鼓，演员在表演之余，用擂鼓的方式制造雷声，他们讲述和扮演着《雷雨》的故事，叙事的身份大过扮演的身份，因此有人认为这就是一台追求形式感的朗诵剧，留给观众的感受是陌生、怪异大过新奇的心理期许。总之，对于《雷雨》的演出，在舞台形式上，出现了主流戏剧、商业戏剧、实验戏剧的多重表达方法，即使在主流戏剧的演出方式中，又出现了对于文本是遵循原著，还是有创意的进行调整的不同做法，在实验戏剧中，又有深化主题与借壳上市的不同表达。如何对待经典，怎样实现“非常格”的成功改编，一直是戏剧界争论不休的话题。我们深信，曹禺的经典剧作会不断地演将下去，因为人们总是能够从中发现取之不尽的宝藏和永不消逝的魅力。

摘自耿发起、田本相、宋宝珍《〈雷雨〉八十年》，天津古籍出版社2015年版，第40—51页

《日出》演出研究

——以欧阳予倩执导《日出》为中心

刘 依

纵观《日出》近八十年的演出史，有一个有趣的现象，多数《日出》演出往往并未照搬曹禺的剧本，与曹禺的创作理念颇有出入，有着显著的二度创作痕迹。譬如第一代《日出》导演欧阳予倩所执导的1937年2月版《日出》："欧阳予倩先生导演《日出》删去了第三幕。记得有一次我们在上海良如粤菜酒楼上吃饭，他说明了删去的理由。他在排演这戏时，不把它看作悲剧，因为整个的形态，不够明显。"[①]换言之，《日出》二度创作是一个相对独立的创作空间。现在的问题是，在长达八十年的《日出》演出史中，是否有某种演出结构赋予了《日出》持久的魅力？如果存在，它有着怎样的特征？与此同时，它与曹禺剧本之间存在怎样的关系？这是经典剧作从文本走向舞台过程中的核心话题。

一、中国现代戏剧史上的文学经典

在初登文坛的1936年，《日出》即刻遭遇到两极化的评价。一方面，因其高度满足了真实性与个性化相统一的中国现代文学审美标准[②]，作品一经发表，就引起《大公报》文艺副刊的讨论，成为现代文学史上难以撼动的经典："《日出》在我所见到的现代中国戏剧中是最有力的一部。它可以毫无羞愧地与易卜生和高尔绥华兹的社会剧的杰作并肩而立。"[③]另一方面，曹禺又因为《日出》剧作结构过于冗杂，特别是第三幕的去留问题，受到剧评人的诟病，这也成为《日出》演出史上著名的"第三幕"现象[④]。事实上，这种两极化的评价恰恰暴露出《日出》剧本高度文学性与演出实际相矛盾的事实。

从主题的追求上看，《日出》中一个鲜明的象征物就是"太阳"，无论化身为古希腊文学中的阿波罗，亦或中国古典神话体系中夸父所追逐的"日"，"太阳"总是作为中西经典美学视域中的典型文学形象出现。从这个角度来看，"太阳"是一种至上而下、层级分明的经典美学形象。不可否认，曹禺在《日出》中也描绘了不同于经典美学所推崇的现代都市场面，

① 石江：《评曹禺的〈日出〉》，《文艺月刊》，1937年第10卷第4期。

② 胡适在《易卜生主义》中强调的"写实主义"和"个性主义"成为中国近代戏剧的现代审美要求。详见胡适：《易卜生主义》，《新青年》，1918年第4卷第6期。

③ 谢迪克：《一个异邦人的意见》，《大公报》，1936年12月27日。

④ "《日出》并未由中国旅行剧团首演，而是先由上海复旦大学剧社与南京国立剧专演出，但他们都把第三幕删去。直到1937年春，中国旅行剧团始在上海卡尔登戏院上演完整的《日出》，恢复原貌，补上了第三幕。"《曹禺与天津》，天津社会科学院出版社2006年版，第79页。

如充斥着享乐与神经刺激的舞会、下等妓院等，但从《日出》整体布局看来，"太阳"占据了统摄全局的地位。正如曹禺在《〈日出〉跋》中所说："我忍耐不下了，我渴望着一线阳光，我想太阳我多半不及见了，但我也愿望我这一生里能看到平地轰起一声巨响，把这群盘踞在地面上的魑魅魍魉击个糜烂，哪怕因而大陆便沉为海。"①可以说，相对静止的、拥有绝对意义的"太阳"主导着《日出》整体美学风格走向，显示出青年曹禺以经典美学为尊的审美倾向。

曹禺对《日出》配乐的追求同样暗合了经典美学的审美趣味，针对《日出》的第三幕的配乐，在《〈日出〉第三幕附记》一文中，曹禺强调："如若幸而演出，这些效果必须有一定的时间、长短、强弱、快慢、各样不同的韵味、远近，每一个声音必须顾到理性的根据、氛围的调和，以及适当的对意义的点醒和着重。"②两个"必须"的强调以及对音乐结构适度、适当的要求，都再一次说明了这一点。事实上，从对《雷雨》开幕的冗长描述和巴赫教堂音乐的使用，到对《日出》配乐的孜孜以求，可以清晰地看到，青年曹禺自《雷雨》以来的经典美学审美诉求。但这种诉求，与《日出》演出实际往往有所出入，严格说来，甚至妨碍了舞台二度创造的表现空间。

二、走出经典：民间演出资源的现代转型

通过系统研究《日出》长达八十年的演出史，笔者认为，《日出》二度创作存在相对独立的意义空间，其中，导演对演出主题的不同设计、演员对人物个性的强化或弱化处理、舞美对演出场景基调的不同设定，在曹禺原著《日出》(原文本)的基础上，组成了新的舞台演出文本。与此同时，在不同演出文本之间，还存在三种不同的情况③。考虑到演出文本的复杂性，本文在分析判断《日出》不同演出文本时，以演出主题、贯串动作、舞美设计、表演模式等基本演出要素为基准加以判断，细微差异可以忽略不计。在此基础之上，通过分析归纳不同演出文本相似、重叠、衍生的部分，笔者发现《日出》二度创作中存在一种独立于原文本、循环再生的演出文本形态，其主要特征是演出主题都市化、演出语言地方化、演出基调俚俗化。

---

① 曹禺：《〈日出〉·跋》，《曹禺全集(第1卷)》，花山文艺出版社1995年版，第382页。

② 曹禺：《〈日出〉第三幕附记》，《曹禺文集》，中国戏剧出版社1988年版，第446页。

③ 一、由同一个原文本衍生出不同的演出文本。以《日出》原文本为基础，进行独立的演出文本创作，在演出主题、贯串动作等演出基本要素方面，有着相对独立、显著的不同。如不同导演、不同时代的《日用》演出文本。二、由一个演出文本衍生出次级演出文本，以某一演出文本为基础，进行有明显承接特征的次级演出文本创作，在演出基本要素方面，存在显著的承续关系。如欧阳予倩三次导演《日出》，分别是1937年2月复旦戏剧工作社版《日出》、1937年6月中国旅行剧团版《日出》、1947年12月赴台版《日出》。另外，也有后继演出文本对已有演出文本致敬或解构的情况，如1981年刁光覃导演对1956年欧阳山尊导演在《日出》演出文本中关于"工人阶级"的致敬；以及2000年任鸣执导版《日出》演出文本第三幕开场舞美设计对早期《日出》演出文本的解构。三、由一个原文本和演出文本共同组成的混合演出文本。来源包含原文本和已有演出文本，混合演出文本包含原文本和已有演出文本之中的一部分，如"翠喜"故事在1937年6月版《日出》、1956年欧阳山尊执导版《日出》中的反复出现，详见欧阳山尊：《〈日出〉导演计划》，中国戏剧出版社1983年版，第59页。

《日出》的二度创造多数都建立在这一形态上，而其中，又以经典演出文本为主，如1937 年由中国旅行剧团公演，欧阳予倩执导的《日出》："应该说解放后我看过无数次的《日出》，包括北京、上海几个大剧院几个名导演排演的《日出》在内，是没有一个在总体上能超越当年欧阳先生的创造的。"①考虑到本文篇幅有限，笔者以欧阳予倩三次执导《日出》演出文本为例，结合不同时期导演的演出文本，尝试探讨《日出》二度创作的美学形态和特征。

1.演出主题的都市化

《日出》诞生于 1936 年，恰恰是中国资本主义经济最发达的时候。资本的膨胀导致两极分化，严重的两极分化又导致各种社会惨剧的发生。这是《日出》当中反映的社会景象，也是《日出》演出文本的典型场景，同时构成了《日出》文化记忆的第一层——都市记忆："由于当时的市面萧条，经济恐慌……再加上一些操纵市场的人兴风作浪，这就使得公债市场的变动非常激烈，做公债的人往往今日拥有巨万，明日即成白手。"②相对于曹禺对"太阳"相对孤立的、静止的、经典美学形象的刻画，在 1937 年《日出》演出文本中，欧阳予倩已经注意到"太阳"在《日出》都市空间中的多个层面，这也推动着"拯救"③主题的诞生。在欧阳予倩对"太阳"的主题表现中，融合了《日出》的都市文化背景和中国传统戏剧艺术的表现手法。

首先，"太阳"不再表现为至上而下的、静止的、拥有绝对意义的经典美学形象，而是一个基于都市空间的动态符号。这里折射出"今日拥有聚万，明日即成白手"的共同文化心理，而"太阳"则成为这种动态都市文化心理在舞台上的对象化产物，即都市化的"日出"形象。据胡导回忆，欧阳予倩借助欧阳山尊从日本借鉴的屏风式透顶的布景，降低墙片的高度，让：灯光以流动的方式去表现"日出"与"都市"之间的动态关系："(欧阳予倩）把布景的墙片削短了高度，因而观众透过客房的短'墙片'很自然就一览无遗地看到大半舞台后景全是黑压压一片大都会高楼大厦的剪影。……当最后全剧落幕前，随着'墙'外工地上建筑工人的叫'号子'声，一轮灿烂的太阳终于从那一大片黑影的背后喷薄升起，又升起——太阳出来了！'日出'了！"④

其次，《日出》演出场景中充斥着大量的买卖情节，从陈白露与潘月亭的肉体交易，到潘月亭与李石清的雇佣关系，再到金八与黑三的江湖关系，人与人之间的关系是高度凝练化的买卖关系，这构成了《日出》都市文化背景下的主要冲突。欧阳予倩通过借鉴中国传统戏剧艺术对情境的表现，完成对《日出》买卖关系的对象化，如对"陈白露"身无所依的刻画："欧阳老以暗淡的光线处理这一细节，光线从窗外反射进来，人物在窗前的活动像两个剪影在摇曳，隐隐约约给人以虚幻的感觉。直到打开电灯，舞台通明，观众才看清楚现实

① 洪忠煌：《话剧殉道者——中国旅行剧团史话》，浙江大学出版社 2004 年版，第 126 页。
② 欧阳山尊：《〈日出〉导演计划》，中国戏剧出版社 1983 年版，第 13 页。
③ 详见《戏剧工作社第一次演出特刊》，1936 年 12 月。
④ 胡导：《戏剧导演技巧学》，中国戏剧出版社 2005 年版，第 81 页。

中的陈白露——一个住在豪华饭店里的交际花。每演到这里，观众席里必涌起一阵赞叹。”①

受制于有限的教育程度和文化水平，早期《日出》导演的艺术选择是有限的。欧阳予倩在《舞台导演的养成》一文中说：“导演的任务不仅是一个剧本的再现，而(且)是新的创造，他不仅传达剧本的内容，并且能使剧本的内容更鲜明更有力地呈现于观众之前。戏剧在舞台上和在纸上完全不同，经过导演的组织而形象化之后，便成为导演的创作。”②为了获得“更鲜明”“更有力”的舞台形象，完成《日出》演出主题的对象化，欧阳予倩借鉴了中国传统表演艺术，这与他在广东戏剧研究所时期所尝试的戏曲改革不无关系。通过诉之于具体的舞台形象来启示观者更为开阔的内容和意义，如传统戏曲舞台上的“千军万马”，旨在建构出了一种富于即兴色彩的舞台意象。这种意象植根于中国民间表演艺术传统，同时更表现出情境交融中各种变动的人物关系和贯穿动作，为《日出》演出主题都市化提供了可能，正如欧阳予倩所说：“我对于这个戏的演出，是以夸张的手法与剧的内容和人物的个性以强烈有力的表现。”③

简而言之，欧阳予倩在 1937 年版《日出》演出文本中的导演艺术，正是借鉴并汲取中国传统戏剧艺术，融合都市共同文化心理，使动态的都市符号——“太阳”，完成在舞台情境中的对象化。更深地说，这是中国传统表演艺术的美学趣味。这种趣味成为《日出》演出的一个基点，影响了其后的《日出》导演艺术。在 1956 年欧阳山尊版《日出》中，从灯光到配乐，韩西宇、纪繁、鄢修民等人依据导演欧阳山尊提出的规定情境，据史造景，完成了《日出》都市风格的全面整合。在 1981 年刁光覃执导的《日出》演出文本中，舞台灯光借助于箱形装置和灯光配合，以鸟笼造型转台为动力依托，调度出“太阳”照进现实的全景画面，可以看做是对其的致敬④。而在 2000 年任鸣版《日出》中，在结尾处，陈白露吞下安眠药后，奋力将手中玻璃杯砸向镜子，同时转台启动，伴随灯光，转回 30 年代的民国都市⑤。再如 2010 年王延松执导的《日出》中，陈数扮演的“陈白露”在都市幻影与太阳光辉的情境交替中，诵读着曹禺在医院病榻上写给巴金的信，完成“死亡”的对象化，回归主旨。

2.演出语言的地方化

据曹禺在《怎样写〈日出〉》一文的说法，创作《日出》主要以天津为参照，其中，又以“群氓”为重点刻画对象，即“金八”“黑三”“李石清”等围绕“陈白露”“方达生”主角的小角色。有趣的是，恰恰是这些《日出》里名不见经传的配角成为《日出》表演场上极具人气的角色。

① 胡导：《戏剧导演技巧学》，中国戏剧出版社 2005 年版，第 81 页。

② 欧阳予倩：《舞台导演的养成》，《申报》1938 年 12 月 18 日。

③ 欧阳予倩：《〈日出〉的演出》，《戏剧工作社第一次演出特刊》，1936 年 12 月。

④ 从平面的剪影设计到动态的牢笼造型，通过舞台形象深化了《日出》主题，详见刁光覃：《〈日出〉导演构思断想》，刘章春：《〈日出〉的舞台艺术》，北京：中国戏剧出版社，2011 年版，第 94 页。

⑤ 详见韩晓风，赵崇林：《人物、思想、照明——谈〈日出〉舞台设计和灯光的处理》，《〈日出〉舞台艺术》，中国戏剧出版社 2011 年版，第 188—189 页。

据欧阳予倩第三次执导《日出》的回忆："反应最强的地方是李石清和黄省三的部分。"[①]在任鸣执导的2000年版《日出》演出文本中，"小人物"当道的现象仍然存在："其中尤以那些小人物为最……黄省三、胡四、李石清三人赢得了超常的掌声和叫好。"[②]

《日出》演出的文化背景建立在群氓流窜的天津。清人张焘在《津门杂记·混星子》中写道："天津土棍之多，甲于各省，有市井无赖游民，同局伙食，称为锅伙，自谓混混儿，又名混星子。皆愍（瞽）不畏死之徒，把持行市，扰害商民，结党成群，籍（藉）端肇衅。"[③]而这种混星子文化以"同局伙食"为特征的码头文化为基质，以天津方言为寄托，汇聚共同的文化心理、记忆，构筑出《日出》第二层文化记忆——天津方言记忆。最终，在《日出》不同的演出文本中，通过演员的方言表达、市俗化的肢体语言，极具地方色彩的演出语言进入到《日出》演出形态中。

与北京方言不同，同样的四调，北京方言的阴平、上声、去声调值都高于天津方言，天津方言唯有阳平调值较高，表现为吐字、用韵、收音的差异[④]。如1940年由陈绵执导的北京剧社演出文本中，演员石挥对《日出》角色"王福升"语气词的把握："《日出》里的王福升，他是惯于低声下气，仗势欺人的旅馆茶房……所以，月积日累就具备了原非'人性'的语言，如：唔、是是、呵、哈哈、嘿嘿、嗯、咱……和语尾的啦、哪、呀之类的语气词。这是社会习俗的感染。"[⑤]所谓的社会习俗，正是天津方言与买卖文化相结合的一种表露。石挥通过对"王福升"不同语气词的概括，将这个角色阳奉阴违的个性同天津方言巧妙地加以结合。同时，石挥还注意到语言对角色个性主次、强弱塑造的重要性，如福升之"低声"，顾八之"很自负的"，潘月亭之"不愉快"，李石清之"愤怒叫他说不出一个字"[⑥]。关于《日出》角色个性的表达，天津方言透过地方习惯仍然发挥着重要作用，这一点不光体现在语气词上，还表现在肢体语言中，如石挥对"潘月亭"肢体语言的理解："潘经理也需要装饰上社会习俗的音响，如让烟、让座、挺挺肚子、伸伸懒腰等。这些虽没有具体的文字可以代表它们的音响，但我们可以很自然的（地）发出来，这对表现性格是非常直接有效的。"[⑦]

而《日出》演出能实现舞台语言的地方化，与《日出》演员的经历密切相关。从《日出》中，走出过唐槐秋、唐若青、王荔、石挥等一大批活跃于中国现代话剧舞台的演员。据不完全统计，异乡演出与四处奔波、底层生活的体验与捶打、不同地方语言的模仿，这是早期《日出》演员的共同记忆。[⑧]

---

① 欧阳予倩：《剧运在台湾》，《戏剧》，2008年第6期。

② 卢燕：《新版〈日出〉小角色抢尽台上风光》，《北京青年报》，2000年8月31日。

③ （清）张焘：《津门杂记》，天津古籍出版社1986年版，第87页。

④ 详见《中国曲艺音乐集成》中关于"天津化"的论述。天津市艺研所：《中国曲艺音乐集成·天津卷》，《中国曲艺音乐集成》，天津：天津卷编辑部，1985年。

⑤ 石挥：《石挥谈艺录》，上海文艺出版社1982年版，第17页。

⑥ 石挥：《石挥谈艺录》，上海文艺出版社1982年版，第16页。

⑦ 石挥：《石挥谈艺录》，上海文艺出版社1982年版，第16页。

⑧ 关于早期《日出》演员的演出体验，可参见曹藻：《江湖艺人唐槐秋》一文，《艺术与时代》1989年第6期。

3.演出基调的俚俗化

《日出》第三幕是全剧的一个小高潮，以“宝和下处”的背景声起，以“小东西”上吊自杀为终，揭露了底层妓女的悲惨处境。从曹禺在《〈日出〉跋》中的讲述来看，笔者推测，欧阳予倩在这里选用的配乐是天津时调。[①] 依据曹禺创作第三幕的妓院经历取材，据王颂余的说法是：“天津时调用大三弦、四胡、节子板伴奏，用天津方言的字音演唱。”[②]而胡导后来的演出回忆也佐证了笔者的推测：“欧阳先生处理这第三幕的动力，还在于从开幕到闭幕的五六十分钟里从没间断创造那下等妓院氛围的音响效果——卖唱声、拉丝弦声、数来宝声、敲梆子声、婴儿哭声、女人隐泣声……这么多庞杂音响的组合和运用，可以说也是我们中国话剧舞台上从没有创造过的戏剧氛围。”[③]

1937 年中旅版《日出》演出文本中的天津时调包含方言叙事、小曲和数唱二部分。叙事差不多都是关于妓女生活的苦惨状况的，间或有些是娼寮中特有的行话。小曲取自于旧时天津娼寮所编制的“靠山调”：“其唱词和唱腔都是他们即兴编凑起来的。”[④]采取数唱，也就是“数来宝”的数唱方式。通过具体分析第二幕配乐的方言叙事、曲调和唱法，考虑到“靠山调”即兴编凑的美学样态，笔者借助“口头程式”理论，剖析其基本样态、主题或典型场景，以及故事类型[⑤]。可以说，在欧阳予倩执导的 1937 年版《日出》中，《日出》原文本提供的故事原型填充了《日出》演出文本，乃至次级演出文本，反之，次级演出文本也将口头说唱的美学特征带入到《日出》演出形态中。

以“靠山调”中的“妓女悲秋”为例：“皓月当空一轮照。妓女独坐在青楼，斜倚栏杆皱着眉头。嗳咳嗳咳哟，一阵阵泪双流！……嗳咳嗳咳哟，两眼双泪流！花开、花谢、年年有……嗳咳嗳咳哟，狂在世上度春秋！……嗳咳嗳咳哟，推在火炕何日出头……嗳咳嗳咳哟，父母的遗体任人游！……打了奴家鲜血往下流，嗳咳嗳咳哟，跪在地下苦苦的哀求，咳！领家不饶多磕几个头……嗳咳嗳咳哟，满怀的心事一笔勾！”[⑥]

从主题或典型场景来看，全文由七个“嗳咳嗳咳哟”划分为七个自然唱段，每一小段包含相对独立的叙事内容和一致的叙述程式，整体上构成了一个连环循环的微型故事，且恰恰说唱了《日出》第三幕主要角色“翠喜”的人生故事：“前途是一片惨澹(淡)，而为着家里那一群老小，她必须卖着自己的肉体麻木地挨下去。”[⑦]同样，这个故事也出现在欧阳山尊导演的《〈日出〉导演计划》中：“翠喜，你的贯串动作是忍着眼泪装着笑脸挨下去，用出卖肉

---

① “‘靠山调’也叫‘鸳鸯调’，天津最普遍都叫‘时调’。主要流行于天津底层市民聚集的鸟市、曲艺演出场所等地。”见王颂余：《靠山调》，《人间世》，1935 年第 41 期。

② 王颂余：《靠山调》，《人间世》，1935 年第 41 期。

③ 胡导：《干戏七十年杂忆》，中国戏剧出版社 2006 年版，第 60 页。

④ 王颂余：《靠山调》，《人间世》，1935 年第 41 期。

⑤ 约翰·迈尔斯弗里著，朝戈金译：《口头诗学：帕里—洛德理论》，社会科学文献出版社 2000 年版，第 30 页。

⑥ 王颂余：《靠山调》，《人间世》，1935 年第 41 期。

⑦ 刘章春：《〈日出〉的舞台艺术》，中国戏剧出版社 2011 年版，第 15 页。

体得来的钱养活一家老小。"[①]可以看到，在这个混合演出文本中，存在原文本与次级演出文本的互涉，通过这种互涉，"妓女悲秋"整个微型故事的俚俗口头特征进入到《日出》演出之中。

从曲调的角度来看，"靠山调"的使用为《日出》演出带来了口头表达的平淡、朴素、天真风味。据王颂余在《靠山调》一文中的说法："靠山调是1900年前后在天津产生的一种市民小调……形成于旧时镇鞋作坊里的一种口头传唱曲调。"[②]靠山调的声音是非常高亢的，唱到极高的地方，有亢然天惊之慨，而婉转、悲楚的时候，又尤其动人。口头化、文词朴实、曲调富于表现力，这是中国民间音乐的特点。除了"妓女悲秋"外，还有"七月七""三戏五更"等。关于唱法，主要是以词套曲，风格与前者一脉相承："尤其是'七月七'那个曲子，套用的更多，其余虽有不同，也是大同小异，不外乎拿原有的曲子改头换面罢了。"[③]总体而言，这种调子特点在于腔非常的单纯，完全凭着声音的高低组织它的变化，并不讲究用韵，而是将即兴唱词填入套曲中，旨在抒发角色日常当下之感。

另一方面，妓院行话为《日出》演出带来活泼生动的风味。如"妓女悲秋"中"嗳咳嗳咳哟"一个"嗳"字，完成了从底层妓院到都市剧场的转换。据王颂余所说："这种词句中有些语言只有天津人和老于天津的能懂。"而"词句虽然粗俚不雅，确是真情的流露，真挚而不假修饰，只求字音协和，句子的长短合于调子，此外并没有什么规律"[④]。如反挑眼，涉及的都是下等妓院的行话："为热了你，见天见的我们不敢留客，招惹伙计老妈掌班的说了闲话，垫开、垫过、垫铺你零花。"[⑤]初初听来，或有不明之处，但这恰恰保留了《日出》第三幕的质朴色彩，这是俗文化的魅力。可以说，底层的俚俗言语形态在一定程度上抵消了《日出》原文本过于雅化的文学表达方式："在这里吾们可以看出词句都用的是极普通的土话，虽然没有什么文学价值，但词句越普通感人越深。"[⑥]

从以上几个方面来看，导演欧阳予倩实现了《日出》演出对天津民间口头资源的合理借鉴与融合，《日出》演出中最重要的活态的、生动的口头特征弥补了《日出》原文本过于孤立的文学性。无怪乎后继演出文本难以超越欧阳予倩版《日出》的成就："一出《日出》能连演32场，卖座和当时的影片《渔光曲》互相媲美，并驾齐驱。"[⑦]而在过去八十年的《日出》演出过程中，后继演出文本仍在以独特的方式完成对已有演出文本的时代表达。

结 语

纵观中国话剧百年演出史，《日出》是中国现代持续演出最长的剧目。然而，在现当代

① 欧阳山尊：《〈日出〉导演计划》，中国戏剧出版社1983年版，第39页。
② 王颂余：《靠山调》，《人间世》，1935年第41期。
③ 王颂余：《靠山调》，《人间世》，1935年第41期。
④ 王颂余：《靠山调》，《人间世》，1935年第41期。
⑤ 王颂余：《靠山调》，《人间世》，1935年第41期。
⑥ 王颂余：《靠山调》，《人间世》，1935年第41期。
⑦ 九江市文史资料委员会，《九江五十年代风云录》，《文史大观杂志社》1998年版，第596页。

文学研究中，曹禺剧作《日出》与它赖以生存的演出过程常常被剥离开来，剧作与其演出文本之间的联系与冲突遭到不同程度的遮蔽，致使对曹禺剧作的演出及其美学特征缺乏充分认识。通过对《日出》演出的探讨，以欧阳予倩执导《日出》为中心，联系1940年陈绵、1956年欧阳山尊、1981年刁光覃、2000年任鸣、2010年王延松所执导的《日出》演出文本，笔者发现《日出》二度创作中存在一种独立于原文本的、非经典美学的、循环再生的演出文本形态，其主要特征是演出主题都市化、演出语言地方化、演出基调俚俗化。这不单是对西方现代表演体系的借鉴，更是一种对中国本土文化记忆的依托，它借鉴中国传统戏剧艺术，吸纳民间资源，具有独立意义构成的演出系统，打破了我们对中国现代话剧演出范式的固有理解。

我们可以看到，在早期《日出》演出中，演出性的“俗”是与文学性的“雅”相对的概念，这是一种经验真实，是以日常生活的常态为衡量标准的，构筑在都市、俚俗、民间记忆的基础之上。《日出》能够获得中国近代戏剧舞台的巨大的成功，一方面是因为在不同演出文本对《日出》角色的选取下，情节冲突的构造、场景的刻画能与这种演出要素相契合，另一方面，与曹禺高度真实性与个性化的剧本建立起了一种共生互补关系，营建出多层次的演出方式。《日出》演出雅俗共生形态的发现，能够帮助我们探讨《日出》演出成败的原因，从二度创作的角度，了解《日出》演出形态的发生机制、成长过程和审美特征，为更加全面、深入的《日出》舞台艺术研究打下基础。

原载《戏剧艺术》2016年第6期

话剧《雷雨》不同舞台演出版本的阶段演化性特征

付　兰　　李彦武

《雷雨》是曹禺的第一部话剧作品，自从其被搬上舞台之后就被不同的导演解读、阐释、演绎着。但完全贴近原作的演出从没有出现过，曹禺最得意的序幕和结尾在数以万次的舞台演出中，几乎都被删掉了。对剧本的最权威阐释者应该是作者本人，但曹禺创作作品时除了蕴含着复杂激动的情绪外，也没有清晰的理性分析。曹禺在《雷雨》序中写道："累次有人问我《雷雨》是怎样写的，或者《雷雨》是为什么写的这一类的问题。老实说，关于第一个，连我自己也莫名其妙；第二个呢，有些人已经替我下了注释，这些注释有的我可以追认——譬如'暴露大家庭的罪恶'，但是很奇怪，现在回忆起三年前提笔的光景，我以为我不应该用欺骗来炫耀自己的见地，我并没有明显地意识着我是要匡正讽刺或攻击些什么。"①在此意义上说，我们过分地去追求所谓"以意逆志"的溯源价值，反不如去进行"作者未必然，读者何必不然"的舞台效果解读，让不同的舞台演绎者发挥出《雷雨》中最闪光耀眼的一面。纵观 80 多年不同版本的演出，《雷雨》的最明显变化是受时代主流思潮影响巨大。

一、通俗娱乐性版本

新中国成立前的三四十年代，《雷雨》的演出以商业性、职业性的娱乐演出为主。新文学运动初期，话剧的繁荣主要依靠翻译外国剧本和国内的各种实验性尝试，没有形成民族的可百看不厌的经典作品。欧阳予倩曾呼吁中国的话剧要向职业化方向发展，要出现属于自己的本民族的、能够与世界和传统戏剧大师并肩的现代话剧作品。《雷雨》的出现实现了这一愿望。

"1936 年 5 月，中国旅行剧团在上海卡尔登剧院公演《雷雨》，全场轰动，连演三个月，场场客满。9 月再度公演，上座率仍不减，观众连夜排队，甚至有人从外地赶来观看。"②接着全国各地的戏剧商争相邀请中国旅行剧团演出话剧《雷雨》。据 1937 年的《大公报》统计，至 1936 年底，全国上演了五六百场。《雷雨》公演受社会各个阶层市民的追捧，"从老妪到少女，都在替这群不幸的孩子们流泪"③至此，中国的话剧正式脱离了原有话剧的单纯

① 曹禺：《雷雨》，人民文学出版社，1994 年 9 月第一版。

② 钱理群、温儒敏、吴福辉：《中国现代文学三十年》，北京大学出版社 1998 年版，第 433 页。

③ 曹聚仁：《文坛 50 年续编》，（香港）新文化出版社 1973 年版，第 288 页。

艺术化和单纯教育化功能、实验性尝试，使职业化、营业化的剧场戏剧得以确立。其实《雷雨》早在第一次日本演出时就已经把它定位为娱乐性表演了。此时流亡日本的郭沫若观看了《雷雨》演出，并给予了很高的评价："他的这篇作品相当的受到同时人的欢迎，是可能令人首肯的。"①

《雷雨》演出如此之火源于剧本在世俗性方面做得非常到位，首先表现为人类感官猎奇性的满足。在一向封闭保守的社会底层中，市民文化无法接受阳春白雪般的净化，更多的是渴望最低级的感官刺激。乱伦在极大程度上刺激了市民的猎奇渴求。在爱情上山盟海誓固然美好，三角关系却更吸引眼球。故事中有周朴园、侍萍、蘩漪的三角；有蘩漪、周朴园、周萍的三角；有周萍、蘩漪、四凤的三角；有四凤与周萍、周冲的三角。最神奇的地方还不是三角本身，而是这些三角的主角都是一家人。在打破禁欲桎梏心理方面，如果说上一辈的主仆偷欢时隔久远，那么下一代的主仆偷情，却就在眼前。仅仅一天内，观众就看到了母子的乱伦和兄妹的乱伦。少妇蘩漪，风韵佳人，少女四凤，美丽贴心，贵公子周萍，淳朴帅气，小少爷周冲，纯善天真，这给市民增添了无限的想象空间。就剧本而言，如果演出的演员不是俊男靓女，在一定程度上都会影响原作的魅力。这一时期的《雷雨》演出，充分挖掘出了剧本中的娱乐性元素。

二、阶级斗争论版本

20 世纪 50 年代至 70 年代，很多剧院演出过不少版本的《雷雨》，其中最具代表性和影响力的是夏淳导演的北京人艺公演的第一版《雷雨》，这一版本受时代政治影响较大，导演与演员都以一种阶级分析的方法去阐释剧本。新中国成立后，大家兴奋于新的时代开启，重新唤起了对旧时代压迫的攻击。从 1954 年开始，一直到 1989 年第二版《雷雨》的出现，在长达 30 多年的时间里，北京人艺一家独大，《雷雨》的演出紧紧跟随政治的主流意识，尤其是"文革"期间，概念化十分严重，直到这一版本最终被禁演。

1954 年 6 月 30 日开始，北京人艺公演话剧《雷雨》，由夏淳导演，郑榕饰演周朴园，朱琳饰演侍萍。这一版本的《雷雨》，主人公的个性化、人性化的东西被淡化，而重点突出了阶级性，基本对人物塑造没有太多情感的注入。在这一版中，侍萍、四凤、鲁大海是反抗者、控诉者；而周朴园是一个封建暴君，剥削人民的残酷资本家，周萍是周朴园的始乱终弃、虚情假意的延续，同时也是封建桎梏的受害者。为曹禺做传的田本相回忆 60 年代的《雷雨》时说：印象最深是周朴园与鲁妈的不共戴天"一见面好像就要置对方于死地"。但在当时的社会环境下，这版《雷雨》还是很受观众欢迎的，这与当时群众的普遍心理认知有关。这一时期，形成了周朴园残酷封建资本家的第一主人公形象。直到 1979 年 2 月排演《雷雨》时，阶级斗争情绪才淡了一些，但仍旧以反封建家长制为核心。

如果单一的把《雷雨》演绎成简单的阶级斗争，会有很多的情节说不通，周朴园身上也带有鲜明的时代特征。他的发家史是故意制造江堤出险，淹死两千名小工，从每人身上扣

---

① 郭沫若：《关于曹禺的〈雷雨〉》，《东流（月刊）》第 2 卷第 4 期，1936 年 4 月。

去300元，得到的是一笔昧心财。在自己矿上工人罢工要求涨工资的时候，他叫人开枪打死很多罢工工人，为了彻底解决罢工事件，他软硬兼施，收买了两个工人代表，使真正想为工人出头的工人代表鲁大海不战自退。当他30年后再次遇到情人侍萍时，他百感交集的惊恐，说出“谁指使你来的”，以及欲用金钱来了结自己与侍萍间的情感过节。在面对妻子、儿子时，他拥有绝对的权威。这些情节足够上升到封建专制中的夫权与父权和资本原始积累与残酷剥削的社会意识范畴，为阶级论中的阶级定性找到依据。

三、生存困境论版本

80年代至世纪之交，随着改革开放西方思潮的传入，《雷雨》研究超越现实主义范畴，一些人性哲学研究，生存困境的思索等文化主题越来越受到重视。《雷雨》重新回归到最贴近剧本文本的主题表达上去了，在人性上下了很大功夫。周朴园是不再被恨之入骨的罪人，而终于博得了人民的同情，比较贴近曹禺原来设置序幕和结尾的初衷。1989年，由年迈的北京人艺老导演夏淳，重新编排的第二版《雷雨》，“阶级斗争的气味自是一洗无余，社会悲剧的意味也不是那么绝对和肯定，它基本做到了让人们在一个更广阔的背景上去思考‘谁之罪’”[①]甚至到2007年王延松导演的版本中，恢复了《雷雨》剧本中的序幕和尾声。

1989年10月到11月，北京人民艺术剧院夏淳重新排演《雷雨》，顾威饰演周朴园，龚丽君饰演蘩漪，濮存昕饰周萍。这版《雷雨》改变过去阶级斗争的主题表达，把周朴园变得富有人情味，强化了他西方留学的身份，加入了其西装革履、温情谦逊的色彩。蘩漪则以阴郁苦闷取代阴鸷乖戾，以对生活自由爱情的渴望“减弱着观众对蘩漪的厌恶感，使人们在同情之中，不由得增添了一丝怜爱”[②]周朴园与丫鬟梅的爱情成了真挚的初恋难忘，家中那个被布置得与当年梅入住时一模一样的房间，不是虚伪的做作，而是心灵的寄托与怀念；周朴园对蘩漪的态度不是简单的专制压迫，而是周朴园自认为疼爱妻子的最佳方式，周朴园也是悲剧的受害者。2004年北京人民艺术剧院的顾威重排1989版本《雷雨》，依旧贯穿这一主题。顾威认为《雷雨》“是在写人和人格，人对命运的挣扎和呼号，我们这版《雷雨》就是要最大限度地接近曹禺的本意。”[③]这样的版本中，已经没有谁对谁错的问题了，有的是面对困境的挣扎与抉择，是人类的渺小与人性的无奈，所有人都被加以合理化的人性解释了。

从这一角度去理解《雷雨》，就接近了现代主义所探讨的人类生存困境问题了，每个人为了小小的愿望，不懈努力，但结果都是徒劳的。周朴园不想见到侍萍，偏偏侍萍意外来到家中。侍萍想忘记过去，千里辗转离开家乡，偏又巧合来到千里之外的周朴园家中。侍萍不想让女儿四凤重蹈自己的悲剧而与少爷有染，四凤却不仅与少爷有染，还已身怀有

① 孔庆东：从《雷雨》的演出史看《雷雨》，《文学评论》，1991年第1期。
② 田珍莹：《重拍〈雷雨〉有新意》，《北京晚报》，1989年11月10日。
③ 刘娟娟：《再谈敬畏经典——顾威访谈录》，《北京人艺》，2004年2月。

孕。蘩漪想摆脱情感的孤独要紧紧抓住周萍，结果却促使周萍更快地离开自己，最终在悲痛中死去。周萍怀着与继母乱伦自责的心理，想在清纯的四凤那里找到自我救赎，而与四凤的结合却是他更大的不幸，四凤竟然是自己的亲妹妹。周冲怀揣人性的梦想与对母亲这位新女性的自豪，却亲眼目睹了家庭的迷乱与母亲的疯狂，而被击垮。周朴园心灵顿悟，想用最简单慈善的方法做一件好事，却说出了一个惊天的秘密，促使所有人走向灭亡。面对这种残酷的环境，顺其自然反而安然，一旦主观介入反而会走向毁灭，其中欲望的越强烈受到的伤害就越大。这对于自我膨胀，自以为主宰了世界可以为所欲为的人类来说，打击巨大。

四、后现代主义版本

进入21世纪，中国大陆在港台后现代主义戏剧浪潮的影响下，也出现了一种以后现代的思维观念进行艺术演出的舞台表演。香港的荣念曾和台湾的钟明德早在八十年代就开始后现代戏剧的研究和尝试，大陆的演出尝试稍晚一些。但在这一潮流下，《雷雨》仍然被推向前台。《雷雨》最先出现后现代主义演出的是香港《难兄难弟》剧组演员的一次戏仿。而2012年7月，戏剧导演王翀导演了一部新版后现代主义《雷雨》，被称为《雷雨2.0》，在木马剧场首演后，成为典型的后现代剧场作品。

1997年，由钟澍佳导演香港电视剧《难兄难弟》演员演出的一段戏说《雷雨》，非常具有解构《雷雨》的代表性。简短的五分钟的表演，却以一种后现代的手法，篡改了剧情和表达方式，消解了故事的严肃性，带来一种颠覆式的幽默。这种无厘头的游戏，让观众在欣赏作品时产生快餐文化的快感，被剧中的喜剧因素和出其不意的情节所吸引。故事围绕三少爷能否与四凤结婚，牵涉出大少爷与管家婆的私通，二少爷对继母的强奸，加之配音演员走上前台的参与，增加作品的后现代风味。2012年7月的《雷雨2.0》则以《雷雨》为蓝本，对其进行了更大胆的解构，导演让四台摄像机在舞台上对话剧演员的表演进行实时拍摄，并现场剪辑，在舞台上方悬挂的屏幕里实时播放出一部另一部“电影”。电影中讲述的故事已经与《雷雨》几乎无关了。2014年，林兆华和马福力这两位，一个中国和一个瑞典的重量级导演也分别编导了两个不同版本后现代主义味道浓重的《雷雨》。

这些版本中，运用了不同的后现代主义的理念和技法来演绎《雷雨》。因为《雷雨》中也存在后现代“非理性”元素及“不确定”元素，如站在不同的人物角度审视他者，而导致的绝望怀疑论和对人类主体价值的消解。这样的《雷雨》已跨越了现代性积极反抗中的建构，直接进入不可知的后现代神秘主义。这样的舞台演出都具有尝试性、先锋性，虽然《雷雨》的后现代主义评论相对匮乏，但这不足以掩盖《雷雨》的后现代舞台演绎的新趋向。

原载《当代戏剧》2017年第4期

恶评和曲解，终不能挡住杰作

——写在话剧《原野》迎来创作和舞台演出80周年之际

王纪人

《原野》的舞台演出在一段时间内不仅未曾得到如《雷雨》《日出》好评如潮的反响，相反不乏恶评。批评者多以写实主义戏剧的标准来衡量和要求《原野》，导致了对此剧的全盘否定。

《原野》的意义主要不是社会学方面的，而是心理学和美学方面的。《原野》最大的创新是塑造了仇虎这一中国文学中非常罕见的艺术形象，而且通过这个形象，表达了深埋在集体无意识深处的仇恨的原型。

《原野》是中国表现主义戏剧的杰作，但由于它在中国语境中显得特别超前，不仅不为当时所理解，而且长期被忽视和曲解。该剧虽然自上世纪80年代以来屡屡被搬上舞台，却难逃被肢解和篡改的命运。例如一般都认为第一、二幕“有戏”，却把第三幕大量删节，这就阉割了这部作品，抹煞了它的表现主义风格。

1934年和1935年，曹禺相继发表《雷雨》和《日出》，在两剧先后公演后，他作为著名剧作家的声誉已如日中天，观众和业界对他的殷切期待也与日俱增。1937年4月，他正在创作的话剧剧本《原野》在《文丛》第一卷第二期开始连载，至8月第一卷第五期续完。作品是边写边发表的，就像登章回小说一样，先有大致的意思脉络，然后陆陆续续地写，边写边交稿，写得非常顺利。同年8月，作品交付上海文化生活出版社出版，所以今年是《原野》发表80周年。

早期的演出和恶评

《原野》于1937年8月7日至17日，由上海业余实验剧团首演于卡尔登大戏院（今长江剧场），由应云卫导演，魏鹤龄、赵曙、舒绣文、王苹、章曼苹等主演。因淞沪抗战爆发，演出被迫中止。1939年8月14日至24日由昆明国防剧社在昆明新滇剧院公演，曹禺亲自执导，闻一多舞台设计，凤子、汪雨等主演。曹禺的导演阐述要求“把人物的复杂心态表演出来，着眼于人物内心世界的刻画”，还要求通过“细腻而真实的表演，揭示出仇虎的‘深层意识’”。闻一多在舞台布景设计上“虚实结合”，“并运用了某些抽象的画法，在灯光下形成焦点透视，把大森林的阴森而恐怖的神秘气氛表现出来”，以便能更好地表现“人物的潜意识”。这次演出应该更能体现原作的思想和风格。1940年10月，上海大戏院在上海辣斐德路(今复兴中路)西摩路(今陕西路)口落成,以《原野》为开场戏。这座剧院后改名为上海电影院,停业多年后经整修一新,今年恢复上海大戏院原名,《原野》成为戏院重开的开幕大戏。屈指算来,已历77年。

《原野》在卡尔登大戏院首演至今,恰好80周年。在这80年中,《原野》曾被屡屡搬演于舞台,后来又被改编成电影、歌剧、川剧等剧种。但是《原野》的舞台演出在一段时间内不仅未曾得到如《雷雨》《日出》好评如潮的反响,相反不乏恶评。如1944年杨晦在《曹禺论》里说,“《原野》是曹禺最失败的一部作品”,“由《雷雨》的神秘象征的氛围里,已经摆脱出来,写出《日出》那样现实的社会剧了,却马上转回神秘的旧路”,“把农民复仇的故事,写得那么玄秘,那么抽象,那么鬼气森森,那么远离现实,那么缺乏人间味。这简直是一种奇怪现象。”吕荧在《曹禺的道路》中则批评《原野》是“纯观念的剧”,“表现的是人类对于抽象的命运的抗争——一个非科学的纯观念的主题”。他们都以写实主义戏剧的标准来衡量和要求《原野》,导致了对此剧的全盘否定。

风格殊异的“命运三部曲”

其实曹禺的早期话剧——“命运三部曲”,呈现了题材多样、风格多变的特点。处女作《雷雨》就时空结构而言,更像是一部恪守“三一律”的古典主义戏剧,其内容则是一部家庭伦理剧,而乱伦则是这个体面家庭里屡屡发生的丑闻,因而又像是一部弗洛伊德的精神分析——俄狄浦斯情结剧。最终大儿子周萍饮弹自尽,小儿子周冲因追赶四凤遭雷击与后者双双触电身亡,周萍生母侍萍和继母蘩漪致疯,这一惨绝人寰的命运悲剧似又蕴含了佛教的因果报应因素。紧接着创作的《日出》,是偏向批判现实主义的。1983年,曹禺在回顾当时创作的状态时说,“其实,我写《日出》时,对革命的认识还很模糊。当时只有一个直觉:就是不平等的社会不能再存在下去了。我想在《日出》中求得一线光明和希望,但哪里是太阳,太阳又怎样出来,我不知道。”看过曹禺原作的读者知道,《日出》结尾是打夯工人们高亢而洪壮的歌声,沉重的石硪一下一下落在土里,窗外因为日出更加光明起来。曹禺非常珍惜这个“光明的尾巴”,因为当年他不甘心也不情愿使观众沉溺在毫无盼头的黑暗里,而当时的政治环境又不允许人明白道出光明究竟在哪里。

《原野》既不同于《雷雨》,也异于《日出》。正如曹禺后来说的,“《原野》的写作是又一种路子”,“一个戏要和一个戏不一样。人物、背景、氛围都不能重复过去的”。这首先体现在题材内容上,从城市转向农村。曹禺出生在天津一个没落的官僚家庭里,并不熟悉农村,但从小听够了保姆讲述她家乡种种悲惨的故事,于是在他的构思中逐渐浮现一个丑八怪的形象,然后有了仇虎的悲惨身世:父亲被曾经的朋友焦阎王串通土匪活埋了,家里的一大片好田产被侵吞;妹妹被变卖到外县沦落为娼受折磨而死;心爱的人被夺走了;他被诬为土匪送进大牢又打折了腿。作者的聪明之处,在于这一切不幸作为仇虎这个人物的前史被不时提及,成为他走上复仇之路的必然动机和强大推力,而正面展开的,是仇虎以逃犯身份前来复仇的故事。当他把叙事的重点放在复仇上时，一切就顺理成章起来。仇虎从白傻子那里得知焦阎王已死时，自然地想到父债子还，不仅要从焦大星那里夺回已成为焦妻的金子，还要斩草除根，杀了懦弱的大星，借瞎子焦母之手使她误杀自己的孙子，让这个阴险毒辣的恶霸遗孀活着饱尝失子杀孙的痛苦，这就构成了《原野》的主要情节。

这是一种原始的血腥和暴力的复仇，它应该是蒙昧时期的初民经验之一，它深深地镂刻在人类的种族记忆之中。这种血腥的复仇体现了原始人类以暴易暴、以恶制恶、一报还一报的生存法则，且遗留在现代文明尚未抵达之所。曹禺也指出“仇虎的复仇观念是很强很原始的，世世代代的农民想要活，要反抗欺压，就要复仇”。所以对他的形象设计是“眼里闪出凶狠、狡恶、机诈和嫉恨，是个从地狱里逃出来的人”。但是他在回答《原野》所要表达的是否复仇的主题时，却是前后不一的。这可能是因为他只写了个人复仇而没有写群体革命而产生了内心的纠结和不安。其实《原野》的意义主要不是社会学方面的，而是心理学和美学方面的。《原野》最大的创新是塑造了仇虎这一中国文学中非常罕见的艺术形象，而且重要的不在于写了一个复仇的故事或表达一个复仇的主题，而是通过这个形象，表达了深埋在集体无意识深处的仇恨的原型。

《原野》将人的极爱和极恨戏剧化

在西方现实主义文艺思潮和流派之后，由于非理性主义的哲学、心理学和美学思想的崛起，一些与现实主义相左的文艺思潮和流派风起云涌，其中表现主义是与戏剧关系更深的思潮和流派。表现主义戏剧始于 19 世纪末的德国和瑞典，极盛于 20 世纪二三十年代的欧美。受柏格森直觉主义和弗洛伊德精神分析学的影响，不满于对外在事物的描绘，要求突破事物的表相凸显其内在的本质，突破对人的行为的描写而楔入其内在灵魂，突破对暂时性现象的描绘而展示永恒的品质或真理。美国剧作家尤金·奥尼尔就是杰出的表现主义戏剧大师，美国评论家约翰·加斯纳说得很妙：“在奥尼尔之前，美国只有剧场；在奥尼尔之后，美国才有戏剧。”1936 年，奥尼尔“由于他那体现了传统的悲剧概念的剧作具有的魅力、真挚和深沉的激情”而获得诺贝尔文学奖。这样的戏剧大师，不会不受到曹禺的密切注意。曹禺在《原野》附记中，最早透露了《原野》受奥尼尔的戏剧尤其是《琼斯皇帝》的影响。此外，他明确表示读过奥尼尔的《悲悼》《天边外》《榆树下的恋情》《安娜·克里斯蒂》和《毛猿》。

曹禺在《原野》中所塑造的几个人物，如弱智的白傻子、有恋母情结夹在母亲和妻子之间委曲求全的“窝囊废”和“受气包”焦大星、用针刺人偶的巫术诅咒媳妇死去以便独霸儿子之爱的焦母，以及用两人同时落水先救母亲还是先救妻子来考验丈夫的金子，都程度不等地患有心理疾病。心理近乎分裂的当推仇虎，因为他的复仇由于仇主已死，而失去了真正的目标和“合法性”，但他基于自己一家两代人的血海深仇，认为必须让焦家断子绝孙才能报仇雪恨。然而，焦大星曾是他的少年朋友，他虽然娶了自己的心爱之人，也罪不至死。

襁褓中的婴儿更是无辜的。所以《原野》在叙述仇虎血腥的复仇过程中，始终表现出他被一种罪感所折磨。金子不断用焦大星是好人、待她和他都不错，来打消他杀人的念头。他也考虑让大星先动手，但最终还是进屋把大星杀了。而焦母在金子的床上用铁拐杖误杀自己的孙子(焦大星与前妻所生)，显然是他设的局，因为他预计到狠毒的干妈会先杀了他，所以让金子把小黑子先抱到她床上。在第三幕里，曹禺更是突现其报复杀人之后的可怖形象："他忽而如他的祖先——那原始的猿人"，神色极端不安和恐怖，嘴里念叨着小黑子不是他杀的。而在黑漆漆的原野森林里，死去的人也全部登场，还有牛头马面、判官小鬼，以及阎罗。舞台上鬼影幢幢，幽灵出没，象征着现实的黑暗和内心的恐怖、惊惧和悔恨。表现主义戏剧善于通过营造环境氛围，来表现人物内心的紧张和灵魂的躁动不安。《原野》的第三幕尤其得到了表现主义戏剧的真传和充分的中国化。

曹禺自己也承认第三幕中的鼓声受了奥尼尔《琼斯皇帝》的影响，其实，《琼斯皇帝》直接影响了《原野》第三幕的构思。《琼斯皇帝》写了一个岛上的黑人首领的悲剧故事，由于他背叛了自己的种族，遭到群体的反对。他企图穿过森林逃走，结果被追捕者杀死。奥尼尔淋漓尽致地写了黑人首领的紧张、恐惧、恍惚和下意识。不断加快的鼓点，仿佛在催促他走向死亡。《原野》第三幕同样是主人公为逃亡而穿过森林。如前所说，曹禺强调演员表演要揭示仇虎的"深层意识"，同样，闻一多也强调要通过大森林的阴森恐怖来表现"人物的潜意识"，这正好契合了表现主义戏剧侧重于对剧中人进行精神分析并运用意识流手法的特点。而且在整体上，《原野》也符合将潜意识戏剧化的表现主义戏剧特点。从根本上说，复仇已经不是仇虎的潜意识，真正的潜意识是表现为原始性的"永恒的品质"，它才是表现主义所要表现的"深藏在内部的灵魂"。当仇虎被剥夺一切后，他就是一个原野的人。而金子正如她自己认定的，是野地里生野地里长的人。不少评论者分析金子的性格体现了个性解放，这是用人文主义去附会拔高了形象。其实她就是一个原野的人，野性、原始性是她真正拥有的美丽和魅力，正如任何开放在原野上的花朵一样。自由不羁不是她的追求，而是她的本性；泼辣不是她的故意，而是她恣意生长的一种状态。所以当仇虎到来时，他的无所顾忌使她重新获得了内心的解放，甚至他的野蛮也给她带来了原始的力量和强烈的爱欲。

《原野》与《雷雨》《日出》虽然都充斥着死亡的悲剧，却共同组成了"生命三部曲"，死亡恰恰是对生命的一种呼唤。《原野》的结尾是在追捕者的合围和复仇者的罪感中，男主用匕首插进自己的心脏，而让负伤的金子逃出森林，去寻找黄金铺地的乌托邦之乡。曹禺说："我的戏一贯很浓，《原野》尤烈。"很多评论者企图用社会学的理论去解读它，认为它写了农民向地主阶级的斗争。其实仇虎家先前是有一大片良田的地主，在被恶霸焦阎王弄得家破人亡后他一直坐牢，连农民都不是。显然，作者的创作动机不是写阶级斗争，即使他后来说过写农民反抗，也已经离开了原始的动机。他在1983年的追述才是最真实可信的："《原野》是讲人与人的极爱和极恨的感情，它是抒发一个青年作者情感的一首诗。"这对于那些庸俗的社会学者无疑是当头棒喝，因为《原野》根本与阶级斗争无关。曹禺在《原野》中表现出的超乎阶级之上的爱恨情仇，以及用复仇的故事来表现向命运抗争的抽象主题，要么故意被人忽略，要么因此给以恶评。但是常识告诉我们：任何文学杰作，都是在形而下的具象中抵达某种形而上的抽象。否则还要文学何用？

曹禺早期的戏剧创作受到过希腊悲剧、莎士比亚和易卜生、契诃夫等戏剧大师的影响，自然也不乏自小耳濡目染的本土戏曲和文明戏传统的影响。而盛行于20世纪二三十年代的欧美表现主义戏剧，正好与他在学生时代参与的戏剧活动和开始话剧创作的时机最为接近。我们即使从《原野》之前的《雷雨》和《日出》中，也可以看到表现主义戏剧影响的蛛丝马迹，如原始的激情、对人类自身困境和命运的思考，以及贯穿于剧情和舞台的神秘主义气息。到了《原野》，这种倾向就更趋强烈和纯粹。在第一、二幕充满紧张的较量和复仇之后，第三幕进入了逃亡途中阴森恐怖的森林，侦缉队的追捕、焦母与白傻子的跟踪，以及逃亡者的幻觉、幻象、梦呓和灵与肉的双重挣扎。虚虚实实、象征和隐喻杂然纷呈，凡此都把人物的潜意识作了最充分的戏剧化表现，使人的极爱极恨的两种感情达于极致，对人生困境作了深刻的展示，对宇宙的神秘作了哲学的思考。

80后导演脑洞大开的颠覆性改编

毫无疑问，《原野》是中国表现主义戏剧的杰作，但由于它在中国语境中显得特别超前，不仅不为当时所理解，而且长期被忽视和曲解，视其为曹禺创作道路上“前进中的曲折”，并把这个“曲折”写进了文学史。该剧虽然自20世纪80年代以来屡屡被搬上舞台，却难逃被肢解和篡改的命运。例如一般都认为第一、二幕“有戏”，容易吸引观众而予以保留，却把第三幕大量删节，这就阉割了这部作品，抹煞了它的表现主义风格。还有一种倾向是自由发挥，离开原作甚远。

曹禺生前讲过：“既不能离题，又不可照搬，要大胆改，要用新招来排”，鼓励舞台演出的创新。但我在修缮一新的上海大戏院观看最新一轮的舞台演出时，却感到大胆有余，离题过远。新锐导演何念的动机是好的，希望这部经典让更多的年轻人接受，并由此成为一部现代经典。他在“保持原味，还是大胆颠覆”的两难中，选择了大胆颠覆。具体来说，就是“把‘仇虎复仇’这条故事线挖出来，让他无限轮回他的复仇线”，“我们想告诉大家的是，播下仇恨的种子一定要慎重”。那天我在观看时，确有导演脑洞大开的感觉，因为在开场不到25分钟的时候，《原野》的复仇情节就和盘托出。焦大星几乎在一开始就被仇虎干掉了，然后是瞎子焦母设计杀仇虎，反而误杀了孙子。正当我在想剩下一个小时还演什么时，没想到已死的焦大星“复活”了，他站到了铁轨边，把仇虎杀了。原来第一回的焦大星与仇虎，在第二回里反了个，焦大星成了受害者和复仇者。两个回合下来还不到一小时，紧接着有了第三个回合。这一回好像是白傻子成了复仇者，把故事再演绎了一篇，这就应了“重要的事情说三遍”。这三遍复仇的故事都是重复的，但也有些差异，把原著在一遍里来不及尽述的东西，再分配到另两遍里。

当第三遍结束时，还有一刻钟的戏，我们看到仇虎面对众多戴面具的仇人一路砍去，却怎么也杀不完。这三遍重复下来，似乎就阐述了“仇恨会让人陷入怪圈”的主题。但我相信没有看过原作剧本的青年观众未必能领会导演的意图，他们难以理解美剧式的故事梗概一连重复三遍是啥意思。至于看过原剧的观众，当他们看到新版《原野》“剧透”三次，而仇虎、大星大变活人似的串演对方的角色，反而会坠入五里雾中。想让新老观众知晓箇中奥妙，只有一个办法，在开场前先把导演阐述用字幕打三遍。

一部表现主义的杰作完全被颠覆了，解构成三个大同小异的故事梗概，原有的意蕴荡然无存，而新的意义却难以确立。而且更令人不解的是，舞台右上方还挂了好几个高音大喇叭，难道那个时代农村已经有了有线广播？试问，经过这番颠三倒四，《原野》还可能成为“现代经典”吗？

原载《解放日报》2017 年 7 月 13 日

经典的“青春”在哪里

——从《雷雨》演出史上的一次笑场说起

刘红娟

2017 年是中国现代话剧诞生 110 周年。曹禺的《雷雨》是“五四”以来中国现代著名剧作之一，此时此刻讨论现代话剧经典《雷雨》，无疑是很好的纪念。诞生于 1933 年夏天的《雷雨》，自发表以来，无论是文学形态还是其舞台表演形态，长期受到多方好评，堪称中国现代文学史和戏剧史上的经典。然而，在《雷雨》迎来 80 岁生日的 2014 年，经典话剧《雷雨》公益场在北京人艺进行针对大中学生的低票价演出，却遭遇了频频的笑场。[①] 经典的《雷雨》被“雷”，这究竟是为什么？

一

显然，《雷雨》的这次笑场，已经引发了“经典该以何种方式与当代观众对话”[②]的思考。然而，要讨论这个问题，回顾一下《雷雨》的经典生成史和接受史无疑是有必要的。

曹禺的《雷雨》是在清华大学图书馆写完的。1934 年 7 月《雷雨》刊登在由巴金、靳以主持的《文学季刊》第一卷第三期，1936 年文化生活出版社出版单行本。在 1951 年曹禺自己修改以前，各版基本保持 1936 年初版面貌。

《雷雨》从发表以来，作者曹禺和批评家都认为有不够完美的地方。关于《雷雨》的不足，曹禺自己的理解有二：“戏本的冗长”“太像戏了”[③]。关于后者，究竟是“太像”还是“不太像”，固然有一个程度与分寸感的问题，可谓仁者见仁。首先可以讨论的是前者，即《雷雨》冗长不冗长？

何为冗长？显然是指《雷雨》的序幕和尾声。如初版中所见，《雷雨》第一幕前有一个序幕，第四幕后有一个尾声。序幕的情节是：一对兄妹陪同母亲到一家教堂附属医院看病，嬷嬷让他们在医院一间特别的客厅里等待，而这正是当年周公馆的客厅，同时，兄妹俩听到两个嬷嬷的闲聊，说是这间屋子曾死过三个人，现在还有两个疯子在医院养病。也就在兄妹既害怕又好奇之际，一位眼睛有点瞎的老妇人走进客厅，兄妹俩互相推搡对方欲向老妇人打听过去的故事，结果老妇人顿时颓然倒下。灯光渐暗，合唱从远方飘来……尾声的情节是：当周朴园和蘩漪听见书房周萍的自杀枪声时，一同跑下。舞台周公馆客厅只剩下鲁侍萍，她意欲往书房挪步，却颠踬台中跪地倒下。此时舞台渐暗，序幕的音乐再度从

---

① 和璐璐：《老经典〈雷雨〉遇到新问题》，《北京晨报》，2014 年 7 月 28 日。

② 翟志鹏：《青春版〈雷雨〉向观众敞开大门》，《天津日报》，2014 年 8 月 24 日。

③ 田本相、刘一军：《曹禺全集》（第一卷），花山文艺出版社 1996 年版，第 390 页。

远方响起。[1] 曹禺自己也多少觉得这两部分有些“繁长无味”[2]。尽管如此，1951 年前曹禺一直反对删序幕和尾声。1951 年后，《雷雨》各版本则均将序幕和尾声删除，直到 1988 版《曹禺文集》才将其复原。个中原因，曹禺强调是因为自己“写的是一首诗，一首叙事诗……这诗不一定是美丽的，但是必须给读诗的一个不断的新的感觉”[3]。他认为序幕和尾声加强了舞台的距离感。有意思的是，《雷雨》从被搬上舞台作为演出形态呈现在观众面前的一开始，序幕和尾声就被删除了，删除的理由就是“冗长”与“不合时宜”[4]。

那么，何谓不合时宜？对于时宜的理解，首先是关乎《雷雨》的内容本身。1951 年前的曹禺一直立于存在论层面去理解和表达自己的作品，所以当有批评家指出，《雷雨》的故事主要写因果报应，或是借鉴了希腊悲剧，但曹禺辩解说，自己只是写人生的大苦。1936 年《雷雨》出版时，曹禺在序言中说：“有些人已经给我下了注释，这些注释有的我可以追认——譬如‘暴露大家庭的罪恶’——但是很奇怪，现在回忆起三年前提笔的光景，我以为我不应该用欺骗来炫耀自己的见地，我并没有显明地意识着我要匡正讽刺或攻击些什么。”[5]1942 年 2 月，曹禺在重庆储汇局同人进修服务社演讲《悲剧的精神》，明确指出吃饭穿衣，娶妻生子，最后寿终正寝间的悲剧，只是一个庸人的“悲剧”。而他说的悲剧是另外一种，是抛去了个人利害关系的。[6] 他想通过《雷雨》来解释并引导人们去思考，有关人类自我的罪恶、命运、痛苦和死亡的基本经验。

合不合时宜，当然也和内容与时代语境的契合与紧密程度有关。《雷雨》在《文学季刊》上发表后一年间，批评家关注不多，[7]直到它在日本演出产生轰动后，转回天津公演，墙外开花墙内香，于是有刘西渭（即李健吾）1935 年 8 月 31 日发表在《大公报·小公园》的《雷雨》评论。1935 年 7 月 15 日，罗亭的《〈雷雨〉的批评》载《杂文》（东京）第一卷二号；1936 年 1 月 19 日，日本的秋田雨雀在《汽笛新刊月报》第 7 号发表《关于中国现代悲剧〈雷雨〉的出版》；1936 年 4 月 1 日郭沫若的《关于曹禺的〈雷雨〉》载《东流》月刊（东京）第四期。总之，对于《雷雨》，当年批评界有赞同与反对两派。赞同者是因为 20 世纪三四十年代中国的话剧主导理论是现实主义，所以通常把曹禺归为批判现实主义之列。周扬也曾给予曹禺肯定和支持，[8]于是，《雷雨》成为曹禺自己最不认同的“社会问题剧”[9]，人们读出的是对现实的暴露，对资产阶级“淫恶丑态”的暴露。反对者则认为《雷雨》“不合时宜”，不够激进、不够革命。此后，随着赞成派渐渐成为此后中国现当代文学史的解释者，《雷雨》“社会

① 田本相、刘一军：《曹禺全集》（第一卷），第 18 页。

② 田本相、刘一军：《曹禺全集》（第一卷），第 390 页。

③ 田本相、刘一军：《曹禺全集》（第五卷），花山文艺出版社 1996 年版，第 8 页。

④ 刘艳：《“案头”文学与“场上”表演——重论〈雷雨〉的序幕和尾声》，《南大戏剧论丛》（第 8 辑），南京大学出版社 2012 年版。

⑤ 田本相、刘一军：《曹禺全集》（第五卷），第 12 页。

⑥ 田本相、刘一军：《曹禺全集》（第五卷），第 154 页。

⑦ 巴金：《雄壮的景象》，《大公报》，1937 年 1 月 1 日。

⑧ 周扬：《论〈雷雨〉和〈日出〉——并对黄芝冈先生的批评的批评》，《光明》，1937 年 3 月 25 日第 2 卷第 8 号。

⑨ 田本相、刘一军：《曹禺全集》（第五卷），第 9 页。

问题剧"的基本定位蔚为主流，批判现实主义的解读成为政治正确与艺术成功的基本路径。批评界则"自从周扬的《论〈雷雨〉和〈日出〉》问世以后，认为《雷雨》是反封建的杰作就几乎成了不刊之论"。①

由上可见，《雷雨》甫一诞生，纵观其经典生成的历史，以及其演出史和接受史，不同时地的接受者的理解增长点，归结起来，无非就在于戏剧文学形态的《雷雨》、戏剧表演形态的《雷雨》的差异。众所周知，《雷雨》诞生数十年来，戏剧文学形态的《雷雨》已经由作者本人根据历史情势做出了变动与修改，但是戏剧表演形态的《雷雨》，除了演员、表演条件的更新，剧情演绎和思想阐释却几乎没有太大的变动。这或许是由于特殊的历史情境的规定性，已经造就了几代审美模式和思想理路差别不大的观众与读者的缘故。是故，戏剧表演形态的《雷雨》长期以来获得了相当的经典意味。

二

显然，作为戏剧文学，其文学形态和表演形态固然存在差异，这是毋庸讳言的，也是常识。《雷雨》能够在文学形态和舞台表演形态上，都长期得到读者和观众的认可，自然称得上经典。长期以来，它的人物、对白、情节以及相关细节，更不用说其丰富的内涵与复杂绵密的思想，乃至出演这部戏的相关演员也都因此成名成家，为人称道。1949 年后北京人艺的每一次演出《雷雨》都获得了相当的成功，《雷雨》甚至也成了北京人艺的"招牌剧"，成为北京人艺演员水平检验的标准。因此，一定程度上，《雷雨》的经典已经成为两个生态系统：文学形态的经典系统与表演形态的经典生态系统。

然而，经典同样也要实时更新，可以有不变的剧本、不变的表演，但无法要求永远有不变的观众和读者。即便是经典如《雷雨》者，经典如北京人艺的《雷雨》演出者，在有限的接受史中，在不同的语境下也曾遭遇到一些新问题。

早在 1982 年，天津人艺话剧团第四次公演《雷雨》时，《雷雨》就遇到了新问题。只不过，1982 年的《雷雨》演出遇到的这个新问题，根本上不是因为演出的中规中矩本身，而是因为导演个人对剧本的主旨理解未能被观众接受。当时的导演丁小平认为，《雷雨》的统帅应该是第九个角色，即"命运"②，然而，丁小平这次创新的演出并没有获得一致好评。丁小平的这次特异的剧本理解导致的演出变动，未能获得观众的接受，在一定程度上，反映了观众对与经典形态的《雷雨》和固化的《雷雨》理解与欣赏，也反证了《雷雨》思想与艺术上继承的历史惯性与理解模式的经典性，更验证了彼时观众与接受心理的因循模式。

如果说 1982 年丁小平执导的《雷雨》演出遇冷是因为导演理念问题，那么 2014 年北京人艺经典再现的《雷雨》公演遭遇"笑场"，就不是那么简单了。的确，《雷雨》的变与不变，不仅仅在于剧本和演出形态本身，作为接受者的观众与读者也有相当的可能性与能动性。而观众的变与不变，显然是因时势而动的。1982 年丁小平的《雷雨》演出变动，未获得观众

① 孔庆东：《从〈雷雨〉的演出史看〈雷雨〉》，《中国现代文学研究丛刊》，1991 年 3 期。

② 苏莉鹏：《我排演天津人艺版〈雷雨〉》，《城市快报》，2010 年 5 月 23 日。

认可，一定程度上恰恰是导演走在观众前面，没有出现新的观众，自然也没有新的接受心理可以发生。然而，时间到了21世纪，新的一代观众、审美水平和接受心理已经产生了。社会文化语境、思想氛围、消费习惯……诸如此类的可以影响艺术接受的因素，到了21世纪似乎都出现了，而且也可以出现了，尤其是在商业意义和娱乐意味的接受平台上。对于本来就存在多种阐释的《雷雨》而言，读者和观众在新的历史语境下，完全可以在规避政治与意识形态的前提下，去从别的角度和层面对接自己的戏剧认知，不管是文学形态的《雷雨》，或是舞台表演形态的《雷雨》，都是如此。

因此，令人深思的不是观众有没有笑场，而是这些新生观众究竟笑什么。2014年北京人艺的经典《雷雨》的公益演出遭遇笑场的事件，其再次讨论的意义就在于此。

据媒体报道，此次新版《雷雨》中，上半场的笑点密集体现在人物周冲和周萍两位少爷身上。原因是这两个人物的形象和个性都与原著有一定的出入，令观众难以在原有的艺术基础上去观赏。另一个引人发笑的人物是“愤青”鲁大海，他愤怒的开头、愤怒的结尾，又平淡的表演温度令人发笑不止。此外，除了人物，民国范儿的台词放在现代观赏也显得有些不合时宜，这也是年轻观众对经典艺术文化认识的缺失。另外，老套的“装置艺术”也让现场变得搞笑十足。又据杨立新微博称，“当演到蘩漪和大少爷周萍的乱伦关系……乃至于周朴园向周萍明确指出‘不要以为你同四凤同母，你就忘了人伦天性’，彻底揭开了兄妹乱伦的残酷事实时，台下仍然是笑声阵阵。”[①]由上可见，与丁小平那次明显不同的是，北京人艺的这次经典《雷雨》的公益演出，从导演到演员，从文学形态到表演形态的转化，该次演出完全是按部就班的，完全是按既有的经典形态来表现的，属于纯粹的规矩内出牌。但是，结果却意外遭遇到了当下大学生们的“哄堂大笑贯穿全剧”，甚至有报道称“从北京演到上海，一路遭遇年轻观众哄笑”。甚而至于引发了出演周朴园一角的著名演员杨立新的非常不满，杨立新曾连发五条微博表示“这样的‘公益场’不演也罢”[②]。

遗憾的是，综观事后大量的报道，人们大多将该事件解读为是“经典艺术作品和当下年轻观众的隔阂”，是“经典与现代的矛盾”[③]。这样的思路除了加剧对立、阻隔理解之外，事实上对理解问题和解决问题并没有太多帮助。最典型的思路则是如六小龄童在博文《从〈雷雨〉被笑场说起(下)》中所认为的，“笑场”的原因是观众“因为是公益场、价格便宜但对剧情不了解就去看”，并认为“在这个娱乐至死的年代，很多年轻人看的最多的是影视剧，对话剧几乎没看过也不了解，有的即使看过也是那种小剧场的非专业话剧演员演出的所谓先锋话剧，这使得对话剧不了解的人以为这种演出就是话剧。话剧与戏曲相对更生活化、真实，但与影视剧相比有舞台上特殊的要求与感觉，演员没有好坏之分，只有对艺术

① 邱俪华：《〈雷雨〉遭学生观众哄笑 杨立新发微博不满》，《新闻晨报》，2014年7月26日。

② 潘妤：《话剧〈雷雨〉遭遇笑场，杨立新：“公益场”令人失望》，《现代快报》，2014年7月28日。

③ 潘妤、陈晨、罗昕：《从北京到上海，这一次人艺版〈雷雨〉为何会遭遇笑场》，《东方早报》，2014年8月1日。

形式的把握分寸是否得当，不能只怪学生们看不懂，还是要演员们多宣传推广”。[①] 六小龄童的观点不能说错，但思路之千篇一律，以抱怨和教诲观众为出发点和始终，更是于经典无益，于观众无缘。事实上，换个角度，难道我们不可以说，这不也恰恰说明新的一代观众的诞生，一种新的戏剧审美生态已经崛起了吗?

三

危机也许就是生机。对于艺术经典当下接受的矛盾问题的思考，同样如此。一个很显然的事实是，迄今为止，人们对于《雷雨》主旨的理解，基本上已经穷尽该戏剧作品的诸多内涵，命运的、革命的、社会的、家庭的……都可以在剧中得到相关的阐发和印证。然而，在改革开放语境中成长起来的一代中国人，他们对这些主旨的理解，要么太浅，要么太生，要么太远。既然如此，经典的《雷雨》系统，无论从文学层面还是舞台形态，与这些新生读者与观众的人生经验、生存体验和个人情感，无疑都是存在相当的隔膜的。

如果说既有的《雷雨》经典生态系统，基于的是几代读者与观众的经典接受共识，即《雷雨》的艺术之高是因于时代语境中的命运之重、家国之重。那么，这一代的观众与读者，他们期待理解的《雷雨》之重，其实往往就是纯粹艺术之轻，灯光、舞美、造型、时尚艺术元素、甚至是演员的颜值……这一代读者与观众的生存要义，已经不像之前的几代《雷雨》读者与观众系乎家国历史，关乎民生社会，他们首先关注的和始终期待的，都是小小我的悲欢喜乐，即时转瞬的忧乐，且无非多是在自我的感受中感受自我，在单薄逼仄的个人圈子里理解其他人事。既然如此，经典《雷雨》系统中基于历史语境中的群体忧患、命运感叹的重，对他们来说就变成痛苦的负担，那些作品人物中具体存活和依托的历史性探索，例如对革命的向往、对资本家大家庭的反叛、对底层民众的关注与体谅，就很难得到新生观众在截然不同的历史语境里的理解与共鸣，甚至容易引发反讽性的嘲弄效果。例如报道中所说的周冲，他有一句台词说要把自己的日用钱分一半给四凤做学费，我曾经在大学课堂授课时播放《雷雨》北京人艺版的经典话剧视频，一看到这里就时常引起大学生观众轻薄的笑声。如果体谅学生的现实背景，立足于当下的语境，周冲的这些话几乎类似痴人说梦。加之如果《雷雨》选择的演员不太吻合周冲的少年形象的话，就更是引起强烈的反讽效果。

那么，除去家国大历史，除去命运大主题，难道经典的《雷雨》就没有向度与当代新生观众与读者对接了吗？经典的《雷雨》难道失去艺术魅力了吗？当然不是。无论是家国还是命运，《雷雨》能成经典，总归是因为人与情。新生代的观众与读者，同样也躲不过这两个基本点。说人情不一定非得祭起家国、命运的大旗，也可以打打人情牌。《雷雨》的大与小，不关乎其声音响得如何大，关键还是要看看它入耳没有，入心与否。无论是哪一代的读者与观众，这想必才是真正的艺术经典法则，才是真正的艺术硬道理。正所谓“理论总

① 章金莱(六小龄童):《从〈雷雨〉被笑场说起》(下)。六小龄童的博客 http:blog.people.com.cn/article/1407424701396.htm.

是灰色的，生命之树长青”。经典的艺术历史总是灰色的，保有艺术生命力的经典才能永葆青春。

那么，艺术经典的“青春”在哪里？现实生活做出了回答：青春就在青春里。谁抓住了经典在当下语境中的青春脉动，谁能结合当下情势元素绽放经典艺术的青春，谁就激活了经典，传承并创造了经典。经典是用来激活当下的，不是用来固步自封、自我封闭的。本着这种理念，我们于是看到《雷雨》“雷人”的有趣的另一幕。

2007 年，由丁小平执导的天津音乐学院版的《雷雨》就以“青春版”命名，当时该剧创造性地将剧中的雷公形象推上舞台，引起了轰动。[①] 丁小平将 1982 年并不算非常成功的探索执着地进一步深化，将提出的第九个角色——号称“雷雨”的好汉，确定为全剧的演出形象。[②] 丁小平称这次的重排是对《雷雨》最大的一次颠覆，“变动非常大，里面增加了八个雷公形象，也增加了很多先锋性的表现手法”，但结果却让新生代的大学生们非常喜欢[③]。对《雷雨》类似的“青春”解读，在高校或其他演出团体也纷纷尝试。譬如 2010 年，广西师范大学青春版话剧《雷雨》在桂林百姓大舞台倾情上演。2014 年，天津评剧院推出青春版评剧《雷雨》。2016 年，淮阴师范学院学生社团排演青春版《雷雨》。今年更有大连话剧团趁着话剧诞生 110 周年，全新推出了青春版《雷雨》，据说每场几乎爆满。[④] 一边厢是经典《雷雨》的经典演出遭遇笑场，一边厢则是经典《雷雨》的青春版处处走红，经典艺术的“青春”在哪里，难道这不是最好的注脚吗？

当然，我们也要看到，这一阵子《雷雨》青春版的旋风是趁了时尚的东风。众所周知，2004 年白先勇策划青春版《牡丹亭》在两岸三地，甚至全世界多地巡演成功，不仅引发了青春版戏剧作品系列演出的产生，更激发了人们重新思索传统艺术、经典艺术与当代生活、当代人的精神生活重新勾连的可能。在白先勇的青春版《牡丹亭》之后，将近有几十部青春版的作品相继产生[⑤]，例如田沁鑫导演的青春版《桃花扇》、赖声川导演的青春版《暗恋桃花源》等。

为此，作为话剧经典《雷雨》自然也不例外。天津人艺青春版的《雷雨》执导，恰恰就是多次尝试激活《雷雨》经典意味的老导演。现今八十多岁高龄的丁小平是我国著名戏剧导演，她与《雷雨》之间有超过半个世纪的缘分。丁小平推出的青春版《雷雨》的相关思考，值得我们再三思考。她认为：“近年来新媒体的迅速发展，无论对演出市场还是观众的艺术欣赏品位，甚至是人们的生活方式都带来了巨大的冲击和影响。”于是，她一直在考虑以什么样的方式来纪念《雷雨》，“认为所谓的经典一定是要有后代人以他们的视角重新解读，所以最终决定要推出一部顺应当前时代的青春版《雷雨》。”而她推出的青春版《雷雨》，其

① 《新视角诠释经典，青春版〈雷雨〉入围校园戏剧节》，《天津日报》，2008 年 1 月 16 日。

② 丁小平：《“青春版”〈雷雨〉的导演尝试》，《上海艺术家》，2013 年第 5 期。

③ 苏莉鹏：《我排演天津人艺版〈雷雨〉》，《城市快报》，2010 年 5 月 23 日。

④ 陈东东、彭杭：《大连话剧团青年演员实力亮相 青春版〈雷雨〉感动观众》，《大连日报》，2017 年 3 月 12 日。

⑤ 张青飞：《“青春版”视野下的当代戏曲生态》，《戏剧文学》2012 年第 11 期。

“最大的创新之处在于对话剧传统排演方式的突破”,“充分利用微信、微博等新媒体平台,面向所有热爱话剧的观众,通过完全开放的方式征集和选拔演员、剧务,参与的观众可以对自己设想的人物细节、场景设置畅所欲言”①。显然,丁小平是真正认识到《雷雨》的经典意义中的读者和观众地位的导演,而这一点,对于经典《雷雨》的当下艺术激活与现代创造,无疑是至关重要的。

丁小平说:“青春版《雷雨》并不仅仅是一次演出,更是一次由所有热爱《雷雨》的人举办的一次《雷雨》的纪念活动。”②然而,什么是对经典最好的纪念?我认为,对经典最好的纪念与爱护,就是要在当下语境中激活经典,开放经典,让实时更新的观众——曹禺所说的“普通的观众”③———保持始终有对经典的欣赏与创造的热情!

原载《海南师范大学学报》2018 年第 1 期

① 翟志鹏:《青春版〈雷雨〉向观众敞开大门》,《天津日报》,2014 年 8 月 24 日。

② 翟志鹏:《青春版〈雷雨〉向观众敞开大门》。

③ 田本相、刘一军:《曹禺全集》(第一卷),第 390 页。

后 记

自 1935 年曹禺的剧作《雷雨》在日本首演至今，已有八十余年。在这八十多年里，曹禺创作了《雷雨》《日出》《原野》《北京人》等一系列剧作，这些剧作先后都被搬上戏剧舞台，成为中国现代戏剧舞台上经久不衰、历演弥新的经典，且在世界戏剧演出史上也占有重要的一席之地。在这八十多年的历史里，时代沧桑巨变，社会气象万千。今天，许多与曹禺剧作演出相关的文献资料或散落或掩埋在历史的尘埃里，有待我们去搜集、去发掘。2017 年，当长江出版社与我们商讨合作编纂《曹禺研究资料长编》丛书时，我们便主动承担了《曹禺剧作演出研究资料》这一卷的编选任务。

接下这一任务时，刚开始是欣喜，是渴望，是憧憬，当付诸实践，深入其中，方知不易。年代久远的报刊难以寻觅，纷繁芜杂的资料文献毫无头绪，众说纷纭的回忆访谈无法甄别。这一切，让我们举步维艰，无所适从。经过向有关专家请教，我们反复研讨琢磨，决定先从中华人民共和国成立前的报刊资料的搜集整理做起。于是，我们奔赴北京、上海、天津、潜江等地，去到国家图书馆、上海图书馆、曹禺故居纪念馆、曹禺纪念馆、各大高校图书馆，翻阅泛黄的报刊资料，浏览各类电子书，搜索大大小小的数据库。我们通过购买、复印、扫描、复制，保存了大量的资料文献，把手头电脑的硬盘都装得满满的。

本卷的编选以《雷雨》《日出》《原野》《北京人》《家》等曹禺剧作的演出为对象，收录了自 1935 年《雷雨》首演至今，曹禺所有剧作演出的相关资料文献剧评研究文章，其中包括导演演员的言谈、报刊的推介、观众的现场体验、剧评人的批评、专家的研究论文等，力求全面、客观、历时地呈现曹禺剧作舞台演出、观众接受和学术批评的历史面貌。

经过三年上千个日日夜夜的收集、整理、录入、校对、增删、审校等，我们总算按计划完成《曹禺剧作演出研究资料》的编选工作。回想起来，本卷能够如期顺利完成，背后有湖北大学文学院、长江出版社的大力支持，有众多师友的无私帮助，还有本项目团队师生的共同努力和默默付出。

由于年代久远、材料驳杂、头绪众多，再加上编纂期限、学识能力等的影响，本卷的编选仍存在不少的遗漏和缺憾，恳请广大专家、读者批评指正。

最后，需要特别说明的是：本书作为湖北大学中国语言文学学科建设的重要成果，其编选和出版得到了湖北大学“中国文化传承与发展”省级优势特色学科群和湖北大学“中国语言文学与哲学文化”省级一流学科建设项目的大力支持，在此一并感谢。

编　者
2020 年 8 月 17 日